martina
cole

UWIKŁANI

z angielskiego przełożył
GRZEGORZ KOŁODZIEJCZYK

ALBATROS
Wydawnictwo
A. Kuryłowicz

Tytuł oryginału:
THE TAKE

Copyright © for the Polish edition
by Wydawnictwo Albatros A. Kuryłowicz 2008

Copyright © for the Polish translation by Grzegorz Kołodziejczyk 2008

Redakcja: Joanna Schoen
Zdjęcie na okładce: Getty Images/Flash Press Media
Projekt graficzny okładki i serii: Andrzej Kuryłowicz
Skład: Laguna

ISBN 978-83-7359-685-6

Dystrybucja
Firma Księgarska Jacek Olesiejuk
Poznańska 91, 05-850 Ożarów Maz.
t./f. 022-535-0557, 022-721-3011/7007/7009
www.olesiejuk.pl

Sprzedaż wysyłkowa – księgarnie internetowe
www.merlin.pl
www.empik.com
www.ksiazki.wp.pl

WYDAWNICTWO ALBATROS
ANDRZEJ KURYŁOWICZ
Wiktorii Wiedeńskiej 7/24, 02-954 Warszawa

2008. Wydanie I
Druk: Łódzkie Zakłady Graficzne, Łódź

Panu i Pani Whiteside.
Christopherowi i Karinie.
Z miłością dla obojga.

Oraz
Lewisowi i Freddiemu, moim dwóm małym Kahuna Burgerom!

Chciałabym także podziękować wszystkim, którzy dotrzymywali mi towarzystwa w czasie długich nocy spędzonych na pisaniu. A są to:

Beenie Man, David Bowie, Pink Floyd, Barrington Levy, Usher, 50 Cent, Free, Ms Dynamite, The Stones, The Doors, Oasis, The Prodigy, Bob Marley, Neil Young, Otis Redding, Isaac Hayes, Janis Joplin, Ian Dury, Clint Eastwood and General Saint, Bessie Smith, Muddy Waters, Charles Mingus, Edith Piaf, Canned Heat, Steel Pulse, Peter Tosh, Alabama 3...

To tylko niektórzy.

Prolog

Lena Summers spojrzała na najstarszą córkę z niedowierzaniem i odrazą.

— Żartujesz?

Jackie Jackson roześmiała się hałaśliwie. Miała głośny, radosny śmiech, który maskował ukrytą pod powierzchnią złośliwość.

— Zobaczysz, że mu się spodoba, mamo. Po sześciu latach w pudle chętnie się zabawi.

Lena pokręciła głową i westchnęła.

— Odbiło ci? Chcesz mu urządzić przyjęcie po tych wszystkich numerach, które wykręcił? — W jej głosie czuło się hamowany gniew. — Nawet kiedy go zamykali, nie przestał romansować z dziwkami!

Jackie zamknęła oczy, jakby chciała w ten sposób odciąć się od prawdy zawartej w słowach matki. Znała swojego męża lepiej niż ktokolwiek i takie tyrady na jego temat były zbyteczne.

— Dajże spokój, mamo. To mój mąż, ojciec moich dzieci. Dostał nauczkę i teraz wszystko się ułoży.

Lena ze zdumienia wydęła usta.

— Znowu się naćpałaś?

Jackie westchnęła ciężko, powstrzymując się, by nie krzyknąć na matkę.

— Nie pleć głupstw. Chcę po prostu przywitać go w domu, to wszystko.

7

— Na mnie nie licz.

Jackie wzruszyła ramionami.

— Twoja sprawa. Pieprzę to.

Joseph Summers poderwał głowę znad gazety i warknął:

— Nie odzywaj się tak do matki.

Jackie wykrzywiła komicznie twarz, udając zaskoczenie.

— Ach, rozumiem, papciu — rzuciła sarkastycznie. — Chcesz pożyczyć parę funtów, tak?

Lena powstrzymała uśmiech. Jackie, obok rozlicznych wad, miała nadzwyczajną umiejętność trafiania w sedno. Ojciec wsunął z powrotem nos w gazetę, a Jackie uśmiechnęła się do matki.

— Mogłabyś ustąpić, mamo. Cała jego rodzina przyjdzie.

Lena, sięgając po papierosy, żachnęła się:

— Tym bardziej powinnam trzymać się z daleka. Jacksonowie to jedna wielka banda parszywych łobuzów. Przypomnij sobie, jak było ostatnim razem.

Grube rysy Jackie znów się wykrzywiły; z widocznym trudem hamowała złość.

— To była twoja wina, mamo, i dobrze o tym wiesz — wycedziła przez zęby.

Zacisnęła pięści. Lena spoglądała na kipiącą gniewem najstarszą córkę. Już jako dziecko taka była: wystarczyło jedno słowo, by wywołać u niej atak furii.

W jej oczach pojawiły się łzy. Lena wiedziała, że musi ją udobruchać, bo inaczej trzeba będzie zmierzyć się z konsekwencjami. Miała już tego szczerze dość, a poza tym była ciekawa, jak więzienie wpłynęło na zięcia.

— Już dobrze, przyjdę. Uszy do góry.

— A ja mam w dupie wasze przyjęcie powitalne.

Mówiąc to, Joe zerwał się i wybiegł z pokoju; po chwili z kuchni doszły odgłosy stawiania czajnika na gazie.

— Nie martw się, zaciągnę go.

Ale już żałowała swojej decyzji.

◆ ◆ ◆

— Spójrzcie na niego! Ktoś by pomyślał, że niedawno wypuścili go z paki!

Mężczyźni parsknęli śmiechem.

Widzieli pryszczaty tyłek kumpla posuwającego małą Azjatkę, którą zamówili dla niego wieczorem. Wczoraj wyszedł z więzienia Shepton Mallet, gdzie spędził ostatnie sześć lat. Był to zakład otwarty. Przyjaciele przyjechali po niego limuzyną. Zabrali także ze sobą jego dziewczynę Tracey oraz spory zapas alkoholu. Tracey miała dość, zanim dotarli do tunelu Dartford, więc ku jej niezadowoleniu wyrzucili ją przy hotelu Crossways. Wtedy ruszyli do Londynu, a ich kumpel przelatywał każdą, która się nawinęła. Spóźniał się do domu, ale żaden z kumpli nie miał odwagi mu o tym przypomnieć. Był pijany i agresywny, i nikt nie chciał mu się narażać. Freddie Jackson był brutalem, był wkurzającym skurczybykiem, ale i tak go lubili.

Odsiedział sześć lat z dziewięcioletniego wyroku za posiadanie broni palnej, usiłowanie zabójstwa i niebezpieczną napaść i był bardzo z tego dumny. W więzieniu trafił między ludzi, których uważał za śmietankę przestępczego podziemia i teraz, po wyjściu, uważał się za jednego z nich.

To, że wszyscy oni odsiadywali wyroki powyżej piętnastu lat, nie stanowiło dla niego najmniejszej różnicy. W swoim pojęciu był Sonnym Corleone. Gościem, z którym należy się liczyć.

Freddie zawsze wielbił Sonny'ego i nie rozumiał, jak można było pozbawić życia takiego bohatera. To on, a nie ten cienki kurdupel Michael, rządził i budził strach. Freddie widział w sobie Ojca chrzestnego Południowego Wschodu. Tego, który naprawia krzywdy, sieje pożogę, a oprócz tego robi fortunę w podziemnym świecie.

Dość drobnych kantów. Teraz zagra o główną nagrodę i ją zdobędzie.

Zsunął się ze spoconej dziewczyny. Była ładna, a nieobecny wyraz jej twarzy stanowił dlań dowód, że kobiety do czegoś się przydają.

Spojrzał na zegarek i westchnął. Jeśli nie weźmie dupy w troki, Jackie oberwie mu jaja. Uśmiechnął się do dziewczyny i zeskoczył z łóżka.

— No, koledzy, ruszać się! Trzeba uzgodnić zeznania! — krzyknął gromko.

Danny Baxter aż jęknął w środku, ale zrobił zachwyconą minę. Zdążył już zapomnieć, jakie gorączkowe i niebezpieczne jest życie u boku Freddiego Jacksona.

Kuzyn Jacksona, Jimmy, także się uśmiechnął. Był rozwodnioną podobizną Freddiego, a chciał być taki jak on. Odwiedzał go w więzieniu z nabożną regularnością i Freddie to docenił. Lubił tego chłopaka za jego zapał. Poza tym Jimmy był tylko o dziewięć lat młodszy od niego. Mieli ze sobą wiele wspólnego. Dzisiaj pokaże Jimmy'emu, do czego jest zdolny.

◆ ◆ ◆

Maggie Summers miała czternaście lat, ale wyglądała na osiemnaście. Podobna do starszej siostry, była jednak szczuplejsza i zgrabniejsza. Miała delikatną skórę bardzo młodej dziewczyny i bielutkie zęby bez śladów dymu tytoniowego i zaniedbania. Duże niebieskie oczy były szeroko rozstawione i pełne życzliwości. Umiała się o siebie zatroszczyć tak jak starsza siostra, lecz w przeciwieństwie do tamtej nieczęsto musiała to robić. Na razie.

Miała zaledwie metr pięćdziesiąt i długie nogi jak na swój wzrost. Poza tym była całkowicie nieświadoma swojej urody. W szkolnym mundurku złożonym z czarnej spódniczki mini, białej koszuli i granatowego swetra wyglądała tak, jakby wracała z pracy, a nie ze szkoły. I właśnie o to jej chodziło.

Lisa Dolan, która była czasem przyjaciółką, a czasem wrogiem, zapytała wesoło:

— Twoja siostra robi dzisiaj imprezę, tak?

Maggie skinęła głową.

— Chcę jej trochę pomóc. Idziesz ze mną?

— Jasne! — odparła z uśmiechem Lisa.

Wiedziała, że jeśli pomoże, może liczyć na zaproszenie. Zaczęły iść równym krokiem. Lisa, która miała ciemne włosy i zęby jak zając, powiedziała cicho:

— Gina mówi, że Freddie Jackson wczoraj wyszedł. Ale to nie może być prawda.

Maggie westchnęła. Gina Davis była siostrą Tracey Davis, a to oznaczało, że w jej słowach może być ziarno prawdy. Znaczyło to również, że Jackie potwornie się wścieknie, jeśli o tym usłyszy. Tracey spotykała się z Freddiem w czasie, gdy go aresztowano, ale miała dość rozsądku, by trzymać się z dala od rozprawy. Maggie myślała, że ten romans umarł śmiercią naturalną, ale najwyraźniej się myliła. Mama nie dawała jej spokoju; nie mogła znieść, że córka jest w taki sposób upokarzana przez męża. Wzięła sprawy w swoje ręce, poszła do ojca Tracey, a ten rozgniewany zapewnił ją, że sprawa jest raz na zawsze skończona. Tracey miała wówczas zaledwie piętnaście lat. Później urodziła chłopców bliźniaków, ale nie mogła to być sprawka Freddiego, bo dzieci miały zaledwie półtora roku. Prawdę powiedziawszy, nawet sama Tracey nie wiedziała, kto jest ich ojcem. Była jednak w typie Freddiego: wysoka i piersiasta. A zdaniem Leny dla zięcia tylko to się liczyło.

Dzięki matce Maggie była na bieżąco ze wszystkim, co działo się wokół. Lena miała oko na każdego, a jeśli czegoś nie wiedziała, w nieprawdopodobny sposób potrafiła to wywęszyć. O wyjściu Freddiego z więzienia dowiedziała się jednak dopiero teraz.

— Nie znoszę Giny, to kłamczucha, a gdyby moja siostra się dowiedziała...

Maggie nie dokończyła zdania. Mimo to powiedziała, co trzeba, nie wdając się w szczegóły. Lisa nie będzie chciała, żeby Jackie wzięła ją w krzyżowy ogień pytań, więc zachowa informację dla siebie.

Lisa pobladła i szybko zmieniła temat.

♦ ♦ ♦

Leon Butcher był niskim tęgim mężczyzną z zębami ciemnymi od papierosów i brzuchem piwosza. Mieszkał ze starą matką w zagraconym dwupokojowym mieszkaniu. Był Wujkiem, czyli pożyczał niewielkie kwoty pod zastaw przedmiotów, zwykle biżuterii. Właśnie oglądał pierścionek zaręczynowy z osiemnastokaratowego złota z diamentami. Diamenty były pierwszej klasy: piękne i doskonale obsadzone. Uśmiechnął się do dziewczynki, która najwyraźniej zwędziła pierścionek którejś z krewnych. Jej zapadnięte oczy świadczyły o tym, że jest ćpunką.

— Mogę dać pięćdziesiąt funtów, nie więcej — rzekł łagodnie.

11

Pierścionek był wart dziesięć razy tyle i dziewczynka o tym wiedziała.

Leon rzucił klejnot na brudny stół kuchenny, zdjął monokl, a potem zapalił papierosa i głęboko się zaciągnął. Poczeka. Grał w tę grę wiele razy.

Po chwili długiej jak wiek dziewczynka powiedziała cicho:

— Zgoda.

Leon podszedł do szuflady i wyjął zwitek banknotów. Odwróciwszy się, zobaczył w drzwiach kuchni Freddiego Jacksona.

— Cześć, Leon — odezwał się pijackim głosem Freddie. — Dla mnie ta forsa?

Dziewczynka wstała niepewnie, wyczuwając napięcie w powietrzu.

— Dawaj ją, to moja rekompensata.

Leon drżącą ręką oddał pieniądze.

Freddie szybko odliczył pięć dwudziestek i wręczył je dziewczynie.

— To twój pierścionek, skarbie?

Skinęła głową.

— Weź go i zapomnij, że tu byłaś.

Uśmiechnął się do niej i jego przystojna twarz nagle wydała się miła i przystępna.

Dziewczynka wzięła pierścionek i pośpiesznie wyszła.

— A więc zostaliśmy sami, Leon — rzekł Freddie, zbliżając się groźnie do niższego mężczyzny.

— Czego chcesz, Freddie?

Jackson przyglądał mu się przez kilka sekund, a potem odparł cicho:

— Pytasz, czego chcę? Chcę ciebie.

Uderzył go w podbrzusze i Leon osunął się na kolana. Freddie wziął zamach nogą i walnął go kolanem w twarz. Głowa Leona odskoczyła w tył i uderzyła w melaminową szafkę. Leon zwinął się w kłębek, poddając się ze stoickim spokojem kopniakom. Zmęczywszy się, Freddie spojrzał na zakrwawioną ofiarę.

— Możesz oskarżyć mnie o napaść, ty pierdolony kablu. A teraz gadaj, gdzie jest skarbonka?

Kopniak w jądra zmusił Leona do odpowiedzi:

— W sypialni.

Freddie bezlitośnie postawił go na nogi i wepchnął do pokoju.

— Przynieś.

Wszedł za Leonem do środka i obserwował, jak ten z trudem wydobywa spod łóżka drewnianą skrzyneczkę.

Freddie otworzył ją i zobaczył, że jest po brzegi wypełniona zwitkami banknotów i biżuterią. Wziął skrzynkę pod pachę.

— Przez ciebie odkiblowałem sześć lat. Radzę ci się wyprowadzić, bo zawsze będę do ciebie wracał. Zrozumiałeś?

Leon wciąż trzymał się na nogach i Freddie poczuł dla niego odrobinę podziwu. Skopał go tak solidnie, że przez tygodnie facet będzie szczał krwią. Musiał dać mu nauczkę.

Leon był tylko świadkiem, i to nie ze swojej winy. Gliny zmusiły go do składania zeznań i Freddie o tym wiedział, w jego oczach nie umniejszało to jednak zbrodni Leona. Powinien był sam pójść do kryminału jak mężczyzna, zamiast jego wkopywać.

Wychodził z mieszkania, pogwizdując. Odwalił kawał dobrej roboty.

Danny Baxter zobaczył, jak Freddie zmierza w stronę limuzyny z drewnianą skrzyneczką pod pachą; uśmiechnął się, widząc, że zatrzymuje się, by zagadnąć dziewczynę z wózkiem. Na tym osiedlu było takich mnóstwo, a Freddie traktował je jak swój chleb powszedni, jeśli tylko miały mieszkanko i nic do roboty. Rzucał im parę funtów i były mu na wieki wdzięczne.

— Nie przepuści żadnej obcej babce.

Danny westchnął. Dziewiętnastoletni kuzyn Freddiego, Jimmy, musiał się niejednego nauczyć o Freddiem Jacksonie.

— Nie ma to nic wspólnego z tym, że kiblował, Freddie zawsze taki był. Nazywaliśmy go „Czujny i zwarty". Żebyś ty widział, jakie kaszaloty przelatywał!

Freddie wsiadł do samochodu.

— Słyszałem o tym, chłoptasiu. Mówiłem ci, że brzydule są najlepsze... bo możesz liczyć na ich wdzięczność.

Wszyscy parsknęli śmiechem.

— Walimy do pubu, co?

— Nie uważasz, że powinieneś pójść do domu, zobaczyć się z Jackie i dzieciakami?

13

Na słowa kuzyna Freddie ryknął śmiechem.

— Nie, kurwa, nie uważam tak, Jimmy. Niedługo nikogo innego nie będę widywał rano, w południe i wieczorem! Do pubu, chłopcze, i nie oszczędzaj koni!

♦ ♦ ♦

O wpół do ósmej dom Jacksonów wypełniał się ludźmi. Wszędzie wisiały transparenty, a kanapki i kurze udka czekały na konsumentów.

Dom pachniał wodą kolońską, mydłem glicerynowym i surówką z białej kapusty.

Dzieci były dokładnie wymyte i odświętnie ubrane, podobnie jak Jackie. I tylko Freddie wciąż się nie pojawiał.

Ze starego sprzętu stereo wydobywały się dźwięki piosenki *Use It Up And Wear It Out* grupy Oddyssey. Maggie stwierdziła, że tytuł piosenki znakomicie pasuje na tę okazję.

Gdzie on jest i gdzie się podziewa Jimmy?

Maggie zauważyła, że matka przewraca oczami, spoglądając na ojca; Jackie też dostrzegła tę minę. Wyglądała bardzo ładnie w jasnoniebieskim topie z poduszeczkami na ramionach i w długiej czarnej spódnicy; wszystko było odrobinę za ciasne, ale eleganckie. Włosy ułożyła wokół twarzy i jak zwykle za mocno się umalowała, lecz jej styl zawsze był taki. Cień na powiekach dodawał jej seksowności i miała piękne oczy. Gdyby tylko dotarło do niej, jak dobrze może wyglądać.

Żłopała wino i nie był to dobry znak.

— Gdzie on jest, do ciężkiej cholery? — Głos ojca dał się słyszeć mimo hałaśliwej muzyki.

— Daj spokój, Joe — powiedziała ciszej matka, chcąc zapobiec awanturze.

— Ty mnie tu przywlokłaś, kobieto, więc mam prawo zapytać, gdzie, do kurwy nędzy, podziewa się gwiazdor tego przyjęcia.

— Właśnie wypuścili go z paki. Poszedł z kumplami do pubu, zawsze się tak robi po odsiadce.

— Ja zawsze najpierw idę do domu, musisz mi to przyznać.

Joe znalazł się na niepewnym gruncie, a wiedząc, że żona potrafi wywołać wojnę o kilka nie w porę wypowiedzianych słów, wycofywał się zgodnie z jej przewidywaniami. Był jednak wściekły na Jacksona za sposób, w jaki ten traktuje jego starszą córkę. Wykorzystał ją, zostawił z trojgiem dzieci i taką masą długów, że zatopiłaby „Titanica", a ona wciąż traktowała go jak kogoś nadzwyczajnego. Kiedy ta kretynka się nauczy, że jej mąż to pijawka i nic ponadto? Jackie sama nie była święta, ale Freddie Jackson wydobywał z niej to, co najgorsze. Nie tylko go kochała, lecz także próbowała wchłonąć go w siebie. Był jak rak zżerający ją od środka, jej zazdrość o niego nie miała granic. A teraz znów się zacznie po sześciu latach względnego spokoju. Joe nie był pewien, czy zniesie to jeszcze raz.

♦ ♦ ♦

Maddie Jackson była małą kobietką o zielonkawoniebieskich oczach i małych wygiętych ustach cherubina. W tej drobnej postaci krył się silny charakter i gwałtowny temperament, które wprawiały w zdumienie nawet jej postawną synową. Syn jedynak był jej oczkiem w głowie i nie pozwoliła nikomu powiedzieć o nim złego słowa. Wiele razy łgała, żeby go chronić, zarówno w szkole, jak i przed sądem, narażając się na zarzut krzywoprzysięstwa. A teraz, gdy jej ukochany synek wracał do domu, nie posiadała się z radości.

Rozejrzała się po wnętrzu małego komunalnego domku, oceniając każdy szczegół. Nie było tak czysto, jak powinno być, ale musiała przyznać, że Jackie się postarała. Maddie nie zamierzała, rzecz jasna, jej o tym mówić. Nalawszy sobie drinka, wróciła do dużego pokoju i westchnęła w duszy na widok męża pogrążonego w rozmowie z jakąś młodą dziewczyną. Ten facet nigdy się nie zmieni. Swędzi go między nogami, jak mawiała matka Maddie, a ona przez lata wielokrotnie przekonała się, jak trafne są te słowa. Zrobił troje dzieci na boku, przespał się z jej siostrą i najlepszą przyjaciółką, a ona wciąż go kochała. Które z nich zatem zasługuje na miano głupszego?

Nałożyła na talerz coś do jedzenia dla męża i podeszła do niego. Zauważyła z ulgą, że dziewczyna wykorzystała okazję, żeby się od niego uwolnić.

Freddie Jackson senior przyjął poczęstunek z wdzięcznością i od razu zajął się kurzym udkiem. Ugryzł spory kęs i z pełnymi ustami wymamrotał:

— Niech on lepiej ruszy tyłek i przyjdzie, bo nie zamierzam czekać na niego całą noc.

Żona wiedziała, że w rzeczywistości tak nie myśli i bardzo chce zobaczyć syna. W końcu był on jego młodszym odbiciem, a kto potrafi się temu oprzeć? Czy istnieje coś bardziej pociągającego niż chęć ujrzenia siebie w drugim człowieku? Freddie kochał syna, nawet jeśli zazdrościł mu młodego wieku. Freddie senior zachował swój urok, lecz alkohol i rozpusta szybko położyły kres urodzie. Syn musiał jednak odziedziczyć któryś z genów matki, bo bez względu na to, co robił, wciąż wyglądał dobrze.

Maddie zauważyła, że Jackie w ciągu kilku sekund wychyla kolejny kieliszek wina i dostrzegła pierwsze oznaki budzenia się niepospolitego temperamentu synowej. Twarz Jackie zwiotczała, jak gdyby wysączyło się z niej życie, a jej oczy zmętniały. Wyglądała tak, jakby była naćpana, i pewnie tak właśnie było.

Matka poprowadziła Jackie w stronę kuchni, próbując ją uspokajać. W takich chwilach Maddie było jej żal; jakby widziała siebie w młodości. Ona też nie mogła wtedy pojąć, że mężczyzna, którego uwielbia, może ją traktować w taki sposób.

Mężczyzna, któremu nie chce się nawet przyjść do domu, by zobaczyć dzieci. Woli jak zwykle pójść z kumplami do pubu. Sześć lat więzienia niczego nie zmieniło.

♦ ♦ ♦

W pubie panował tłok, dudniła muzyka i wszyscy chcieli stawiać Freddiemu drinki. Był teraz kimś w przestępczym świecie. Miał dwadzieścia osiem lat, zaliczył odsiadkę i był innym człowiekiem. Raczył kolegów opowieściami o tych, których znali tylko ze słyszenia. On zaś mówił o nich jak o braciach.

Jimmy był coraz bardziej markotny, bo czas płynął, a jego kuzyn w ogóle nie myślał o domu. Nie było szans, by zawitał na czas na przyjęcie.

— Freddie, musimy się ruszyć. W domu urządzili wielką balangę na twoją cześć — mówił podniesionym głosem. Minęła dziewiąta i przeczuwał, że będą się działy straszne rzeczy. — Przyszła cała rodzina, a twoja matka nie może się ciebie doczekać.

Wiedział, że wzmianka o matce ostudzi gniew kuzyna.

Freddie spoglądał na niego dłuższą chwilę, a potem uścisnął go mocno i pocałował w czubek głowy.

— Zajebiście porządny chłopak z ciebie.

Jimmy czuł się wniebowzięty.

— Ty tu rządzisz, Freddie, każdy o tym wie.

Właśnie to Freddie chciał usłyszeć. Potrzebował tego.

— Flaszki w dłoń, koledzy. Na mnie czas. Koszmar życia rodzinnego się kłania.

Wychodząc z pubu, Freddie obmacał kilka ładniejszych damskich tyłeczków. Wskazywał palcem wybrane dziewczyny i posyłał im uśmiechy.

Danny Baxter mrugnął do niego z szacunkiem i Jimmy po raz pierwszy zrozumiał, dlaczego kuzyn tak ceni sobie swoją reputację. Mały Jimmy, metr osiemdziesiąt pięć wzrostu, kipiał ze szczęścia.

Freddie wrócił do domu i teraz wszystko będzie na swoim miejscu.

◆ ◆ ◆

Dziewczyna, z którą Freddie wcześniej rozmawiał, znów robiła do niego słodkie oczy. Kiedyś Maddie byłaby gotowa zabić w takiej sytuacji, ale teraz cieszyła się, że nie zamęcza jej już noc w noc. Wolałaby tylko, żeby nie podrywał ich w jej obecności. Było to upokarzające.

Co sprawia, że tak bardzo pożąda się mężczyzn tego pokroju? Wiszące w powietrzu zagrożenie przemocą? Poczucie, że żyje się naprawdę tylko wtedy, gdy są blisko? Świadomość, że upłynie parę dni, a nawet godzin, i znów ich nie będzie?

Freddie był dokładnie taki sam. Jak włos z głowy ojca. Jeszcze jedno powiedzonko matki Maddie.

Długa biała limuzyna zatrzymała się przed domem, jak gdyby Maddie myślami przywołała syna, który z rubasznym śmiechem wypadł z otwartych drzwi samochodu. Był pijany. Na wesoło, ale jednak pijany.

Mimo wszystko przyszedł, pocieszyła się, usprawiedliwiając jego lekceważenie wobec rodziny. Po tylu latach za kratkami musiał się wyszaleć.

◆ ◆ ◆

Kimberley, Dianna i Roxanna patrzyły, jak ojciec kroczy zarośniętą ścieżką, nawet nie spojrzawszy w ich stronę. Pchnął mocno drzwi i zatoczył się do środka.

Najstarsza córka, Kimberley, dobrze pamiętała kłótnie i awantury, więc nic nie mówiła. Dwie młodsze spoglądały oczami rozszerzonymi ze szczęścia. Mężczyzna, o którym matka bez przerwy opowiadała, przemknął obok nich, rozsiewając woń brandy, papierosów i przepoconego ubrania.

Niewielki orszak kolegów potulnie podążał za nim. W odróżnieniu od Freddiego wiedzieli, że są spóźnieni, i to o kilka godzin.

Ojciec Jimmy'ego, James, przyglądał się temu uważnie. On i jego żona Deirdre, nigdy nie mieli o Freddiem wysokiego mniemania, i uwielbienie syna dla niego bardzo ich niepokoiło.

Jackie usłyszała dudniący głos męża i wybiegła z kuchni, stukając wysokimi obcasami. Jej twarz była zaczerwieniona z gniewu, ale i radosnego podniecenia.

— Freddie! — Wpadła mu w ramiona, a on z trudem podniósł ją, uścisnął mocno, a potem szorstko postawił na ziemi.

— O kurwa, ważysz chyba z tonę! Ale nie martw się, w łóżku raz-dwa strząsnę z ciebie sadełko.

Rozejrzał się wesoło, zadowolony ze swojego żarciku. Był kimś. Przecież to na jego cześć urządzono ten spęd.

Rodzina Jackie spoglądała na niego niedowierzająco, a ona sama promieniała szczęściem.

Król wrócił do domu, niech Bóg ma w opiece królową.

Księga pierwsza

Kobieta, kwiat urodziwy, lecz nader nietrwały
Do interesów za miękka i zbyt słaba do władzy
Żona mężowi poddana lub zaniedbana panna:
Jeśli brzydka, wzgardzona, jeśli ładna — zdradzona.

Mary Leapor, 1722—1746
An Essay on Woman

Cudzołożenie rzuć — nie w imię cnoty.
Lecz by nie wdepnąć w niemiłe kłopoty.

Arthur Hugh Clough, 1819—1861
The Latest Decalogue*

---

* Arthur Hugh Clough, *Najnowszy dekalog*, w: *Od Chaucera do Larkina: 400 nieśmiertelnych wierszy, 125 poetów anglojęzycznych z 8 stuleci. Antologia w wyborze.* Opracował i przełożył Stanisław Barańczak, Kraków 1993.

Rozdział pierwszy

Jackie obudziła się z przeszywającym bólem głowy z powodu kaca. Oczy piekły ją tak, jakby posypano je gorącym piaskiem, a język przywierał do podniebienia. Błyskawicznie zorientowała się, że mąż nie leży obok niej w łóżku.

Wystarczyła jedna noc, by była świadoma jego obecności. Kiedy poszedł do więzienia, długo godziła się z tym, że go nie będzie. Była w zaawansowanej ciąży i dotkliwie odczuwała jego nieobecność. Źle było go stracić w taki sposób, ale ona czekała. Czekała i tęskniła. Myślała tylko o swoim mężczyźnie, tęskniła za nim każdego dnia i odczuwała niemal fizyczny ból. A on po wyjściu z więzienia nawet nie uznawał swojego domu.

Westchnęła i już chciała zwlec się z łóżka, gdy usłyszała charakterystyczny śmiech Roxanny. Przypominał dźwięk syreny okrętowej; był głośny jak śmiech jej matki i pełen zaraźliwego humoru, tak jak śmiech babci.

Jackie słyszała głośny śmiech męża i uśmiechnęła się do siebie. Dziewczynki były już starsze, może ojciec okaże im więcej zainteresowania. Nigdy ich naprawdę nie poznał; Jackie miała nadzieję, że teraz, kiedy wreszcie wrócił do domu, staną się prawdziwą rodziną.

Kimberley weszła do małej sypialni z kubkiem gorącej słodkiej herbaty. Dziewięcioletnia dziewczynka była podobna do ojca jak dwie krople wody: miała ciemne włosy i niebieskie oczy, a także jego naturalną arogancję.

— Wszystko w porządku, skarbie?

To było pytanie i obie o tym wiedziały.

— Gada tak, jakby spędził czas w pięciogwiazdkowym hotelu, a nie w ośrodku wypoczynkowym Jej Królewskiej Wysokości.

Kimberley powtarzała słowa ojca matki, lecz to Joseph był dla dziewczynek ojcem bardziej niż Freddie, czemu więc się dziwić?

— Nie mów tak, Kim, tacie było bez nas ciężko.

— Wszystkim nam było ciężko, mamo, nie zapominaj o tym. A jak się go posłucha, to można pomyśleć, że miał ubaw po pachy.

Dziewczynka miała dziewięć lat, a rozumiała więcej niż niejeden sędziwy starzec. I to właśnie złościło jej matkę. Kimberley nie uznawała żadnych granic.

— Ale wrócił do domu.

Kimberley prychnęła z pogardą.

— Jakby wszyscy o tym nie wiedzieli.

◆ ◆ ◆

Kontakt z dziećmi sprawiał Freddiemu zaskakująco dużo frajdy: dziewczynki były ładne i bystre. Synów też by lubił i po nocnej gimnastyce miał wrażenie, że nim rok minie, może się jakiś zdarzyć. Jedno musiał oddać Jackie: przepadała za tym tak samo jak on. Wystarczyło zapytać o zdrowie ojca, by utrzymać w ryzach jej temperament. Parę komplementów, dotknięcie i już była jego.

Kiedy ją okiełzna i zapłodni, będzie mógł zacząć szaleć na dobre. Jackie była w pewien sposób ślepa. Przebaczała mu wszystko. Rozumiała go, a on przynajmniej za to ją kochał.

Ale nawet Freddie rozumiał, że przez kilka dni musi trzymać się domu. Dobrze wiedział, co jest grane, kiedy facet ląduje w kryminale. Rozmaici cwaniacy zaczynają węszyć, próbują coś uszczknąć z jego własności. Wedle jego rozeznania Jackie była czysta jak łza, ale nigdy nie wiadomo. Lubiła jednookiego węża, toteż postanowił mieć się na baczności.

Jeśli okaże się, że wywinęła mu numer, może pożegnać się z życiem.

— Nauczyłeś się gotować w pace, tato?

Roxanna zadała to pytanie zupełnie poważnie, a on odpowiedział jej w tym samym tonie, mieszając jajecznicę na patelni.

— Nie, skarbie, tatuś już przedtem umiał gotować. Czemu pytasz?

Sześcioletnia Roxanna odparła słodko:

— Myślałam, że moglibyśmy wysłać tam mamę, bo ty lepiej od niej gotujesz.

Freddie zaśmiał się głośno. Jego najmłodsza córka stanowiła ciekawy przypadek.

Rozejrzał się po kuchni. Była zaniedbana, ale czysta. Będzie musiał skombinować parę funtów i coś z nią zrobić. Potrzebował domu odpowiedniego do jego nowego statusu.

Niektórzy z tych, z którymi siedział, mieli wiejskie domki! Wielkie działki, baseny — a co ma Freddie? Nędzną klitkę w szeregowcu na komunalnej działce. Dzieci tych gości chodziły do prywatnych elitarnych szkół. Jak to mówił stary kumpel Freddiego? „Nie chodzi o to, co wiesz, tylko kogo znasz". Prawda, cholerna prawda.

Przyglądał im się w kryminale i była to diabelnie dobra edukacja. Wszystkich odwiedzały ładne kociaki, wystrojone jak żony piłkarzy, uśmiechnięte i błyszczące diamentowymi pierścionkami. Czasem się wściekał, widząc, że Jackie znów przyszła w dżinsach i skórzanej kurtce. Ale trzeba przyznać, że nie było jej stać na porządne ciuchy, nie dostała rekompensaty.

Myśl o rekompensacie zachmurzyła mu czoło.

Zasługiwała na nią, powinna dostać parę funtów, a nie biedować na socjalu.

Postanowił zająć się tą sprawą jutro po południu.

♦ ♦ ♦

Lena Summers otworzyła i ryknęła:

— Walisz do drzwi jak glina, Jimmy.

Uśmiechnięty chłopak wszedł do kuchni, skinął głową Josephowi i nalał sobie herbaty do kubka wziętego z suszarki.

— Jest gotowa?

Lena parsknęła śmiechem.

— Czy ona kiedykolwiek jest gotowa? Dopiero wskoczyła pod prysznic.

Smarowała tost. Odruchowo podała Jimmy'emu, a on przyjął go z wdzięcznością.

— Jak to się wczoraj skończyło?

Jimmy wzruszył ramionami. Wyglądał, jakby się nie mieścił. Czuł bezgraniczną lojalność wobec kuzyna, ale nie chciał też niepokoić Leny i Josepha.

— Fajna impreza, pani Summers, Freddie był tylko trochę podkręcony, to wszystko. W końcu odwalił parę lat za kratkami...

— Jak na mój gust, to nie powinni byli go stamtąd wypuszczać.

Lena naskoczyła na męża.

— Nikt nie pytał cię o zdanie.

Odwróciła się do Jimmy'ego.

— Jackie się nie wściekła? Nie skończyło się kłótnią?

Jimmy się uśmiechnął.

— Było świetnie. Kiedy wychodziłem, tańczyli wolny kawałek, a Freddie trzymał na ramieniu małą Roxannę.

Teraz z kolei uśmiech pojawił się na twarzy Leny. Jej lęki zostały na kilka dni uśmierzone. Bez awantur się nie obejdzie, wszyscy o tym wiedzieli. Chciała tylko, żeby córka zaznała przynajmniej kilku dni szczęścia na początek.

Jeśli było kiedyś dwoje ludzi, którzy powinni się trzymać od siebie z dala, to byli nimi Freddie i Jackie Jacksonowie. Zalecali się do siebie od czasów szkolnych, a Lena znienawidziła Freddiego od pierwszego wejrzenia. Jackie zawsze była trudna, nawet w swoim najlepszym wcieleniu, ale on owinął ją sobie wokół palca już pierwszego dnia. Dostała fioła na jego punkcie i z początku to uczucie było odwzajemnione. Dopiero gdy jedno po drugim pojawiły się dzieci, Freddie zaczął szumieć. A Jackie, tak samo jak jej matka, ścigała jego kobiety i na nie zrzucała winę. Gdyby tylko Lena umiała ją przekonać, że bez mężczyzn te kobiety by nie istniały. Wiedziała jednak z doświadczenia, jak bardzo to boli i niszczy wiarę w siebie. Jak zalewa całe życie, dopóki nie nauczysz się płynąć z prądem. Bo w przeciwnym wypadku utoniesz.

Jackie, niech Bóg ma ją w swojej opiece, nigdy nie nauczy się pływać. Będzie się pogrążać coraz głębiej za każdym kolejnym razem. Gorycz będzie ją zżerać wraz z zazdrością.

Maggie wpadła do kuchni w pełnym makijażu promiennie uśmiechnięta.

— Samochód czeka na ciebie od kilku godzin — rzekł pobłażliwie Joe Summers.

— Ten samochód będzie na mnie czekał aż do skutku — odparła z uśmiechem córka.

Złapała w pośpiechu tost i kubek z kawą, pocałowała matkę i ojca, a potem wybiegła z domu. Zawsze zostawiała kubek w aucie, a Jimmy później go przynosił. Były to miłe dzieciaki.

Rosły, potężnie zbudowany dryblas wyszedł jak zawsze za Maggie.

— To porządny chłopak.

Joe prychnął głośno.

— Mogła szukać gdzie indziej i gorzcj trafić. Uwielbia ją. A ona każe mu się o siebie starać. Wie, co robi.

— Dopóki nie położy jej na wznak.

Joe spojrzał z przyganą na żonę.

— Nie doceniasz jej. Jest na to za cwana, zapamiętaj moje słowa.

Lena usiadła przy małym sosnowym stoliku.

— Ona jest taka młoda, Joe — rzekła smutno. — Ma dopiero czternaście lat.

— Ty też tyle miałaś.

— I spójrz, co się ze mną stało.

— Nieźle sobie poradziłaś. Złapałaś mnie.

Lena zaśmiała się pogardliwie.

— Wygrałam los na loterii, co?

Śmiali się razem, a Lena zastanawiała się, co mąż by powiedział, gdyby usłyszał, że jego mała córeczka bierze pigułki.

Mężczyźni nigdy nie widzą tego, co dzieje się pod ich nosem.

♦ ♦ ♦

Micky Daltry miał szczęśliwy dzień. Żona była w dobrym nastroju, bo kupił jej nowy płaszcz i buty. Dzieci poszły do teściowej, a oni wybierali się do restauracji, żeby uczcić rocznicę ślubu.

Sheila była porządną kobietą, a on miał dość rozumu, by to docenić. W domu było czysto jak w pudełeczku, dzieci były ubrane i wychowane jak należy. Wszystkie miały jej urodę i jego głowę. Doskonała kombinacja.

— Pospiesz się, Sheila. Taksówka zaraz tu będzie.

Sheila ze śmiechem schodziła po schodach szeregowca pomalowanego na kolor magnolii w matowym odcieniu. Była z niego bardzo dumna. Tak samo jak z grubego kremowego chodnika, który doprowadzał dzieci do szału, gdyż musiały zdejmować buty przy drzwiach. Ich koledzy i koleżanki mogły chodzić w butach po domu aż do wieczora. Zdejmowały buty dopiero przed pójściem spać, razem z ubraniem.

Nawet ojciec stosował się do tej zasady i dzięki temu było jasne, że tak trzeba.

Sheila Daltry miała długie jasne włosy, szczupłą figurę, mimo że urodziła troje dzieci, oraz dobry charakter. Spokojna i pogodna, była całkowitym przeciwieństwem męża. Micky był hałaśliwy, skłonny do żartów i skryty. Gwizdnął na nią pożądliwie i Sheila się ucieszyła.

Wtedy rozległo się walenie do drzwi i Micky otworzył je zamaszystym ruchem.

W drzwiach stał Freddie Jackson z uśmiechem na twarzy i kijem baseballowym w dłoniach.

Micky instynktownie chciał zamknąć drzwi, ale po krótkiej szarpaninie Freddie wdarł się do środka.

Potem zamknął je delikatnie.

Sheila spojrzała na męża, a ten pokręcił smutno głową. Z przerażeniem złożył ręce w błagalnym geście i odwrócił się do Freddiego.

— Coś mi mówi, że nie mogę liczyć na filiżankę herbaty — rzekł wesoło intruz.

♦ ♦ ♦

Maggie była szczęśliwa, naprawdę szczęśliwa. Była zakochana i wszyscy jej przyjaciele o tym wiedzieli.

Wieść o przyjęciu już krążyła po ich małym światku i Freddie był jak zwycięski wódz. Dziewczęta rozprawiały bez końca o długiej limuzynie, którą zajechał przed dom; ten dekadencki gest stał się tematem długich dyskusji. Marzyły o tym, by żyć jak gwiazdy filmowe albo królowe muzyki pop.

— Przejechałaś się nią, Maggie?

Pytanie to zadała Helen Dunne, przyjaciółka bądź wróg w zależności od tego, czy akurat dziewczyny ją obgadywały. Maggie pokręciła głową.

— Nie, ale mogłabym, gdybym chciała. Jimmy jeździł nią przez cały dzień, bardzo mu się podobało. Mówi, że w środku były drinki i wszystko. — Maggie łgała, ale dziewczyny chętnie dały jej wiarę.

— To prawda, że sprał Willy'ego Pantera?

Maggie znów skinęła głową.

— Willy się urżnął i szumiał!

Zaciągnęła się głęboko papierosem Benson & Hedges.

— Jackie wyglądała pięknie, szkoda, żeście jej nie widziały.

W głosie Maggie brzmiało uwielbienie. Kochała siostrę i bezgranicznie ją podziwiała.

Dziewczęta westchnęły.

— Ten Freddie jest całkiem fajny — zauważyła Carlotta O'Connor, dobrze rozwinięta dziewczyna, która już zasłynęła ze skłonności do alkoholu, marihuany i starszych chłopców.

Wszystkie dziewczęta z wyjątkiem Maggie parsknęły śmiechem, żartobliwie oburzone.

— Na twoim miejscu nie mówiłabym tego głośno. Moja siostra ma kręćka na jego punkcie.

Wszystkie wiedziały, że to poważne ostrzeżenie. Maggie zwracała uwagę na wszystko, co mogło stanowić zagrożenie dla siostry. Jackie miała wady, ale była jej ukochaną siostrą.

Carlotta uśmiechnęła się tylko; miała pozycję i nikogo się nie bała. Mimo to wolała nie wchodzić w drogę Jackie Jackson.

— Jimmy chyba jest na stałe.

Maggie się uśmiechnęła.

— Niechby spróbował nie być.

Dziewczęta zaczęły się z nią drażnić. Maggie przyjęła to dobrze, ale w głębi serca się zaniepokoiła. Ujawniwszy swoje zamiary, przestraszyła się, że od niej ucieknie. Ale nie mogła dłużej mu się opierać, pragnęła go równie mocno, jak on jej.

— Dobrze się czujesz?

— Jak nigdy w życiu — odparła z uśmiechem Maggie.

♦ ♦ ♦

Micky spoglądał na Freddiego Jacksona z potwornym przerażeniem. Sheila wciąż stała na schodach, z rezygnacją obserwując scenę rozgrywającą się u jej stóp.

Taksówkarz zatrąbił klaksonem.

— Wsiadaj do taksówki i jedź do mamy, bo muszę zamienić z twoim staruszkiem parę słów — powiedział Freddie.

Sheila skinęła głową i wyszła z domu.

— Niezła chata, Micky, powinieneś zobaczyć moją. Gówniana nora, i znikąd nie widać forsy, ty zdrajco.

Kij trafił Micky'ego w ramię. Ból był straszliwy. Micky wrzasnął i opadł ciężko na kolana.

— Freddie...

— Zamknij ten kłamliwy pysk, ty cioto. Moja stara ledwo wiąże koniec z końcem, a ty i twoje bachory opływacie w luksusy za moją kasę. Myślisz, że można mnie bezkarnie wydmuchać?

Micky płakał i to zirytowało Jacksona bardziej niż afront, jakiego doznał. Podsunął mu pod nos wyprostowany palec.

— Mażesz się, ty piździelcu. Ja poszedłem do kryminału i nie pociągnąłem cię za sobą, bo jestem kurewsko lojalny. A ty nie dałeś mojej rodzinie ani szklanki wody, ani rekompensaty, niczego. Uwalili mnie za rozbój i posiadanie broni, a ty siedziałeś sobie spokojnie na forsie! Chyba nie jesteś zaskoczony, że przyszedłem? Chcę rekompensaty.

Micky trzymał się za ramię.

— Nie miałem im co dać — odparł przez łzy. — Sam ledwo wiązałem koniec z końcem...

Freddie zawlókł go do pokoju, pomalowanego na blado-zielono i kremowo, z ładnym narożnym kompletem wypoczyn-

28

kowym, kolorowym telewizorem i przyzwoitym systemem stereo. Pchnął byłego przyjaciela na sofę i zaczął systematycznie demolować mieszkanie baseballem, krzycząc i wskazując na niego kijem.

— Forsa, którą skręciłeś, powinna trafić do moich dzieci. Dzięki mnie nie poszedłeś do pierdla, ty dwulicowy kutasie, a ty nawet nie złożyłeś im życzeń świątecznych! Straciłem pierdoloną wolność, a ty siedziałeś ze swoim zasranym potomstwem i nie pomyślałeś, że moja Jackie nie ma czego do ust włożyć!

Rzucił się z kijem na ofiarę i okładał ją z ogromną siłą. Krew zaczęła tryskać na kremową skórzaną sofę. Kiedy Freddie na chwilę przestał, zobaczył, że czaszka Micky'ego pękła. Mózg rozprysnął się na welurowe zasłony i sufit.

Freddie jednym potężnym uderzeniem rozwalił wykuszowe okno. Sąsiedzi stali na schodach i słuchali odgłosów demolki, ale większość była po jego stronie, nie musiał się więc obawiać policji.

Spodobało mu się spustoszenie, jakiego dokonał. Chciał, żeby wieść o tym się rozniosła: ludzie powinni wiedzieć, że Freddie wrócił. Że ulica należy do niego, a on potrafi załatwiać porachunki, stare i nowe. Chciał mocno zamieszać i nie zamierzał przestać, dopóki nie zapanuje całkowicie nad swoim światem. Za kratkami sporo się nauczył, a teraz postanowił w pełni wykorzystać tę wiedzę i nowe kontakty.

Micky kiwał go, a Jackson musiał położyć temu kres, pokazać mu, że nie wolno sobie z nim pogrywać.

Jechali na spotkanie z kolegami, w bagażniku było mnóstwo broni. Micky wysiadł z samochodu, żeby kupić papierosy, i właśnie wtedy gliny zatrzymały Freddiego. Bił się z nimi, jak należało oczekiwać, i zaprzeczył, że Micky Daltry z nim jechał. Dostał przepisowe dziewięć lat za posiadanie broni. Trzymał głowę nisko, a tyłek wysoko, czego również należało oczekiwać. Ale Micky powinien był zaopiekować się jego rodziną. Wywinął się szczęśliwie i Freddie nie miał mu tego za złe. Bo niby z jakiej racji? Lepiej, że przymknięto tylko jednego. Niestety tym razem padło na niego. Takie było życie i ryzyko ich zawodu.

Micky jednak go wyrolował. W żaden sposób mu nie pomógł, nawet nie próbował wpłacić za niego kaucji. Freddie był wtedy szczeniakiem i nie wiedział, jak sprawy powinny wyglądać. Ale teraz wiedział, i to aż za dobrze.

W więzieniu bił się z każdym opryszkiem i oszustem, który jego zdaniem nie okazał mu szacunku, i zasłużył sobie na opinię twardziela. Po jakimś czasie zakwalifikowano go do kategorii najniebezpieczniejszych więźniów i przeniesiono do specjalnego zakładu karnego w Parkhurst, gdzie miał okazję zetknąć się ze śmietanką przestępczego świata.

Poznał Ozzy'ego, który wybrał życie przestępcy, i przez więźniów nazywany był Tatuśkiem. Ten niebezpieczny człowiek dostrzegł potencjał Freddiego i wziął go pod swoje skrzydła. Pokazał mu nie tylko, jak godnie odsiedzieć wyrok, lecz także w jaki sposób wykorzystać swoje mocne strony.

Ozzy był dobrym nauczycielem, a Freddie okazał się pojętnym uczniem.

Po wyjściu zamierzał pracować dla Ozzy'ego, handlując prochami i odbierając długi. Miał współpracować z braćmi Clancy, ale ci wykonywali tylko zlecenia Ozzy'ego. Freddie postanowił poprawić swoją życiową pozycję. Odsiedział swoje, nie tańcząc, jak mu zagrają, i właśnie dlatego Ozzy na niego postawił.

Micky Daltry natomiast o nim zapomniał. Freddie przestał dla niego istnieć i Micky myślał, że jest ustawiony. Ludziom na zewnątrz sześć lat wydaje się bardzo długim okresem. Tym, którzy siedzą, czas mija powoli i boleśnie, najczęściej ratują się narkotykami.

Micky przekonał się, że ów czas jednak przemija.

Teraz nadeszła pora wyrównywania starych rachunków. Uświadamiania błędów tym, którzy je popełnili.

Micky musiał zrozumieć, że nikomu nie wolno robić sobie jaj z Freddiego.

Ale Micky nie miał już szans robić sobie jaj z nikogo.

♦ ♦ ♦

Lena patrzyła, jak Jackie szykuje dla męża stek i frytki domowej roboty. Choć niechętnie, musiała przyznać, że zakręcił się i zdobył trochę pieniędzy. Przynajmniej się starał.

Kroiła pieczarki i pomidory z radością na twarzy i Lena zapragnęła ją uścisnąć. Nie zrobiła tego jednak, bo wiedziała, że córka nie przepada za takim okazywaniem czułości.

Jackie dolała wina do kieliszków i trajkotała dalej, nieświadoma, że matka nie zwraca większej uwagi na jej słowa.

— Freddie kupi nowe meble. Jutro przywiozą nowy telewizor i komplety do pokoi dziewczynek. Są takie śliczne, mamo.

Radość w jej głosie wyrwała matkę z zadumy.

— Kupił meble dla dziewczynek?

Jackie skinęła głową.

— Nawet Kimberley jest zadowolona, a wiesz, jaką potrafi być upierdliwą suką!

Roześmiały się.

— Mama Freddiego przyjdzie wieczorem popilnować dzieci, a my wybierzemy się do pubu na drinka. Nie mogę się doczekać. Tak się cieszę, że Freddie jest w domu.

Przerwała siekanie pieczarek i spojrzała matce w oczy. A potem powiedziała poważnie:

— Tęskniłam za nim. Kiedy go nie ma w pobliżu, czuję się tak, jakbym była niekompletna.

Miała łzy w oczach. Lena bez zastanowienia wzięła córkę w ramiona.

— Ale on wrócił, kochanie.

Nieprzyzwyczajona do tego, że matka ją obejmuje, Jackie wykorzystała to w pełni i rozpłakała się na jej ramieniu. Lena pachniała perfumami Blue Grass i papierosami. Był to swojski, uspokajający zapach. Jackie napawała się poczuciem, że jest kochana. Nagle ktoś powiedział głośno:

— Co tu się, kurwa, dzieje? Odgrywacie scenkę z *Waltonów*?

Freddie szorstkim gestem odciągnął Jackie od matki i widząc łzy w jej oczach, zapytał:

— No co jest, skarbie? Dlaczego płaczesz, maleńka? Coś ty jej zrobiła, do kurwy nędzy?

Lena westchnęła ciężko, a Jackie odparła, szlochając:

— Mama nic nie zrobiła. Cieszę się, że wróciłeś, to wszystko. Tak bardzo tęskniłam i czekałam, i wreszcie jesteś...

Freddie spojrzał w oczy żony i zobaczył tam miłość i pragnienie. Jackie byłaby gotowa dla niego zabić, a on poczuł się

31

tak, jakby znów siedział w więzieniu, a ściany napierały na niego ze wszystkich stron.

Przygarnął ją do siebie, a teściowa wyszła, nie oglądając się.

— Wróciłem, Jackie. Teraz wszystko będzie dobrze, nie mówmy już o tym, co było.

Kilkoma słowami skwitował jej lata samotności z dziećmi i codzienną walkę o byt. Mówił jej, że nie chce więcej słyszeć na ten temat, a ona wiedziała, że nie powinna się nad tym rozwodzić. Cieszyła się więc, że ją obejmuje.

Dianna przerwała napiętą atmosferę, wchodząc do kuchni i mówiąc głośno z francuskim akcentem:

— Oh! la la!

Freddie podniósł córkę i ją pocałował. Dianna stała się ulubienicą ojca i mogła owinąć go sobie wokół paluszka. Jackie patrzyła na nich i musiała przełykać zazdrość wobec siedmioletniego dziecka, wobec własnej córki.

Wyciągnęła ją z ramion ojca i dając jej żartobliwego klapsa w pupę, powiedziała wesoło:

— Zmykaj do sióstr. Muszę ugotować obiad.

Dziewczynka wybiegła radośnie z kuchni, a Jackie odwróciła się do męża, który już szukał piwa w starej jak świat lodówce. Chwila minęła.

Jackie zajęła się gotowaniem. Odpędzała głupie myśli, mówiąc sobie, że Dianna jest miłym dzieckiem, a jeśli dzięki niej Freddie będzie częściej bywał w domu, to tylko powód do radości.

◆ ◆ ◆

Maggie i Jimmy byli już w pubie, kiedy zjawiła się Jackie. Przyszli wcześnie i zajęli stolik blisko baru. W zadymionym wnętrzu panował hałas. Maggie wypiła już trzy drinki Southern Comfort z lemoniadą i wcale nie czuła się wstawiona. Oswoiła się już z alkoholem, podobnie jak większość jej koleżanek.

Jimmy jak zwykle się w nią wpatrywał. Bardzo podobały jej się jego ciemne włosy i niebieskie oczy. Uśmiechnęła się do niego nieśmiało. Było dokładnie tak, jak powiedziała matka: Jimmy patrzył na nią jak na wspaniały prezent gwiazdkowy, który czeka na odpakowanie. Potem dodała ze swoim cierpkim humorem: „A ty, dziewczyno, pilnuj, żeby nie odpakował do końca".

Maggie roześmiała się wtedy, ale teraz, gdy już została do końca odpakowana, czuła dotkliwą obawę przed utratą Jimmy'ego. On jednak był w niej coraz bardziej rozkochany i to tymczasem uśmierzało lęk.

Dojrzała siostrę i zamachała na nią.

— A gdzie Freddie?

Zdejmując żakiet, Jackie odparła głośno:

— Dajcie mi najpierw, kurwa, usiąść!

Maggie popatrzyła na nią szeroko otwartymi oczyma. To była cała Jackie. Odzywała się do ludzi, jakby byli śmieciami, a oni na jej szczęście to przełykali ze względu na mit otaczający Freddiego. Maggie jednak odczuwała to boleśniej, bo Jackie była jej starszą siostrzyczką, którą uwielbiała.

Twarz Jimmy'ego się zachmurzyła.

— Kto ci nadepnął na odcisk? — spytała wesoło Maggie, chcąc rozładować atmosferę. Wiedziała, że stąpa po cienkim lodzie, bo złość Jackie mogła się skierować na nią.

Jackie spojrzała w oczy siostry i znów poczuła dobrze znaną zazdrość. Piękna cera Maggie, białe zęby i zgrabna figura ostatnio ją zaniepokoiły. Zazdrościła siostrze urody i młodości, a także tego, że nie ma dzieci i zobowiązań. Powrót Freddiego do domu obudził jej stare lęki. Wiedziała, że będzie ją zdradzał, że wraz z nim powróci niewiara i obrzydzenie do samej siebie, a co najgorsze, że w końcu pogodzi się z jego niewiernością, bo w przeciwnym razie Freddie po prostu odejdzie.

Nie były to najlepsze perspektywy małżeńskie.

— Przepraszam, skarbie. Zamów mi coś do picia.

Usiadła i zgodnie z przewidywaniami Maggie zaczęła patrzeć na drzwi, wypatrując męża.

Jimmy zauważył, że trzęsą jej się ręce, kiedy zapala papierosa. Zdziwił się, że jest to aż tak widoczne, choć wiedział, że Jackie przeważnie jest na prochach: bierze tabletki odchudzające, dexedrine, a nawet mandrax. Poza tym łyka valium i norovail.

Była jak tykająca bomba zegarowa.

Wstał i wyszedł na parking. Było już ciemno, ale rozpoznał postać Freddiego, który nachylał się do okienka ciemnozielonego forda granada, stojącego w narożniku. Idąc wolno w tamtą stronę, słyszał rozmowę.

— Ozzy powiedział, że mnie pan ustawi.

Służalczość w głosie Freddiego była tak porażająca, że Jimmy znieruchomiał.

— Jesteś pewny, że dasz sobie radę? To nie są przelewki, kolego — odpowiedział tamten ciepłym, przyjaznym głosem, który jednak podszyty był groźbą.

— Jasne, że dam sobie radę. Znam zasady i wywiążę się.

— Wyluzuj, do cholery, to tylko prochy.

Jimmy wiedział po głosie, że mężczyzna się uśmiecha. Zaciągnął się papierosem, a potem rzekł:

— Odezwę się do ciebie.

Freddie się wyprostował. Aż biło od niego radosne podniecenie.

— Dziękuję, panie Clancy, jestem bardzo wdzięczny.

— Jeszcze jedno, Freddie. — Mężczyzna wskazał palcem Jimmy'ego. — Ten wścibski skurwiel ma z tym coś wspólnego?

Freddie odwrócił się i skinął na Jimmy'ego. Kiedy chłopak podszedł, uścisnął go potężnie.

— To mój mały kuzynek, Jimmy Jackson.

— Mały, powiadasz? Co oni żrą, że tak rosną? Chyba koński obrok.

Wszyscy się roześmiali.

Kierowca wysunął rękę i Jimmy uścisnął ją nerwowo. Dotąd znał tylko jego nazwisko: Siddy Clancy. W tej okolicy znaczył tyle, co gwiazdor Hollywoodu.

— Odezwę się do ciebie, jasne?

Freddie znów skinął głową i samochód ruszył z piskiem opon. Wyjechał z parkingu, niemal powodując wypadek na ulicy, i ruszył w stronę autostrady A 13.

Freddie nadął się jak paw. Szczerząc zęby, zamknął Jimmy'ego w uścisku.

— Forsa jest nasza — zaśpiewał.

Jego entuzjazm udzielił się Jimmy'emu.

— O kurwa, Fred, to był Siddy Clancy. Ale niespodzianka.

Freddie nagle spoważniał.

— To piździelec, ale ja już go wyrucham, spokojna głowa.

34

Jimmy nie miał pewności, czy dobrze usłyszał. Siddy Clancy był strasznym i niebezpiecznym skurwielem. Nikt przy zdrowych zmysłach nie próbowałby go przekręcić. Zachował jednak tę mądrość dla siebie.

Freddie położył palec na ustach.

— Trzymaj język za zębami, to będziesz mógł ze mną pracować. Wszystkiego cię nauczę, synku. Okay?

Jimmy skinął głową, bo tego Freddie od niego oczekiwał. Mimo to poczuł, że ogarnia go chłód. Ci ludzie byli przestępcami na całego, należeli do innej ligi. Tym spostrzeżeniem też nie podzielił się z kuzynem.

Kiedy znaleźli się w pubie, Freddie ruszył prosto do grupy dziewcząt stojących z drinkami przy barze.

Maggie spojrzała na twarz siostry i westchnęła.

Jimmy wsunął się do boksu, otoczył Maggie ramieniem i pocałował ją w czubek głowy. Dziewczyna odruchowo przytuliła się do niego. Na widok tego obrazka Jackie ogarnęła wściekłość, która zawsze w niej bulgotała.

Jej spojrzenie przeniknęło przez ubranie męża niczym ostrze noża. Freddie wiedział, że żona go obserwuje, ale flirtował z dziewczynami tak długo, aż poczuły się nieswojo, a twarz Jackie ściągnęła się i pobielała.

Rozdział drugi

W mieszkaniu głośno rozbrzmiewała muzyka zespołu Steel Pulse, w powietrzu wisiał dym z marihuany, a trzej mężczyźni obserwowali się nawzajem.

Zza okna dobiegały typowe odgłosy lata: śmiech dzieci, szum przejeżdżających aut, a co jakiś czas dudnienie głośników samochodowych.

— No więc co się z nim dzieje?

Freddie kręcił z niedowierzaniem głową, a Jimmy stał obok, w milczeniu obserwując rozwój sytuacji.

Czarnoskóry mężczyzna z rozwichrzoną czupryną i bez zębów na przedzie uśmiechnął się szerzej. Jimmy wiedział, że jest niebezpieczny. Wyglądał na przyjaźnie usposobionego, a nawet łagodnego, ale w jego oczach był groźny błysk, a pod długim skórzanym płaszczem rysował się charakterystyczny kształt maczety. Przed drzwiami domu w południowym Londynie stał orszak jego kolegów.

Glenford Prentiss trzymał w dłoni długiego skręta. Zaciągnął się nim głęboko, a potem odpowiedział burkliwym głosem, zakłóconym kaszlem:

— To był szajs, Freddie, tyle ci powiem. Sprzedałem, a ty dostałeś swoją forsę. Mój człowiek dał ciała, biorąc ten towar. Od tej pory ja będę zawierał umowy.

Mówił z mocnym jamajskim akcentem. Odchrząknął. Był naćpany, ale myślał trzeźwo.

Freddie popatrzył na Glenforda. Lubił tego drania, a poza tym nie mógł odmówić mu racji. Tydzień wcześniej opchnął mu gównianą trawę, a teraz dostawał za swoje.

Szczycił się tym, że potrafi się uczyć — ocenić, kogo można przekręcić, a kto się postawi. Był człowiekiem Ozzy'ego i musiał mieć się na baczności, uważać na maniery. Ozzy oczekiwał, że będzie zbierał śmietankę, a nie zdzierał z klientów. Granica była subtelna i miał świadomość, że ją przekroczył. Nie miał wyboru: musiał się pokajać i zrobić potulną minę. Wyszczerzył w uśmiechu białe zęby. Zmrużył oczy i w tej chwili wyglądał jak najmilszy z ludzi.

Za tym uśmiechem kryła się niebezpieczna osobowość i Glenford Prentiss był tego świadomy. Powiedział swoją kwestię i był gotów walczyć o swoje, ale czuł, że nie będzie to konieczne. Po co strzelać do posłańca? Freddie Jackson stroił groźne miny, ale był tylko marionetką Siddy'ego.

A za wszystkie sznurki pociągał Ozzy.

Wszyscy o tym wiedzieli.

— To się już nie powtórzy.

Glenford odpowiedział uśmiechem.

— Wiem o tym, kolego.

Uścisnął Freddiego, a potem wybuchnął tym swoim zaraźliwym śmiechem. Podał mu brązową kopertę pełną banknotów. Freddie nie przeliczył pieniędzy: wiedział, że nie zostanie to dobrze odebrane.

Kiedy wsuwał kopertę do kieszeni, Glenford rzekł cicho:

— Musiałeś spróbować, to jasne. Sam bym tak zrobił.

Podał skręta Freddiemu, a ten wciągnął dym, przez kilka chwil zatrzymał w płucach, a potem wolno wydmuchnął. Spojrzał na skręta i powiedział:

— Dobra trawa.

Glenford znów się uśmiechnął.

— Nigdy nie palę tego, co opycham, chłopcze. Zwłaszcza jeśli kupiłem ją od białasów.

Wszyscy się roześmiali i Jimmy poczuł, że napięcie opada. On też dopiero teraz odetchnął. Murzyni go niepokoili, ale tylko tym, że są tacy nieprzewidywalni. Mimo to lubił Glenforda i w zeszłym tygodniu powiedział Freddiemu, że najgorszą trawę powinien spuszczać skinheadom, którzy i tak nie czują różnicy.

Kilka minut później w samochodzie Jimmy powtórzył to samo.

— Sytuacja była podbramkowa, Freddie. Mówiłem ci w zeszłym tygodniu, że oni znają się na trawce.

Freddie zatrzymał auto, odwrócił się na fotelu i surowo spojrzał Jimmy'emu w twarz.

— Nigdy więcej mnie, kurwa, nie pouczaj. Zamieniliśmy słowo tydzień temu i wystarczy.

Jimmy skinął głową.

— Wiem, chciałem tylko...

— Stul pysk.

Freddie spojrzał mu w oczy z widoczną nienawiścią. Jimmy czuł groźbę, przełknął więc ripostę, która cisnęła mu się na język. Miał prawie dwadzieścia lat i był mocnym graczem; z coraz większym trudem przychodziło mu utrzymywać gniew na wodzy. Freddie traktował go jak najemną pomoc, a jego to napełniało goryczą. Znał swoją wartość i chciał szacunku, na który zasługiwał.

Freddie rąbnął pięścią w kierownicę.

— Wybacz, Jim, ale sam widzisz, jak jest. Sprzedaję szajs na konto Clancy'ego i nadszedł czas, żeby nauczyć go rozumu. Nieważne, co pomyśli Ozzy. Usadzili go na lata, a ja nie zamierzam przez resztę życia robić za jego lokaja.

Uruchomił silnik.

— I nie potrzebuję, żebyś mi przypominał, jasne? — Uśmiechnął się smutno. — Napijmy się, co? Mam chętną laskę w Ilford, podrzucisz mnie tam i weźmiesz brykę, okay?

Włączył odtwarzacz i ciasna przestrzeń wypełniła się dźwiękami muzyki Phila Collinsa.

Jimmy westchnął w duchu. Freddie nie był w domu od kilku dni; wszyscy zainteresowani bardzo się tym martwili, z wyjątkiem, rzecz jasna, samego sprawcy.

W ciągu pół roku doprowadził Jackie do obłędu. Wszyscy cierpieli, a Freddie dalej robił swoje.

Jak mawiał ojciec Maggie, Freddie Jackson nie zmieni się, dopóki kobiety będą nosiły kiecki.

♦ ♦ ♦

— Zagoń dzieci do wanny, dobrze?

Maggie skinęła głową, weszła na górę i odkręciła kran. Dodała sporą porcję pianki, żeby dziewczynki miały się czym bawić. Umyła im włosy, a potem zostawiła w wannie z zabawkami. Po zejściu na parter zobaczyła, że Jackie otworzyła następną butelkę liebfraumilch.

— Gdzie on się, kurwa, włóczy? Znowu go zapudłowali czy co?

Lena, która poszła do kuchni sprawdzić, czy w lodówce jest coś do jedzenia dla dzieci, odparła sarkastycznie:

— Gdyby tak było, to policja już by cię powiadomiła.

Maggie gotowa była udusić matkę za tę odpowiedź. Gdyby Freddie poszedł siedzieć, Jackie miałaby chociaż pewność, że jej mąż nie miętosi pierwszej lepszej, która wpadła w jego brudne łapska.

Jackie przymknęła oczy.

— Jest z jakąś babką, prawda?

Maggie usiadła przy niej na sofie.

— Nie możesz tego wiedzieć. Uspokój się, dzieci czują, że dzieje się coś złego. — Zapaliła papierosa i wsunęła go siostrze do ręki, jednocześnie wyjmując z niej kieliszek. — To ci nie pomoże.

Jackie pociągnęła nosem; znów była bliska łez.

— Pomaga mi zasnąć.

Maggie zapaliła papierosa dla siebie. Była wściekła, widząc siostrę w takim stanie. Jackie była silna pod każdym względem, lecz Freddie jej tę siłę odbierał. Lena weszła z dwoma kieliszkami. Szybko napełniła je i sącząc delikatnie trunek, usiadła na krześle.

— Wywal go, skarbie. On nie jest ci do niczego potrzebny.

Maggie była gotowa krzyczeć. Matka była jak zdarta płyta i choć mówiła prawdę, jej słowa doprowadzały Jackie do jeszcze większej rozpaczy.

— Przestań, mamo. Nie widzisz, że Jackie jest już wystarczająco nieszczęśliwa?

Spoglądała matce w oczy, usiłując dać jej do zrozumienia, że powinna dać temu spokój. Lena wzruszyła ramionami, upiła łyk wina, a potem ciągnęła łagodnym gawędziarskim tonem:

39

— Freddie to śmierdzący gnój. Wasz ojciec był taki sam, potrafił wywęszyć obcą babkę jak ogar. Jak ja się z nim umęczyłam...

Uśmiechnęła się.

— Pamiętacie tę sąsiadkę z Silvertown? Jak jej było na imię?

Jackie roześmiała się niespodziewanie.

— Maggie była za mała, żeby ją pamiętać. Och, gdybyś się teraz zobaczyła!

Śmiały się razem, znów były sojuszniczkami. Zabawne wspomnienie usunęło z pola widzenia ból Jackie.

— Jak to było? — Maggie zamieniła się w słuch. W tych opowieściach niezmiennie występował jej ojciec albo szwagier, oraz jakaś kobieta lub więcej kobiet. Matka i Jackie zawsze przedstawiały je w sposób humorystyczny: dostrzegały zabawną stronę swojej sytuacji i potrafiły rozśmieszyć także Maggie.

— Od mojej siostry Junie dowiedziałam się, że tata obraca jakąś blondynkę, podobno z sąsiedztwa. Wyglądałam więc przez okno, żeby przyłapać drania, i któregoś razu widzę go z jasnowłosą babką, która niedawno się do nas wprowadziła. Otwieram okno, a on krzyczy: „Zaraz wracam".

Lena pociągnęła łyk wina. Mówiła coraz głośniej, a jej dłonie manewrowały niebezpiecznie papierosem i kieliszkiem.

— Pędzę na dół po schodach jak pocisk, dopadam ją i tłukę na kwaśne jabłko. Jej stary się zjawił i mnie od niej odciągnął. Jackie obrzuciła ją wyzwiskami, ojciec też dorzucił swoje. Miałam pełne ręce kłaków tej biednej zdziry, chodnik wyglądał jak polany czerwonym winem... Wszyscy sąsiedzi mnie podziwiali.

Lena i Jackie zanosiły się śmiechem.

— I co było dalej? — spytała Maggie, spoglądając z uśmiechem na ryczące matkę i siostrę.

Ocierając łzy, Lena odparła:

— No cóż, okazało się, że to nie ona.

Oczy Maggie się rozszerzyły.

— Chyba żartujesz.

Lena i Jackie znów parsknęły śmiechem.

— Twój ojciec parę dni wcześniej pożyczył młotek od męża tej babki, a oni chcieli, żeby go im oddał. Myślałam, że padnę trupem na miejscu.

40

Jackie dwoma haustami dopiła wino i starła palcami łzy z policzków, nie przestając się śmiać.

— Ale się uśmiałam, mamo.

Lena skinęła głową, a potem rzekła poważnie:

— Tylko że to wcale nie było zabawne. My się śmiejemy, ale innym nie było do śmiechu. Zmaltretowałam tę biedną krowę jak rzeźnik. Czasem widuję ją w salonie bingo i nadal mi wstyd. Sprałam ją przy dzieciach, a ona była miłą kobietą. Mogłam nawet się z nią zaprzyjaźnić.

Maggie usłyszała smutek w głosie matki. Lenie nagle zachciało się płakać nad latami straconymi na uganianiu się za mężczyzną, któremu było to obojętne. I czekaniu na mężczyznę, który nie chciał wracać do domu. A Jackie była wykapaną matką.

— Jackie, kiedyś tak jak ja nauczysz się, że oni nie są tego warci — ciągnęła głosem chrapliwym od papierosów i nieprzespanych nocy. — Jak będziesz w moim wieku, zobaczysz, że siedzą w domu tylko dlatego, że nikt inny ich nie chce. Gdybym dostawała funta za każdą bójkę i kłótnię o niego, byłabym bogata. Włóczyłam was po całym kraju do więzień, w których siedział, a on nawet nie umiał tego docenić.

Przełknęła wino.

— Moja mama mówiła, niech ci się nie wydaje, że wszystkie inne go chcą, bo tobie na nim zależy. Nie posłuchałam, a ona miała rację.

Jackie wstała niepewnie i wyszła z pokoju.

Lena westchnęła.

— Zostań z nią, dopóki on nie raczy wrócić do domu. Kto wie, co jej przyjdzie do głowy.

Maggie skinęła smutno głową.

— Żałujesz, że wyszłaś za ojca, mamo?

Lena uśmiechnęła się. Łaskawy blask nadchodzącego wieczoru wydobył jej przyblakłą urodę.

— Każdego dnia, skarbie, każdego parszywego dnia mojego życia.

◆ ◆ ◆

Z początku Maggie myślała, że jej się śni. Podniosła ręce obronnym gestem, próbując odepchnąć niechciane dłonie.

41

Ale one wciąż tam były. Otworzywszy w półmroku oczy, zobaczyła swojego szwagra Freddiego, który próbował podnieść jej nocną koszulę, jednocześnie całując ją po szyi i ramionach. Nagle dotarło do niej, co się dzieje, i usiadła na sofie z przerażeniem na twarzy.

— Przestań — wyszeptała.

Była przerażona, lecz mimo to wiedziała, że jej siostra obwiniłaby ją i na niej wyładowałaby wściekłość, gdyby zobaczyła tę sytuację.

Freddie uśmiechnął się po swojemu, leniwie. Jackie tańczyła tak, jak jej zagrał, oboje o tym wiedzieli. Pchnął Maggie z powrotem na poduszkę, zatykając jej usta mokrymi wargami. Cuchnął piwem, marihuaną i potem. Zbierało jej się na wymioty. Freddie zaginął na kilka dni, a ona została z siostrą, żeby dotrzymywać jej towarzystwa i uspokajać ją. A teraz dobierał się do młodszej siostry żony. Najgorsze było to, że Jackie nigdy by nie uwierzyła, że jest zdolny do tak niskiego czynu. Mimo iż podłość była dla niego normalnością, Maggie wiedziała, że wina spadłaby na nią.

Odepchnęła go bardziej zdecydowanie.

— Odpieprz się, Freddie.

Wpijał palce w jej ramiona. Maggie poczuła łzy w oczach. Strach otaczał ją coraz ciaśniej, strach przed nim i reakcją siostry. Z całej siły uderzyła go w klatkę piersiową.

— Mówię ci, odpierdol się.

Freddie wciąż milczał. Wiła się pod nim, a on spojrzał na nią z góry. Zobaczyła determinację w jego oczach.

— Stul pysk, głupia mała zdziro. Chcesz, żeby tłuściocha nas zdybała?

Gdzieś w jego otumanionym alkoholem i narkotykami mózgu tliła się myśl, że to, co robi, jest złe, ale on czatował na tę okazję od pewnego czasu. Maggie nie pozwalała mu już odwozić się do domu, wolała pojechać autobusem. Wiedziała, że siostra coś podejrzewa, ale nie może niczego udowodnić. Wszyscy jak zwykle oszczędzali uczucia Jackie, choć ona deptała ludzi bez zmrużenia oka. Oczekiwała bezwzględnej lojalności, mimo że sama nie wiedziała, co to słowo oznacza.

Jedynym człowiekiem, wobec którego zachowywała lojalność, była pijana bestia, która właśnie usiłowała wsunąć grube kolano między szczupłe uda Maggie.

Dźwięk głosu małej Roxanny podziałał na niego jak uderzenie siekierą w głowę.

— Ciociu Maggie?

Dziewczynka stała w drzwiach. Uścisk Freddiego zelżał, a Maggie wykorzystała sposobność, by wysunąć się spod niego na dywan.

— No chodź tutaj, skarbie. Dać ci coś do picia?

Wstała, wzięła dziecko na ręce i poszła szybko do kuchni. Serce wciąż dudniło jej w piersi, w ustach czuła obrzydliwy, kwaśny smak, jak aluminium albo ołów. Pragnęła umyć zęby i się wykąpać. Zmyć z siebie jego dotknięcie.

Posadziła Roxannę na blacie i nalała jej soku pomarańczowego. Dziewczynka wypiła z wdzięcznością. Była urocza, miała piękne niebieskie oczy i gęste kręcone włosy. Maggie przytuliła ją i otarła twarz o jej miękkie loki. Jak będzie kiedyś miała dziecko, to chciała, by było takie jak Roxanna.

Kilka minut później usłyszała, że Freddie się porusza. Była jeszcze bardzo młoda, ale mimo to wiedziała, że czeka na jej powrót. Stała w lodowatej kuchni, tuląc dziecko do piersi. Wreszcie rozległo się człapanie Freddiego po schodach do sypialni na górze, gdzie spała Jackie.

Dziesięć minut później dały się słyszeć głosy i stwierdziła, że jest bezpiecznie. Zaniosła Roxannę do pokoju i ułożyła się wygodnie obok niej. Dziewczynka chciała posłuchać bajki. Maggie zaczęła opowiadać, a po chwili z góry dobiegło skrzypienie sprężyn materaca.

Leżała długo i dopiero gdy zaczęło świtać, odważyła się zamknąć oczy i zasnąć. Tym razem jej się upiekło, ale była zdecydowana, by pokonać Freddiego. Postanowiła zachować wszystko w tajemnicy ze względu na Jackie. Fakt, że Freddie wykorzystał tę wiedzę, pogrążył go w jej oczach.

Nie było się komu zwierzyć, bo spowodowałoby to zbyt wiele kłopotów. Ojciec wszcząłby wojnę, matka jeszcze większą, i rodzina w mgnieniu oka rozpadłaby się na kawałki.

43

Najgorsze było to, że nie mogła nic powiedzieć nawet Jimmy'emu. On bowiem ubóstwiał człowieka, który budził jej wstręt i przerażenie.

Maggie miała niespełna piętnaście lat i jej życie już zamieniało się w sieć mistyfikacji.

◆ ◆ ◆

— Co ci się stało w ręce? — spytała matka głosem pełnym zatroskania. — Czy to ten pierdoła Jimmy cię poobijał?

Ojciec w jednej chwili zerwał się z fotela.

— O czym ty mówisz, Lena? Co jest z jej rękami?

Maggie odepchnęła matkę.

— Daj spokój, wygłupialiśmy się, to wszystko! On nie wie, jaką ma siłę.

Lena spojrzała w twarz córki i dostrzegła w niej niepewność. Maggie odwróciła się do ojca.

— Powiedz jej, tato. Jimmy nigdy w życiu by mnie nie skrzywdził.

— Ona ma rację, Lena. Ten chłopak ją ubóstwia. — Sięgnął po numer „Sun" leżący na stole i ze śmiechem dodał: — Jest duży na swój wiek, trzeba mu to przyznać.

Wrócił na fotel przed telewizorem, upewniwszy się, że córce nic nie jest.

Lena nie była o tym przekonana.

— Ostatnio byłaś jakaś nieswoja. Wszystko w porządku? — Skinieniem głowy wskazała brzuch córki. Maggie wytrzeszczyła oczy.

— Wielkie dzięki, mamo! Nie jestem taka, jak moja siostra. Nie zafunduję sobie brzucha, wolę najpierw trochę pożyć.

Oburzenie w głosie córki powiedziało Lenie, że przynajmniej pod tym względem się pomyliła.

Jackie wpadła do mieszkania z oczyma zaczerwicnionymi od łez.

— Freddie zniknął.

Lena podniosła oczy do góry i nalała wody do czajnika.

— Znów trafił na listę zaginionych?

Jackie nie odpowiedziała na pytanie matki, tylko zapaliła papierosa.

— Pojemnik jest pełen bielizny, śmierdzi w całym domu. Obedrę gnoja ze skóry, kiedy w końcu wróci.

Otworzyła fiolkę dexedrine i połknęła tabletki bez popicia. Po chwili wzięła nóż do chleba i zaczęła sobie robić kanapkę.

Lena wyjęła jej nóż z ręki i odsunęła chleb.

— Jak możesz po tym jeść?

Jackie parsknęła śmiechem.

— Tabletki zaczynają działać po jakimś czasie, a po drodze wypaliłam skręta i teraz burczy mi w brzuchu.

Joe zerwał się z fotela jak wystrzelony z katapulty.

— Co takiego?! Wzięłaś się za narkotyki, ty głupia krowo?!

Lena próbowała uspokoić męża, ale on ryczał i klął jak wściekły.

— Więc już nie tylko tabletki i zastrzyki na odchudzanie, ale perskie zielsko! Niech jeszcze zacznie palić jamajski tytoń.

Zbliżył twarz do twarzy córki.

— A co z twoimi biednymi dziećmi? Nie dość, że mają takiego lumpa za ojca, to jeszcze będą musiały znosić ciebie. Wczoraj wieczorem paradował w pubie z tą chudą Hutchinsówną uwieszoną u ramienia. Było go widać lepiej niż kometę Halleya.

Maggie i Lena przymknęły oczy, porażone głupotą tych słów. Jak zwykle nie podzieliły się z ojcem tym spostrzeżeniem.

— Mówisz o Bethany Hutchins? Ależ to jeszcze dziecko.

Jackie poczuła, że zalewa ją fala upokorzenia. Dziewczyna była dobrze znana w okolicy. Jej ojciec Alex i wszyscy bracia mieli opinię pijaków, meneli i złodziei, a Bethany miała zaledwie siedemnaście lat. I tak też wyglądała, ze sterczącym biustem i burzą rudych włosów. Ojciec rozpętałby z jej powodu trzecią wojnę światową i Freddie dobrze o tym wiedział.

Nie zrobiłby tego.

Spojrzała na matkę i wypowiedziała te słowa na głos.

— Nie zrobiłby tego.

Lena westchnęła.

— On już to zrobił, skarbie.

Odwróciła się do męża, który siedział cicho, uświadomiwszy sobie, jakie głupstwo palnął.

— Nie mogłeś trzymać buzi na kłódkę, prawda? Popatrz, co zrobiłeś.

Jackie jakby się obudziła.

— Od jak dawna to trwa?

Maggie wydała głośne westchnienie.

— Najwyżej od paru dni. Upił się w pubie, wiesz, jak to jest.

— Ale ja jestem w ciąży!

Wypowiedziawszy te słowa, Jackie zamilkła. Jej sekret wyszedł na jaw. Ojciec znów zaczął wrzeszczeć i Lena nie oponowała, bo tym razem miał rację.

— A ty nadal łykasz te pigułki, mimo że nosisz w sobie dziecko? Czy ciebie nikt nie obchodzi, dziewczyno?

Jackie poczuła się przyłapana, ale była zbyt wściekła, by się tym przejąć.

— Wszyscy wiedzą, że środki stymulujące nie szkodzą dzieciom...

— To bzdura, Jackie, i dobrze o tym wiesz. Powinnaś się wstydzić — powiedziała Maggie twardym, pełnym odrazy głosem. Nawet Lena była zaskoczona. — On jest, jaki jest, ale ty wyszłaś za niego i za każdym razem przyjmujesz go z powrotem. Nic dziwnego, że tobą pomiata i nie ma dla ciebie ani krzty szacunku. Obedrze cię ze skóry, jeśli dowie się, że bierzesz pigułki, a ja tym razem nie wezmę mu tego za złe.

Jackie odwróciła się do młodszej siostry, bo prawda tych słów podziałała na nią jak kubeł zimnej wody.

— Nie pouczaj mnie, panienko. Wiem, co wyprawiałaś ze swoim chłoptasiem na mojej kanapie.

Maggie po raz pierwszy nie bała się siostry, mimo że ta była od niej znacznie roślejsza i mocniej zbudowana. Była tak wściekła, że mogła jej dołożyć, gdyby zaszła taka potrzeba.

— Zamknij się, do kurwy nędzy! — krzyknęła jej prosto w twarz. — Jimmy i ja chodzimy ze sobą na poważnie. Powinnaś się wstydzić!

— Ona nie ma wstydu. Gdyby miała, toby z nim nie była!

Jackie skierowała złość na ojca.

Kłótnia sięgała zenitu. Maggie wzięła płaszcz i torbę i wyszła z domu. Trzęsła się z gniewu na myśl, że jej siostra bierze tabletki, będąc w ciąży, nawet jeśli ojcem dziecka był taki gnojek jak Freddie Jackson. Czuła, że jeśli pozostanie w pobliżu Jackie, może zrobić coś strasznego.

Odetchnęła chłodnym powietrzem, żeby się uspokoić. Freddie wyszedł z więzienia przed ośmioma miesiącami, więc Jackie mogła być w zaawansowanej ciąży. Zawsze miała pokaźny brzuch, a od czasu poprzedniej ciąży trudno było zauważyć zmianę; poza tym Jackie nie przestawała się objadać, mimo że pochłaniała mnóstwo tabletek na odchudzanie.

Maggie zapaliła papierosa i ruszyła w stronę domu koleżanki. Musiała oddalić się od siostry przynajmniej na jedną noc. W razie czego, Jimmy będzie wiedział, gdzie jej szukać.

♦ ♦ ♦

Siddy Clancy rechotał, a Freddie śmiał się razem z nim, choć żart wcale nie był śmieszny. Wiedział jednak, na czym polega gra, i znał stawkę.

Siddy dowiedział się o zatargu i Freddie oczekiwał reakcji, ale spodziewał się, że nastąpi ona wcześniej.

Stracił szacunek dla Siddy'ego właśnie dlatego, że ten tak długo puszczał mu to płazem. Freddie trafnie odgadł, że ktoś, kto zajmował wyższe miejsce w hierarchii, dał Siddy'emu przytyczka w nos, a ten zachował się jak grzeczna dziewczynka.

Obaj byli pijani. Pili, żeby pokazać jeden drugiemu, na co ich stać. Freddie zdawał sobie sprawę, że wypił o kilka kieliszków wódki za dużo i może za to zapłacić. Stwierdził jednak, że Siddy stracił nad sobą kontrolę — za dużo paplał o Ozzym i jego interesach.

Freddie rozejrzał się po małej salce baru i zobaczył, że jest prawie pusta. Wtedy zorientował się, że minęła już godzina zamknięcia, i przypomniał sobie, że Ozzy ma dobre kontakty w tym pubie. Kupił go i prowadził wieki temu, zanim został skazany za napad z bronią w ręku i działalność w grupie przestępczej. Nie udowodniono mu popełnienia morderstwa, ale wszyscy wiedzieli, że jeszcze może zostać za to pociągnięty do odpowiedzialności.

Gliny chciały, żeby odsiedział swoje, i w tej chwili Freddie nie miał nic przeciwko temu. Dostrzegał w tym dla siebie szansę i postanowił ją wykorzystać.

47

— Co ty opowiadasz? — spytał, marszcząc czoło. — Chcesz powiedzieć, że Ozzy nie jest równym gościem?

Mówił głośno, wiedząc, że słyszy go Paul Beck, szef pubu, i jego żona Liselle, ładna dziewczyna, której zachowanie skrywało psychotyczną osobowość.

Pijany Siddy opuścił gardę i zgrywał wielkiego gościa. Zawsze grał tę rolę dzięki ogromnej liczbie braci i swojej wrodzonej agresywności.

— Mówię tylko, że Ozzy'ego od dawna tu nie ma i teraz to jest moje pieprzone królestwo.

Gdzieś w jego pijanej głowie jakiś głosik szeptał, że powinien iść do domu i że nie powinien się chełpić przed Freddiem. Ale dobrze się bawił, dodając sobie ważności, mimo że wcale nie potrzebował tego robić.

Z trudem zapalił papierosa, a gdy w końcu udało mu się nim zaciągnąć, zaniósł się kaszlem.

Freddie spojrzał na Paula i ze smutkiem pokręcił głową.

— Idź do domu, Siddy, za dużo mielesz jęzorem.

Powiedział to z pogardą i miał świadomość, że Siddy przyjął te słowa jak rzucenie rękawicy. Oparł się mocniej stopami o ziemię, gotów przyjąć atak.

Ozzy zawsze mu powtarzał: „Jeśli dajesz ludziom broń, to oni jej użyją". Miał rację.

— Co to ma, kurwa, znaczyć?!

Siddy Clancy był wściekły, że dał się przyłapać. Myślał, że z Freddiem można poplotkować, a teraz, gdy przekonał się, że był w błędzie, chciał go uciszyć.

— Ten pieprzony Ozzy to fajny gość, tego nie kwestionuję, ale zniknął dziesięć lat temu i ma jeszcze szmat czasu do odsiedzenia, zanim będzie się kwalifikował do warunkowego. To ja rządzę za niego na ulicach, ja i moi bracia.

Siddy jednym haustem dopił drinka.

— Nie odgrywaj przede mną starej baby, kolego. Znałem go, kiedy byliśmy szczeniakami.

Freddie roześmiał się.

— A ja z nim siedziałem. Jest w porządku i odwala wyrok z uśmiechem na ustach. I z przytupem. Nawet sobie nie wyobrażasz kryminału kategorii A, a co dopiero klatki dla ptaszków z podwójną kategorią A. Nigdy nie siedziałeś, zgadza się? Nawet nie byłeś aresztowany.

Zostało to powiedziane pogardliwie, jak gdyby istniał jakiś ukryty powód takiego stanu rzeczy. Siddy był zalany, ale mimo wszystko poczuł, że uderzono go w słaby punkt.

— Co chcesz przez to powiedzieć, pieprzony pedale...?

Paul Becks podszedł do kontuaru, gdzie zawsze trzymał naładowaną strzelbę specjalnie na takie okazje.

Freddie uniósł rękę w przyjaznym geście.

— Idź do domu, Siddy. Nawaliliśmy się, pleciesz bzdury na temat Ozzy'ego, a on był dla mnie zajebiście równy za murami. Wziął mnie pod swoje skrzydła, więc nie mogę znieść, że wycierasz sobie nim gębę.

Freddie uważnie obserwował przeciwnika. Paul i Liselle widzieli to. Byli za Ozzym, który im także okazał wiele serca. Tak więc w tej chwili stali po stronie Freddiego. Braci Clancy było wielu, ale to Ozzy rozdawał karty. Nawet zza murów więzienia w Parkhurst.

Wiedzieli również, że Freddie trafił do niego tylko dlatego, że niczym wariat bił się i kłócił bardziej niż jakikolwiek inny klient systemu więziennictwa.

Był nieobliczalny, musieli na niego uważać wszyscy oszuści i kanciarze.

Rozdział trzeci

— W którym jest miesiącu?

Maggie wzruszyła ramionami.

— Nie powiedziała. Ojciec palnął o Bethany i Jackie się wściekła. Potem powiedziała, że była w klubie, i wszyscy widzieliśmy, jak łyka dexedrine. Gdyby Freddie się dowiedział...

Jimmy skinął głową. Rozumiał obawy swojej dziewczyny.

— O kurwa, Freddie dostałby szału. Ma swoje wady, ale kocha dzieci.

Maggie spojrzała na niego z niedowierzaniem. Freddie mógł sobie pozwolić na miłość do dzieci, bo rzadko je widywał. Bez względu na to, co robiła Jackie, to ona doglądała ich dzień w dzień najlepiej, jak mogła.

— Żartujesz sobie, czy co? Freddie kocha dzieci? Nigdy go nie ma w domu. Nawet ich nie zna.

Jimmy westchnął, jakby to wszystko go przerastało. Tak bardzo przypominał w tej chwili Freddiego, że Maggie poczuła dreszcz na plecach.

— Uwierz mi, on naprawdę kocha dziewczynki. Ale chce mieć chłopca.

Powiedział to tak szumnie, jakby chodziło o niego samego. Nie uszło to uwagi Maggie. Było to jak spojrzenie w przyszłość i nie wróżyło nic dobrego. Jimmy spędzał za dużo czasu z Freddiem, lecz to można było zmienić.

Maggie wstrząsnęła jasnymi włosami i prychnęła pogardliwie.

— Chce syna? Za kogo on się uważa, za Henryka Ósmego?
Jimmy nie zrozumiał drwiny, bo nie miał pojęcia o historii.
— Co zrobimy?
Jimmy wzruszył ramionami. Odszukał ją, bo chciał się trochę z nią pobzykać, zanim odbierze Freddiego z pubu Becka. Kochał ją, ale czasem miał ochotę na to i na nic innego. Jednak za sprawą siostry Maggie i jego kuzyna graniczyło to z niemożliwością. Uwielbiał ją, nie wyobrażał sobie życia bez niej, lecz od czasu do czasu chciał tylko seksu i tak jak wszyscy mężczyźni jego pokroju uważał, że mu się to należy. Wziął głęboki oddech i udzielił takiej odpowiedzi, jakiej oczekiwała.
— Nie mam bladego pojęcia, skarbie.
Odbijał piłkę na jej stronę siatki, bo to ona miała w tej sytuacji rozgrywać. Powinien już być w pubie, ale czekał na Maggie i okazało się, że tracił czas.
Był wkurzony, miał po dziurki w nosie Freddiego i wszystkiego, co się z nim łączyło.

♦ ♦ ♦

Paul i Liselle uważnie obserwowali gości.
Siddy wyglądał groźnie, ale oni stawiali na Freddiego. Poza tym Freddie miał na względzie interes Ozzy'ego. I mimo że rodzinne powiązania Siddy'ego robiły wrażenie, nikt przy zdrowych zmysłach nie próbowałby przekręcić Ozzy'ego. Nawet bracia Siddy'ego cofnęliby się, gdyby wiedzieli, o co chodzi w tym starciu. A ponieważ brał w nim udział Freddie, szybko się o wszystkim dowiedzą.
Będzie musiał wytłumaczyć się z użycia przemocy i przedstawić dowody nielojalności Siddy'ego względem Ozzy'ego. Wtedy Paul i Liselle chętnie spełnią swój obowiązek. Ozzy wprawdzie siedzi w więzieniu, ale wciąż mocno trzyma palec na pulsie swoich interesów.
— Spadaj do domu, Siddy.
Siddy wiedział, że Freddie znów go zaczepia. Mimo iż był pijany i naćpany, rozumiał, że wszedł do jaskini rozwścieczonego lwa i nic nie mógł na to poradzić, bo posunął się za daleko. Gdyby teraz wyszedł, straciłby szacunek wspólników,

51

ale gdyby został i powiedział wprost, do czego Freddie zmierza, też by go utracił, bo sam sprowokował tę konfrontację.

Była to ostateczna zniewaga, lecz wypowiedziana tak miłym głosem, że ktoś niezorientowany na pewno nie zrozumiałby powagi sytuacji.

Siddy tracił zimną krew. Czuł brak szacunku w głosie Freddiego, dostrzegał arogancję jego postawy i zdawał sobie sprawę ze swojego poniżenia. Był pijany, naćpany i bardzo bliski popełnienia największego błędu w życiu.

Kątem oka widział Paula. Wiedział, że szef lokalu trzyma broń pod ladą i zastrzeli go bez namysłu, zanim on zdąży zastrzelić Freddiego Jacksona.

Freddie robił ostatnio furorę, nawet w rodzinie Siddy'ego. Zagarnął dla siebie bardzo wiele i Siddy dopiero teraz zrozumiał, że przez cały czas szamotał się jak ryba holowana na żyłce wędki, którą trzymał Freddie.

Złapał kufel i zamachnął się z całej siły, mierząc w twarz Freddiego. Zrobiony z grubego szkła kufel był groźną bronią i mógł spowodować poważne szkody.

— Ty tłusty piździelcu.

Freddie najwyraźniej spodziewał się ciosu. Siddy zrozumiał, że został pokonany.

Freddie zrobił krok do tyłu, złapał Siddy'ego za nadgarstek i rąbnął nią o bar. Kufel wypadł z dłoni i wtedy Freddie zaczął systematycznie okładać przeciwnika pięściami. Dokończył dzieła nogami, a potem jeszcze rozwalił kufel o głowę Siddy'ego.

Leżąc na brudnej wykładzinie, Siddy czuł woń piwa, wymiocin i swojej krwi. Powinien był pójść do domu, ale teraz było za późno. Wdał się w bójkę bez żadnego przygotowania. Freddie wielokrotnie radził mu, żeby sobie odpuścił, a teraz przez zimny ból do jego mózgu przedzierała się świadomość, że jest skończony.

Freddie dla odmiany wpadł w euforię. Spełnił swoje zamierzenie, był świadkiem tego, jak Siddy wyraża się lekceważąco o Ozzym i jego położeniu. A do tego zdobył sympatię pracowników Ozzy'ego, którzy mieli dość Siddy'ego oraz jego podwładnych.

Zdyszany po starciu, spojrzał na przeciwnika z udawaną troską. Paul i Liselle nalali mu podwójną brandy. Wychyliwszy drinka jednym haustem, ze zdziwieniem stwierdził, że jest trzeźwy jak w czasie rozprawy. Z długiego doświadczenia wiedział, że użycie przemocy potrafi tak wpłynąć na człowieka. Tak jakby adrenalina niwelowała alkohol i sprawiała, że czujesz się bardziej ożywiony i czujny niż kiedykolwiek wcześniej.

Trzymając się baru i wykorzystując swoją siłę, wymierzył jeszcze kilka kopniaków w głowę Siddy'ego.

Siddy jęczał i wymiotował wódą i piwem na siebie i podłogę.

— Wyrzućcie tego piździelca. Cwel zasrany. — Powiedział to drobny facet, który siedział w kącie i grał w karty ze szwagrem. To, że ośmielił się publicznie nazwać Siddy'ego piździelcem, świadczyło o mirze, jaki zdobył Freddie. Rzecz jasna, w prywatnych rozmowach przezywano go tak od dawna.

Paul spojrzał w oczy Freddiego i wyszczerzył zęby w szerokim uśmiechu. Uśmiech ten powiedział Freddiemu, że ma nowego przyjaciela, i to na całe życie.

Teraz musi znaleźć jeszcze kilku i będzie w domu.

◆ ◆ ◆

Jackie się bała. Zdradziła swoją tajemnicę, a ojciec bardzo głośno powiedział, co myśli o niej i jej wybrykach. Określił w ten sposób jej uzależnienie od tabletek. Matka tym razem nie próbowała zaprowadzić spokoju, a Maggie nie polepszyła sytuacji, wychodząc z domu. Jackie to bardzo mocno zabolało. Bez względu na to, co Jackie zrobiła, Maggie zawsze stała przy jej boku. Maggie ją ubóstwiała, a Jackie tego potrzebowała, bo wszyscy inni za jej plecami mieszali ją z błotem za to, że pozwalała pomiatać sobą Freddiemu. Maggie była jedyną, która stała za nią naprawdę i bezwarunkowo.

Ona też ją kochała, ale czasem jej miłość zbaczała w stronę nienawiści, gdy patrzyła, jak bardzo jej mała siostrzyczka cieszy się życiem. Maggie tak naprawdę nie zdawała sobie sprawy, ile ma szczęścia. Jimmy uważał ją za promyk słońca, wszyscy ją uwielbiali. A ona nie wiedziała, jakie naprawdę jest życie.

Jackie wiedziała.

Jej życie było tak trudne, że czasem nie chciało jej się wstawać z łóżka. Wszystko od dawna trwało w zawieszeniu, a ona marzyła tylko o powrocie męża. Zapomniała, że prawdziwy Freddie różni się od tego z jej snów. W jej marzeniach był ideałem. Wyobrażała sobie, że wraca do domu przepełniony wdzięcznością za to, że tak długo czekała. Że kocha ją jak nigdy dotąd, jest wdzięczny za to, iż dzieci są czyste i zadbane. Słyszała, jak mówi, że kocha ją najbardziej na świecie. Te fantazje pozwoliły jej przetrwać długie samotne lata. Gdy była na samym dnie, ledwo wiążąc koniec z końcem, albo kiedy leżała sama w łóżku i walczyła z obłędem z powodu braku mężczyzny, to marzenie utrzymywało ją przy życiu.

On tymczasem wrócił spóźniony o cały dzień, a potem zdołał zniszczyć ją od nowa. Najgorsze było to, że sama mu na to pozwoliła.

I zawsze będzie pozwalać.

To bolało najbardziej ze wszystkiego: świadomość, że Freddie wie, że może robić, co chce, ponieważ ona mu na to pozwoli.

Gdyby choć spojrzała na innego mężczyznę, załatwiłby tę sprawę zza murów: kazałby ją zranić, okaleczyć, a nawet zabić, osierocając dzieci, gdyby miało to zaważyć na jego reputacji. Za nic nie pozwoliłby na upokorzenie, którego musiałby doznać, gdyby jego żona zaczęła się zadawać z innym. Nawet gdyby miał dwadzieścia lat do odsiadki. Ona musiałaby na niego czekać. Freddie był szczęściarzem, bo w odróżnieniu od wielu żon Jackie także tego chciała.

Pod pewnym względem było lepiej, kiedy siedział. Gdy był daleko od niej i od wszystkich, którzy go otaczali, czuła, że w całości należy do niej.

Kochał ją, kiedy do niego pisała i go odwiedzała, mimo że do więzienia przychodziły także jego kociaki. Płynęły lata, a ona była jego jedyną stałą kobietą. Przez pewien czas dawało jej to poczucie szczęścia.

Widziała wiele dziewcząt, chwalących się, że ich facet siedzi, że ma reputację groźnego bandziora. Charakter w końcu wychodzi na wierzch i rzucają ich. Któż by je winił? Mężczyzna za kratkami nie może cię zabrać do pubu, dać seksu i kupić

54

ciuchów, a w głębi duszy właśnie tego chcą takie dziewczyny. Zamiast listów od niego wolą faceta z krwi i kości, z którym mogą wejść w fizyczny kontakt. Wtedy ją kochał, bo wiedział, że jest jedyną kobietą, która może ofiarować mu wierność. Po powrocie do domu wyruszył znów w tango, przelatując każdą babkę, która znalazła się w jego zasięgu. A ona się na to godziła. Aż do tej chwili. Jej kolejne upokorzenie nazywało się Bethany Hutchins. Bethany, która miała cycki jak grudy mokrego cementu i zasłynęła tym, że zaliczyła wszystkich kryminalistów w okolicy. Jackie zamknęła oczy. Nienawidziła go, kiedy coś takiego robił, wiedziała, że ma gdzieś jej uczucia oraz fakt, że ona spotyka się z tymi ludźmi na co dzień. W sklepach, w pubie, u koleżanek — to był niewielki światek, a Freddie, jeśli ona mu na to pozwoli, będzie krążył po nim z fiutem na wierzchu, tak jak przedtem. Z biegiem lat przekonała się, że nawet jej koleżanki nie są dla niego tabu.

Gdyby wiedział, że Jackie jest w ciąży i bierze pigułki, zabiłby ją, mimo że był człowiekiem bez skrupułów. Przed laty nauczyła się, że najlepszą obroną przed Freddiem jest atak. Włożyła więc płaszcz i wyszła z domu, zostawiając dziewczynki w łóżkach.

Bethany Hutchins przeżyje wstrząs, jakiego nawet sobie nie wyobrażała.

♦ ♦ ♦

Maggie była wzburzona, ale w końcu uległa pieszczotom swojego chłopaka. Wiedziała, że ma sporo na głowie, i brała to pod uwagę. Jimmy zawsze będzie ją kochał za to, że rozumie jego uczucia i nie każe mu w kółko o nich opowiadać.

Jimmy ją ubóstwiał. Potrzebował jej, lecz praca zajmowała coraz więcej miejsca w jego życiu, gdyż Freddie był nieprzewidywalny. Jimmy zaś miał przeczucie, że Freddie sam podłoży sobie nogę, jeśli nie będą uważać. Zerwał się z uprzęży, szukając zwady z Clancym. Mówiąc w skrócie, próbował przechwycić jego poletko. Chciał zagarnąć wszystko, a Jimmy, znając kuzyna, podejrzewał, że dopnie swego za wszelką cenę.

Freddie był niebezpieczny, a jednocześnie na swój sposób przebiegły. Wiedział, jak grać na lękach ludzi, i instynktownie owe lęki wyczuwał. Jimmy był numerem dwa w grupie kuzyna. Podobało mu się, że obdarzono go takim zaufaniem, i wiedział, że Freddie uczyni wszystko, by taki układ utrzymać. Mimo młodego wieku zaczynał rozumieć, na czym polega życie. Wiedział również, że będzie musiał walczyć u boku Freddiego, bez względu na to, jakie kłopoty szef na siebie ściągnie. Takie były prawa tego świata. Jednak wcale nie musiały mu się one podobać.

♦ ♦ ♦

Jeannie Hutchins dobiegała pięćdziesiątki, lecz wyglądała starzej. Nikt, rzecz jasna, nie powiedziałby jej tego wprost. Jej twarz znaczyły głębokie zmarszczki świadczące o tym, że zestarzała się przedwcześnie, nadużywając wódki i papierosów. Miała krótko obcięte włosy, ułożone wokół głowy w aureolę. Zielony, grubo nałożony cień na powiekach oraz kredka sprawiały, że wyglądała na obłąkaną. Szminki Burnt Orange firmy Max Factor używała od lat sześćdziesiątych. Była szczupła i koścista, i często szukała zwady.

Właśnie zastanawiała się, czy dziś wieczorem nie przyjdzie jej walczyć w swojej obronie, bowiem mąż znów się nie pojawił. Mogło to być korzystne, lecz z oceną musiała jeszcze poczekać.

Gdy otworzyła drzwi i ujrzała w nich Jackie, mimo że oczekiwała tej wizyty, serce w niej zamarło.

Spodziewała się jej, bo w swoim czasie była taka sama jak Jackie. Poza tym znała ją dobrze i lubiła. Należały do tego samego gatunku, obie miały mężów bandziorów, którzy z przyjemnością nimi pomiatali i wymagali, by żony czekały na nich, aż wyjdą z więzienia. Bez względu na wszystko.

Bethany popełniła duży błąd i wpędziła matkę w tarapaty. Jeannie jako mężatka cierpiała z powodu kobiet i dziewczyn takich jak jej córka, dlatego teraz Bethany czekało takie lanie, jakiego jeszcze nigdy nie dostała. Należało jej się od dawna i Jeannie z przyjemnością wymierzy jej karę, jeśli nie zrobi tego sama Jackie. Jeannie czuła, że jej córka jest na najlepszej drodze, by zostać kociakiem bandziora. Wiedziała, jak ciężko jest być żoną kogoś takiego. Rola numeru dwa w takim układzie jest jeszcze gorsza.

56

Kiedy myślała o sobie sprzed dwudziestu lat, okrzepła w swoim postanowieniu.

— Spodziewałam się ciebie, skarbie.

Jackie nie oczekiwała takiego przyjęcia, toteż mimo woli uśmiechnęła się do bratniej duszy.

Smród panujący w mieszkaniu zwalał z nóg. Jeannie nie lubiła sprzątać, więc jej mieszkanie wyglądało jak śmietnik. W małym saloniku najważniejsze miejsce zajmował duży kolorowy telewizor pokryty psią sierścią i tłustymi plamami od dotknięć dziecięcych palców. Mimo to dawał wystarczająco dużo światła, by oświetlić cały pokój. Bethany siedziała w dużym fotelu. Jej widok sprawił matce i Jackie wiele radości.

Jackie wiedziała, że Jeannie da córce nauczkę, i w duszy dziękowała Bogu, który akurat tej nocy postanowił się do niej uśmiechnąć.

— Cześć, Jackie.

Jackie uśmiechnęła się zjadliwie.

— Cześć, Bethany, dawnośmy się nie widziały.

W powietrzu wisiało napięcie, a Bethany spoglądała na matkę, jakby widziała ją pierwszy raz w życiu. Dotarło do niej, że została wydana na pastwę Jackie, i ta świadomość ją przerażała. To było niesłychane, żeby jej własna matka wzięła stronę obcej. Były rodziną, a rodzina trzyma się razem bez względu na wszystko. Niech tylko ojciec się o tym dowie!

Stawiając czajnik na gazie, Jeannie usłyszała odgłos pierwszego ciosu. Nie było jej łatwo, lecz wiedziała, że pewnego dnia córka podziękuje jej za ten wieczór. W każdym razie taką miała nadzieję.

Jej babcia powtarzała, że jak człowiek śpi z psami, to pogryzą go pchły. Teraz pchły zaczęły kąsać Bethany.

Woda w czajniku gotowała się przy wtórze jej krzyków i płaczu.

♦ ♦ ♦

— Nie spieszyło ci się, kurwa!

Freddie był mniej wkurzony, niż Jimmy się spodziewał; w gruncie rzeczy wyglądał na rozradowanego. Sprawiał też wrażenie trzeźwego, choć na blacie bieliła się działka amfy.

Odruchowo przygotował drugą dla kuzyna.

Paul i Liselle szczerzyli zęby w szerokich uśmiechach; nalali Jimmy'emu drinka i opowiedzieli o wydarzeniach tego wieczoru.

Jimmy słuchał i uśmiech na jego twarzy coraz bardziej tężał. Kiedy rodzina Clancych dowie się o obrażeniach Siddy'ego, nie będzie tak potulna, jak się wydaje tej trójce. Nie powiedział tego głośno, gdyż Freddie był w takim stanie, że nie było sensu go przekonywać.

Właściwie nigdy nie było sensu go przekonywać.

Jimmy potrzebował jednak czasu na zastanowienie, na obmyślenie planu ataku, w razie gdyby okazał się konieczny.

Ale gdy usłyszał, co Paul planuje uczynić nazajutrz, zrobiło mu się lżej na duszy.

— Odwiedzamy go z Liselle co miesiąc i o wszystkim opowiadamy. Wiedzieliśmy, że Siddy go przekręca, ale bez dowodów mieliśmy związane ręce.

Paul nalał wszystkim następnego drinka i mówił dalej:

— Potrzebujemy pomocy przy obsłudze agencji towarzyskich i zdaje mi się, że będziecie musieli je przejąć. Liselle nie pozwala mi zbliżać się do dziewczyn, rozumiecie.

Mężczyźni parsknęli śmiechem, rozsierdzając Liselle. Ona zaś miała dość oleju w głowie, by nie mówić im, że mąż o włos uniknął amputacji jąder bez znieczulenia.

Freddie nie miał zielonego pojęcia o agencjach, ale nie pokazał tego po sobie. Już zastanawiał się, ile może na tym zarobić. Nigdy nie widział się w roli alfonsa, choć niejeden raz tak go nazwano. Ze słyszenia wiedział dużo o tym interesie.

— Powiedz Ozzy'emu, że mój kuzyn będzie przychodził do niego w odwiedziny. Jeszcze nigdy go nie przyskrzynili, więc ułatwimy sprawę tobie i twojej żonie. Ozzy może załatwiać sprawy bezpośrednio z nim.

Paulowi taki układ idealnie pasował. Nienawidził roli posłańca i zawsze bał się, że wpadnie, a wtedy Liselle i dzieci zostałyby bez żadnego wsparcia. Kłopot z lewymi interesami polegał na tym, że gdzieś z boku zawsze ktoś się czaił, by odebrać ci wszystko. Paul był przeciętnym członkiem półświatka. Wolał, żeby w hierarchii był nad nim ktoś, kto przyjmie na siebie ostrzał. Tym kimś był teraz Freddie Jackson i Paul nie posiadał się z radości. Na własne oczy oglądał pierwsze kroki Freddiego jako przywódcy i nigdy tego nie zapomni. Poza tym na swój sposób lubił Freddiego. Wiedział, że jest szalony i zdoła odstraszyć większość pretendentów do roli wodza.

W tej sytuacji Paul mógł tylko wygrać.

Bracia odwiedzili Siddy'ego w szpitalu, a później przyszli do pubu, żeby zobaczyć, co jeszcze da się uratować po potyczce z Freddiem Jacksonem. Na razie ich posady były niezagrożone, ale wiedzieli, że czekanie na dezyzję Ozzy'ego co do ich przyszłości nie będzie łatwe.

Freddiemu trzeba było przyznać, że Siddy sam prosił się o to, co dostał, a oni nie zamierzali podcinać niczyjej gałęzi, a zwłaszcza tej, na której siedzieli. W końcu nikt nie znał Siddy'ego tak jak oni. Rozumieli więc, że w tej chwili najważniejsze jest ratowanie własnej reputacji, jeśli już nie uda się ocalić niczego innego.

Byli zdenerwowani, ale zachowywali się przyjaźnie. Freddie nie mógł mieć do nich pretensji.

Zaczęło świtać, nim ktokolwiek pomyślał o powrocie do domu.

♦ ♦ ♦

Jeannie leżała na Bethany, broniąc jej przed wściekłością swojego męża, Aleksa. Jej córka już dostała jedno potężne lanie i Jeannie chciała ją uchronić przed drugim.

— Jest młoda, a Jackson zawrócił jej w głowie, wiesz, jaki on jest... Przeleciałby dziurę w płocie, gdyby nie było niczego innego.

Odpychała męża w stronę drzwi sypialni.

— Jackson jest teraz głównym dealerem Ozzy'ego, a ta głupia zdzira podbechtała jego żonę — ryczał Alex. — Wysiudał Siddy'ego. Siddy, mój kumpel, ten stary skurwiel, szcza w portki przed tym piździelcem, a ja się dowiaduję, że moja córka jest jego dziwką.

Gniew Aleksa mijał zgodnie z jej przewidywaniami, bardzo delikatnie wypychała więc męża z pokoju. Jeśli Bethany nie

59

będzie wchodzić mu w oczy, złość opadnie. Słysząc jednak strach w jego głosie, Jeannie także zaczęła się bać.

— Pozwoliłam jego żonie przylać Bethany, wszystko jest załatwione. A teraz jeszcze tego brakowało, żebyś ty się jej czepiał. Dostała porządną nauczkę, więc odpierdol się, do jasnej cholery.

— Paul był gotów zastrzelić Siddy'ego, żeby nie mieć zatargu z Freddiem Jacksonem! Rozumiesz, co to znaczy, babo? Ja pracuję dla Siddy'ego! Co teraz będzie ze mną?

Jeannie tego nie wiedziała, ale była zbyt przebiegła, żeby to komentować.

— Będzie to samo, co do tej pory. Będziesz latał na posyłki u bandziorów, dopóki nie każą ci przestać. A jak zobaczysz Freddiego, bądź miły, pogratuluj mu awansu, trzymaj buzię na kłódkę i żyj nadzieją, że nie jest mściwy.

Alex kiwał głową, lecz Jeannie niemal czuła woń jego strachu roznoszącą się po całym domu. Nawet muzyka, to nieustające źródło irytacji, w tej chwili jakby zamilkła.

Bethany słuchała w milczeniu i z całego serca żałowała, że piła tak dużo, i że przyjmowano ją z otwartymi ramionami w pubie, do którego uczęszczał ojciec i do którego zabierano ją codziennie od maleńkości. Tam na zapleczu świętowano w dniu, w którym wyciął jej się pierwszy ząbek, a później odbyło się przyjęcie z okazji jej pierwszej komunii. Czuła się tam zbyt komfortowo, teraz sobie to uświadomiła.

To jednak były już tylko rozważania akademickie. Tamten kłopot minął, w jego miejsce pojawił się nowy.

Takie było życie, od kiedy sięgała pamięć Bethany.

◆ ◆ ◆

Maggie i Jackie trzymały się za ręce.

Jackie poroniła o czwartej nad ranem, a teraz była już z powrotem u siebie w otoczeniu rodziny i męża.

Nikt nie wspomniał Freddiemu o tym, że piła i brała tabletki, a on okazał żonie wielkoduszność, gdyż nie było go przy wypadku. Jackie spadła ze schodów i to było przyczyną poronienia.

Płód miał pięć miesięcy i Freddie był wstrząśnięty, że ciąża trwała już tak długo. Był płci męskiej i zrobiło to na Freddiem większe wrażenie, niż sobie wyobrażał.

Pocztą pantoflową dotarła do niego wiadomość o wizycie żony w domu Bethany. Poczuł się winny i dlatego okazywał jej teraz szczególne względy. Czuł się odpowiedzialny, bo przeleciał tę smarkulę. Interwencja żony spłoszyła ją i było to dla niego korzystne.

Jackie wróciła do domu z siostrą, bardzo blada. Postanowiła przejść na dietę i dać Freddiemu jeszcze jedno dziecko, syna. Wiedziała, że pragnął syna i że jeśli go urodzi, będzie bezpieczna. Bezpieczniejsza niż teraz.

Freddie był napalony, był ogierem, i zrobi dziecko każdej, która będzie ładna i rozłoży przed nim nogi. Tego Jackie by nie zniosła. Jej jedynym atutem było to, że urodziła mu dzieci, a on te dzieci kochał. Chłopiec byłby wisienką na torcie, a Jackie była gotowa zrobić wszystko, żeby zatrzymać go przy sobie.

Maggie uśmiechnęła się i postawiła koło łóżka kubek herbaty.

— Życzysz sobie czegoś jeszcze, koleżanko?

Jackie uśmiechnęła się, szczęśliwa, że znów są na dobrej stopie.

— Zapal mi papierosa, skarbie, a potem zrób mi kanapkę z sałatką.

Maggie skinęła głową. Niedawno przygotowała siostrze kilka zapiekanek na bekonie.

— Widzę, że nadal jesteś na diecie!

Obie parsknęły śmiechem. Znały się na wylot i to poczucie znów sprawiało im przyjemność.

Kłótnia i złość poszły w zapomnienie.

Aż do następnego razu.

♦ ♦ ♦

Freddie rozejrzał się dookoła i nie mógł uwierzyć własnym oczom.

Wszędzie laski i wszystkie do wzięcia. Do wyboru, do koloru: wysokie i niskie, czarnulki i blondynki, Azjatki, a nawet Chinki. Poczuł się tak, jakby umarł i obudził się w raju pełnym cipek.

Rozsiadły się w obszernym salonie w różnych stadiach negliżu, nie zostawiając niczego wyobraźni. I wszystkie przyglądały mu się z oczekiwaniem, niepewne, do której uderzy najpierw. Jego reputacja kobieciarza jak zwykle go wyprzedziła. Najlepsze było to, że nawet nie musiał im stawiać drinka.

Nie musiały długo czekać na odpowiedź: Freddie wybrał wysoką blondynkę z tanią trwałą domowej roboty i ogromnymi cyckami. Miała także ładne zęby. Freddie miał swoje drobne dziwactwa: nie tknąłby laski z — jak to mówił — zardzewiałym parkanem. Każdemu, kto chciał słuchać, opowiadał, że higiena osobista obu biegunów jest nieodzownym warunkiem jego amorów.

Uśmiechnął się do Stephanie Treacher, a ona odpowiedziała uśmiechem. Lekkie poruszenie w jego spodniach było pierwszą oznaką życzliwego zainteresowania.

Wtedy do salonu wkroczyła wysoka kobieta z krótkimi jasnymi włosami i zielonymi oczami, których spojrzenie przewiercało na wylot.

— Ty jesteś Freddie? — zapytała głębokim chropawym głosem.

Skierował na nią wzrok, tak jak siedzące wokół kobiety, i odpowiedział pytaniem:

— A ty kto?

Kobieta uśmiechnęła się szeroko, błyskając białymi zębami. Freddie błyskawicznie zauważył, że jej oczy się nie roześmiały.

— Twoją szefową, skarbie. Jestem Patricia, siostra Ozzy'ego.

Gdy wychodziła, Freddie zauważył, że wszystkie dziewczęta się uśmiechają. Teraz jednak nie uśmiechały się z nim, lecz do niego. Słyszał o tej kobiecie, ale nigdy przedtem jej nie widział. Otaczał ją taki sam mir jak mężczyzn, z którymi miała do czynienia. Uchodziła za twardą sztukę, ale sprawiedliwą.

Do Freddiego dotarło nagle, że ta kobieta faktycznie jest jego zwierzchniczką.

Pat — bo tak ją powszechnie nazywano — miała szczupłe, niemal chłopięce ciało, i niewiarygodnie długie nogi. Chodziła wyprostowana i z miną osoby, która wie, co jest grane. Wychodząc, Freddie spojrzał po dziewczynach i z ich oczu wyczytał, że poczekają.

Stephanie porozumiewawczo uniosła brwi, a Freddie odpowiedział jej mrugnięciem. Pewna miejsca na jego liście, wróciła do piłowania paznokci. Niedawno podrapała klienta, a ten nie był zachwycony. Był nauczycielem i martwił się, co powie żona na widok zadrapania biegnącego przez całą długość pleców. Powstało, gdy złapał ją za włosy i omal nie udławił, pokazując, jak wyobraża sobie seks oralny.

Mężczyźni odwiedzający ten przybytek obejrzeli o jeden film za dużo, a było nim *Głębokie gardło*. Naprawdę myśleli, że kobieta może wziąć do ust tak dużo, nie dławiąc się przy tym. Stephanie się dusiła, niemal tracąc przytomność, a on miał do niej pretensję, że go podrapała.

Doszła więc do wniosku, że jeśli od czasu do czasu spędzi popołudnie z Freddiem Jacksonem, jej praca będzie bardziej znośna.

Rozdział czwarty

— W porządku, Ozzy?

Jimmy poczuł żelazny uścisk jego dłoni. Za każdym razem, gdy Ozzy podawał mu rękę, dziwił się sile, jaka w niej tkwiła. Ozzy uśmiechnął się. A przynajmniej skrzywił twarz tak, jakby się uśmiechał. Był jednym z najbrzydszych oprychów, jakich widział świat: jego łysa głowa była pokryta szramami po młodzieńczych bójkach z użyciem kastetów, a otyłe ciało nadawało mu niezdarny i ociężały wygląd. W rzeczywistości było mocne i twarde jak skała.

Jimmy uwielbiał jednak jego głos, głęboki i gęsty jak syrop. Był to głos stworzony dla przystojnego piosenkarza albo mężczyzny pełnego ogłady. Na pewno nie dla kogoś, kto wyglądał jak zwał tłustego mięsa.

Mimo to Jimmy ubóstwiał Ozzy'ego i przez ten rok, gdy się widywali, nabrał przekonania, że jeśli nawet Ozzy nie darzy go takim samym uwielbieniem, to jednak go lubi. Rozumieli się jak zaprzyjaźnione psy. Czasem Ozzy przekazywał Jimmy'emu prośby do Patricii, o których nawet Freddie nie wiedział. Siostra była dla Ozzy'ego wszystkim, a Jimmy lubił ją i bardzo szanował. Jak stwierdził Ozzy, Patricia myślała jak mężczyzna, a w ustach człowieka jego kalibru był to doprawdy wielki komplement.

Jimmy lubił wizyty w więzieniu. Od pierwszej chwili, gdy przekroczył bramkę bezpieczeństwa i wkroczył do sekcji odwiedzin zakładu karnego dla szczególnie niebezpiecznych przestępców, poczuł się tak, jakby wrócił do domu. Lęk przed więzieniem całkowicie go opuścił.

Wiedział, że w razie potrzeby da sobie radę z tym środowiskiem. Nie chciał trafić za kratki, lecz świadomość, że gdyby przyszło co do czego, bez strachu stawi temu czoło, ułatwiała mu sprawę. Poza tym stale przypominała, że w jego profesji życie może się dramatycznie zmienić z dnia na dzień.

Ozzy kazał sobie przynieść do stolika dwa kit katsy i dwie filiżanki herbaty. Tylko jemu pozwalano na ten luksus, a klawisze przymykali oko, rozumiejąc, że należy go traktować z szacunkiem. Ułatwiało to życie obu stronom, więc się opłacało.

Większość z nich mogła liczyć na dodatkowy zarobek: za butelkę scotcha na uprzyjemnienie sobotniej nocy albo za parę uncji amfy na wieczory, w czasie których tworzył plany rozbudowy swojego imperium. Starał się także o to, żeby w więzieniu była wystarczająca ilość hery dla umilenia życia skazanym na dożywocie, którzy przepieprzali w kryminale najlepsze lata.

Na widok względów otaczających Ozzy'ego Jimmy poczuł się szczęściarzem, częścią jakiegoś większego planu. Nieświadomie upodabniał się do Ozzy'ego. Podobało mu się, że Ozzy nigdy nie krzyczy, aby go słyszano. Że uśmiecha się i żartuje, borykając się z jakimś problemem, i że rozwiązuje go łatwo i pokojowo.

Do przemocy uciekał się w ostateczności i robił to skutecznie, a wtedy jej straszliwe skutki dawały się odczuć przez długie lata. Okaleczał przeciwników, ci zaś wiedzieli, że na to zasłużyli. Za każdym razem jego reputacja umacniała się i właśnie dzięki temu Ozzy był postacią legendarną.

Kiedy już dochodziło do użycia przemocy, przekraczała ona oczekiwania. Nigdy nie była adekwatna do rzekomej zbrodni: jej zaciekłość szokowała najbardziej zatwardziałych bandziorów.

Nigdy nie trać nad sobą panowania na oczach ludzi. Była to najlepsza rada Ozzy'ego, i powtarzał ją Jimmy'emu już od dwunastu miesięcy. Edukacja była prawie zaskończona. Ozzy pytał go o zdanie, a co jeszcze ważniejsze, szanował je.

Siedząc naprzeciwko Ozzy'ego, Jimmy czuł respekt więźniów i ich rodzin. Jeździł nowym bmw i odpowiednio się ubierał. Jednocześnie przez cały czas uczył się najważniejszej gry opryszka: jak trzymać się z dala od kryminału. I miał najlepszego nauczyciela, jakiego można sobie wymarzyć.

◆ ◆ ◆

Patricia O'Malley była na siebie trochę zła. Ozzy by się wściekł, gdyby wiedział, ale nawet to nie mogło przesłonić dreszczyku, jakiego doznała.

Freddie Jackson był szumowiną, lecz Patricia wyczuła jego zmysłowość od pierwszej chwili, gdy na niego spojrzała. Od lat żaden mężczyzna jej tak nie podniecił.

Zawsze lubiła ostry i nieprzyzwoity seks, od dnia, w którym straciła dziewictwo z bandytą trudniącym się okradaniem banków. Nazajutrz skazano go na piętnaście lat więzienia, a ona poszła do łóżka z nauczycielem WF, następnym starszym mężczyzną, który był tak miły, że pokazał jej to, co traciła jej matka i wszystkie inne kobiety.

Pokazał jej, ile przyjemności może sprawiać seks bez krzty miłości — pod tym względem Patricia myślała jak mężczyzna. Lubiła seks za to, czym jest: przyjemnością, uwolnieniem od napięcia. Ani mniej, ani więcej. Nie mogła pojąć, dlaczego kobiety psuły sobie z tego powodu całe życie z jednym facetem.

Dlatego upadła na kolana przed mężczyzną, którego mogła zmiażdżyć bez zastanowienia, gdyby ją zdenerwował, i który mógł myśleć, że teraz trzyma ją w garści. Freddie Jackson uosabiał wszystko, czego w mężczyznach nienawidziła, oraz wszystko, co w nich kochała. Lubiła kłaść go na łóżko i sprawiać, że się pocił. Jeśli jest głupi i uważa, że dzięki takim zabawom może liczyć na jej względy, to czeka go wielkie rozczarowanie. Nie był pierwszym, który tak myślał, i nie będzie ostatnim.

Freddie wszedł kilka minut później, a ona była gotowa na jego przyjęcie.

Wkroczył niczym pan, jakby z powodu nocnych wyczynów wszystko należało do niego. Jego uśmiech powiedział jej, że tak właśnie mu się wydaje. Był z siebie dumny, sądził, że skoro wydobył z niej jęki rozkoszy, jest teraz jej szefem. Wykąpał się i ubrał lepiej niż zazwyczaj, musiała mu to przyznać. Zadał sobie choć tyle trudu.

— Jak się dzisiaj miewasz?

Nawet jego słowa były jak obnażony miecz.

Wyprostowała się na całe swoje metr sześćdziesiąt pięć, i uśmiechnęła się sarkastycznie.

— Do mnie mówisz, ty zasrany fiucie?

Była zimna jak sopel lodu i spojrzała na niego tak, jakby kilka godzin wcześniej nie widziała go nagiego i zdyszanego. Źrenice oczu Freddiego rozszerzyły się na dźwięk tych słów.

Pat postanowiła, że będzie go traktować jak podwładnego i trzymać pod butem w razie gdyby kiedyś jeszcze zachciało jej się z nim przespać. W kontaktach z ludźmi takimi jak Freddie Jackson najważniejsze jest nie dać im centymetra swobody. I ani na chwilę nie spuszczać z oka.

◆ ◆ ◆

Ozzy zawsze mówił, że człowiek uczy się tylko przez doświadczenie. A swoje niebagatelne doświadczenie przekazywał młodzieńcowi, w którym wyczuwał przyszłą wielkość. Po raz pierwszy w życiu Ozzy naprawdę kogoś kochał, i to w sposób niezwiązany z seksem. Zresztą seks nigdy nie zajmował wysokiego miejsca w jego hierarchii ważności. Właśnie dlatego odsiadka nie dawała mu się zbytnio we znaki. Nigdy nie przepadał za kobiecym towarzystwem, choć nie był gejem, a nawet jeśli był, to umiał zamknąć to w sobie. Cieszył się zbyt wielkim mirem, by pozwolić, żeby seksualność pokrzyżowała jego plany.

Jego libido po prostu nie było tak silne jak popęd mężczyzn, których zdążył poznać przez lata spędzone w więzieniu. Oni się starzeli, a kobiety młodniały, i Ozzy nie widział w tym żadnej logiki. Dziewięćdziesiąt osiem procent seksu mieści się w głowie, bez względu na to, kogo się akurat przelatuje.

Po tylu latach spędzonych w więzieniu, w samotności, widział w tym chłopaku syna, którego nie mógł mieć. I nigdy nie chciał, aż do tej chwili: pięćdziesiątka zajrzała mu w oczy, a wraz z nią jak uderzenie młota spadła na niego świadomość, że może nie dożyć do końca wyroku. Zapragnął zostawić swoje imperium komuś, kto je doceni, kto zachowa dla świata jego nazwisko i być może spłodzi synów, którym przekaże je na łożu śmierci. Widział siebie w Jimmym, choć rzecz jasna chłopak był nieporównanie od niego przystojniejszy.

Ozzy bardzo wcześnie nauczył się, że przystojni ludzie więcej dostają od życia, nie muszą starać się tak bardzo jak brzydcy. Jimmy był przystojny, ale nie zdawał sobie sprawy, jaki jest atrakcyjny. I bardzo dobrze, bo koniec końców przystojni mężczyźni zawsze marnują to, co dostali od dobrego Boga. Piękne kobiety wykorzystują swoje ciała i akceptuje się to, bowiem kobiety zachowują urodę krótko, a jeśli nie mają osobowości, momentalnie idą w zapomnienie. Gdy tylko pojawią się rozstępy i obwisły brzuszek, odchodzą w niepamięć. Przystojny mężczyzna może spłodzić piętnaścioro dzieci i nikt nie zauważy w nim różnicy. Właśnie to stanowiło dla Ozzy'ego dowód, że Bóg jest mężczyzną. Gdyby był płci żeńskiej, dałby kobietom bardziej rozciągliwą skórę i zmysł do interesów.

Kobiety rezygnują ze swojego życia w chwili, gdy się zakochują. Mężczyzna może kochać kobietę, ale nigdy nie będzie ona dla niego wszystkim, choć jeśli ma głowę na karku, oczywiście pozwoli jej tak myśleć. Natura jednak zawsze wyjdzie na wierzch. Matką ślubnych dzieci trzeba się opiekować za wszelką cenę, ale mężczyzna musi wiedzieć, że dzieci, które wychowuje, są jego. Żadnych kukułczych jaj w gnieździe, bo to co się z nich wykluje, w końcu dorośnie i cię zdradzi. Trzeba się pilnować. Kobieta potrafi łgać w twarz z promiennym uśmiechem, każdy rozsądny facet to wie.

Ozzy z radością przekazywał całą swoją wiedzę miłemu młodemu chłopakowi z ładną twarzą i umysłem księgowego, który szybko się uczył i bił się tak, że z pomocą pięści wyrwałby się z niemieckiego lagru.

Freddie świetnie nadawał się na oficjalnego szefa organizacji i Ozzy to szanował, ale zawsze trzeba go będzie prowadzić za jaja. Jimmy będzie przywódcą i nikt nawet nie zauważy, że to on rządzi. Było to dla Ozzy'ego wyraźne jak różnica między willą a mieszkaniem komunalnym. Freddie, choć dużo gadał, nigdy nie dorówna przeciętnemu skazanemu na dożywocie. A ten chłopak miał przed sobą przyszłość.

— Jak Freddie radzi sobie z domami?

— Dokazuje cudów.

Jimmy był lojalny wobec gościa, który ledwo umiał zliczyć do dziesięciu bez używania palców. Ozzy tym bardziej go za to cenił.

— Ja słyszałem coś innego.

Jimmy wyszczerzył zęby.

— Trzymam oczy otwarte i mówię ci, Freddie to dobra inwestycja. Wszyscy się go słuchają. Ma bzika, ale interesy idą przy nim gładko.

Taka odpowiedź zadowoliła Ozzy'ego.

— A przy okazji przelatuje wszystkie laski w domach, co? Jimmy znów się uśmiechnął.

— Tak, ale nie on jeden, zgadza się? Jego żona za chwilę się rozsypie. A w głębi duszy Freddie jest bardzo rodzinny.

— Rodzinny? Z głupim się widziałeś, synku?

— Wiesz, co mam na myśli. Ona jest przekonana, że tym razem to będzie chłopak. Taki mały człowieczek ustawiłby Freddiego jak nic.

— Jeśli nie, powiedz mu, że jak nie będzie się pilnował, ustawi go duży człowiek. Niech wie, że napady z bronią w ręku wydarzyły się w za małym odstępie, a to najlepsza recepta, żeby ściągnąć sobie na kark gliny.

Jimmy skinął głową.

— Przekażę mu wiadomość własnymi słowami.

Ozzy roześmiał się głośno.

— Na to właśnie liczę, młody. Trzymaj go na krótkiej smyczy. Freddie zaczyna wkurzać co poniektórych.

Jimmy skinął głową.

— On potrafi wyciskać forsę i na swój sposób jest sprawiedliwy.

— Ja to rozumiem, ale z drugiej strony ściąga na siebie uwagę, a tego właśnie chcemy uniknąć.

— Wiem, Ozzy, ale jest wobec ciebie lojalny.

Ozzy się uśmiechnął. Chłopak też był lojalny, może nawet za bardzo, ale więzy rodzinne są najmocniejsze ze wszystkich.

Otworzył z trzaskiem paczkę kit kattów i zaczął powoli jeść. Przetrawił wszystko, co do tej pory zostało powiedziane, i dopiero wtedy podjął rozmowę.

— Słuchaj, niedługo wyjdzie z Durham jeden mój stary kumpel. Daj mu robotę i miej na niego oko, dobra?

Jimmy znów skinął głową. Zdawał sobie sprawę, że kimkolwiek ten człowiek jest, to on będzie miał na niego oko, a nie odwrotnie.

— Jak on się nazywa?

— Bobby Blaine.

Krew odpłynęła z twarzy Jimmy'ego.

Nazwisko Bobby'ego było synonimem szaleństwa i przemocy. Właśnie dlatego tak bardzo przypadli sobie z Ozzym do gustu.

Bobby B., bo tak go nazywano, potrafił zasiać strach w najpodlejszym z serc. Był także kawalarzem, najzabawniejszym facetem, jakiego Ozzy znał, a zdążył poznać wielu. Umiał z uśmiechem i żartem na ustach poderżnąć człowiekowi gardło. Była to gorsza strona jego natury i właśnie ją Ozzy chciał wykorzystać.

Jimmy odgadł, że Ozzy nie powierzy mu zbyt odpowiedzialnego stanowiska, bo znając Bobby'ego, wie, że spędzi na wolności najwyżej rok, a potem znów wróci do przybytku Jej Królewskiej Wysokości. Przez ten czas jednak chce się nim posłużyć.

Ozzy wykorzystywał ludzi jak chusteczki higieniczne i gdy nie byli mu już potrzebni, wyrzucał do kosza.

Tak po prostu.

♦ ♦ ♦

Lena patrzyła, jak córka z trudem podnosi się z krzesła.

— Ale mnie bolą plecy.

Wyglądała okropnie. Lena byłaby bardzo zaskoczona, gdyby Jackie donosiła dziecko do końca ciąży. Jej brzuch był bardzo ciężki i już się opuścił, mimo że miała urodzić dopiero za kilka tygodni.

— To przez ten ciężar, który dźwigasz. Dziecko musi być wielkie jak ten zapaśnik, Dean, Człowiek Góra.

Obie się roześmiały.

— Mam nadzieję. Podoba mi się imię Dean, jest takie męskie i radosne.

— A więc nie dasz mu na imię Freddie, po ojcu?

Lena powiedziała to z odcieniem drwiny.

— Oczywiście, że nazwę go Freddie, ale drugie imię powinno mieć związek z pochodzeniem i charakterem dziecka.

Lena uśmiechnęła się szeroko.

— W takim razie powinnaś go nazwać Looney Tunes Jackson.

Znów się roześmiały.

— Albo Koncert Życzeń.

Obie kobiety zanosiły się śmiechem.

— Przestań, ty nieznośna stara krowo. Napijesz się jeszcze herbaty?

Lena skinęła głową i zapaliła papierosa. Podając go córce, powiedziała łagodnie:

— Usiądź, skarbic. Ja zaparzę.

Delikatność w jej głosie omal nie doprowadziła Jackie do płaczu. Jak zwykle w czasie ich spotkań histeryczny śmiech sąsiadował ze łzami.

— Freddie był w domu? — spytała cicho Lena.

Jackie zaciągnęła się mocno papierosem i z promiennym uśmiechem odparła:

— On szaleje z radości. Nie może się doczekać.

Lena się uśmiechnęła. Z przyjemnością patrzyła na szczęśliwą córkę. Ciąża utrzymywała ją w równowadze. Codziennie modliła się, żeby Jackie urodziła chłopca. Pragnęła go tak rozpaczliwie, że spędzała długie godziny u wróżek i mediów, o których dowiadywała się z miejscowych gazet albo od znajomych.

Wszyscy powiedzieli to samo: że wyda na świat chłopca. Oby się sprawdziło.

Freddie często przebywał poza domem, ale ponieważ żona była w ciąży, przynajmniej do niego zaglądał. Po poronieniu był przybity i obwiniał siebie, ale to poczucie u niego nie będzie trwało wiecznie.

— Nie czepiasz się go, prawda?

Jackie westchnęła.

— Oczywiście, że nie. Przecież nie powinnam się denerwować. A ty zawsze powtarzasz, że w ten sposób nie ściągnę go do domu.

Lena nie drążyła tego wątku. W ciągu ubiegłego roku małżeństwo Jackie wisiało na włosku, zwłaszcza gdy Freddie zaczął nadzorować domy. Sama była dawno temu na łasce tych domów, gdy jej mąż był pretendentem do tronu, a przecież Joseph nie był nawet w połowie tak przystojny jak Freddie. Ale wtedy prostytutki były zupełnie inne. Szukały swojej wielkiej szansy i kto by je za to winił?

Lena wszystko przeczekała i teraz mąż należał do niej. Było to puste zwycięstwo, musiała przyznać, ale jednak zwycięstwo. Dla Jackie porzucenie Freddiego nie wchodziło w grę, a Lena wciąż miała nadzieję, że jej córka dostanie kiedyś od męża to, czego pragnie. Z dochodzących ją wieści wynikało jednak, że Freddie wciąż ugania się jak szalony za każdą krótką spódnicą. Mąż Leny często mawiał, że u Freddiego wszystko po staremu. A ponieważ byli do siebie podobni jak dwa ziarnka grochu, Lena wiedziała, że mówi to z własnego doświadczenia.

◆ ◆ ◆

Maggie z promiennym uśmiechem myła włosy i zaparzała dziesiątki filiżanek herbaty. Praca fryzjerki była szczytem jej marzeń, nie pragnęła niczego więcej, i teraz, kiedy została stażystką, jej życie obracało się wokół Jimmy'ego, zakładu, serialu *Dallas* i rodziny.

Świat mody jej odpowiadał; ze swoimi szeroko rozstawionymi oczami i gęstymi blond włosami okazała się cennym nabytkiem dla salonu, w którym pracowała. Nawet w mocnym makijażu wyglądała młodo i świeżo, a właśnie to było jej największym atutem.

Widok ładnej buzi i radosny urok wspaniale działały na klientki, więc zarabiała fortunę na napiwkach. Właścicielka salonu, rosła kobieta z wysoko upiętymi włosami i pseudofrancuskim akcentem miała świadomość, że trafił jej się skarb, dlatego dbała o Maggie i traktowała ją z szacunkiem.

Dziewczyna szybko się uczyła, miała dobre serce i chętnie słuchała; poza tym nie uważała, że praca fryzjerki ją poniża.

Madame ją uwielbiała, klientki również. Wszystkie inne dziewczęta, które tu terminowały, pracowały z uśmiechem i tylko czekały, żeby się wyrwać: salon fryzjerski w Bethnal Green nie pasował do ich wyobrażeń o prawdziwej elegancji. Maggie zaś była wdzięczna, że może tam być, i okazywała to na każdym kroku. Klientkami były przeważnie starsze kobiety, które przychodziły robić trwałą ondulację; nie zmieniły stylu od lat pięćdziesiątych. Odwiedzały salon raz w tygodniu; ich włosy były tak silnie przesiąknięte lakierem, że nie poruszyłby ich nawet huragan. Śmiały się i plotkowały, popijając herbatę. Trzy dni później przychodziły na „przeczesanie", a Maggie niezmiennie spełniała ich życzenia z uśmiechem.

Z najlepszej strony pokazywała się jednak w piątki i soboty wieczorem. Nowe style były jej drugą naturą, a przy tym umiała sprawić, że dziewczęta czuły się swobodnie w staroświeckim salonie. Puszczała z magnetofonu swoją muzykę: zespół Simply Red. Piosenki *Holding Back The Years* i *Money Too Tight to Mention* zawsze trafiały na podatny grunt. Nigdy nie zapominała też, by poczęstować klientki winem Thunderbird. Salon tętnił życiem, a madame cieszyła się, że wróciły do niej młode dziewczyny. Sama obecność Maggie nakręcała biznes. Kobieta z lękiem myślała o dniu, kiedy stażystka odejdzie tak jak inne. Była pracowita, mimo że pochodziła z rodziny utracjuszy, i już to było niezwykłe. Madame czuła, że Maggie nie pójdzie w ślady rodziców. Ta dziewczyna coś osiągnie, choćby jej przyszło paść trupem. Miała dopiero szesnaście lat, a już wiedziała, czego chce od życia.

Maggie z kolei uważała madame Modèle za najwspanialsze zjawisko, jakie chodziło po ziemi, i postanowiła ją naśladować. Widziała, jak madame obchodzi się z klientkami, i wyczuwała instynktownie, że jest to właśnie tajemnica dobrego biznesu. Nawet najpospolitsze kobiety czuły się w jej salonie, jakby były wyjątkowe, i Maggie ją za to uwielbiała.

Myjąc włosy jakiejś starszej pani, wyobrażała sobie, że kiedyś będzie miała własny salon, w którym ładne dziewczęta w zielonych fartuchach, z włosami uczesanymi w warkoczyki, będą się uwijać wokół klientek. Było to zawsze jej marzeniem i poświęciła mu się całym sercem, tak jak wszystkiemu innemu, do czego się zabierała.

Maggie różniła się od reszty rodziny. Potrafiła wytknąć sobie cel, a później poruszała niebo i ziemię, żeby go osiągnąć. Jimmy stał u jej boku, wiedziała więc, że to, czego pragnie, jest z każdym dniem bliższe. Miał dopiero dwadzieścia jeden lat, a już zarabiał masę pieniędzy. Wydawało się, że lada chwila w ich życiu nastąpi przełom. W odróżnieniu od siostry nie martwiło jej to, że Jimmy zajmuje się domami, bo wiedziała, że może mu ufać. Freddie leciał na każdą obcą babkę, a ze sposobu, w jaki Jimmy wypowiadał się o prostytutkach, Maggie wiedziała, że go nie interesują. Widział w nich tylko sposób do osiągnięcia celu — taką w każdym razie miała nadzieję.

Odpychała od siebie takie myśli.

Dzięki Ozzy'emu byli ustawieni i Maggie uważała, że Freddie i Jimmy mają zapewnioną pracę na długie lata. Maggie i Jimmy już mieli spore oszczędności, i choć większości z nich nie można było umieścić w banku, mogli już sobie pozwolić na kupno małego domku.

Maggie dosłownie fruwała ze szczęścia. Teraz modliła się tylko o to, żeby dziecko jej siostry okazało się upragnionym synem. Wtedy wszystko się ułoży. Umiała już suszyć włosy i robić proste strzyżenie. Jeszcze chwila, a zostanie darmową fryzjerką rodzinną, ale nawet to nie mogło jej dzisiaj zepsuć humoru. Nic nie mogło go zepsuć.

Życie było wspaniałe, niedługo pobiorą się z Jimmym i wtedy będzie mogła się wyluzować. Za parę miesięcy się zaręczą, a ślub wezmą pół roku później. Maggie nie będzie jeszcze miała siedemnastu lat, ale wiedziała, że nikt z rodziny się nie sprzeciwi. W gruncie rzeczy wszyscy na to czekali. Panowała zgodna opinia, że niebiosa przeznaczyły ich dla siebie.

◆ ◆ ◆

Wczesnym wieczorem Freddie i Jimmy byli w biurze jednego z domów. Często tam zaglądali ze względu na to, że Freddie ciągle gonił za nowymi wrażeniami. Dom mieścił się w Ilford, w obszernym wiktoriańskim budynku. Było tam pod dostatkiem kobiet i narkotyków.

Freddie, inaczej niż młodszy kolega, czerpał z narkotykowej kultury pełnymi garściami. Jimmy zadowalał się paroma skrętami na koniec dnia, a dla Freddiego noc się nigdy nie kończyła. Nie wiedział, kiedy przestać, nie chciał iść do domu, chyba że musiał.

Wciągał amfę na potęgę, a ponieważ handlował nią w dużych ilościach, miał jej pod dostatkiem. Połykał też niebieskie tabletki, dexedrynę i tenuate dospan, środki odchudzające, które pogłębiały jego paranoję i brak równowagi psychicznej.

Popijali tanią wódkę i rozmawiali o planach Ozzy'ego, a Jimmy patrzył na nieomylne oznaki narastającej wściekłości partnera. Trzęsły mu się ręce, nie mógł skupić wzroku, a nagłe pocenie zapowiadało uderzenie amfy.

Mówiąc w skrócie, był naprany.

— Wszystko w porządku, Freddie? — Jimmy zapytał nonszalancko, ale ostrożnie, by nie dotknąć rosłego, potężnego faceta, który najwyraźniej szukał zaczepki.

Freddie przez kilka długich sekund wlepiał w niego wzrok. Jimmy widział, że za pomocą słów chciał wyrzucić z siebie gniew. Freddie był jak bokser, który trzyma w rękach młotek zamiast rękawic. I wie, że nie powinien go używać, ale pokusa jest zbyt silna.

— Ty i Ozzy jesteście ze sobą bardzo blisko.

Jimmy westchnął w duszy. Temat ten powracał często w ich rozmowach i w pewnym sensie to rozumiał. Freddie był numerem jeden i trudno mu było słuchać, jak Jimmy przekazuje mu wiadomości.

Jego wizyty u Ozzy'ego stały się kością niezgody. Ale ponieważ nigdy nie dostał mandatu za parkowanie ani nawet ostrzeżenia, był jedyną osobą, która mogła w miarę spokojnie chodzić do więzienia.

Aby odwiedzić więźnia kategorii A lub z podwójną kategorią A, należało przejść całkowicie zbędną, rygorystyczną kontrolę policyjną. Trzeba było zrobić sobie zdjęcie paszportowe, wypełnić formularz potwierdzający tożsamość i miejsce zamieszkania, a później znieść w domu odwiedziny znudzonego funkcjonariusza. Jego zadaniem było stwierdzenie, że wygląda się tak, jak człowiek przedstawiony na zdjęciu.

Na papierze wyglądało to dobrze, lecz Jimmy każdą swoją wizytą dowodził, że żadne policyjne kontrole nie są w stanie powstrzymać przepływu informacji ani poleceń między więźniem a odwiedzającym. Freddie o tym wiedział i to on wpadł na pomysł, żeby Jimmy był posłańcem, lecz Jimmy już od pewnego czasu miał świadomość, że kuzyn nie jest zadowolony z takiego obrotu sprawy.

Nic jednak nie mógł na to poradzić. Ozzy rozdawał karty i to zamykało sprawę. Jimmy rozumiał uczucia kuzyna, wszak to on wszystko zaaranżował. Freddie trafił do Parkhurst, kiedy stwierdzono, że nie nadaje się do resocjalizacji. Bił się zarówno z więźniami, jak i strażnikami, i okaleczał ich. Siedzenie w zamknięciu źle na niego działało, jego naturalny gniew eksplodował przy najdrobniejszej zaczepce. Dopiero w sekcji specjalnej poczuł się swobodnie i w pewnym sensie przeniesienie dobrze mu zrobiło. Tam zetknął się z prawdziwą przestępczością i bardzo przypadła mu do gustu.

Sześć tygodni aklimatyzacyjnych przed wypuszczeniem na wolność, spędzonych w Shepton Mallet, upłynęło mu fantastycznie, bo ramię Ozzy'ego było długie i wszędzie je szanowano. Freddiego przyjęto jak bohatera, dostał pojedynczą celę, parę funtów oraz tyle wódki i papierosów, ile zapragnął.

Teraz jednak nie podobało mu się, że Jimmy jest jedynym pośrednikiem w kontaktach z Ozzym. Freddie, jak to Freddie, uważał, że nie dowiaduje się wszystkiego, i często miał rację. Trudno mu było pogodzić się z tym, że to Jimmy działa i myśli, a do tego jest lubiany.

Freddiemu odpowiadało, że ludzie udają sympatię do niego. Kiedy był młodszy, uznawał to za przejaw szacunku, ale teraz dostrzegał drugą stronę życia, którą pokazywał mu młodszy mężczyzna, jego podwładny, stojący od niego niżej zarówno pod względem wieku, jak i pozycji.

Młokos, który zawdzięczał mu nie tylko chleb powszedni, lecz także całe życie. To Freddie uczynił go tym, kim Jimmy był teraz, i jego powodzenie powinno Freddiego cieszyć. Wstydził się swojej zazdrości, ale nie umiał jej się wyzbyć.

Jimmy to rozumiał. Znał Freddiego lepiej niż sam Freddie, on zaś nie znał Jimmy'ego w ogóle. Freddie nigdy nie podjął próby poznania kogokolwiek. Wystarczało mu, że ludzie są użyteczni i zajmują swoje miejsce w szeregu. Tak było aż do tej pory.

Jimmy wiedział, że musi stąpać ostrożnie, bo choć Freddie go lubił, miał niebezpieczną skłonność do rywalizacji. Zwłaszcza teraz, gdy zaliczał potężne wpadki na wszystkich frontach.

— Daj spokój, Freddie, wiesz, jak jest. Jeśli chcesz, żeby ktoś inny zasuwał na wyspę Wight i wysłuchiwał Ozzy'ego, nic nie stoi na przeszkodzie. Przecież to ty kazałeś mi tam jeździć.

Powiedział to z taką skruchą i z tak zmartwionym wyrazem twarzy, że mógłby pogodzić strony toczące wojnę, a wszystko po to, by udobruchać człowieka, którego kochał bardziej niż kogokolwiek na świecie. Słowa te stały się jego mantrą i zaczynały działać mu na nerwy. Pracował solidnie, a jeśli Freddie tego nie widzi, to jest głupcem. Jimmy bardzo często nosił go na swoim grzbiecie i nigdy się nawet o tym nie mówiło. Kroczył wąską ścieżką, a w miarę jak przybywało mu lat i coraz bardziej się angażował, zaczynał odczuwać niechęć. Realizował dyspozycje Ozzy'ego, ponieważ było to łatwiejsze niż czekanie na decyzję Freddiego. Musiał to jednak robić tak, by Freddie miał wrażenie, że to jego dzieło. Freddie był leniem i na zawsze miał nim pozostać. Doskonale sprawdzał się w roli rekietiera, bo sprawiało mu to przyjemność, jednak sprawy codzienne go irytowały. Interesy pod jego nadzorem musiałyby upaść, a wszystko dlatego, że nie mógł się oderwać od wódki, narkotyków i dziwek.

Jimmy dobrze rozumiał, że jego atutem jest umiejętność łagodzenia sporów, podporządkowywania sobie ludzi za pomocą słów; dzięki temu potrafił uniknąć wielu sytuacji konfliktowych, które nieodłącznie wiązały się z tym biznesem. Rabunki i zbieranie haraczy, handel narkotykami, a także kluby, puby i rozmaite drobniejsze interesy, które nadzorowali w imieniu Ozzy'ego — wszystko funkcjonowało gładko dzięki Jimmy'emu.

Freddie był tego świadom, lecz jego osobowość nie dopuszczała, by dzielił się pozycją z kimś innym. Jimmy lepiej radził sobie z rachunkami, przydzielaniem zadań podwładnym i organizowaniem kontaktów między ludźmi, którzy dla nich pracowali. Był z jego krwi i był świetny w swojej robocie, ale go to wkurzało, mimo że właśnie dzięki bystrości kuzyna mógł balować przez całe dnie i noce.

Spoglądał na młodszego kolegę i jak zawsze dostrzegł w nim siebie, tyle że obdarzonego odrobiną zdrowego rozsądku. Na samym dnie jego mózgu tliła się świadomość, że powinien zrobić z sobą porządek, zanim będzie za późno, ukrócić picie i narkotyki, bardziej zająć się tym, co dzieje się wokół. Ale łatwiej było powiedzieć niż spełnić.

Kiedy tak patrzył w twarz Jimmy'ego, zalała go dobrze znana fala wstydu. Ten porządny chłopak był jedynym człowiekiem, którego Freddie naprawdę kochał, poza samym sobą. Wyszczerzył zęby w szelmowskim uśmiechu, dzięki któremu zaliczył tyle kobiet i wpakował się w tyle bójek, że nie zdołałby ich zliczyć.

Nachylił się nad stolikiem poplamionym piwem i chwycił Jimmy'ego za brodę. Zabolało, ale Jimmy przełknął ból, choć w głębi duszy pojawiła się chęć, by powiedzieć prawdę człowiekowi, którego czcił i ubóstwiał. Nie potrafił jednak tego zrobić i nie zrobił.

— Ty cwany mały skurwielu. Ozzy na pewno myśli, że jesteś wart więcej niż wszystkie prezenty urodzinowe i gwiazdkowe naraz!

Jimmy uwolnił się od uchwytu kuzyna.

— Mówię mu tylko to, co powinien wiedzieć, i przekazuję ci wiadomości od niego. Dlaczego mi to robisz?

Powiedział te słowa niczym błaganie i obaj to rozumieli. Freddie jednym haustem wychylił drinka i wzruszył ramionami.

— Niech ci nigdy nie przyjdzie do głowy, że możesz mnie wysadzić z siodła, jasne? Nie próbuj mnie wykolegować.

Jimmy się uśmiechnął. Jeszcze nigdy uśmiech nie przyszedł mu z takim trudem.

— Dlaczego miałbym ci wykręcać taki numer?

Pytanie i odpowiedź zawisły w powietrzu.

Rozdział piąty

— Och, zamknij się, Jackie, do kurwy nędzy, i chodź tutaj!
Jackie udawała, że sprząta, a Freddiego to złościło. Wchodziła
do pokoju i wychodziła z niego, opróżniając popielniczki
i krzątając się, żeby zwrócić uwagę męża. I wreszcie się
doczekała.

Freddie palił skręta i słuchał Pink Floydów. Od dwóch godzin
nucił sobie pod nosem *Wish You Were Here*. W odróżnieniu od
swoich kumpli, Freddie lubił interesującą muzykę, i słuchał jej
po cichu.

Jackie ruszyła w jego stronę kołyszącym się krokiem. Tym
razem jej brzuch był tak ogromny, że nawet Freddie patrzył na
nią z niepokojem.

— Jesteś pewna, że nie nosisz tam czwórki dzieciaków,
które przestępują z nogi na nogę?

Jackie parsknęła śmiechem. Lubiła, kiedy mąż ją zauważał,
ale przez cały dzień dręczył ją ból kręgosłupa i odbierał jej
wszelką przyjemność.

Długie ciemne włosy były doskonale obcięte i wyszczot-
kowane tak, że aż lśniły. Dzięki temu, że Maggie miała kręćka
na punkcie fryzjerstwa, kobiety w rodzinie nigdy nie miały tak
dobrze utrzymanych włosów.

Osunęła się na brązową kanapę. Freddie przyciągnął ją do
siebie.

— Twoje włosy wyglądają rewelacyjnie — powiedział cicho.

Wiedział, że komplement sprawi jej przyjemność, a poza tym włosy naprawdę wyglądały ładnie. Reszta Jackie robiła na nim o wiele gorsze wrażenie. Prezentowała się niechlujnie, tak samo jak dom.

— Zawsze miałaś ładną szopę. Podoba mi się to uczesanie.

Włosy były wycieniowane i zaczesane do tyłu. Jackie polubiła tę fryzurę, a teraz, gdy mąż nie tylko ją zauważył, ale także wyraził podziw, była wniebowzięta.

Kiedyś powiedział też, że Jackie przypomina naćpaną Joan Collins dla ubogich. Nikt jednak nie miał odwagi, by przekazać tę uwagę Jackie.

— Babska korona chwały, pamiętam coś takiego ze szkoły. Podobno włosy są tym, na co facet zwraca uwagę na samym początku.

Freddie wolał cycki, ale wiedział, że nie powinien o tym wspominać w takiej chwili. Poczucie humoru Jackie od dłuższego czasu były nieobecne.

— Chcę dla ciebie ładnie wyglądać, przecież wiesz.

Spojrzał jej w twarz i dostrzegł tęsknotę, która zawsze go usztywniała. Stłumił jednak chęć pryśnięcia i zawołał Roxannę, która stanęła w drzwiach nadąsana i zaczerwieniona.

— Bawiłam się lalkami.

Jak zwykle, gdy zwracała się do ojca, przemawiała władczym tonem, a on jak zawsze zareagował śmiechem. Był lekko naprany i Jackie słyszała to w jego głosie. Zdarzało się to teraz często i Jackie była bardzo zła, bo sama nie ośmielała się palić przy nim trawki. A zapach doprowadzał ją do obłędu.

— Przynieś mi kurtkę, skarbie.

— Sam sobie przynieś!

Freddie znów parsknął śmiechem. Dziewczynki nie znosiły tego śmiechu, bo wiedziały, co jest jego źródłem.

— Przynieś mi tę kurtkę, ty leniwa mała krowo.

Roxanna zrobiła naburmuszoną minę i wybiegła z pokoju. Po chwili zjawiła się znowu, wlokąc za sobą po podłodze długą skórzaną kurtkę ojca. Upuściła ją przed jego stopami.

— Proszę, masz swoją kurteczkę!

Powiedziała to z sarkazmem w głosie, jak mała dorosła kobieta, a nie dziecko.

— Ty mała kudłata czarownico.

Roxanna uśmiechnęła się szeroko.

— Trafił swój na swego.

Freddie wciąż się śmiał, gdy wychodziła bez słowa z pokoju, kipiąc ze złości.

— Wykapana matka, nie ma co.

Powiedział to z dumą i Jackie znów poczuła się szczęśliwa. Takiego Freddiego kochała, pragnęła i uwielbiała, a nie odrażającego oprycha, w którego zmieniał się, kiedy był pijany albo naćpany amfą.

Sięgnął do głębokich kieszeni w kurtce i wydobył zwitki banknotów. Rzucił pieniądze na kolana Jackie.

— Odłóż to dla juniora. Gdybyś czegoś potrzebowała, wystarczy słowo. Okay?

— Ile tu jest?

Freddiemu podobał się szacunek, który usłyszał w głosie żony. Jackie chciwie przygarnęła do siebie forsę.

— Jakieś siedem kawałków, ale nie martw się. Tam, skąd je wziąłem, jest o wiele więcej.

Powiedział to głosem pełnym poczucia siły, jakby mówił „Taki jestem". Tym głosem dawał jej do zrozumienia, jaki jest dla niej dobry. Że ryzykuje życie i zdrowie dla rodziny, nie dbając o swoją wolność.

A Jackie łapała się na to za każdym razem.

Pocałowała go delikatnie w usta i spojrzała mu głęboko w oczy. Całkowita ufność i uczucie, które miała dla niego, mówiły mu, że zyskał sobie prawo do kilku nocy balowania poza domem. Rano zgarnął dwadzieścia pięć tysięcy z pieniędzy na wypłaty we wschodnim Londynie. Wciąż był tym podniecony, a pochlebstwa ciężarnej żony sprawiały mu dodatkową przyjemność. Potrzebował tego, bo mimo że na orbicie wokół Freddiego krążyło mnóstwo kobiecych ciał, w jego głowie istniała tylko jedna i tylko o niej myślał.

Patricia go wykorzystała, a to jeszcze nigdy mu się nie zdarzyło. Zwykle to on dokonywał podbojów. To on wykorzystywał kobiety, a nie na odwrót, i w konsekwencji był w niej totalnie zadurzony. Co gorsza miał poczucie, że ona o tym wie i rozkoszuje się jego dyskomfortem. Uśmiechała się do niego, potem go ignorowała, a później mówiła tym swoim charakterystycznie ożywionym głosem, dając do zrozumienia, że znów ma u niej szansę. Przez kilka najbliższych dni nie dawała znaku życia, a on szukał tylko pretekstu, żeby się do niej odezwać. Jednakże ich spotkanie zwaliło go z nóg. Nigdy wcześniej żadna kobieta nie wzięła go do łóżka, nie zabawiła się z nim, nawet nie rozmawiając przed ani po, a później nie zachowywała się tak, jakby nie istniał. Myślał o niej bez przerwy, o jej chłopięcym ciele, które dawało jej taką pewność siebie, o małych piersiach, które ubóstwiał. Patricia wzięła od niego to, czego chciała, a jego to oczarowało.

Myśląc o niej, przesunął rękę ku nabrzmiałym piersiom żony i delikatnie je pogładził. Jackie tak bardzo różniła się od Patricii. Przypominała krowę z ogromnymi wymionami i wydzielała mleczny zapach, charakterystyczny dla kobiet gotowych do rozwiązania. Patricia była smukła i szczupła i poruszała się tak, jak żadna kobieta, z którą był w łóżku.

Jackie poczuła na sobie jego rękę i jak zawsze była gotowa mu się oddać. Tak jak jej matka wierzyła w to, że jeśli nigdy nie odmawia się mężczyźnie, ten nie będzie miał ochoty na inne kobiety. Jej ojciec udowodnił fałszywość tego przekonania i to samo czynił jej mąż.

Podobnie jak matka, Jackie nie rozumiała logiki kobieciarza. Tymczasem chodzi w niej o władzę: tak samo jak gwałciciele, wykorzystują oni kobiety, dążąc do osiągnięcia konkretnego celu. W gruncie rzeczy nie ma to nic wspólnego z seksem: z ich punktu widzenia jest to tylko korzyść dodatkowa. Sensem działania jest pogoń, a z chwilą, gdy kobieta ulegnie, odchodzi w przeszłość. Staje się jeszcze jedną historyjką do opowiedzenia w pubie, kolejnym podbojem, który pomaga zwycięzcy zapomnieć o daremności swojego życia. Nie pragną w istocie kobiet, które zaliczają, traktują je jak pionki w grze w życie.

— Uważaj na siebie, Freddie. Wolałabym raczej głodować, niż żebyś znowu wylądował za kratkami.

Uśmiechnął się do niej tym uśmiechem, który sprawia, że każda kobieta uważa się za tę jedyną ważną dla niego na całym świecie.

— Jesteście moimi dziewczynkami. Muszę dbać o swoje dziewczynki, nie? Właśnie dlatego zasuwam non stop.

Jego odpowiedź zirytowała Jackie, tak jak się spodziewał.
— Że co? Musisz zasuwać w burdelach...

Freddie szorstkim gestem zamknął jej usta dłonią i odpowiedział tym samym cichym, pełnym determinacji szeptem, który nie dopuszczał żadnych kontrargumentów:
— Nie zaczynaj, przecież wiesz, że taka jest moja robota. Muszę mieć oko na wszystko, pilnować, żeby alfonsi z nikogo nie zdzierali i żeby dziewczynki nie podbierały nikomu forsy z kieszeni. Zwłaszcza z kieszeni Ozzy'ego.

Jackie z wysiłkiem próbowała wstać, wysunęła się z jego objęć. Potem odepchnęła jego rękę i zapaliła papierosa, by zapanować nad oddechem.
— Dziewczynki? — zapytała z przyganą. — Chodzi ci o nas, to znaczy o mnie i nasze córki, czy o dziewczynki kurwy?

Freddie westchnął. Tym westchnieniem wpędzał ją w poczucie, że jest głupia, że się myli i zawsze się myliła. To westchnienie mówiło jej, że jeśli nie zmieni śpiewki, będą kłopoty.
— Czyli mam zostać w domu? — zapytał podniesionym głosem. Jackie wiedziała, że dziewczynki usłyszą go w swoich pokojach; była to kolejna broń psychologiczna z jego arsenału. — Mam tu siedzieć i razem z tobą gapić się na tapetę? Zafundować sobie odjazd, tak? W ten sposób przynajmniej bym się trochę rozerwał.

Freddie był coraz bardziej zły. A Jackie zastanawiała się, dlaczego mąż omal jej nie przeleciał, a ona wywołała taką awanturę! Wciągnął kilka razy powietrze. Musiał ją przegadać, przynajmniej do chwili, kiedy się rozsypie. Wtedy będzie mógł robić, co mu się podoba.
— Jeśli przestanę pracować, możesz się z tym wszystkim pożegnać.

Rozejrzał się po zapchanym meblami, niewysprzątanym pokoju, i pogardliwie machnął rękami. Jackie wiedziała, że gra na jej uczuciach, lecz oboje wiedzieli również, że pieniądze zawsze wezmą górę nad wszystkim innym. Uwielbiała szpanować przed sąsiadami i szastać forsą. Ostatnio puszczała astronomiczne sumy i w odróżnieniu od siostry nigdy nie myślała o tym, że kiedyś muszą nadejść gorsze dni. Nigdy nie przyszło jej do głowy, że pieniądze mogłyby na nią pracować, gdyby mąż po raz drugi trafił na sześcioletni urlop dzięki staraniom wymiaru sprawiedliwości. Po tylu latach życia w samotności i biedowania zaczęła szaleć; poza tym za pomocą pieniędzy pokazywała wszystkim dokoła, że mąż na pewno ją kocha. Był to balsam na jej zbolałe serce, jej linia obrony przed światem.

Jackie pożerała wzrokiem grube zwitki banknotów, Freddie wiedział zatem, że może być spokojny. Przytulił ją mocno, a jej jak zawsze sprawiło to przyjemność. Łaknęła jego uwagi, tak samo jak przychylności.

— Tylko niech to nie będzie cała noc, dobrze? Pamiętaj, że masz rodzinę.

Powiedziała to napiętym głosem i oboje wiedzieli, że nie daje Freddiemu przyzwolenia. Mówiła mu oględnie, że chce go widzieć w domu. Próbowała wzbudzić w nim poczucie winy, że ją zostawia.

Była w ciąży, toteż Freddie wolał, by żegnała go z uśmiechem, kiedy wychodzi. Przy poprzedniej ciąży straciła dziecko, a on czuł się winny i po raz pierwszy w życiu zwątpił w to, co zrobił. Postanowił, że nigdy więcej się tak nie poczuje.

Jackie długo wykorzystywała ten fakt i nawet jego matka spojrzała na nią cieplej i po cichu przyznała jej rację. Freddie dziwił się tylko, że Lena, która miała do niego pretensję o to, że pada deszcz, nie wtrąciła swoich trzech groszy. Nie odezwała się ani słowem. Teraz Freddie pilnował się, żeby dbać o Jackie i dziewczynki, zarówno w domu, jak i na oczach innych. Doszły do niego pogłoski, że przecieki o tym, jak traktuje żonę, dotarły aż na wyspę Wight.

Długo siedział wspólnie z Ozzym i jego kumplami i zależało mu na ich przychylności. Jeśli dobre traktowanie tej grubej zdziry miało mu to zapewnić, to się postara. Nadal jednak czuł wobec niej niechęć, a kiedy już urodzi, czeka ją największy szok w życiu. Jeśli okaże się, że to kolejna cipka, to Jackie będzie przeklęta na wieki.

Wizerunek był jednak dla niego wszystkim, bo koniec końców to właśnie wizerunek i reputacja na niego zarabiały. W jego świecie nic poza tym nie istniało. Delikatnie pocałował żonę w czubek nosa, a potem zerkając znacząco na nowy zegarek, serdecznym tonem rzekł:

— Prześpij się i trzymaj z dala od butelki. Ten biedny bachor urodzi się nawalony, jeśli nie będziesz uważać.

Powiedział to żartobliwie, lecz pod spodem kryła się przestroga. Jackie przez chwilę pomyślała, że to jej matka mogła mu coś podpowiedzieć, ale natychmiast odrzuciła to przypuszczenie. Freddie miał oczy i nos. Nawet ślepy pies by ją wyczuł.

Spojrzała na jego przystojną twarz i zdziwiła się, że mężczyzna, który wygląda jak grecki bóg i potrafi uśmiechem zmiękczyć najtwardsze serce, jest zdolny do takiego okrucieństwa.

Freddie był okrutny i choć o tym wiedziała, czuła do niego pociąg równie silny jak wówczas, gdy go pierwszy raz zobaczyła. Nigdy nie była przy nim szczęśliwa, bo czuła się brzydka, jak towar drugiej jakości. Bez niego czuła się jednak opuszczona, jak gdyby jej życie nie miało żadnego znaczenia i celu.

Wiedziała, że rozpocznie kłótnię, jeśli nie wypuści go z domu bez awantury. Jak zwykle dał jej wybór: albo uśmiechnie się do niego przy drzwiach, albo Freddie zostanie, będzie krzyczał, a potem wyjdzie, zostawiając ją złą i przygnębioną. Jeśli pozwoli mu wyjść w dobrym nastroju, wtedy może wróci wcześniej niż zazwyczaj.

Po chwili wyjął z lodówki piwo i tanie wino Liebfraumilch, które tam trzymała. Z trzaskiem postawił butelkę na blacie.

— A więc teraz najpierw chłodzimy, co? Nie żłopiemy z gwinta?

Z jego głosu Jackie wyczytała, że jest gotów do kłótni; spojrzała przez drzwi i zobaczyła w holu Roxannę, która patrzyła szeroko otwartymi oczyma.

— Chyba powinieneś już iść, skarbie, bo robi się późno — powiedziała najpogodniej, jak potrafiła, zamykając oczy.

Freddie hałaśliwie otworzył piwo i pociągnął długi łyk. Następnie odstawił puszkę na zagracony blat i szybkim krokiem ruszył do holu. Chwycił Roxannę, powalił ją na ziemię i udawał, że wbija w nią zęby. Dziewczynka krzyczała z radości, a jej głos przewiercał się przez mózg Jackie.

— Kto jest córeczką tatusia, hm?

— Ja! Ja! — krzyknęła. Freddie pocałował ją delikatnie, wstał i wyszedł, machając jej ręką na pożegnanie i posyłając całusa.

Roxanna zerwała się na nogi i z rozpromienioną buzią podbiegła do matki.

Jackie odepchnęła ją szorstko i warknęła:

— Odczep się ode mnie, do jasnej cholery. Jesteś jak pijawka.

Roxanna posmutniała i natychmiast ujawniła się jej naturalna wojowniczość.

— Nie odgrywaj się na mnie dlatego, że kazałaś mu iść! — krzyknęła.

Dziewczynki zawsze ją obarczały winą. Freddie oczarowywał je i dawał im to, czego chciały. Matka była nikim w ich oczach. I w swoich także.

Policzek był głośny i bolesny. Roxanna wybiegła z płaczem z pokoju, a na Jackie jak zwykle spadło poczucie winy i przygnębienie, że jej życie przybrało taki obrót.

Pierwszy kieliszek wina złagodził jej gniew, drugi uspokoił szybko bijące serce, a po trzecim ruszyła na górę, żeby pogodzić się z córkami.

◆ ◆ ◆

Jimmy siedział w pubie z człowiekiem, z którym nie chciał mieć do czynienia. Do chwili przybycia Freddiego i Berniego Sandsa musiał się uśmiechać i stawiać drinki komuś, kogo instynktownie się brzydził.

Niepokoił się o Freddiego i jego nowego kumpla Berniego. Spóźniali się już godzinę. Bernie odsiedział kilka lat z Freddiem, a teraz, kiedy wrócił, nadrabiali stracony czas. Ze znaczną szkodą dla żon i rodzin.

Byli pokrewnymi duszami i rzadko się rozstawali, i mimo że Maggie uważała, że jest to powód do zadowolenia, Jimmy się martwił. Bez stabilizującego wpływu z zewnątrz Freddiemu odbijało na całego — wychodziło to na jaw raz po raz od czasu, gdy wspólnie z Jimmym przejęli schedę po braciach Clancy. Bernie dodatkowo podkręcał kumpla, a była to ostatnia rzecz, jakiej Freddie potrzebował. Bernie był niskim tęgim mężczyzną z rozczochranymi blond włosami i twarzą, która przeczyła opinii wesołego kompana, którą się cieszył. Wyglądał żałośnie nawet wtedy, gdy rozpierała go radość. Bernie zajmował się rabowaniem banków i ściąganiem długów, potrafił wydobyć forsę nawet od umarłego. Taka w każdym razie otaczała go fama. Jimmy znał go krótko, lecz odnosił wrażenie, że ta opinia jest znacznie przesadzona. Wiedział, że robią napady codziennie i z tego powodu nie sypiał po nocach.

Od czasu nasilenia się napadów z bronią w ręku w latach siedemdziesiątych firmy ochroniarskie wzmocniły środki bezpieczeństwa przy transporcie cennych ładunków i teraz, w roku tysiąc dziewięćset osiemdziesiątym szóstym, jedynymi półciężarówkami bez kuloodpornych szyb były należące do firmy Group 4. Wzięto je na cel, bo za pomocą dobrze użytego młota pneumatycznego, paru celnych słów, pistoletu i przy odrobinie odwagi można je było rozpruć w kilka minut.

Samo uderzenie adrenaliny wystarczało, żeby Freddie niemal się uzależnił. W ciągu paru ostatnich tygodni rozwalali średnio dwie półciężarówki dziennie, jedną rano, a drugą po południu. Szło im tak łatwo, że nawet nie brali pod uwagę możliwości wpadki.

Taka akcja, zwana w pewnych kręgach „łatwym szmalem", pozwalała świetnie zarobić i można ją było przeprowadzić na gorąco, bez skomplikowanego planowania, które jest konieczne do obrabowania banku czy sklepu jubilerskiego. Forsa zgarnięta w ten sposób przeznaczana była na drobne wydatki, traktowana jak kieszonkowe. Niektórzy wykorzystywali pieniądze z takich napadów na opłacenie kaucji albo żeby zwyczajnie zasilić kieszeń.

Mężczyzna siedzący naprzeciwko Jimmy'ego podniósł pustą szklankę po whisky i potrząsnął nią. Uniósł brwi i rozciągnął pocięte czerwonymi żyłkami policzki w grymasie, który miał być uśmiechem. Jimmy oderwał się od swoich myśli, wstał i po raz kolejny ruszył do baru; miał świadomość, że ludzie patrzą na niego z powodu jego towarzysza, i z całego serca pragnął, żeby Freddie wreszcie przyszedł. Mimo że miał pozycję i dobrze sobie radził, niektórzy z siedzących mierzyli go podejrzliwym wzrokiem i gdyby ruszyli na niego grupą, nie miałby wielkich szans.

Paul napełnił szklankę lodem, splunął w nią ukradkiem, a potem napełnił z butelki dla pijaków. Znajdowała się w niej resztka alkoholu rozcieńczona wodą. Sięgano po nią dopiero przed zamknięciem lokalu i częstowano tylko tych gości, którzy byli mocno zawiani i szukali zaczepki, a mimo to nadal chcieli pić. Takich, którzy nie wiedzieli, kiedy powiedzieć dość, którzy mogli być uzbrojeni i którzy mieli do kogoś urazę. Dzięki tym butelkom lokale oszczędzały alkohol i udaremniały morderstwa.

Ślina wyglądała jak zwyczajne bąbelki na whisky, ale żołądek podszedł Jimmy'emu do gardła, gdy podawał szklankę chudemu policjantowi, który uśmiechał się sarkastycznie i miał minę kogoś, kto uważa, że jest o wiele za dobry jak na miejsce, w którym wylądował.

Inspektor Halpin był gliną oswojonym, ale zdaniem Jimmy'ego, niewystarczająco oswojonym. W gruncie rzeczy był ostatnim palantem, który dostał się do Sekcji Poważnych Przestępstw dzięki wchodzeniu w tyłek i dużej ilości kasy otrzymanej od takich gości jak Freddie i Jimmy. Popełniał błąd, który ostatecznie popełniają wszyscy ludzie skłonni do zdrady. Wierzą w swoją publicity, uważają, że stoją nie tylko ponad prawem, którego przysięgali strzec, lecz także ponad tymi, z którymi prowadzą konszachty. Włosy stają im dęba z przerażenia, gdy w końcu uprzytomniają sobie, jak głęboko siedzą w bagnie, które sami stworzyli.

Z lubością kłamią i oszukują starych kumpli i kolegów, dobrze się czują, tocząc podwójną grę ze świadomością, że groźni przestępcy i zwykłe opryszki hasają wolno, podczas gdy oni podkładają świnię komuś, do kogo żywią niechęć, albo za forsę doprowadzają do tego, że ktoś zostaje zdjęty ze służby.

Wskutek takiego postępowania kryminaliści, z którymi wchodzą w układy, uważają ich za najpodlejszych. Kiedy Halpin jeszcze jako skromny glina dopadł dealera z pięcioma dawkami proszku, ten wiedział, że tylko dwie zostaną włączone do dowodów, a trzy pozostałe w ciągu paru godzin wrócą na ulicę. Częstował się kasą i bronią, którą znajdował w czasie rewizji, a później ją rozprowadzał. Szczerze wierzył, że stoi ponad prawem.

To właśnie jego chciwość zwróciła uwagę Freddiego i Jimmy'ego i dzisiaj Halpin miał poznać prawdziwy powód, dla którego go kupili. Od pół roku zabiegali o niego, zafundowali mu luksusowe wakacje i sprawili ogromną frajdę żonie, gdyż w końcu, po jej długich namowach, zgodził się na wybudowanie oranżerii na tyłach ich udającego styl Tudorów domku w Manor Park.

Halpin był w tej chwili gwiazdą miesiąca i bardzo to sobie chwalił. Nie uważał, że robi cokolwiek zdrożnego, uważał to za środek do osiągnięcia celu. Był jeszcze młody i chciało mu się upiększać swoje gniazdko, a po rozmowie z kolegami doszedł do wniosku, że nie zakończy żywota na policyjnej emeryturze, wspominając minione lata, gdy był przydatny i miał posłuch.

Wraz z kolegami oglądał takie obrazki wielokrotnie i zawsze go one przerażały. Ojciec wydawał mu się bogiem, lecz teraz widział go takim, jakim był naprawdę: małym człowiekiem, który żył, aby pracować. Dlatego Halpin postanowił, że będzie pracował, aby żyć. Chciał żyć dobrze, chciał mieć forsę w kieszeni, a jeśli to miało oznaczać naginanie zasad, to cóż, trudno.

Ożenił się ponad swój stan i boleśnie to odczuwał. Kochał żonę i dzieci i chciał, żeby miały wszystko, do czego jego zdaniem miały prawo. Podobała mu się praca w policji, lecz z upływem lat zrozumiał, że istnieje pułap zarobków, którego nie przekroczy, a poza tym, żeby jakoś sobie radzić, musi nadskakiwać pewnym ludziom. Pić w odpowiednich pubach i nie widzieć rażącego łamania reguł.

Poczucie dumy z pracy stopniowo wietrzało. W czasie najazdu na melinę narkotykową przed paroma laty ostatecznie spalił za sobą mosty. Do tego czasu sporadycznie przyjmował pieniądze za przymykanie oczu i niewidzenie tego czy owego, pod warunkiem że nie było to zbyt jaskrawe. Założenie było takie, że lepiej się żyje z demonami, które się zna.

Wtedy zaczął współpracować ze starszym mężczyzną, który dał mu cynk w czasie wyjazdu na akcję. Powiedział, że mają układ z właścicielem pubu, że jadą tam kilka godzin przed nalotem, aby zdążył uporządkować swoje sprawy. To już było przekroczenie granicy i Halpina to zaniepokoiło.

Jednak to właśnie wizyta w domu dealera przekonała go, że

jest frajerem. Kuchnia wyglądała jak laboratorium NASA, a salon był cały ze szkła i chromu. Patrzył na ubrania członków rodziny, na mundurki dzieci chodzących do prywatnych szkół, i uczył się w przyspieszonym tempie.

Dealer, bliski kolega szefa Halpina, otworzył butelkę scotcha i zasiadł z gośćmi do pogawędki. To przyjemnie spędzone popołudnie stało się początkiem podwójnego życia inspektora.

Kiedy wchodził wieczorem do domku w Chigwell z kremowymi siatkami w oknach, mającymi uniemożliwiać sąsiadom podglądanie, i nieodłącznym zapachem wilgoci, zaświtało mu, że zbrodnia naprawdę popłaca, i to o wiele bardziej, niż sądził.

Teraz jego żona była szczęśliwsza niż kiedykolwiek, dzieci również. Pieniądze na swój sposób dają szczęście, Halpin był tego dowodem. Jest wiele powiedzeń o tym, że szczęścia nie można kupić za pieniądze, ale on dowiódł, że te powiedzenia są gówno warte. Istnieją po to, żeby biedniejsza część populacji nie podnosiła głów, zwłaszcza ci, którzy nie mają prawdziwych pieniędzy. Może nie kupi się za nie zdrowia, ale można kupić najlepszych lekarzy. Być może nie poprawiają związku, ale pozwalają mu istnieć, gdyż to właśnie ich brak jest przyczyną większości kłótni domowych.

Całe wyobrażenie Halpina o życiu zostało zakwestionowane, a on wreszcie znalazł rozwiązanie swoich problemów. Porządne wakacje pozwoliły odbudować małżeństwo, urlop dał im szansę na doładowanie baterii i zasypanie przepaści między kobietą i mężczyzną. Spacer po plaży, kilka drinków przed snem oraz dzieci uśmiechnięte i wyczerpane po całodziennym pływaniu i zabawie potrafią uszczęśliwić ludzi.

Życie układało się lepiej niż kiedykolwiek, Halpin czuł, że ma przewagę nad ludźmi, z którymi prowadzi interesy. W końcu to on był policjantem, potrzebowali go, a on trzymał w ręku wszystkie karty. Właśnie to przekonanie pozwalało mu okazywać im pogardę. Z tego samego powodu nazajutrz miał zostać sprowadzony gwałtownie na ziemię.

Usłyszał Freddiego, zanim go zobaczył.

Swoim zwyczajem Freddie wkroczył do pubu niczym bohater zdobywca. Z uśmiechem zagadywał wszystkich i proponował drinki. Znał swoją robotę, wiedział, że trzeba utrzymywać dobre stosunki z ludźmi, bo nigdy nie wiadomo, kiedy okażą się potrzebni. Bracia Clancy dowiedzieli się o tym w swoim czasie i była to też dobra lekcja dla wszystkich zainteresowanych.

Freddie, wciąż uśmiechnięty, usiadł naprzeciwko inspektora, który czujnie obserwował Berniego Sandsa. Ten przyglądał mu się przez kilka długich sekund, a potem odpłynął do baru.

— Jak się masz, kolego, wszystko w porządku?

Freddie nie pytał. To było powitanie.

Strzelił palcami w stronę baru.

— Drinki dla wszystkich proszę.

Paul skinął głową. Lubił starego Freddiego. Od kiedy przejął kontrolę nad pubem, zapanował spokój. Nawet najgorsze zabijaki miały się na baczności przed Jacksonem. Nawet Bernie Sands nauczył się mówić proszę i dziękuję, a to coś znaczyło.

Freddie znał swoją robotę i pilnował, żeby wszyscy oprócz niego byli sobie równi. Był wart wszystkie pieniądze, i wiedział o tym.

Spojrzawszy na policjanta z brzuszkiem piwosza i zmęczoną miną faceta, który za dużo wypił, rzekł wesoło:

— Musimy zamienić parę słów, stary, bo jutro trzeba będzie załatwić sprawę drobnej rozróby w Old Bailey.

Jimmy zauważył, że uśmiech zastygł na twarzy policjanta. Zabawne, ale im zawsze się zdaje, że nikt nigdy nie zwróci się do nich w poważnej kwestii.

Halpin miał się za chwilę dowiedzieć, kto kogo trzyma w ręku i że zawdzięcza tym ludziom o wiele więcej, niż sobie wyobrażał.

♦ ♦ ♦

Maddie Jackson i Lena Summers siedziały w poczekalni szpitala Rush Green w Romford i czekały na wiadomość. Bóle w krzyżu Jackie zapowiadały rozwiązanie, a teraz wszyscy wokół niej przeżywali niewypowiedziane męki.

W Rush Green znajdował się specjalny oddział dla dzieci i obie kobiety bardzo martwiły się o wnuka. Wiele wskazywało na to, że poród będzie pośladkowy, a Jackie, jak to Jackie, darła się wniebogłosy.

Po raz pierwszy między dwiema babciami zapanowała zgoda: obie miały wrażenie, że Jackie przesadza. Obie urodziły dzieci w domu, a następnego dnia wstały z łóżka i ugotowały kolację. Tak jak ich matki, uważały rodzenie dzieci za coś normalnego, w odróżnieniu od dzisiejszych dziewcząt, dla których ciąża to rodzaj choroby, wymówki od pracy, zwłaszcza ciężkiej. Jackie zachowywała się tak, jakby była jedyną kobietą, która kiedykolwiek rodziła, i było to dla obu kobiet niesłychanie irytujące. Jej wrzaski odbijały się echem wzdłuż i wszerz całego szpitala. Matka i teściowa stwierdziły, że to nie pierwszy raz.

— Czy ty to słyszysz? — spytała gniewnie Maddie i choć Lena się zgadzała, musiała okazać odrobinę lojalności.

— Chce mieć przy sobie męża, to jej dolega. — Powiedziała to złośliwym, aroganckim tonem, który miał oznaczać: „Z twoim synem jest coś nie tak".

— Mieć przy sobie męża? — zapytała ze śmiechem Maddie. — Jakbyśmy wszystkie tego nie chciały.

Stwierdzenie było tak trafne, że Lena miała ochotę się roześmiać. Przypomniały sobie, jak po ich porodach mężowie wychodzili świętować i znikali na trzy dni. Ich zdaniem tak powinno być. Był to kobiecy trud, po co więc zmuszać mężczyzn do zainteresowania czymś, czym z natury rzeczy nie mogą się interesować? Obie parsknęły śmiechem, a gdy kilka minut później pielęgniarka przyniosła dzbanek z herbatą, popijały ją w całkowitej zgodzie.

Nawet wrzaski i przekleństwa Jackie nie robiły na nich wrażenia; postanowiły udawać, że nie mają z nią nic wspólnego aż do chwili, gdy urodzi dziecko.

Nie myślały tak, rzecz jasna, ale chwilowo potrzebne im było wytchnienie.

Rozdział szósty

Tommy Halpin był zdenerwowany i była to dla niego zupełna nowość. Zawsze czuł się panem swojego życia. Każdą decyzję podejmował z jakiegoś powodu: albo dla kariery, albo po to, by wydusić więcej forsy od szumowin, które wykorzystywał dla własnych celów.

Do tej pory sądził — mimo że regularnie zadawał się z takimi ludźmi — że ponieważ to on w głównej mierze decyduje o łączącym go z nimi układzie, jest bezpieczny. Oni potrzebowali go znacznie bardziej niż on ich.

Czuł się tak ważny, że nigdy nie musiał się zastanawiać, jak ich traktuje. W odróżnieniu od swojego przełożonego, który żył na przyjaznej stopie ze swoimi wspólnikami, Halpin zawsze sądził, że zniża się do ich poziomu — o zaprzyjaźnianiu się nie mogło być mowy. Mimo że w gruncie rzeczy to właśnie oni płacili mu prawdziwą pensję. A dzięki tej właśnie pensji mógł zapewniać żonie i dzieciom te wszystkie drobiazgi, których zaczęli od niego oczekiwać.

Dzisiaj jednak atmosfera była inna, w jakiś sposób naładowana. Od chwili gdy Freddie usiadł naprzeciwko niego, Halpin odniósł wrażenie, że coś nie gra. Nagle poczuł się jak outsider, jak uczeń w szkole, który chce się liczyć, a może to osiągnąć tylko w ten sposób, że sprzeda przyjaciół, a na koniec samego siebie.

Nie było to przyjemne uczucie, zwiastowało zagrożenie. Poza tym w oczekiwaniu na Freddiego Halpin wypił za dużo whisky i w tej chwili obawiał się, że nie jest w stu procentach sprawny myślowo. Czuł, że nie będzie w stanie kontrolować sytuacji, a to zdarzało mu się dotąd rzadko. Jego żona mawiała, że ma kręćka na tym punkcie.

Smutne było to, że większość ludzi z jego kręgu nie darzyła go sympatią. Koledzy policjanci i przestępcy, z którymi robił interesy, mieli takie same odczucia. Tommy Halpin był aroganckim łobuzem, który nigdy nikogo nie słuchał i zawsze uważał się za zbyt mądrego, żeby dawać komuś posłuch.

Kiedy starszy kolega wprowadzał go w tajniki swojej działalności, zawsze podkreślał jedno: nigdy nie upijaj się w trakcie roboty, choćbyś nie wiem jak swobodnie czuł się z ludźmi, z którymi akurat dobijasz targu. Nigdy nie zapominaj, że to przestępcy żyjący według innych zasad niż zwykli ludzie i bez względu na to, jak mili są dla ciebie, nigdy nie będziesz należał do ich kręgu z uwagi na charakter pracy, którą wykonujesz. Dla nich zawsze będziesz mętem, na dodatek przekupnym.

Wiedział, że to prawda, i słuchając, przez cały czas myślał, że szef wykłada mu rzeczy oczywiste. Teraz żałował, że nie słuchał naprawdę. Szef mówił także: uważaj, co się dzieje za twoimi plecami i nigdy nie wpłacaj lewej forsy do banku, bo bardzo łatwo ją namierzyć. Nigdy nie zostawiaj kasy w domu, nigdy nie kupuj samochodu mającego mniej niż dwa lata. Najważniejszy motyw nauk szefa brzmiał: nigdy nie pozwalaj sobie na luz, pamiętaj, z kim masz do czynienia i traktuj tych ludzi jak wściekłe psy. Jesteś dla nich przydatny tylko wówczas, gdy możesz zapewnić im przysługę, której potrzebują. Szef długo się nad tym wszystkim rozwodził, bo w razie wpadki policjant automatycznie pociąga za sobą wszystkich wspólników.

Potworność tego procederu właśnie zaczynała wsączać się do świadomości Halpina, rozmiar zdrady w końcu zaczął do niego docierać. Gdyby wpadł, nikt, z kim się kolegował, nigdy nie odzyskałby wiarygodności. Właśnie ten fakt wpędzał szefa w paranoiczny strach. Każdy uczciwy gliniarz stałby się podejrzany, gdyby udowodniono, że niektórzy spośród nich brali w łapę. Dopiero teraz Halpin zrozumiał, dlaczego szef tak obłąkańczo się boi i nieustannie przypomina mu o powadze ich sytuacji.

Inspektor Halpin zapomniał o złotej zasadzie: że służy przestępcom wyłącznie do osiągnięcia ich celu. I że glin jest pod dostatkiem.

◆ ◆ ◆

Maggie dotarła do szpitala i machinalnie przejęła pałeczkę od Leny i Maddie. Potrafiła radzić sobie z Jackie, a jej współczucie nie zużyło się jeszcze pod wpływem ustawicznego złorzeczenia siostry.

— Gdzie jest ten zasrany gnój?!

Maggie nie odpowiedziała, tylko podniosła pościel z podłogi i ułożyła na krześle.

Wszedł lekarz, ale gdy pacjentka obrzuciła go stekiem przekleństw, wycofał się bez słowa.

Maggie westchnęła.

— Ty chyba jesteś najgłupszą cipą pod słońcem, wiesz?

Jackie raptownie odwróciła do niej głowę.

— Jak mnie nazwałaś?!

Maggie usiadła na łóżku. Materac był o wiele wygodniejszy niż plastikowe krzesełko. Cały dzień spędziła w salonie i czuła się wykończona.

— Och, nie patrz na mnie z takim oburzeniem, to twoje ulubione słowo, mówiłaś tak do wszystkich pielęgniarek i lekarza. Kiedy ty dorośniesz, Jackie?

Gniewnie wskazała palcem na rozczochraną siostrę.

— Dziecko cierpi. Jest ułożone pośladkowo, a jeśli coś mu się stanie z powodu twoich szaleństw, Freddie się wścieknie.

Poczekała, aż ten logiczny argument trafi we właściwe miejsce.

— Próbujemy go namierzyć, ale bez względu na to, czy przyjdzie, czy nie, dziecko musi się urodzić, więc stul pysk, przestań wszystkimi pomiatać i pozwól ludziom wykonywać pracę, za którą biorą forsę.

Maggie mówiła już spokojniejszym tonem, a Jackie słuchała. Maggie wiedziała, że wzmianka o mężu przywoła ją do porządku.

— Ale to strasznie boli.

Maggie uśmiechnęła się smutno.

— Pewnie, że boli. Trzy razy już bolało, zapomniałaś? Pozwól więc tym ludziom sobie pomóc i, do kurwy nędzy, zachowuj się, jak przystało na twój wiek, a nie na numer buta! To, co powiedziała, było głupie, ale obie się uśmiechnęły.

— W sali obok leży młoda dziewczyna, ma dopiero siedemnaście lat, i twoje wrzaski ją straszą.

Jackie otarła wierzchem dłoni usmarkany nos. Czuła się okropnie, bolało ją i potrzebowała drinka. Rzecz jasna, nie zamierzała mówić tego na głos. Wiedziała, że Maggie ma w torebce butelkę szampana; marzyła o tym, żeby już było po wszystkim, żeby mogła ją wychylić i uspokoić nerwy.

Pragnęła, żeby Freddie choć raz był przy niej i zobaczył narodziny dziecka. Gdzieś przeczytała, że dzięki temu mężczyzna bardziej przywiązuje się do potomka. Sama jakoś tego nie odczuwała: była obecna przy narodzinach wszystkich swoich dzieci i nie sprawiło to żadnej różnicy. I tak ją wkurzały.

— Zachowywałaś się strasznie, Jackie, i jeśli nie przestaniesz miotać gróźb, personel odmówi pomocy i wezwie do szpitala policję. Raz w życiu przestań myśleć o sobie i pomyśl o kimś innym.

Fakt, że Jackie przyjęła te połajanki, nasunął Maggie myśl, że prawie osiągnęła cel. Ale Jackie zawsze w czasie porodu wywoływała piekło i zawsze uchodziło jej to płazem. Tym razem pielęgniarki i lekarze nie zamierzali tolerować jej wybuchów i Maggie nie miała do nich cienia pretensji. Ona też by tego nie zniosła. Grozili, że zadzwonią po gliny, a oni w takich przypadkach zawsze wlekli za sobą pracowników opieki społecznej. Jackie robiła wokół siebie straszny zamęt, i jeśli tak dalej pójdzie, znów będzie miała opiekę społeczną na karku. Maggie kochała siostrę, ale czasem naprawdę jej nie lubiła.

— Teraz pozwolisz lekarzowi się zbadać, bo jeśli dziecko jest w pozycji pośladkowej, będą musieli coś z tym zrobić.

Jackie skinęła głową, przekonana słowami siostry. Nawet ona miała świadomość, że przeholowała, ale taka była jej natura. Wszystko, co się wokół niej działo, musiało być bitwą, dramatem, i nie umiała tego zmienić. Reflektory musiały być skierowane na nią, a awantura zawsze jej to gwarantowała. Jednak rozsądne słowa Maggie dały jej do myślenia. Groziła jednej z pielęgniarek, że rzuci w nią szklanką. Kiedyś tego nie wiedziała, ale teraz zdawała sobie sprawę, że za coś takiego mogłaby stanąć przed sądem. A to nie zachwyciłoby Freddiego.

— Zawołaj ich.

◆ ◆ ◆

Freddie obserwował zmieniający się wyraz twarzy gościa i wiedział, że ma go w garści. Widział to u wielu oswojonych gliniarzy i uwielbiał ten moment.

Takich jak Halpin trzeba było ściągać na ziemię stopniowo, to kwestia psychologii. Przez jakiś czas warto pozwalać im myśleć, że choć to oni są biorcami, w gruncie rzeczy panują nad sytuacją.

Było to łatwe do osiągnięcia, wystarczyło skorzystać z ich naturalnej próżności. Halpinowi zdawało się, że jest agresorem w układzie stworzonym przez byłego szefa, a ten w istocie podał go Freddiemu tytułem przysługi. Manipulowanie słabszymi od siebie to umiejętność, której ludzie pokroju Freddiego Jacksona nabywali w życiu bardzo wcześnie. W środowisku, z którego wyszedł, niezbędne było to, co jego ojciec żartobliwie nazywał wojną psychologiczną.

Freddie od dzieciństwa rozumiał, że jeśli nie jest się dość sprytnym albo dość silnym, by pokonać przeciwników w ich własnej grze, trzeba albo rozwijać w sobie naturalną przebiegłość, albo nauczyć się używać jakiegoś oręża i zapracować na opinię narwańca. W przeciwnym razie zostawało się czyimś popychadłem.

Halpin był w tej chwili jego popychadłem i Freddie zamierzał mu to z przyjemnością wyłożyć. Halpin, podobnie jak większość policjantów biorących w łapę, przez całe życie dostawał cięgi od takich jak Freddie. Był to główny powód, dla którego wybrał walkę z przestępczością. Naturalny respekt przed mundurem, sam charakter pracy — wszystkie te elementy składały się na to, że była to jedyna szansa, by tacy ludzie kiedykolwiek poznali smak władzy. Jednak tacy jak Halpin łakną nie tylko pełnych szacunku spojrzeń zwykłych ludzi, lecz także forsy z portfeli kryminalistów.

Są bierni jak owce prowadzone na rzeź. Dzięki nim Anglia jest takim wspaniałym krajem.

Istnieje cienka linia między złodziejem a gliniarzem. Złodziej przeważnie woli być złapany przez uczciwego glinę, a nie przez łapówkarza takiego jak Halpin. W pewnym sensie jest to zniewaga dla nich i ich fachu. Trudno było dotrzeć do naprawdę silnego policjanta, są to bowiem uczciwi faceci, którzy zadowalają się życiem po właściwej stronie prawa i nie widzą powodów do naśladowania stylu życia złodziei czy dealerów. Uważają, że należy go tępić.

A teraz Halpin, wyczuwając zmianę w zachowaniu Freddiego i jego młodego kolegi, zaczynał rozumieć, że to nie on trzymał ich w garści, tylko oni jego.

Freddie uwielbiał takie momenty, właśnie dla nich żył. Rozkoszował się napędzaniem ludziom strachu i czynił to instynktownie. Dla takich chwil wstawał rano z łóżka.

♦ ♦ ♦

Jackie męczyła się straszliwie i swoim zwyczajem znów dawała o tym znać wszystkim w okolicy. Tym razem miała przynajmniej powód, bo poród zaczął się na dobre.

— Och, przymknij się, ty głupia kobyło.

W głosie matki zabrzmiało mniej współczucia, niż powinno. Jackie nie było przyjemnie, że matka mówi w ten sposób, tym bardziej że w sali była z nimi teściowa. Maddie nie była zachwycona i Jackie to widziała, lecz to ona rodziła dziecko i zamierzała wykorzystać maksymalnie swoją wielką chwilę, bez względu na to, co myślała matka.

Maggie gdzieś zniknęła i dobre chęci Jackie znów prysły bez śladu. Zrobiło się późno i wciąż nikomu nie udało się namierzyć Freddiego. Była przekonana, że jest z jakąś prostytutką. Wizja Freddiego z młodą dziewczyną o jędrnej skórze bez rozstępów rozrastała się w jej głowie z każdą sekundą.

Młoda pielęgniarka narodowości chińskiej chciała przytknąć jej do ust szklankę z wodą, ale Jackie obrzucała ją głośnymi przekleństwami i próbowała wytrącić szklankę z ręki. Lena wstydziła się za zachowanie córki. Było jej wstyd za nieprzyzwoite słowa i rasistowskie komentarze rzucane pod adresem pielęgniarki.

Pielęgniarka, wychowana w Upney nad sklepikiem rodziców, powoli traciła cierpliwość.

— Odpierdol się i daj mi spokój, ty zasrana chińska przybłędo! — wrzasnęła Jackie głosem pełnym nienawiści.

Dziewczyna, świetnie wypełniająca swoje obowiązki, ale już zmęczona pracą i złym traktowaniem, z którym stykała się na co dzień, odparła gniewnie:

— Ty też się wal. Chcesz sobie utrudnić życie, to proszę bardzo.

Lena uśmiechnęła się przepraszająco do pielęgniarki, gdy ta wychodziła z sali. Dziewczyna miała przynajmniej trochę ikry, czego nie dało się powiedzieć o jej córce.

Podeszła do łóżka, z którego Jackie po raz enty zrzucała pościel, wijąc się jak opętana. Każdy obserwator doszedłby do wniosku, że to jej pierwszy poród. Wiedziała, że dziecko znajduje się w normalnej pozycji, bo lekarze już to stwierdzili, więc po prostu zachowywała się w typowy dla siebie nieprzyjemny sposób. Zraziła do siebie wszystkie pielęgniarki i wszystkich lekarzy, toteż nie mogło być mowy nawet o filiżance herbaty.

Lena poczuła, że za chwilę wybuchnie.

— Naprawdę powinnaś przestać, Jackie, bo robisz z siebie idiotkę. To nie jest pierwsze dziecko, które rodzisz.

Jackie zacisnęła ze złością pięści, lecz głos matki mówił jej, że przebrała miarkę. Matka Freddiego swoim zwyczajem spoglądała na nią jak na powietrze, i to też bolało. Ale Freddie kochał matkę i jeśli ona mogła go sprowadzić, to Jackie była gotowa zalecać się nawet do niej.

— Czy ktoś go namierzył?

Lena pokręciła głową.

— Co ty sobie myślisz? — spytała ze zniecierpliwieniem. — Do czego on ci jest tutaj potrzebny? Tylko plątałby się pod nogami.

Jackie jej nie słuchała. Do kresu wytrzymałości doprowadzała ją myśl, że mąż się zabawia, podczas gdy ona straszliwie cierpi, rodząc jego dziecko.

— On woli być z dziwkami w burdelu niż z żoną. Czy ktoś dzwonił pod ten adres w Ilford?

Kobiety dzwoniły wszędzie, Freddie wiedział, gdzie znajduje się żona, było wykluczone, żeby nie zorientował się, jaka jest sytuacja. Liselle z pubu dała do zrozumienia, że jest właśnie tam i że przekazano mu już wieści o żonie. Freddiemu to wisiało i wszystkie o tym wiedziały. Jackie powinna pogodzić się z tym, że przyjedzie dopiero, gdy dziecko się urodzi. Maggie wyszła, żeby złapać taksówkę i pojechać do pubu, i przekonać go, ale nikt się nie przejmował, czy Freddie raczy się zjawić.

Maddie westchnęła ciężko, Lena także. Choć raz miały podobne odczucia i ta jednomyślność sprawiła, że Jackie zwracała uwagę na to, co mówią.

Zaczęła Lena:

— To cholerne dziecko musi z ciebie wyjść, tak? Więc przestań się opieprzać i do roboty. Jeśli się urodzi, Freddie być może ruszy tyłek i się pokaże.

Jackie płakała. Jej szeroka jak księżyc, zaczerwieniona twarz była pokryta wysypką i lśniła od łez. Maddie długo się jej przyglądała. Wyglądała okropnie z rozłożonymi nogami i wyraźnie widocznymi purpurowymi szramami rozstępów, a brud za paznokciami nie poprawiał wrażenia. W głębi serca nie dziwiła się synowi, że trzyma się z dala od tej brudnej suki — dziwiła się raczej, że w ogóle ją zapłodnił.

Płacz Jackie przybrał na sile. Pragnęła mieć męża przy boku, a fakt, że on nie przyjdzie, jedynie potęgował jej pragnienie. Jej głos przypominał głos zwierzęcia, ale nie był łagodny jak głos rodzącej kotki. Kojarzył się z którymś ze zwierząt, które Maddie pamiętała z miejsc, gdzie się wychowała. Co gorsza, Jackie przypominała je także z wyglądu. Wszystkim, od obrzmiałej twarzy poczynając, a na brudnych stopach kończąc. Jej matka zawsze nazywała brudne kobiety z osiedla zwierzętami, to taki irlandzki nawyk. Matka Maddie osądzała ludzi na podstawie dzieci oraz sposobu, w jaki posługują się pieniędzmi. Maddie poszła w jej ślady i wciąż uważała, że dzieci mówią o kobiecie więcej niż cokolwiek innego. Jeśli są czyste, zadbane i dobrze nakarmione, kobietę uważało się za przyzwoitą. Wszystko, co

Jackie robiła w życiu, niepokoiło Maddie. Żona jej syna powinna być jego odbiciem i Maddie miała okropne wrażenie, że dokładnie tak jest.

Jackie znów jęczała, a jej twarz wykrzywiła się w grymasie bólu. Rodziła dziecko, a patrząc na nią, ktoś mógłby pomyśleć, że umiera na raka albo inną straszną chorobę. Maddie nie mogła zrozumieć, jak jej syn mógł pójść z tą kobietą do łóżka. Mimo to kochała jego córki, a one na swój sposób też ją kochały. Trudno jej było jednak chodzić do ich domu, a to ze względu na Jackie. Bo Jackie była zazdrosna o nią, jego matkę. Nigdy nie próbowała się z nią zaprzyjaźnić, nawet kiedy Freddie siedział, nie starała się do niej zbliżyć. Odwiedziny w więzieniu były tak ułożone, żeby kobiety się nie spotkały.

Smuciło ją, że jej ulubiony syn ożenił się z taką torbą, która nawet idąc do szpitala, nie potrafiła się umyć. Dla Maddie powierzchowność była wszystkim. To, jak świat postrzegał żonę i jej umiejętności, miało ogromne znaczenie. O Jackie zawsze słyszała tylko tyle, że robi z siebie widowisko. W czasie odsiadki Freddiego Jackie wydała za dużo na zakupy z katalogu i Maddie musiała interweniować. W sklepie z zażenowaniem słuchała, że brała wszystko jak idzie, a potem groziła ekspedientkom rodziną męża, jeśli będą próbowały odzyskać to, co im się należy. Co gorsza, jej własny mąż musiał jej powiedzieć, żeby załatwiła tę sprawę, bo nie może znieść wstydu. Później, kiedy poszła ją odwiedzić, Jackie patrzyła na nią ze swoją charakterystyczną pogardą, a dziewczynki siedziały w brudnych ubraniach, z buziami umorusanymi od słodyczy.

Gdy Freddie szedł siedzieć, Jackie powiedziała teściowej, że będzie potrzebowała pieniędzy na ubrania dla córek i jedzenie. Tymczasem wszyscy wiedzieli, że każdy cent, który trafił w jej ręce, szedł na alkohol i narkotyki. Także te kosztowne hobby wpędziły jej synową w długi.

Inną obsesją Maddie było zadłużenie. Nie umiała pojąć, jak można wydawać pieniądze, których się nie ma. Gdy okazało się, że musi spłacać długi synowej, była to kropla, która przelała czarę. Jackie wydała setki funtów na ciuchy dla siebie i dziewczynek, ciuchy, o które nawet nie dbała — wylądowały na stosie ubrań do prania i tam skończyły. Wszystko było nie tak, jak być powinno.

Ale teraz co jej zostało, poza dziećmi i wnukami? Oraz mężem, który nagle zakochał się w dwudziestodwuletniej dziewczynie.

Upokorzenie bolało tym bardziej, że Maddie wiedziała, iż tym razem to coś wyjątkowego. Kiedyś mąż starał się nie ranić jej uczuć, ale teraz w ogóle się tym nie przejmował. Stracił dla niej cały szacunek, bo zadurzył się w dziecku mającym dwoje dzieci z dwoma różnymi mężczyznami oraz pełny garnitur drogich zębów. Zapłacił za nie mężczyzna, którego Maddie przez całe życie kochała.

Brał ją ze sobą wszędzie, jakby była jakimś trofeum, nagrodą świadczącą o tym, że jej zdobywca się nie starzeje. To było śmiechu warte i Maddie śmiałaby się, gdyby coś takiego przytrafiło się komuś innemu. Freddie senior spędzał z tamtą większość nocy i paradował z nią, ani przez chwilę nie myśląc o żonie. Jak gdyby oszalał z dnia na dzień, a ona musiała szukać zrozumienia u teściowej syna, której przez lata unikała i była z tego dumna. Wiedziała, że Lena wie o wszystkim, ale nie było to dla niej nic nowego, gdyż sama borykała się z tym przez całe życie. Wiedziała także, że Lena jej współczuje, bo wie, jakie to trudne. Pomyśleć, że przez tyle lat patrzyła na Lenę z góry, a teraz, gdy życie ją przerosło, właśnie do niej się zwraca.

Kiedyś Maddie rozpętałaby piekło i walczyłaby z mężem do upadłego. Ale nie teraz. Nie zamierzała już walczyć, bo w głębi duszy miała świadomość, że jeśli przyprze męża do muru, ten od niej odejdzie. Postarzał się i bardziej niż kiedykolwiek potrzebował pociechy młodości. Wiedziała również, że pracuje dla syna, że przeżywa renesans dawnych czasów i pławi się w rozboju, który kiedyś tak lubił.

Freddie podarował ojcu nowy rozdział życia, a Maddie postanowiła, że nigdy mu tego nie wybaczy.

— Gdzie jest mój Freddie? Dlaczego go tu nie ma?! — Jackie chciała, żeby jej mąż stał przy niej, kiedy rodzi jego syna. Marzyła o tym przez długie miesiące.

Maddie przewróciła oczami, spoglądając na Lenę. W poczekalni skonsumowały wcześniej sporą ilość brandy ze specjalnego zapasu Maddie Jackson, przyniesionej w dużej torbie z imitacji skóry krokodyla. Maddie od czasu do czasu lubiła się napić, kiedy życie ją przygniatało.

Przyszła do szpitala tylko dlatego, że mąż zniknął ze swoją młódką, a syn też się gdzieś zawieruszył. Po raz pierwszy zbliżyła się do Leny, którą zawsze miała za coś gorszego, głównie dlatego, że Lena z potomstwem nigdy nie wyprowadziła się z osiedla, w którym wszyscy się wychowali. Mąż Maddie był, jaki był, ale ich stamtąd zabrał. Bolało ją, że Freddie wciąż czuje się dobrze w komunalnej ruderze, w której mieszkał z Jackie. Zarobił masę forsy i nadal niczego nie miał. Oboje byli utracjuszami, nie umieli gospodarować funduszami. Kiedyś Maddie łudziła się, że przynajmniej Jackie, matka trzech córek, nauczy się cenić wartość funta. Tak się jednak nie stało, a teraz dziewczyna jęczała i pociła się, wydając na świat kolejne dziecko, które wychowa się psim swędem. Wiedziała to na pewno, bo jej syn i synowa pobierali zasiłek. Jackie w każdy poniedziałek inkasowała wypłatę z pomocy społecznej i traktowała ją jak łup, jak swoje kieszonkowe. Gdy Freddie siedział, to była konieczność, ale teraz powinna sobie radzić bez zaprzęgania do pracy państwowych agencji i bez wszystkiego, co się z tym wiązało.

Zagadnięta na ten temat Jackie zawsze sięgała po jedno słowo: uprawnienia. Nie zdawała sobie sprawy, ilu ludzi przyłapano na wyłudzaniu forsy z pomocy społecznej. Kiedy pracownicy społeczni zaczynają wtykać nos w twoje sprawy, wymiar sprawiedliwości niemal zawsze rusza tym samym tropem.

Maddie zamknęła oczy i spróbowała zapomnieć na chwilę o sytuacji swojej rodziny, bo martwiła się o swoje życie jak jeszcze nigdy dotąd. Freddie senior przeżywał drugą młodość, co uświadomiło jej, że ona nie przeżyła swojej, nawet wtedy, gdy ją miała. Nie przekonała się, jak to jest być młodą, i nagle stało się to dla niej ważne. Zmarnowała życie i dopiero teraz zaczęła to sobie uświadamiać.

Właśnie ta myśl zajmowała ją w tej chwili najbardziej. Przez całe życie, od urodzenia pierwszego dziecka w wieku siedemnastu lat, była matką albo żoną, a teraz została wyrzucona jak zużyte opakowanie. Odejście męża było tylko kwestią czasu, nie miała co do tego wątpliwości. Ta świadomość doskwierała jak fizyczny ból.

Stłumiła cały gniew na Jackie, bo bez wnuczek i bez dziecka, które się właśnie rodziło, jej życie byłoby skończone. Mąż długo był dla niej wszystkim, zawsze ją szanował i o nią dbał. Nigdy ani przez chwilę nie pomyślała, że to się może skończyć. Teraz jednak jej życie rozpadło się jak domek z kart i miała z Jackie więcej wspólnego, niż kiedykolwiek mogła przypuszczać. Nie miała innych opcji niż skupienie się na rodzinie, i podobnie jak wiele kobiet przed nią przekonywała się, że koniec końców rodzina jest wszystkim, co się ma.

Dla kobiety tak dumnej jak ona była to bardzo trudna konstatacja.

◆ ◆ ◆

— Jutro paru koleżków w Bailey będzie przesłuchiwanych w sprawie kaucji, chcemy mieć pewność, że da się ją załatwić.

Halpin skinął ostrożnie głową.

— Jak mam to zrobić? — spytał drżącym głosem. Freddie i jego przyboczny słuchali go z przyjemnością.

Freddie wyszczerzył zęby w uśmiechu i pchnął drinka w stronę policjanta.

— Pestka. Mieliśmy takich spraw na pęczki.

Zapalił skręta, a potem wydmuchnął dym w twarz Halpina, mocno odkaszlnął i mówił dalej:

— Musisz wytłumaczyć sędziemu, po cichu, najlepiej w jego gabinecie, że moi dwaj kumple okazali ci wielką pomoc przy rozwiązaniu innych sprawy i dlatego zasługują na przerwę w odsiadce. Ale wszystko musi się dziać cicho, sza, bo nikt nie może wiedzieć, że moi kumple komukolwiek w czymkolwiek pomagają, to chyba jasne.

Freddie widział kropelki potu na twarzy inspektora i miał ochotę parsknąć śmiechem, ale mimo że był pod wpływem trawki, wiedział, że nie wolno mu tego zrobić.

— Nie przejmuj się, ciągle się robi takie rzeczy. — Freddie skinął na Jimmy'ego, a ten wyjął z kieszeni arkusz papieru i rozłożył na stole. — Tu są ich nazwiska i zarzuty, które im postawiono. Sędzia już dostał w łapę, więc będzie gotowy, to czysta formalność. Moi kumple dostaną prawo do kaucji.

Halpin sączył scotcha, chcąc zyskać na czasie. Przymykanie oka, roszady broni i narkotyków to jedna rzecz. Ale wejście do Old Bailey i łganie przed sędzią to pakowanie się w kłopoty. To wychodzenie z cienia, ujawnienie się. Człowiek staje się widoczny w swoim mieście.

— Kto przymknął tych gości?

— Jakiś glina z południowego Londynu, wszystko jest w papierach. Nasi ludzie już wyprostowali sprawę, ale to nie jest twoje zmartwienie. Oni wiedzą, co jest grane, i chętnie potwierdzą twoją bajeczkę.

Halpin dojrzał wyjście z opresji i odczuł niemal fizyczną ulgę.

— Ale ja należę do sekcji do walk z przestępczością zorganizowaną, dlaczego miałbym mieć z tym coś wspólnego? To bez sensu.

Freddie zaczynał się niecierpliwić. Chciał prysnąć z pubu i zacząć świętować narodziny dziecka. Żywił nadzieję, że to chłopiec, bo miał dość córek. Więcej z nimi kłopotu, niż są warte, jak w ogóle z babami.

— Słuchaj, koleś, masz po prostu zrobić to, co ci mówię. To są równe chłopaki i są potrzebni ważnym ludziom. Ty jesteś jednym z ważnych ludzi i czas, żebyś zaczął zarabiać na swoje zasrane utrzymanie.

Jimmy był pod wrażeniem. To był wielki atut Freddiego. Urodził się po to, by siać w ludziach lęk, i nikt nie potrafił tego zrobić tak cicho albo tak głośno jak Freddie Jackson.

Następnym zadaniem dla Halpina będzie rekrutacja nowych opłacanych gliniarzy. Zrobi to, bo nie ma wyjścia. Jimmy zobaczył, że policjant wychyla drinka jednym nerwowym ruchem i wiedział, że mają go w garści. I że Halpin właśnie zdał sobie sprawę, w co się wpakował.

Rozdział siódmy

Maggie obserwowała to małe przedstawienie, stojąc przy barze i jak zwykle, gdy widziała Jimmy'ego przy pracy, ogarnęło ją zdenerwowanie. Nie była jeszcze w nastroju, żeby wracać do szpitala, i miała nadzieję, że jej obecność zawstydzi Freddiego. Nie była to jednak wielka nadzieja. Freddie już się naćpał i szykował do dalszej zabawy.

Odgadła, że mężczyzna siedzący z Jimmym i Freddiem jest do czegoś nakłaniany, i gdy obserwowała ich zachowanie, poczuła ukłucie strachu. Nie lubiła takiego Jimmy'ego i nie odpowiadała jej ta strona jego charakteru. Nawet jej ojciec traktował go teraz inaczej, okazywał mu sporo szacunku. Wsłuchiwał się uważnie w każde jego słowo, jak gdyby chłopak z dnia na dzień stał się krynicą mądrości. I nie posiadał się z wdzięczności, gdy Jimmy wsunął mu w rękę parę funtów na zakłady bukmacherskie.

Trochę się cieszyła, bo wiedziała lepiej niż ktokolwiek, że w ich świecie pozycja Jimmy'ego w społeczności będzie dla nich przepustką do lepszego życia. Jednak rozsądek mówił jej, że Jimmy zaangażował się w poważne sprawy, a to mogło oznaczać poważny wyrok.

Odepchnęła od siebie tę myśl. Jimmy był zbyt cwany, mimo że młody. Poza tym Ozzy trzymał nad nim pieczę; nigdy nie będzie bezpieczniejszy i powinna przestać się zamartwiać.

Troska psuje najlepszy czas i zawsze czai się gdzieś w tle. Patrząc na siostrę na szpitalnym łóżku, rodzącą kolejne dziecko, zobaczyła, jakie może być jej życie z Jimmym, jeśli nie będzie ostrożna. Jimmy ją kochał, a nawet ubóstwiał — była tego pewna — ale Maggie wiedziała, że kiedyś Freddie tak samo kochał jej siostrę. Teraz uczucie było całkowicie jednostronne. Jackie uwielbiała męża, on wytrzymywał przy niej tylko dlatego, że była jego oficjalną żoną. Lecz w tych czasach to niczego nie gwarantowało. Mężczyźni odchodzili od żon po wielu latach małżeństwa. Co dawniej rzadko się zdarzało.

Jej matka zawsze powtarzała, że kiedy pojawiają się dzieci, kobieta zostaje sama. Maggie aż do tej pory nie rozumiała tego powiedzenia. Była zbyt młoda, żeby wiedzieć dużo o życiu, i była tego boleśnie świadoma. Ale już dawno temu złożyła sobie obietnicę: jeśli Jimmy prześpi się z inną, nigdy więcej nie pozwoli mu się do siebie zbliżyć.

To będzie między nimi koniec na dobre, na zawsze. Nie pozwoli mu się przekabacić, sprawić, żeby poczuła się warta mniej niż w rzeczywistości. Jeśli kobieta pozwoli się po czymś takim przegadać, to tak jakby dawała mężczyźnie pozwolenie, by zdradzał ją dalej.

Nie wolno jej dopuścić, by stracił dla niej szacunek, była wystarczająco bystra, żeby to wiedzieć. Nie będzie żyła tak jak matka i siostra. Uważała, że zasługuje na coś lepszego. Ceniła się znacznie wyżej i nigdy o tym nie zapomni.

„Ludzie robią z tobą tylko to, na co im pozwolisz".

Ile razy słyszała to wyświechtane powiedzonko?! Babka powtarzała je matce Maddie sto razy dziennie. Ona nie słuchała, ale jej wnuczka, owszem. Ojciec przygadywał sobie kobiety w obecności matki. Maddie wciąż pamiętała kłótnie, które wybuchały z tego powodu. Ojciec nawet zabierał ją do domów swoich kochanek, kiedy była mała. Matka uważała, że w obecności malutkiej córki nie pozwoli sobie na swoje wybryki. Miała mu przypominać o odpowiedzialności. Próbowała wszystkiego, żeby był jej wierny, i co jej z tego przyszło?

Maggie wciąż jak przez mgłę pamiętała zapach tanich perfum i obcych domów. Czasem bawiła się z dziećmi albo dawano jej cukierki i sadzano przed telewizorem. Ojciec zawsze skakał wokół niej, sprawiał, że czuła się ważna. Teraz rzecz jasna wiedziała, że to była jego druga natura. Była płci żeńskiej, a on kochał kobiety, zwłaszcza najmłodszą córeczkę, która widziała w nim boga. Tłumaczył jej, że ma nie mówić mamie, gdzie byli, bo to będzie niespodzianka. Z początku mu wierzyła, ale potem przejrzała tę grę. W końcu zaczęła odmawiać, kiedy chciał ją ze sobą zabierać, mimo że matka ją zachęcała. Matka, która wciąż wierzyła, że przy córce Joe będzie grzeczny i porządny.

Nigdy o tym nie rozmawiali, ale ojciec odgadł, że mu tego nie zapomniała. Tamte wycieczki w jakiś sposób zmieniły ich relacje. Nawet jako dziecko wyczuwała, że zabierał ją ze sobą z niewłaściwych powodów. Nie dlatego, że nie mógł bez niej wytrzymać, tylko jako zasłonę dymną. Maggie wiedziała również, że jeśli kiedyś zaczną o tym mówić, zniszczy ich to oboje. Wykorzystał ją, a ona twardo postanowiła, że nikt i nigdy nie będzie jej traktował tak, jak on traktował matkę.

Z dnia na dzień matka zaczęła odgrywać w jej życiu większą, ważniejszą rolę. Do tamtej pory ojciec był bohaterem, a matka po prostu sobie tylko była. Wyciągnęła jednak wnioski i postanowiła nie zapomnieć, do czego zdolni są mężczyźni.

Obserwując Freddiego i Jimmy'ego, dostrzegała między nimi uderzające podobieństwa, jak gdyby byli bliźniakami, którzy przyszli na świat w odstępie lat. Ale to Freddie był samcem alfa, tym, który jako pierwszy przyciągał wzrok. Jego postura i aparycja rzucały się w oczy bardziej niż wygląd Jimmy'ego. Miał gęściejsze i ciemniejsze włosy, niebieskie oczy i głęboki irlandzki odcień skóry, który tak podoba się kobietom. Nawet ona, która go nienawidziła, rozumiała, dlaczego doń lgną. Był bardzo przystojny, a aura niebezpieczeństwa, która go otaczała, tylko dodawała mu atrakcyjności.

Jimmy był młodszą, bardziej ogładzoną wersją kuzyna, ale doganiał go z dnia na dzień. Był od niego wyższy, choć nie miał potężnej budowy ciała, o którą Freddie postarał się w więzieniu. Większość czasu spędzał na siłowni i powtórzył to, co wielu mężczyzn uczyniło przed nim. Pracował nad ciałem, żeby nie myśleć o swoim położeniu. Jednak od dawna był już w domu i zaczął przybierać na wadze.

Maggie wyrzuciła z głowy wszystkie wątpliwości. Jimmy był miłością jej życia już w dzieciństwie, musiała pamiętać, że nie jest taki jak Freddie.

Kiedy mężczyzna, z którym siedzieli, wreszcie wstał i odszedł, Maggie zbliżyła się do nich. Freddie intensywnie mierzył ją wzrokiem od góry do dołu, jak gdyby stała całkiem naga. Robił to umyślnie, a ona wciąż czuła się niepewnie pod jego spojrzeniem, zwłaszcza w obecności siostry. Maggie bała się, że Jackie zauważy, że na nią patrzy, że jej pragnie. Freddie o tym wiedział. Była zbyt młoda, by umieć sobie radzić z grą seksualną, ale wychowała się w atmosferze przemocy i zdrady. Nienawidziła go za to, że tak uprzykrza jej życie.

Na szczęście nie przystawiał się do niej tak bardzo jak kiedyś. W pewnym momencie doszło do tego, że bała się przebywać w jego pobliżu. Nawet jeśli Jackie była w drugim pokoju, próbował się do niej dobierać i łapać ją za piersi. A później się śmiał, widząc jej oburzenie. Teraz, gdy Jimmy zaczął znaczyć więcej, to się skończyło.

Freddie wydawał się świadom postępu Jimmy'ego, a jeśli dzięki temu będzie się trzymał od niej z daleka, to Maggie tym bardziej kibicowała swojemu chłopakowi. Wciąż jednak mroził ją wzrokiem, żeby się go bała i wiedziała, do czego jest zdolny.

— Urodziła już to dziecko? — spytał znudzonym głosem. Postanowił, że dopóki nie usłyszy, że ma syna, nie będzie się podniecał.

— Nie sądzisz, że powinieneś pojechać do szpitala? Jackie przechodzi ciężkie chwile.

Freddie uniósł brwi i z uśmieszkiem mrugnął do Jimmy'ego, który musiał odpowiedzieć uśmiechem, rozbawiony jego grymasami. Freddie był zabawny, to nie ulegało wątpliwości.

Nagle zaczął się śmiać. Maggie nienawidziła tego śmiechu, to był szczyt zniewagi. Freddie śmiał się z innych, a nie z nimi.

— Chcesz powiedzieć, że przez cały czas, gdy tu jesteś, zdaje ci się, że popędzę do szpitala, żeby trzymać ją za rączkę? Jimmy obserwował ich oboje. Byli naturalnymi antagonistami. Rozumiał, że Freddie działa Maggie na nerwy, nie rozumiał tylko w pełni, co jest nie tak z Freddiem. Wiedział, że

Maggie mu się podoba, to było oczywiste, ale podobałaby się każdemu facetowi przy zdrowych zmysłach. To musiało być coś głębszego.

— Napijesz się, czy wolisz, żebym odwiózł cię z powrotem do siostry?

Słowa Jimmy'ego świadczyły, że Maggie traci czas, ale mimo to musiała spróbować. Gdyby Freddie chociaż na chwilę odwiedził Jackie, ta by się uspokoiła.

Maggie sięgnęła po swojego asa z nadzieją, że to poskutkuje.

— Wrócę do szpitala. Twoja mama jest bardzo zmęczona, Freddie, wygląda tak, jakby nie zmrużyła oka. Spróbuję przekonać ją, żeby poszła do domu.

Freddie zdziwił się, że jego matka w ogóle tam jest. To, że przesiadywała tak długo w szpitalu, było dlań niepojęte. Maddie brzydziła się synową, to była jedna z tych rzeczy, które ostatnimi czasy łączyły ich najbardziej. Ale Freddie nie był głupcem, wiedział, że romans ojca uczynił jej życie nieznośnym. Nawet Freddie to zauważył. Wszędzie zabierał ze sobą tę dziewczynę, odbiło mu na jej punkcie.

Freddie nie widział matki od kilku dni, a wiedział, że ojciec nie pokazał się w domu przez tydzień. Zaszył się w mieszkaniu tej smarkuli i jej dwojga bękartów; była uzależniona od amfy, a Freddie mimo woli finansował jej nałóg, bo ojciec nie fatygował się, żeby naprawdę pracować. Okazywał brak szacunku dla kobiety, która wychowała jego syna, która doglądała go i karmiła.

Freddie nagle zaczął się o nią martwić. Była dobrą matką, jedyną kobietą, dla której miał odrobinę szacunku. Wstał.

— No dobra, chodźmy zobaczyć, jak się staruszka miewa — rzekł. — Oby urodziła chłopaka po tych wszystkich komediach.

Jimmy poczuł ulgę. Nie chciał spędzać kolejnej nocy w pubie. Wolał być z Maggie, chciał odpocząć.

Freddie czuł się świetnie; być może jeszcze tego wieczoru zobaczy swojego syna i spadkobiercę. Ta myśl go ekscytowała, pragnął kogoś, kto będzie nosił jego nazwisko. Dzięki niemu życie stanie się znośniejsze. Kochał swoje córki, zwłaszcza Diannę, ale syn będzie ukoronowaniem wszystkiego.

110

Matka będzie go uwielbiała za to, że przyszedł, potrzebowała go. Nic mu się nie stanie, jeśli ją uszczęśliwi i na pięć minut pojawi się w szpitalu. Związki rodzinne zawsze były dla niej ważne.

♦ ♦ ♦

Jackie obserwowała męża, który patrzył na ładną buzię syna. Spojrzał na nią z uśmiechem, ona też uśmiechnęła się dzielnie do niego. Czuła się nieźle, ale zamierzała wykorzystać do cna to, co się stało.

Dziecko było wspaniałe: dziewięć funtów i siedem uncji prawdziwego, ciemnowłosego Jacksona. Lena i Maddie były w siódmym niebie, a ona znów poczuła się dumna tak jak po każdym porodzie. Uwielbiała noworodki i dopiero, gdy przestawały być nowością i wszyscy przestawali nad nimi wydziwiać, zaczynały działać jej na nerwy.

Z tym dzieckiem było jednak inaczej: gdy tylko spojrzała w jego oczy, doznała dziwnego ściskania w piersi. To było tak, jakby patrzyła na Freddiego. Niemowlak był żywym obrazem ojca, a ona czuła dreszcz, bo wiedziała, że w końcu dała mu to, czego pragnął.

Po przyjściu do szpitala Freddie triumfował. Teściowa nakłoniła ją, by doprowadziła się do porządku i uczesała, i Jackie była rada, że to zrobiła. Freddie spojrzał na niemowlę i jego twarz się rozjaśniła. Przez kilka sekund wyglądał tak, jakby miał znów siedemnaście lat. Cała jej miłość do niego ponownie wyszła na pierwszy plan. Ból, który jej sprawił, zaniedbując ją przez ostatnie pół roku, poszedł w zapomnienie, i oboje cieszyli się cudem, którym był ich maleńki syn.

Maddie i Lena z ulgą i radością obserwowały ten idylliczny obrazek: matka, ojciec i syn razem.

Lena, która nie posiadała się z radości z powodu wnuka, czuła niepokój, patrząc, jak szybko Jackie wypija szampana. Miała szkliste oczy i zbyt głośno mówiła, ale na szczęście nikt inny nie zauważył, że już jest wstawiona, choć dziecko urodziło się przed niespełna godziną.

♦ ♦ ♦

— Ale przystojniak, co?

Maddie potwierdziła uśmiechem słowa syna. Wyraz czystego szczęścia na jego twarzy, tak rzadki ostatnimi czasy, sprawiał jej wielką radość.

— Maggie mówiła, że Jackie zrobiła cyrk w szpitalu.

Maddie skinęła głową.

— Wstydziłam się za nią. Nie powinna się tak zachowywać.

Freddie pił herbatę i patrzył na skrzywioną twarz matki. Wiedział, że w jej oczach wygłupy jego żony są czymś skandalicznym. Z czasem coraz częściej podzielał jej sposób myślenia. Choćby nie wiem ile pieniędzy jej dał, Jackie zawsze była spłukana, a bez względu na to, co kupili do domu, ten zawsze wyglądał jak śmietnik.

Siedząc w uroczym pokoju w domu matki, zatęsknił za czystością i porządkiem, które znał z dzieciństwa. Brakowało mu czystej szeleszczącej pościeli. Maddie krochmaliła pościel, a on uwielbiał jej zapach i dotyk. Kiedy było zimno, wkładała do łóżka butelkę z gorącą wodą i kiedy on wsuwał się pod kołdrę, było tam ciepło i bezpiecznie.

Jackie rzadko zadawała sobie trud, żeby położyć kołdrę na łóżku pięć minut przed tym, zanim do niego weszli.

Dorastał w poczuciu dumy z matki i ojca. Podobało mu się wszystko w domu, poczynając od zastawy stołowej, a na kominku kończąc. Czuł się inny od swoich kolegów, bo jego dom był pod każdym względem lepszy.

Teraz pracował dla Ozzy'ego i czuł, że dom powinien świadczyć o jego pozycji, ale wiedział również, że nie może zaufać Jackie, że będzie spłacała kredyt. Gdyby trafił za kratki, w mgnieniu oka wszystko poszłoby w diabły, bo nawet nie płaciła czynszu, jeśli nie zagrozili jej eksmisją.

Co miesiąc odbierał w imieniu Ozzy'ego pieniądze od ludzi, którzy z różnych powodów byli jego dłużnikami, i dzięki temu wiele się nauczył. Nawet sobie nie wyobrażał, że można było tak żyć. Najbardziej zdumiało go to, że wszyscy byli do niego podobni, że pochodzili z dzielnic komunalnych tak jak on. Różnica polegała na tym, że oni postarali się, żeby pieniądze na nich pracowały.

Ozzy otworzył mu oczy na to, co nazwał szerszą perspektywą. On zaś siedział i słuchał, jak jego mistrz opowiada o nowym porządku, o tym, że Thatcher napcha każdemu kieszeń forsą, a pierwszym sygnałem będzie boom mieszkaniowy. O tym, że nigdy nie było łatwiej pożyczyć pieniędzy, co dla ludzi z ich branży oznaczało łatwiejsze pranie dochodów. Ozzy uwielbiał Margaret Thatcher, widział w niej zbawczynię Wielkiej Brytanii. A Freddie słuchał i się uczył.

Chciał należeć do tego świata, bo wiedział, że ludzie traktują cię inaczej, kiedy masz forsę i parę ładnych rzeczy. Taka jest ludzka natura. Gdy zobaczył wnętrza wielkich willi i ich właścicieli, nabrał dla nich szacunku za to, że osiągnęli taką pozycję.

To było coś innego niż patrzenie na bogatych pedziów w telewizji, którzy nie przepracowali ani jednego dnia, tylko odziedziczyli fortuny, a później je przepuszczali. Kto by szanował faceta, który nigdy w życiu nie zarobił ani pensa? W świecie, w którym żył Freddie, było inaczej: jeśli zarobiłeś kupę forsy, zyskiwałeś szacunek.

Siedząc w domu matki i patrząc, jak wygładza poduszki i podaje ciastka, nie mógł uwierzyć, że kiedyś uważał ten domek w szeregowcu za szczyt wyrafinowania. Jego ojciec przez całe życie zarabiał pieniądze. Był pracowitym kanciarzem, lecz teraz Freddie wiedział, że gdyby stary ruszył głową, mógłby popijać herbatkę w chacie wartej fortunę.

Nawet Jimmy odkładał forsę na dom i Freddie wiedział, że będzie go miał. Pewnego nudnego popołudnia w więzieniu Ozzy objaśniał mu, jak należy się wspinać po drabinie mieszkaniowej. Freddie słuchał jak zaczarowany. Aż do tej chwili nigdy mu to nie przeszło przez myśl: sądził, że ci, którzy zadłużali się, by kupić dom, mieli źle w głowach. Nigdy nie rozumiał, jak można zaprząc pieniądze do pracy w długiej perspektywie.

Kiedyś światek Freddiego był malutki, ale teraz miał syna i postanowił, że jego syn będzie miał wszystko, co można mieć.

— W porządku, mamo? — spytał Freddie. Jego matka wyglądała na zatroskaną — ona, która zawsze miała nienaganny makijaż na twarzy, która nigdy nie zniżała się do histerii, która myślała i kalkulowała chłodno jak adwokat wart dwie stówy za godzinę.

Uśmiechnęła się. Freddie spostrzegł nowe zmarszczki wokół jej ust i papierową bladość skóry. Zestarzała się, a on nawet tego nie zauważył.

— Niezupełnie.

Pierwszy raz w życiu zabrakło jej siły. Freddie zawsze liczył na jej siłę, bo to ona właśnie pozwoliła mu przetrwać najczarniejsze godziny. Bez względu na to, co zbroił, matka zawsze przy nim stała. Kłamała dla niego, oszukiwała i krzywoprzysięgała, a on uświadomił sobie, że teraz matka może czegoś od niego potrzebować.

Wyprostował się i rzekł wspaniałomyślnie:

— Wszystko, co chcesz, mamo, jest twoje.

Naprawdę tak myślał i Maddie miała ochotę rozpłakać się ze wzruszenia. Jej wielki syn awanturnik, który podobnie jak ojciec był takim egoistą, że nikomu prócz sobie samemu nie oddałby nerki, próbował ją wspierać. W pewnym sensie było na to za późno. Ale Maddie była zdesperowana, bo inaczej nie prosiłaby o pomoc. Wiedziała, że on to zrozumie.

— Mogę prosić cię o przysługę?

Freddie uśmiechnął się. Był czarujący, miał nowo narodzonego syna, który uświadomił mu, że kocha tę kobietę całym sercem. Przeżyła ból, by wydać go na świat. Była jego matką i nagle uświadomił sobie, co to naprawdę oznacza.

Czuła się zażenowana. Freddie zauważył, że jej policzki się zarumieniły. Błagała go oczami o pomoc, pragnęła, żeby pomógł jej powiedzieć to, co chce powiedzieć, i w pierwszej chwili pomyślał, że nawiąże do romansu ojca. Milczał więc. Nie chciał zaczynać rozmowy, której oboje będą żałować. Kiedy wypowie się pewne słowa na głos, nie można ich cofnąć. To musiało wyjść od niej, a on wysłucha i zadecyduje, jakie kroki podjąć, żeby złagodzić jej przykrości.

Po kilku minutach matka powiedziała cicho:

— Nie mam pieniędzy, Freddie. Czy mógłbyś mi pożyczyć parę funtów?

Szok był tak silny, że Freddie poczuł się, jakby wylano mu na głowę kubeł lodowatej wody.

◆ ◆ ◆

Maggie tuliła się do Jimmy'ego na tylnym siedzeniu auta. Nie było to idealne miejsce, ale ciepłe i przestronne, a oni postarali się o wygodę. Jimmy trzymał w bagażniku koce. Wsunęli się pod nie, szczęśliwi, że są razem. Jimmy uwielbiał jej bliskość. Kiedy tak się przytulali, rozumiał, że mężczyzna może zabić dla kobiety.

— Uroczy maluch, prawda?

Jimmy wzruszył ramionami i pocałował dziewczynę w czubek głowy.

— Po prostu niemowlak, dla mnie wszystkie są takie same. Przynajmniej Freddie jest szczęśliwy.

Parsknął drwiąco i poczuł, jak ciało Maggie drży.

— Diabła tam, szczęśliwy. Przez tydzień będzie robił wielkie halo, a później się znudzi, tak jak zawsze.

— To ich sprawy, Maggie. Nie chcę, żebyśmy psuli sobie nimi wieczór.

Miała ochotę się śmiać. Jimmy zawsze starał się wszystko łagodzić. Był silnie związany z Freddiem i nie podobał mu się sposób, w jaki Freddie traktuje żonę, ale pozostawał lojalny. Maggie kochała go także za to.

W nadchodzących latach właśnie na jego lojalność będzie musiała liczyć. Kiedy urodzi kilkoro dzieci, a związek się postarzeje. Wiedziała, że będzie wspinał się wyżej, a młode dziewczyny same będą pchać mu się do rąk. Wystarczyło spojrzeć na Freddiego i jego ojca, by zobaczyć, jak toczy się życie.

— Weźmy jak najprędzej ślub, Maggie, co ty na to? — Przycisnął dziewczynę do siebie. — Mam dość forsy na dom, w weekend możemy się rozejrzeć. Chcę, żebyśmy zawsze byli razem tak jak teraz, mam po dziurki w nosie odwożenia cię do domu i udawania, że ze sobą nie śpimy.

Maggie parsknęła śmiechem.

— Czekam na twój sygnał, chłopcze. — Jimmy pocałował ją w usta i znów poczuła wzbierające w nim pragnienie.

Ona też chciała ślubu jak najprędzej, marzyła o tym, by wyrwać się z domu matki i odejść na swoje. Wszystko sobie zaplanowała i postanowiła, że jej plany nie wezmą w łeb. Żadnych dzieci przez co najmniej sześć lat i własny mały biznes jako zabezpieczenie na przyszłość. Czuła się wielką szczęściarą i w skrytości ducha modliła się, żeby nie skończyć tak jak Freddie i Jackie.

Jeśli Jimmy przestanie ją kiedyś kochać tak, jak ją kocha teraz, to ona umrze wewnętrznie. Właśnie ta świadomość pomagała jej zrozumieć, dlaczego jej siostra i matka postępują tak, jak postępują.

♦ ♦ ♦

Freddie senior był w swoim żywiole. Doświadczał takiego wzlotu, jakiego nigdy nawet sobie nie wyobrażał.

Kitty Mason przed chwilą zrobiła mu laskę, a on czuł się słaby jak kocię i potężny jak Tarzan.

Siedziała po turecku nago na podłodze i robiła sobie skręta. Jej ciało lśniło w blasku lampy jak marmur. Przez długie lata małżeństwa nigdy nie widział żony nago i choć ujeździł niejedną, żadna nie traktowała swojego ciała z taką swobodą. Urodziła dwoje dzieci, ale jej ciało było gładkie jak małż, bez najmniejszego śladu!

Mógł patrzeć na nią godzinami, było w niej coś, co sprawiało, że nigdy tak nie pragnął żadnej kobiety. Zawsze miał jakąś na boku i korzystał z nich z przyjemnością, a potem zostawiał. Znały zasady gry i to go pociągało. Zabierał je do lokali i widywał, kiedy mu pasowało. One zaś mogły pokazywać się ze znanym gangsterem, zakosztować jego stylu życia, pieniędzy i długich nocy.

Taki układ wszystkim odpowiadał i trwał, dopóki związek nie umierał śmiercią naturalną.

Lecz od pierwszej chwili, gdy zobaczył Kitty, wszystko się zmieniło. Został oczarowany w mgnieniu oka.

To było coś zupełnie nowego. Jeszcze nigdy żadna kobieta nie pociągała go tak mocno. Wiedział, że pakuje się w pułapkę, że ponad trzydzieści lat różnicy może go tylko doprowadzić do upadku, ale nie umiał się powstrzymać. Kiedy nie był z nią, bez przerwy zastanawiał się, gdzie ona jest i co robi. Myślenie o tym, czy z kimś jest, a raczej, czy z kimś śpi, doprowadzało go do obłędu.

Freddie senior wiedział w głębi serca, że to, co do niej czuje, jest niezdrowe. Była jak narkotyk, a mimo to nie mógł się od niej oderwać. Malutkie mieszkanko było urocze i choć Kitty miała dwoje dzieci, panowała w nim nieskazitelna czystość. Było ładnie urządzone, a dzieci były grzeczne. Kitty była wolnym duchem i to również go pociągało. Dbała o siebie, żyła na własny rachunek, a nawet sama urządzała mieszkanie. Miała silny charakter, którego wielu ludzi nie dostrzegało. To właśnie jej niezależność pociągała Freddiego najmocniej.

Jej wadą było to, że nigdy nie wiedziała, kiedy zamknąć usta. Otwierała je, nie zastanawiając się, co mówi. W świecie, w którym żył Freddie senior, kobiety rzadko mogły sobie pozwolić na taki luksus i Kitty wielokrotnie obrywała z powodu swojej otwartości. Po kilku drinkach zaczynała mówić bardzo głośno i wtedy miewała także problemy z każdą kobietą, która znalazła się w pobliżu. Szybko zorientowała się, że związek z Freddiem pozwala jej mówić to, co jej się podoba. On jednak wiedział, że wkrótce będzie musiał to ukrócić i bał się tej chwili.

Kitty potrafiła kłócić się z nim do upadłego, a potem kochać się do szaleństwa, tak że przekraczało to jego najśmielsze marzenia.

Leżał na wznak na kanapie i słuchał Sade. Czuł suchość w ustach i szybkie bicie serca, które dudniło mu w uszach. Wiedział, że to działanie amfetaminy, którą wcześniej wciągnął.

Czuł się tak, jakby znów miał szesnaście lat, i było mu cudownie. Poczucie całkowitej wolności samo w sobie działało jak narkotyk. Wciągał amfę, palił trawkę i słuchał muzyki, która przedtem, zanim Kitty go do niej przekonała, brzmiała w jego uszach jak kociokwik. Był fanem Elvisa, uwielbiał Franka Sinatrę. Teraz wsłuchiwał się w głos George'a Michaela śpiewającego *Papa Was A Rolling Stone* i naprawdę mu się podobało.

Narkotyki stanowiły dla niego odkrycie. Nie wychował się w latach sześćdziesiątych. Był dzieckiem lat pięćdziesiątych i jego jedynym grzechem był alkohol. Kochał kiedyś żonę,

117

która teraz była dla niego cegłą ściągającą go stopniowo w otchłań starości. Maddie była przyzwoitą kobietą i szanował ją. Ale była przyzwoita przez całe ich małżeńskie życie — Freddie przez trzydzieści cztery lata nie poznał smaku porządnego rżnięcia ani normalnej rozmowy. Jego pokolenie trwało w związkach bez względu na wszystko. Mężczyźni świadomie szukali przyzwoitych kobiet, które zadbają o dom i dzieci, mogące się zdarzyć. Żenili się z kobietami w typie swoich matek i czuli się tym zaszczyceni.

Teraz jednak dowiedział się, czym jest dreszcz podniecenia, poczuł nabrzmiewające w nim soki i wiedział, że Maddie, niech Bóg ma ją w swojej opiece, nigdy nie da mu dość i nigdy nie dawała. Nawet za młodu, gdy miała ładne ciało i twarz gwiazdy filmowej, była zimna. Ludzie z ich środowiska uważali, że kobiety lubiące seks są puste i niegodne zaufania, i on czuł się z tego powodu oszukany.

Freddie senior spędził większą część życia na poszukiwaniu tego, co teraz dała mu Kitty: potwierdzenia siebie jako mężczyzny. Nie dawcy dzieci czy chleba. Kitty kładła się i pozwalała się brać. Wyła z rozkoszy, a on patrzył, jak dochodzi.

Podała mu skręta, a Freddie zaciągnął się głęboko. Speed sprawił, że serce biło mu jak oszalałe. Chciał je trochę uspokoić.

Kitty wstała i włożyła na siebie szlafrok. Ktoś zapukał do drzwi. Był środek nocy, a Kitty, jak to Kitty, nawet nie dostrzegła w tym niczego nadzwyczajnego. Freddie zerwał się z kanapy, wciągnął spodnie i koszulę.

— Kto to może być, do kurwy nędzy?

Kitty parsknęła śmiechem.

— Pewnie swój. Weź na wstrzymanie, Fred.

Kitty przywykła do tego, że ludzie przychodzą o każdej porze dnia i nocy. Miała mieszkanie i narkotyki, więc było to dla niej naturalne.

Po chwili otworzyła frontowe drzwi i Freddie senior ze zdziwieniem ujrzał syna wchodzącego do pokoju.

— W porządku, tato.

Freddie był uśmiechnięty i emanował życzliwością. Usłyszał płacz dziecka; Kitty zajrzała na chwilę do pokoju i uspokoiła je cichym głosem. Freddie rozejrzał się po ładnym mieszkanku. Na jego twarzy ukazało się zdziwienie.

— Kitty dba o mieszkanie — rzekł ojciec tonem usprawiedliwienia. — Co cię sprowadza?

Freddie słyszał nerwowość w jego głosie. Wiedział, że przychodząc tutaj, nieprzyjemnie go zaskoczy.

— Jackie urodziła dzisiaj chłopca.

Ojciec uśmiechnął się z niekłamaną radością. Freddie odpowiedział takim samym uśmiechem.

— Przystojny mały skurczybyk, zbudowany jak należy, prawdziwy Jackson w każdym calu.

Freddie senior podał synowi rękę i uścisnął go.

— Siadaj, przyniosę ci piwo.

Freddie usiadł na kanapie i rozejrzał się po pokoju. Mimo woli był pod wrażeniem. Nigdy by nie pomyślał, że Kitty tak mieszka. Natychmiast urosła w jego oczach. Popatrzył na amfę ułożoną w równiutkie pasemka na blacie stołu z przyciemnionego szkła i na palącego się skręta w popielniczce.

Ojciec wrócił z butelką scotcha i dwiema szklankami.

— Napijmy się czegoś porządnego.

Freddie wychylił whisky jednym haustem, a potem ukląkł na podłodze i błyskawicznie wciągnął działkę amfetaminy. Podsunął palec do nosa dla zwiększenia efektu i mocno powąchał. Speed był dobry i w ciągu kilku sekund uderzył mu do głowy.

— W końcu jest okazja do świętowania.

Ojciec roześmiał się i napełnił szklanki.

Weszła Kitty, ubrana w dżinsy i płócienną koszulę. Wyglądała bardzo ładnie i bardzo młodo. Freddie senior był jej wdzięczny, że się ubrała. Wydawało się to jakoś nie na miejscu, żeby chodziła półnaga w obecności jego syna. Usiadła na kanapie i nalała sobie wina.

— Ładne małe mieszkanko.

Uśmiechnęła się i Freddie zrozumiał, dlaczego jego ojciec zachowuje się jak pies w czasie rui.

— Więc masz syna, tak?

Teraz z kolei Freddie się uśmiechnął i Kitty uświadomiła sobie, jaki jest przystojny. Miała wrażenie, że patrzy na jego ojca młodszego o wiele lat — podobieństwo było uderzające.

Freddie wstał i rzekł radośnie:

— Tak, mam syna i dziedzica. Może mi ktoś dolać?

Kitty wesoło skinęła głową. To, że przyszedł do jej mieszkania, znaczyło, że akceptował ich związek. Był to dla niej znaczny postęp.

Freddie podniósł butelkę wina, którą Kitty postawiła obok whisky, odwrócił się i roztrzaskał ją o ścianę nad głową ojca. A potem pięć razy dźgnął go wyszczerbionym szkłem, zmieniając jego twarz w krwawą masę.

Kitty patrzyła, jak krew tryska na jej nowy kremowy dywan i ściany. Była naćpana i nie potrafiła wstać z krzesła. Z chorobliwą fascynacją wpatrywała się w czerwone plamy i nie wiedziała, czy to dzieje się naprawdę.

Freddie senior leżał, skóra na jego twarzy rozchodziła się. Dosłownie próbował utrzymać ją dłońmi w całości.

— Ty piździelcu! Traktujesz moją matkę, jakby była niczym?! Ona nie ma nawet na nocnik, a ty balujesz tutaj ze swoją dziwką?

Zaczął walić ojca z całej siły w głowę, jego ręce pokryły się krwią.

Kitty zaczęła się trząść. Rzeczywistość dotarła do niej w końcu, poczuła w ustach gorzki smak wymiocin. Przełknęła je.

— Co ty wyprawiasz? Moje dzieci są tutaj! — Głos docierał do niej z odległości wielu mil.

— Pierdol się, ty wstrętna cipo, razem ze swoimi dziećmi. Odezwij się do mnie jeszcze raz, to wepchnę ci proszek do gęby i zrobię z ciebie ścierkę!

Odwrócił się do ojca.

Dzieci głośno płakały. Kitty wiedziała, że są przerażone. Hałas wyrwał je ze snu. Wybiegła z pokoju, bojąc się o ich bezpieczeństwo. Sąsiedzi walili w ściany, ale była pewna, że nie wezwą glin. Chcieli po prostu, żeby był spokój.

— Moja pieprzona matka nie ma za co kupić budyniu, ty piździelcu. — Bez cienia współczucia patrzył, jak ojciec jęczy z bólu. — Potraktuj ją w ten sposób jeszcze raz, to cię zatłukę.

Freddie senior w swoim czasie był jednym z największych twardzieli. Pracował z braćmi Kray i wciąż cieszył się mirem ze względu na dawną sławę boksera walczącego bez rękawic. Spojrzał na syna i zobaczył przyszłość.

Nie chciał mieć z nią nic wspólnego.

Życie zmieniło się radykalnie, ich świat się zmienił, ale nigdy nie przypuszczał, że taki dzień jak dzisiaj może nadejść. Patrzył, jak syn wciąga drugą linijkę amfetaminy, popija whisky z butelki, a później podnosi niedopalonego skręta. Potem stracił przytomność.

Freddie umył się w nieskazitelnie czystej łazience. Spodobał mu się dobór kolorów, pomyślał, że przy następnym remoncie wykorzysta go w swoim mieszkaniu.

Wychodząc z mieszkania Kitty, słyszał jej szloch i zaniepokojone głosy dzieci. Szedł sprężystym krokiem, z lekkim sercem.

Rozdział ósmy

Jimmy patrzył na fioletowobrązową twarz ojca. Malowało się na niej zdumienie i autentyczna odraza.

James Jackson senior był wściekły i Jimmy rozumiał powód. Jego brat został nie tylko ciężko pobity, ale także publicznie upokorzony.

Trudno było komukolwiek ze starej szkoły przyjąć do wiadomości to, co się zdarzyło. To było niesłychane, łamało wszystkie znane prawa, a co najgorsze, osąd musiał poczekać, aż znana będzie opinia Ozzy'ego.

Napaść Freddiego na ojca błyskawicznie rozeszła się echem po osiedlu dzięki głośnej buzi Kitty. Jimmy rozumiał gniew ojca, ale chciał, żeby ten, jeśli to możliwe, się nie wtrącał.

W odróżnieniu od brata, Freddiego seniora, James nigdy nie wszedł głęboko w biznes. Zawsze miał ciężką rękę, nadal potrafił jej użyć w razie potrzeby, ale w zasadzie lubił spokojne życie. Nigdy nie miał dość sprytu, żeby dostać się na szczyt, był zwykłym szarym robotnikiem. Wolał unikać świecznika. Bo po co? Świecznik jest dla tych, którzy potrzebują potwierdzenia swojej wartości. James był zadowolony z siebie.

Szaleńczy atak Freddiego oburzył wszystkich, także młodego Jimmy'ego, który nie uwierzył, dopóki nie zobaczył na własne oczy Freddiego seniora. Widok był okropny, lecz w pewnym sensie Jimmy rozumiał, dlaczego Freddie junior to zrobił — rzecz jasna, nie wyraziłby tej opinii na głos. To dziwne, ale wiedział, że Freddie uważa swój postępek za słuszny. Jak zwykle jednak zabrał się do dzieła w niewłaściwy sposób. Freddie senior zostawił żonę bez środków do życia i to było całkowicie niewłaściwe. Mężowie i synowie są po to, by chronić żony i matki. Takie zasady obowiązywały w ich świecie i Freddiemu seniorowi należało przypomnieć o obowiązkach. Nikogo to nie bulwersowało — oburzenie wzbudził fakt, że kara tak znacznie przekroczyła występek.

Jimmy wiedział również, że Freddie senior w ciągu ostatnich miesięcy nadużywał swojego fartu. Uwzględniwszy fakty — głównie to, że nigdy w życiu nie szło mu tak łatwo, a on wykorzystywał to do granic możliwości — można było zrozumieć, dlaczego w ogóle doszło do zdarzenia. Gdyby choć raz się zreflektował, łańcuch wydarzeń może by się przerwał.

Ale Jimmy zachował to wszystko dla siebie. Jego rola nie polegała na rozwikływaniu przyczyn, tylko na uprzątaniu gówna, zwłaszcza kiedy spadało na nich z wysoka.

Maddie była zdruzgotana tym, co się stało, ale przyjęła męża z powrotem ze spokojną godnością. Lecz jaki miała wybór, w istocie rzeczy? Jej mąż był ślepy na jedno oko, a blizny pozostaną mu na twarzy do końca życia. Ilekroć spojrzy w lustro, będą mu przypominać, co mu zrobił jego syn i dlaczego. Będą przypominać o tym, czego wszyscy mogli uniknąć.

Freddie tymczasem zachowywał się tak, jakby nic się nie stało, i nie chciał o tym rozmawiać. Jimmy wydobył prawdę od Maggie, która z kolei dowiedziała się od swojej matki.

Maddie i Lena z dnia na dzień stały się najserdeczniejszymi przyjaciółkami.

Katalizatorem tej przyjaźni był niemowlak. Każdą godzinę dnia spędzały w pobliżu dziecka. Jimmy'emu przyszło na myśl, że wolałby mieć same córki, jeśli syn przyciągał do siebie zastęp czarownic.

Matka Jimmy'ego, Deirdre, drobna kobieta o ładnej twarzy i szczupłej sylwetce, jak zwykle gotowała. Gotowała o każdej porze dnia i nocy. Jeśli weszło się do kuchni o czwartej rano, w pięć minut na stole stawał ciepły posiłek. Jimmy korzystał z tego wiele razy i był jej za to wdzięczny. Wiedział, że nie wyrazi swojego zdania o wydarzeniach ubiegłego tygodnia ani

123

na tak, ani na nie, i podobnie jak ojciec byłby zaskoczony, gdyby to uczyniła. Należała do starej szkoły, co oznaczało, że to mężczyźni zajmowali się interesami i rozwiązywaniem problemów.

Patrzyła i słuchała, ale swoje zdanie zachowywała dla siebie.

— Trzymacie się razem, więc powiedz mi, co ten skurwiel o tym mówił?

Ojcu bardzo się nie podobało, że Jimmy jest blisko związany z Freddiem.

— Nie pisnął ani słowa — odparł z westchnieniem. — Ale słyszałem, że poszło o matkę. Ojciec zostawił ją gołą, bez pensa w kieszeni i z pustą lodówką, a sam posuwał Kitty i wciągał dragi. — Jimmy miał świadomość, że stara się usprawiedliwić postępek Freddiego.

James Jackson senior był zirytowany. Kochał brata i choć znał jego przywary jak nikt, jednak to, co zrobił Freddie junior, było złe. Było niewłaściwe, a co gorsza, w ich świecie nie miało precedensu. Dopuścił się napaści na ojca, okaleczył go na całe życie, i to w dniu, w którym przyszedł na świat jego syn.

— Nic nie tłumaczy tego, co on zrobił. Niedługo przekona się, że ludzie nie zniosą takiego postępowania, nieważne, dla kogo pracują.

Była to zakamuflowana groźba i Jimmy poczuł, że serce mu drży.

— Trzymaj się od tego z daleka, tato — rzekł ostrzej, niż zamierzał, i ojciec spojrzał na niego ze wzburzeniem.

— Nie waż się mówić do mnie w taki sposób, nie jestem moim bratem. Wypruję ci flaki, szczeniaku, jeśli spróbujesz mną pomiatać!

Jimmy zobaczył przerażenie na twarzy matki i pospiesznie spróbował załagodzić sytuację.

— Tato, daj spokój. Zawsze cię szanowałem i szanuję, przecież wiesz. Chcę tylko powiedzieć, że Freddie musiał mieć powody, a to, co się stało, nie ma nic wspólnego ani z tobą, ani ze mną.

James Jackson nie posiadał się z oburzenia, słuchając słów swojego jedynaka. Nagle ryknął na cały głos:

— Nie ma nic wspólnego ze mną? Mój brat wygląda jak

Człowiek Słoń, a ty mówisz, że to nie ma nic wspólnego ze mną? Własny syn masakruje go i zostawia jak trupa, a ty uważasz, że to prywatna sprzeczka? Na jakim świecie ty, kurwa, żyjesz?

Spojrzał na żonę, szukając potwierdzenia dla swoich słów. Jimmy wiedział, że rodzice nienawidzą Freddiego i wszystkiego, co sobą reprezentuje, ale matka tylko wzruszyła ramionami, jakby nie rozumiała, o czym się mówi. Znała doskonale tę grę, grała w nią wiele razy.

James senior lubił krzyczeć, wydzierał się z byle powodu. Irytowało to jego żonę i syna od lat. Ale póki krzyczał, mogli się czuć bezpieczni. Kiedy przestawał, zaczynały się kłopoty. Na szczęście w dziewięciu przypadkach na dziesięć poprzestawał na wrzaskach. Jimmy miał nadzieję, że tak będzie i tym razem. Freddie rozerwałby i jego ojca na strzępy, i Jimmy miał dziwne wrażenie, że James o tym wie. Liczył na to, że jeśli interesy pójdą w diabły, syn uchroni go przed podobnym losem. I Jimmy by to zrobił. Ojciec był bezpieczniejszy, niż mu się zdawało.

Jimmy martwił się, bo wiedział, że jeśli nie pokieruje odpowiednio rozwojem wydarzeń, wszystko wokół nich się zawali. A jeżeli interesy pójdą nie tak, będzie musiał usunąć Freddiego raz na zawsze.

Freddie nie był człowiekiem, z którym można było walczyć i go pokonać, a po rozstaniu liczyć na spokojne życie z podaniem ręki. Freddie ścigałby przeciwnika jak pies, dopóki nie starłby go z powierzchni ziemi. Taką miał naturę, dlatego był dobry w swojej robocie. Właśnie to budziło lęk tych, którzy żyli w ich sferze. Wszyscy myśleli podobnie jak jego ojciec, ale nikt nie chciał nic z tym zrobić. Mieli nadzieję, że ktoś inny odwali za nich brudną robotę.

Jimmy nie był pewny, czy zdołałby pokonać Freddiego w otwartej walce. Gdyby Freddiemu odbiło, musiałby go po prostu zabić. Miał nadzieję, że do tego nie dojdzie, no i koniec końców rodzina jest rodziną.

Po dłuższej chwili wyszedł z domu, otworzył komórkę stojącą w kącie małego ogrodu i wyjął ukryty w niej pistolet. W razie konieczności użyje go bez namysłu. Jeśli chciało się wytłumaczyć Freddiemu coś poważnego, pistolet był nieodzowny.

Na samym dnie świadomości Jimmy'ego kryła się pewność, że czeka na to, co Ozzy powie o najnowszych wydarzeniach, bo bez względu na zdanie wszystkich innych, to właśnie on postanowi, jaki będzie finał.

◆ ◆ ◆

Niemowlaka otaczało uwielbienie matki, babć i siostrzyczek. Był szczęśliwym dzieckiem, nieznającym samotności. Wszystkie istoty płci żeńskiej, orbitujące wokół niego, były nim zachwycone, a on był zachwycony nimi. I zepsuty. Miał dopiero tydzień, a już płakał za każdym razem, kiedy się go kładło. Babcie żyły w przekonaniu, że za tym sprytem kryje się mózg jak u Alberta Einsteina.

Jego ojciec natomiast był pod wrażeniem przebiegłości syna, który już potrafił sprawić, że kobiety biegały na każde jego skinienie i zawołanie. Nawet Jackie była wciąż zauroczona dzieckiem, choć wydarzenia ostatnich kilku tygodni nadszarpnęły jej nerwy. Freddie brał poprawkę na to, że kobiety i hormony to śmiercionośna mieszanka. Jackie miała mózg komara, a alkohol oraz narkotyki zmienią ją w śliniącą się kretynkę. Ale to nie będzie jego wina.

Dała mu syna, a on z przyjemnością jej folgował do czasu, gdy znów przeholuje. Wiedział, że to nastąpi, bo Jackie była taką osobą, która zawsze umie sobie wszystko spieprzyć. Właśnie w tym była najlepsza.

Od czasu spięcia ze starym Freddie trzymał się blisko domu. Był najsławniejszym ojcem w okolicy, a kto oczerniłby mężczyznę, który chce przebywać ze swoim nowo narodzonym synem? To było doskonałe alibi, idealna wymówka. Freddie był pewien, że nikt nigdy nie połączy ze sobą faktów.

Wiedział, że gada się o nim w okolicy, ale gówno go to obchodziło. Martwił się jednak tym, jak Ozzy oceni jego postępek. Gotów był sobie uciąć rękę, jeśli Ozzy się oburzy, ale nawet jeśli tak, to cóż, pozostanie mu żyć z urazą do Ozzy'ego, a on nosił w sobie urazy tak, jak inni ludzie noszą torby na zakupy.

Nie czuł strachu przed nikim. Nawet nie był z tego dumny, po prostu przyjmował za fakt. Nie było na świecie człowieka, który budziłby lęk w jego sercu. Ufał bez zastrzeżeń swoim umiejętnościom. Zawsze koncentrował się na zadaniu, które wykonywał, nigdy nie cofał się przed podjęciem decyzji i prędzej padłby trupem, niż przyznał się do błędu.

Wyszło na to, że poważnie zranił własnego ojca, mężczyznę, którego zawsze czcił i kochał, a zrobił to dlatego, że ojciec przekroczył granicę. Zostawił żonę bez pieniędzy na paczkę ciastek, kobietę, która odwiedzała go w więzieniu, pilnowała domu, podczas gdy on zbijał bąki z kumplami albo balował z kochankami. Ta kobieta nigdy nie przyniosła mu wstydu ani go nie zawiodła. Cieszyła się powszechnym szacunkiem dzięki cnotliwemu życiu i przywiązaniu do kościoła.

Jak śmiał myśleć, że może ją zostawić dla takiej zdziry jak Kitty Mason? Freddiego gówno obchodziło, ile ma kochanek, jeśli tylko dbał o interesy. Matka pierwsza powinna mieć dostęp do portfela, a co robił z resztą forsy, to już była jego sprawa.

Freddie rozumiał, że przekonuje samego siebie, a także wszystkich wokół, że miał powód, by sponiewierać ojca. Gdyby miał być całkowicie szczery, to przyznałby, że ta konfrontacja zapowiadała się od dawna. Musiał mu uświadomić, kim jest. Freddie senior wciąż traktował go jak chłopca, przekrzykiwał go, kiedy siedzieli w pubie. Oczekiwał, że Freddie będzie finansował jego i zastęp jego koleżków. Mylił się. Freddiemu należał się szacunek wszystkich, ojca także. Jego brak zżerał go od miesięcy. Nawet ojciec był rywalem dla Freddiego, a powinien złożyć pokłon przed tym, co osiągnął syn.

Matka nieświadomie podsunęła mu pretekst. Wyszło na to, że bronił jej honoru, a w rzeczywistości miał na względzie własny.

Maddie podała mu kubek herbaty i postawiła na stoliku. Złapał ją za rękę i pocałował.

— W porządku, mamo?

Było to raczej stwierdzenie, niż pytanie.

— Nigdy nie było lepiej, synu.

Wiedziała, że właśnie to chciał usłyszeć.

— Kocham go mamo, wiesz o tym.

Maddie uśmiechnęła się smutno, niepewna, czy mówi o swoim ojcu, czy o synu.

◆ ◆ ◆

Joseph Summers siedział w pubie i wszyscy stawiali mu drinki. Robili to, bo chcieli usłyszeć coś na temat Freddiego i jego ojca, a on pilnował się, żeby nie powiedzieć o tym ani słowa. Nikt nie zapytał wprost, Joe wiedział, że się nie ośmielą. Mieli nadzieję, że puści farbę, a ogromne ilości piwa miały to przyspieszyć.

O Josephie można było powiedzieć niejedno, ale nie to, że jest głupcem.

Widział, że Paul i Liselle gapią się na niego, i uśmiechnął się do nich. Tak jak wszyscy inni, nie wiedzieli, co robić. Stało się coś niesłychanego i wszyscy czekali na reakcję tego najważniejszego. W końcu to do Ozzy'ego należało ostatnie słowo w każdej kwestii.

Idąc przez salę, Jimmy czuł, że wszystkie oczy są zwrócone na niego. Joseph uśmiechnął się, a Jimmy dał Paulowi znak, żeby napełnił szklanki.

Paul podał im dwa piwa. Joseph zauważył, że wszyscy się usuwają, robiąc miejsce dla chłopaka jego córki. Kochał tego chłopaka jak syna i był szczęśliwy, że przynajmniej jedna z jego córek znalazła sobie porządnego faceta.

— Jak leci?

Jimmy wzruszył ramionami.

— A jak myślisz?

Ton jego głosu wskazywał, że nie chce się zbytnio rozwodzić, a Josephowi nie trzeba było powtarzać tego dwa razy.

Paul podał Jimmy'emu małą kopertę, a ten wsunął ją do kieszeni. Pogadał trochę o niczym, wypił piwo, a potem wyszedł z pubu, ścigany spojrzeniami wszystkich obecnych.

Liselle nalała Josephowi następne piwo na koszt firmy. Joe uśmiechnął się i rozejrzał po pubie. Cieszył się, że ma względy u Jimmy'ego, bo ta sprawa lada chwila wyjdzie na jaw. Był ciekaw rezultatu, jakkolwiek nie chciał brać udziału w rozrachunku. Mąż jego córki był gnojem i Joe miał nadzieję, że zostanie ściągnięty o kilka szczebli w dół. Na pewno mu się to należało, ale Joe miał dziwne przeczucie, że Freddiemu Jacksonowi jak zwykle się upiecze.

Ozzy go potrzebował. A potrzebował go dlatego, że Freddie był narwańcem pozbawionym skrupułów, sumienia i moralności. Stróże prawa mogli patrzeć krzywo na postępek Freddiego, lecz jeśli Ozzy powie, że Freddie, omal mordując ojca, nie popełnił wykroczenia, to sprawa będzie zamknięta.

♦ ♦ ♦

Freddie i Jimmy siedzieli w domu w Ilford. Wszystkie dziewczyny były zajęte, a Patricia sprawdzała, czy te, które trzeba było podwieźć do klientów, znały godziny spotkań i adresy. Zawsze podawano im dokładny czas, a jeśli się spóźniały, wyglądano ich. To był jeden z powodów, dla którego pracowały w domu.

Postanowienia prawa w tym względzie były dość dziwne, bo jeśli dziewczyny szukały klientów na ulicy, łamały je, lecz jeśli podwożono je taksówką do prywatnej posesji, były równic bezpieczne jak sam dom. Można było śmiać się z takiego prawa, ale dziewczyny lubiły wyjeżdżać taksówkami, bo to oznaczało odmianę: na kilka godzin wymykały się z domu, mogły wypić kawę albo drinka przed powrotem do kołowrotka.

Patricia po raz pierwszy od kilku tygodni uśmiechnęła się życzliwie do Freddiego, a on poczuł, że serce mu rośnie. Na pewno dowiedziała się o starciu z ojcem i jej uśmiech świadczył, że przyznała mu rację. Pokrzepiło go, że ktoś, kogo szanował, dostrzegł sprawiedliwość jego czynu. W tej chwili potrzebował jej aprobaty.

— Wiesz, że będzie dzisiaj telefon do ciebie?

Freddie skinął głową.

— Jimmy przekazał wiadomość, nie ma obawy.

Wyczytała z jego głosu, że mu się nie podoba, iż Jimmy przekazuje mu wiadomość, ale przełknął to jednak, bo wiadomość pochodziła od Ozzy'ego.

Patricia znów się uśmiechnęła.

— Przykro mi z powodu twoich kłopotów.

To było irlandzkie powiedzenie, używane w czasie pogrzebów. Mówiła mu, że popiera jego czyn, zgadza się z nim. Freddie nie spodziewał się tego, ale słowa Patricii znaczyły, że go lubi. Świat znów był mu przychylny, znów był wspaniały. Uwielbiał gonitwę, a za tą laską będzie gonił wszędzie. Nie mógł się doczekać.

Nagle z góry dobiegł głośny trzask. Dwie dziewczyny z przyzwyczajenia ruszyły biegiem po schodach. Jimmy przepchnął się między nimi i po chwili wpadli z Freddiem do pokoju.

Dziewczyny potrafiły sobie pomagać, zwłaszcza jeśli frajer sprawiał kłopoty. Kłóciły się i biły między sobą, lecz jeśli któraś była zagrożona, wiedziały, że są bezpieczniejsze w stadzie niż pojedynczo. Potrzebowały siebie ze względu na samotność, która była cechą charakterystyczną ich zawodu. Kiedy pozostaje się sam na sam z obcym, niebezpieczeństwo jest wręcz astronomiczne, wszystkie próbowały więc dbać o siebie jak najlepiej. Pilnowały siebie i jeśli którejś coś groziło, odsuwały na bok osobiste urazy. Większość umiała się bić, ale nawet najsilniejszym trudno było stawić opór wkurzonemu mężczyźnie.

Tłumek na wpół rozebranych panienek ustawił się u podnóża schodów, nasłuchując odgłosów z góry. Wiedziały, że to jak zwykle Ruby, która była drobna i wyglądała niewinnie, ale miała niewyparzoną gębę i zawsze jej używała.

Freddie pierwszy wbiegł do pokoju i rozejrzał się z niedowierzaniem. Było to małe pomieszczenie ze staroświecką tapetą na ścianach i łożem nieco mniejszym niż królewskie, przykrytym nylonową różową pościelą. Na małej toaletce znajdowała się oliwka, paczka prezerwatyw i puder Johnson's Baby, czyli nieodzowne atrybuty zawodu prostytutki. Rosły mężczyzna z piwnym brzuchem siedział na grubym brudnym dywanie, trzymając głowę w dłoniach.

Dziewczyny nigdzie nie było widać. Pokój wyglądał czysto. Freddie domyślił się, że trzask pochodził od uderzenia toaletką o ścianę, bo lustro było pęknięte.

Mężczyzna był otyły, miał gęste, siwe kręcone włosy. Jego klatkę piersiową i ramiona pokrywała rzadka szara szczecina i tatuaże domowej roboty. Pomieszczenie wypełniał duszny odór.

— Gdzie ona jest, do jasnej cholery?! — ryknął Freddie, zatykając nos.

Było to coś więcej niż pytanie. Patricia i dziewczyny skupiły się przy drzwiach i patrzyły oczami okrągłymi ze zdziwienia. Widziały już bardzo dużo, a mimo to nie mogły pojąć, co się stało. Facet płakał chrapliwym gardłowym głosem. Freddie podszedł i dźwignął go z podłogi.

— Gdzie ona jest?

Rozglądał się po pokoju, zdezorientowany. Jak dziewczyna mogła wydostać się z pokoju, niezauważona przez nikogo? Miał trzeźwą głowę i domyślał się, co zaszło, ale nie chciał w to uwierzyć. To było zbyt okropne nawet jak na ten przybytek. Odwrócił się i skinął głową na Jimmy'ego, który już zdążył rozgryźć sytuację.

Jimmy przemierzył ostrożnie pokój i wysunął głowę przez otwarte rozsuwane okno. Ruby leżała na pojemnikach na śmieci. Kąt, pod jakim ułożyła się jej głowa, świadczył, że dziewczyna nie żyje.

Spojrzał na Freddiego.

— Jest za oknem — rzekł cicho. — Ten piździelec musiał ją wyrzucić.

Freddie zachował się w sposób nieoczekiwany. Rzucił faceta na łóżko i wyszedł, nie oglądając się za siebie. Jimmy słyszał, że zbiega po schodach, po trzy stopnie naraz. Dziesięć sekund później usłyszał pierwsze krzyki dziewczyn. Rozpętało się piekło.

Jimmy rzucił frajerowi spodnie i rzekł cicho:

— Ubieraj się, jedziemy na wycieczkę.

Mężczyzna wciąż płakał, a Jimmy przypomniał sobie, dlaczego tak nienawidzi frajerów korzystających z usług dziwek. Czegoś im brakowało, coś było bardzo nie w porządku z facetem, który musi wynająć dziurkę, żeby upuścić sobie nasienia.

♦ ♦ ♦

Ozzy kroczył z wikarym w stronę kaplicy. Nie przepuszczał żadnej okazji, by pójść na mszę. Warto było poświęcać czas. W skrzydle skazanych na dożywocie nawróceni stanowili większość, bo dzięki temu mogli liczyć na lepsze traktowanie.

131

Wierzyli w ułaskawienie, a jeśli wiązało się to z ględzeniem o Bogu, to trudno.

Wikary był miłym gościem, ale bardzo łatwowiernym. Miał też wiele słabości, o których mówił w swoich kazaniach. Lekarz Patricii zadzwonił rano z oddziału psychiatrycznego szpitala w Londynie, by wytłumaczyć wikaremu, że pacjentka ma skłonności samobójcze i rozpaczliwie potrzebuje rozmowy z bratem. Inny szanowany lekarz poparł przez telefon tę opinię i zapewnił wikarego, że rozmowa z Ozzym pomoże jego siostrze wrócić do zdrowia. Ustalili, że rozmowa odbędzie się o siódmej wieczorem.

Takie telefony uważano za akt boskiej łaski i pozwalano na nie w razie śmierci żony albo dziecka więźnia, gdy kontakt ze światem zewnętrznym jest ważny dla życia więźnia lub kogoś z rodziny. Zdarzało się to bardzo rzadko i Ozzy wiedział, jak wielką przysługę mu się wyświadcza. A wikary wiedział, że może w zamian liczyć na wynagrodzenie. Był hazardzistą i narobił u bukmacherów długów równych niewielkiej fortunie. Ozzy zadał sobie trud, żeby się tego dowiedzieć i teraz wikary, któremu zdawało się, że wyświadcza jednorazową przysługę, miał się stać jego linią kontaktową ze światem. Nikt jeszcze mu tego nie uświadomił, ale stopniowo się dowie.

Ozzy'ego poczęstowano herbatą, a wikary był wyjątkowo uprzejmy i upewniał się, czy więzień dostał wystarczająco dużo cukru i ciasteczek. Ozzy uśmiechnął się, gdy duchowny wyszedł po cichu z pomieszczenia, żeby biedny pensjonariusz mógł cieszyć się przez chwilę prywatnością. Telefony wikarych nigdy nie były na podsłuchu. Nazywano je wolnymi liniami i Ozzy zamierzał wykorzystać to jak najlepiej, teraz i w przyszłości.

Patricia przez chwilę zapoznawała brata z najnowszymi wydarzeniami. Wysłuchał jej w milczeniu, a potem Patricia przekazała słuchawkę Freddiemu Jacksonowi.

◆ ◆ ◆

Maddie postawiła przed mężem duży talerz ze stekiem i frytkami, a on z wdzięcznością skinął głową.

Nie cierpiała, kiedy w ten sposób się zachowywał. Kłaniał

się jej, zgadzał się z każdym jej słowem, tak jakby odebrano mu wszelką siłę. Zmusiła się, żeby na niego spojrzeć, bo wiedziała, że to ważne, by nie czuć do niego obrzydzenia. Zdawała sobie sprawę, że ból musi być okropny. Jej mąż wyglądał strasznie nawet teraz, po zejściu opuchlizny. Miał ponad sześćdziesiąt szwów na twarzy i gdyby rany zadał mu ktoś inny, mógłby to znieść. Ale zrobił to ich jedyny syn, którego kochał i którego wychował po to, by był do niego podobny. Syn go unicestwił, zaciekle go atakując, i właśnie dlatego tak trudno było się z tym pogodzić.

Ale to on stworzył potwora, to on zabierał go na napady i nauczył się bić. Postarał się, żeby jego wykształcenie było znikome, lecz dopilnował, żeby Freddie junior umiał liczyć stawki bukmacherskie do ostatniego miejsca po przecinku. Starał się, żeby na stole było jedzenie, a dom wyglądał ładnie. Zawsze miał kobiety na boku, a żona akceptowała go takim, jakim był. Potwór, którego stworzył, był jednak jedynym człowiekiem, którego w życiu kochała. Syn stał się dla niej wszystkim, bo męża nigdy nie było w domu od dnia narodzin małego Freddiego. Jej życiem był Freddie senior, a później jego syn.

Nie była do końca pewna, co teraz do nich czuje. Lecz mężczyzna, który siedział przy stole i usiłował sprawić jej przyjemność, zwyczajnie działał Maddie na nerwy. Był jak karykatura mężczyzny, którego znała. Był grzeczny i układny, był zaprzeczeniem tego, którego kiedyś pokochała.

Tego mężczyzny nie znała. Znikał w sypialni na odgłos pukania do drzwi, nikogo nie chciał widzieć, nawet swojego brata. Nie obchodziło go nic, co działo się wokół niego. Jadł to, co przed nim stawiała, kiwał głową i uśmiechał się, dziękując. I budził w niej lęk.

Trudno było Maddie pogodzić się z tym, że Freddie w efekcie pozbawił męskości własnego ojca. Jeszcze trudniej było jej pojąć, jak jej syn mógł usprawiedliwić taką gwałtowną napaść, choć to, co dla niej uczynił, sprawiło, że w oczach wszystkich znajomych kobiet była najszczęśliwszą z matek.

Przyjaciółki Maddie naprawdę zazdrościły jej, że syn w taki sposób publicznie stanął w jej obronie, choć ich mężowie uważali to za hańbę. Nie znaczy to, rzecz jasna, że którykolwiek z nich ośmieliłby się powiedzieć tak Freddiemu w twarz. Życie jest dziwne. Nigdy nie wiadomo, co może ci się przydarzyć, i nigdy nie wiesz, czym może się skończyć najzwyklejszy dzień.

◆ ◆ ◆

Jimmy patrzył, jak Freddie rozmawia z Ozzym przez telefon. Widział zmiany na jego twarzy i wyczuł, że Ozzy jest po jego stronie w obliczu wydarzenia, które wywołało tyle złej krwi. Freddie nadymał się z dumy i poczucia ważności.

Na jego oczach Freddie Jackson uzyskał aprobatę tego, co zrobił.

Teraz, gdy miał poparcie najważniejszego człowieka, znów się liczył. Nikt nie powie słowa ani o nim, ani do niego. Za sprawą Ozzy'ego to, co uczynił Freddie, stało się godne akceptacji.

Chodziło o to, że kobiety należy otaczać opieką, że mężczyźni muszą pamiętać o swoich obowiązkach, ale przede wszystkim o to, że Ozzy chciał, by wszyscy byli uśmiechnięci i zadowoleni. Potrzebował narwańca, jakim był Freddie. Ozzy wiedział, że nikt nie zaufa Freddiemu po tym, co zrobił. Że nikt nigdy nie zapomni złamania bandyckiej etykiety oraz faktu, że Ozzy to firmował.

Freddie z kolei nie wiedział, że pracuje dla kogoś, kto jest bardziej podstępny od glin.

Jimmy poczekał na koniec rozmowy, a potem wyszli z Freddiem, żeby pozbyć się dwóch ciał.

Biedną Ruby znaleziono po trzech dniach na wysypisku śmieci w Essex. Zwłoki mężczyzny spalono, miał spocząć na wieki w szkolnym piecu na południe od Brentford. Wrzucono go do pieca wraz ze śmieciami zbieranymi na boisku szkolnym i wokół niego. Składały się one z igieł, opasek i opakowań od kondomów.

Szkoła ożywała naprawdę po zmroku, trochę tak jak Freddie i jego kumple.

Rozdział dziewiąty

Maggie otworzyła oczy i spojrzała ze zdumieniem na sfuszerowany tynk na suficie.

Dziś zostanie mężatką, będzie się nazywała Jackson. Przepełniało ją podniecenie i poruszyło jej zmysły. Przez całe życie pragnęła tylko jednego i to właśnie miało się spełnić.

Odkąd pamiętała, zawsze chciała połączyć się z Jimmym Jacksonem, być jego lepszą połową, jego żoną. Dzisiaj wreszcie to się stanie.

Rozejrzała się po pokoju, spojrzała na różowy abażur, na pluszową narzutę i plakaty przedstawiające Chrissie Hynde i wpadła w euforię na myśl, że nigdy więcej się tutaj nie obudzi.

Przeciągnęła się, unosząc ręce nad głowę, i poruszyła całym ciałem. Popatrzyła na swój mały światek. Potem uklękła na łóżku i spojrzała przez okno na widok, który oglądała przez większą część życia. Bloki, zasłony w oknach, mokry od deszczu beton i podziemne garaże, w których nikt nie stawiał samochodu, bo było zbyt niebezpiecznie.

Uwielbiała ten widok. To był jej świat, istniał od zawsze. Teraz była gotowa na życie w nowym świecie, a ich domek na pewno będzie inny. Jej dzieci będą miały wszystko. Ich pokoje będą urządzone tematycznie, będą małymi komnatami jej małych książąt i księżniczek. Jej dzieci będą żyły w najodpowiedniejszym dla nich środowisku. Nie będą musiały bić się z sąsiadami, żeby dostać się do furgonetki z lodami, nie będą musiały słuchać pijackich burd i patrzeć na bójki za oknem. Będą mieli najlepsze rzeczy, jakie można kupić. Wszystko będzie inne niż tutaj. Bo to było betonowe piekło. W takim świecie żyła, a co gorsza, na swój sposób jej się podobał. Nic innego nie znała. A mimo to chciała stamtąd uciec.

Kupili już domek, w którym zamieszkają, a ona będzie tylko odwiedzać rodziców. Będą mieszkać w szeregowcu w Leytonstone. Domek miał jadalnię, wszystko było w brązach i beżach. Maggie uważała, że jest piękny. Poza tym był stamtąd bezpośredni dojazd autobusem do rodziny i to ostatecznie zadecydowało o kupnie.

Zeskoczyła z łóżka. Była godzina szósta, a Maggie czuła się jak nowo narodzona, jak gdyby świat czekał na to, aż ona stanie się pełnym człowiekiem.

Za trzy tygodnie skończy osiemnaście lat. Będzie już wtedy mężatką i najszczęśliwszą dziewczyną na świecie.

◆ ◆ ◆

Jimmy zobaczył leżącą obok dziewczynę i jęknął.

Poprzednia noc była wielką ciemną plamą i wcale się temu nie dziwił. Pił brandy i porto, śmiercionośną mieszankę, a teraz czuł się tak, jakby ktoś przywalił mu w głowę kulą bilardową w skarpecie. Nie można było tego wykluczyć, wziąwszy pod uwagę towarzystwo, w którym spędzał większość nocy.

Dziewczyna była młoda — tyle widział — i chrapała. To właśnie go obudziło. Jimmy wyobraził sobie, że spędził noc z jednym z siedmiu krasnoludków, i uśmiechnął się. Jakżeby inaczej: musiał wylądować u boku zakichanego Śpiocha. Wiedział, że gdyby się zbudziła i otworzyła do niego usta, musiałby ją przechrzcić na Ćpuna.

Usiadł i westchnął. Czuł się podle. Nigdzie nie widział ubrań, a okno było dokładnie zamknięte i dlatego w malutkim pokoiku panował odurzający zapach seksu.

Obudził się z czarną dziwką i na pierwszy rzut oka nigdzie nie widział kondomów. W dzień swojego ślubu będzie słaniał się na nogach. I tylko Freddie uważał, że to jest zabawne.

Zsunął się z łóżka i stanął ostrożnie na wykładzinie, która w dotyku była dokładnie taka, jaka powinna być wykładzina w mieszkaniu dziwki. Lepiła się od wszelkiego paskudztwa, cuchnęła papierosami i frajerami.

Czuł się tak, jakby dwudziestu Irlandczyków z młotami wyrąbywało dziury w jego czaszce. Przez pięć minut usiłował otworzyć okno i dopiero wtedy uświadomił sobie, że jest zabite gwoździami.

Jęknął głośno. Należało się domyślać, że drzwi też będą zabite. Ogrzewanie było odkręcone na pełny gaz, co tłumaczyło panujący w środku upał i zaduch. Jimmy postawiłby całą następną wypłatę na to, że Freddie siedzi w domu i śmieje się w kułak z jego położenia.

To był żart w jego stylu.

Gdyby spotkało to kogoś innego, Jimmy pierwszy by się śmiał. Ale tymczasem wcale nie było mu do śmiechu. Freddie wykręcił mu numer, a on czuł się tak, jak zawsze, gdy chodziło o kuzyna: że pod żartem kryje się złośliwość.

Jedyną iskierką nadziei był zużyty kondom połyskujący w zielonej popielniczce. Jimmy odetchnął z ulgą i zaczął próbować się wydostać.

♦ ♦ ♦

Patricia obudziła się o wpół do szóstej, wyrwana ze snu telefonem jednej z dziewczyn.

Wkroczyła do domu w Bayswater, ubrana w barani kożuszek i zapach perfum Chloe. Opiekunka placówki, trzydziestopięcioletnia dziewczyna z zepsutymi w czasie operacji cyckami i krzywymi zębami panikowała. Patricia musiała ją uspokajać przez dwadzieścia minut, a następnie zaczęła dzwonić, próbując zlokalizować Freddiego.

Potem weszła do sypialni czarnoskórej dziewczyny o imieniu Bernice. Miała dziewiętnaście lat, wyglądała na trzydzieści, i była jedną z najlepiej zarabiających, jakie kiedykolwiek

Patricia miała. Tak się jednak nieszczęśliwie złożyło, że jeden z jej regularnych klientów, dyrektor zarządzający międzynarodowej firmy, godzinę wcześniej postanowił umrzeć w jej łóżku. Przypisano to działaniu azotanu amylu i Patricia stwierdziła, że diagnoza prawdopodobnie jest trafna.

Mężczyzna był po pięćdziesiątce, miał nadwagę i dawno powinien się zbadać.

Bernice zachowała spokój, za co Patricia będzie jej zawsze wdzięczna, a pozostałe dziewczyny zachowały dyskrecję.

Takie wypadki już się zdarzały, dlatego w domu postępowano zgodnie z ustalonym trybem.

Patricia przykryła nieboszczyka jasnozielonym prześcieradłem, nalała sobie kawy i czekała, aż przyjadą Freddie i Jimmy, by załatwić sprawę bez zbędnego zamieszania.

◆ ◆ ◆

Freddie senior leżał w łóżku i wpatrywał się w sufit.

Minęło osiem miesięcy od napaści, a on tylko raz wyszedł z domu. Tylko po to, żeby usunięto mu szwy. Teraz żona spodziewała się, że pójdzie na ślub Jimmy'ego, ale on nie miał najmniejszego zamiaru nigdzie chodzić.

Ilekroć usiłował przekroczyć próg, robiło mu się gorąco w głowę, czuł się chory i wiedział, że jeśli wyjdzie na zewnątrz, zemdleje. Popatrzył na garnitur wiszący na wewnętrznej stronie drzwi sypialni i znów zalały go znajome fale mdłości.

Maddie robiła sobie wielkie nadzieje w związku ze ślubem. Myślała, że mąż z nią pójdzie i wszystko automatycznie wróci do normy. Kobiety potrafią być beznadziejnymi pindami, jeśli im to pasuje. Sama wszystko sprowokowała, a teraz udawała, że nic się nie stało, że jej syn po prostu niewłaściwie się zachował. I że o wszystkim można zapomnieć.

Freddie został publicznie zdeptany i nie było sposobu wyrównania rachunku ze sprawcą. Wyobrażał sobie, jak zabija syna, ale wiedział, że nigdy tego nie zrobi.

Usłyszał znajome odgłosy krzątaniny żony w kuchni. Ona też nie mogła ostatnio zasnąć. Słyszał gotowanie wody w czajniku i stukanie filiżanek. Zamknąwszy oczy, życzył ataku serca kobiecie, która od trzydziestu pięciu lat była jego żoną. Niech się zdarzy cokolwiek, byle tylko ominął go ten dzień.

◆ ◆ ◆

Joseph Summers był w siódmym niebie i mimo że żona nie pozwoliła mu wypić pierwszego drinka, zaraz gdy tylko otworzył oczy, wciąż nie przestawał się cieszyć.

Córka wychodziła za mężczyznę, który był spełnieniem jego marzeń. A ponieważ był on także mężczyzną z jej snów, nie mogło się lepiej złożyć. Joe nigdy więcej nie będzie musiał kiwnąć palcem i nikt nie powie mu złego słowa. Był ustawiony, zabezpieczony i zamierzał otworzyć nowy rozdział życia.

Gdyby druga córka miała dość oleju w głowie, by wyjść za mężczyznę takiego jak Jimmy, a nie za kutafona, którego sobie wybrała, życie byłoby cudowne. Joe był cwany i wiedział, że pewnego dnia mały Jimmy stanie się wielkim Jimmym. Było to jego następne wielkie marzenie. Tyle razy myślał o tym, żeby sprzątnąć Freddiego, ale zabrakło mu ikry. Lecz jeśli życie miało mu jeszcze coś do zaoferowania, to będzie to pogrzeb łotra, z którym związała się jego starsza córka.

Młodsza córka przyniosła mu herbatę, a on uśmiechnął się do niej jak człowiek, który wygrał na loterii i dowiedział się, że jego zięć wyciągnął kopyta.

Szczęśliwy to o wiele za mało powiedziane.

Nadchodził nowy porządek, i to w samą porę.

◆ ◆ ◆

Freddie i Jimmy byli zmordowani, ale musieli dokończyć robotę. Koniecznie należało zatrzeć ślady.

Wynosząc z domu zwłoki frajera, zaczęli się śmiać. Jimmy wiedział, że to nie jest śmieszne, lecz spojrzawszy w oczy Freddiego wpatrzone w nieruchomą postać między nimi, nie wytrzymał.

— Kiedy zobaczyłem, że skurczybyk odwalił kitę, ostro się wkurzyłem. Ale dzięki niemu przynajmniej wydostałem się z pokoju.

Freddie znów parsknął śmiechem.

— Wykitował na bank. Ale śmiałem się, bo przypomniałem sobie twoją gębę, kiedy otworzyłem drzwi. Nawet nie słyszałeś, jak wbijaliśmy gwoździe, ty popaprańcu.

Jimmy wyszczerzył zęby.

— To dzięki tobie urwał mi się film.

— I tu masz rację.

Ułożyli mężczyznę w bagażniku taksówki, którą wynajęli. Patrzył na nich mlecznobiałymi oczami, z półuśmiechem na ustach.

Freddie zatrzasnął klapę i uśmiechnął się.

— Ja to załatwię. A ty przygotuj się do ostatniej drogi. Jesteś dzisiaj skazańcem.

Jimmy wzruszył ramionami.

— Nie jestem.

Mówił serio, Freddie widział jego narastający gniew.

— Mam najlepszą dziewuszkę na świecie, jest dobra, porządna i uczciwa. Będzie stała przy mnie w każdej sytuacji i jest pracowita.

— Jasna sprawa.

Powiedział to tak, jakby nigdy w życiu nie słyszał podobnej bzdury. Jimmy złapał go za rękę.

Odwrócił go i rzekł cicho, ale z ukrytą groźbą w głosie:

— Nie próbuj mieszać jej z błotem, Freddie, ona jest dla mnie wszystkim. Nikt nigdy nie zajmie jej miejsca. Jest moim życiem, całym dobrem, które mam, i nie pozwolę, żeby ktokolwiek mówił o niej bez szacunku.

To była groźba, która mogła rozpętać wojnę. Była to także najprawdziwsza rzecz, jaką kiedykolwiek powiedział.

Freddie wziął głęboki oddech. Spojrzawszy w oczy Jimmy'ego, zobaczył prawdziwe uczucie, nie tylko do Maggie, lecz także do siebie. Jimmy prosił go, żeby nie drwił sobie z Maggie, kiedy ta będzie jego żoną. Prosił, żeby okazywał jej szacunek w każdy możliwy sposób, żeby nie zapominał, że są braćmi krwi i że łączą ich najsilniejsze więzy.

Freddie był w kropce. Wiedział, że te słowa są równe buntowi, ale rozumiał też, co się za nimi kryje. Kochał tę małą dziwkę, bo ona była dziwką. Nic innego mu nie pozostało, jak poczekać, aż da plamę, bo na pewno to zrobi. W końcu wszystkie to robiły.

Uśmiechnął się i odparł łagodnie:
— Żartowałem, stary. Urąbałeś się i padło ci na oczy. Wyluzuj, chłopcze, to dzień twojego wesela.

Jimmy widział, że Freddie unika jego wzroku, i po raz pierwszy od lat zobaczył go naprawdę. Zobaczył go w całości, poczynając od podróbki roleksa, a na sygnecie z diamentem kończąc. Zobaczył wyszczerbione paznokcie i kilkudniowy zarost, jedwabny garnitur i ręcznie szyte buty. Mimo że zarabiał tyle forsy, wciąż był zaniedbany i niechlujny, a co gorsza, wyglądał na tego, kim naprawdę był.

A był tanim oprychem.

Można było o nich powiedzieć wiele, ale nie to, że są tanimi oprychami. Byli najlepsi w swoim kręgu, a Jimmy świadomie dążył do tego, żeby było to widoczne w ich manierach i ubiorze. Freddie jak zawsze spodziewał się, że wszystko przyjdzie mu samo ze względu na jego reputację i stosunek do roboty. Dragi i pożyczki zaczynały wybijać się na pierwszy plan. Ludzie, którzy nigdy nie mieli forsy, teraz chcieli sobie dla odprężenia zapalić skręta albo zażyć koki. Amfa była dla cieniasów. Nowe specjalne dragi były dla nowego pokolenia tych, którzy ciężko pracowali i ostro się bawili.

Ten nowy świat miał dać Jimmy'emu wszystko, czego pragnął i o czym marzył, i w tej chwili zrozumiał, że mężczyzna, który przed nim stoi, którego kochał najbardziej ze wszystkich, zawsze będzie jego piętą achillesową.

Świat się zmieniał, a oni powinni zmieniać się wraz z nim. Ozzy nazywał Freddiego bajerantem i Jimmy wreszcie pojął znaczenie tego słowa. Nagle opadło go przygnębienie. Wsiadł do auta i pojechał do domu matki, by zmusić się do zabawy w dzień swojego wesela.

♦ ♦ ♦

Jackie włożyła niebieski, ręcznie szyty kostium z szerokimi spodniami od Ossie Clark, który wywędrował ze sklepu Maison Riche przy Ilford High Street pod kożuchem, a potem trafił w jej ręce za pół ceny. Był jasnoniebieski i skrojono go dla kobiety obdarzonej dużym biustem. Piersi Jackie wylewały się z dekoltu, od lat nie wyglądała tak seksownie.

Córki wyglądały jak aniołki w sukienkach druhen, a Freddiego nigdzie nie było widać.

Jackie już opróżniła butelkę wina, a była dopiero jedenasta rano. Samochód miał ich zabrać za godzinę i Jackie tym razem żałowała, że tak się pospieszyła. Zazwyczaj wszędzie się spóźniała, nawet na swój ślub.

Mały Freddie gulgocząc, pił herbatę z butelki, którą Roxanna pomagała mu trzymać, mimo że doskonale dawał sobie radę sam. Bardzo lubił herbatę, a upierdliwa Maggie dzień wcześniej przyniosła siostrze nową butelkę bez osadu od herbaty w środku. Jackie z uśmiechem otworzyła drugą butelkę taniego niemieckiego wina. Niech no tylko Maggie dorobi się paru małych zasrańców, wtedy zobaczymy, jak będzie sobie radzić!

W tej chwili była jak wszystkie panny młode: marzyła o uroczym domku i wspaniałych dzieciach. Jackie mogłaby jej powiedzieć, że wszystkie mają takie marzenia. Lecz niestety weryfikuje je rzeczywistość. Małżeństwo jest jak wojna, a przy odrobinie szczęścia udaje się wygrać kilka bitew.

Jackie od kilku miesięcy obserwowała siostrę biegającą z listą zakupów i próbkami materiałów, a teraz, patrząc na córki w brzoskwiniowych sukieneczkach, znów tłumiła śmiech. Madame Modèle przyszła rano, żeby upleść im włosy w warkoczyki i wpiąć w nie kwiaty.

Jackie była jej wdzięczna, bo jej fryzura też prezentowała się olśniewająco.

Czuła zazdrość, gdyż jej wesele wyglądało zupełnie inaczej. Ślub odbył się w pośpiechu, ponieważ panna młoda była w piątym miesiącu ciąży, a Freddie nie był pewien, czego właściwie chce.

Upokorzenie wciąż bolało.

Freddie wykpił te radosne przygotowania, nieco poprawiając humor Jackie. Drwił z nich od samego początku, a gdy Maggie i Jimmy kupili dom, nie zostawił na nich suchej nitki.

Ale w głębi serca Jackie wiedziała, że nie ma się z czego śmiać, że to, co osiągnęli w tak młodym wieku, jest wspaniałe. Mimo to jej konfliktowy charakter i kompleks niższości nie pozwoliły jej cieszyć się razem z nimi. Jej siostra żyła tym weselem i śniła o nim, a ona nawet jej nie pomogła. Jak zawsze brała przykład z Freddiego i nawet sukienek dla dziewczynek by nie było, gdyby kobieta, która je szyła, nie mieszkała w pobliżu i nie zaszła do jej domu.

Jackie miała świadomość, że się upiła. Świat spowiła nagle różowa poświata, a dzieci patrzyły na nią tym swoim dziwnym wzrokiem, lecz Jackie postanowiła, że tego dnia nikt nie będzie jej wchodził w paradę.

Freddiego wciąż nie było, gdy wsiadały do samochodu i wyjeżdżały do kościoła.

◆ ◆ ◆

Joseph kroczył główną nawą kościoła Świętej Trójcy w Ilford i rozpierała go tak wielka duma, że był gotów eksplodować.

Jimmy siedział w pierwszym rzędzie ławek, a na jego twarzy malowało się zatroskanie. Dopiero wtedy Joe zauważył, że nie ma drużby.

Miał nim być Freddie, ale do tej pory się nie zjawił.

Joseph poczuł, że Maggie tężeje, i machinalnie zwolnił kroku. Grano marsza weselnego, była cała rodzina i przyjaciele. Nikt, nawet Freddie Jackson, nie zepsuje tego dnia.

Zbliżając się do ołtarza, słyszał westchnienia kobiet. Nie wątpił, że rozmawiają o tym, jak pięknie wygląda jego córka.

I rzeczywiście była piękna, wręcz olśniewająca i była dla niego wszystkim.

Usłyszał płacz Leny i uśmiechnął się do siebie. Na zdrowie, przynajmniej tym razem płacze z właściwego powodu. Poprzednio płakała, gdyż wiedziała, że jej córka zamierza popełnić największy błąd w swoim życiu. Później to przypuszczenie wielokrotnie się potwierdziło. Gdzie się podziewa ten fiut, jej mąż? Powinien już być w kościele. Od narodzin syna prowadził się nieco lepiej. Pojawiał się w domu częściej niż kiedyś.

Joseph nie mógł wzbudzić w sobie uczucia do dziecka. Rzecz jasna, nikomu o tym nie mówił. Jego żona i inne kobiety w rodzinie uważały, że mały Freddie to istne bóstwo. Ale miał fałszywe oczka tatusia i był leniwym małym gnojkiem. Krew wyjdzie na wierzch, mawiał ojciec Josepha, i zawsze miał rację.

Był zły, że Freddie zdołał zdominować nawet wielki dzień jego córki. Maggie uśmiechnęła się do niego, gdy unosił jej welon, a Joseph kątem oka zauważył chudego Murzyna z dredami, który przemknął wzdłuż pierwszego rzędu i usiadł koło Jimmy'ego. Domyślił się, że to drużba, i ze złością pomyślał, iż na Freddiem jak zwykle nie można polegać.

◆ ◆ ◆

Ślub się odbył i choć Maggie nie spodziewała się, że drużbą będzie Glenford Prentiss, musiała przyznać, że w awaryjnej sytuacji sprawdził się bez zarzutu. Jimmy od pewnego czasu przyjaźnił się z Glenfordem, Maggie też go lubiła. Był miły, jego dziewczyna Soraya była prawdziwą gwiazdą i spędzili wspólnie wiele wspaniałych wieczorów.

Jimmy zachowywał się tak, jakby nic się nie stało, ale Maggie wiedziała, że czuje się urażony. Jeśli Freddiego nie zgarnęła policja, to zlekceważył ich oboje w najważniejszym dniu ich życia. Nawet Jackie zachowywała się potulnie, co świadczyło o tym, że jej mąż dopuścił się poważnego naruszenia etykiety.

W głębi serca jednak wolała, żeby się nie pojawił. Freddie był jak karabin, który może znienacka wypalić, a ona chciała, żeby wesele przebiegło bez potknięć, bójek i pijackich kłótni. Nieobecność Freddiego zmniejszała prawdopodobieństwo takiego zajścia o dziewięćdziesiąt procent. Ale była szczęśliwa: w końcu została żoną Jimmy'ego i przez wzgląd na niego chciała, żeby Freddie przyszedł i uspokoił męża.

Przed kościołem Jimmy pocałował ją mocno w usta, wywołując aplauz. Ale Maggie czuła w nim napięcie i przeklinała tego, który bez zastanowienia potrafi odebrać blask nawet takiemu wydarzeniu jak ich ślub. Mimo to uśmiechała się swoim najpiękniejszym uśmiechem. Nie pokaże nikomu, co czuje w środku. Ona i Jimmy byli teraz małżeństwem i tylko to się liczyło.

◆ ◆ ◆

Maddie popijała brandy z colą i patrzyła, jak jej wnuk jest obnoszony z dumą po sali. Wesele było wspaniałe. Żałowała, że nie udało jej się przekonać męża, by wyszedł się pobawić. Wszystkim mówiła, że ma grypę. Choroba trwała od tak dawna,

144

że wszyscy już do niej przywykli. Freddie senior był jak trup, tyle że niepochowany.

Goście odnotowali nieobecność Freddiego juniora w kościele i nie wątpiła, że było wiele komentarzy. Jednak podobnie jak Maggie, miała nadzieję, że syn nie przyjdzie. Freddie rujnował wszystko, czego się tknął, był jak biblijny Jonasz. Był jej synem, ale ona go znienawidziła.

Westchnęła i duszkiem dopiła drinka. Trudno było wciąż się uśmiechać i udawać, że wszystko jest cacy, skoro w rzeczywistości pragnęła położyć głowę na stole i płakać tak długo, aż wypłacze wszystkie łzy. Ale nie wolno było jej tego zrobić. Pozory przede wszystkim, chodzi o to, jak człowiek jest postrzegany. Była za stara na tę komedię. Już przed laty utraciła do niej chęć i teraz chciała tylko wrócić do domu, siedzieć z mężem, którego kochała, który uśmiechał się do niej i zgadzał ze wszystkim, co powiedziała.

Miała nadzieję, że Jimmy'emu i jego młodej żonie powiedzie się w małżeństwie lepiej niż im. Coś jej mówiło, że powiedzie im się lepiej niż większości ludzi, bo choć byli młodzi, najwyraźniej łączyła ich miłość. Ale to samo można było powiedzieć o większości obecnych w dniu ślubu. Wszystko zależało od tego, czy uczucie przetrwa próby i perypetie codziennego życia.

Lena mówiła każdemu, kto chciał słuchać, że Maggie nawet nie jest w ciąży. Są po prostu młodzi i zakochani, to wszystko.

Gdyby to było tak proste i mogło takim pozostać.

◆ ◆ ◆

Freddie leżał z Patricią w łóżku i choć powinien być gdzie indziej, nie mógł zmarnować takiej okazji. Tak w każdym razie sobie mówił, choć wiedział, że to tylko pretekst.

Zostawił taksówkę na złomowisku w południowym Londynie. Patrzył, jak auto razem z nieborakiem w środku zostaje sprasowane, a potem wrócił do przybytku, żeby sprawdzić, czy sprzątnięto jak należy wszystko, co miało jakikolwiek związek ze zmarłym gościem. Wiedział, że dziewczyny nie oprą się pokusie skorzystania z kart kredytowych, które po nim zostały. Człowiek zniknął i basta. Nie wolno było dopuścić, żeby jego karty fruwały po galerii handlowej w Brentford.

Patricia zaproponowała, że go podwiezie na wesele. Pod dom podrzucił go facet ze złomowiska, który w zamian za swój czas i wysiłek liczył na darmochę u którejś z dziewczyn. Wtedy Freddie zdał sobie sprawę, że nie pójdzie na wesele, choć w gruncie rzeczy od początku wiedział, że się nie zjawi. Gdyby nie miał innego sposobu, wdałby się w bójkę z nieznajomym, byleby tylko mieć wymówkę.

Jakiś głos w środku go beształ, powtarzał mu, że nic nie może udaremnić mu uczestnictwa w wielkim dniu Jimmy'ego. Że napsuje to sporo krwi, gdyż Jimmy przykładał tak wielką wagę do swojego ślubu i do tego, żeby Freddie był jego drużbą. To był zaszczyt i w pewnym sensie czuł się fatalnie, że go zawiódł. Ale wiedział także, że wszyscy będą o nim mówić, a on, podobnie jak Jackie, lubił być w centrum uwagi za każdą cenę.

Patricia wstała, zapaliła papierosa i ziewnęła.

— Chyba powinieneś ruszyć tyłek i pokazać się na weselu, co? — powiedziała z westchnieniem.

Freddie też westchnął.

— Trochę na to za późno. — Uśmiechnął się do niej leniwie i klepnął w prześcieradło. — Chodź do łóżka. I tak mam już przechlapane.

Jego arogancja nie znała granic i Patricia to widziała.

— Nie ma mowy! Jestem zaproszona na wesele i idę. Lubię małego Jimmy'ego i Ozzy też go lubi. Muszę dać młodym prezent ślubny, Ozzy zadał sobie masę trudu, żeby go zdobyć.

Te słowa wreszcie uświadomiły Freddiemu, co zrobił. Takiego uchybienia nie da się zmazać byle czym.

◆ ◆ ◆

Sala pubu była wypełniona po brzegi, przyjęcie się rozkręcało. Nawet pastor się urżnął i wyśpiewywał buntownicze irlandzkie piosenki w rogu przy barze.

Maggie wciąż miała na sobie długą suknię w kolorze kości słoniowej, a jej fryzura wyglądała nienagannie. Jimmy patrzył na nią z podziwem. Wreszcie należała do niego i już zawsze będą razem.

Było mnóstwo jedzenia i pod dostatkiem alkoholu, wszyscy bawili się jak nigdy w życiu. Jimmy śmiał się i żartował, a mimo to ani na chwilę nie spuścił wzroku z drzwi. Freddie się nie pojawił.

Dotknął pęka kluczy, który dostał od Patricii. Były to klucze do małego zakładu fryzjerskiego w Silvertown. Hojność Ozzy'ego go zdumiała. Jimmy nie powiedział jeszcze Maggie, czekał na właściwy moment. Patricia rozumiała go i stwierdziła, że w głębi serca jest starym romantykiem.

Potem odeszła i gotów był iść o zakład, że ma łzy w stalowozielonych oczach.

Glenford opowiadał o swoim ojcu Irlandczyku i wszyscy pękali ze śmiechu. Uratował ślub, rzucił im koło ratunkowe, jak to mówią. Jimmy będzie mu za to wdzięczny do śmierci. Wesele okazało się wspaniałe, lecz nieobecność Freddiego położyła się na nim cieniem. Jimmy wiedział, że nigdy mu nie wybaczy tego upokorzenia.

Maggie podeszła do niego i wsunęła mu się w ramiona. Przytulił ją i kołysali się razem w rytm *Love TKO*, utworu Teddy'ego Pendergrassa, przy którym tyle razy się kochali. Maggie czuła, że bardzo mocno przeżył to, iż Freddie tak ich zlekceważył.

— Kocham cię, Jimmy Jacksonie — szepnęła.

Te słowa wyszły z głębi jej serca. Jimmy spojrzał w jej błękitne oczy i postanowił, że nie pozwoli, by Freddie zepsuł mu radość tej chwili, tego dnia ani podróży, w którą się udawali. Będzie opiekował się tą dziewczyną i starał, by w jej życiu nie było ani jednego nieszczęśliwego dnia. A jeśli już taki się przytrafi, to nie z jego powodu.

— Maggie, kocham cię, dziewczyno, i przyrzekam, że nigdy cię nie zranię.

Jackie, która tańczyła w pobliżu z Josephem, usłyszała te słowa i zachciało jej się płakać. Nie tylko z powodu ich bijącego w oczy szczęścia, ale dlatego, że była samotna i żyła w kłamstwie. Zobaczyła, że Jimmy delikatnie całuje w usta jej siostrę, obejmując ją opiekuńczo. Oczy Maggie błyszczały ufnością.

— Ozzy przysłał ci coś wspaniałego, skarbie.

Maggie była zaskoczona.

— Co takiego? — spytała ze śmiechem. — O czym ty mówisz?

Pat stała obok, bo Jimmy dał jej sygnał, żeby podeszła. Jimmy położył klucze na ręce Maggie, a ona patrzyła na nie ze zdziwieniem.

— Do czego te klucze?

— Do twojego salonu, skarbie — odpowiedziała Patricia. — Ozzy przekazał ci też dziesięć tysięcy, żebyś urządziła go tak, jak chcesz.

Radosny krzyk Maggie było słychać w całym klubie. Wszyscy odwrócili głowy w jej stronę i uśmiechali się, widząc, że panna młoda piszczy z radości. Uściskała Patricię, a potem skakała uszczęśliwiona i opowiadała wszystkim o tym, co się stało.

Jackie stała z boku. W odróżnieniu od ojca, który wylewnie pogratulował córce, jak zwykle czuła zazdrość i gniew. Maggie znów dostała wszystko podane na talerzu.

Wieść rozeszła się wśród gości, nastąpiły gratulacje, a Jimmy znów był dumny, że Ozzy tak hojnie ich obdarował. Było to ukoronowanie wspaniałego dnia. Wziął Maggie w ramiona i tańczyli w rytm piosenki My Girl zespołu Temptations.

W tej samej chwili w drzwiach do pubu stanął Freddie. Był ubrany w dzienny garnitur, rozczochrany i pijany. Jimmy westchnął i patrzył, jak Freddie zmierza zdecydowanie w stronę swojej matki.

Maddie wstała i przywitała się z nim, i uśmiechnęła grzecznościowo.

Potem ruszył z nią w stronę drzwi. Wzruszył ramionami w stronę Jimmy'ego, a ten chcąc nie chcąc, poszedł za nimi. Wiedział, że wszystkie oczy są zwrócone na nich, i zastanawiał się, czy będzie musiał się z nim bić, i to akurat w taki wieczór.

— Co się z tobą działo? — zapytał.

Freddie rozłożył ręce w błagalnym geście.

— Strasznie mi przykro, Jimmy, ale mój ojciec się wykończył.

Maggie powiedziała: „O mój Boże", a wtedy Maddie zaczęła krzyczeć. Wyła jak mityczna strzyga, jak samotna, ranna lisica.

W jej przenikliwym krzyku brzmiała taka samotność i ból, że trudno go było słuchać. Ci, którzy wyszli z pubu, wrócili, by usłyszeć nowinę.

Jimmy wyraził Freddiemu współczucie, wypowiadając odpowiednie słowa, lecz był pewien, że to nie jest prawdziwy powód, dla którego nie zjawił się na ślubie. A Freddie doskonale zdawał sobie sprawę, że Jimmy wie.

Księga druga

Nie kradnij — zbyt to ryzykowna praca.
A cichy szwindel bardziej się opłaca.

Arthur Hugh Clough
*Najnowszy dekalog**

Proprium humani ingenii est odisse quem
laeseris.

Właściwe jest naturze ludzkiej nienawidzić tego, kogo
się obraziło.

Tacyt
Żywot Agrykoli

---

* Tłum. St. Barańczak. Op. cit.

Rozdział dziesiąty

1993

Jackie patrzyła, jak jej syn masakruje następne jajko wielkanocne, wsuwa je do ust i ledwo przeżuwając czekoladę, zabiera się do kolejnego. Rozboli go brzuch i będzie płakał, a później wszystko zacznie się od nowa. Jak zwykle było za dużo jaj, za dużo czekolady, a ona nie miała siły, by kazać mu poczekać, aż zje obiad. Nigdy nie jadł prawdziwego posiłku, w każdym razie nie w tym domu. Pochłaniał byle co, a ona nie próbowała już z tym walczyć. Jego napady złości były legendarne, a siostry wolały iść do cioci, niż siedzieć i go znosić. Przezywał je od wpół do szóstej rano, bo o tej godzinie się obudził. Przez cały wieczór oglądał wideo, raczył położyć się spać po drugiej.

Teraz pochłaniał go krwawy thriller. Im więcej było przemocy, z tym większą uwagą oglądał. Jackie wiedziała, że nie powinna mu na to pozwalać, ale tylko wtedy było trochę spokoju. Uwielbiał krew na ekranie, a ponieważ Freddie i Jimmy weszli w piractwo filmowe, chłopiec miał łatwy dostęp do takich filmów.

Mały Freddie dobrze się bawił, oglądając tryskającą krew, ale nie poznał dzięki temu bólu. Jeśli miał pod ręką młotek, potrafił nim kogoś rąbnąć i śmiać się. Jackie wiedziała o tym, bo ją samą niezliczoną ilość razy to spotkało. Było to życie jak w sennym koszmarze.

Nalewając sobie następną porcję wódki, zastanawiała się,

czy Freddie wróci na czas, żeby zdążyli do Maggie na obiad. Była niedziela wielkanocna i cała rodzina miała się zjawić. Teraz w wolne dni i święta wszyscy gromadzili się u Maggie. U Maggie, właścicielki pięknego serwisu i obrusów. U Maggie kuchareczki, złotej dziewczyny z najlepszym autem i zasranym salonem piękności. A ona naprawdę uważała się za kogoś wyjątkowego.

Jackie zerknęła na zegar i pomyślała, że jeśli zaraz nie wyjdzie, spóźni się na obiad. Maggie miała jedną zaletę: zawsze było u niej dużo alkoholu i żarcia.

Jeżeli Freddie nie zjawi się wkrótce, pójdzie sama. Ostatnio przywykła do tego. Przestała się go spodziewać, po prostu czekała, aż się pokaże. Na dłuższą metę tak było jej łatwiej, bo przynajmniej mogła w spokoju wypić drinka.

Zachowywał się tak, jakby miał jakiś problem — on, który pił i ćpał w każdą noc, a nawet w dzień, jeśli mógł sobie na to pozwolić. W czasie ostrzejszych kłótni sugerował nawet, że to jej picie jest przyczyną problemów z ich synem. Na pewno nie fakt, że ojciec nigdy nie przychodzi do domu, a jeśli już się zjawi, to traktuje wszystkich jak śmieci. Ją obwiniał za to, że mały Freddie jest taki, jaki jest, podczas gdy był jego kopią, poczynając od temperamentu, a kończąc na uporze oraz lekceważeniu bezpieczeństwa swojego i wszystkich wokół.

Nazywać ją pijaczką to jedno, ale po pierwszej wizycie pracowników opieki społecznej zapytał, czy nie sądzi przypadkiem, że mały Freddie ma objawy płodowego zespołu alkoholowego. Skąd on znał ten termin? Jackie nigdy o czymś takim nie słyszała, nie wiedziała, że istniał. Bardzo ją to zabolało, dopiekło jej do żywego, bo w głębi duszy miała okropne wrażenie, że może w tym tkwić ziarno prawdy.

Wychyliła drinka. To ją znieczulało na świat, na rodzinę, która z jednej strony jej współczuła, a z drugiej uważała, że Jackie jest sama sobie winna.

Mały Freddie, bo wciąż go tak nazywano, mimo że w wieku siedmiu lat nosił ubrania w sam raz dla dziesięciolatka, wstał i podszedł do matki.

— Idziemy?

Chłopiec zaczynał się denerwować. Nie lubił być sam z matką. Lubił, kiedy otaczali go ludzie, kiedy mógł się czuć centrum wszechświata. Ale nawet jego siostry miały już dość jego złośliwości, a on uczył się udawać miłego od czasu do czasu, żeby podtrzymać ich zainteresowanie.

Kopnął matkę w łydkę, a ona poderwała się i uderzyła go mocno w bok głowy. Trafiła go pierścionkiem w ucho, a on krzyknął:

— Ty pierdolona zdziro, ty pierdolona dziwko.

Próbował złapać ją za włosy i uderzyć w twarz. Jackie odstawiła szybko szklankę i odrzuciła go smagnięciem w głowę.

— Odpierdol się, ty pokręcony gnojku, po tak ci przywalę, że się nie pozbierasz.

Freddie rzucił się na podłogę, wrzeszcząc i przeklinając ją. Jackie znów sięgnęła po drinka. Krzyki chłopca osiągnęły crescendo, a potem tylko leżał i przeklinał matkę, dopóki znów mu nie przyłożyła. Oparła się o fotel i zamknęła oczy. Freddie był jak zwierzak i wiedziała, że to jej wina.

Kiedy pierwszy raz to zrobił, wszyscy się śmiali. Miał półtora roku i zaatakował biedną Kimberley, bo go upomniała. Używał bardzo „dorosłych" słów. Przez kilka minut siedzieli jak oniemiali, a potem zaczęli skręcać się ze śmiechu. Słowa, które wypowiedział, tak silnie kontrastowały z jego uroczą małą buzią, że trudno się było powstrzymać. Dziewczynki kazały mu powtórzyć, bo było to takie zabawne, i znów wybuchły śmiechem. Mały Freddie zorientował się, że w ten sposób można łatwo zwrócić na siebie uwagę, i zanim się wszyscy spostrzegli, wplatał przekleństwa niemal w każde zdanie.

Poszedł tym tropem i teraz, w wieku prawie ośmiu lat, bluzgi stanowiły podstawę jego słownictwa. Z tego powodu wyrzucono go z dwóch przedszkoli. Szkoła nie chciała przyjąć go z powrotem również dlatego, że rzucał się z pięściami na każdego, kto nie pozwalał mu na wszystko, co mu się podobało.

W ten sposób ściągnął do domu pracowników opieki społecznej i choćby za to Jackie miała ochotę go sprać. Jeśli pani Acton znów powie słowo o jej alkoholizmie, Jackie zacznie krzyczeć. Zasrani dobroczyńcy! Gdyby ta pinda spędziła dzień i noc z małym Freddiem, sama sięgnęłaby po butelkę. Jackie powiedziała jej to dokładnie w tych słowach i z przyjemnością obserwowała wyraz twarzy zaszokowanej kobiety. Wreszcie zdobyła punkt w tym starciu.

Nie było jednak wątpliwości, że chłopiec jest nie do opanowania, a ponieważ jedyną osobą, wobec której zachowywał pozory grzeczności, był jego ojciec, sytuacja nie zmieni się, dopóki Freddie nie zacznie wracać regularnie do domu i nie weźmie się do niego.

Ale szanse na to były marne.

Jackie westchnęła i nalała do szklanki resztkę taniej wódki. Malec wciąż obrzucał ją przekleństwami, lecz ona ignorowała go, na ile mogła.

— Włóż kurtkę, zadzwonię po taksówkę — powiedziała.

◆ ◆ ◆

Maggie gotowała od rana i aromaty dochodzące z kuchni doprowadzały wszystkich do obłędu. Lena i Joseph już u niej byli, wystrojeni i pełni dumy, że ich młodsza córka zdołała stworzyć tak uroczy dom.

Wprowadziła się do niego z mężem przed kilkoma miesiącami. Lena aż do znudzenia opowiadała każdemu, kto się nawinął, że jest to nowiuteńki, duży, wolno stojący dom w stylu Tudor z czterema sypialniami, wielkim ogrodem i aneksami łazienkowymi w pokojach. Była bezgranicznie dumna z córki.

Domek był ładny, lecz dla Jimmy'ego i Maggie stanowił jedynie kolejny szczebel. W odróżnieniu od Freddiego, Jimmy wziął sobie do serca radę Ozzy'ego i zainwestował w nieruchomości. Była to najlepsza rzecz, jaką zrobił w życiu. Kupował szybko, potem czekał jakiś czas i przeprowadzał się do innego, a zysk inwestowali w nowy dom, który był zawsze większy i lepszy.

Ten był ich pierwszym całkiem nowym i choć go lubili, tęsknili za charakterem poprzedniej siedziby. Kupili ją za bezcen. Przyjaciel budowlaniec był winien Jimmy'emu znaczną przysługę i w ten sposób ją spłacił. Odnowili go, a potem sprzedali, gdyż nie wolno było przepuścić takiej okazji.

Postanowili, że znów kupią dom z charakterem, tyle że

większy i ładniejszy. W obecnym zamierzali pomieszkać kilka lat. Miał duży ogród, co nie było bez znaczenia, a także kuchnię i łazienki jak marzenie.

Maggie spojrzała na Jimmy'ego, który wszedł do przestronnej kuchni, żeby napełnić szklankę teścia.

— Wszystko w porządku, skarbie? — zapytał.

Maggie skinęła głową.

— Jasne. Paul i Liselle już przyszli? Słyszałam, że podjechał jakiś samochód.

Jimmy wyszedł do obszernego hallu. Po kilku sekundach goście weszli do środka, a on skierował ich do kuchni.

Liselle rozejrzała się z podziwem.

— Śliczne wnętrze. Oby żyło się wam w nim jak najlepiej.

Maggie pocałowała ją w policzek.

— Rozbierz się. I tak mamy szczęście z pogodą.

Córki Jackie śmiały się i żartowały we frontowym pokoju, nastawiając muzykę; Maggie uśmiechnęła się, słysząc starą taśmę z muzyką soul. Dziewczęta lubiły stare piosenki, Bogu dzięki. Muzyka dudniła w głośnikach, a ona wyszła do ogrodu, żeby wreszcie napić się białego wina.

Maddie siedziała cicho na ogrodowym fotelu. Zawsze ją zapraszano i niezmiennie siadała sama; uśmiechała się, ale nigdy nie włączała do rozmowy. Śmierć męża była dla niej potężnym ciosem. Maggie wciąż pamiętała to okropne uczucie, gdy w czasie wesela Freddie wymamrotał złą nowinę.

Zastał ojca leżącego w wannie z podciętymi żyłami. Na myśl o tym Maggie wciąż przechodził dreszcz.

Wszyscy ciężko przeżyli to wydarzenie w dniu wesela. Freddie znalazł ojca i nie chciał psuć zabawy. Poczekał, aż ciało zostanie zabrane, a łazienka sprzątnięta, żeby i to nie spadło na matkę.

Maggie wiedziała, że Jimmy, tak samo jak ona, czuł się źle ze świadomością, że posądzili Freddiego, iż ich zlekceważył. Odepchnęła od siebie tę myśl i podeszła do biednej Maddie siedzącej samotnie na fotelu.

Porozmawiała z nią chwilę, choć wiedziała, że biedaczka czeka na syna, a jeśli ten się zjawi, będzie uszczęśliwiona. Jeśli nie, pojedzie do domu i tam będzie czekać na niego w samotności. Dobrze chociaż, że się nią opiekował. Maggie musiała oddać mu sprawiedliwość.

♦ ♦ ♦

— Mógłbyś mnie czasami posłuchać, Freddie. Wiedziałam, że to gówno — oznajmiła Pat głosem pełnym irytacji. Była zła, bo Freddie i tak jej nie słuchał.

Magazyn w południowym Londynie, w którym się znajdowali, był pełen lewych towarów, łupów i podróbek. Mnóstwo kaset wideo, które w większości jeszcze nie trafiły do oficjalnego rozpowszechniania. Prawdziwe pieniądze kryły się w filmach Disneya. Wytwórnia produkowała nowy film co siedem lat, zawsze był więc na nie nowy rynek. Jednego roku był to *Bambi*, a innego *Dumbo*, ale najważniejsze było to, że kiedy już film trafił na ekrany, przez dłuższy czas go nie powtarzano. To działało na korzyść piratów, gdyż do rozpoczęcia produkcji wystarczało kilka taśm matek. Wydębiali je za parę funtów, a później samotni rodzice mogli sprawiać frajdę dzieciakom i na dodatek zafundować sobie paczkę fajek, zamiast kupować w sklepie i płacić za film jak za zboże.

Było też mnóstwo ostrego porno i na nim też dało się zarobić kupę kasy. Łatwo można było sprowadzać je z Danii czy Szwecji, gdzie każdy mógł oglądać, co mu się podoba, i nie musiał się spowiadać ze swoich łóżkowych preferencji nikomu oprócz swojej starej.

Były również dresy marki Fila, zrobione w Korei i sprowadzone dla bezrobotnych i każdego, kto chciał kupować na rodzimym rynku. Markowe wyroby były warte wielkie pieniądze i wywoływały sporo złej krwi, gdyż konkurencja była bardzo mocna i usiłowała je wyeliminować.

— Kiedy mają tu być? — zapytała Patricia, przytupując ze złością. Freddie spojrzał na swojego roleksa. Z całą pewnością nie była to już podróbka. Patricia widziała go i słyszała, że nie tyka; mieli jednak całe pudła podróbek dla klientów domu lubiących zadać szyku. Wybór był ogromny, od roleksów po cartiery. Fantastyczny przekręt. Nagle każdy chciał wyglądać jak gwiazdor filmowy, jak milioner, a oni wstrzelili się w rynek.

— Oni już tu powinni być, Freddie. — Patricia zapaliła papierosa, również podróbkę. Robiono je w Chinach i miały wszystko jak trzeba, od pudełek po kwity celne. Paczka kosztowała dziesięć pensów, a oni rozprowadzali je w kartonach wszędzie, gdzie się dało. To było jak koncesja na druk banknotów.

— Powinni ruszyć tyłki, co? — powiedziała Patricia.

Freddie usłyszał hamowanie samochodu na zewnątrz i westchnął teatralnie. Znał się na tej grze i złościło go, że Pat traktuje go jak chłopca do podawania piłek.

Był umówiony z dwoma braćmi z Liverpoolu. Byli młodzi, ambitni i... beznadziejnie tępi.

Brali od Freddiego mnóstwo towaru i rozprowadzali go w swojej części kraju. Wszystko byłoby dobrze, gdyby nie to, że bracia zalegali Freddiemu masę forsy i po wielokrotnych ponagleniach, na które znajdowali niedorzeczne wymówki, mieli usłyszeć od Freddiego coś, co w ich branży nazywano poważnym ostrzeżeniem.

Bracia Shamus i Eddie nosili nazwisko Corcoran. Mieli po dwadzieścia kilka lat, byli dobrymi kumplami, byli głośni i zabawni. Teraz będą mogli dopisać sobie w aktach, że dostali opieprz.

Wkroczyli do ciemnego magazynu z papierosami i ze śmiechem na ustach. Na widok Freddiego zwolnili kroku. Miało go tam nie być. Bracia byli umówieni z jego pomagierami: Desem, Mickym Flemingiem i Bobbym Blaine'em.

— Cześć, Freddie. Nie spodziewaliśmy się ciebie tutaj.

Freddie wyszczerzył wesoło zęby.

— Wiem. Jak się macie, chłopcy?

Corcoranowie wzruszyli równocześnie ramionami.

— Świetnie. A ty?

Shamus, mózg zespołu, poczuł się nieswojo. Odgadł, że Freddie ma z nimi do pogadania, i postanowił go uprzedzić.

— Mamy w furgonetce trochę kasy dla ciebie.

Pat gruchnęła śmiechem.

— To coś nowego, bo już myśleliśmy, że nasza kasa idzie na nową organizację dobroczynną, liverpoolskie stowarzyszenie cweli. Jesteś jej członkiem?

Freddie roześmiał się wesoło i życzliwie. Bracia się rozluźnili.

— Ile dla mnie macie?

Mówił przyjaznym tonem i uśmiechał się, co uspokoiło gości jeszcze bardziej. W kieszeni dresu trzymał kastet. Broń była zrobiona na zamówienie i opatrzona ćwiekami, aby błyskawicznie spowodować jak największe spustoszenie.

Shamus łagodnym gestem wskazał ręką za siebie.

— Jest tam dziesięć tysięcy.

Był rosłym facetem, ale nie miał groźnej postury. Miał ją jego brat, lecz jemu z kolei brakowało instynktu zabójcy. Zawsze dla kogoś pracowali i ten ktoś wystawiał ich na strzał. To było smutne, ale takie jest życie.

— Idź do furgonetki, Pat, i zobacz, czy jest w niej jakiś szmal. Przyjdę do ciebie za chwilę.

Patricia skinęła głową i statecznym krokiem wyszła z magazynu.

Shamus wyczuł pismo nosem i przygotował się. Wiedział, że dostanie cięgi, ale chciał ochronić niezbyt bystrego brata.

— Słuchaj, Freddie, puść mojego brata. Ja mogę dostać... Poza tym, to ja przepuściłem forsę.

Freddie podziwiał jego opiekuńczość. Rozumiał, że brat Shamusa nie jest mistrzem intelektu, podjął więc szybką decyzję. Wyciągnął rękę z kieszeni i z całych sił uderzył Eddiego. Shamus rzucił się między nich, ale Freddie przewrócił go na ziemię.

Zmasakrował twarz Eddiego w niecałe dwie minuty.

Potem odwrócił się do Shamusa i z uśmiechem zmiażdżył kopniakiem chłopakowi żebra.

Wykorzystuj wszystkie cudze słabości. Freddie przeżył całe życie według tej zasady i opłaciło mu się. Słabością Shamusa był jego braciszek, który do śmierci będzie miał kłopoty z oddychaniem z powodu przebitego płuca, oraz twarz w cętki za sprawą kastetu Freddiego.

Wiedział również, że forsa trafi do jego kieszeni w ciągu tygodnia.

Już wcześniej załatwił formalnie sprawę w Liverpoolu, miał zatem pewność, że nikomu nie nadepnie na odcisk. Shamus wkrótce się o tym przekona, postanowił więc nie przysparzać mu trosk informacją, że nie będzie miał do kogo zwrócić się ze skargą. Była to sprawa tylko między nimi.

Podał Shamusowi rękę, a potem pomógł wsadzić jego brata do samochodu i skierował do najbliższego szpitala.

— Bez urazy, synku, ale następnym razem, jak będziesz robił ze mną interesy, pamiętaj, żeby płacić od ręki, jasne?

Okazywał wielkoduszność, był wielki i dawał do zrozumienia, że to nic osobistego, tylko interesy. Pomagał mu w przyszłych przedsięwzięciach, dawał lekcję postępowania w dorosłym biznesie.

W końcu była niedziela wielkanocna. Mógł sobie pozwolić na to, by raz w roku być miły.

♦ ♦ ♦

Jackie kołysała się, a jej głośny śmiech coraz bardziej przybierał na sile. Jak zwykle stroiła sobie żarty z Maggie. Nazywała ją panią Bukiecik, a chwilę potem przypominała o jej skromnych początkach.

Maggie zdążyła już do tego przywyknąć, ale wiedziała, że Jimmy nigdy się do tego nie przyzwyczai i jest o krok od wyrzucenia jej z domu. Nie martwiła się tym, jak Freddie zareaguje na pokazanie Jackie drzwi. Martwiło ją to, co zrobi ona sama. Freddie zawsze powtarzał, że Jimmy powinien odesłać jego żonę do domu, że nie powinien pozwalać, by Jackie terroryzowała ich pod ich własnym dachem.

Jednakże Maggie rozumiała, że siostra jest rozczarowana swoim życiem i w jej obecności za każdym razem przypomina sobie o tym, że straciła młodość z mężczyzną, który wcale o nią nie dbał, a bez którego z jakiegoś powodu nie potrafiła żyć.

Joseph wpatrywał się w starszą córkę. Była tak pijana, że należało to uznać za cud, że jeszcze w ogóle mówi. Siedzieli w jadalni. Posiłek był wyśmienity, a dzieci zachowywały się grzecznie, nawet mały Freddie, który w domu Maggie zawsze przechodził swoistą odmianę osobowości. Popijali porto i brandy i zagryzali serem, który Maggie pięknie podała na talerzykach. Jackie tymczasem robiła osobiste wycieczki i była coraz bardziej agresywna.

— Czy ty nie mogłabyś się choć raz zamknąć? — spytał

Joe, wskazując na córkę nożem do sera. Lena pociągała go za rękę i mówiła:

— Dajże spokój, tylko pogarszasz sytuację.

Jackie dolała sobie brandy.

— Za kogo ona się uważa, do kurwy nędzy? Ma ten swój fajans i wielki dom i myśli, że może patrzeć na mnie z góry?

Maggie napiła się porto i westchnęła. Przeżyła to wiele razy, teraz też wytrzyma do czasu, aż Jackie położy się w salonie i zaśnie.

— Powiem ci coś, moja pani. — Jackie uderzyła się mocno w bujną pierś. — Jestem lepszym człowiekiem od ciebie, pamiętaj. Zawsze będę od ciebie lepsza.

Skierowała długi gruby palec na Maggie. Lakier odpadł z paznokcia, jej dłonie były popękane i wyglądały na obolałe.

— Ja nie potrzebuję wystrzałowych samochodów i zasranych dworków, żeby czuć się dobrze.

To była znana śpiewka i Maggie puściła ją mimo uszu, czekając, aż Jackie się wygada, ale Kimberley przysunęła głowę do matki i zapytała złośliwie:

— Po co ci samochody, żeby czuć się dobrze, mamo? Masz przecież swoją zasraną wódkę.

Słowa córki dotarły do świadomości Jackie. Wiedziała, że Kimberley mówi prawdę, lecz świadomość, że powiedziała to jej własna córka, zraniła ją niczym nóż wbity w pierś.

Lena była bliska płaczu. Bała się tych chwil i za każdym razem bardziej ją one przygnębiały. Wiedziała, że wszystko to jest jej wina. Kiedyś pozwolili na to, a teraz Jackie uważała, że wolno jej powiedzieć wszystko i ujdzie to płazem. Należało wykorzenić takie zachowania w zarodku wiele lat temu.

— Jak śmiesz odzywać się do mnie w ten sposób? Jestem twoją matką.

Jackie wpadała w ton urażonej niewinności jak na zawołanie. Robiła przy tym minę kobiety sponiewieranej. Od bardzo dawna manipulowała wszystkimi, którzy ją otaczali. Minęły lata, a ona nie zauważyła, że na nikim nie robi to już wrażenia. Zwłaszcza na córkach, które znały ją aż za dobrze.

— Wściekasz się, mamo, i wszystko psujesz, bo nie możesz znieść, że komuś się powodzi, prawda?

— Przestań, Kim, daj mamie spokój — rzekła spokojnym głosem Maggie. Podała siostrze papierosa, a potem go zapaliła.

Właśnie o to chodziło Jackie: jeśli Maggie nie była na nią zła, wciąż miała szansę się poprawić. Zaciągała się papierosem, jakby od tego zależało jej życie, i spoglądała na ogród przez lśniące czystością drzwi balkonowe.

Wszyscy mówili ściszonymi głosami, a Jackie miała ochotę krzyczeć. Zawsze ją to nachodziło, kiedy była z rodziną. Siedziała naprzeciwko wysokiego złoconego lustra i dobrze widziała swoje odbicie. W pierwszej chwili zastanawiała się, kim jest ta kobieta z podkrążonymi oczyma, w których płonie gorycz i nienawiść. Ta tęga przygarbiona baba w białej sukience z koronkami, w której wyglądała na jeszcze grubszą, niż była naprawdę. Nie chciała przyjąć tego do wiadomości, choć wiedziała, że to ona sama. Widok tej ruiny jeszcze bardziej potęgował jej gniew, gdyż był ilustracją klęski, którą stało się jej życie.

Spojrzała na zielony trawnik za oknem i małą, świeżo pomalowaną altankę. Dzień był piękny, ciepły i słoneczny, słońce odbijało się w wodzie ozdobnego stawu z rybkami. Wszystko to wyglądało tak ładnie i normalnie i to właśnie ta normalność budziła jej przerażenie.

To powinien być jej dom, Freddie powinien siedzieć obok niej i kochać ją tak, jak Jimmy kocha Maggie. Na tym tle widziała wyraźnie swoje życie i czasem nie umiała tego znieść.

Nawet jej dzieci zaledwie ją tolerowały. W miarę dorastania córki oddalały się od niej, z każdym tygodniem bardziej. Maggie i Jimmy wciąż nie mieli dzieci, czekali na właściwy czas. Wszystko dokładnie planowali i starali się, by zapewnić sobie pieniądze i czas na realizację planów. Mały zakład fryzjerski Maggie był jednym z pięciu salonów fryzjerskich i salonów piękności rozsianych po Essex i East Endzie. Jimmy miał pub, warsztat samochodowy oraz klub nocny, a oprócz tego ruchome punkty sprzedaży hot dogów i domy, które wynajmował. Zajmowali się nimi wspólnie, wszystko robili wspólnie. Budowali nawet dom w Hiszpanii.

Nieustannie przypominali Jackie o tym, czego nie ma i nie miała.

A ona ich za to nienawidziła.

♦ ♦ ♦

Freddie odwiózł Pat do domu i spędził z nią kilka godzin. Uważał, że są parą, choć ona wciąż zachowywała się, jakby była wolna.

Podobało mu się w jej domu. Było tam jasno, schludnie i cicho, tak cholernie cicho. Miała najlepszy sprzęt muzyczny, jaki można kupić, i słuchała muzyki cicho tak jak on, a nie na cały regulator, bombardując uszy, tak jak Jackie i dzieci. Pat miała również chłodziarki na czekoladę i piwo. To był inny świat. Była niezależna. I choć z upływem czasu zaczęło go to irytować, podobała mu się ta jej cecha. Zwłaszcza teraz, gdy jedna z jego młodych kochanek postawiła mu ultimatum.

Zamierzał wpaść do niej przed pójściem na obiad do Jimmy'ego. Wspólnik wiedział, że Freddie ma coś do załatwienia, toteż nie spodziewał się go wcześnie.

Wjechał na osiedle Thamesmead i zaparkował samochód przed wieżowcem. Zamknął sportowego mercedesa, podszedł do głównego wejścia i popatrzył na kręcące się tam dzieciaki, podobne do siebie jak klony.

Jimmy wziął kilku chłopaków z tego osiedla do pracy przy kwiatach przed kilkoma laty. Okazali się porządnymi robotnikami. Rozwoził ich w różne miejsca i zostawiał w zatoczkach z butelką herbaty i kwiatami w wiaderku. Freddie uważał to za głupotę, dopóki nie zobaczył, ile zarabiają. Wtedy włączył się do interesu.

Teraz, rzecz jasna, wszystko robił ktoś inny, a oni tylko regularnie odbierali zysk, ale właśnie to zdarzenie sprawiło, że Freddie zaczął słuchać pomysłów Jimmy'ego. Chłopak miał głowę do interesów, podobnie jak mała Maggie. Wystarczyło spojrzeć na salony, które zamieniła w kopalnie złota. Po siedmiu latach stworzyła małe imperium i trzeba było jej przyznać, że zawdzięczała to swojemu pomyślunkowi. A do tego nadal nie urodziła dzieci, miała cycki na swoim miejscu i brzuch jak tarka. Szczęśliwy skurczybyk był z Jimmy'ego.

Freddie zaś miał jeszcze jedną ambicję w życiu: chciał przelecieć Maggie.

Patrzyła na niego, zadzierając swój mały szpiczasty nosek, ale nadejdzie czas, kiedy ściągnie ją nieco w dół. Ojciec mawiał zawsze, że wystarczy poczekać dostatecznie długo, a dostanie się od życia to, czego się chce. Trzeba tylko wybrać sobie coś, co warte jest czekania.

Wszedł do mieszkania na dziewiątym piętrze. Drzwi jak zawsze były otwarte. Mieszkała w nim dziewiętnastolatka o imieniu Charlene, która miała gęste jasne włosy, zielone oczy i mocno zaznaczone brwi. Bez wątpienia było na co popatrzeć, a jej zgrabne ciało było stworzone do brutalnej szorstkości, którą lubił w łóżku Freddie Jackson. Miała córkę Deandrę. Usłyszała to imię w telewizji i bardzo jej się spodobało. Mała była urocza, a ponieważ był weekend, przebywała u matki.

Freddie wszedł z uśmiechem do czyściutkiego frontowego pokoju. Jednak Charlene nie uśmiechała się.

— Nie spieszyłeś się, kurwa.

Freddie musiał się powstrzymywać, by nie parsknąć śmiechem. Ta dziewczyna naprawdę uważała się za kogoś wyjątkowego. Co one mają w głowach? Czy naprawdę im się wydaje, że parę bzyknięć i parę kolacji w indyjskim barze to już związek?

Pat zaczynała coś podejrzewać, a jeśli Freddiemu zależało na jakiejś kobiecie, to właśnie na niej. A tymczasem dziwka zadzwoniła do jej domu, a potem zagroziła, że go wyda, nie tylko przed nią, ale także przed jego prawowitą małżonką!

To była mała zagwozdka i Freddie zrozumiał, że musi zamknąć buzię tej zdzirze raz na zawsze, bo inaczej będzie z nią więcej kłopotu niż jest to warte.

— Cześć, Freddie, miło cię widzieć. Czy nie tak powinnaś mnie przywitać?

Charlene nie odczytała sarkazmu. Przez całe życie była traktowana jak królewna, najpierw przez rodziców, a później przez wszystkich wokół, bo była taka ładna.

Zaszła w ciążę w wieku szesnastu lat z jakimś chłystkiem, który prysnął, nie obejrzawszy się za siebie. Teraz odsiadywał wyrok osiemnastu lat za napad z bronią w ręku i handel narkotykami, zniknął więc całkowicie z horyzontu. Charlene uczepiła się Freddiego, bo był przystojny, miał forsy jak lodu i był gangsterem numer jeden w okolicy.

Miała to, o co jemu chodziło, ładną twarz i ciało, i wiedziała, jak sprawić, żeby mężczyzna czuł się jak król. A teraz prężyła swoje nikłe muskuły. Chciała go na pełny etat, nie podobała się jej jego nieobliczalność, i zdawało jej się, że Freddie marzy o tej bajce tak samo jak ona.

Spojrzał na nią beznamiętnie. Była ładna, naprawdę ładna, i tyle. Jedynym atutem, który wabił Freddiego, było to, że miała własną chatę i czyste majtki, i że umiała zaparzyć rano dobrą herbatę. A wszystko to były w jego opinii atrybuty dobrego bzykania.

Charlene siedziała wyprostowana na trzyczęściowej kanapie, kupionej z drugiej ręki, i patrzyła na Freddiego spojrzeniem ostrym jak sztylet. Naprawdę uważała, że ma tyle walorów, by utrzymać zainteresowanie kogoś takiego jak on. To niewiarygodne, jak te smarkule potrafią się oszukiwać, a tymczasem istnieją tylko po to, żeby brali je tacy mężczyźni jak Freddie.

Było ich na pęczki w każdym pubie i klubie, do jakiego wszedł, ścieliły się jak liście na ziemi. Kiedy rzuciło się jedną, kilka godzin później na jej miejscu przy barze stała druga.

Pragnęły go, pragnęły tego, kim był i co miał do zaoferowania. Były jak młode siksy wydające się za starych facetów, którzy śpią na szmalu. Gdyby któraś wyszła za starego pierdziela żyjącego z emerytury, Freddie uwierzyłby, że robią to z miłości.

Ale póki się tak nie stanie, do diabła z nimi.

Charlene za chwilę zacznie bredzić o miłości, jeśli nie będzie ostrożny. Znał te numery, widział je nieraz.

— Nie możesz traktować mnie jak taniej dziwki, nie pozwolę na to.

Postanowiła zagrać teraz na nucie godności i pewności siebie. Miała nieskazitelnie umalowane oczy i usta. Czekała na jego wizytę codziennie, odstawiona jak lala.

Była naprawdę uroczym stworzeniem.

Czekał ją jeden z najgorszych dni w jej życiu i Freddiemu było jej żal z tego powodu. Ale pewne rzeczy trzeba zrobić, by odpędzić czarownice!

Podszedł do niej i podniósł ją za włosy z kanapy. Zbliżył twarz do jej twarzy i zapytał cicho, z groźbą w głosie:

— Do kogo to mówisz?

Charlene czuła jego oddech i słodkawy zapach trawki, którą wypalił.

— Zamierzasz powiedzieć o nas mojej starej, tak?

Charlene usiłowała uwolnić głowę, ale ręka Freddiego była jak imadło.

— Nikt nie będzie mi groził, paniusiu, a jak ktoś to robi, facet czy babka, to jest piździelcem. Rozumiesz, co do ciebie mówię?

Dziewczynę ogarnął strach. W jej pięknych zielonych oczach pojawiły się łzy, przerażenie na szczęście odebrało jej mowę. Freddie pomyślał, że pójdzie łatwiej, niż się spodziewał.

— Jeśli moja żona albo dzieci dowiedzą się o moich wizytach w twoim gniazdku, rozpierdolę je w drobny mak. Słyszysz?

Charlene rozpaczliwie usiłowała skinąć głową.

Freddie puścił ją i ze swoim czarującym martwym uśmieszkiem pocałował w czoło.

— Wiesz, że mówię rozsądnie, skarbie.

Pchnął ją na kanapę i wyszedł.

Słyszała, jak pogwizduje sobie, idąc do windy.

Rozdział jedenasty

Jackie upiła się i zdążyła wytrzeźwieć, zanim Freddie przyjechał do domu Jimmy'ego.

Spojrzał na dom z mimowolnym podziwem. Tak według niego powinna wyglądać idealna chata, a nie tak jak ta, w której mieszkali poprzednio, z dachem pokrytym dachówką i ze staroświeckimi kominkami. Podobało mu się, że dom jest nowy, ma prostą, wyrazistą bryłę z wpasowanym garażem. Chciałby mieć taki domek, i mógłby go mieć, gdyby zechciał.

Zawsze przypominał sobie o tym, gdy odwiedzał Jimmy'ego, i obiecywał sobie, że wkrótce się doczeka. Gdyby Jackie nie była taką niechlujną jędzą, kupiłby dom już dawno. Bez względu jednak na to, ile forsy inwestował w remonty, ich chata i tak wyglądała jak śmietnik.

Była brudna, zapuszczona i wiecznie trzeba było ją odnawiać.

Jimmy kupował domy za gotówkę, a później brał kredyt hipoteczny i w ten sposób prał pieniądze. Była to doskonała metoda prania pieniędzy pochodzących z napadów i ze sprzedaży narkotyków. Freddie przepuszczał wielc okazji. Teraz trudniej było dokonywać takich operacji, chyba że kupiło się naprawdę tanio. Ale jemu forsa przelatywała przez palce jak woda. Stawiał dużo w zakładach, przegrywał, odkuwał się, a potem znów tracił kasę. I tak w kółko. Przedłużał noce w knajpach do granic możliwości, bo nie miał po co wracać do domu. Płacił za wszystkich, nie tylko gotówką, lecz także towarem. Przyciągał do siebie obiboków, pijaczków i ćpunów, którzy chętnie się załapywali, wiedząc, że noc przy Freddiem będzie trwała w nieskończoność. Jimmy wypijał kilka piw i żegnał się. Z radością wracał do Maggie, do ich ładnego łóżka i przyjemnego życia. Freddie nigdy tego nie umiał, nawet gdy dzieci były małe. Mogła to być cecha jego charakteru, może czegoś w nim brakowało. Tego nie wiedział. Potrafił przesiedzieć całą dobę i wydać masę forsy na ludzi, których w gruncie rzeczy nawet nie znał. Pieniądze po prostu się ulatniały. Nic nie odłożył na wypadek kryzysu i wstydził się tego, bo zdążył zarobić naprawdę dużo. Większość ludzi gotowa byłaby zabić, żeby tyle zgarniać, a on wszystko przepuszczał.

A ponieważ Jackie regularnie urządzała remonty w domu, kolejne pieniądze szły w diabły. Długo wierciła mu dziurę w brzuchu, więc przed kilkoma miesiącami kupił jej nowiutką kuchnię z białego drewna, która już zdążyła zgnić. Nawet wówczas, gdy robotnicy ją montowali, nie zadała sobie trudu, żeby umyć naczynia. Wykładali płytkami ściany i musieli sami odsuwać na bok brudne talerze i kubki.

Freddiego ogarnął wstyd, zrobił jej więc awanturę. Niepotrzebnie jednak zdzierał gardło, oboje o tym wiedzieli. Powiedział sobie, że właśnie dlatego wszystko mu wisi. Wpadł z nią w pułapkę i pogodził się z tym. Od narodzin syna był przywiązany do tego miejsca. Im gorzej zachowywało się dziecko, z tym mniejszą ochotą Freddie zaglądał do domu, lecz tym silniejszą władzę miała nad nim żona. Nienawidził swojego życia, ale nie wiedział, co ma z nim zrobić.

Gdyby nie Patricia, byłby całkowicie przegrany. Choć pragnął jej bardziej niż kogokolwiek innego, odpowiadało mu, że Pat nie należy do tych, które przyczepiają się do faceta. Jackie pogrążyłaby się bez niego do końca. Freddie wiedział, że ich związek nie jest zdrowy, ale gdyby ją zostawił, byłby to dla niej koniec świata. Oprócz niego niczego naprawdę nie pragnęła, a po przyjściu na świat małego Freddiego chłopiec musiał wynagradzać jej brak męża.

Jimmy wpuścił wspólnika do domu, uściskali się. Stanowiło to nowość w ich kontaktach. Zaczęli wymieniać uściski przed paroma miesiącami, kiedy się upili, i teraz wydawało się słuszne, że okazują sobie głębokie przywiązanie. Było ono rzeczywiście głębokie, jakkolwiek z upływem czasu Freddiemu coraz trudniej przychodziło godzenie się z sukcesami małego Jimmy'ego.

Paul i Liselle już się zmyli, lecz reszta bywalców wciąż siedziała w jadalni, łącznie z rodziną Freddiego. Ucałował matkę, powiedział wszystkim cześć i usiadł. Ledwie zerknął na żonę, lecz gdy Maggie postawiła przed nim talerz z jedzeniem, uśmiechnął się do niej.

— Dzięki, koleżanko.

Maggie odpowiedziała uśmiechem. To była gra, którą obecnie uprawiali.

Maggie wyglądała pięknie. Jej blond włosy miały teraz głębszy odcień z jasnymi pasemkami, które nadawały jej jeszcze bardziej anielski wygląd. Freddie najbardziej podziwiał jej zęby, prościutkie i olśniewająco białe. Poza tym Maggie była ostatnio zawsze opalona. Stanowiła uosobienie kobiety lat dziewięćdziesiątych, niezależnej i zadbanej. Była bystra i pilnowała, by mężowi nigdy nie brakowało jedzenia, picia i bzykania. A to odpędzało od niego wszelkie głupie myśli.

Freddie zazdrościł Jimmy'emu małżeństwa, podobnie jak zazdrościł mu spokojnej głowy.

Indyk był aromatyczny, a sałatka chrupiąca. Freddie widział, że Jackie próbuje się skupić, mówiąc do niego. Westchnął w środku. Nawet mały Freddie był grzeczny w obecności Maggie, a dziewczynki ją ubóstwiały. Dbała o ich włosy i dobierała im sukienki odpowiednio do ich budowy, a czasem zabierała je do siebie, gdy już nie mogły znieść pijaństwa matki.

Freddie był jej za to wdzięczny, lecz, zgodnie ze swoją naturą, odczuwał też niechęć. Podobnie jak żona czuł, że ci dwoje podkreślali cały bezsens jego życia z Jackie. A nikt nie lubi, kiedy mu się o czymś takim przypomina.

— Odpowiesz mi czy nie, do jasnej cholery? — krzyknęła Jackie.

Freddie odwrócił się do niej z uśmiechem.

— Słyszę cię po raz dziesiąty. Powiedziałem ci rano, gdybyś

zechciała mnie słuchać, tobyś wiedziała. Musiałem załatwić pewien interes, w porządku?

Poczuła się lepiej, bo Freddie odezwał się bezpośrednio do niej.

Mały Freddie podszedł do niego, więc ojciec posadził go na kolanach i pozwolił jeść ze swojego talerza. Chłopiec jadł normalne posiłki tylko wówczas, gdy karmiło się go w ten sposób.

Córki oglądały film. Freddie słyszał, jak się śmieją i rozmawiają. Będą czekać, aż do nich wejdzie. Dorastały i Freddie wiedział, że musi na nie uważać, zwłaszcza na najstarszą. Kim była zbudowana jak trzydziestolatka i wiedziała więcej niż prostytutki, które u niego pracowały. Była dojrzała i gotowa i postanowiła, że powiedzie jej się w życiu lepiej niż rodzicom. Maggie namawiała ją, żeby zaczęła pracować w salonie, kiedy ukończy kurs wizażu. Freddie nie miał nic przeciwko temu. Pozostałaby w jego sferze wpływów, a to było dla niego ważne.

Joseph zaczął snuć długą i skomplikowaną opowieść o swojej młodości i pierwszej pracy. Obserwując go, Freddie wreszcie się odprężył. Posiedzi chwilę, a później zabiorą się z Jimmym do roboty. Mógł jednak wytrzymać w tym towarzystwie tylko godzinę lub najwyżej półtorej.

Zerknął na matkę. Wydawała mu się cudowna i na swój sposób ją ubóstwiał. Ale wpędzała go w depresję. Całe jej życie przeminęło, czekała na śmierć, a to go złościło. Życie jest dla żywych i nawet najgorsze jest warte tego, by o nie walczyć. Nawet Jackie nie poddałaby się bez walki, był tego pewien.

Był dumny, że matka wciąż o siebie dba, ale od śmierci ojca całkowicie jej odbiło. Freddie wiedział, że tylko on i dzieci trzymają ją przy życiu. Doradzała mu, żeby spuścić małemu Freddiemu porządne lanie, i odnosił wrażenie, że matka ma rację.

Maddie zauważyła, że jej się przygląda, i puściła do niego oko. Zawsze mrugała do niego w czasie mszy, kiedy był dzieckiem, i bardzo to lubił, odpowiedział więc mrugnięciem. Lena to spostrzegła i uśmiechnęła się do niego życzliwie.

Freddie lubił Lenę. Była miłą starszą panią, opiekowała się jego matką, a to oszczędzało mu wiele pracy. Lubiłby ją więc

171

choćby za to. Była jednak także bystrą starszą panią i pomagała ratować od obłędu Jackie, która z powodu alkoholu stopniowo się rozklejała.

Gdyby wiedziała, czym zajmują się obecnie Freddie i Jimmy, odbiłoby jej do końca. Najbardziej bała się tego, że mąż znów wpadnie w ręce policji, choć z drugiej strony by się ucieszyła, bo dzięki temu wiedziałaby na pewno, gdzie spędza noce. Pewnie nawet Maggie miała o tym mgliste pojęcie. Jimmy mówił jej dużo, ale zastanowiłby się dwa razy, gdyby powiedział jej o tym interesie.

Jeśli im się powiedzie, będzie to szczyt ich osiągnięć w przestępczym rzemiośle. Ale równie dobrze mogą za to trafić do więzienia o specjalnym nadzorze i spędzić tam resztę młodych lat.

♦ ♦ ♦

Maggie pozmywała i odłożyła wszystko na miejsce. Matka z przyjemnością jej w tym pomagała.

— Zostaw to już, mamo — rzekła, nalewając do szklanek duże porcje whisky. — Rano wyjmę wszystko ze zmywarki.

— To tylko chwila, kochanie.

Maggie się nie sprzeciwiała, wiedząc, że matka lubi to zajęcie. Lena lubiła jej dom jeszcze bardziej niż ona.

— Bardzo mi się tutaj podoba. Pomieszkajcie trochę w tym domu, jest cudowny.

Maggie się uśmiechnęła.

— Pomieszkamy, nie martw się.

Lena usiadła ciężko na stołku naprzeciwko córki. Urządzenie kuchni podobało jej się tak bardzo, że mogłaby siedzieć w niej przez cały dzień. Samo patrzenie na dom córki, na sposób, w jaki żyje, sprawiało jej radość. Gdyby Jackie osiągnęła taki spokój, jej matka mogłaby wreszcie pozwolić sobie na odpoczynek i przestać się martwić o nią i jej rodzinę. Teraz jednak musiała pomówić o czymś z córką i choć bardzo tego nie chciała, Maggie była jedyną osobą, którą mogła poprosić o radę.

Zapalając kolejnego papierosa, powiedziała cicho:

— Trzeba coś zrobić z Jackie, wiesz o tym, prawda?

Maggie westchnęła. Spodziewała się tego, często poruszały ten temat.

— Co proponujesz? Ona nie przestanie pić, jeśli naprawdę tego nie zechce.

Lena skinęła głową.

— Ktoś musi z nią o tym pomówić...

Maggie uniosła błagalnie ręce.

— Ale tym razem nie ja. Próbowałam nieraz, ale ona omal mnie nie udusiła. To jest choroba, mamo, a ona nie chce wiedzieć, że jest chora.

Lena ostatnio się postarzała. Patrząc, jak popija chivas regal, Maggie widziała zmarszczki, które pojawiły się wokół jej oczu i ust. Wyglądała z nimi, jakby była wiecznie załamana, co nie było prawdą. Wziąwszy pod uwagę to, jakie miała życie, należało powiedzieć, że była względnie szczęśliwa. To Jackie przysparzała jej zmartwień i odbierała w nocy sen.

— Temu chłopakowi całkiem odbiło — powiedziała Lena. — Słyszałaś, co wczoraj zrobił?

Maggie pokręciła głową.

— Co takiego?

W głosie Maggie dało się wyczuć znużenie. Mały Freddie ciągle coś broił, taki już był. To był cały on. Był prawdziwym synem swojej matki, musiał być najważniejszą postacią dramatu. Maggie, rzecz jasna, nie powiedziałaby tego na głos.

— Podobno dotykał tej dziewczynki, która mieszka po drugiej stronie ulicy, Karen córkę Sammy, wiesz.

— Co to znaczy, że jej dotykał? — spytała ostrym tonem Maggie.

Lena zarumieniła się z zażenowania.

— Wiesz, co chcę powiedzieć. Mam ci to narysować?

Maggie głośno przełknęła ślinę. Czegoś takiego nie spodziewała się nawet po tym małym gnojku.

— Nie wierzę...

Lena nie pozwoliła jej dokończyć.

— Ja też nie wierzyłam, ale teraz już sama nie wiem. Z tym dzieckiem dzieje się coś bardzo niedobrego.

— Och, mamo, daj spokój. To tylko dziecko, przyznaję, że bardzo denerwujące, ale ma dopiero siedem lat.

Nie chciała uwierzyć w to, co powiedziała matka.

Bagatelizowała jej słowa i Lena miała tego świadomość. Przenosząc wzrok na podłogę, rzekła:

— Jedna z jego sióstr to widziała i powstrzymała go, zanim posunął się dalej.

Maggie wyprostowała się. Miała wrażenie, jakby ktoś uderzył ją pięścią w brzuch.

Kiedyś Freddie został na noc w domu, w którym mieszkali poprzednio. Sąsiadka urządziła przyjęcie urodzinowe dla córki, która kończyła cztery lata. Nigdy nie poznała prawdziwej przyczyny krzyku dziecka, ale odgadła, że miał z tym coś wspólnego jej siostrzeniec. Wszyscy nagle rozeszli się do domów, tłumacząc się w ten sam sposób, że dzieci są zmęczone i że mają dość. Lecz w głębi serca Maggie wiedziała, że chodziło o małego Freddiego. Sąsiadka, miła kobieta mieszkająca w ładnym domu obok, matka dwojga dzieci, od tego dnia praktycznie zerwała z nią kontakty. Mówiła cześć, pytała o zdrowie, zagadywała przejeżdżając, ale nigdy więcej nie zaprosiła Maggie do siebie.

Gdy wspomniała, że się przeprowadzają, biedaczka odebrała to z ulgą, Maggie mogłaby przysiąc na Biblię. Maggie pomyślała, że sąsiadka dowiedziała się o niektórych interesach Jimmy'ego, co nie byłoby dziwne, gdyż Freddie uchodził w sąsiedztwie za jednego z królów przestępczego podziemia. Teraz jednak zastanawiała się, czy powód zerwania kontaktów nie jest bardziej ponury.

— Czy do czegoś doszło? Ktoś zbadał tę sprawę?

Lena pokręciła głową.

— Jackie nic nie wie, tak mi się przynajmniej wydaje. Znasz ją zresztą i tak by nie uwierzyła, że jej złote dziecko mogło zrobić coś złego. Ale to się stało, to było poważne zajście. Tak powiedziała Kim, a ona nie zmyśla.

— Do jasnej cholery, on ma siedem lat. Jeśli coś takiego zrobił, to musiał to gdzieś zobaczyć, musiał kogoś naśladować.

Lena prawie płakała. Przypaliła papierosa od poprzedniego. Maggie dopiero teraz uświadomiła sobie, że matka ostatnio pali tak dużo.

— Widziałaś, jakie filmy on ogląda? — spytała Lena. —

174

Jackie go nie pilnuje, nikt tego nie robi. Siedzi przez całe noce, oglądając na wideo świństwa i przemoc. Pozwalają mu robić, co mu się podoba.

Maggie dobrze o tym wiedziała, ale nic nie mówiła. Sama czuła się winna. Mały Freddie był koszmarnym dzieckiem i czuła przez skórę, że to, co usłyszała od matki, jest prawdą. Kimberley nie zmyśliła tej historii, jak słusznie zauważyła Lena. Jeśli opowiedziała o tym zdarzeniu, to znaczy, że je widziała.

Nagle zrobiło jej się niedobrze. Takich ludzi jak oni to nie spotyka. Ale przecież Jackie nie była taka jak oni, Jackie uważała, że sama stanowi dla siebie prawo.

— Co powiedziała Sammy?

Lena wzruszyła ramionami.

— A co mogła powiedzieć? Kto przy zdrowych zmysłach oskarżałby syna Freddiego o dewiacje seksualne? Zabrzmi to strasznie, ale ja wierzę. Myślę, że mały Freddie jest do czegoś takiego zdolny.

Maggie miała świadomość, że matka nigdy by czegoś takiego nie powiedziała, gdyby nie była pewna, że to prawda.

Usłyszała śmiech ojca i siostrzenic w salonie, gdzie oglądali film. Dziewczynki często zostawały u cioci na noc, zwykle w weekendy. Jackie już dawno wyszła z małym Freddiem, inaczej nie byłoby tej rozmowy.

Maggie zerknęła na zegarek. Dochodziła północ. Jimmy miał wrócić za jakiś czas, a ona potrzebowała go tak bardzo jak nigdy dotąd.

◆ ◆ ◆

— Wiesz, czego chcemy, więc po co te przepychanki?

Wszyscy obecni w pomieszczeniu wiedzieli, że Freddie pręży muskuły. Negocjował z równymi sobie, braćmi Joeyem i Timmym Black, którzy pochodzili z Glasgow i zdołali się wspiąć na szczyt w swojej profesji. Chcieli fuzji z Londynem. Narkotyki stanowiły teraz podstawę ich działalności, było więc naturalne, że dążą do połączenia z ekipą Ozzy'ego.

Wspólnie staliby się największymi dystrybutorami w Europie. Mieli forsę, głowy na karku i byli operatywni. Poznali też człowieka, który ukrywając się przed glinami, nawiązał kontakt z pewnymi Rosjanami, a ci byli w stanie bezkarnie wwieźć do kraju grzechotnika przebranego za kobietę. Innymi słowy trzymali w kieszeni większość celników w południowo-zachodniej części kraju.

Ozzy i bracia Black wzmocniliby się, gdyby rozpoczęli partnerską współpracę, to było dla nich jasne. Razem położyliby rękę na całej branży. Przy takiej liczbie firm na rynku było nieuniknione, że w końcu zaczną następować sobie na nogi. Kiedy to się stanie, dojdzie do tarć, a później wojen.

Szkoci mieli drugą co do wielkości organizację sprzedającą narkotyki. Mimo że w Wielkiej Brytanii jest najwięcej ludzi uzależnionych od heroiny, rynek innych rodzajów narkotyków rozwija się w błyskawicznym tempie. Kokaina i amfetamina sprzedają się głównie w Anglii. Walijczycy wciąż biorą magiczne grzybki i LSD, Irlandczycy zaś wolą palić trawę. Rynek zmienia się jednak błyskawicznie dzięki kulturze klubowej i nowemu narkotykowi ze Stanów o nazwie ecstasy. Fencyklidyna nigdy na dobre nie przyjęła się w Zjednoczonym Królestwie, meskalina zdobyła niewielki przyczółek, ale ten nowy narkotyk spełniał wszystkie wymagania. A ponieważ każdy chciał kawałek tego tortu, łączenie organizacji stawało się coraz częstszym zjawiskiem w całej Unii Europejskiej.

Ecstasy wywoływało dobre samopoczucie i ochotę do tańca i choć było drogie i trudne do zdobycia, wkrótce będzie w każdym zakątku kraju. Był to czas na zarobienie wielkiej forsy. Należało tylko dotrzeć do właścicieli wytwórni i przeciągnąć ich na swoją stronę.

Operacja musi być dobrze zaplanowana i przemyślana. Później trzeba narkotyk mądrze rozprowadzać i dopilnować, żeby sprzedażą zajmowali się swoi ludzie. W taki sam sposób postępują korporacje, które chcą wprowadzić na rynek nowy produkt. Mówi się o nim, reklamuje go, aż wszyscy detaliści zechcą go zamawiać.

Ta fuzja przyniesie więcej korzyści niż jakiekolwiek inne przedsięwzięcie. Forsa jak za monopol na Myszkę Mickey, w ogromnych ilościach, i to gotówką.

Jedyną przeszkodą była zła krew między Freddiem i Joeyem.

Obaj siedzieli w Parkhurst i poróżnili się o kontrabandę. Freddie dostarczał papierosy i wódkę dla Ozzy'ego, a gdy pojawił się Joey Black, cały w tatuażach i słynący z uderzenia z byka, musiało dojść do starcia.

Freddie bez trudu wyszedł z niego zwycięsko i Joey mu to przyznał. Nie oznaczało to jednak, że nie chciał powtórki, by odzyskać należną sobie pozycję. W więzieniu przełknął porażkę, bo musiał. Wiedział, że nie może domagać się rewanżu, ponieważ wszyscy uznali sprawę za zamkniętą.

Za murami o niej nie zapomniał, ale zdołał wypchnąć ją z pamięci. Jednak na ulicy ciągle się o niej mówiło. Dla spokoju umysłu i aby uważano go za niekwestionowanego króla podziemia, musiał załatwić Freddiego.

To będzie trudne, ponieważ w tej chwili obaj siebie potrzebują, i choć ich spotkanie było podszyte niedopowiedzeniami, odsuną wszystko na bok dla pieniędzy.

Lecz kiedy już forsa zacznie płynąć i granice zostaną otwarte, a oni staną się legendarnymi bossami podziemia, wciąż pozostanie drobna sprawa między Joeyem Blackiem a Freddiem Jacksonem.

Rozsądni stawiali na Freddiego, lecz outsiderzy uważali, że lepiej jest obstawić tego drugiego, bo w odróżnieniu od przeciwnika, Joey miał coś do udowodnienia.

◆ ◆ ◆

— Jesteś pewny, że z tego powodu nie wpadniesz? — Zawsze zadawała to pytanie. Jimmy uśmiechnął się. Naprawdę jej na nim zależało i kochał ją za to.

— Maggie, wszystko, czego się podejmuję, jest ryzykowne, zawsze o tym wiedzieliśmy, tak? Ten biznes niczym się nie różni od innych, tyle tylko, że wreszcie nas ustawi, już nigdy nie będziemy musieli kiwnąć palcem, chyba że sami zechcemy. Nie martw się, nawet jeśli mnie zapuszkują, tobie nic się nie stanie.

Uśmiechnęła się do niego jak zawsze. Potrzebował świadomości, że Maggie za nim stoi, ale ona nie stała. Nigdy tak naprawdę nie popierała jego działalności. Był to jednak jej Jimmy i za nic by mu się nie sprzeciwiła. Żył swoją pracą, bardzo uważał i zawsze był szczery z Maggie. Gdyby Freddie wiedział, ile jej mówi, włosy stanęłyby mu dęba na głowie. Ale Jimmy jej wierzył i miał po temu powody. Maggie nigdy nie zrobiłaby niczego, co mogłoby zaszkodzić mężowi albo ich wspólnemu życiu.

— Czy ktoś może powiązać cię jakoś z wytwórniami?

Pytanie było zasadne i Jimmy się go spodziewał.

— Nie, to bracia Black zajmą się tą stroną interesu, kiedy już stworzymy linie handlowe. W tej chwili chodzi o to, żeby dostarczyć towar dystrybutorom. Przestań się martwić, kobieto, wszystko jest pod kontrolą.

To był dla Maggie znak, żeby przestała. Z tonu głosu Jimmy'ego odczytała, że powiedział dość i chce zmienić temat. Znała męża na wylot.

Nalał sobie zimnego mleka do szklanki i rozejrzał się po nieskazitelnie czystej kuchni.

— Dziewczynki śpią?

Maggie skinęła głową.

— Ufam, że ten mały popapraniec poszedł do domu.

Uśmiechnęła się, ale zaraz przypomniało jej się to, czego dowiedziała się od matki. Postanowiła na razie nic nie mówić.

— Słyszałaś o jego ostatnim wyczynie? — zapytał Jimmy.

Maggie pokręciła głową, robiąc niewinną minę.

— A co zrobił?

— Freddie uważa, że to bardzo zabawne. Dziecko, jeśli można go tak nazwać, robi kupę przed domami sąsiadów. A jeżeli ochrzanią go, to następnym razem spuszcza spodnie i załatwia się na progu.

Maggie ze smutkiem pokręciła głową.

— On wymknął się spod kontroli. Wydaje mi się, że powinno się go gdzieś oddać.

Jimmy wzruszył ramionami i dopił mleko.

— Może to nastąpić szybciej, niż nam się wydaje.

Maggie ściągnęła brwi.

— Co masz na myśli?

— Freddie mówi, że pracownicy opieki społecznej chcą, żeby trafił do specjalnego zakładu dla dzieci z zaburzeniami. Byłby tam najmłodszy, ale myślę, że nawet Freddie widzi, że coś trzeba zrobić.

Maggie nic nie powiedziała, choć miała nadzieję, że tak właśnie się stanie. Jeśli to, co usłyszała od matki, jest prawdą, to czym prędzej powinien trafić pod fachową opiekę. Jednocześnie zdawała sobie sprawę, że Jackie nigdy nie poparłaby takiego rozwiązania.

— Czy mama nadal zamierza się jutro czesać?

Maggie ziewnęła lekko. To był długi dzień.

— Przyjdzie jutro rano.

Od dnia ich ślubu i śmierci Freddiego seniora, ojciec Jimmy'ego rzadko kontaktował się z synem. Nigdy go nie odwiedzał i nikt nawet tego nie komentował.

Jimmy skinął głową i opłukał szklankę pod kranem z zimną wodą. Nie wyglądał na zmartwionego, lecz Maggie czuła, że coś go trapi. Freddie był dla niego najważniejszy na świecie, może z jej wyjątkiem.

Czasem wątpiła nawet w to.

♦ ♦ ♦

Freddie był w łóżku ze Stephanie. Lubił tę dziwkę, miała dobre serce. Była tępa jak pień i miała dziecinne poczucie humoru, ale się rozumieli. A co najważniejsze, nigdy go o nic nie prosiła.

Jeśli nie przychodził, jeśli nie pojawiał się u niej przez kilka miesięcy, nawet na niego nie spojrzała. Kiedy Pat urzędowała w domu w Ilford, trzymał się z dala od Stephanie. Ale teraz znów trafiła na jego listę i bardzo się z tego cieszył.

Leżąc razem i paląc skręta, usłyszeli skrzypienie sprężyn łóżka w sąsiednim pokoju. Zaczęli się śmiać.

— Koleżanka się nie oszczędza! — zauważyła Stephanie.

— Ani łóżka!

Stephanie skręcała się ze śmiechu, bo była naćpana, a poza tym lubiła, kiedy Freddie tak się zachowywał. Był wtedy najbardziej czarujący i seksowny. Lubiła jego śniadą skórę i białe zęby. Ciągle żuł gumę albo miętusy, więc miał świeży oddech. Stephanie to doceniała, bo higiena osobista dużej liczby klientów pozostawiała dużo do życzenia.

Freddie przygarnął ją do siebie, poczuła się bezpieczna, bezpieczna i szczęśliwa.

Potem odwrócił ją zręcznie na brzuch, położył się na niej i ugryzł z tyłu w głowę. Wyrywała się, a on coraz mocniej wciskał jej twarz w poduszkę. Stękała jak zwierzę, kiedy wchodził w nią od tyłu, ból w głowie i w udach niczym błyskawice rozdzierał ciemność przed jej oczyma. Kurczak, którego zjadła nieco wcześniej, podpłynął gwałtownym strumieniem do gardła, zatykając usta i nos. Rozpaczliwie usiłowała wypchnąć wymiociny z ust, żeby móc oddychać. Dusiła się, poczucie bezsilności było straszliwe. Freddie wyzywał ją, mówił, że jest niczym, dziwką, kurwą. Słowa zlały się w jedno. Tracąc przytomność, czuła pieczenie na wpół strawionego jedzenia w nozdrzach. Jej usta otworzyły się w niemym krzyku.

◆ ◆ ◆

Mały Freddie usłyszał otwieranie frontowych drzwi, ale mimo to nie oderwał wzroku od ekranu. *Teksańska masakra piłą mechaniczną* była jego ulubioną kasetą i właśnie w tej chwili zaczęła tryskać krew. Kątem oka zobaczył przechodzącego wuja Jimmy'ego, ale nie ruszył się z miejsca.

Freddie leżał w łóżku z trzecią kobietą tej nocy: najpierw była Pat, potem Stephanie, a na końcu żona. Słysząc hałas, otworzył niemrawo oczy. Jackie dalej chrapała. Kołdra zsunęła się z łóżka, odsłaniając jej otyłe ciało, które rozlewało się niczym cielsko wieloryba leżącego bezwładnie na plaży. Uświadomił sobie, że ktoś wchodzi po schodach. Usłyszał jego krzyki i przekleństwa, i przyszło mu do głowy, że stało się coś strasznego.

Freddie wypalił trochę koki, która zmieszała się z brandy i bardzo zwolniła jego refleks. Dopiero gdy Jimmy zwlókł go z łóżka, zaczął się naprawdę budzić.

— Co się, kurwa, dzieje?!

Jackie przycisnęła poduszkę do ciała, zakrywając swoją nagość. Ze zdumieniem patrzyła, jak Jimmy okłada Freddiego.

— Ty pierdolony piździelcu! Ty cwelu!

Jimmy jeszcze nigdy nie krzyczał tak głośno i z takim gniewem. Jeszcze bardziej przerażało ją to, że Freddie nawet nie próbuje się bronić, tylko przyjmuje razy, leżąc bezwładnie na podłodze.

Kopał go, a gdy się zmęczył, spojrzał na Freddiego. Kręcąc głową w rozpaczy, tarł dłońmi oczy i twarz. Nagle ogarnęło go zmęczenie.

— Tym razem przegiąłeś, kurwa mać. Ona nie żyje. Nie żyje. Jackie usłyszała „Nie żyje" i zrobiło jej się zimno. Przeniknął ją strach. To było coś poważnego i bała się, że z tego powodu straci męża.

— Kto nie żyje? Co się tu, kurwa, dzieje?

Freddie usłyszał lęk w jej głosie i nagle zaczął wychodzić z otępienia. Wstał.

Jimmy rozejrzał się po brudzie, w którym żył jego najbliższy krewny, i zachciało mu się płakać.

— Spójrz na ten syf, który otacza cię ze wszystkich stron. Jesteście jak stado bydląt w jaskini. To nie jest życie, Freddie, wy żyjecie jak pasożyty, wszyscy.

Słowa dotarły do świadomości Jackie i mimo że była otumaniona alkoholem, zalał ją palący wstyd.

— To, co zrobiłeś, może zniszczyć nas i wszystko, co zdobyliśmy. Tylko dlatego, że nie umiesz nad sobą zapanować.

Freddie widział, że żona próbuje zrozumieć, co się stało. Uklękła na łóżku i krzyknęła:

— Kto nie żyje, na miłość boską?! Powiedzcie mi!

— Wszyscy ludzie w telewizorze, mamo. Wszyscy nie żyją — odpowiedział cichy głos z hallu.

Rozdział dwunasty

Usłyszawszy dokładną relację Jimmy'ego, Maggie wpadła w popłoch. Pojechała do domu zgodnie ze wskazówkami męża, zabrała wszystkie rzeczy dziewczyny i wyrzuciła je na wysypisko śmieci we wschodniej części Essex. Na samą myśl o tym, co się stało, dostawała mdłości.

Lepiej niż ktokolwiek zdawała sobie sprawę, do czego Freddie jest zdolny, a mimo to nie mogła uwierzyć, że zabił tę biedną dziewczynę w taki bezmyślny i okrutny sposób. Przed laty wiele razy musiała opierać się jego zakusom, ale nawet ona nie pomyślałaby, że był zdolny zrobić coś takiego.

Pamiętała, jak usiłował osaczyć ją w jej własnym domu, i wciąż czuła się nieswojo, gdy się na nią gapił nieobecnym wzrokiem, który oznaczał, że myśli o seksie. Gdyby Jimmy dowiedział się choćby części z tego, co się działo, dostałby zawału i zrobiłby taką awanturę, że jej skutki trwałyby pokolenia. Ojciec też nie przyjąłby tego dobrze, choć nie miał do Freddiego takiego stosunku, jak matka. Jackie obarczyłaby winą siostrę, bo zawsze obwiniała wszystkich oprócz męża.

Tej nocy Maggie zobaczyła ból i niepewność w jej oczach i wiedziała, że Jackie długo nie przestanie o tym myśleć.

Jeśli dowiedzą się o tym ludzie z ich środowiska, będzie im ciężko, ale jeśli gliny zgarną Freddiego, cała praca pójdzie na marne. Ta sprawa ściągnie klęskę na wszystkich, z którymi Freddie utrzymywał kontakty. Nikt nie pozostanie czysty.

Ozzy nie może się niczego dowiedzieć. Z wyrazu twarzy męża Maggie wyczytała, że to jest sytuacja być albo nie być. W drodze do domu otworzyła okna w samochodzie, bo czuła się chora i kręciło jej się w głowie. Nie mogła uwierzyć w to, co zrobiła, i żałowała, że Jimmy o wszystkim jej opowiedział. Musiał się bardzo niepokoić, skoro to zrobił.

Przypomniała sobie, że rano ma czesać jego matkę, i westchnęła. Kiedy stała na światłach, dwóch młodych mężczyzn zauważyło piękną kobietę w sportowym mercedesie i próbowało zwrócić na siebie jej uwagę. Zdarzało jej się to codziennie, ale nagle wydało jej się, że ją śledzą. Dodała gazu i uciekła, a oni zachodzili w głowę, co jest nie tak ze śliczną blondynką w nowiutkim mercu.

◆ ◆ ◆

Jackie popijała białe wino z wódką. Była jedenasta rano, wczesna pora nawet jak na nią. Mały Freddie wyczuł, że stało się coś poważnego, i zachowywał się wyjątkowo cicho. I dlatego wszystko wydawało się jeszcze bardziej nierzeczywiste.

Alkohol był jej środkiem przeciwbólowym, kulą, którą się podpierała, a od dłuższego czasu także powodem, dla którego wstawała z łóżka. Wiedziała, że Freddie jej nie chce. Jedynym, co go z nią trzymało, był ich syn. Dziewczynki zaczynały dorastać i ojciec się nimi zainteresował. Jakoś to wszystko szło aż do tego wydarzenia. Teraz Jackie bała się, co będzie dalej, co się stanie.

Freddie zabił dziwkę.

Te słowa kołatały w jej mózgu i choć wiedziała, że są prawdziwe, wciąż nie mogła się z nimi pogodzić. Ręce jej drżały i nie wiedziała, czy to normalna poranna dolegliwość, czy skutek szoku.

Jimmy oskarżył go o gwałt. Jego zdaniem to musiał być gwałt, bo nikt dobrowolnie nie zgodziłby się, by go tak potraktowano. Ale ona była dziwką, więc musiała być przyzwyczajona, że traktuje się ją jak śmiecia. Przecież dziwki właśnie tak zarabiają na życie. Robią to, czego nie chcą robić dla mężów żony, tak zawsze mówił jej Freddie.

Pozbyli się rzeczy dziewczyny, ale Jimmy powiedział, że

zadzwonili po karetkę i udawali, że to klient zabił prostytutkę. Maggie domyśliła się, że to nieprawda, że wymyślił tę historyjkę dla niej, gdy się uspokoił i zobaczył, jak wpłynęła na nią wiadomość o śmierci dziewczyny. Płacz i krzyki Jackie sprowadziły go z powrotem na ziemię. Ale jak mogła uwierzyć, że coś takiego zrobił mężczyzna, którego tak długo kochała, dla którego wciąż mieszkała w tym domu i który był dla niej wszystkim bez względu na to, co robił.

Nie była głupia, sama domyśliła się prawdy. To, co zrobił Freddie i o co został oskarżony, bardzo ją przerażało.

Pozbyli się ciała, musieli to zrobić.

Zastanawiała się, jak zamknęli usta innym dziewczynom. Musiało ich to kosztować fortunę. Nie obchodziło jej to, byleby tylko Freddie wyszedł cało.

Gdyby ta Stephanie, czy jak jej tam, padła ofiarą klienta, i tak musieliby pozbyć się ciała. Nie chcieli, żeby ktoś zaczął badać wnikliwie ich praktyki.

Jackie napiła się i spojrzała na zegar, zastanawiając się, czy dziewczynki wrócą dzisiaj do domu. Miała przeczucie, że zostaną u Maggie albo u jej matki do końca Wielkanocy. Przez ten czas sprawa zostanie załatwiona.

Odbiło jej się. Poczuła na języku kwaśny smak taniego wina, wychyliła je do końca i nalała następną porcję. Potrzebowała zapomnienia i wiedziała, że ten dzień nie będzie należał do niej. Sytuacja była zbyt poważna, żeby wystarczyło wino albo wódka. Taki dzień nie obejdzie się bez brandy albo nawet whisky.

Jackie jak zwykle myślała wyłącznie o swoich potrzebach. Zabita dziewczyna w ogóle jej nie zaprzątała, była tylko dziwką, a kto by się przejmował dziwkami? Nienawidziła baby, która spowodowała ten zamęt, i była pewna, że to musiał być wypadek. Freddie nie skrzywdziłby kobiety bez powodu. Faceta, owszem, ale nie babkę, to niemożliwe. Był kobieciarzem, to wiedziała na pewno, a kobieciarze lubią kobiety. Ci, którzy je krzywdzą, nie lubią kobiet. To chyba oczywiste, prawda?

Zamknęła oczy. W gruncie rzeczy nie wiedziała, w co wierzyć. Wiedziała tylko, w co chce wierzyć, w co musi wierzyć: że jej mąż nie jest potworem, za którego wszyscy go uważają. Znała go, urodziła mu czworo dzieci. Jeśli ktoś go zna, to właśnie ona.

Wiedziała, że ludzie uważają go za zbira, ale jej to nie przeszkadzało. Nikt nie znał go tak jak ona. Nikt nie widział, jaki delikatny jest dla dzieci, albo jak stara się być dobry. Narkotyki i wódka zrobiły z nim swoje tak jak z nią. To jest choroba.

Złapała się tej myśli jak deski ratunkowej.

Usłyszała, że otwierają się drzwi frontowe, i odwróciła się z lękiem.

♦ ♦ ♦

Freddie wiedział, że solidnie przeholował. Wiedział również, że musi wszystkich udobruchać, i to czym prędzej. Udusiłby tę głupią dziwkę po raz drugi, bo tylko go wkurzała. Czy ma płacić za to do końca życia? Przypadkowo udusił dziwkę, która za pięć funtów gotowa była pieprzyć się ze słupem ulicznym. Poszłaby do łóżka z rottweilerem za parę drobniaków i dużą porcję dragów.

Dlaczego po prostu nie wrócił wtedy do domu? Wciąż zadawał sobie to pytanie.

A teraz wszyscy patrzą na niego, jakby był przestępcą. Zachowują się tak, jakby zranił cywila. Jeśli Pat się dowie, to będzie koniec. Zostawiłaby go, ani razu nie oglądając się za siebie. Była twarda, ale lubiła dziewczyny i na swój sposób o nie dbała.

Odbiło mu, każdemu mogło się to zdarzyć. Nie zaplanował tego, to był wypadek.

Gdyby nie wypalił wtedy koki, wszystko potoczyłoby się inaczej. Dlaczego nie poszedł sobie w cholerę? Dlaczego zawsze musi przeginać pałę? Brandy już zdążyła go zmiękczyć, więc po co pił dalej i ćpał? Steph urąbała się tak samo jak on, ale to już nikogo nie interesuje.

Chciała go, zawsze cieszyła się na jego widok, czemu więc wszyscy się go czepiają z powodu pieprzonej dziwki? Freddie uważał, że to oni przesadzają i histeryzują.

Prawda była taka, że to, co zrobił, sprawiło mu przyjemność. Musi to przełknąć, nie ma wyboru, a kiedy przyjdzie czas, postara się, żeby do wszystkich dotarło, kto jest prawdziwym tatusiem.

Paul i Liselle patrzyli, jak Freddie wychyla jednego drinka po drugim. Plotka dotarła do nich i zachowywali się tak jak wszyscy inni. Czekali, co się wydarzy, zanim podejmą jakieś działanie.

W pubie nie było nikogo oprócz Freddiego i obojgu to odpowiadało. Ale kiedy weszła Maggie, wiedzieli, że rozpęta się piekło. Widać to było po jej oczach, po każdym jej geście.

— Ty zasrany świrze, rzygać mi się chce, jak na ciebie patrzę! — powiedziała niskim, chrapliwym głosem. Liselle pchnęła męża w stronę zaplecza, gdzie mieli mieszkanie. Poradzi sobie. Liselle wiedziała, że Freddie nie zerwie włosa z głowy tej dziewczyny, cokolwiek by się stało. W każdym razie nie dzisiaj.

Postawiła przed Maggie dużego scotcha z colą, lecz ta nie okazała zainteresowania.

— Jimmy ciągle musi po tobie sprzątać, ale tym razem posunąłeś się za daleko. Moja siostra uważa cię za nie wiadomo co, ja jednak wiem, jaki jesteś naprawdę, i Jimmy też to wie.

— Odpierdol się — odparł Freddie znudzonym głosem, ale Maggie i Liselle wychwyciły w nim nutkę strachu. — Idź do chaty i zrób sobie parę dzieci, może wtedy raz na zawsze się zamkniesz.

— Jimmy to porządny chłopak i jak zwykle świeci za ciebie oczami. Jesteś palantem, Freddie, ale ostrzegam cię. Jeszcze jeden taki wyczyn, a zostawi cię, a jeśli moja siostra ma choć odrobinę oleju w głowie, zrobi to samo. Nikt cię nie szanuje, straciłeś poważanie, przeholowałeś, jesteś łobuzem, wyrzutkiem.

Freddie patrzył na nią, wyobrażając sobie, jak by to było ogłuszyć ją pięścią, a potem rżnąć tak, żeby krzyczała. Ale tylko uśmiechnął się do Liselle.

— Patrzcie ją. Cipki przejmują władzę, szaleją.

Zrobił ruch w jej stronę, a ona podskoczyła ze strachu. Freddie się zaśmiał.

— Idź do domu, zanim zapomnę, że jesteś moją rodziną.

— Nie jestem twoją rodziną. A ty jesteś śmieciem i tylko parasol Ozzy'ego chroni cię przed sądem. Wiesz o tym?

— Odpieprz się, idź obciąć komuś włosy, tylko do tego się nadajesz. I zrób laskę Jimmy'emu, niech się raz ucieszy.

Znów parsknął śmiechem, a Maggie zastanawiała się, jak można kogoś zabić i nie przejmować się tym.

— Jak nie będziesz uważać, to twój chłop znów zacznie rżnąć dziwki. Nie żałował sobie.

Maggie wiedziała, że kłamie. Splunęła na niego. Ślina spadła na jego brodę.

— Sam idź do domu, piździelcu. Jackie jak zwykle na ciebie czeka, a tym razem możesz potrzebować alibi. Nigdy nie wiadomo.

Freddie znów wyszczerzył zęby w uśmiechu, ale Maggie wiedziała, że trafiła w dziesiątkę. Nie obchodziło jej to, był teraz wrogiem. Dziewczyna nie żyła, a temu draniowi ujdzie to na sucho za sprawą jej męża. Bolało ją to.

Wyszła z pubu z głową uniesioną wysoko i prawie złamanym sercem.

Freddie otarł twarz i z rozkoszą zlizał ślinę. Liselle patrzyła na to z obrzydzeniem.

Maggie powiedziała swoje i Liselle podziwiała ją za to, choć wiedziała, że Freddie nigdy tego dziewczynie nie wybaczy.

♦ ♦ ♦

Jimmy siedział z Pat i rozmawiał o wydarzeniach poprzedniej nocy. Oboje mieli świadomość, że do Ozzy'ego nie może dotrzeć najmniejszy sygnał o tym, co naprawdę się stało. Wściekłby się na potęgę i miał do tego prawo. Zdawali sobie sprawę, że gra toczy się o uratowanie ich tyłków.

Freddie nie wiedział, że jedna z dziewczyn zaalarmowała Patrycję, a ta wkurzyła się, że Freddie myśli, iż zabójstwo ujdzie mu płazem. Ona była szefową, zastępowała brata pod jego nieobecność, a był nieobecny bardzo długo z powodu agresywnej natury i działań wymiaru sprawiedliwości.

— Nie możemy dopuścić, żeby to wyszło na jaw. Zagroziłem wszystkim dziewczynom śmiercią, torturami i zagładą, jeśli otworzą usta, w rozmowie między sobą albo ze swoimi alfonsami.

— Z alfonsami?

Pat zachciało się śmiać: nawet Jimmy nie miał pojęcia o sprawach prostytutek. Dziwki uwielbiają swoich alfonsów, gdyż wszyscy mężczyźni, z którymi mają styczność, wykorzystują je dla forsy. Alfons przynajmniej ma dla nich trochę szacunku: dopóki zarabiają, są traktowane przyzwoicie. Właśnie dlatego Jimmy nie nadawał się do pracy w burdelu. Nie miał naturalnej przebiegłości pozwalającej alfonsom utrzymać dziewczyny w ryzach — albo przywiązać do siebie uczuciem, zależy jak się na to patrzy. Jeśli facet chce żyć z kobiet, musi być całkowicie pozbawiony szacunku dla innych ludzi. Jimmy nie znosił domów, uważał, że jest ponad takie rzeczy, i Pat o tym wiedziała. Jednak przynosiły one pieniądze, i im prędzej Jimmy sobie to uświadomi, tym lepiej dla niego.

— Myślę, że dostał nauczkę, Pat. Wydaje mi się, że przestraszył się tak samo jak my wszyscy.

Lojalność Jimmy'ego nie znała granic. Szkoda, że nie słyszał, jak Freddie wyzywa go od piździelców, kiedy sobie wypije. Jak szydzi z jego idealnej żony i idealnego życia. Było to podszyte zazdrością i choć Freddie na swój sposób lubił i podziwiał młodszego wspólnika, trudno mu było pogodzić się z tym, że ten, który patrzy w niego jak w obraz, czerpie z życia więcej niż jego mistrz.

Świat jest zabawny. Można być najgorszym śmieciem, ale jeśli się coś osiągnęło, nie depcząc komuś innemu po palcach, jest się fetowanym jak bohater. Jeśli wszystko spieprzyłeś albo ktoś odebrał ci to, co udało ci się zdobyć, idziesz w zapomnienie. Tak to jest. Nikogo nie obchodzi, na kim zarabia, byleby pieniądze płynęły.

Jimmy nie rozumiał jej związku z Freddiem, a Pat nawet przed sobą nie umiała wytłumaczyć, na czym polega dreszczyk w jej piersi, który wywołuje kontakt z naprawdę niebezpiecznym facetem. Świadomość tego, co każdego dnia wyprawia Freddie, w połączeniu z faktem, że traktuje ją jak niemowlę, stanowiła mieszankę, która uderza do głowy. Za każdym razem, kiedy go rozbierała i widziała jego pożądanie, niemal natychmiast do-

188

prowadziło ją to do szczytu. Był jak dzika bestia, którą zdołała oswoić. Nie powiedziałaby tego głośno, ale praktycznie posiadła go na własność. Zasygnalizuje mu, że wie, co się stało, subtelnie da do zrozumienia, że trzyma go na sznurku, a potem będzie patrzeć, jak Freddie stara się, by mimo wszystko go pragnęła. A ona pragnęła go jak jeszcze nigdy nikogo.

Lubiła panować nad sytuacją, tak działają na ludzi pieniądze. Kiedy potrafisz się utrzymać, sama podejmujesz decyzje, a większość poznawanych mężczyzn wręcz boi się ciebie i twoich powiązań, to jest naturalna kolej rzeczy. Teraz ona wykorzystywała mężczyzn, a nie odwrotnie. Potrzebowała seksu, po prostu. Żaden mężczyzna nie mógł dać jej więcej niż ona sama mogła sobie dać, po co więc zawracać sobie głowę?

Odzyska Freddiego. Wiedziała bez najmniejszych wątpliwości, że naprawdę mu na niej zależy. Ten drań pewnie nigdy nie zbliżył się bardziej do miłości. Znów weźmie go pod pantofel, i to tak mocno, że zostawi na nim ślady.

Na razie jednak musiała ugłaskać Jimmy'ego i przekonać go, żeby zatrzymał Freddiego w firmie tylko ze względu na zainwestowane pieniądze. Przypomni mu, że w końcu Ozzy jest jej bratem i będzie musiała go okłamać, chociażby przez pominięcie pewnych faktów. Obaj będą jej dłużnikami, zarówno Freddie, jak i Jimmy.

Zastanawiała się, czy Jimmy ją przejrzy. Łebski był z niego skurczybyk i szanowała go za to. Miała się także na baczności, gdyż jej brat patrzył na niego, jakby go otaczała aureola. A zwłaszcza jego tyłek.

Ozzy znał się na ludziach i dopóki Ozzy'emu na nim zależy, ona też nie będzie miała nic przeciwko niemu.

Wiedziała, jak grać w tę grę. Nie była idiotką.

◆ ◆ ◆

— Wszystko w porządku, kochanie?

Freddie trzymał Jackie w ramionach, a ona cieszyła się z uścisku jego silnych rąk.

Tego pragnęła, tego potrzebowała. Nalał jej szczodrze wódki i nie wypuszczając żony z ramion, ruchem głowy wskazał szklankę. Zwykle kazałby jej nie pić, wyzywałby od pijaczek.

189

Dzisiaj pasowało mu, że się urżnie i stanie po jego stronie. A ona zawsze chętnie godziła się na tę zabawę.

Gdyby tylko wiedział, że ona zawsze będzie na niego czekać, bez względu na to, co zrobi. Przecież zawsze tak było, prawda? Cokolwiek zmalował, stała przy nim, broniła go, dbała o niego. Czemu miałoby się to zmienić — chyba że naprawdę zamordował tę dziewczynę i teraz się bał.

Odepchnęła od siebie tę myśl. Jest facetem, a wszyscy faceci uganiają się za obcymi babkami. Jej ojciec robił to samo, kiedy była mała.

Obraz Jimmy'ego zamajaczył w jej otumanionym mózgu, ale szybko go przepędziła. Freddie żartował czasem, że Jimmy ma coś z pedzia, i może faktycznie tak jest. Pewnie właśnie dlatego jest taki szczęśliwy z Maggie. Stworzyli jakąś zasraną plakatową rodzinkę z reklamy płatków owsianych.

Otóż właśnie. Jeśli Jimmy faktycznie jest ciotą, wiele by to wyjaśniało.

Jackie wiedziała, że to wszystko nieprawda. Wiedziała również, że jest nielojalna wobec siostry, która zawsze ją wspierała i sprzątała po niej bałagan. Wolała jednak tak myśleć, by w korzystniejszym świetle zobaczyć siebie i ostatni postępek męża. Jackie poświęciłaby każdego dla spokoju umysłu.

Cieszyła się, że z nią jest, że próbuje ją przekonać, by w niego wierzyła. To było dokładnie to, czego potrzebowała do życia. Freddie wiedział, że powinien się jej trzymać.

Freddie obejmował żonę, wiedząc, że im więcej czasu z nią spędzi, tym łatwiej będzie jej uwierzyć w jego wersję historii. Poza tym, niezależnie od tego, czy ją kochał, czy nienawidził, nigdy by się od niego nie odwróciła, nawet gdyby zobaczyła, że zabił prostytutkę swoimi rękoma. Przyjmowała na wiarę wszystko, co mówił.

— Nie zrobiłeś tego naumyślnie, prawda, Freddie?

Spodziewał się tego pytania. Oznaczało ono, że prawie jest już w domu. W taki sposób przekonywała siebie, że mąż mówi prawdę. Był w tej sytuacji tyle razy, że nawet gdyby się zdrzemnął, udzielałby poprawnych odpowiedzi.

Odepchnął ją od siebie, tak aby poczuła się słaba i dotknięta jego gniewem. I odrzucona. Wyglądał niewinnie jak poranek, otworzył szeroko oczy i patrzył na nią, jakby złamała mu serce. Jackie wiedziała, że popełniła błąd i za niego zapłaci.

— Chcesz mnie zranić, czy co? Chcesz, żebym poczuł się jeszcze gorzej niż teraz?

Podniósł papierosy i zapalniczkę, całym ciałem pokazywał, że od niej odejdzie, być może na zawsze. Był do tego zdolny, potrafił zostawić ją na wiele dni albo nawet tygodni. Zrobił to już wiele razy, po prostu odszedł od niej i dzieci... Westchnął ciężko.

— Nie zniosę tego dłużej, Jackie, po prostu nie mogę. Staram się być szczery, mówić prawdę...

Przywarła do niego całym ciałem, jakby próbowała zatrzymać go w miejscu, patrzeć na niego, być z nim przez całą noc. Od dawna nie kochali się tak jak trzeba, od dawna nie czuła się tak dobrze.

Uwielbiała, kiedy jej potrzebował, a on potrzebował jej bardzo rzadko, więc kiedy już się tak zdarzyło, zrobiłaby wszystko, by to poczucie trwało jak najdłużej.

♦ ♦ ♦

Ozzy nic nie wiedział o tym, co się dzieje. Miał własne kłopoty. W sekcji specjalnej pojawił się nowy klawisz, nie wiadomo skąd, i wydawało mu się, że ma jakąś misję do spełnienia.

Faceta nie można było kupić i nie można było na niego wpłynąć, a najgorsze, że wydawało mu się, że ma posłuch.

Że ktoś w ogóle będzie go słuchał.

To było coś nowego dla wszystkich więźniów w sekcji, którzy pomyśleli, że facet trzyma ich w niepewności, bo chce zarobić parę funtów więcej. Nie była to nowa sytuacja w systemie więziennictwa. Wszak wszystkim chodzi o to, żeby jak najwięcej zgarnąć, rozumieli to zarówno kanclarze, jak i klawisze.

Facet nazywał się Harry Parker i naprawdę był poza zasięgiem. Wszyscy o takich słyszeli, ale po raz pierwszy mieli z jednym z nich do czynienia. Był niegrzeczny, arogancki i nieprzekupny. Trzeba było zrobić to, co nieuniknione, i to Ozzy zadecydował, że wykona brudną robotę.

Kiedy młody Harry, bo tak zaczęto go nazywać, wszedł o wpół do ósmej do świetlicy, żeby posłać wszystkich do łóżek i życzyć im miłych snów, zastał tam tylko Ozzy'ego.

Ozzy uśmiechnął się do niego uprzejmie, lecz z wyraźną groźbą, i rzekł:

— Chyba powinniśmy pogadać, co?

Harry pokręcił głową. Im częściej słyszał od kolegów, że Ozzy to groźny łotr, tym bardziej był zdeterminowany, żeby robić to, co uważał za słuszne. Jego arogancja nie miała granic. Jak dotąd.

— Nie wydaje mi się. Lepiej zabieraj stąd swój tłusty tyłek do celi. Zamykam za... — spojrzał na zegarek — piętnaście sekund. — Posłał Ozzy'emu denerwujący uśmieszek. Z powodu tego uśmiechu opuściła go żona, rodzina ledwo go znosiła, a przyjaciele — unikali.

Ozzy przez chwilę nie poruszał się. Spojrzał na klawisza i rzekł rozsądnie:

— A więc nie da się rozwiązać tego problemu, to chcesz powiedzieć?

Harry znów skinął głową, a potem rzucił sarkastycznie, głosem zwycięzcy:

— Nareszcie. — Kierując palec na Ozzy'ego, dodał pogardliwie: — Nie boję się żadnego z was. Jesteście łotrami i siedzicie w pierdlu. A ja chcę iść do domu i pooglądać telewizję. Im prędzej zrozumiecie, co mówi mój zegarek, tym lepiej będzie się wam wszystkim powodziło.

Harry nie przestawał się uśmiechać. Jego uśmiech nigdy nie obejmował oczu i nie było w nim prawdziwej radości.

— Czyżby, ty wstrętny mały piździelcu.

Harry był zaszokowany tym słowem, mimo że zdarzało mu się słyszeć gorsze wyzwiska.

— Wstawaj, Ozzy, i nigdy więcej się tak do mnie nie odzywaj, bo trafisz do raportu.

Ozzy wciąż siedział bez ruchu i nie zamierzał zmieniać pozycji.

Zaskoczyło to Harry'ego, który zaczął się bać. Nie było żadnych innych klawiszy, mimo że powinni tam być. Zorientował się, że jest sam. Lubił wyżywać się na więźniach, ale tylko wtedy, gdy wiedział na pewno, że mu nie oddadzą. Tacy jak on wszczynają bójki w pubie i wycofują się, pozwalając dokończyć sprawę komuś innemu.

Ozzy rozumiał go lepiej niż on sam. Wstał, podszedł do niego i zadał błyskawiczny cios. Nóż był bardzo ostry, zrobiono go przed paroma dniami w warsztacie i przeszmuglowano w kawałku drewna, które miało służyć jako kadłub modelu statku przeznaczonego na aukcję charytatywną.

Było to pożyteczne narzędzie, a także śmiercionośna broń. Harry przyłożył rękę do gardła, na jego twarzy pojawił się wyraz bezgranicznego zdumienia. Nie mógł uwierzyć, że został dźgnięty. Naprawdę wierzył, że nie spotka go żadna kara.

Ktoś powinien był mu dać nieoficjalny regulamin. To klawisze wzajemnie dbają o swoje bezpieczeństwo, a nie więźniowie.

Z gardła Harry'ego wydobywało się straszliwe gulgotanie. Ozzy zabił wiele razy i wiedział, że to koniec klawisza. Zakończy żywot na brudnej podłodze świetlicy. Nie będzie pierwszy i na pewno nie ostatni.

Bezsensowna śmierć bezmyślnego palanta, który przyszedł do sekcji specjalnej i myślał, że może wszystkimi pomiatać.

Ozzy przyklęknął nad konającym, uważając, żeby nie ubrudzić butów ani ubrania krwią, która raptownie zbierała się wokół leżącego. Oczy Harry'ego jeszcze nie zaszły mgłą. Wciąż próbował wzywać pomocy, krew tryskała czerwoną mgiełką z przeciętej krtani.

Ozzy uśmiechnął się.

— To na razie, synku.

Wyprostował się i spokojnie wyszedł ze świetlicy. Klawiszy nigdzie nie było widać i wcale go to nie dziwiło. Wszystko zostało ustalone, a jeśli on coś ustalał, to sprawy toczyły się zgodnie z życzeniem. Gdyby ten mały kutas to zrozumiał, wyglądałby zupełnie inaczej.

Kroczył korytarzem, pogwizdując. Machał kumplom i tym, którzy kumpli udawali. Wszyscy wiedzieli, co przed chwilą zrobił.

Wszedł do toalety i wrzucił nóż do umywalki. Po chwili zjawił się tam goniec o imieniu Paulie, który polał nóż wrzątkiem z czajnika. Potem owinął go w czysty ręcznik i zabrał na najwyższą kondygnację. Tam wrzuci wszystko razem do termosu bufetowego i będzie gotował przez całą noc, żeby zatrzeć wszelkie ślady Ozzy'ego i jego wspólników.

Na kilka tygodni skrzydło zostanie zamknięte, będzie prowadzone dochodzenie. W końcu zaszlachtowano klawisza. Ale później życie wróci do normy i będzie się toczyło bez tego jednego aroganckiego sukinsyna, i nikt nie będzie się za niego mścił.

◆ ◆ ◆

Jimmy i Maggie siedzieli z matką Stephanie. Maggie mówiła kobiecie, jak jest im przykro z powodu tego, co stało się z jej córką. Wręczyli jej dziesięć tysięcy na wydatki. Kobieta musiała sprzedać wszystko, co miała, zanim córka zaczęła zarabiać na nie obie. Była wniebowzięta.

Najmłodszy syn Stephanie, nadzwyczaj wyrośnięty jak na czterolatka, podejrzanie przypominał Freddiego. Maggie też to zauważyła. Charakter miał zupełnie inny, był grzeczny i uroczy. Maggie zbierało się na płacz, gdy patrzyła, jak tuli się do babci i pyta, gdzie jest mama.

Odniosła wrażenie, że Stephanie była na swój sposób dobrą matką. Jednocześnie miała przeczucie, że babka bez mrugnięcia okiem odda dzieci do sierocińca.

Maggie dolała herbaty do filiżanek i ciężko westchnęła. Była zła, że ją w to wciągnięto i że jej siostra nic sobie nie robi ze śmierci dziewczyny.

Rozglądając się po nędznej, lecz schludnej kuchni, wyobrażała sobie biedną Stephanie. Sama wychowała się w podobnej kuchni i być może w jakimś innym świecie to mogła być jej kuchnia, jej życie i jej śmierć.

W odróżnieniu od większości kobiet na tym świecie wiedziała, jak łatwo jest trafić do świata prostytucji. Śmiała się, słuchając kobiet, które w jej salonie opowiadały o sobie. Były utrzymankami żonatych mężczyzn i absolutnie nie dostrzegały podobieństwa swojego życia do życia tych kobiet, które robiły to samo każdemu biednemu frajerowi, który miał parę funtów w kieszeni. Wiele z nich było dziewczynami miejscowych opryszków i nawet nie pomyślało, że się zestarzeją i mogą zostać sprzedane. Według niej nie były one ani trochę lepsze od takich jak Stephanie, ale nie dzieliła się z nimi tą perłą mądrości.

Powiedziała Freddiemu, co o nim myśli, i wiedziała, że nawet za sto lat jej tego nie zapomni. Mimo to czuła się lepiej, że zrzuciła ten ciężar z piersi.

Roześmiał się jej w twarz i Maggie wiedziała, że uważał się za zwycięzcę. Komuś mogło się wydawać, że się zmieni, ale on ani myślał. Szok minął i Freddie zachowywał się tak samo jak zawsze. Uratowali mu tyłek i w jego mniemaniu sprawa była zamknięta. Upiekło mu się jak zawsze. A żona patrzyła na niego tak, jakby był Bogiem.

Maggie nazwała go śmieciem i powiedziała, że gdyby nie Ozzy, zgniłby w więzieniu za swoją zbrodnię.

Jimmy dowiedział się, co zrobiła, ale ona wcale się tym nie przejmowała.

Gdy znalazła się w tym domu smutku i bólu, nagle coś zrozumiała: że nigdy nie wybaczy ani Freddiemu, ani mężowi tego, że ją w to wciągnęli.

◆ ◆ ◆

Freddie dowiedział się o morderstwie z telewizji i uśmiechnął się. Od pewnego czasu wiedział, że Ozzy ma zamiar sprzątnąć tego gnojka. Było mu bardzo na rękę, że stało się to akurat teraz, a nie kiedy indziej. Cała sekcja zostanie odcięta i przez jakiś czas nie będzie odwiedzin ani żadnych innych kontaktów.

Był szczęściarzem pod wieloma względami i czasem zdawało mu się, że powinien zmienić nazwisko na Lucky Jackson. Gdyby wpadł do szamba, wynurzyłby się, pachnąc old spice'em i zabitymi dziwkami. Roześmiał się, a Jackie odwróciła się i spojrzała nań spod oka. Uśmiechnął się do niej najbardziej czarującym i niewinnym uśmiechem.

Leżąc na kanapie, popijając wódkę i wino i oglądając z żoną i synem jeszcze jeden film o seryjnym mordercy, czuł, że znowu jest sobą.

Stara dziwka jest trupem i tyle. Teraz trzeba się zająć żywymi, a on jest żywy, i to jak. Była zasraną dziwką, szmatą i miała szczęście, że tak długo się uchowała. W gruncie rzeczy on, Freddie, wyświadczył światu przysługę, bo była zakałą tego

195

świata. Jego ojciec mówił to samo o nim, ale on też już leży w grobie. Przed śmiercią dostał taką samą nauczkę. Nikt nie będzie podskakiwał Freddiemu i miał go za piździelca.

Życie to jeden wielki ciąg kopniaków, tak mawiała mama i miała rację. Ale ta suka Maggie zapłaci za to, co powiedziała, i za to, jak na niego spojrzała. Zapłaci z nawiązką.

Nie będą nim pomiatać z powodu nędznej dziwki. Freddie był jednak przebiegły, wiedział, że tymczasem musi przełknąć razy i czekać na odpowiedni moment.

Ten moment nadejdzie, był tego pewien, a wtedy będzie musiała uważać na swój mały opalony tyłeczek.

Rozdział trzynasty

Po śmierci Stephanie wszystko powoli wracało do normy, tak się w każdym razie zdawało. Ci, którzy powinni zostać kupieni, zostali kupieni, ci, których to obchodziło, zeszli z pola widzenia, a dziewczyny za bardzo się bały, żeby tykać tę śmierdzącą sprawę.

Jimmy zachowywał się zupełnie inaczej, Freddie dobrze to widział. Nie zostawał na drinka, jeśli nie musiał. Freddie miał tego powyżej uszu. To była dziwka, więc w czym problem? Jego zdaniem była zdzirą, a wszyscy zachowują się tak, jakby zginął prawdziwy człowiek, ktoś, kto ma życie przed sobą.

Jimmy go ignorował i Freddiemu zaczynało to działać na nerwy. Przed laty zauważył, że Jimmy wygląda na niewydarzonego cwela. Teraz jednak mały Jimmy robił taką minę, jakby zdawało mu się, że jego zdanie się liczy.

Oskarżenie wciąż wisiało w powietrzu i choć od tamtej nocy nigdy nie rozmawiali o tym incydencie, Freddie ciągle widział wyrzut w oczach Jimmy'ego. Miał już tego dość.

Należało położyć kres tej przyjacielskiej obstrukcji i Freddie zamierzał rozwiązać problem.

Kiedy Jimmy wpadł tamtej nocy do jego domu, nabuzowany gniewem i testosteronem, postanowił trzymać buzię na kłódkę. Racja była po jego stronie i Freddie przyjął jego grę. Teraz jednak sprawa była skończona i trzeba było zrobić remanent.

Freddie wiedział, że za wcześnie jeszcze na prężenie mięśni, uśmiechał się więc i życzył Jimmy'emu wszystkiego dobrego.

Tak w każdym razie mówił.

Ale na jego czole nikt nie przybił pieczątki z napisem „dupek", miał więc dość traktowania, jakby nim był. W jego głowie aż się gotowało.

Stało się dokładnie to, na co czekał. Radość Freddiego była tym większa, że wydarzyło się to akurat w odpowiednim momencie.

Bracia Black burzyli się o wszystko, sam tego dopilnował. Robił im drobne świństwa przy każdej okazji i postarał się, żeby mieli go dość.

Ich główny dostawca był z Amsterdamu i tak się jakoś złożyło, że przyleciał do Glasgow, a to oznaczało, że mały Jimmy musiał raz-dwa przetransportować tam swój tyłek. Facet miał być w Londynie, bo tam miała się odbyć główna akcja. Bracia Black wściekali się, tak samo jak człowiek z Amsterdamu, i biedny Jimmy musiał udać się na północ. Cóż, takie jest życie. Freddie uśmiechnął się do siebie. Pomieszał ustalenia, bracia Black i dostawca nie połapali się w tym, więc Jimmy musiał ruszyć w drogę.

Maggie wściekała sie, bo mieli obchodzić rocznicę ślubu, a teraz plany diabli wzięli. Sądząc po tym, co Jimmy mówił przez telefon, była bardzo niezadowolona.

Pieprzyć ją i Jimmy'ego też.

Freddie znów się uśmiechnął. Jimmy poszedł pakować walizki i szykować się do lotu, a on został w pubie z Paulem i Liselle. Od dawna nie był taki wesoły, zabrał się więc na poważnie do picia.

◆ ◆ ◆

Maggie była zła i specjalnie wyszła z domu, kiedy Jimmy miał przyjechać. Nie znosił przychodzić do pustego domu. Lubił, żeby zawsze tam była. Poza tym nie miał pojęcia, gdzie co znaleźć. Maggie pojechała do matki i uśmiechnęła się złośliwie na myśl, że będzie musiał przewrócić pokój do góry nogami w poszukiwaniu majtek.

Dobrze mu tak. Złościło ją, że jest na każde skinienie rozmaitych ludzi, a dla niej go nie ma. Była na niego tak wściekła, że nie interesowała jej jego podróż i wszystko, co się z nią wiązało. Rozmawiała z Pat, która jak zwykle traktowała wszystkich z góry. Jeszcze jedna, która uważa się za pępek świata, a jest nikim. Bo bez brata Pat nic nie znaczyła. Podobnie jak Jackie liczyła się tylko na tyle, na ile liczył się mężczyzna, do którego była przypięta.

Maggie miała swoje życie i swój interes... Choć w głębi serca wiedziała, że potrzebuje Jimmy'ego nie mniej niż tamte swoich mężczyzn. Starali się o dziecko i miała pewność, że w końcu się uda. To miał być specjalny wieczór, a gdy Jimmy oznajmił, że musi polecieć do Szkocji, poczuła, jakby miano go wystrzelić w kosmos. Miała nową bieliznę i butelkę szampana, która już się chłodziła. W lodówce czekały też truskawki z bitą śmietaną. We wszystkich magazynach dla kobiet można przeczytać, co trzeba zrobić, żeby spędzić romantyczną i absolutnie szałową noc.

Uśmiechnęła się cierpko. Niestety, autorki tych tekstów nie biorą poprawki na to, że mężczyzna jest śmierdzącym handlarzem narkotyków, który w ostatniej chwili musi lecieć do Szkocji, ponieważ dwaj inni baronowie narkotykowi dokumentnie popieprzyli ustalenia. Pewnie zakładają, że wszystkie kobiety są takie jak one: należą do klasy średniej, mają mężów bankierów albo reklamiarzy, którzy na co dzień chodzą w garniturach. Ich jedyny kontakt z przestępczym bractwem polega na tym, że czasem publikują statystyki.

W tej chwili Maggie im zazdrościła. Czasem, gdy przychodziły do salonu i rozmawiały o tym, jak żyją, szczerze ich nienawidziła. Nie kobiet z jej kręgu, z tlenionymi włosami i trwałymi ondulacjami, lecz tych, które zjawiały się w czasie weekendu. Dyrektorki, bo tak je na własny użytek nazywała, szczebiotały o pracy i wakacjach. One nie uważały za normalne, że dyskutuje się o sprawie sądowej męża albo o jego ostatnim bliskim spotkaniu z przedstawicielką płci odmiennej. Takie kobiety oszczędzają, żeby coś kupić, i marzą o awansie, bo wyższe zarobki oznaczają, że można założyć rodzinę.

Mężowie tych kobiet nie muszą się gdzieś stawiać na każde zawołanie i nie ryzykują codziennie życia albo długiego wyroku więzienia.

Wieczorem w pewnej chwili chciała postawić Jimmy'emu ultimatum, ale szybko zrozumiała, że to na nic. Właśnie wtedy spojrzała trzeźwo na swoje życie.

Nie mogła w żaden sposób powstrzymać go przed wyjazdem, postanowiła więc, że tym razem nie będzie dobrą dziewczynką, która siedzi w domu i czeka na męża. Niech radzi sobie sam, niech zobaczy, jak to jest, kiedy ona go we wszystkim nie wyręcza. Było to głupie, może niepotrzebnie się czepia, tak w każdym razie pomyśli jej mąż. Rzadko się odwijała, więc jeśli zrobi to teraz, Jimmy naprawdę to odczuje.

Musiał lecieć, ponieważ konflikt między Freddiem i braćmi Black sprawił, że Freddie nie mógł z nimi negocjować. Ból Maggie jednak pozostał. Ten skurwiel Freddie po prostu umył ręce. Napuszczał ludzi na siebie, a później wykręcał się od odpowiedzialności. Gdyby choć raz zrobił to, za co bierze forsę, zamiast zostawiać wszystko na barkach Jimmy'ego.

Jimmy był prawą ręką Ozzy'ego. Zarabiał dobrze, a Maggie naprawdę go kochała. Usiłowała wyobrazić sobie siebie u boku innego mężczyzny, ale daremnie. Nigdy nikogo nie było i nigdy nie będzie, i Jimmy czuł to samo. Nagle poczuła się źle, jakby postąpiła nielojalnie, a w jej świecie lojalność była wszystkim. Jimmy przynosi chleb do domu, a oni są młodzi, będzie jeszcze wiele nocy.

Zatrzymując samochód przed domem matki, żałowała, że nie poczekała, by pożegnać się z mężem. Przecież on jest naprawdę uroczym facetem. Poczucie winy zaczynało jej doskwierać, gniew ustępował. Nie chciała, żeby wyjechał bez pożegnania, bez dobrego słowa od niej. Gniew jest straszną emocją, pcha człowieka do złych rzeczy.

Przez kilka minut siedziała w sportowym mercedesie i płakała. Wiedziała, że Jimmy zadzwoni z Glasgow, a ona odbierze i wszystko znów będzie dobrze. Nie mogła jednak pozwolić, żeby wsiadł do samolotu bez pojednania. A gdyby coś mu się stało?

Kochała i zawsze będzie go kochać. Popełniła błąd, skazując go na takie cierpienie. Ale tak bardzo pragnęła dziecka, a to był idealny moment na zrobienie ślicznego małego Jacksona. Uśmiechnęła się szeroko, zawróciła i pomknęła do domu najszybciej, jak się dało.

◆ ◆ ◆

Bracia Black gotowali się ze złości. Freddie naważył piwa, a więc oni mieli teraz prawo dać mu popalić.

Freddie zawsze prowokował więcej bójek niż John Wayne, a teraz doprowadził do tego, że chemik przyleciał do nich, zamiast do Londynu, gdzie zwykle produkowano i rozprowadzano towar. Freddie obiecał, że oni też będą mogli zaklepać dla siebie najlepszy towar.

Chcieli mu powiedzieć, że nie pozwolą sobą pomiatać, i co? Zjawi się u nich mały Jimmy.

Owszem, lubią i szanują Jimmy'ego, ale chcieli się rozmówić z Freddiem. Chcieli z nim ostro pogadać na własnym gruncie, chcieli, żeby nie miał broni, bo wszyscy wiedzą, że Freddie umie się nią posługiwać jak mało kto.

Doszło też do ich uszu, że załatwił pracującą dziewczynę, i to taką, która miała dzieci. Nawet gdyby wcześniej nie mieli z nim zatargów, to był wystarczający powód, żeby powiedzieć mu coś do słuchu.

Zdaje mu się, że jest lepszy od wszystkich dookoła, i miał mylne wrażenie, że przełknęli to, co ostatnio między nimi zaszło. Wiedzieli, że Freddie ma ostatnią szansę nie tylko u nich, lecz także u każdego, z kim utrzymuje kontakty. Bracia Black byli porządnymi facetami, mieli żony, dziewczyny i dzieci zarówno w małżeństwach, jak i poza nimi. Opiekowali się tymi, którymi powinni się opiekować, a nie da się tego powiedzieć o tym zasrańcu Jacksonie.

Krążą pogłoski, że nawet Ozzy ma go dosyć. Jeśli to prawda, to wyrównując rachunki z Freddiem, zdobędą kilka dodatkowych punktów. To była teraz ich misja. Obaj bracia byli gotowi i jeśli w związku z tym trzeba się będzie zająć Jimmym, to trudno. Miły z niego chłopak i twardy, ale jest krewnym tego śmiecia i mordercy. Mieli się jednak na baczności przed

Jimmym, bo wiele wskazywało na to, że wisi u tyłka Ozzy'ego. A Ozzy wprawdzie od dawna siedzi, ale wszyscy o nim pamiętają.

◆ ◆ ◆

Jimmy patrzył na wielki bałagan, jaki zrobił w garderobie. Nagle obejrzał się i zobaczył światła samochodu żony. Uśmiechnął się. Miał nadzieję, że Maggie jednak przyjedzie. Rozumiał, dlaczego jest zła, ale praca jest pracą, a on miał zadanie do wykonania. Właśnie za to mu płacono, za to kupowali domy i żyli tak, jak żyli.

Maggie o tym wiedziała, a on rozumiał, że ma prawo się gniewać, bo wszystko już wcześniej ustalili. Ozzy był jednak ich pracodawcą, a Jimmy musiał pilnować, żeby wszystko przebiegało zgodnie z planem i możliwie bez zakłóceń.

Usłyszawszy, że Maggie wchodzi do domu i wbiega po schodach, wszedł do sypialni. Garderoba wyglądała jak po wybuchu bomby. Wiedział, że Maggie będzie się złościć.

Stała w drzwiach, śliczna jak zawsze. Jej blond włosy prezentowały się nieskazitelnie, makijaż był delikatny. Sprawiał, że wyglądała świeżo i swojsko.

— Strasznie mi przykro, kochanie.

Wiedziała, że Jimmy mówi prawdę.

— Mnie też. Naprawdę czekałam na tę noc. Chciałam, żebyśmy się kochali.

— Będziemy, skarbie, jak tylko wrócę ze Śmiechocji.

Maggie się roześmiała.

— Ze Śmiechocji? To jakieś nowe państwo.

Wziął ją w ramiona.

— Bracia Black ogłosili mobilizację, a wszystko dlatego, że ten piździelec Freddie... — Nie musiał kończyć zdania. — Od samego początku gra im na nerwach, a teraz ja muszę tam polecieć i wszystko wyprostować.

Maggie popatrzyła na jego przystojną śniadą twarz i zapragnęła go tak, jak nigdy.

Pocałował ją mocno w usta.

— Wiesz, że nie chcę jechać, że gdybym miał wybór, zostałbym z tobą, więc daj mi spokój, co? To jest robota, serce ty moje, a przecież wiesz, że dzięki temu piździelcowi bracia Black słuchają tylko mnie.

Maggie szczerze się uśmiechnęła. Kochała tego mężczyznę i żadnego innego. Nigdy nie chciała być z kimś innym. Nawet jako dziecko, gdy koleżanki marzyły o piosenkarzach, ona myślała tylko o Jimmym.

Był wszystkim, czego kiedykolwiek pragnęła i potrzebowała. Pchnął ją na łóżko, a ona pozwoliła mu się wziąć, tak jak zawsze. Czuła wdzięczność, że jej pragnie, że jest w jej życiu i że kocha ją tak, jak ona jego.

Często zastanawiała się, czy pozwala sobie na skoki w bok. Dziewczyny go podchodziły i nic w tym dziwnego. Był niesamowity pod wieloma względami. Odepchnęła tę myśl. Czego oczy nie widzą...

— Skarbie, będziemy mieli najpiękniejsze dziecko na świecie. Urocze śliczne maleństwo, będzie wyglądało jak twoje odbicie.

— Tak bardzo cię kocham, Jimmy.

Uśmiechnął się i delikatnie pocałował ją w usta.

— Nie dowiesz się, czym jest miłość, dopóki nie poczujesz, jak ja ciebie kocham.

Serce rosło jej z dumy. Wiedziała, że Jimmy naprawdę tak myśli. Był jej miłością, jedyną miłością, tak samo jak ona jego. Był jak płyta Barry'ego White'a, którą ubóstwiała. To była ich muzyka, przy niej po raz pierwszy tańczyli w klubie młodzieżowym.

I na zawsze pozostanie jej miłością, tak między nimi było. Bez niego była niczym, czuła się nic niewarta. Należała do niego, a on wiedział o tym lepiej niż ona.

◆ ◆ ◆

Freddie spoglądał na zegar i Liselle zachodziła w głowę, co się stanie. Prowadziła z mężem pub od tylu lat, że wiedziała, kiedy ktoś na coś wyczekiwał. Nauczyła się tego.

Widziała złodziei, którzy czekali na umówioną godzinę napadu na bank, i morderców czekających, aż ofiara wyjdzie z knajpy. W jej lokalu obmyślono i popełniono niejedno morderstwo, wiedziała o tym lepiej niż ktokolwiek. Wiele razy łgała przed policją, chroniąc stałych klientów.

Był to stary pub, w którym niejedno się wydarzyło. Patrząc na Freddiego Jacksona, wiedziała, że zamierza zrobić coś, czego będzie się wstydził. Jej ojciec mawiał, że ktoś ma coś wypisane na deklu. Było to jego ulubione powiedzonko. Freddie planował poważną rozróbę. Tacy jak on nie znają rozrób innego rodzaju.

♦ ♦ ♦

Jackie bez wątpienia robiła, co mogła, lecz jej dzieci były najgorszymi bachorami, jakie chodzą po ziemi. W głębi serca ich nienawidziła. Miała z nimi bardzo ciężko.

W domu jak zwykle było za gorąco. Panował brud i smród. Jedli rybę z frytkami, cuchnęło więc octem i tanim dorszem. Poza tym mały Freddie oddawał mocz tam, gdzie siedział, dlatego ilekroć włączała ogrzewanie, w mieszkaniu roznosił się duszny smród.

Siedziała z córkami i oglądała ich ulubiony film, *Pretty Woman*. Chciało jej się wyć. Czy musi im się podobać akurat film o prostytutce? Czasem zdawało jej się, że sobie z niej kpią, bo wiedzą, co zrobił ich ojciec. Zwłaszcza Kim, która unosiła ramiona i spoglądała matce w oczy, niewinnie, lecz znacząco. Jackie szybko opróżniała szklankę z drinkiem. Cała ta zgraja nieustannie przypominała jej, jakim szambem jest jej życie.

Czasami nie mogła zrozumieć, dlaczego jeszcze się przejmuje. Mały Freddie miał bzika i musiała stawać na głowie, żeby nie trafił do domu dziecka. Dziewczynki w ogóle się nią nie interesowały i Jackie wiedziała, że gdy dorosną, czym prędzej ucieknę z domu. Kto mógłby im to mieć za złe?

Wolałyby mieszkać u Maggie. Lubiły ją, mówiły, że jest fajna, uważały, że jej dom to najlepsze miejsce na świecie. Rozmawiając z nimi, można było dojść do wniosku, że to Maggie jest ich matką. Ględziły o jej salonach, ubraniach i pieprzonych wizytach w solarium. Za kogo one się uważają?

To ona była ich matką, ona je urodziła i wychowała. Kiedy Freddie siedział, robiła dla nich wszystko, co mogła.

Czy jej podziękowały? Gówno. Wydała na świat najbardziej niewdzięczne bachory, jakie chodzą po ziemi.

Mały Freddie pluł na nią, kiedy szedł do kuchni po słodycze.

Często to robił, pluł na wszystkich, uważał, że to zabawne. A kiedy dawała mu klapsa w tyłek, głośno wrzeszczał i rzucał się na nią.

Ciągnął ją za włosy, pluł i wykrzykiwał przekleństwa. W końcu waliła go z całej siły pięścią w brzuch, aż odbierało mu dech. Zwijał się na podłodze i przez chwilę był cicho. Doprowadzona do granic cierpliwości, Jackie czuła wreszcie smak zwycięstwa.

Następnym razem zaatakował z tyłu i wszystkie dziewczynki musiały go z niej ściągać.

Najgorsze było to, że jak zwykle je rozbawił.

♦ ♦ ♦

W domu panowała cisza. Maggie leżała w wannie, rozkoszując się absolutnym poczuciem szczęścia, które ją przepełniało.

Dobrze, że nie została u matki. Choć dom wydawał się o wiele za duży, kiedy była sama, to jednak lepiej, że wróciła do męża. Kobiety nie używają obecnie słowa mąż, uważają je niemal za wyraz lekceważenia. Ona jednak była dumna, że Jimmy do niej należy, jest jej mężem, starym, odrobiną mężczyzny, jak mawiała jej matka.

Popijała wino i zapaliła papierosa. Zaciągając się nim, wciąż czuła w sobie dygot, gdy myślała o tym, jak kochali się z Jimmym. Było to jak zjazd ze stromego wzgórza jej sportowym mercedesem. Dotyk jego rąk. Jego język i ciężar ciała, gdy doprowadzał ją do szczytu.

Zamknęła oczy i zaciągnęła się jeszcze raz. W sypialni grała płyta Barry'ego White'a. Jego głęboki baryton sączył się do jej uszu. Myślała o Jimmym i o tym, jak się kochali, gdy poczuła dotknięcie na ramieniu.

Otworzyła szeroko oczy i wypuściła papierosa na piersi. Usiadła z dreszczem bólu i przerażenia i spojrzała w roześmianą twarz Freddiego Jacksona.

— Jak tam, Maggie?

Szczerzył do niej zęby i był rozebrany.

Maggie poczuła, że zbiera jej się na mdłości. Freddie oblizał powoli wargi, zaśmiał się ponownie i zapytał ze śmiechem:

— Co jest, skarbie, jesteś wykończona?

Poczuła się bezbronna i przerażona jak kobieta, która wie, że jest całkiem sama i zdana na czyjąś łaskę.

Zanurzyła głowę w pianie, wstydząc się, że widzi ją nagą i że nie zadbała o swoje bezpieczeństwo. Bo w głębi serca od dawna wiedziała, że ten dzień nadejdzie i teraz nie była pewna, czy zdoła się przed nim obronić.

A to, iż nie zapytała go, co tam robi i czego chce, powiedział mu wszystko.

— Proszę cię, Freddie, zostaw mnie w spokoju i idź do domu...

— Nie pierdol, Maggie, chcesz tego tak samo jak ja, a kazałaś mi czekać. Nie będę czekał dłużej.

Podciągnął ją za włosy, jak piórko.

Zaczęła krzyczeć, wiedząc, że krzyczy na próżno. Nikt jej nie usłyszy, to była wada dużych, dobrze zbudowanych domów. Jej stopy wlokły się po podłodze, a ona wiła się i skręcała, próbując wyrwać się z jego uchwytu.

Ale Freddie śmiał się coraz głośniej. Kiedy rzucił ją na łóżko, na którym jeszcze dwie godziny temu kochała się z Jimmym, wciąż usiłowała okryć doskonale opalone, atrakcyjne ciało. Do którego tylko jej mąż miał dostęp.

Wpychał kolano między jej nogi, rozwierając je. Maggie zaczęła szlochać, prosząc go, żeby przestał i zostawił ją w spokoju.

— Co jest? Chcesz powiedzieć, że nie lubisz kutasa?

Freddie cuchnął i Maggie instynktownie wyczuła, że niedawno z kimś był. Miał na sobie zapach brudnej kobiety. Zrobił to umyślnie, chciał, by poczuła się jak dziwka, i osiągnął swój cel.

Kiedy w nią wszedł, poczuła pieczenie, jakiego nigdy nie zaznała, jak gdyby używał jakiegoś przedmiotu. Twardość jego członka i wstrętny odór, który otaczał Freddiego, były przytłaczające. Odsuwała się, gdy próbował ją całować. Złapał ją za brodę, pocałował i wsunął język do jej ust. Miał obrzydliwy smak piwa, brandy i narkotyków. Jego ślina, zagęszczona kokainą, przywarła do jej ust. Maggie zaczęła się krztusić.

Dusiły ją mdłości, a jego to bawiło. Nie rozumiał, co się z nią dzieje. Dla niego to był tylko szybki numerek, sposób, żeby dać jej nauczkę. Zaplanował wszystko tak, żeby mógł ją wykorzystać, a potem odejść, wiedząc, że Maggie nie może powiedzieć mężowi. Nie odważy się powiedzieć ani jemu, ani nikomu innemu.

Jego ramiona stężały, wiedziała, że za chwilę nastąpi wytrysk. Próbowała go z siebie wypchnąć, ale trzymał ją mocno i wypowiadał świństwa do jej ucha. Poczuła w sobie jego wilgoć. Jego cuchnący oddech owiewał jej twarz, pot mieszał się z jej potem. Freddie znieruchomiał.

Leżał na niej, dysząc, nie pozwalając jej się spod siebie wysunąć.

Maggie nigdy nie czuła takiej odrazy i takiego upokorzenia.

— Potrzebowałaś tego, co?

Zaśmiał się z triumfalnie, a potem pocałował ją w czubek nosa.

— Nie żałujesz tego, prawda, Maggie?

Chciała go z siebie zepchnąć, wysunąć się, ale był za silny i za dobrze się bawił.

— Robisz takie miny, jakby cię ktoś zgwałcił.

Naigrawał się z niej, a ona wtedy zrozumiała, że nigdy nie wygra, że on zawsze będzie od niej silniejszy. Że Jimmy nigdy nie zrozumie, że nigdy więcej nie będzie jej chciał, bez względu na to, w co uwierzy i co ona mu powie.

Freddie doskonale zdawał sobie z tego sprawę, napawał się tym. Upiecze mu się choćby dlatego, że przemawiał w tak rozważny sposób. Po tym, co jej zrobił, wciąż mówił tak, jakby to była zabawa albo coś, co wspólnie zaplanowali. Od dawna był dla niej miły, istniało między nimi coś w rodzaju zawieszenia broni, a teraz wykorzysta to przeciwko niej. Nie mogła się z tym mierzyć i miała tego świadomość.

Był to czas jego zemsty.

Spoglądał na nią z góry i nawet w tej chwili widziała, jaki jest przystojny. Z niewinną miną i smutkiem na twarzy rozwali jej rodzinę. Jeśli Jackie się o tym dowie, nastąpi wojna.

Jak gdyby czytając w jej myślach, zapytał:

— Wyobrażasz sobie, co powiedziałaby na to Jackie?

Pocałował ją w czoło niczym ulubione dziecko, a potem

ścisnął mocno pierś, aż Maggie się skrzywiła. Zsunął się niżej i poczuła jego język między nogami. Dopiero wtedy wymiociny trysnęły z jej ust.

Na Freddiego, na łóżko i na nowiutki kremowy dywan. Spojrzała na jego ciężkie ciało, owłosione nogi i żółte paznokcie u nóg, i bluznęła wymiocinami jeszcze raz. Były jak pocisk. Oblały jego i ją, a on ryczał ze śmiechu, jakby nigdy nie widział niczego równie zabawnego.

Zeskoczył z łóżka. Jego nagość wywoływała w niej uczucie tak odmienne od tego, co czuła na widok Jimmy'ego. Zgwałcił ją, odebrał to, co było jej największą siłą. Siedziała na łóżku w absolutnej rozpaczy, odarta z niewinności. Wtedy zadzwonił telefon.

Patrzyła na niego, jakby pierwszy raz w życiu widziała aparat. To na pewno Jimmy dzwonił przed wejściem na pokład, żeby powiedzieć, że ją kocha. I że bardzo za nią tęskni. A ona leżała we własnych wymiocinach i patrzyła na jedyną osobę na świecie, którą mąż kochał tak bardzo jak ją.

— Mam odebrać, Maggie?

Z niedowierzaniem kręciła głową. Drażnił się z nią, smakując jej strach, a ona wiedziała, że nic nie może zrobić. Telefon wciąż dzwonił. Freddie ruszył w jego stronę.

Skoczyła i pierwsza złapała słuchawkę. Połączenie zostało zakończone i Maggie poczuła ulgę, że nie będzie musiała rozmawiać z mężem.

— Śmieszna jesteś, wiesz? Wiedziałem, że fajnie będzie cię zerżnąć, miałaś zadatki jeszcze jako szczeniara. Rżnąłem Jackie i myślałem o tobie. Teraz nie będę już musiał używać wyobraźni.

Zobaczyła się w lustrze w drzwiach szafy i uświadomiła sobie, że Freddie obserwował siebie, gwałcąc ją.

Była cała w wymiocinach, miała sińce na piersiach i udach. Freddie ugryzł ją w ramię, na widok swojego odbicia znów zalało ją upokorzenie.

Freddie siedział na fotelu, na którym siadywali z Jimmym, pieścili się i oglądali telewizję.

— Wyglądasz jak ściera. Zerżnąłem dzisiaj Jackie i wcale się nie porzygała, bardzo jej się podobało. Myślałem o tobie, często o tobie myślę, kiedy rżnę Jackie, bo jesteś dupną małą kurewką, słodką pizdą. Myślałaś, że jesteś ode mnie lepsza, co? Teraz wiesz, że się pomyliłaś.

— Wynoś się. — Trudno jej było się do niego odezwać, aż zatrzęsła się w środku. — Jimmy zabiłby cię za to.

Freddie znów parsknął śmiechem, głaszcząc się od niechcenia po członku i kręcąc głową jak komik.

Telefon zadzwonił ponownie. Zadzwonił bardzo głośno.

— Mam odebrać? Powiem Jimmy'emu, że wypiliśmy po drinku i sytuacja wyrwała się spod kontroli.

Maggie kręciła głową z przerażeniem. Już wiedział, że ma ją w ręku.

— Odejdź, proszę cię. Po prostu odejdź.

Czuła na sobie wymiociny i odór Freddiego Jacksona. Wiedziała, że ten smród na zawsze pozostanie w jej nozdrzach.

Włączyła się automatyczna sekretarka i z holu na górze dobiegł głos Jimmy'ego.

„Śpij dobrze, skarbie. Zadzwonię jutro. Kocham cię".

Rozdział czternasty

Jackie kipiała ze złości. Czuła się zdradzona i przepełniała ją nienawiść.

— Ty głupia krowo, niczego, kurwa, nie powiedziałem. — Freddie siedział na łóżku, paląc papierosa, a jego uśmieszek doprowadzał Jackie do szału. Zawsze bawiły go takie sytuacje.

— Powiedziałeś do mnie Maggie. Miło by ci było, gdybym nazwała cię Jimmy?

Freddie pokręcił głową i stłumił ziewnięcie.

— Przecież wiesz, że to nielogiczne. Ty nie miałabyś szans u Jimmy'ego, ale twoja siostrzyczka byłaby chętna na to ze mną. Nie zauważyłaś, że zawsze jest dla mnie miła? Miła i grzeczna. Chajtnąłem się z niewłaściwą siostrą. Trzeba było poczekać, aż Maggie dorośnie.

Jackie na chwilę odebrało mowę. W głębi duszy wiedziała, że plecie bzdury, lecz przesycała ją zazdrość i czuła, że gniew pozostanie w niej na zawsze.

— Ona nie tknęłaby cię nawet kijem.

Jackie powiedziała to z całym przekonaniem, na jakie było ją stać.

Freddie zgasił papierosa.

— Skoro tak mówisz. Ale czasem coś mi się udaje, jak wiesz. Kobiety zawsze mnie lubiły. A jeśli już mówimy szczerze, to siedząc u Jimmy'ego, myślę sobie, że fajnie byłoby ożenić się z babką, która nie ma rozstępów, a ma za

210

to twarde cycki i głowę do interesów, bo jej salony przynoszą fortunę.

Jackie zamilkła, tak jak się spodziewał. Ilekroć wytykał jej wady, zawsze się zamykała, gdyż doświadczenie nauczyło ją, że Freddie staje się złośliwy i mściwy, jeśli ona reaguje inaczej.

— Ty draniu — powiedziała tylko.

Freddie wyszczerzył zęby.

Po pięciu minutach bolesnej ciszy rzucił konwersacyjnym tonem:

— Jimmy powiedział, że starają się o dziecko. Myślisz, że im się jeszcze uda?

To była gałązka oliwna wyciągnięta w stronę Jackie, szansa, by mogła kontynuować rozmowę. Choć w czasie stosunku specjalnie nazwał ją imieniem siostry, wiedział, że Jackie raczej nie zrobi awantury: będzie próbowała zachować pokój między nimi i normalnie rozmawiać. Jak zawsze bardziej bała się tego, że wstanie i ją zostawi, niż że zostanie i będzie się z nią kłócił.

Jackie uchwyciła się szansy jak tonący brzytwy.

— Maggie przestała brać pigułki półtora roku temu. Jimmy nie wie, ale lekarz powiedział, że może upłynąć rok, zanim organizm się od nich uwolni. A ona nie młodnieje, co?

Freddie znów się uśmiechnął. Tylko Jackie mogła rzucić taki klejnot.

— I jak ty przy niej wyglądasz? Maggie jest zachwycona, a Jimmy mówi, że lubi jednookiego węża.

— Przestań, to moja siostra.

Freddie parsknął śmiechem.

— Wiem, koleżanko, ale szkoda, że nie masz jej rozumu, pary cycków, które się nie rozlazły, i małej ciasnej cipki zamiast ziejącej rany.

Rzuciła się na niego z pazurami. Czekał na to. Zmęczył się już nakręcaniem jej, ale wiedział, że zasiał ziarno w jej głowie. A kiedy się zakorzeni i rozrośnie, zazdrość zrobi resztę za niego.

Wspomni o tym w obecności Maggie, uda, że są naprawdę blisko, i będzie patrzył, jak obie się wiją. Nie mógł się tego doczekać.

Trzymał Jackie na długość ramion, a potem tak jak zawsze przytrzymał ją w ramionach, aż zasnęła.

Maggie musi nauczyć się, że życie nie jest takie piękne, a Jimmy dowie się, że jego słodka żoneczka nie jest taka szczęśliwa, jak myślał. Nic mu nie powie, bo za bardzo boi się konsekwencji.

W odróżnieniu od Freddiego, który o nich marzył. Jimmy odebrał mu koronę, a on odebrał mu jedyną rzecz, która była dla niego cenna.

♦ ♦ ♦

Maggie spojrzała na zegarek. Było wpół do siódmej rano. Słyszała śpiew ptaków i widziała światło sunące po podłodze sypialni. Wciąż leżała w wannie, woda była zimna jak lód, ale ona nic nie czuła. Odrętwiała.

Zmieniła pościel i pozbyła się starej. Wyprała dywan, posprzątała i wyszorowała się prawie do krwi.

Wciąż nie mogła wyjść z szoku.

Freddie zgwałcił ją nie tylko fizycznie i wiedziała, że będzie ją to dręczyć w snach jeszcze bardziej niż sam gwałt. Wciąż czuła na sobie jego smród. Przywarł do niej odór nienawiści. I kiedy wreszcie zaczęła płakać, nie mogła powstrzymać łez.

Wiedziała w głębi serca, że powinna się zgłosić na policję, żeby nigdy więcej czegoś takiego nie zrobił, nie powinna być wspólniczką w tej tajemnicy. Wiedziała jednak również, że jeśli to zrobi, jej małżeństwo rozpadnie się w mgnieniu oka.

Gdyby zgwałcił ją ktoś inny, obcy, Jimmy by to przełknął. Ale Freddie — nigdy. Czy ją zmusił, czy nie, oznaczało to śmierć, być może nawet jej śmierć. Jackie by odbiło, nigdy nie uwierzyłaby, że Freddie coś takiego zrobił. Nie mogła powiedzieć — gdyby to zrobiła, jej życie także by się skończyło, a między siostrami nie mogłoby być mowy o pojednaniu.

Czuła się pokonana i pobita do cna, a ponieważ była dość bystra, wiedziała, że właśnie tego pragnął Freddie i że w gruncie rzeczy szła mu na rękę. Zwyciężył i pokonał ją na wszystkich liniach. Od tej pory będzie musiała prowadzić przebiegłą grę, starać się, żeby nigdy nie zostawać z nim sam na sam i nie pozwolić mu mówić do siebie, gdy obok nikogo nie będzie.

W ciągu paru godzin jej życie przeszło metamorfozę od szczęścia i radości do strachu, a ona nie wiedziała, co powinna teraz zrobić. Mogła tylko próbować ocalić resztę godności w następstwie nienawiści, która ją zalała. To właśnie nienawiść była przyczyną wszystkiego. Czuła jej fale płynące od Freddiego.

Najgorsze było jednak poczucie całkowitej bezradności, świadomość, że nie istnieje droga wyjścia i że w gruncie rzeczy stała się własnością kogoś, kogo nienawidziła.

Maggie wciąż płakała, kiedy godzinę później mleczarz dostarczył mleko.

♦ ♦ ♦

Jimmy był zaniepokojony, bo nie mógł się dodzwonić do Maggie.

Bracia Black marudzili, chemik ledwie dukał po angielsku, a Jimmy generalnie tego wszystkiego miał dość. Mimo to próbował patrzeć na sprawę pozytywnie, jak zawsze.

To była jedna z lekcji, których udzielił mu Ozzy. Wielcy myśliciele prowadzili debaty, usiłując rozstrzygnąć, czy myślenie pozytywne naprawdę przynosi efekty, a on doszedł do wniosku, że tak.

„Zachowaj radość. Rzecz nie w tym, co się z tobą dzieje, tylko jak sobie z tym radzisz". To z kolei było jedno z ulubionych powiedzonek Maggie. Jej matka często plotła trzy po trzy, ale to akurat przypadło mu do gustu. Kiedy zacytował te słowa Ozzy'emu, obaj się śmiali.

Gniew, który go przepełniał, momentalnie osłabł. Jimmy próbował myśleć pozytywnie, przez cały czas marząc tylko o tym, żeby być w domu z żoną i patrzeć na jej twarz, kiedy otwiera prezent na rocznicę ślubu. Zostawił go na fotelu w jej samochodzie.

Wyobrażał sobie, jak wsiada z uśmiechem, elegancko ubrana — Maggie zawsze doskonale wyglądała — i zauważa skórzane pudełko na fotelu pasażera w jej mercedesie.

Będzie w siódmym niebie.

Żałował, że nie ma telefonu komórkowego. Wielu ludzi je nosiło. Podobnie jak Ozzy martwił się, że można je wykorzystać jako dowody, ale gdyby go miał, mógłby zadzwonić do Maggie i powiedzieć, że bardzo ją kocha. Z pewnością żaden glina nie mógłby wykorzystać tego przeciwko niemu.

Maggie miała telefon w aucie, ale nigdy na niego nie dzwonił, bo po pierwsze kosztowało to fortunę, a po drugie nie mógł zapamiętać tego cholernego numeru.

Jimmy nie był zwolennikiem gadżetów, ale teraz doszedł do wniosku, że im prędzej się nim stanie, tym będzie szczęśliwszy.

Zostawił dla niej wiadomości na automatycznych sekretarkach w domu i w jej salonach fryzjerskich, podając swój numer w Glasgow. Jeszcze nie zadzwoniła. Jimmy był pewien, że już znalazła prezent.

Na pewno jej się spodobał. Maggie lubiła takie pierdoły, a ta pochodziła z najwyższej półki. Hatton Garden, żadna podróbka ani kontrabanda. Jimmy nigdy nie przynosił do domu trefnego towaru. Była to jedna z nauk Ozzy'ego: nigdy nie trzymaj w domu ani w aucie niczego podejrzanego, zawsze miej paragony na zakupy, a jeśli coś kupujesz, postaraj się zrobić scenę, w miarę możności uprzejmie, żeby zapamiętano cię, jeśli coś wypłynie.

Dalsze wskazówki brzmiały: nigdy nie żyj ponad stan, zawsze trzymaj gotówkę poza chatą, jeśli nie możesz udowodnić źródła jej pochodzenia i nigdy, przenigdy nie wdawaj się w pogaduszki z glinami albo podejrzanymi typami, których nie znasz osobiście, albo takimi, którzy mają frajerskie poręczenie.

To była trafna rada i Jimmy uświadomił sobie teraz ten fakt dobitniej niż kiedykolwiek.

Gdyby rano gliny zrobiły nalot na jego dom, nie znalazłyby tam nic, co mogłoby być użyte przeciwko niemu. Wszystkie dochody miały pokrycie w salonach należących do Maggie, w wynajmowanych nieruchomościach i piętnastu zarejestrowanych notarialnie przedsiębiorstwach oraz dwóch firmach ochroniarskich. Prowadzili je dwaj goście z poważnymi rekomendacjami, lewi do szpiku kości, ale nigdy nieprzyłapani na poważnym przekręcie. Byli to drobni kanciarze, a Jimmy zapewnił im dostatnie życie, o jakim nawet nie marzyli. Zdobył sobie w ten sposób ich wdzięczność.

Ozzy był skarbnicą mądrości. Jimmy uwielbiał jego i jego powiedzonka.

Nigdy nie szczekaj, skoro trzymasz psa, co oznaczało, że nie należy nikogo samemu zastraszać, jeśli ktoś może to zrobić za ciebie. Chyba że chodzi o sprawę osobistą.

214

I nigdy nie srać na progu własnego domu, bo można się potknąć i coś sobie złamać.

Jednak ulubione powiedzonko, które pochodziło od baronów z Hollywood, ale pasowało także do współczesnych kryminalistów: Nigdy nie daj się nakryć z zabitą dziewczyną albo żywym chłopakiem.

Gdy to usłyszał, zaczął się zwijać ze śmiechu. Przestał się śmiać, gdy Freddie pokazał, jak prawdziwe jest to zdanie. Miał nadzieję, że ostatnia afera rozwiąże się w ciągu kilku dni, żeby mógł wrócić do domu i spędzić przyjemną noc z żoną. Kochał Maggie i za jej sprawą czuł się szczęściarzem. Żałował tylko, że do niego nie dzwoni, bo trochę się niepokoił.

♦ ♦ ♦

Ślusarz właśnie wychodził, kiedy Lena wysiadła przed domem z taksówki. Zobaczyła, że córka płaci rzemieślnikowi, i zdziwiła się, że tak źle wygląda. Nie była chora, dzień wcześniej wyglądała kwitnąco. Umówiły się na zakupy do Lakeside.

Miała nadzieję, że z Maggie jest wszystko w porządku. Cieszyła się, że spędzi dzień poza domem, lubiła Lakeside. Uważała, że to centrum handlowe jest o niebo lepsze od sklepów w mieście.

Zapłaciła taksówkarzowi, trochę zła, że Maggie nie zrobiła tego za nią, tak jak zawsze. Mogła przysiąc, że córka nawet jej nie zauważyła. Ruszyła alejką w stronę domu. Miejsce było urocze i Lena zawsze się nim zachwycała. Jackie była przegrana, stanowiła utrapienie, ale Maggie przypominała gwiazdę ekranu. Jej życie było pasmem sukcesów i Lena stale powtarzała sobie, że przynajmniej jedna z jej córek zdołała zmyć z siebie brud domu komunalnego. Ten splendor spływał także na nią i rozkoszowała się każdą sekundą spędzoną w domu córki.

Musiała zapukać do drzwi, co świadczyło o tym, że Maggie była czymś zajęta.

— Kto tam?

Lena aż się żachnęła.

— Jak to kto, ty głupia kobyło? Jesteśmy umówione, zapomniałaś? Otwórz te zasrane drzwi i wstaw wodę.

215

Śmiała się głośno jak zwykle, lecz nagle przypomniała sobie, że jest na eleganckiej ulicy, a Jimmy nawet bardziej niż Maggie krzywił się, słysząc jej wykrzykniki i przekleństwa. Rozejrzała się i uspokoiła. Nikt nie patrzył.

Drzwi otwarły się powoli, Maggie przywitała matkę bladym uśmiechem.

— Wyglądasz jak nieświeży trup!

Maggie zachciało się płakać. Nie miała najmniejszej ochoty na wycieczkę, mętlik w jej głowie sprawił, że zapomniała o spotkaniu z matką.

— Naprawdę podle się czuję, mamo.

— Kac po rocznicy, jak rozumiem!

Maggie pokręciła smutno głową, widać było, że jest bliska łez.

— Przecież wiesz, że Jimmy poleciał do Szkocji.

Powiedziała to drżącym głosem, jakby była chora i jakby zamknęła się w sobie.

Lena się zaniepokoiła. Jej ukochana córka wyglądała źle. W gruncie rzeczy wyglądała fatalnie.

Lena zakrzątnęła się, zdejmując płaszcz i wyjmując z torebki papierosy i zapalniczkę. W ogromnej kuchni postawiła czajnik na gazie, a potem usiadła przy drewnianym stole. Zapaliwszy papierosa, była gotowa do akcji.

Maggie spróbowała się uśmiechnąć.

— Strasznie boli mnie głowa, mamo, chyba nie dam rady jechać na zakupy.

Lena była rozczarowana, ale córka wyglądała naprawdę źle.

— Idź się położyć, a ja przyniosę ci herbatę i coś do jedzenia.

Maggie pokręciła głową.

— Wystarczy herbata.

— Po co przyszedł ten ślusarz? Znowu zgubiłaś te zakichane klucze?

Maggie westchnęła ciężko i Lena znów spojrzała na nią z niepokojem. Dziewczyna z jakichś powodów niedomagała, wyglądała na wyczerpaną i przybitą. Jej oczy miały martwy wyraz. Niepokojąco przypominała siostrę, przygasła i jakoś poszarzała, a to wystarczyło, by Lena wyczuła, że coś jest nie tak. Nagle bardzo się zaniepokoiła. Jej córka wyglądała na poważnie chorą, wskazywały na to podkrążone oczy i żółtawy odcień opalonej skóry. Można było pomyśleć, że nie spała od kilku dni.

— Mów mi prędko, dlaczego wymieniłaś zamki? Co jest grane? Chyba nie miałaś w domu intruza?

Maggie wybuchnęła płaczem i nawet nie próbowała hamować płynących łez.

Lena była przerażona. Podbiegła do córki i zamknęła ją w obfitych ramionach.

— Już dobrze, dziewczyno. Ktoś się włamał do domu, co się stało?

Mówiła miękkim, troskliwym głosem i to do końca rozkleiło Maggie. Współczucie matki w takiej chwili sprawiło, że zaczęła szlochać, najpierw cicho, a po chwili głośno i chrapliwie. Płakała jak zwierzę udręczone bólem.

Lena kołysała ją, szepcząc do ucha słowa miłości, którymi wszystkie matki koją dzieci. Po długim czasie Maggie zaczęła się uspokajać, lecz jej twarz wciąż była wtulona w nowiutki sweter matki z Marks and Spencer.

— Co się dzieje, na miłość boską? Opowiedz wszystko starej matce, kochanie.

Maggie nadal szlochała i trzęsła się, mimo że była już spokojniejsza.

— Okradziono cię? Ktoś włamał się do domu?

— Nie pleć głupstw, mamo.

Maggie powiedziała to twardym głosem, Lena była nieprzyjemnie zaskoczona jego tonem.

— Po prostu zgubiłam klucze. Dajże już temu spokój, mamo, dobrze?

Lena przełknęła szorstką odpowiedź. Rzekomo zgubione klucze leżały na stole w holu, zauważyła je, wchodząc. Maggie nosiła je na ciężkim mosiężnym kółku z wygrawerowanym imieniem.

Nie powiedziała tego jednak, tylko zaparzyła herbatę. Kiedy córka będzie gotowa, wszystko jakoś wyjaśni. Miała nadzieję, że to nie Jimmy sprawił jej przykrość. Szybko odsunęła tę myśl. Nie mogła to być jego sprawka. Ich związek był zdrowy jak funt szterling. Musiało to być coś zupełnie innego. Maggie wyglądała okropnie. Lena stwierdziła, że ból głowy może być przyczyną. Sama miała kiedyś migrenę, przed wieloma laty, i wolałaby nie przeżyć tego ponownie.

Ale co ma z tym wspólnego wymiana zamków? Gdyby coś się stało, wezwałaby policję. Nie miała powodu unikać glin: prowadzili z mężem legalną działalność. W domu nie było ani śladu trefnego towaru — byli na to zbyt cwani.

Lena martwiła się, ale miała dość zdrowego rozsądku, by nie drążyć tematu. Maggie musiała się uspokoić. Zachowanie córki nie pasowało jednak do jej charakteru. Lena mogła tylko mieć nadzieję, że to, co się stało, nie było tak straszne, że nie da się naprawić.

Jedynym człowiekiem, który mógł doprowadzić Maggie do takiego stanu, był Jimmy, ale on nigdy by jej nie skrzywdził, tego Lena była pewna.

Westchnęła ciężko i zapaliła następnego papierosa.

Jak mawiała kiedyś jej matka, wszystko wyjdzie w praniu.

♦ ♦ ♦

Jackie patrzyła na siebie w wysokim lustrze w sypialni. Właśnie wzięła kąpiel i wiedziała, że powinna była zrobić to już dawno.

Z powodu picia nie wykonywała codziennych czynności, ale oprócz tego zawsze była leniwa. Po odejściu męża straciła zainteresowanie dla siebie, piła, by znieczulić się na zmaganie z dziećmi i samotnością. Freddie nigdy tego nie zrozumiał, otaczał się ludźmi tego samego pokroju, a ona bała się wyjść do pubu, porozmawiać z mężczyzną czy pokazać w sytuacji, którą można by opacznie odczytać. Jej świat stopniowo się zapadł, a najlepszym przyjacielem stała się butelka. Piła wódkę, kiedy była przy forsie, a wino i cydr, kiedy jej nie miała.

Zamknęła oczy i posmakowała drinka. Alkohol podnosił ją na duchu nawet bardziej niż pigułki, chociaż valium, które także zażywała regularnie, pozwalało wygładzić drobne zmarszczki w jej życiu. Wygładzało krawędzie, czyniło życie odrobinę bardziej znośnym.

Moczyła się w wannie godzinami, wiedząc, że brud pod paznokciami u nóg nie rozpuści się od razu. Postanowiła zacząć o siebie dbać i zgodnie z tym postanowieniem o wpół do

218

jedenastej rano piła białe wino z wódką, próbując umalować rzęsy i usta.

Słyszała, że dziewczynki szepczą między sobą w swoim pokoju. Śmiały się przy tym tak głośno, że hałas wdzierał się Jackie do mózgu. Miała nieprzyjemne podejrzenie, że śmieją się z niej.

— Przestańcie się wydurniać i idźcie sobie w cholerę!

Jackie wiedziała, że w gruncie rzeczy są dobrymi dziećmi. Wiedziała również, że muszą znosić jej picie i awantury. Połknęła żółtą tabletkę i popiła alkoholem. Śmiech ucichł i odezwała się muzyka. Nawet jazgotliwe piosenki Spice Girls nie działały tak na nerwy Jackie jak śmiechy i chichoty. Zawsze dostawała wtedy paranoi, że dziewczynki naśmiewają się z niej. I pewnie rzeczywiście tak było. Kiedy weszła do wanny, rozległy się okrzyki „happy birthday". Wcale nie poprawiło jej to humoru.

Po chwili do pokoju weszła Kimberley.

— Ładnie wyglądasz, mamo, gdzie się wybierasz?

Pytanie przygnębiło Jackie jeszcze bardziej. Czy jest z nią aż tak źle? Spojrzała na córkę. Kim wyrastała na śliczną dziewczynkę, jej ciało zaczynało wypychać ubranie we właściwych miejscach. Wszystkie były ładne, co budziło bezgraniczną zazdrość matki.

— A ty, kurwa, kto, policja?

W oczach Kimberley zobaczyła dezorientację. Matka była czysta i umalowana, podczas gdy zwykle o tej porze wciąż jeszcze leżała w łóżku, wykrzykując polecenia głosem chrapliwym po wypalonych wczoraj papierosach i wypitej wódce.

— Ja tylko pytam!

— No to nie pytaj. Czy muszę mieć powód, żeby doprowadzić się do porządku? Czy w tym domu trzeba robić wielkie halo, jeśli postanawiam ładnie wyglądać?

Jackie chciała zamknąć buzię, ale nie mogła. Zawsze musiała się usprawiedliwiać przed dziećmi, które ją obserwowały, oceniały i widziały, że wypada fatalnie jako matka, kobieta i człowiek.

— Zastrzel mnie za to, że zapytałam.

Kimberley odwróciła się i pobiegła, a Jackie zdławiła w sobie chęć, żeby ją zawołać i przytulić. Dzieci nie znosiły, kiedy je

219

przytulała, bo cuchnęła alkoholem, rozpaczą i beznadzieją. Jej świat zawalił się dawno temu, a teraz czekała, kiedy eksploduje, kiedy Freddie zostawi ją na dobre. Wiedziała, że gdy to nastąpi, będzie to jej ostateczny koniec.

Freddie przestraszył ją wczoraj w nocy. Mogła sobie poradzić z kobietą bez twarzy, ale z własną siostrą? Maggie prawdopodobnie była jedyną kobietą, której mogła ufać, jeśli chodzi o męża. Nigdy nie ufała żadnej innej, ale siostrze — tak. Wiedziała, że Maggie jej tego nie zrobi, bez względu na zachcianki Freddiego, lecz teraz nie była już taka pewna.

A Maggie była nie tylko młoda, ale i piękna. Wyglądała olśniewająco i dbała o siebie. Czasem jej zazdrość przybierała niemal postać nienawiści. Jackie zazdrościła jej młodego ciała i jędrnej skóry.

Ale Maggie nie tknęłaby Freddiego nawet w rękawiczkach. Sęk w tym, że Jackie nie miała już co do tego całkowitej pewności. Jej poczucie wartości walało się po podłodze, jej życie było stertą śmieci, a rozum w strzępach.

Gdy Freddie czegoś chciał, robił wszystko, żeby to zdobyć, i potrafił być wtedy czarujący jak nikt inny. Szedł na całość i Maggie nawet nie będzie wiedziała, co na nią spadło. Jimmy był całym jej światem, lecz gdyby coś się między nimi popsuło, Freddie wykorzystałby to, żeby wśliznąć się między nich. Zabawiłby się, uznał to za świetny żart, gdyby przespał się z żoną Jimmy'ego. Freddie uważał wszystkie kobiety za zwierzynę łowną, a ich mężczyzn za palantów, którym trzeba pokazać, kim naprawdę są kobiety, które rzekomo kochali.

Ale Maggie? Jest złączona z Jimmym nierozerwalnie, a poza tym Maggie jest zbyt cwana. Ma przynajmniej odrobinę przyzwoitości, Jackie była tego pewna.

Czy aby na pewno?

Wiedziała o Patricii, o tym tak zwanym romansie, i rozumiała, że Freddie jest bardziej zaangażowany od niej. Z Patriciami mogła sobie poradzić, bo takie niby-związki prowadziły donikąd. Freddie był świetny w łóżku, ale nawet Jackie wiedziała, że jest łobuzem, a większość kobiet nie chce mieć z takimi do czynienia przez dłuższy czas. Był niebezpieczny, był sukinsynem, ale koniec końców należał do niej. Takie jak Patricia będą odsyłać go do domu, a on będzie wracał z podkulonym ogonem, kiedy przekroczy granicę, którą one wyznaczają. A wtedy Jackie pozbiera kawałki.

Będzie jej potrzebował, bo poczuje się tak, jak ona teraz: niepotrzebny i bezużyteczny, zbędny.

Mieszało jej się w głowie, tabletki robiły swoje i zaczynały jej się podobać piosenki Spice Girls. Zajrzała do sypialni i poprosiła dziewczynki, żeby zrobiły głośniej. Wszystkie parsknęły śmiechem, gdy mały Freddie, przedrzeźniając, powtórzył każde jej słowo.

Zaczęła go łajać, a on ją naśladował. Jackie była coraz bardziej zła.

Freddie zeskoczył z łóżka i całkiem udatnie pokazał, jak matka chodzi, kiedy jest pijana.

Chciała mu przyłożyć, ale Roxanna wciągnęła go na kolana. Dziewczynki zaczęły krzyczeć na matkę. Mały Freddie wsunął sobie palce głęboko do ust, udając, że na widok matki chce mu się wymiotować. Jego siostry znów gruchnęły śmiechem.

Jezu, jak ona czasem nienawidziła tego zasrańca.

◆ ◆ ◆

Freddie obserwował Patricię, która była tego świadoma.

Wyglądała świetnie i z tego także zdawała sobie sprawę. Mimo że nie była naprawdę ładna, jej pewność siebie, nienaganny gust i poczucie siły czyniły ją bardzo atrakcyjną w oczach większości mężczyzn, którzy ją znali.

Byli przyzwyczajeni do tego, że kobiety są całkowicie zależne od swoich mężczyzn. Patricia stanowiła odmianę, była biznesmenką i siostrą faceta, który miał świra potężniejszego niż największy z oficjalnie uznanych świrów. Tenże brat dał jej carte blanche na wszystkie swoje interesy, co w tym świecie czyniło ją honorowym członkiem rodu męskiego. Czyniło ją także krezusem, a to samo w sobie stanowiło nieodpartą atrakcję. Miała też opinię kobiety, która lubi się pieprzyć bez zobowiązań emocjonalnych. Większość kobiet pragnęła być panią serca poderwanego mężczyzny, odebrać go innej, a jej nawet nie przeszło to przez myśl. Dlatego wielu facetów za nią szalało, i to z rozmaitych powodów.

Żaden jednak nie pragnął Patricii bardziej niż Freddie Jackson, który widział w niej swoje odbicie. Liczył, że dzięki niej awansuje i zostawiłby Jackie, a nawet małego Freddiego, gdyby to było potrzebne, żeby zdobyć Pat na stałe. Bawiła się nim i oboje o tym wiedzieli. Pozwalała mu o tym marzyć, a potem jasno dawała do zrozumienia, że to absurdalne mrzonki.

Ale dzisiaj Freddie wyglądał jak kot najedzony śmietaną. Był w pełni sobą, napuszony jak generał, który poszedł w tango. Mieszkanie Patricii było fantastyczne, Freddie uwielbiał tam przebywać. Był to nowy penthouse i Freddie widział się w roli jego pana i władcy. Było też nieskazitelnie czyste, w lodówce nigdy nie brakowało piwa i dobrego żarcia, a pachnąca pościel w łóżku nigdy nie była zmięta.

Freddie zazdrościł jej chaty. Zazdrościł także tego, że nie jest jedynym mężczyzną w jej życiu. Pocieszał się jednak tym, że ze wszystkich jej mężczyzn ma najbardziej stałą pozycję.

Kazała mu się wykąpać przed pójściem do łóżka i choć była to obelga, posłuchał. Gdyby jakaś inna kobieta poprosiła go o to, dostałaby w twarz. Z Pat było tak, że albo postępowało się wedle jej życzenia, albo trzeba się było wynosić.

Pat stanowiła odmianę w porównaniu z upierdliwymi cipami, z którymi obcował: chciały się z nim gimnastykować seksualnie, a później marzyła im się jego lojalność i miłość. Niedoczekanie.

Jednak bez zastanowienia dałby jedno i drugie Patricii, nawet zrezygnowałby z innych kobiet i uważał na każdy krok, gdyż takie jak ona nie dają drugiej szansy. Jeśli raz spieprzyłeś, to sprawa jest zakończona i basta.

Gdyby Pat wiedziała, co zrobił poprzedniej nocy, dostałaby szału. Lubiła Maggie, każdy ją lubił. W gruncie rzeczy Maggie była do niej bardzo podobna: też lubiła zasuwać i znała swoją wartość.

To było dziwne, że chciał poniżyć Maggie, a nie Patrycję, ale istniały po temu powody. Chciał ją zniszczyć, bo Maggie i Jimmy uosabiali wszystko, czym sam chciał być. Powiedział prawdę Jackie, gdy oznajmił, że powinien był poczekać, że ożenił się nie z tą, z którą powinien się ożenić. Ale rzecz sięgała jeszcze głębiej. Freddie patrzył, jak ci dwoje żyją, jak się rozumieją, jak są podziwiani i szanowani przez innych. Jimmy był oczami i uszami Ozzy'ego, a to przecież on siedział razem z nim w kryminale. Niebieskookim chłoptasiem Ozzy'ego został jednak Jimmy, którego on, Freddie, wyszkolił i kochał.

Maggie też nie uznawała nikogo nad sobą, miała salony fryzjerskie i nosiła głowę wysoko. Nawet córki Freddiego ich podziwiały. A Jimmy był od niego o niemal dziesięć lat młodszy. Wszyscy zachowywali się tak, jakby mieli do czynienia z parą królewską, a na Freddiego patrzyli jak na wynajętą pomoc.

A teraz Freddie puścił maszynę w ruch i zamierzał patrzeć, co się stanie. Trzymał Maggie w ręku. Jimmy stanowił niewiadomą, ale ona nie puści pary z ust o ich sekretnej schadzce. Wiedział również, że jeśli ukryje prawdę przed Jimmym, sama stoczy się w dół, bo jeśli go okłamie, ich całe cudowne życie zacznie upadać.

Jimmy ją uwielbiał. Ten palant uważał, że jest dla niego najważniejsza. Prowadzili szczęśliwe życie. O takim życiu marzył Freddie, ale z powodu Jackie i dzieci, z powodu jego picia i narkotyków, z powodu pogardy dla wszystkiego i wszystkich, to marzenie nigdy się nie ziściło.

Z półsłówek, które wymknęły się Patricii, wynikało, że Ozzy uważał go teraz za tego drugiego. Był mięśniakiem, a wszystkim rządził mały Jimmy. No cóż, Jimmy wyrósł z butów, które, nawiasem mówiąc, Freddie włożył mu lata temu.

Freddie wyszedł z pudła pełen nadziei i planów. W celi przez całe noce planował nowe życie, a teraz wiedział w głębi serca, że spartaczył te plany. Wszystko spieprzył, zraził do siebie każdego, kogo znał, i w gruncie rzeczy sam oddał kierownicę chłopcu, który kiedyś widział w nim ideał.

Spadł na dno i wiedział, że jest za późno, by cokolwiek odzyskać. Teraz był tylko mięśniakiem, szanowanym i dobrze traktowanym, ale jednak mięśniakiem. Ojciec zwrócił mu na to uwagę, kiedy Jimmy i Maggie z wielką pompą brali ślub. Freddie wiedział, że stary mówi prawdę. No i mu pokazał!

Należała mu się emerytura, należało mu się życie w wielkim stylu, a on pozwolił, żeby wszystko przeleciało mu przez palce.

Świadomość, że sam wszystko zepsuł, sprawiała, że trudno mu było patrzeć na chwałę małego kuzyna. Ludzie, z którymi się kontaktowali, byli jego kumplami, a on miał równą im pozycję. Teraz był zaledwie tolerowany i właśnie tego nie mógł dłużej zdzierżyć.

Nienawiść jest lepsza od bycia tolerowanym, a najgorsze było to, że nawet mały Jimmy ostatnio ledwie go znosił. A przecież to jego pozycja, jego umiejętność walki i bezwzględność trzymały pretendentów z daleka od tronu.

Zazdrość to straszliwa siła. Zżera ludzi i sprawia, że przestają lubić tych, których kiedyś kochali, i przestają im ufać. Ci, którym się nie powiodło, za jej sprawą wątpią we własne życie, zbyt surowym okiem patrzą na swoje rodziny i tak zwanych przyjaciół. Prowadzi do paranoi i niebezpiecznych związków.

Jimmy Jackson wyrabia sobie nazwisko, ale jego miłosne gniazdko zostało skalane i ten fakt uruchomi efekt domina w jego życiu.

Mały skurwiel nie spodziewa się ciosu od środka. Freddie będzie patrzył, jak jego życie się wali, tak jak zawaliło się jego własne.

— Wszystko w porządku, Freddie?

Głos Pat dochodził z daleka. Freddie miał odjazd po koce. Wciągał ją od wielu godzin, jakby miał nos Barry'ego Manilowa. Freddie westchnął ciężko.

— Sprawy nie za dobrze się mają u naszego kumpla Jimmy'ego. Maggie coś odbiło, kiedy pojechał do Śmiechocji.

— Trudno się dziwić, to była rocznica ich ślubu.

Patricia go zlekceważyła i Freddie znów poczuł, że narasta w nim gniew. Przełknął to jednak i najdelikatniej, jak umiał, powiedział:

— On chyba strzela ślepakami. Jackie mówiła mi, że Maggie półtora roku temu przestała brać pigułki, a dziecka jak nie było, tak nie ma.

Pat spojrzała na niego ze zdumieniem.

— A ty, kurwa, co? Prowadzisz poradnik małżeński? Kogo to obchodzi?!

Freddie wiedział jednak, że informacja zostanie przekazana Ozzy'emu, i o to mu właśnie chodziło. W przyszłości on ma zamiar ustatkować się i być kimś, kto rozwiązuje problemy. Nawet jeśli będzie to oznaczać konieczność uśmiechania się do dwóch dupków z Glasgow.

Jimmy wkrótce się dowie. Nikt nie będzie pomiatał Freddiem.

♦ ♦ ♦

— Maggie, proszę cię, powiedz, co jest nie tak.

Wzruszyła ramionami.

— Po prostu jestem zmęczona, to wszystko.

Przeszła obok męża i wyjrzała przez drzwi swojego biura. Obserwowała, co się dzieje w salonie, jakby to było niesłychanie ważne. Właściwie niepotrzebnie, bo w salonach wszystko układało się doskonale. Chodziło tylko o to, żeby nie patrzeć na Jimmy'ego.

Nie mogła mu już patrzeć w oczy.

Chciało jej się płakać, kiedy jej dotykał. Kiedy tego nie robił, czuła dokładnie to samo.

Jimmy obserwował ją z niepokojem. Zmieniła się od czasu, gdy wyjechał do Szkocji. Tłumaczył jej w kółko, że nie miał wyboru. Bracia Black bez przerwy marzyli o tym, żeby stuknąć Freddiego, więc tylko on mógł być posłańcem. Dzięki niemu, braciom Black i małemu biednemu chemikowi z Amsterdamu, który zainstalował się teraz w Ilford z młodą dziewczyną o imieniu LaToya oraz dzięki dużemu popytowi na prochy, mogli teraz pławić się w forsie.

Ona jednak nie była taka sama, bez względu na to, co mówił i co robił, by okazać jej uczucie. Jak gdyby przeniosła się do innego wymiaru. Jimmy zaczynał się bać i nie wiedział, co z tym począć.

— Nic mi nie jest, do kurwy nędzy, zostaw mnie, dobrze?!

Jimmy westchnął ciężko.

— Jesteś pewna, że nic ci nie jest?

Nie odpowiedziała, a on nie znał sposobu, by przerwać wyniszczającą ciszę między nimi.

Rozdział piętnasty

Glenford Prentiss i Jimmy uśmiechali się do siebie. Przez lata współpracy zdążyli się zaprzyjaźnić i byli tak blisko, jak blisko można być w ich fachu.

— No, Jimmy, musisz z kimś pogadać. Coś cię gryzie, jesteś zdołowany, wyglądasz jak facet, który ma problem i nie może sobie z nim poradzić.

Glenford wiedział, że być może przeholowuje, ale martwił się o Jimmy'ego, bo ten wyglądał okropnie. Stał się legendą narkotykowego świata, zalał rynek tabletkami ecstasy. Dzięki niemu stały się dostępne dla wszystkich, od klubów rave poczynając, a na bluesowych knajpach przy Railton Road kończąc. Cena była niska, towar dobry, pieniądze płynęły szerokim strumieniem. Powinien być wniebowzięty, a miał minę jak zmoknięty włóczęga w deszczową noc.

Poza tym był naćpany. Nie zdarzało mu się to często, czuł obezwładniający ciężar trawki. Nigdy nie zapałał miłością do skunku. Był to ciężki, mocny narkotyk. Jimmy wolał libańskie złoto. Lubił się zmiękczyć, wyluzować i zlec w łóżku.

Skunk działał zupełnie inaczej. Jeśli wypaliło się go wystarczająco dużo, mógł wywołać halucynacje. Był to narkotyk produkowany z użyciem chemii, Jimmy zwykle go unikał. Ale teraz wszystko pieprzyło się na potęgę. Spędzał wieczór z Glenfordem, postanowił dać sobie kopa i być może uporządkować sprawy w głowie.

To był błąd.

— Walnij sobie parę browarów, a staniesz się elokwentny, słowa same popłyną z twojego języka.

Glenford śmiał się. W młodości odwalił dłuższy wyrok, czas spędzał ze słownikiem i ze swoją prawą ręką. To była jego ulubiona historyjka i choć Jimmy śmiał się tak jak wszyscy, wiedział, że jest w niej więcej niż ziarno prawdy. Kiedy Glenford był w nastroju, potrafiłby zagadać Anglię. Używał słów całkowicie obcych słuchaczom, ale robił to tak zamaszyście, że brzmiały jak muzyka.

Był kowalem słów i kiedyś, bardzo nawalony, zwierzył się Jimmy'emu, że jego idolem był nie kto inny tylko Les Dawson. Stwierdził, że nie ma drugiego, który tak zręcznie posługuje się słowami. Jego zdaniem był niedoceniony i uważał, że jest największym satyrykiem i mówcą poza Spikiem Milliganem.

Jimmy uśmiał się prawie do nieprzytomności, ale później, gdy obejrzeli z Glenfordem nagrania wideo, był skłonny przyznać mu rację. Les Dawson był zabawny i miał wyobraźnię. Jimmy, tak samo jak Glenford, docenił jego absolutne panowanie nad językiem angielskim. Ale kiedy nie był naćpany, ta pewność go opuszczała. Glenford był również wielbicielem Monthy Pythona. Umiał powtórzyć każdy skecz i każdą kwestię z filmu. Znał także wszystkie anegdoty o grupie, które krążyły w obiegu.

Teraz chciał, żeby jego przyjaciel zaczął nawijać o Lesie Dawsonie i o swoich nowych idolach Billu Hicksie i Eddiem Murphym.

Byleby tylko nie musiał myśleć o swojej sytuacji.

◆ ◆ ◆

— Z Maggie jest coś nie tak, i to od pewnego czasu.

Wszyscy podzielali tę opinię, ale w odróżnieniu od nich, Lena wypowiedziała ją na głos.

Jackie wzruszyła ramionami, jak zawsze gdy usłyszała o problemie, który nie dotyczył jej samej.

— Nic jej nie jest! — krzyknęła ze zniecierpliwieniem. — Kurwa, ona inkasuje kupę forsy, więc niby z jakiej racji miałoby jej się źle powodzić!

Lena pożałowała swoich słów. Jackie była tak zazdrosna o młodszą siostrę, że wykpiwała albo zwyczajnie odrzucała wszystko, co się o niej powiedziało. Ale Lena martwiła się, i to bardzo. Jej młodsza córka prawie z dnia na dzień zmieniła się ze szczęśliwej, czułej kobiety w strzępek nerwów.

Jak gdyby ktoś wyssał z niej całą radość, szczęście i naturalną energię, i zostawił tylko powłokę, żywą, oddychającą powłokę, która przypominała imitację dziewczyny.

Wykonywała wszystkie codzienne czynności, uśmiechała się, pracowała i robiła wszystko jak dawniej. A mimo to można było odnieść wrażenie, że w jej miejsce ktoś podstawił klon.

Coś było z nią nie w porządku i Lena obawiała się, że dzieją się jakieś straszne rzeczy.

— Czy Maggie rozmawiała o czymś z tobą? — zapytała z nadzieją, że starsza córka mogła coś zauważyć.

Jackie westchnęła i odparła sarkastycznie:

— Niby co? Że wisisz jej przy cyckach, że ciągle u niej przesiadujesz? Może ma cię dość?

Lena zamknęła oczy i zdławiła gniew, a także chęć, by trzasnąć starszą córkę w tłustą, nalaną gębę. Zamiast tego zaczęła ją drażnić słowami. Wiedziała, że słowa są dla niej bardziej dotkliwe niż uderzenie kijem baseballowym.

— Jesteś jedną wielką goryczą, co, Jackie? Ty zazdrosna krowo. Maggie nie była tu od tygodni i nic cię to nie obchodzi.

Lena wstała, włożyła płaszcz i wyszła bez słowa. Czuła jednak złość Jackie i wiedziała, że jest ona skierowana pod niewłaściwym adresem.

Jackie miała świadomość, że powinna była przyjąć krytykę i że na nią zasłużyła. W końcu były rodziną. Tymczasem ucieszyła się, że matka wyszła i zostawiła ją w spokoju.

Od czasu gdy Freddie tak rozmiłował się w jej siostrze, z wdzięcznością przyjęła fakt, że Maggie zniknęła z jej życia. Wciąż chodziła do niej w weekendy, jadła i piła, ale fakt, że Maggie przestała ją odwiedzać, wcale jej nie martwił. I tak przychodziła tylko po to, żeby szpiegować i pouczać ją w przebraniu zatroskanej siostrzyczki.

Jackie zamknęła oczy i powstrzymała się, by nie krzyknąć na

cały głos, że jej mąż ślini się na myśl o Maggie, a ona boi się, żeby siostra nie odwzajemniła jego pożądania.

Ostatnio słyszała tylko o tym, że Freddie zajrzał do Jimmy'ego, że Maggie podała mu kawę albo zrobiła kanapkę, jak świetnie wygląda i jaka jest śliczna. I jak doskonale utrzymuje dom. Wszystkie te komplementy wypowiadał gawędziarskim tonem. Nikt by nie zauważył, że Maggie zawróciła mu w głowie. Każde słowo było dla Jackie jak pchnięcie rozpalonym nożem, gdyż wiedziała, że Freddie pragnie jej siostry.

Jackie wyobrażała sobie, że większość kobiet z jej światka chciałaby kogoś takiego jak Freddie, wydawało jej się więc zrozumiałe, że Maggie też go pragnie, bo ma bezpieczne życie i nudnego męża. Kiedy była trzeźwiejsza i bardziej szczera ze sobą, odsuwała od siebie te myśli, wiedząc, że są głupie i bezpodstawne. Kochała Maggie i wiedziała, że jest ona prawdopodobnie jedyną osobą, która naprawdę odwzajemnia jej uczucie, jedyną, której może zaufać.

Miała świadomość, żc od dawna pomiata siostrą. Wszystkich przedkładała nad nią, pożyczała od niej pieniądze, a później ją obsmarowywała, często w rozmowie z ludźmi, którzy w taki sam sposób obgadywali ją, Jackie. Usprawiedliwiali swoje istnienie. Podobnie jak ona nie mogli zrozumieć, że w ich kręgu istnieje kobieta, która ma głowę na karku, która jest z siebie zadowolona i żyje z mężczyzną, który nie przystawia się do pierwszej lepszej albo do takiej, która ma bodaj książeczkę ubezpieczeniową.

Jackie obdarzała zaufaniem ludzi, którzy — o czym w głębi serca wiedziała — wcale jej nie szanowali, nie byli prawdziwymi przyjaciółmi. Byli nielojalni, nie mieli pracy, własnego życia i spędzali dni byle jak. Jedyną ich zaletą było to, że są do niej podobni.

Nie mieli żadnego celu w życiu, ale za to byli zadufani w sobie. Kobiety czerpały całe poczucie wartości ze swoich mężczyzn, w ich świadomości nie istniała przyjaźń ani honor. Większość udawała wobec siebie wzajemną życzliwość tylko dlatego, że za dużo o sobie wiedziały i bały się, że jeśli się poróżnią, dawne koleżanki rozpuszczą języki na ich temat. Kiedyś Maggie się rozgniewała — co zdarzało jej się rzadko — i powiedziała: „Gdy jestem wśród moich przyjaciół, nie muszę bać się wychodzić jako pierwsza".

Ubodło to Jackie, gdyż wiedziała, że siostra powiedziała prawdę. Kiedy tylko któraś z jej kumpelek wyszła, mieszano ją z błotem, niczym najgorszego wroga. Tak już między nimi było, a Jackie wiedziała, że oszczędza się jej najgorszego tylko z tego względu, że jej mąż jest kompletnym popaprańcem. Była więc na osiedlu grubą rybą i napawała się faktem, że jest w miarę bezpieczna. Poza tym kpiła z Freddiego, naśmiewała się z niego, co czyniło ją istotnym ogniwem kręgu. Była osią, wokół której musiał się kręcić ten mały światek, i przyjaciółką przez wzgląd na powiązania z większością mieszkańców osiedla. Gdyby Freddie ją rzucił, byłaby skończona. Wszyscy o tym wiedzieli i ona również, a gdyby do tego doszło, nikt nie byłby szczęśliwszy niż jej „najlepsze przyjaciółki".

Była pierwszą wśród żon i opowiadała koleżankom, że Maggie nosi tyłek wysoko i zachowuje się jak jakaś pieprzona gwiazda tylko dlatego, że ma trochę forsy. Dodawała, że jej Freddie też trochę zgarnia, ale ona, w odróżnieniu od siostry, wie, skąd wyszła, i nie musi podtykać każdemu pod nos swojego powodzenia. Ani odcinać się od korzeni.

Czasem czuła się okropnie z powodu tego, co mówi, ale nie przestawała mówić. Zwłaszcza kiedy jej mąż mógł słyszeć, lecz nigdy w obecności matki. Lena obdarłaby ją ze skóry.

Jej córki nie mogły jej tego wybaczyć. Ubóstwiały Maggie, uważały ją za Bóg wie co. Jackie była jeszcze bardziej zła i z tym większą zajadłością ustawiała Maggie na właściwym miejscu. To ona powinna być tą podziwianą i kiedyś Maggie ją podziwiała. I nadal powinna, bo ona jest starszą siostrą i choćby z tego powodu zasługuje na szacunek.

Co jakiś czas przygniatały ją wyrzuty sumienia z powodu niclojalności wobec tej, która dawała jej pieniądze, dbała o nią, o jej włosy i ubrania.

Maggie kłóciła się z tymi, którzy wypowiedzieli choć jedno słowo krytyki pod adresem siostry. Nigdy jej nie poniżała, próbowała tylko rozmawiać o jej tak zwanym problemie alkoholowym i zachowaniu małego Freddiego. W odróżnieniu od innych zawsze jedną ręką jej broniła, a drugą starała się pomóc. I choć była drobna, umiała się kłócić, a nawet bić, jeśli zaszła taka potrzeba. Jackie kłóciła się, bo taką miała osobowość, a Maggie tylko z powodu zasad albo dlatego, że wyczerpała inne środki. A kiedy się kłóciła, była jak obłąkana. Z powodu siostry poróżniła się z wieloma ludźmi i Jackie wiedziała, że powinna odpłacić jej tym samym.

Ale Maggie była cierniem w jej boku. Ilekroć na nią spojrzała, widziała swoje zmarnowane życie i młodość, którą głupio przepuściła z powodu ciąży i skłonności do autodestrukcji. A co najgorsze, doszła do wniosku, że jedyna szansa na szczęście z mężem wymyka jej się.

Bo jeśli Freddie pragnie jej młodszej siostry, Jackie nie mogła się z nią mierzyć. Nie miało już znaczenia, czy ona odwzajemnia jego zachcianki. On jej chciał i to Jackie wystarczało.

Patrząc na Maggie, widziała młodą kobietę, która ma dobrą pracę, głowę do interesów i męża, który ją ubóstwia. Na domiar wszystkiego jej dzieci i mąż uważali Maggie za lepszą od niej.

Maggie była wszystkim, czym Jackie chciała być, i tego nie mogła jej wybaczyć.

◆ ◆ ◆

— Daj spokój, Glenford. Jestem po prostu wykończony. Ten gość z Amsterdamu produkuje tyle towaru co mała fabryka. Opanowaliśmy rynek i zgarniemy fortunę.

Glenford uśmiechnął się, ale nie był usatysfakcjonowany. Wiedział to wszystko i nie potrzebował, by przyjaciel mu powtarzał.

Zdrapał trochę proszku. Tym razem postanowił zrobić twista, jamajskiego skręta. Owijało się papierek wokół stożkowatego kawałka drewna i napełniało trawką. Glenford napchał do środka skunku. Po podpaleniu wybuchał płomień, a później skręt palił się leniwie. Kilka sztachów mogło rozłożyć Mike'a Tysona.

Podsunął skręta Jimmy'emu, ale ten pokręcił głową.

— O, nie, stary. Niedługo muszę wracać do domu.

Wiedział, że jest dokumentnie upalony i nigdzie nie pojedzie.

Będzie musiał zamówić taksówkę i jutro przyjechać po samochód.

— Jak się miewa Maggie?

Glenford mówił szorstkim gardłowym głosem naćpanego rastafarianina. Rozśmieszyło to Jimmy'ego. Z głośników popłynęła muzyka Beenie Mana. Jimmy położył się i zaczął wsłuchiwać.

— W porządku.

Glenford wzruszył ramionami i znów mocno się zaciągnął.

— Nie wygląda w porządku, podobnie jak ty. Jeśli powiesz mi w czym problem, wiesz, że nic nie wyjdzie poza ściany tego mieszkania.

Jimmy wiedział o tym, ale tylko się uśmiechnął i nie odpowiedział.

— Cholerny głupiec z ciebie — rzekł po dłuższej chwili Glenford. — Kiedyśmy toczyli wojnę z Clarice, trzymałem gębę na kłódkę. Ona mieszka teraz z białasem, który ma normalną robotę, a moje dzieciaki gadają jak bankierzy. A ja zostałem z tą małą. Ślicznotka, ale mnie zależy tylko na Clarice i żadnej innej. Spieprzyłem na potęgę i w końcu się z tym pogodziłem. Babki są dziwne, a nasze życie... ta niepewność, cały sposób życia kryminalisty. Porządne kobiety ze mną nie wytrzymują, one chcą bezpieczeństwa, każdej nocy chcą czuć na sobie ramiona swojego faceta. Clarice ma teraz to, czego chce, ale ja wiem, o tutaj — Glenford uderzył się pięścią w klatkę — że wolałaby moje ramiona od witek tego zasrańca z niebieskimi oczami. Ale wiesz, porządne babki wybierają to, co dla nich najlepsze, a w tym przypadku to, co jest najlepsze dla dzieci. Dla moich dzieci i ja to szanuję. On jest porządnym gościem, ona jest od niego bielsza, naturalna blondynka, kołnierzyk i mankieciki, wiesz, jak to jest. On kocha moje dzieciaki, mają też jedno swoje. Ale wiem, że ona kiedyś do mnie wróci, gdy skończę z tym życiem i przejdę na emeryturę.

Zaciągnął się głęboko i ze śmiechem wypowiedział poważne słowa:

— Widzisz, Jimmy, jeśli mi nie wierzysz, to moje życie nie jest tego warte, zgadza się?

Jimmy spojrzał na niego i obaj wiedzieli, że jest to ostatni kawałek układanki, którą była ich przyjaźń. Żaden z nich nigdy przedtem nie powierzył nikomu swoich najgłębszych uczuć, a teraz byli na to gotowi.

— Maggie się zmieniła, Glenford. Nie jest sobą. Ma zszargane nerwy, podskakuje, jak tylko ktoś zapuka do drzwi. Jakby na coś czekała, ale nie chce mi powiedzieć na co.

Glenford pokiwał głową na znak, że doskonale rozumie.

— Właśnie to próbowałem ci powiedzieć. Takie jest życie, chłopie. One dochodzą do pewnego wieku i poziomu świadomości i zaczynają się bać konsekwencji naszego fachu.

Jimmy zastanowił się przez chwilę.

— Nie, Glenford, to nie jest to. Jesteśmy legalni, a jeśli przyskrzynią mnie gliny, to z powodu trawy. To coś głębszego. Coś jej się stało, a ja nie mogę dojść co. Nie wiem, co robić. Próbuję z nią rozmawiać, ale na próżno.

Glenford nagle się zaniepokoił. W odróżnieniu od Jimmy'ego potrafił strząsnąć z siebie skutki najgorszego ćpania. Niewielu opanowało tę sztukę.

— Co jej się mogło stać?

Jimmy westchnął.

— Nie wiem, ale się dowiem. Zaczęło się, kiedy poleciałem do Glasgow. Od tamtego dnia Maggie nie jest już taka sama.

Glenford zamilkł, ale jego umysł pracował na potrójnych obrotach. Uważał, że należy trzymać język za zębami, dopóki nie pozna się wszystkich faktów. Był zły, że tak się uwalił, bo Jimmy powiedział coś, co go tknęło. Ale był za bardzo naćpany i wiedział, że sprawa jest zbyt ważna, by próbować ją teraz rozplątać. Wstał niepewnie z fotela i zrobił to, co robił zawsze, gdy był nawalony i potrzebował coś zapamiętać.

Poszedł do kuchni i zapisał coś w notesie.

Wziął jeszcze dwa piwa i wrócił do salonu. Usiadł z Jimmym i jak gdyby nigdy nic popijali dalej.

◆ ◆ ◆

— Chodź, Maggie, wszyscy na ciebie czekamy! — zawołała Dianna.

Wszyscy obecni w salonie odwrócili się w stronę Dianny,

która się tego spodziewała. Puściła oko do Kimberley, gdy Maggie stanęła w drzwiach gabinetu.

Salon w Chingford w Essex, największy ze wszystkich, był oczkiem w głowie Maggie, która wiedziała, że teraz wysunie się na czoło. Interes szedł w nim tak doskonale, że Maggie zainwestowała mnóstwo forsy, by doprowadzić pozostałe do takiego samego stanu. Prócz usług fryzjerskich oferował także solarium, pedicure, depilację woskiem twarzy, nóg i bikini. Wszystko, co potrzeba. Wykonywano także pielęgnacyjne zabiegi twarzy i masaż reiki, a raz w miesiącu działała klinika odchudzania, w której lekarz przepisywał klientkom pożądane lekarstwa.

To była istna żyła złota.

Klientkom podawano wino, napoje, kawę frappé i cappuccino. Maggie pozwalała im także wciągać nosem prochy w toalecie, pod warunkiem że będą to robić dyskretnie.

Jednym słowem salon stał się przebojem.

Dianna i Kimberley przebywały tam teraz stale. Kim pracowała jako fryzjerka i jednocześnie robiła kurs kosmetyczny, a Dianna terminowała.

Jednakże Maggie nie była ostatnio sobą, a one postanowiły, że choćby miały stanąć na głowie, wyciągną ją ze skorupy.

Maggie zależało na nich nie tylko dlatego, że je kochała — tak rzeczywiście było — lecz dlatego, że dzięki nim Freddie trzymał się z daleka od salonu. Denerwował się w obecności córek, które przejrzały go w bardzo młodym wieku. Ich stosunek do niego najlepiej wyrażał się słowami: „Kocham go, bo to mój ojciec. Co mogę na to poradzić?". Maggie wiedziała, że on też je kocha, i tak jak inne kobiety z jego kręgu, które kochał, należą do niego. Uważała również, że będzie się bał, aby nie dowiedziały się o tym, co zrobił. W przeciwieństwie do matki one uwierzyłyby w jej wersję.

Maggie od dawna zajmowała ważne miejsce w ich życiu. Znały ją bardzo dobrze i darzyły zaufaniem. Szanowały ją, a ich ojciec ją zniszczył.

Rozejrzawszy się po tętniącym życiem i muzyką salonie, który był jak maszynka do robienia pieniędzy, miała ochotę wyć.

— Maggie, wszyscy o ciebie pytają. Nie możemy ciągle im mówić, że siedzisz przy książce przychodów i rozchodów.

Maggie spojrzała na Kimberley i tak jak zawsze, od czasu gdy dziewczyna była nastolatką, zobaczyła samą siebie. Kimberley była jej odbiciem, widziała to wyraźnie i wielu ludzi zwracało na to uwagę. Odziedziczyła ciemną karnację ojca, jego ciemne włosy i bladą skórę, ale miała delikatną budowę ciała Maggie, tak różną od grubokościstej Jackie. Na myśl o siostrze serce zabiło jej w przyspieszonym tempie.

— Kopę lat, Maggie. Jesteś chora czy co, dziewczyno? Wyglądasz jak zmokły kundel!

Maggie uśmiechnęła się do kobiety, która to powiedziała. Klientka, opalona, z pasemkami na włosach, zażyczyła sobie manicure i pedicure. Siedziała w nowym, bardzo drogim fotelu z czarnej skóry wyposażonym w maleńki basenik z podgrzewaną wodą na stopy i podstawkę na drinki. Znów zachciało jej się wyć.

Powiedzieć temu babsku, że jest pustą zdzirą, że nienawidzi jej egoizmu, podobnie jak nienawidzi mężczyzn takich jak Freddie, gdyż wiele z tych kobiet żyło z facetami, którzy go naśladowali. Tacy jak oni przeleciliby materac, gdyby się nawinął, i nie mieli nawet przyzwoitości albo rozsądku, żeby włożyć prezerwatywę. Do salonu przychodziły takie, które dostały między innymi syfa i opryszczki od swoich facetów, pamiątki po ich wycieczkach do Tajlandii. Nagle plotki brzmiały w jej uszach jak wersety Starego Testamentu, jak objawienia. Pokazywały jej życie w całej jaskrawości, pokazywały, czym się stało tylko dlatego, że kiedyś chciała uratować siostrę od choroby psychicznej i ocalić jej małżeństwo. Teraz mogła podziwiać swoją nagrodę.

Miała ochotę powiedzieć wszystkim, żeby poszli sobie w cholerę. Nie zrobiła tego jednak, ostatnimi czasy przeklinała tylko w myślach. Trochę pomagało, ale nie wiedziała, jak długo ta metoda będzie działać.

— Przychodzisz do mnie tylko dlatego, że podaję najmocniejsze drinki! — odpowiedziała najweselej, jak potrafiła, tlenionej blondynie bez szyi, która najwyraźniej czekała na odpowiedź.

Wszystkie kobiety parsknęły śmiechem. Maggie spojrzała na idealne zęby i doskonale opalone ciała i wybuchnęła płaczem.

Kimberley, która odziedziczyła po babce bardzo sprawny detektor kłopotów, odprowadziła ją z powrotem na zaplecze, zanim zbyt wiele klientek zauważyło, co się dzieje. Maggie trzymała się siostrzenicy jak ostatniej deski ratunku i szlochała do utraty tchu. Mówiła nieskładnie, Kimberley usłyszała tylko, że powtarza w kółko: „Przykro mi, skarbie, bardzo mi przykro".

A gdy się już uspokoiła, nadal nie chciała powiedzieć, co, u diabła, jest nie tak.

♦ ♦ ♦

Freddie był z Jimmym w domu w północnym Londynie. Była to duża posesja przy ocienionej drzewami alejce. Na podjeździe stały bmw obojga właścicieli, budynek przypominał siedzibę bogatej wielopokoleniowej rodziny.

Leżały tam też rowery górskie, rzucone byle jak, i stał dziecięcy samochodzik elektryczny. Sądząc po stanie lakieru i liściach w środku, zostawiono go tam jakiś czas temu, przed ostatnimi opadami deszczu. Jimmy, który wciąż doceniał wartość każdego funta, nie umiał pojąć, jak ktoś rozumny może tak zostawić zabawkę wartą pięćset funtów. Ktoś taki albo nie ma mózgu — jak przypuszczalnie było w tym wypadku — albo uważa, że zawsze będzie zgarniał grubą forsę.

Drzwi podwójnego garażu były do połowy uchylone. To również było zaproszenie dla złodzieja. Jimmy wiedział, że elektryczne drzwi są zepsute, ale w świetle zmierzchu naliczył trzy kosiarki, jedną z traktorkiem do jeżdżenia, i inne drogie sprzęty do pielęgnacji ogrodu. Nawet on nie miał tego wszystkiego w swojej komórce, a jego ogród wyglądał jak Serengeti w porównaniu z tym zasranym trawnikiem.

Jimmy od lat nie był taki wściekły. Miał złe wieści dla tego fagasa i zamierzał mu je wygarnąć tak, żeby do niego dotarły bez konieczności powtarzania. Był wkurzony i ta reprymenda miała mu pomóc upuścić trochę pary.

Freddie zapukał lekko sygnetem do frontowych drzwi. Zawsze go nosił, jakkolwiek Jimmy uważał, że to bezguście. Jimmy nie cierpiał, że wspólnik nosi na sobie tyle złota. Jak gdyby obwieszczał światu swoje bogactwo. Złościło go to.

Sygnety były dla oprychów i takich, którzy prowokują bójki w pubach. Dla nastolatków uważających się za twardzieli, a nie dla dorosłych, poważnych biznesmenów. Można było zrobić nim jednak spore spustoszenie, więc tego wieczoru Jimmy nie oponował. Choć i tak uważał, że Freddie wygląda z tą ozdobą na taniego bandziora.

Ganek domu został niedawno dobudowany. Miał okna z ramkami z ołowiu, rosły w nim róże i inne rośliny. Wystrój pasował do reszty domu. Wszystkie okna wyglądały na nowe, podobnie jak drzwi. Dom przywodził na myśl dzieło Narodowej Rady Budownictwa, tyle że miał już co najmniej ćwierć wieku. Właściciel oszalał na punkcie remontów i przy innej okazji Jimmy godzinami przy piwie rozprawiałby z nim żywo na ten temat. Tak się jednak niestety składało, że facetowi odbiło i finansował swoje projekty z dochodów Jimmy'ego i jego wspólnika. A jego dom, prawdę rzekłszy, był przeinwestowaną kupą cegieł.

Lenny Brewster miał się dowiedzieć, że został dokładnie rozgryziony i jego sprawki nie ujdą mu na sucho.

Zauważył gości w alejce dojazdowej. Jego żona, która parzyła właśnie herbatę i robiła kanapkę z bekonem, gdy rozległo się pukanie do drzwi, zauważyła niecodzienne zachowanie męża. W tym światku mówiło się, że robi w portki ze strachu. Miał wypisany na twarzy lęk i poczucie winy, jakby policja przyskrzyniła go z dymiącą bronią na miejscu zabójstwa.

Był bajarzem i opowiadał niestworzone rzeczy, i żona się na to godziła, ale musiała mu przyznać, że kosi forsę jak handlarz narkotykami w więzieniu o najwyższym rygorze. Płynęła stale i w dużych ilościach. Kobieta wiedziała, że pracuje dla Jacksonów, ale do tej pory nie miała z nimi do czynienia. Lenny dawał jej do zrozumienia, że go potrzebują, że odgrywa kluczową rolę w ich nikczemnych interesach.

Teraz jednak, tak jak wiele kobiet przed nią, ujrzała swojego starego takim, jakim był, i przeraził ją ten widok. Tym bardziej, że właśnie dzisiaj zapłaciła za rejs po Morzu Karaibskim i rozpowiedziała wszystkim znajomym, że będą płynąć pierwszą klasą w luksusowym apartamencie z bulajami i dużym salonem.

— Mam otworzyć?

Mąż skinął głową, próbując się uśmiechnąć.

Otworzyła drzwi.

— Czy ten słodki zapach bekonu dolatuje z pani chaty? — spytał z czarującym uśmiechem Freddie.

Kobieta odpowiedziała uśmiechem. Freddie był w jej typie bez dwóch zdań. Jej mąż nie zaliczał się do lwów sypialnianych, więc zawsze była chętna na nocny wypad. Porozumienie nastąpiło w mgnieniu oka.

Jimmy obserwował scenę z pełnym niedowierzania półuśmieszkiem. Freddie uwiódłby nawet klasztor pełen zakonnic, Jimmy był gotów się założyć.

Lenny wyszedł wolnym krokiem do holu.

— W porządku, Lenny?

Jimmy odezwał się przyjaznym głosem, ale było w nim ukryte ostrzeżenie. Lenny nie wiedział jeszcze, co to wszystko znaczy.

— Zrób coś do picia, June — rzekł z uśmiechem. — Ktoś chce kanapkę?

Freddie wyszczerzył zęby.

— Wezmę, co dają, kolego. Masz browar?

June uśmiechnęła się i spojrzała na Jimmy'ego, który pokręcił głową. Lenny poprowadził ich przez odnowiony hol i salon do dużej oranżerii na tyłach domu.

Jimmy i Freddie rozejrzeli się w życzliwy, ale znaczący sposób. Spojrzeli po sobie i unieśli teatralnie brwi, okazując zdziwienie, że Lenny zgarnia aż tyle kasy. Odpalali mu sporo, ale obaj widzieli wyraźnie, że Lenny żyje znacznie ponad stan. A on wiedział, że mają rację.

— Co mogę dla was zrobić?

— Nie ściemniaj, Lenny. Wiesz, dlaczego tu jesteśmy. Czy przyszlibyśmy do takiego śmiecia jak ty, gdybyśmy nie wiedzieli, że nas przekręcasz? — odparł cichym głosem Jimmy.

Lenny doszedł do wniosku, że nie warto kluczyć. Właściwie nie pozostawiono mu wyboru. Miał żonę, która sporo go kosztowała, sześcioro dzieci i reputację. Pracował dla Ozzy'ego, kiedy ten jeszcze był na wolności, i to powinno się liczyć.

— Zaliczyłem dołek finansowy. I co z tego? Potrzebowałem kasy. — Spojrzał na Freddiego, starając się mówić rozsądnie i przekonująco. — Obracam trzy razy tyle towaru, co w zeszłym roku. Prosiłem was o większą działkę prochu, ale mnie olewaliście.

Nikt mu nie odpowiedział.

— Zarobiłem dla was fortunę i dobrze o tym wiecie — dodał po chwili z usprawiedliwionym gniewem.

Freddie i Jimmy wciąż milczeli, spoglądając na niego bez wyrazu. Właśnie to sprawiło, że stracił panowanie nad sobą.

— Zasuwałem na ulicach dla Ozzy'ego, kiedy wy obrabialiście samochody i żłopaliście colę w pubie. Zasłużyłem sobie na stanowisko w tej firmie. Trzeba mi było dać to, co mi się należy, wtedy nie musiałbym sam brać.

Lenny uśmiechał się. Ulżyło mu, kiedy wypowiedział tę kwestię. Jimmy po raz pierwszy zobaczył w jego oczach wyzwanie. Jak gdyby myślał: i stało się, i co mogą mi zrobić? Dostanie lanie i rachunki będą wyrównane, tak myślał. Jimmy nie sądził, że Lenny jest aż takim durniem.

Jednak zanim zdążył otworzyć usta, Lenny już leżał na posadzce. Freddie prawie go wybebeszył nożem.

Lenny usiłował trzymać rękami wnętrzności. Krew bluzgała spomiędzy jego palców na nowiutką terakotę w oranżerii.

Jimmy nie mógł uwierzyć, że Freddie to zrobił. Tylko tego im brakowało.

Freddie uśmiechał się obłąkańczym krzywym uśmieszkiem, który już od dzieciństwa pozwalał mu się ze wszystkiego wywinąć. Przypominał chłopca, którego przyłapano na podbieraniu drobniaków z portmonetki mamy.

Ale nie był już dzieckiem i właśnie z zimną krwią zamordował Lenny'ego w jego własnym domu. Tylko dlatego, że Lenny go wyrolował. To było jak koszmar. Właśnie za to dostaje się dożywocie: za to, że najpierw się działa, a dopiero potem myśli. Często jest tak, że po dziesięciu lub piętnastu przefajdanych latach zainteresowany wciąż duma o tej jednej chwili obłędu.

Jimmy złapał go za marynarkę i koszulę i z całej siły rąbnął nim o ścianę oranżerii, aż huknęło. Posadzka była zalana krwią Lenny'ego, który leżał twarzą do ziemi.

Jego żona szykowała w kuchni kanapki z bekonem i herbatę, a jej mąż był już martwym mięsem.

Freddie chichotał, jak gdyby spłatał komuś figla. Jimmy przyciskał go do ściany, a on próbował wyrwać się z uścisku. Ale na próżno. Freddie nie mógł się ruszyć, mimo że używał wszystkich sił.

Dopiero wtedy uświadomił sobie, jak rosły i potężny jest jego wspólnik. Jimmy był silny jak wół, a Freddie, który zawsze był tym silniejszym, zrozumiał, że Jimmy jest nie tylko młodszy, lecz także wyższy, zdrowszy i szybszy.

Różnica między nimi polegała na tym — Freddie musiał to w końcu przyznać przed samym sobą — że Jimmy kontrolował swoją siłę, że była ona czymś więcej aniżeli siła fizyczna. Był silny nie tylko ciałem, lecz także umysłem. Jimmy używał głowy, używał jej dobrze, a Freddie dzień w dzień korzystał ze swojej siły, by zdobyć to, do czego dążył. Bez względu na to, jak banalna była rzecz, której pragnął.

Jimmy raz po raz walił głową kuzyna o ścianę. Polała się z niej krew, ale już go to nie obchodziło. Właśnie tego się bał, bo to mogło oznaczać długie lata w więzieniu: bezsensowne, bezmyślne, niczym nieuzasadnione zabójstwo. Niepotrzebna śmierć, która mogła zrujnować resztę życia.

Z całej siły rąbnął Freddiego pięścią w podbródek. Uderzył tak mocno, że musiał go przytrzymać, by tamten nie runął w kałużę krwi, która rozlała się po całej posadzce.

— Ty kretynie, ty pierdolony piździelcu!

W tej samej chwili do oranżerii weszła June i rozpętało się piekło.

Rozdział szesnasty

Jackie słyszała rozmowę córek i jak zawsze, gdy była mowa o Maggie, nadstawiła uszu. Dziewczynki siedziały w kuchni i jadły późną kolację.

Usadowiła się jak zwykle w salonie z dużym drinkiem, paczką papierosów, torebką słodyczy i medykamentami, które leżały na stoliku obok fotela. Jej prawdziwe lekarstwo znajdowało się w torebce, ale Jackie lubiła, żeby ludzie widzieli jej leki antydepresyjne, gdyż mówiło to dużo o jej życiu.

Maggie powiedziała kiedyś, że jej światek jest tak mały, że mieści się w nim ona i nikt więcej. Wyglądało na to, że i Maggie poznaje wreszcie smak życia.

— Zalewała się łzami, a ja nie wiedziałam, co robić!

Roxanna, która z każdym dniem bardziej przypominała Maggie, wpatrywała się w siostrę szeroko otwartymi oczami. Zaciągała się nerwowo papierosem, słuchając zatrważających wieści o ukochanej ciotce.

Mały Freddie jak zwykle gapił się w ekran, oglądając film na wideo. Z telewizora dobiegały odgłosy strzelaniny. Widząc, że matka podsłuchuje rozmowę córek, pogłośnił dźwięk. Gdy Jackie wyrwała mu pilota i ściszyła odbiornik, kopnął ją mocno w klatkę piersiową. Jackie poczuła straszliwy ból, a do tego wylała większą część drinka.

Trzasnęła go otwartą dłonią w twarz, wkładając w to całą

swoją niemałą siłę. Inne dziecko wrzasnęłoby z bólu, ale on tylko się roześmiał i puścił jej taką wiązankę przekleństw, że nawet Jackie była zszokowana.

— Ty mały gnojku!

Freddie nadal się śmiał, a jego spojrzenie mówiło, co myśli o matce.

Jackie wstała niepewnie i zobaczyła się w lustrze nad kominkiem. Miała na sobie upaćkaną koszulę nocną, jej włosy przypominały szczurze ogony, a twarz była nalana. Całe ciało wydawało się ogromne.

Podeszła do lustra i popatrzyła na siebie. Dostrzegła przerzedzone włosy, niegdyś bujne, i ziemisty odcień skóry. Bez przerwy bolał ją kręgosłup i nawet nie mogła już jeść słodyczy, które od lat stanowiły podstawę jej diety.

Na gzymsie kominka stało stare zdjęcie jej i Freddiego z czasów, gdy ze sobą chodzili. Podniosła je i przyjrzała się dokładnie po raz pierwszy od lat. Była kiedyś piękna i nawet o tym nie wiedziała. Teraz jednak, patrząc na siebie ubraną w kusą sukienkę, z radosnym uśmiechem na twarzy, czuła się tak, jakby patrzyła na kogoś obcego.

Mały Freddie słowo w słowo powtarzał przekleństwa lecące z ekranu telewizora. Wyszła z pokoju. Dziewczęta wciąż siedziały w kuchni. Uśmiechnęła się do nich.

— Jak spędziłyście dzień? Fajnie? — zapytała.

Zainteresowanie Jackie było wymuszone i córki o tym wiedziały. Wisiało jej to, jak spędziły dzień i co robiły. Jak zwykle jednak wolały dostosować się do jej stylu.

— Świetnie, mamo. A ty?

Kimberley do perfekcji wycyzelowała sztukę sarkazmu.

Jackie zignorowała obelżywy ton.

— Dlaczego Maggie płakała w salonie?

Pytanie zostało zadane tonem troski i zainteresowania, lecz Dianna tylko pokręciła z niedowierzaniem głową. Wiedziały, co się rozgrywa między ich matką a Maggie. Słyszały wszystko, co działo się w ich domu, i zdumiewało je, że matka sobie tego nie uświadamia.

Kimberley wzruszyła ramionami.

— Nie wiem, mamo, ona nie chciała powiedzieć.

W tych słowach zabrzmiała lojalność wobec Maggie i sygnał, że dziewczynki nie będą rozmawiać z matką na ten temat.

Złość, która nieustannie gotowała się w Jackie, zaczęła kipieć. Powściągnęła ją jednak.

— Coś ją gryzie, a jest moją młodszą siostrą. Może powinnam do niej pójść i pogadać, wiecie, jak kobieta z kobietą.

Trzy córki spoglądały na nią z twarzami pozbawionymi wyrazu. Jackie widziała, jakie są ładne, czyste i zadbane. I że mają w nosie to, co mówi matka.

Poczuła się jak obca we własnym domu i bardzo ją to zabolało.

— Wy podłe małe krowy. Robię dla was wszystko, a wy traktujecie mnie jak brud za paznokciami, jak przybłędę.

Kimberley podniosła swoją torebkę, siostry zrobiły to samo. Zostawiwszy kanapki i filiżanki z herbatą, skierowały się do drzwi. Chciały iść do siebie i położyć się spać.

Jackie pchnęła je z powrotem i zastąpiła im drogę.

— Odpowiecie mi albo każda dostanie w łeb.

Kimberley westchnęła i odparła cicho:

— Upiłaś się, mamo. Idź spać i daj nam spokój.

Powiedziała to cicho i przekonująco. Jackie przez chwilę zastanawiała się, czy pójść za jej radą. Lecz złość i paranoja jak zwykle wzięły górę.

— Takiego wała, chcę wiedzieć, co to za przedstawienie rozegrało się w salonie. Czy wasz ojciec tam był? Czy tam przychodzi?

Jackie miała świadomość, że plecie bzdury, ale nie mogła się powstrzymać.

— Po co miałby tam przychodzić, mamo? — spytała Roxanna, która miała dość tej kobiety i jej histerycznych wybuchów.

Jackie gruchnęła śmiechem.

— Wolałabyś nie wiedzieć, maleńka, ale powiem ci. Słuchaj uważnie. Ona ma to, na co zasłużyła. Uważacie ją za Bóg wie co...

— Mamo, przestań! — zawołał Dianna tak głośno i z taką determinacją, że Jackie zamurowało. — Maggie cię kocha, nigdy nie powiedziała o tobie złego słowa, a ty potrafisz tylko mieszać ją z błotem!

Jackie spojrzała na twarze córek i zobaczyła w nich ból i odrazę.

— Nastawiła was przeciw mnie, tak? — spytała głosem pełnym litości dla samej siebie.

Kimberley z rozpaczy pokręciła głową.

— Nie, mamo, ty sama to zrobiłaś. Idź do łóżka, proszę cię. Skończ to przesłuchanie i daj nam wreszcie spokój.

— Myślicie, że Maggie jest taka wspaniała, a ja taka zła. Wiem, co się dzieje w waszych głowach.

Córki znowu zmierzyły ją wzrokiem pełnym litości i irytacji. Jackie już tego nie zniosła.

— Ta pizda chce zrujnować mnie i moje życie! — wrzasnęła.

Wiedziała, że powinna się zamknąć, ale ból był tak wielki, że chciała, by i one go poczuły.

— Przestań, mamo! Posłuchaj siebie, jesteś pijana. Połóż się i prześpij to.

Roxanna, jej mała córeczka, patrzyła na matkę z pogardą.

— Ja was nie obchodzę? Nie widzicie, jak się męczę? Czy nie stać was na odrobinę współczucia dla własnej matki?

Jackie prawie płakała ze złości, wstydu i za sprawą wypitego alkoholu. Piła przez cały dzień i całą noc.

Kimberley opiekuńczym gestem przesunęła siostry za siebie. Wiedziała, że matka w takim stanie jest agresywna.

— Nie wszystko kręci się wokół ciebie, mamo — rzekła głośno, nie dbając o uczucia matki, prawdziwe i wyimaginowane. — Gdybyś to dostrzegła, twoje życie stałoby się o wiele łatwiejsze. Maggie jest kochana i nigdy nie powiedziała o tobie nic, czego nie mogłybyśmy przed tobą powtórzyć. Wstawia się za tobą, nie pozwala nam pisnąć zasranego słowa o tobie, twoim piciu i twojej nienawiści. Jest jedyną osobą, której na tobie zależy, a ty jak zwykle tego nie widzisz. Jesz jej jedzenie, pijesz jej alkohol i wykorzystujesz tak samo jak wszystkich innych. Tylko na nią możemy liczyć i na niej polegać, powinnaś to zrozumieć i się z tym pogodzić. Mówię po raz ostatni, mamo, połóż się spać.

Wyszły z kuchni, a Jackie nie próbowała ich zatrzymywać. Otworzyła lodówkę i wyjęła kolejną butelkę wina. Maggie odebrała jej wszystko: męża i córki.

♦ ♦ ♦

June Brewster była w szoku, a jednak rozumiała, że to nie Jimmy Jackson jest winny i że to z nim musi się rozmówić. Freddie Jackson był gnojem i mordercą. Słyszała tę opinię wiele razy. Znała zasady gry, wiedziała, czym trudni się jej mąż. Żyła w tym od dawna i była realistką, tak jak wiele żon kanciarzy przed nią.

Po wejściu do oranżerii krzyknęła, ale potem wzięła się w garść na tyle, na ile była w stanie. Nie zadzwoniła po gliny i rozumiała, że w ten sposób zaskarbiła sobie sympatię Jimmy'ego.

On też zdążył się uspokoić, choć gdy weszła do pomieszczenia, widziała na jego twarzy absolutną pogardę dla Freddiego Jacksona.

Freddie dał dupy i tylko jej opinia, kobiety umiejącej trzymać język za zębami, mogła ją przed nimi ocalić. Jako żona Lenny'ego znała więcej tajemnic niż Dalajlama. Oni wiedzieli jednak, że umie zachować je dla siebie.

Lenny powiedział kiedyś, że to młody Jimmy Jackson jest prawdziwym mózgiem tego interesu, i po tym, co June zobaczyła, była skłonna mu uwierzyć. Jimmy główkował, jak uratować sytuację i ich wszystkich. Wiedziała, że dostanie rekompensatę — oby dużą — ale oprócz tego chciała także pieniędzy z ubezpieczenia na życie, musieli więc postarać się, żeby śmierć Lenny'ego wyglądała na zwyczajny wypadek.

Jimmy głośno myślał, a jednocześnie dolewał June brandy, starając się wszelkimi sposobami złagodzić ciężar jej bólu.

Ale jak można go złagodzić?

Lenny był gnojkiem, jego żona wiedziała o tym lepiej niż ktokolwiek inny, ale był jej facetem. Żyli ze sobą długo, ponad dwadzieścia lat. Mimo że ostatnie dziecko miało podejrzanie ciemną karnację skóry w porównaniu z piątką pozostałych, Lenny przełknął to i nie dochodził prawdy. June nie pojechała więcej z siostrami na wakacje do Tunezji i tyle. Lenny haniebnie

245

ją zaniedbywał i zdawał sobie z tego sprawę. Poszła na balety z młodym kelnerem, który miał brzuch płaski jak deska i dużego penisa, i to pomogło Lenny'emu uświadomić sobie, jak ważna jest dla niego żona. Jakoś się pogodzili i najmłodsze dziecko, córka, stało się jego oczkiem w głowie. Mieli pięciu chłopców, a ona była śliczną dziewczynką, która uwielbiała tatusia.

A teraz została sama z sześciorgiem dzieciaków i domem, który remontowali tylko dlatego, że ona na to nalegała. Lenny, jak na podstępnego złodziejaszka przystało, rżnął tych dwóch bandziorów na kasie i dlatego zginął. June myślała tylko o Tunezji i młodziku, który przywrócił jej wiarę w siebie i pragnienie seksu.

Widziała go oczami wyobraźni, jego szczupły tyłek, muskularne ramiona i uśmiech bielszy niż w reklamie pasty do zębów, jego długie, miękkie, gęste włosy upięte w kucyk. Myślała o nim za każdym razem, gdy spała z Lennym, który od lat jej nie kręcił. On zaś sypiał z kobietami na prawo i lewo. Praktycznie sama musiała wychowywać dzieci i bolało ją to. Poczuła do niego niechęć i często szła do łóżka z jakimś facetem.

Smażąc bekon, myślała o Freddiem Jacksonie i zastanawiała się, czy jest dobry w łóżku. A on zabił jej męża, ojca prawie wszystkich jej dzieci. Mężczyznę, który ślubował jej dozgonną miłość, który przyjął pod opiekę nie swoje dziecko i który przekręcił tych dwóch popaprańców, żeby dać żonie dom jej marzeń.

Ileż to razy wyobrażała sobie, że Lenny wykorkował, a ona jest panią swojego losu, może wyjechać na wakacje i rżnąć się jak szalona z facetami, których nigdy więcej nie zobaczy? Ileż razy pragnęła upadku Lenny'ego? Teraz te marzenia się ziściły, a ona pragnęła, żeby kelner z Tunezji wziął ją w ramiona i przeleciał tak, jak jeszcze nikt.

June myślała o tym, żeby przespać się z Freddiem Jacksonem, a teraz chodził jej po głowie ktoś inny. W głowie jej się mieszało, myślała nie o tym, o czym powinna myśleć, ale miała sześcioro dzieci na utrzymaniu, potrzebowała pieniędzy, potrzebowała zabezpieczenia. Trzeba było spłacić dom i kredyty nie tylko za samochody, lecz także za prace budowlane i nowe meble. Musiała się teraz na tym skupić, a później, gdy wszystko zostanie załatwione, będzie mogła spokojnie się rozpaść. Może w Tunezji, gdzie przez cały dzień świeci słońce, dokąd jej matka dzwoniła i mówiła, że dzieci mają się dobrze. Gdzie będzie mogła udawać, że jest beztroska i na luzie, i gdzie być może zapomni o tej nocy i jej konsekwencjach.

Ilekroć przypomniała sobie Lenny'ego, który leżał na posadzce w kałuży krwi, słabo jej się robiło ze zmartwienia i strachu przed tym, co będzie dalej.

Freddie Jackson żarł kanapki z bekonem, które przygotowała. Doprowadzał ją do obłędu. Pił herbatę i zachowywał się tak, jak gdyby to był normalny wieczór. Nawet puścił do niej oko. Czworo jej dzieci spało w łóżkach, dwóch najstarszych synów miało przyjechać nazajutrz, a jej mąż, głupie złodziejskie nasienie, leżał martwy w nowej oranżerii.

To było surrealistyczne, a jednak June wiedziała, że dzieje się naprawdę, gdyż jej mózg wszystko rejestrował. Z jego pomocą próbowała jakoś to rozwikłać. Zdawała sobie sprawę, że ktoś patrzący z zewnątrz uznałby ją za zimną i wyrachowaną, wręcz zatwardziałą. Ona jednak nie zamierzała poróżnić się z Jacksonami albo z samym Ozzym. Zobaczyła na własne oczy, do czego są zdolni, jeśli się ich sprowokuje.

Miała sześcioro dzieci w wieku od trzech do dziewiętnastu lat i musiała jakoś utrzymać się na powierzchni. Trzeba odpowiednio ustawić sobie priorytety, Lenny powtarzał to jak mantrę, i właśnie to June próbowała zrobić.

◆ ◆ ◆

Maggie leżała sama w wielkim łóżku i zastanawiała się, czy Jimmy dotrze w końcu do domu. Była trzecia rano. Zostawił jej wiadomość, że musi coś załatwić, żeby się nie martwiła, i że wróci, jak tylko będzie mógł.

Był bardzo zamyślony, wiedziała, że się o nią martwi, ale nie mogła nic zrobić, żeby ulżyć jego cierpieniu.

Jak zwykle ostatnimi czasy, nie spała, lecz nie podniosła słuchawki, tylko odsłuchała wiadomość. Wolała z nim nie rozmawiać, bo domyśliłby się, że leży z otwartymi oczyma. Nie chciała, żeby wracał, obejmował ją, całował i próbował sprawić, żeby była szczęśliwa. Chciał ją przytulać, ale ona nie była jeszcze na to gotowa. Nie chciała, bo przytulanie z Jimmym zawsze kończyło się seksem. Pozwalała mu się tylko brać, a on wiedział i rozumiał, że już z nim nie jest. Lubiła się z nim kochać od pierwszego razu. Wtedy nie szczytowała, ale sprawiło jej przyjemność poczucie, że jest w niej, mimo że ją zabolało. Naśladowała jego podniecenie i zareagowała, gdy osiągnął orgazm. Wiedział o tym i kochał ją za to.

W wieku czternastu lat wiedziała, czym naprawdę jest seks, że nie chodzi wyłącznie o prokreację ani o szybkie zaspokojenie pragnienia. To było połączenie dwojga ludzi, którzy nie mogą się do siebie dostatecznie zbliżyć, ale którzy próbują się spotkać. On wchodził w nią głęboko, a ona wyginała plecy, starając się wyjść mu naprzeciw z takim samym zapałem.

A teraz całował ją i wszystko było nie tak, jak powinno. Już nie czuła, że jego ręce są delikatne, gdy jej dotyka. Kiedy czuła jego język między nogami, zbierało jej się na mdłości, bo wydawało jej się, że jest gruby i szorstki i pokryty białym świństwem, tak jak język Freddiego tamtej nocy. Wiedziała, że to nie Freddie, tylko mąż, którego kocha, a mimo to nie mogła się pozbyć tego uczucia.

Wciąż czuła jego woń i dotyk. Za sprawą tamtej nocy musiała żyć ze świadomością, że Jimmy nie jest już jedynym mężczyzną, który ma do niej dostęp. Był z tego dumny. Tylko że to nie była już prawda.

Będąc w łazience, w której kiedyś leżeli w wannie, śmiali się i kochali, widziała tylko, jak klęczy, a Freddie trzyma ją za włosy i zadając ból, zmusza, żeby wzięła do ust jego członek. Posadzka była czysta, ale ona wciąż widziała swoje długie jasne włosy, które wyrwał jej, gdy próbowała się bronić.

Wszystko było zrujnowanc i nie mogła tego naprawić, ani teraz, ani w przyszłości. Wszystko, co sobie razem z Jimmym stworzyli, legło w gruzach, bo Freddie postanowił złamać jej serce. Pieszczoty Jimmy'ego nic już dla niej nie znaczyły. Nie znosiła ich, a on to widział i starał się być dla niej jeszcze lepszy. Na próżno.

Ukrywanie prawdy zabijało ją, a Freddie korzystał z każdej

okazji, żeby ją drażnić i podpuszczać. Jackie nie była tym zachwycona, to rzucało się w oczy. Maggie miała przeczucie, że jej siostra wszystkiego się domyśli.

Poczuła pieczenie łez i znów musiała z nimi walczyć. Gdyby Jimmy wszedł i zobaczył, że ona płacze, znów zacząłby ją przytulać i wypytywać. Właśnie jego dobroci nie mogła znieść. I nie mogła już spać. Była wyczerpana fizycznie i psychicznie, ale gdy tylko weszła na łóżko, jej oczy otwierały się szeroko. Nowe łóżko nie było tak wygodne jak tamto stare. Jimmy go nie znosił, ale ona nalegała i jak zwykle jej ustąpił. Freddie poprosił, żeby Jimmy mu je dał, a on zgodził się bez namysłu. Maggie prawie oszalała z żalu. Wiedziała, że leżąc na nim, co noc przypomina sobie tamtą noc. Opowiadał jej przy każdej okazji, jakie jest wygodne i jak dobrze mu się na nim wypoczywa, a ona siedziała przy stole i kiwała głową, powstrzymując się, żeby nie krzyknąć i nie zwymiotować z frustracji i gniewu.

Poczuła znane już, nieprzyjemne ściskanie w sercu i zmusiła się do głębokiego oddychania. Napady strachu, tak powiedział lekarz. Ona nazywała je napadami poczucia winy. Było bardzo ciężkie, bo sama ściągnęła na siebie nieszczęście i trudno jej było się z tym pogodzić. Gdyby go nie opluła, może by do tego nie doszło. Bywało, że przez kilka chwil czuła się dobrze, a potem wszystko wracało. Wystarczało jakieś słowo, zdanie, program telewizyjny, spojrzenie Freddiego albo jego uśmieszek. Nie wiedziała, jak długo zdoła to wytrzymać.

Zaczynała głośno kląć, kiedy była sama. Rozbijała rzeczy, trzaskała nimi o ścianę i na kilka chwil ból ustępował.

Ale zawsze wracał.

♦ ♦ ♦

— Ty chyba jesteś kompletnie popierdolony. Co ci odbiło?

Siedzieli w samochodzie. Jimmy próbował zmusić Freddiego do myślenia, ale tylko tracił czas.

Freddie zapadł w milczenie, co czasem mu się zdarzało. Przeważnie wtedy, gdy coś spieprzył. Zwykle Jimmy dawał mu wtedy spokój, ale tym razem Freddie przegiął i Jimmy'emu należało się wyjaśnienie.

— Lenny był gnojkiem, ale nie zasłużył na śmierć i dobrze o tym wiesz. Jeśli poprosił cię o podwyżkę, dlaczego mu jej nie dałeś? Zdawało mi się nawet, że ją dostał. Nie wiedziałem, że nadal płacimy mu tyle samo. A to znaczy, że to ty mnie przekręcałeś, zgadza się? Bo jeśli on wciąż dostawał tę samą działkę, to ty musiałeś zgarniać różnicę. To grosze w porównaniu z tym, co kosimy, a ty wyprułeś mu flaki z powodu swojej pieprzonej pazerności.

Freddie wciąż milczał. Zapalił następnego papierosa i spokojnie się nim zaciągał. Obserwował Jimmy'ego czujnie, z lekką obawą, ale poza tym nie zdradzał żadnych oznak niepokoju.

Jimmy nie mógł wyjść ze zdumienia.

— W domu była jego żona i dzieci. Przypuśćmy, że żona puściłaby parę. Co byś wtedy zrobił? Wymordowałbyś całą rodzinę? No, powiedz coś, Freddie. Bardzo chciałbym usłyszeć, co masz do powiedzenia.

Freddie nonszalancko wzruszył ramionami.

— Puściły mi nerwy, to wszystko.

Jimmy spojrzał na kuzyna. Stracił dla niego resztkę szacunku i tym razem obaj byli tego świadomi.

— Puściły ci, bo wygarnął ci prawdę. W ogóle nie powinniśmy byli tu przychodzić. On zarabiał dla nas masę forsy, a ty podbierałeś jego pulę. Poza tym Lenny był kumplem Ozzy'ego. Co mam mu teraz powiedzieć?

Tak jak Jimmy się spodziewał, na wzmiankę o Ozzym Freddie nadstawił uszu. Nie lubił posługiwać się w ten sposób jego imieniem, ale doszedł do wniosku, że to jedyny sposób, by rozwiązać problem. Freddie musi zrozumieć, że coś takiego nigdy więcej nie może się powtórzyć. To było diabelnie niebezpieczne. Za takie bezmyślne zabójstwo mogli dostać dożywocie.

— Zamierzasz powiedzieć Ozzy'emu?

Nie było to pytanie, tylko stwierdzenie i groźba zarazem. Jimmy roześmiał się z wysiłkiem.

— Będzie musiał się dowiedzieć. Jeden z jego najstarszych kumpli jest trupem, żona została z sześciorgiem bachorów. Trzeba będzie mu to jakoś wyjaśnić. Tak to działa, Freddie, nie stanowisz prawa sam dla siebie. Trzeba się tłumaczyć ze swoich działań, zwłaszcza kiedy facet, który daje nam dobrze zarobić, zostaje wypatroszony we własnym domu jak ryba.

Freddie wściekł się po tym, co usłyszał.

— Kpisz sobie ze mnie? — spytał, wybałuszając oczy. — Masz zamiar powiedzieć Ozzy'emu, jak było? Tak mam to rozumieć?

Jimmy spojrzał na niego ze złością i Freddie przypomniał sobie, jaki jest silny i sprawny.

— Nie zrobię tego, choć powinienem! Powinieneś dostać lekcję, jesteś jak tykająca bomba zegarowa. Chcesz znowu kiblować? Ja nie chcę trafić nawet do aresztu, nie mówiąc już o dziesięciu czy osiemnastu latach...

Freddie prychnął szydercżo.

— Nie przeżyłbyś w kryminale ani pięciu minut...

Posunął się za daleko. Jimmy popatrzył na niego dłuższą chwilę, a potem uruchomił silnik.

Jadąc wiejską szosą w Sussex, czuł wzbierający w nim gniew. Zatrzymawszy auto, rzekł cicho:

— To musi się skończyć, Freddie, bo nie mogę już z tobą wytrzymać. Zabiłeś dziewczynę, która urodziła twoje dziecko. Dałem jej matce kasę na pogrzeb i utrzymanie dziecka, choć to ty powinieneś to zrobić, bo ty dałeś dupy. Jesteś ciężarem. Wydaje ci się, że możesz robić, co ci się podoba, ale powiadam ci, pewnego dnia twój fart się skończy i pójdziesz na dno. A mnie to będzie wisiało.

Freddie słuchał go jednym uchem, ale myślał o czymś innym. Miał do tego smykałkę. Kiedy coś spieprzył, potrafił sprytnie o tym zapomnieć, koncentrując się na czymś innym, mniej ważnym. Ale nawet on wiedział, że Jimmy jest o krok od zerwania z nim, a gdyby to się stało, nie przeżyłby długo na własny rachunek.

Jimmy był teraz człowiekiem Ozzy'ego, Freddie został wymieciony. Tak jakby nigdy dla Ozzy'ego nie istniał, jakby to on był młodszy, jakby to on był dzieciakiem, którego wzięto pod skrzydła. Tylko że to właśnie on wziął pod skrzydła dzieciaka Jimmy'ego, a teraz wyrosły mu zęby i kąsa rękę, której wszystko zawdzięcza.

To on, Freddie Jackson, rozkręcił interes, a teraz był jak chłopiec na posyłki.

Jednak mimo całej wypełniającej go złości i zawiści Freddie miał świadomość, że nigdy nie poradziłby sobie z prowadzeniem rozmaitych przedsięwzięć, z których czerpali zyski. Nigdy nie fatygował się, by poznać ich arkana, nie interesowały go szczegóły, które były żywiołem Jimmy'ego. Powinien był brać aktywniejszy udział w prowadzeniu interesów na co dzień, ale nigdy tego nie potrzebował. Jimmy rzucił się w nie niczym kaczka do wody, a Freddie był na tyle głupi, by sądzić, że wspólnik nigdy nie zwróci się przeciwko niemu. Że Jimmy będzie kierował biegiem spraw po swojemu, ale to on, Freddie, który wszystko puścił w ruch, pozostanie kluczowym graczem. Szefem, majstrem, właścicielem plantacji. Tymczasem był stopniowo spychany na margines.

Oczekiwał wdzięczności, oczekiwał, że jego mały kuzyn Jimmy będzie mu wdzięczny za sukcesy, które odnosili, oczekiwał, że dostanie to, co mu się słusznie należy! Teraz już wiedział, że się przeliczył, i zrozumiał tę lekcję.

Już zapoczątkował dzieło zemsty i może poczekać na dalszą część. Nabył sporo praktyki w czekaniu. Poza tym miał już coś, czego będzie mógł użyć przeciwko Jimmy'emu i pewnego dnia tego użyje. Pewnego dnia Jimmy coś spieprzy, Freddie się o to postara, a gdy już dojdzie do wpadki, będzie ona gigantyczna. Tego też postanowił dopilnować.

Teraz jednak musi pozostać w dobrych stosunkach z Ozzym i Jimmym. Należało pozbyć się ciała Lenny'ego. Na wyspie Guernsey mieli pewnego lekarza, który chętnie wypisze świadectwo zgonu i postara się, żeby zwłoki zostały jak najszybciej skremowane. Problem polegał na tym, żeby je tam dostarczyć, i właśnie dlatego jechali przez Sussex do pewnego gościa, który miał łódkę i był gotów zrobić dosłownie wszystko za trochę forsy i proszku.

Freddie musiał udawać, że jest mu przykro z powodu swojego małego wybuchu. Ale Jimmy pożałuje, że odebrał mu to, co do niego należało. To przecież on, Freddie, stworzył biznes, dzięki któremu zarabiali fortunę.

Jimmy westchnął ciężko, a potem wyjął z kieszeni paczuszkę i usypał dwie działki. Szybko wciągnął jedną, świadom, że Freddie stara się ukryć swoje zdziwienie.

— Muszę sobie walnąć. Jestem wykończony, a jutro mam spotkanie z Ozzym, przecież wiesz.

Freddie o tym zapomniał. Teraz już nie miał wyjścia: musiał zawrzeć pokój z Jimmym.

— Przykro mi, powinienem sobie łapy obciąć. Odwaliło mi, stary. Proszek, gorzała i ta pieprzona Jackie, której znowu odbija... — Nie dokończył zdania. Dopiero po chwili mówił dalej głosem pełnym bólu: — Mały Freddie jest stuknięty, sam nieraz widziałeś. Już nie daję z tym wszystkim rady... Freddie wciągnął błyskawicznie swoją działkę, a Jimmy zaczął szykować następne dwie.

— Jest aż tak źle?

Jimmy starał się myśleć o wspólniku jak najlepiej, jakoś go zrozumieć. Kochał Freddiego, ale od dawna go nie lubił. Od śmierci Stephanie, gdy Freddie okazał obojętność wobec tego, co zrobił, wyrosła między nimi ściana, a teraz wszystko, co osiągnęli, mogło zostać zaprzepaszczone.

— Och, Jimmy, nie wiesz nawet połowy. Trzeba prowadzać Freddiego do jakiegoś zasranego psychiatry. Mój syn chodzi do psychiatry, a ten chrzani coś o tym, że mały ma osobowość psychotyczną. Jackie bez przerwy chla, córki unikają jej jak zarazy, a biedny mały Freddie jest na najlepszej drodze do wariatkowa. Nie daję już rady, mówię ci. Przedwczoraj rozmawiałem o tym z twoją Maggie, ona rozumie, bo sama nie czuje się dobrze, prawda?

Jimmy podniósł głowę i spojrzał na wspólnika.

— O czym ty mówisz? Co powiedziała?

Freddie wychwycił w jego głosie pragnienie, by zrozumieć, co dolega jego żonie.

— Nie wiem, stary. Jest zdołowana, ale sam o tym wiesz, no nie? Nie mówię tego przez brak szacunku, ale można się zastanawiać.

Jimmy zmarszczył czoło.

— Nad czym?

Freddie przypalił papierosa od poprzedniego i wzruszył ramionami z niewinną miną pełną zatroskania.

— No wiesz, jeśli to rodzinne... Jackie pije i w ogóle, twoja Maggie ma wszystko, czego kobieta może chcieć, urodę, głowę

253

na karku i dom jak z marzeń, a mimo to nie jest szczęśliwa. A mój mały Freddie...

— O czym ty, kurwa, gadasz?

Freddie wiedział już, że ma go w garści.

— Nie wkurzaj się. Mówię tylko, że coś jest z nią nie tak, sam dobrze o tym wiesz. Jackie mówiła mi ostatnio, że od dawna nie bierze pigułek i staracie się o dziecko, więc może o to jej chodzi.

Freddie wiedział, że Jimmy nie ma o tych sprawach pojęcia.

— Chrzanisz jak potłuczony. Mamy sztywniaka w bagażniku, a ty pleciesz trzy po trzy. Skupmy się na robocie, co?

Ziarno wątpliwości zostało jednak zasiane.

Freddie zrobił zawstydzoną minę. Uniósł ręce na znak, że jest mu bardzo przykro.

— Tak tylko mówiłem, stary. Chciałem jedynie pokazać, że rozumiem, co się dzieje. Babki gadają między sobą, mówią sobie rzeczy, o których nam by nie pisnęły. Przepraszam, jeśli niepotrzebnie się wychyliłem. Dałem dzisiaj plamę i trzeba to załatwić, więc wciągnijmy po działce i ruszajmy w drogę.

Jimmy skinął głową, ale był zatroskany. Martwił się przez cały czas, a sugestia Freddiego nie poprawiła sprawy.

Rozdział siedemnasty

Ozzy marszczył czoło, a Jimmy starał się przedstawić sytuację w jak najkorzystniejszy sposób. Nie było to łatwe, ale w końcu Freddie był jego najbliższym krewnym płci męskiej i człowiekiem, który umożliwił mu pracę dla Ozzy'ego. W drodze na wyspę Wight Freddie dał mu to do zrozumienia i Jimmy musiał przyznać mu rację.

Freddie spał w samochodzie na parkingu przed więzieniem. Obiecał, że poprowadzi w drodze powrotnej, żeby Jimmy też mógł się zdrzemnąć.

— A więc mówisz, że Freddie stuknął mojego kumpla, tak mam to rozumieć?

Jimmy skinął głową. Po raz pierwszy od dawna wyglądał na zdenerwowanego i Ozzy przypomniał sobie młodzieńca, którego zobaczył przed laty, a potem go kształcił i patrzył, jak krzepnie i nabiera pewności siebie. Domyślał się — a właściwie nie miał wątpliwości — że zabicie Lenny'ego nie było słuszne i zgodne z regułami, bo Jimmy przedstawiłby je zwięźle i rzeczowo, mając pewność, że wszystko zostanie natychmiast zrozumiane i zapomniane.

— Lenny Brewster był moim starym kumplem. Czasem dawał plamę, ale wszystkim nam się to zdarza, jak wiesz. Muszę się dowiedzieć, dlaczego został skasowany. Jeśli powód był słuszny, jestem z tobą. Jeśli tylko dlatego, że ten popieprzony piździelec Freddie stracił swoje słynne panowanie nad sobą, to ja muszę o tym wiedzieć, Jimmy. Prawda, jak powiadają, służy duszy. Przestań więc kitować i gadaj, co się naprawdę stało.

Jimmy nie musiał tego robić, ale gdyby nie załatwił tej sprawy, Freddie byłby martwy jeszcze tego samego dnia. Ramię Ozzy'ego było długie, a jego cierpliwość — krótka. Postanowił powiedzieć mu prawdę. Mniej więcej.

— Lenny nas przekręcał. Brał swoją działkę i oprócz tego z nas zdzierał. Poszliśmy do niego, żeby to załatwić, a on się wściekł. Powiedział, że jest twoim kumplem od dawien dawna i tak dalej, a potem wszystko się pochrzaniło i Freddie go załatwił. Rach-ciach i po krzyku.

— Jeśli tak było, to po co owijałeś w bawełnę? Po co to kręcenie?

Jimmy wzruszył ramionami. Ozzy spojrzał na niego i po raz kolejny stwierdził, że dokonał właściwego wyboru.

— On był twoim kumplem. Chyba myślał, że ma prawo brać to, czego chce, a Freddie chciał mu tylko przywalić, ale sytuacja wymknęła się spod kontroli. To był cwany skurwiel.

Ozzy ze zrozumieniem skinął głową.

— Lenny dawał dupy, ale dobrze dla nas zarabiał, sam to potwierdziłeś. Dlaczego więc uważał, że dostaje za mało?

Jimmy był pod wrażeniem. Ozzy przejrzał sprawę i Jimmy był na siebie zły, że przed nim łgał. Ale co mógł zrobić?

Ozzy dostrzegł niepewność na jego twarzy. Domyślał się, że chłopak chce się zachować lojalnie wobec niego i Freddiego, i lubił go za to jeszcze bardziej. Freddie sam prosił się o śmierć, co do tego nie było wątpliwości. Nawet w kryminale dawał się straszliwie we znaki tym, z którymi powinien żyć w zgodzie. Ludzie jego pokroju tak właśnie robią. Całe ich życie jest pasmem niebezpiecznych zdarzeń, a oni sami prowokują większość z nich, gdyż wydaje im się, że bez zawieruchy i niebezpieczeństwa po prostu nie żyją. Właśnie dlatego Ozzy zatrudnił Freddiego, dlatego uznał, że jest pożyteczny, ale z tego samego powodu zrezygnował z niego na rzecz Jimmy'ego, kiedy nadarzyła się sposobność.

Ozzy wiedział, że Freddie przy każdej okazji prowokuje braci Black. Wiedział o zabitej dziewczynie i wszystkich innych drobnych zdarzeniach, które Freddie uważał za swoje sekrety.

Ozzy miał siatkę ludzi, którzy w taki bądź inny sposób odpowiadali mu bezpośrednio na każde pytanie, a Jimmy nawet nie wyobrażał sobie, jak skomplikowana jest ta sieć. Nawet on był śledzony i obserwowany przez osoby, które znajdowały się na liście płac Ozzy'ego, o czym nie wiedział. Tak funkcjonowała ta machina.

Miał przesiedzieć cały wyrok. Wyjaśnili mu bez ogródek, że nie wypuszczą go za frajer. Chyba że całkowicie się zmieni. Oznaczało to, że albo musi zostać głęboko wierzącym chrześcijaninem, albo zrobi stopnie naukowe z socjologii i psychologii i zacznie czytać „Guardiana" jak ci więźniowie z dożywotnimi wyrokami, których tak nienawidził.

A ponieważ nie okazywał skruchy za swoje zbrodnie, zwolnienie warunkowe było daleko. To jednak mu odpowiadało. Siedział od tak dawna, że czuł się swobodnie w tym środowisku. I był zadowolony, gdyż właśnie to jest konieczne, by przeżyć długi wyrok. W rzeczy samej robił sobie na złość, bo gdyby choć udał żal i pocałował komisję w tyłek, wyszedłby dość szybko. Jednak duma i zajmowana pozycja nie pozwalały mu na to. Poza tym podobało mu się w więzieniu.

— Słuchaj, stało się, a ja załatwiłem sprawę. Okay?

Ozzy uśmiechnął się.

— Słyszałeś to, co przed chwilą powiedziałeś? — Jimmy pokręcił głową, zadowolony, że Ozzy okazuje niezadowolenie.

— Powiedziałeś: „Stało się, a ja załatwiłem sprawę". Zgadza się?

Jimmy potwierdził skinieniem głowy, zaintrygowany. Lubił pobierać u Ozzy'ego lekcje z życia, a właśnie miał otrzymać kolejną.

— To znaczy, że musiałeś posprzątać syf, którego narobił Freddie Jackson. Odpierdoliło mu i za damski chuj stuknął biednego Lenny'ego. Czy to Freddie zgarniał jego dolę? Lenny kłóciłby się z Człowiekiem Górą o pięćdziesiąt centów, gdyby uważał, że ten go przekręca. Poza tym Lenny nie podbierałby kasy tobie ani Freddiemu, gdyby nie uważał, że ma do tego prawo. Wracamy więc do kwestii forsy i sprawiedliwej działki za dobrą robotę. Lenny dobrze dla nas zarabiał, był moim starym kumplem, miał więc prawo oczekiwać, że będzie miał wolną rękę. Pytam cię po raz ostatni, synku. Czy Freddie dał dupy, czy to była zwykła zwada, która wymknęła się spod kontroli?

Jimmy westchnął, przesuwając ręką po gęstych czarnych włosach.

— Sam się o to prosił. I dostał to, na co zasłużył. Co mogę więcej powiedzieć?

Ozzy wzruszył ramionami, wiedząc, że Jimmy kłamie. Rozumiał jego motywy.

— Sprawa zamknięta. Jeszcze jedna rzecz. Czy jego stara chce rekompensaty?

— Tak.

— Bezczelna krowa. Ale daj jej, bo zawsze umiała trzymać buzię na kłódkę. Nie dawaj jej powodu, żeby się to zmieniło, okay?

Ozzy mówił Jimmy'emu, że jeśli nie chce, by ten poznał całą prawdę, musi zapłacić kobiecie godziwą sumę.

— Powiedz Freddiemu, że tym razem mu daruję, ale jeszcze jedna ofiara i będzie gorzko żałował.

Jimmy w milczeniu znów skinął głową. Ozzy podziwiał jego przytomność umysłu.

— Pamiętasz, jak mój kumpel wyszedł z kryminału, skontaktował się z wami, a później zakolegował z Freddiem?

Jimmy spojrzał bacznie na Ozzy'ego. Bobby Blaine od dnia zwolnienia robił wszystko, by wrócić za kratki.

— Znowu siedzi, co wcale mnie nie zaskoczyło. Ale po powrocie opowiedział mi o Freddiem kilka anegdotek, które mnie zaniepokoiły. Póki Freddie do czegoś mi się przydaje, może się czuć bezpieczny. Osądziłeś go przychylnie i szanuję to, ale jeśli jeszcze raz przekroczy granicę albo stanie się ciężarem w jakikolwiek sposób, wtedy będę od ciebie oczekiwał, że załatwisz sprawę raz na zawsze. Rozumiesz, co chcę powiedzieć?

Jimmy skinął głową. Ozzy wiedział, że jest zdolny zrobić, co trzeba. Tylko to go interesowało i znał już odpowiedź.

◆ ◆ ◆

— Rozchmurz się, Maggie — powiedziała z uśmiechem Roxanna.

Maggie zmusiła się do uśmiechu. Roxanna świetnie nadawała się do pracy w sobotę i dzięki niej Maggie nie była w salonie sama.

— Znowu jesteś chora?

— Trochę kiepsko się czuję, to wszystko. Nie ma o czym mówić.

Roxanna przyjrzała się uważnie ciotce. Maggie była nienagannie uczesana i umalowana, a mimo to wyglądała na zaniedbaną.

Znajdowały się w salonie w Leigh-on-Sea. Lokal został ostatnio odnowiony. Cały w chromie i szkle, prezentował się fantastycznie. Rozpościerał się z niego widok na morze i nawet w pochmurny i ciemny dzień jak dzisiaj zachęcał do wejścia. Był wyrafinowany i — co w hrabstwie Essex bardzo się liczy — drogi.

Nie kosztował jednak fortuny, a to stanowiło sekret osiągania zysków w Essex i wschodnim Londynie. Jeśli lokal prezentował się dobrze i wyglądał na ekskluzywny, to zarabiał na siebie niczym bank.

Spoglądając na swój najnowszy nabytek, Maggie nie czuła nic. Jej charakterystyczne poczucie dumy gdzieś przepadło, ale umiała już grać tak dobrze, że nikt tego nie zauważył. Nawet matka przestała się nią zajmować. Maggie rozmawiała, uśmiechała się i wszystko wskazywało na to, że znów jest sobą.

Jednak Jimmy wiedział, że mimo iż się im powiodło i łączyła ich miłość, nie umieją już ze sobą rozmawiać.

Znów spędził noc poza domem, a ona przyjęła to z ulgą. A ponieważ był z Freddiem, zdołała nawet trochę się przespać. Wiedziała, że nie przyjdzie ani nie zadzwoni, żeby mówić o niczym, przez cały czas ją terroryzując.

Roxanna postawiła czajnik na gazie i zaparzyła kawę. Pijąc, Maggie nagle poczuła tak silne mdłości, że zwymiotowała do nowiutkiej umywalki. Kawa rozprysła się wszędzie, a ona upuściła kubek na posadzkę, raz po raz wymiotując.

Roxanna odstawiła kubek i wyszła na zaplecze. Wróciwszy z przyborami do mycia, zobaczyła ciotkę siedzącą na skórzanym fotelu fryzjerskim.

— Powinnaś zrobić test. Przecież wiesz, że jesteś w ciąży.

Roxanna była ostatnio przy Maggie nieustannie. Myślała, że powodem jest to, iż ciotka tak bardzo ją kocha, ale prawda była inna. Maggie ją kochała, lecz siostrzenica służyła jej jako zabezpieczenie przed Freddiem. Póki Roxanna tam była, musiał trzymać się na odległość.

Dzięki przebywaniu z ciotką Roxanna domyśliła się, że Maggie jest w ciąży.

Dziewczyna spojrzała Maggie w oczy i dostrzegła w nich strach. Podeszła do niej, objęła ją i spytała ze zdziwieniem:

— Co z tobą, Maggie? Powiedz, proszę cię, przysięgam, że nikomu nie pisnę słowa. Boisz się ciąży? Czy o to chodzi?

Maggie zebrała się w sobie. Roxanna wypowiedziała na głos jej największy lęk i w ten sposób jakby go urzeczywistniła. Maggie zmuszała się, żeby o tym nie myśleć, wypierała tę możliwość ze świadomości i starała się zachowywać normalnie. Roxanna powiedziała otwarcie o tym, do czego Maggie za nic nie chciała się przyznać.

Była w ciąży i to musiało być dziecko Freddiego. Kochała się z Jimmym tej samej nocy, a wcześniej jeszcze wiele razy od czasu, gdy przestała brać pigułkę, i nic się nie działo. A teraz stało się to, czego pragnęła bardziej niż życia. Modliła się o to i o tym marzyła, a gdy wreszcie pragnienie się spełniło, odrzuciła je.

Czuła się tak, jakby zapłodnił ją wrogi kosmita. Sama myśl o tym dziecku napełniała ją strachem i rozpaczą.

Już go nienawidziła, a teraz jej ukochana siostrzenica, mała Roxanna, spoglądała na ciotkę jak na pomyloną. Może jest pomylona. Teraz jej sekret przestał być sekretem i rozpęta się piekło.

◆ ◆ ◆

Lena spojrzała na męża i stłumiła w sobie chęć, by trzasnąć go w łeb pierwszą rzeczą, jaka jej wpadnie w rękę.

— Ty głupia mała krowo! Będziesz miała dziecko! I to z tego powodu prawie doprowadziłaś matkę do rozstroju nerwowego? Wy kobiety i te wasze zakichane hormony. Mówiłem jej, że to jakieś fochy. Prawda, Lena?

Żona posłała mu takie spojrzenie, że słabszy psychicznie mężczyzna zapadłby się pod ziemię. Wreszcie zrozumiał aluzję i zamilkł. Rozłożywszy gazetę, zaczął studiować kolumnę poświęconą wyścigom konnym i nie po raz pierwszy zadumał się nad babskim wydziwianiem. Maggie spodziewała się dziecka, a tymczasem z jej miny można było wywnioskować, że zachorowała na najbardziej złośliwą odmianę raka.

Westchnął i skupił się na koniach. Po nich przynajmniej wiadomo było, czego się spodziewać. Ścigają się, przegrywają i nie pyskują.

Lena podała córce filiżankę herbaty i usiadła przy niej.

— Wyglądasz jak ktoś, kto zgubił piątaka i znalazł centa. Powiedz mi, skarbie, co jest takiego złego w tym, że będziesz miała dziecko? Myślałam, że tego właśnie pragniesz.

— Tak, mamo. Jestem tylko wykończona tym nowym salonem i w ogóle.

Zgodnie z przewidywaniami Roxanna rozpowszechniła wiadomość. Była trzecia po południu, a matka i ojciec już wiedzieli. Teraz będzie musiała stawić czoło Jimmy'emu, Jackie i Freddiemu. Stawi się w jej domu w mgnieniu oka, była tego pewna. Będzie więc musiała zebrać się w sobie i przekonać go, że to dziecko Jimmy'ego, choć miała pewność, że jest inaczej.

Czuła, że to dziecko Freddiego, było jej z nim źle. Miała wrażenie, że nosi w sobie intruza. Zostało w niej zasiane z nienawiści, a ona żywiła wobec niego to samo uczucie.

Z całej siły życzyła mu śmierci, ale nie mogła tego powiedzieć. Jimmy'emu powie, że jest w siódmym niebie, i będzie patrzeć, jak raduje się z ojcostwa.

Zrobi to, bo jeśli Freddie odgadnie prawdę, jej życie będzie skończone.

◆ ◆ ◆

Jimmy trzymał ją w ramionach i mówił, jak bardzo ją kocha. Teraz jej nastroje i dziwne zachowanie można puścić w niepamięć, bo jej stan tłumaczy wszystko.

Będą mieli dziecko i mimo że martwi go to, że tak długo to przed nim ukrywała, jest bardzo szczęśliwy.

Przyjdzie cała rodzina, a on kupił szampana, żeby uczcić to radosne wydarzenie. Dziewczęta już robiły kanapki, a jego żona siedziała na łóżku bez słowa.

Po nocy, którą miał za sobą, i wizycie u Ozzy'ego ta nowina spadła jak z nieba. Potrzebował tego, potrzebował, żeby zdarzyło się coś dobrego. Maggie powiedziała mu o ciąży przez telefon, ledwie to z siebie wydusiła. Jimmy zaniemówił ze szczęścia i radości, ale teraz znów czuł, że z Maggie jest coś zdecydowanie nie tak. Zachowywała się ja robot: uśmiechała się i mówiła, tyle że jej oczy nigdy nie były uśmiechnięte, a słowa były wymuszone. Wszystko to do siebie nie pasowało. Czuł się, jak gdyby uczestniczył w sztuce teatralnej lub jakiejś grze. Kochał żonę całym sobą, ale już jej nie znał. Oboje udawali, że wszystko jest w porządku, a on łudził się nadzieją, że to tylko hormony. Tak powiedziała mu Lena.

Teściowa wiedziała, że martwi się o Maggie, bo rozmawiał z nią jakiś czas temu. Zapytał, czy coś jej powiedziała albo czy on zrobił coś nieświadomie, co zburzyło jej spokój.

Lena zapewniła go, że to tylko chwilowe załamanie. Zdarzają się one w każdym małżeństwie, romantyczne uniesienie nie może trwać bez przerwy, a Maggie jest pewnie przemęczona pracą w salonach. Jimmy uchwycił się tego wyjaśnienia obiema rękami, bo potrzebował w nie uwierzyć. A teraz patrzył, jak siedzi na łóżku, którego nie chciał. Kupił je, gdyż ona nalegała. Siedzi, nosząc w brzuchu ich dziecko, którego pragnęli bardziej niż czegokolwiek na świecie, i wygląda jak śmierć.

Przestraszył się. Uklęknął przy niej i ujął jej dłonie.

— Dobrze się czujesz? Cieszysz się, że będziemy mieli dziecko?

Maggie spojrzała mu w oczy. Był taki przystojny, nie pragnęła niczego oprócz niego. Trzeba mu powiedzieć to, co pragnie usłyszeć. I musi to zabrzmieć przekonująco.

Aborcja nie wchodziła w grę ze względu na jej katolickie wychowanie, lecz w głowie Maggie powstał pewien plan. Zmusiła się do ciepłego uśmiechu i rzekła:

— Oczywiście, że się cieszę, staruszku, ale rano, w południe i wieczorem mam mdłości. Czuję się naprawdę podle.

Jimmy pocałował ją delikatnie w usta i po raz pierwszy od bardzo dawna nie odsunęła się od niego.

— Kocham cię, Maggie, jesteś dla mnie wszystkim. Wiesz o tym, prawda?

Jej oczy napełniły się łzami. Skinęła głową i odparła ze smutkiem:
— Tak, wiem.

♦ ♦ ♦

Jackie nie posiadała się z radości. Teraz, gdy Maggie przyłączyła się do klubu, ona mogła odetchnąć. Wiedziała z doświadczenia, że Freddie nie przepada za ciężarnymi kobietami. Kiedy chodziła w ciąży z małym Freddiem, ignorował ją tak bardzo, że prawie bez przerwy się ze sobą kłócili.

Bardzo jej odpowiadało, że Maggie zaszła w ciążę, bo teraz znów będzie mogła się z nią naprawdę przyjaźnić, tak jak kiedyś. Cała moc jej młodszej siostry prysła. Teraz była ciężarną kobietą i Jackie znów mogła odgrywać starszą siostrę, udzielać rad, tłumaczyć, co się dzieje z jej ciałem, i popisywać się wiedzą. Tego pragnęła, tego potrzebowała. Sama miała już za sobą niejedną ciążę, a Maggie, mimo swojej bystrości i głowy do interesów, jeszcze tego nie doświadczyła.

Córki Jackie były już u ciotki. Jackie siedziała w samochodzie z małym i dużym Freddiem i nawet nie przejmowała się tym, że mąż ją ignoruje. Był poirytowany, ale miał do tego prawo, bo mały Freddie wyrzucił przez okno jego złotą zapalniczkę.

Maggie, śliczna mała Maggie, przestała jej zagrażać, i tylko to się liczyło.

— Zapal mi szluga, Jackie, i przyłóż temu małemu gnojkowi, bo za chwilę wypadnie przez okno.

Jackie odwróciła się na siedzeniu i z całej siły uderzyła małego Freddiego pięścią w rękę. Inne dziecko wrzasnęłoby z bólu. To był mocny cios, bo inny nie wywarłby na Freddiem najmniejszego wrażenia.

Mały Freddie chwycił matkę za włosy i zaczął ciągnąć ją do tyłu, obrzucając przy tym wyzwiskami.

Freddie przyglądał się żonie i synowi i myślał o tym, że życie to jeden wielki szajs. Od początku do końca szajs. Puścił jedną ręką kierownicę i rąbnął malca tak mocno, że ten odbił się od skórzanej tapicerki, tracąc dech. Także i tym razem chłopiec nie zapłakał ani w żaden inny sposób nie okazał bólu.

Puścił jednak włosy matki. Jackie oparła się o fotel i poprawiła włosy. Naprawdę się dzisiaj postarała i była zadowolona ze swojego wyglądu.

— Zapal mi tego pierdolonego papierosa, Jackie, a ty, mały, uważaj, bo nie jestem dzisiaj w nastroju na takie figle, jasne?

Spojrzał w lusterku na syna. Mały Freddie skinął głową, ale jego oczy były zwężone, a twarz pociemniała od gniewu.

Freddie był zły i zmęczony, ale gdy wjechali w alejkę przed rezydencją Jimmy'ego i Maggie, nastrój poprawił mu się bez pomocy narkotyków.

♦ ♦ ♦

Maddie była tam jak zwykle i cieszyła się ze szczęścia młodego małżeństwa. Powiedziała do Leny, że to jest nowe życie i nowa epoka.

Lena uściskała ją. Ostatnimi czasy polubiła Maddie, która była zupełnie inną kobietą niż wtedy, gdy żył jej mąż.

Matka i ojciec Jimmy'ego także przyszli i zachowywali się spokojnie, tak jak zawsze. Deirdre słuchała uważnie, ale nie odzywała się ani słowem, jeśli nie zwrócono się do niej wprost. Lena odwróciła się od nich dawno temu, lecz jak to w życiu bywa, uśmiechała się do nich i była miła, bo wiedziała, że jest na nich skazana.

Lena zauważyła, że Maggie wygląda lepiej niż ostatnio. Wydawała się weselsza, była doskonale umalowana i włożyła piękną białą sukienkę. Była dopasowana, dzięki czemu podkreślała niewielki brzuszek Maggie. Lenie bardzo się to podobało. Była pewna, że Jimmy i Maggie będą mieli piękne dziecko. Freddie i Jackie mieli wspaniałe dzieci, ale nie umieli ich docenić. Lecz ci dwoje będą doskonałymi rodzicami.

Zwłaszcza Maggie, bo choć Jimmy był bandziorem, kanciarzem i krętaczem, to jednak dbał o rodzinę. Nawet jeśli go przyskrzynią, Maggie będzie finansowo zabezpieczona. W odróżnieniu od tego palanta, który właśnie wszedł, jakby był tu panem, a który idąc do więzienia, zostawił starszą córkę bez grosza, za to z dzieckiem w brzuchu.

Freddie kupił wielką butlę szampana. Podszedł prosto do Maggie i głośno powiedział:

— Gratulacje! Bo wszyscy myśleliśmy, że twój mąż strzela ślepakami!

Maggie uśmiechnęła się i odparła wesoło:

— Myliłeś się. Mój Jimmy jest prawdziwym mężczyzną.

Jimmy stał przy Maggie i otoczył jej drobną talię ręką.

— Jesteś pewny, że nikt ci nie pomógł? — spytał żartobliwie Freddie.

Spoglądał na Maggie, ale ona unikała jego wzroku. Objęła męża i wtuliła twarz w jego pachnącą koszulę.

— Bezczelny typ. Tu nie potrzebują niczyjej pomocy.

Nikt by nie przypuszczał, że obaj tylko udają, iż wszystko jest w porządku. Jimmy miał ochotę wyrzucić kuzyna z domu, ale nie mógł.

— Pomyślałem, że na jedną noc mogła sobie zmienić chłopa. Tak mawiały kiedyś babcie, prawda, mamo?

Maddie skinęła głową, zadowolona, że syn ją dostrzegł i zagadnął.

— Pamiętaj o starym powiedzeniu, Jimmy. Mądre dziecko zna swoją matkę, ale bardzo mądre dziecko zna swojego ojca!

Wszyscy się roześmiali. Jackie patrzyła na tę scenkę i wzbierała w niej zazdrość. Freddie nigdy nie robił takiego szumu, kiedy ona była w ciąży. A była w niej pięć razy, jeśli brać pod uwagę dziecko, które straciła.

Maggie podeszła do siostry i uścisnęła ją.

— W porządku, Jackie?

Tłumiąc złość, Jackie objęła siostrę z największą czułością, na jaką było ją stać.

— Bardzo się cieszę, Maggie. Dzieci to najlepsze, co może się zdarzyć.

W tej samej chwili mały Freddie kopnął Lenę w łydkę, a ta trzasnęła go dłonią w twarz tak głośno, że rozległo się w całym pokoju. Chłopiec stracił grunt pod nogami. Był regularnie obijany, więc nawet się nie skrzywił.

— Ty mały gnojku! Zrób to jeszcze raz, a obedrę cię ze skóry.

Mały Freddie śmiał się do rozpuku. Maggie spojrzała po roześmianych twarzach i poczuła, że za chwilę oszaleje.

◆ ◆ ◆

Siedziała na sedesie, kiedy Freddie zdołał znaleźć się z nią sam na sam. Zamek w drzwiach łazienki można było w razie potrzeby otworzyć z zewnątrz. Przez cały wieczór obserwował ją dyskretnie i cierpliwie czekał na okazję. Wszedł do środka i zobaczył strach w jej oczach.

— Uspokój się. Nie wiedziałem, że tu jesteś.

Maggie wstała i Freddie zdziwił się, że jest taka drobna. Był rosłym mężczyzną, a ona wydawała się malutka nawet w porównaniu z człowiekiem przeciętnego wzrostu. To była jedna z cech, które najbardziej go w niej pociągały.

Przypomniał sobie dotyk jej skóry, szczupłą kibić, jej pełne piersi i dłonie, które wydawały się takie małe w jego dłoniach. Była cudowna. Żadna kobieta nie sprawiła mu tyle przyjemności.

Kiedy na nią patrzył, Maggie poczuła wzbierający gniew, który niemal sprawił jej przyjemność. Od tak dawna nie czuła niczego, że każde uczucie było mile widziane.

— Wynoś się, bo zacznę krzyczeć.

Uśmiechnął się, gestem ręki jakby zapraszając do wyjścia.

— Proszę bardzo, krzycz.

Przepchnęła się obok niego, a on złapał ją boleśnie za ramię. Postarał się jednak, żeby nie zostawić śladu, i wtedy zrozumiała, że boi się Jimmy'ego.

Po śmierci Lenny'ego Jimmy był wściekły. Załatwił sprawę z Ozzym, ale Freddie wiedział, że tego dnia powiedziano wiele rzeczy, o których nigdy się nie dowie. Jimmy na pewno usłyszał od Ozzy'ego mocne słowo, co do tego Freddie nie miał wątpliwości. Nie był durniem, wiedział, że Ozzy dostaje informacje o wszystkich, którzy figurowali na jego liście płac. Teraz igrał więc ze śmiercią, bo gdyby Jimmy przyłapał go sam na sam z żoną, zabiłby.

Ale nie mógł przepuścić takiej szansy.

— Jesteś pewna, żc nie masz mi nic do powiedzenia?

Uśmiechał się do niej tym uśmieszkiem, który sprawiał, że obiekt jego wesołości czuł się niczym.

— Jestem pewna. Co niby miałabym powiedzieć takiemu śmierdzącemu gnojowi jak ty?

Rzekła to z mocą, ciesząc się, że gniew jej pomaga, że daje siłę do walki.

— To ciekawe, że akurat teraz zaszłaś, nie sądzisz? Jackie powiedziała mi, kiedy przestałaś brać pigułki.

Maggie nie odpowiedziała, tylko uniosła brwi, jak gdyby rozmawiała z absolutnym idiotą.

— Ja patrzę ze swojej strony i coś mi się zdaje, że to może być drugi mały Freddie, nie?

Drażnił się z nią, ale Maggie zdławiła lęk, zrzucając z ramienia jego rękę.

— Tobie się wydaje, że jesteś kimś, co? Jestem w ciąży od ponad trzech miesięcy, więc nie masz sobie czego gratulować. A teraz zejdź mi z drogi, bo tym razem naprawdę narobię hałasu. Wiem o Lennym, Jimmy wszystko mi mówi. Jesteśmy dobrym małżeństwem, nie tak jak ty i moja siostra. Pięćdziesięciu takich jak ty nie mogłoby tego zepsuć. Jesteś zwykłym bandziorem i nie możesz mnie już zranić.

Patrzyła mu w oczy i triumfowała, widząc szok na jego twarzy.

— Jesteś dla mnie nikim, a w brzuchu noszę małego Jimmy'ego. Będzie porządny, będzie się uczył i w niczym nie będzie przypominał małej bestii, którą wydaliście wspólnie na ten świat, choć ludziom coś takiego się nie przydarza. A teraz zejdź mi z drogi.

Freddie tym razem odsunął się i Maggie otworzyła drzwi. Głowa pękała jej z bólu, ale niosła ją wysoko i szła wyprostowana. Znalazłszy się na dole, uśmiechała się wesoło do wszystkich i dla każdego miała miłe słowo.

Bardzo bała się tego spotkania, a teraz, kiedy nastąpiło, świat się nie zawalił. Stanęła z nim twarzą w twarz i strach osłabł. Właśnie tak będzie to teraz rozgrywała, a skoro wybrała drogę kłamstwa, to będzie nią szła do ostatka.

Freddie zniszczył bardzo wiele z tego, co było jej drogie, ale nie dowie się, że to on jest ojcem dziecka, które jej mąż uważa za swoje. Jimmy nie może nawet pomyśleć, że dziecko nie jest jego. Ufa jej i do niedawna nie istniał żaden powód, dla którego miałby jej nie ufać.

Dziecko było owocem gwałtu, a ona będzie udawać, że go pragnie, że je kocha i że jej na nim zależy. Była zdeterminowana stawić czoło temu wyzwaniu.

Jeśli Freddie uzyska choćby cień podejrzenia, że dziecko może być jego, nigdy nie pozwoli jej o tym zapomnieć, a Jimmy będzie zrujnowany, jeśli prawda wyjdzie na jaw. Właśnie w tej chwili uświadomiła sobie, o co w tym wszystkim chodzi. Jimmy wdrapał się na szczyt drabiny sukcesu, a Freddie wciąż tkwił na jednym z najniższych szczebli.

Był groźnym i mściwym przeciwnikiem, ale ona musiała bronić się przed obłędem, bronić siebie i swojego męża.

Dzień i noc modliła się, żeby dziecko, które w sobie nosi, umarło.

Pierwszego listopada tysiąc dziewięćset dziewięćdziesiątego szóstego roku jej syn przyszedł na świat.

Otrzymał imię James Jackson, a jego matka po porodzie płakała przez trzy dni.

Księga trzecia

Nawet jeśli spojrzymy na związek małżeński z najwyż-szą pogardą, nawet jeśli uznamy go za rodzaj przyjaźni honorowanej przez policję.

Robert Louis Stevenson, 1850–1894
Virginibus Puerisque

Ojcowie jedli zielone winogrona,
a zęby ścierpły synom.

Księga Ezechiela, 18, 2
Pismo Święte*

* Biblia Tysiąclecia, Wydawnictwo Pallotinum, Poznań 2003.

Rozdział osiemnasty

Rok 2000

— Chyba nie zamierzasz go tu znowu zostawić?

— Jeśli go nie chcesz, mamo, to po prostu powiedz! — warknęła gniewnie Maggie.

Mały James junior obserwował tę scenę ze swoją charakterystyczną nerwowością.

Połowę życia spędzał u babci i lubił to. W wieku trzech lat wyczuł, że jego matka różni się od innych matek. Rzadko go przytulała, a dotykała tylko wtedy, gdy było to konieczne. Zajmowała się nim jednak bardzo starannie. Był czysty i nakarmiony, ale przez większość czasu opiekowała się nim babcia i bardzo mu to odpowiadało.

Ojciec był zupełnie inny. Jimmy kochał tatusia, a tatuś jego. Przytulał go, całował i bawił się z nim, dopóki mama nie wykąpała go i nie położyła spać. To ojciec czytał mu książki i zabierał go na przejażdżki samochodem, i to przy nim czuł się bezpiecznie.

Mama natomiast martwiła go. Dostawał tiku nerwowego i nieustannie mrużył oczy, kiedy był z nią dłużej. Wiedział, że nie jest dla niej wystarczająco inteligentny i że ją irytuje. Mimo to wiedział również, że mama nie chce ranić jego uczuć i ma wyrzuty sumienia. Wtedy go przytulała, ale były to przeprosiny, a nie wyraz uczucia.

Nic, co robił, jej nie zadowalało, a on nie wiedział, jak sprawić, żeby go polubiła.

Teraz babcia się najeżyła — tak dziadek nazywał jej humory — a Jimmy wiedział, że i tak u nich zostanie. W każdym razie taką miał nadzieję. Dziadek opowiadał mu bajki i rozśmieszał go. Babcia robiła smakołyki do jedzenia i przytulała przy każdej okazji. Jak gdyby chciała mu wynagrodzić całkowity brak czułości ze strony matki.

Jimmy nie miał nic przeciwko temu. Mógłby mieszkać u babci i codziennie widywać się z tatą. Wtedy życie byłoby wspaniałe.

◆ ◆ ◆

— Daj jeszcze jednego buziaka!

Roxanna chodziła z chłopakiem z sąsiedztwa o nazwisku Dicky Harmon. Był przystojny, a oprócz tego był dorastającym łobuzem. Pracował dla Jimmy'ego i bardzo mu się to podobało. Freddiego się bał, ale miał dość rozumu, by nie dać tego po sobie poznać. Freddie rozprawiłby się z ich związkiem, gdyby mógł, lecz Roxanna już dawno pokazała mu, gdzie jego miejsce. Dicky wiedział, że Freddie nie może znieść myśli o tym, iż jego córki spotykają się z chłopakami, bez względu na to, kim oni są, nie przyjmował więc tej wrogości osobiście. Rozumiał, że Freddie opiekuje się córkami w niewłaściwy sposób, ale nie może znieść myśli, że ktoś może je potraktować tak, jak on traktował kobiety. Freddie wściekłby się, gdyby jakiś chłopak przeleciał jego córkę, a później ją zostawił. Nie chodziło mu jednak o nie, tylko o siebie i swój wizerunek.

Dicky przejrzał go dawno temu. Miał ojca kropla w kroplę podobnego do Freddiego i postanowił, że nie będzie taki jak oni. Roxanna była cudowna, a on ją uwielbiał. Na razie nie chciał żadnej innej, a kiedy zechce, zrobi to dyskretnie i tak, by nie zranić miłości swojego życia.

Roxanna przypominała Maggie, kiedy ta była w jej wieku. Miała dwadzieścia jeden lat, wyglądała oszałamiająco i była już wykwalifikowaną fryzjerką i kosmetyczką. Prowadziła drugi pod względem wielkości salon Maggie w Chingford, kupiła sobie małe mieszkanko i samochód. Maggie jej pomogła, choć nikt o tym nie wiedział, rzecz jasna.

Codziennie dziękowała Bogu za taką ciotkę i uwielbiała ją. Maggie pomogła jej wydobyć się ze śmietnika, w którym Roxanna wyrosła, i pokazała jej lepsze życie. A teraz, gdy miała Dicky'ego i była zakochana, żyło jej się tak dobrze, jak jeszcze nigdy. Ojciec próbował ich rozdzielić, lecz kiedy Jimmy dał im swoje błogosławieństwo, Freddie trochę się uspokoił. Poza tym Roxanna uważała, że ojciec w gruncie rzeczy lubi Dicky'ego, tylko nie chce się do tego przyznać.

Był piątkowy wieczór i salon pękał w szwach. Wszystkie łóżka w solarium były zajęte, w powietrzu unosił się zapach kremu do opalania zmieszany z wonią preparatów do pielęgnacji włosów. Roxanna była zmęczona, ale szczęśliwa. Próbowała wypchnąć Dicky'ego z gabinetu, żeby móc dalej pracować.

Jedna z młodszych pracownic, ładna dziewczyna z szerokimi biodrami i sztucznie przedłużonymi włosami zawołała przez drzwi:

— Włączył się czasomierz Margaret. Mam umyć ją z farby czy chcesz ją najpierw sprawdzić?

— Już idę, Renee. Nalej jej białego wina i mnie też. Zaraz przyjdę.

Pchnęła Dicky'ego w stronę drzwi.

— No, rusz się. Daj mi popracować.

Chłopak roześmiał się.

— Jesteśmy umówieni na wieczór?

Roxanna skinęła głową, jak zawsze zdziwiona, że ten przystojniak ją chce.

— Przyjdź do mnie o wpół do ósmej, a może wolisz, żebyśmy spotkali się w pubie?

— Lepiej w pubie. Twój ojciec będzie w domu, nie?

Roxanna westchnęła. Weszli razem do zatłoczonego salonu i Roxanna jak zawsze poczuła dumę, że zawiaduje tą krzątaniną.

Do salonu przybyły kolejne dwie klientki, a Roxanna fachowym okiem spojrzała na fryzurę Margaret Channing. Uśmiechnęła się do niej, choć jej myśli krążyły już wokół tego, co będzie się działo wieczorem.

◆ ◆ ◆

— Gdzie jest mój syn? — spytał poirytowanym głosem Jimmy.

— U mojej mamy — odparła Maggie najłagodniej, jak potrafiła. — Mamy iść na urodziny Jackie, prawda?

Jimmy skinął głową, ale nie był zadowolony. Wolałby zostawić chłopca u dziadków po drodze. Maggie wytłumaczyła sobie, że musi nadgonić z pracą, a poza tym potrzebuje czasu dla siebie. Wszystko to była nieprawda, ale ona wmawiała sobie, że jest inaczej.

— Twoi rodzice nie idą?

Maggie odwróciła się do niego. Spojrzawszy na jej śliczną twarz, Jimmy po raz tysięczny zastanawiał się, co jest nie tak z jego żoną, że nie może pokochać własnego dziecka.

— Maddie zajrzy do mojej mamy i zajmie się nim przez chwilę. A oni i tak długo nie zostaną, przecież wiesz. Mój ojciec nienawidzi Freddiego, a mama ledwie go toleruje. Jak tylko Jackie wypije parę kieliszków i zacznie truć, moi rodzice się zmyją.

Jimmy skinął głową, ale wciąż było mu przykro, że jego mały syn nie przywitał go w domu. Rozejrzał się i stwierdził, że może być dumny. Mieszkali w domu z epoki georgiańskiej, z sześcioma sypialniami, otoczonym trzema akrami ziemi. Był w nim basen i sauna, a całość wyglądała tak, jakby została wzięta prosto z kolorowego magazynu.

Maggie miała smykałkę do odnawiania domów, nie mógł jej tego odmówić. A jednak dom sprawiał wrażenie pustego, pozbawionego prawdziwego życia. To było dziwne, gdyż Jimmy zawsze marzył o takim domu. Teraz go miał i nie sprawiało mu to najmniejszej radości. Powodem była Maggie i jej stosunek do dziecka, a on kochał syna nie mniej niż ją. Jimmy junior był inteligentny, zabawny i miał dobry charakter. Spoglądając na niego, widział siebie, jak gdyby patrzył w lustro. Jego matka i teściowa też go kochały. Gdyby był nieznośny tak jak mały Freddie, wtedy Jimmy mógłby zrozumieć postępowanie Maggie. Mimo że robiła wszystko, co należało, Jimmy i mały Jimmy wiedzieli, że robi to z poczucia obowiązku, a nie z miłości.

Tak jakby w ogóle jej nie obchodził. Po porodzie zachowanie Maggie tłumaczono depresją poporodową, lecz mimo że szybko z niej wyszła, nigdy nie połączyła jej prawdziwa więź z dzieckiem.

Idąc przestronną klatką schodową, jak zawsze podziwiał urodę tego domu. Mimo to przeprowadziłby się z niego do pierwszej lepszej klitki, gdyby to mogło przywrócić szczęście z początków jego małżeństwa.

Maggie wyszła z sypialni. Wyglądała olśniewająco. Jimmy uśmiechnął się do niej.

— Wyglądasz zajebiście.

Maggie odpowiedziała uśmiechem, ukazując profesjonalnie wybielone zęby i nienaganny makijaż. Uśmiechała się tak promiennie tylko dlatego, że jej syna nie było w domu. Odprężała się jedynie wówczas, gdy chłopiec był z dala od niej. Jimmy wiedział, że nie są to jego rojenia, bo dostrzegł różnicę w jej zachowaniu.

Minęła go spokojnym krokiem. Jimmy wszedł do ogromnej sypialni z dwiema łazienkami i garderobami. Czuł się całkowicie pusty w środku.

◆ ◆ ◆

Jackie wyglądała ślicznie. Córki zrobiły jej makijaż i dopilnowały, żeby nie upiła się zbyt szybko.

Mały Freddie, który był teraz duży i niezgrabny, leżał jak zwykle w dużym pokoju, oglądając Sky TV.

Dianna rozejrzała się po domu i westchnęła. Znów panował w nim potworny bałagan i wiedziała, że jeśli ona nie zajmie się sprzątaniem, nikt tego nie zrobi. Sposób, w jaki żyli jej rodzice, zadziwiał ją i irytował w takim samym stopniu. Wydawali astronomiczne sumy na meble i dekoratorów, ale nigdy o nic nie dbali i niczego nie umieli szanować. Jej pokój wyglądał idealnie, ale miał mocny zamek w drzwiach, żeby mały Freddie nie mógł dostać się do środka. Mały łobuz wynosił wszystko, co nie było przybite gwoździami. Dianna miała nadzieję, że kiedy następnym razem stanie przed sądem, nie wróci do domu.

Policja dobrze go już znała i nienawidzili go wszyscy, z którymi się stykał. Był synem Freddiego Jacksona i jego dziedzicem, więc nawet morderstwo uszłoby mu na sucho.

Pewnego dnia je popełni, Dianna nie miała co do tego żadnych wątpliwości.

Jackie beknęła, a Dianna poczuła, że przewraca jej się w żołądku. Jej matka zachowywała się czasem jak zwierzę. Miała nadzieję, że ojciec zjawi się na przyjęciu, bo w przeciwnym razie będą kłopoty. Jackie przywiązywała wielką wagę do urodzin i do obecności męża na imprezie w pubie, tak aby wszyscy go widzieli. Wszystko to była bujda i Dianna miała tego po dziurki w nosie.

Jackie włożyła czarny kostium ze spodniami i wyglądała ładnie. Była zadbana i zadowolona z siebie, lecz alkohol sprawił, że jej ciało było nalane. I choć nadwaga, którą miała od kilku lat, zmniejszała się, jej ręce i twarz wciąż były obrzmiałe. Powinna ograniczyć picie, ale wiedziała, że nie potrafi tego zrobić.

Poza tym miała urodziny. Jeśli nie można się napić z takiej okazji, to kiedy właściwie można?

Jackie stwierdziła, że Dianna wygląda wspaniale. Była piękna, podobnie jak Kimberley. Ta jednak martwiła matkę. W odróżnieniu od Roxanny, która ulatniała się przy pierwszej okazji, Kimberley zostawała zawsze do końca imprezy. Kimberley, kiedyś najbardziej pyskata, ostatnio się zmieniła. Rzadko wychodziła wieczorem do klubu albo do pubu. Wyglądała jak cień samej siebie i nawet nie chciało jej się pracować. Maggie niejeden raz dawała jej popalić, kiedy Kim zawodziła ją w pracy.

Stale wyglądała tak, jakby była na coś zła, jak gdyby dźwigała na barkach ciężar całego świata. Była już jednak dorosła, więc Jackie nie wnikała, co dzieje się w jej głowie. Zrobiła swoje, a teraz córki powinny same o siebie zadbać.

Jackie odsunęła od siebie myśli o córkach i zaczęła się zastanawiać, czy Freddie przyjdzie, tak jak obiecywał. Lepiej niech nie waży się nawalić. Nic oczekiwała od niego wiele, tylko żeby pokazywał się z nią w jej dni i w święta. Uważała, że jako żona ma do tego prawo.

Mały Freddie próbował kopnąć Kimberley, kiedy obok niego przechodziła, ale siostra go zręcznie ominęła. Zaczął na nią krzyczeć i obrzucać wyzwiskami, gdy ruszyła po schodach do swojego pokoju na piętrze.

Dianna odprowadziła ją wzrokiem i westchnęła. Bomba zegarowa tyka i niebawem wybuchnie. Jeśli matka albo ojciec któregoś dnia przyjrzą się Kim, zrozumieją, co jest grane. Ale nie usłyszą tego od niej. Miała dość własnych kłopotów na głowie.

◆ ◆ ◆

Freddie był już w pubie. Nie po to, by czekać na żonę, ale dlatego, że wpadła mu w oko dziewczyna stojąca za barem. Była młoda, miała zaledwie osiemnaście lat, ale w jej oczach było to porozumiewawcze spojrzenie, które lubił. Poza tym ubierała się jak dziwka, co świadczyło o tym, że jest do wzięcia.

On też był do wzięcia. Inwestował w swoje przyszłe życie seksualne, stawiając jej drinki i oczarowując żarcikami i opowieściami. Był oprychem i jako taki już prawie siedział w jej majtkach. Był też trochę podcięty, ale zachowywał się grzecznie, bo chciał zrobić wrażenie na małej i jeszcze tej nocy zaciągnąć ją do łóżka.

Wiedział, że ma dziecko, a z jego doświadczenia wynikało, że jest to gwarancja dobrej zabawy. Kiedy tylko dziewczyna lądowała z dzieckiem w mieszkaniu komunalnym, nowe doświadczenie, jakim było macierzyństwo, błyskawicznie traciło walor. Zostawały same i bez grosza, a co ważniejsze, szukały dreszczyku, który ożywi nudną i monotonną egzystencję.

Dziewczyny takie jak ta barmanka zawsze go zadziwiały. Chciały dzieci, ale kiedy już się ich dorobiły, bardzo niewiele z nich umiało się nimi cieszyć. I nie mogły pojąć, dlaczego faceci pryskają od nich przy pierwszej nadarzającej się okazji. A jaki mężczyzna przy zdrowych zmysłach uwierzy, że ta sama laska, która w mgnieniu oka ściągnie przed nim majtki, nie zrobiła tego wiele razy przed innymi draniami? W ten sposób zostawały same i stawały się materacami dla żonatych facetów z sąsiedztwa, takich jak on.

Freddie znał wszystkie ich atrybuty. Zawsze stroiły się jak na bal. Nawet jeśli szły do sklepu po chleb albo po zasiłek, świeciły golizną i makijażem. Ich życie toczyło się w gronie paru koleżanek będących w tej samej sytuacji, w domach ich

277

matek. Wszystkie bez wyjątku polowały na faceta, najlepiej takiego, który ma przed sobą jeszcze kilka lat życia. Były jak tykające bomby zegarowe. Freddie wypatrywał tych, które jeszcze zachowały odrobinę przyzwoitości. Za parę lat ta dziewczyna urodzi następne dziecko, może dwoje, i stanie się łatwym łupem dla okolicznych byczków, deskorolkowców i dresiarzy. W tej chwili jednak miał na nią chrapkę i postanowił ją zdobyć.

Sięgnął do kieszeni i pogładził zwitek banknotów. Ilekroć wyciągał go, by zapłacić za drinka, oczy niemal wyskakiwały jej z orbit. Na razie wiedział, że ma na imię Charmaine, ma trzynastomiesięczną córkę, mieszka kilka minut marszu od pubu i jego domu, i że jej wielkim marzeniem jest wyjazd na Florydę. Dziewczyna pokazała już, że jest prosta i pozbawiona wyobraźni, nie będzie więc pragnęła długich rozmów ani nie będzie usiłowała zaimponować mu swoją oszałamiającą inteligencją.

Freddie właśnie się rozkręcał, gdy Jackie z córkami weszła do pubu. Westchnął ciężko, gdy Charmaine spojrzała na Jackie, która stanęła obok niego niczym goryl, i zdjęta przerażeniem, oddaliła się na drugi koniec baru.

— Co, nie życzysz mi wszystkiego najlepszego z okazji urodzin?

Freddie, który próbował zwrócić na siebie uwagę właścicielki pubu i zamówić kolejnego drinka, uśmiechnął się do żony i odparł mimochodem:

— Jak widzisz, Jackie.

◆ ◆ ◆

Mały Jimmy oglądał kreskówkę i chrupał ciastko, gdy mały Freddie wreszcie znalazł się w domu babci. Jimmy junior przeraźliwie bał się kuzyna, który był hałaśliwy i agresywny. Straszenie Jimmy'ego sprawiało mu ogromną frajdę.

Gdy tylko wszedł, atmosfera w mieszkaniu uległa zmianie. Maddie, która miała nadzieję, że mały Freddie nie zechce przyjść i siedzieć z nią i Jimmym juniorem, już czuła się wyczerpana nerwowo.

Mały Freddie napawał się wrażeniem, które wywołuje.

Cieszyło go, że ludzie się go boją i usiłują sobie jakoś z nim radzić i przypochlebiać mu się. Był ładnym chłopcem, choć posępny i naburmuszony wyraz twarzy psuł jego urodę. Poza tym miał już wiele blizn głównie dlatego, że nie uznawał niebezpieczeństwa i uczestniczył w wielu bójkach.

Spojrzał na chłopca, który miał nadzieję, że przybysz nie będzie go napastował, i uśmiechnął się do niego. Ojciec ostrzegł go, że jeszcze jeden incydent z małym Jimmym, i naprawdę będzie musiał się za niego wziąć.

Mały Freddie zrozumiał, że ojciec ma się na baczności przed dużym Jimmym, i była to dla niego nauka. Nigdy nie wyobrażał sobie, że jego stary boi się kogokolwiek lub czegokolwiek. Jakiś czas temu uświadomił sobie jednak, że to Jimmy jest szefem, i że ojciec musi robić to, o co tamten go prosi.

Uśmiechnął się więc do małego kuzyna, uścisnął mocno babcię, a potem usiadł przed telewizorem z lekkim sercem i spokojem na twarzy.

Tak jak kiedyś ojciec, tworzył sobie w głowie pewien plan, i tak samo jak on wiedział, że trzeba wszystko obmyślić i zaangażować się w realizację. Ale w odróżnieniu od niego, mały Freddie zwracał uwagę na szczegóły.

◆ ◆ ◆

Maggie rozejrzała się po pubie. Zapragnęła, by czas przyspieszył. Nienawidziła tego lokalu, choć kiedyś go uwielbiała. Nadal panował tam brud, a w powietrzu wciąż wisiała ta sama woń środków dezynfekujących i piwa, którym przesiąkła wykładzina. Co gorsza, na krzesełkach siedzieli ci sami ludzie, których widywała przed laty.

Czuła się tam tak, jakby wpadła w pętlę czasu.

Matka i ojciec bawili się doskonale, choć zaklinali się, że wyjdą wcześnie. Maggie zazdrościła im beztroski, którą przejawiali bez względu na wszystko.

Jackie zalała się w trupa, a Freddie pożerał wzrokiem chudą kelnerkę ze zbyt grubo nałożonym makijażem i tłustymi włosami. Ich córki śmiały się i żartowały przy barze, a młody Dicky spoglądał na Roxannę tak, jakby właśnie wygrał na loterii.

Z ukłuciem bólu Maggie przypomniała sobie, że też kiedyś

taka była: młoda, beztroska i obłąkańczo zakochana. Poszukała wzrokiem Jimmy'ego i zobaczyła, że jest pogrążony w poważnej rozmowie z Dianną.

Dianna była prawdziwą pięknością. Nagle Maggie usłyszała, że Jackie piskliwym głosem klnie na młodą kelnerkę. Zamknęła oczy, a gdy je znów otworzyła, zobaczyła, że jej ojciec i Jimmy trzymają Freddiego. Córki podnosiły Jackie z brudnej podłogi. Nos jej siostry krwawił, a Maggie chciało się wyć, bo czuła, że jej życie to katastrofa.

Wstała z krzesła, podeszła do siostry, wzięła ją delikatnie pod rękę i zaprowadziła do toalety.

Freddie odepchnął Jimmy'ego i Josepha. Machnął rękami na znak, że już się uspokoił.

— Koniec skeczu, napijmy się — rzekł głośno.

Wszyscy w pubie wrócili do swoich zajęć. Takie zdarzenia stanowiły tutaj normę i przerywały nudę dręczącą większość klienteli.

Roxanna i Dianna odprowadziły wzrokiem matkę wlokącą się do toalety w towarzystwie Maggie. Po chwili zauważyły, że ich starsza siostra wymyka się do drugiego baru. Dicky spojrzał na Roxannę i zrobił minę, która miała znaczyć, że on też chce stąd zniknąć, i to jak najprędzej.

Roxanna skinęła głową. Spełnili swój obowiązek i czuli, że mają prawo wyjść i wreszcie się zabawić.

◆ ◆ ◆

Maggie bolała głowa. Wiedziała, że czeka ją udręka. Rozbierając się, spojrzała w lustro na ścianie garderoby. Na jej brzuchu nie było widać żadnych śladów, nikt by nie uwierzył, że urodziła dziecko. Ten fakt niezmiernie irytował jej siostrę, lecz Maggie wcale się tym nie przejmowała. Wszelka przyjemność cielesna została jej dawno odebrana.

Freddie się o to postarał.

Klientki salonów bez przerwy prawiły jej komplementy. Uważały, że takie ciało to szczęście. Gdyby tylko znały prawdę. Ona uważała, że w jej ciele gnieździ się zepsucie, coś odrażającego, co sprawiło, że jej rodzina znalazła się właśnie w takiej sytuacji.

Wciągnęła koszulę nocną przez głowę. Wiedziała, że wygląda ślicznie, że Jimmy ją weźmie, a ona mu na to pozwoli. To było łatwiejsze niż wymyślanie wymówek.

W sypialni usiadła na szezlongu, który miał służyć do zalotów, ale ona używała go do oglądania telewizji. Jimmy układał syna do snu, wynagradzając sobie to, że nie mógł go widzieć wcześniej. Jednocześnie starał się zrekompensować małemu Jimmy'emu całkowity brak zainteresowania ze strony matki.

Maggie delikatnie położyła rękę na brzuchu i potarła go nieświadomie.

Od porodu nie stosowała żadnych zabezpieczeń i nic się nie działo. To utwierdziło ją tylko w przekonaniu, że Jimmy wychowuje dziecko Freddiego. Jakiś dziwny kaprys losu sprawił, że mały Jimmy był miłym dzieckiem, prawdziwym skarbem. Ale ona wiedziała, że pewnego dnia to się zmieni. Pokaże swoją prawdziwą naturę, a wtedy Freddie Jackson będzie w siódmym niebie.

Maggie wiedziała bowiem, że wciąż wierzy, iż mały Jimmy jest jego dzieckiem, i sprawia mu to wielką satysfakcję. Słyszała, jak mówi Jimmy'emu, że malec jest podobny do ojca. Patrzył przy tym na nią. To było niewiarygodne, jak Jimmy i Freddie byli do siebie podobni.

Nienawidziła Freddiego, a syn był dodatkowym ciężarem. Gdyby urodziła drugie dziecko, oszustwo uszłoby jej na sucho i uwolniłaby się od Freddiego. Nic jednak z tego nie wychodziło i nawet nie było takiego podejrzenia.

Ilekroć Jimmy ją brał, modliła się, żeby dał jej dziecko, na które czeka. Ich własne dziecko.

Czuła jednak, że nigdy do tego nie dojdzie.

◆ ◆ ◆

— Fajnie było u babci, kolego?

Mały Jimmy skinął głową.

— Freddie też przyszedł i był miły.

Malec powiedział to z ulgą i zaskoczeniem. Jimmy przytulił go i jak zawsze poczuł siłę swojej miłości do dziecka. Niebieskie oczy chłopca były ocienione nieprawdopodobnie długimi rzęsami, a nosek wyglądał jak idealnie ukształtowana kropla na ładnej małej buzi. Gęste, falujące czarne włosy były takie same jak jego, podobnie jak zapach pulchnego ciałka.

— Jesteś szczęśliwy, mały żołnierzu?

Chłopiec spojrzał na niego z bezgranicznym zaufaniem.

— Kocham cię, tato.

— Ja też cię kocham. A teraz idziemy spać, co?

Malec przytulił się do misia i zamknął oczy. Jimmy pomyślał, że to nienaturalne, iż jego dziecko ani razu nie spróbowało wejść do łóżka, w którym leżą mama i tata.

Rozejrzał się po uroczym pokoiku chłopca. Na ścianach widniały ręcznie namalowane ciuchcie i wisiały obrazki wszystkich miejsc, które malec odwiedził w ciągu swojego krótkiego życia. Zabawki były schowane w dużym sklepiku zabawkowym; Maggie upierała się, żeby go tak nazywać. Na podłodze leżały fragmenty układanki przedstawiającej Tomka Ciuchcię, a kolorowanki i kredki leżały poukładane schludnie w pudełeczkach.

Nie tak powinien wyglądać pokój trzylatka. Jimmy nie wiedział, skąd to wie, ale był przekonany, że ma rację. Układanki i książeczki do kolorowania oznaczały samotność, a jego dziecko było zbyt samotne.

Pocałował syna w czoło i wyszedł cicho z pokoju.

◆ ◆ ◆

Freddie siedział w domu uroczej Charmaine. Oglądał wideo i popijał piwo, podczas gdy ona robiła mu coś do jedzenia.

Mieszkanie było przynajmniej czyste, musiał jej to przyznać, a ze wszechobecnych zdjęć spoglądała twarz miłego dziecka. Córka gospodyni była w domu babki. Żadna nowość na tym osiedlu. Freddie był gotów iść o zakład, że ani jedno dziecko nie spędzało piątkowego wieczoru z matką.

Char, bo tak dziewczyna kazała się nazywać, weszła do małego saloniku i podała Freddiemu kanapkę z serem i drugie piwo. Była dobrze przyuczona do roli gospodyni i miała ładną małą pupkę.

— Nie wiedziałam, że jesteś ojcem Kimberley.

To było coś nowego. Czyżby Charmaine była kumpelką jego córki?

282

— Skąd ją znasz?

Charmaine parsknęła śmiechem, słysząc jego ton.

— Z osiedla. Czasem wpada do mojej matki na filiżankę herbaty.

Freddie skinął głową, nie mając pewności, dokąd prowadzi ich ta rozmowa.

— Jasne. Może zrzuciłabyś z siebie te łaszki, a ja zjem kanapkę?

Dziewczyna omal nie zemdlała. Zdziwił się, że jest taka nieśmiała. Był pewien, że lubi zaszaleć.

— Przestań!

Była autentycznie zawstydzona, co z jakiegoś powodu mu się spodobało.

— Widziałaś moją żonę, skarbie. Chyba wiesz, że nie przyszedłem do ciebie, żeby poczytać Pismo Święte?

Charmaine roześmiała się, a potem zapytała poważnie:

— Masz ochotę na skręta?

Otworzyła małą puszeczkę, a potem zręcznie zwinęła zgrabnego skręta. Z przyjemnością patrzył, jak zaciąga się z wprawą. Podała mu skręta i Freddie też zaciągnął się głęboko.

— Dobry towar, skąd go masz?

Charmaine popijała piwo. Robiła to z gracją damy.

— Od Taffy'ego Robina.

Freddie ryknął tubalnym śmiechem. Dziewczyna aż podskoczyła.

— A co to za jeden, do kurwy nędzy?

Charmaine zachichotała, tak jak się spodziewał.

— No wiesz, ten Walijczyk, który mieszka koło miniparku. Zawsze ma coś przy sobie, jak czegoś chcesz, to przeważnie możesz od niego dostać. Zapytaj Kimberley, ona powinna wiedzieć.

Freddie zaczął trzeźwieć niczym sędzia, któremu postawiono zarzut jazdy po pijanemu.

— Że co? Skąd moja Kimberley miałaby go znać?

Charmaine usłyszała drobną zmianę w jego głosie i zrozumiała, że powiedziała coś, czego nie powinna mówić.

— Zdawało mi się, że go zna, to wszystko. Pewnie się pomyliłam.

Usiłowała wykaraskać się z trudnej sytuacji i bardzo się starała, ale Freddie świetnie wyczuwał, kiedy jakaś pinda kłamie. Jego ojciec mawiał: „Po czym poznać, że baba łże? Jej usta się poruszają". I miał rację.

Wyprostował się i odstawił talerz.

— Diabła tam — rzekł miłym tonem, ze swoim najbardziej czarującym uśmiechem. — Wiesz coś, o czym ja nie wiem. Albo powiesz mi prawdę, i to najprawdziwszą prawdę, i pozostaniemy przyjaciółmi, albo pofruniesz na pogotowie za sprawą czubka mojego buta. Wybór należy do ciebie, skarbie.

Charmaine zrobiła się nerwowa. Trawa, którą wypaliła, właśnie zaczęła działać, lecz wcale nie sprawiała jej przyjemności. Pociła się na całym ciele i wiedziała, że poci się ze strachu.

— Nie wiem, co ci powiedzieć, Freddie. Wiem tylko tyle, że Kim czasem tam chodzi...

Po chwili Charmaine leżała plecami na podłodze, a Freddie trzymał ją za gardło. Siła uderzenia pozbawiła ją tchu. Ból był ostry jak brzytwa i dziewczyna nagle uświadomiła sobie, z jak niebezpiecznym człowiekiem się zadała.

Spojrzała w niebieskie oczy, które jeszcze przed chwilą wydawały jej się takie seksowne i zapraszające. Teraz widziała w nich tylko gniew i groźbę.

— Ostrzegam cię, Charmaine. Powiedz mi, co moja córka robiła w norze tego pierdolonego walijskiego dealera. A jeśli mnie okłamiesz i się o tym dowiem, złamię ci kark. A teraz gadaj.

Oczy Charmaine wyszły z orbit, a Freddie był tak wściekły, że dopiero po chwili uświadomił sobie, że dziewczyna nie może mu odpowiedzieć. Zwolnił nieco uścisk i ryknął, zagłuszając jej kasłanie:

— Odpowiadaj, pizdo!

Jeszcze przed chwilą była wesoła i beztroska i miała przed sobą perspektywę romansu, a teraz czuła tylko lęk i przemoc. Trzęsąc się ze strachu, odparła przez łzy:

— Kim bierze brązowy cukier.

Słowa dotarły do niego po kilku sekundach. W żaden sposób nie mógł skojarzyć, czym jest brązowy cukier.

Potem usłyszał w głowie słowo heroina, które rozległo się jak wrzask klaksonu. Bez cienia wątpliwości wiedział, że to prawda.

Kilka razy uderzył dziewczynę otwartą dłonią w twarz i głowę, a potem zaczął okładać ją pięściami i kopać. Kipiała w nim taka wściekłość, że był gotów kogoś zabić. I wiedział, kim jest ten ktoś.

♦ ♦ ♦

Maggie leżała i wsłuchiwała się w ciche chrapanie Jimmy'ego. Lubiła, kiedy spał obok niej w ciemności i lubiła słuchać jego oddechu. Czuła się wtedy bezpieczna. Nie tknął jej po wejściu do łóżka i czuła się rozczarowana, bo nastawiła się na to psychicznie. Poza tym chciała dziecka, gdyż czuła, że tylko w ten sposób się oczyści, że świat wróci znów na swoje miejsce.

Jimmy odwrócił się i dotknął ręką jej uda. Podskoczyła, jak zawsze, gdy ktoś jej niespodziewanie dotknął. Ścisnęło ją w żołądku i znów poczuła znajome mdłości. Wróciło dotknięcie rąk Freddiego, odór jego oddechu i ciała. Wiedziała, że ten smród zostanie w jej głowie do końca życia i będzie tak samo ostry jak wtedy.

Zadzwonił telefon. Zaczęła mówić ostrożnie, denerwując się, że to może być Freddie. Dzwonił czasem w nocy i chciał rozmawiać z Jimmym. Wiedziała, że to część jego kampanii przeciwko niej. Usłyszała jednak krzyki Jackie, która wrzeszczała bez ładu i składu po drugiej stronie linii.

Rozdział dziewiętnasty

Robin Williams uważał swoje nazwisko za przekleństwo. Winę za to ponosił pewien gwiazdor filmowy, a obecnie także piosenkarz z popularnego boysbandu, którego skłonności seksualne budziły pewne wątpliwości. Robin starannie podgrzewał brązowy cukier. Kilka młodych przyjaciółek przyszło do niego beztrosko niczym jagnięta do rzeźni, a on pokazywał im, jak podgrzewać proszek na sreberku do stanu wrzenia. Następnie zamierzał objaśnić im złożony proces wciągania narkotyku do strzykawki.

Dobiegał czterdziestki, ale wyglądał młodziej. Jego włosy miały rudawy odcień, były długie i rozwichrzone, podobnie jak kozia bródka. Wszędzie miał tatuaże domowej roboty, przedstawiające głównie czaszki i inne obiekty związane ze śmiercią. Słuchał jedynie Pink Floyd, Led Zeppelin oraz swojego idola Ozzy'ego Osbourne'a. Całe jego życie kręciło się wokół narkotyków.

Tak jak większość heroinistów, zawiesił życie w dniu, w którym poddał się uzależnieniu. Nie miał prawdziwych przyjaciół ani życia towarzyskiego, potrafił rozmawiać tylko o swoim najlepszym odlocie i zgonach przyjaciół, którzy umarli z przedawkowania. Przyjaciółmi byli wyłącznie dlatego, że nie mogli sprostować niczego, co o nich opowiadał.

To było samotnicze, przygnębiające i niebezpieczne życie. Dwóm dziewczynom, w których Robin Williams widział tylko swoje przyszłe pracownice, wydawało się jednak ekscytujące i zabawne.

Taffy Robin — bo tak go nazywano — miał troje dzieci, których nigdy nie widział. Zostawił za sobą wianuszek zrujnowanych kobiet oraz długi równe zadłużeniu któregoś z krajów Trzeciego Świata. Właśnie dlatego potrzebował nowych rekrutów. Ćpał kokę i palił trawę dla rozluźnienia. Sprzedawał metadon, lecz zatrzymywał recepty, gdyż były jego magiczną przepustką po zasiłek. Wiedział wszystko o przekrętach i nie przepracował w życiu ani jednego dnia.

Był uzależniony, a to oznaczało, że wszystkie agencje finansowane przez rząd laburzystów istniały właśnie po to, by pomagać takim jak on. Nigdy nie było mu tak dobrze, a życie z każdym dniem stawało się piękniejsze.

Dzięki uzależnieniu nie poszedł za kratki. Trafiał do ośrodka, ilekroć sytuacja się pogarszała, i dostawał narkotyki, kiedy ich potrzebował, bo był uzależniony.

Werble i fanfary na cześć państwa Tony'ego Blaira, cudownego państwa-niańki.

Taffy Robin nabierał właśnie wywaru do strzykawki, kiedy frontowe drzwi wyleciały z zawiasów, a w drzwiach pokoju, jak zwykle otwartych z powodu zapachu, ukazał się jego najgorszy wróg.

Taffy niejeden raz miał już do czynienia z rozwścieczonymi ojcami, ale to nie był zwyczajny poirytowany tatuś. Zwykle byli to sflaczali faceci opici piwem, którzy dawali mu lekki wycisk, zyskując sobie w ten sposób podziw żon i kumpli.

Przed tym człowiekiem drżał przez całe życie. To był szaleniec. Obłęd błyszczał w jego oczach i czaił się w jego zachowaniu. Taffy wiedział, że łom, który dzierży w dłoniach, niebawem spadnie na jego czaszkę.

Chciał odłożyć narkotyk, żeby go nie zmarnować, tak jak każdy ćpun, gdyż był dla niego ważniejszy niż życie.

Dziewczęta spojrzały z przerażeniem na ogromnego faceta, a gdy ryknął: „Won stąd, wy zaćpane pizdy!", nie trzeba im było dwa razy powtarzać.

Złapały rzeczy i rzuciły się do ziejącej dziury, powstałej w miejscu drzwi.

Freddie skierował na nie łom, żeby nie oddalały się tak błyskawicznie.

— Spróbujcie zadzwonić po gliny albo do kogoś innego, to przyjdę po was. Jasne?

Skinęły głowami, stojąc nieruchomo. Facet mówił jak ich ojcowie, jak ktoś zwyczajny. Powtórzyły z zapałem ruch głową, omal nie łamiąc sobie szyj.

— No to spieprzać!

Wybiegłszy z mieszkania, wpadły na schodach na sąsiadów zainteresowanych tym, co się dzieje.

Taffy Robin był dla nich jak cierń w boku. Rozmaici ludzie kręcili się u niego o wszystkich porach dnia i nocy. Trzeba było mieć na nich oko, bo ćpun nie kradnie z dala od źródła narkotyku, jeśli nikt go do tego nie zmusza. Po powrocie z pracy czy ze sklepu zauważali, że z pokoju zniknął telewizor albo magnetowid. Narkoman dostawał za niego parę funtów, akurat tyle, ile kosztuje działka.

Bloki powstały tuż po drugiej wojnie światowej i od tego czasu zeszły na psy, więc o ubezpieczeniach nie mogło być mowy. Żadna firma nie wzięłaby na siebie takiej odpowiedzialności. Jeśli coś ginęło, to należało się z tym pożegnać i kupić nowe. Policja rzadko przyjeżdżała na wezwanie w związku z kradzieżą bądź włamaniem, a jeśli jakimś cudem się fatygowała, to tylko w tym celu, by zakomunikować ofierze to, co ofiara sama wiedziała: że to sprawka ćpunów. Tak więc sąsiedzi Taffy'ego mogli tylko proponować glinom herbatę — glinom, których uważali za wrogów — a wszyscy wiedzą, że gliny żłopią tyle herbaty, co reszta mieszkańców Anglii. A kłopoty i tak musieli rozwiązywać na własną rękę.

Teraz wyglądało na to, że nadszedł koniec udręki.

Starszy facet w piżamie i czapce baseballówce na głowie krzyknął przez drzwi:

— Załatw go, Freddie, to zaraza. Załatw go na cacy.

Freddiemu nie trzeba było tego powtarzać.

Raz po raz walił łomem z całej siły. A gdy Taffy znieruchomiał, Freddie rozwalił okna, telewizor i wszystko, co znalazło się w pobliżu.

Demolka zajęła dwadzieścia minut, a Freddie wyszedł z mieszkania w glorii bohatera.

♦ ♦ ♦

— Kto jej to zrobił, pani Jackson?

Policjantka była miłą dziewczyną z blond włosami i zielonymi oczami w kształcie migdałów. Maggie spojrzała na nią okiem profesjonalistki i stwierdziła, że za pomocą fryzury mogłaby jej odjąć pięć lat i sprawić, że dziewczyna wyglądałaby jak gwiazda filmowa.

Jackie milczała, więc Maggie westchnęła i odparła poważnie:

— Napadnięto ją na ulicy. Po przyjęciu urodzinowym matki wyszła z klubu. Nie mogła złapać taksówki i postanowiła pójść pieszo. To tylko dziesięć minut drogi, wie pani. Doszłyśmy do wniosku, że ktoś zaatakował ją z tyłu.

— I mimo to zdołała dotrzeć do domu?

Jackie i Maggie skinęły głowami.

— Ze złamaną nogą?

Jackie wzruszyła ramionami.

— Znaleźliśmy ją przed domem. Co mogę powiedzieć? Może ktoś jej pomógł, nie wiemy. Wy macie to ustalić, tak w każdym razie było, kiedy ostatnio czytałam kryminał.

— A co pani się stało, pani Jackson? Skąd ten zakrwawiony nos?

Maggie i Jackie wiedziały, dokąd zmierzają pytania policjantki.

— Odpierdol się, skarbie — rzekła Jackie z wyraźnym lekceważeniem w głosie. — Wiemy, co ci chodzi po główce.

Wychodząc z małej salki, Maggie puściła oko do siostry.

— Moja siostra jest alkoholiczką, o czym pani zapewne wie. Niejeden raz musiała pani tam jeździć po jej burdach z sąsiadami. Ona zawsze ma jakieś siniaki i rany, pijacy często się przewracają.

Maggie ziewnęła. Było to ubliżające ziewnięcie, ziewnięcie osoby znudzonej. Policjantka wiedziała bez cienia wątpliwości, że to właśnie ona nudzi tę elokwentną kobietę.

— Niech pani słucha uważnie. Ojcem tej dziewczyny jest Freddie Jackson, więc lepiej niech pani znajdzie winnego, zanim on to zrobi. I niech się pani nie waży więcej insynuować czegoś podobnego na temat mojej siostry, jeśli nie chce pani mieć do czynienia z nią i jej bliskimi. Jasne?

Dziewczyna skinęła głową. Wiedziała, że jest pokonana. Ta rodzina sama stanowiła dla siebie prawo i właśnie dlatego ją przydzielono do opieki nad nią. Teraz widziała to jasno. Nikt inny nie chciał się narażać na kontakty z tymi ludźmi ani mieszać się w ich sprawy!

Jacksonowie sami to załatwią, a policja nie będzie im w tym przeszkadzać. Właśnie tak to się toczyło w tym świecie.

Wieczorem w kantynie usłyszała, że niejaki Thomas Halpin z sekcji poważnych przestępstw ostrzegł posterunek, by nie interweniowano. Zdarzyło się to nie po raz pierwszy i na pewno nie ostatni.

Dziewczyna postanowiła pójść za przykładem kolegów. Zrobiła, co było w jej mocy, spełniła obowiązek, a szczerze powiedziawszy, miała nadzieję, że Freddie Jackson załatwi tego skurwiela, który dopuścił się napaści na jego córkę. Jeśli po ulicach krąży jakiś obłąkaniec, a Jackson go sprzątnie, to będą mu winni wdzięczność za uratowanie posad.

Policjantka chciała pewnego dnia zostać detektywem, a jeśli w tym celu należało dać Jacksonom wolną rękę, to trudno.

◆ ◆ ◆

Ozzy był chory, bardzo mu doskwierał ból w piersi. Siedział w celi i trzymał się za serce. Czuł się tak, jakby wielka bryła lodu, zrzucona z dużej wysokości, przygniotła mu klatkę piersiową.

Dyszał ciężko, jego oddech stawał się coraz płytszy.

Zastanawiał się, czy powinien wezwać klawisza. Najpierw chciał się położyć, żeby ten okropny ból trochę zelżał.

Ból ustąpił i Ozzy wreszcie zasnął.

◆ ◆ ◆

Jackie i Maggie wróciły ze szpitala o wpół do siódmej rano. Dziewczęta zostały w szpitalu. Powiedziano im, że siostrę zaatakował ktoś nieznajomy. Żadna nie uwierzyła, lecz podtrzymywały tę wersję, zwłaszcza Kimberley, która zaczynała sobie przypominać szczegóły wyglądu tajemniczego napastnika.

Maggie postawiła czajnik na gazie, a Jackie wyjęła z lodówki butelkę wódki. Wlała porcję trunku do dużej szklanki, w której było ciepłe białe wino i wychyliła duszkiem. Maggie patrzyła na żałosny wrak kobiety, którą stała się jej siostra. Ta zaś drżącymi dłońmi nalała sobie drugiego drinka.

— Musisz wyrzucić go z domu, Jackie, nie możesz pozwolić, żeby uszło mu to na sucho.

Jackie spojrzała na nią z niedowierzaniem.

— Co ty pleciesz, głupia kozo? Dobrze zrobił, chodziło mu o jej dobro!

W głowie Jackie zabrzmiała duma. Ona niemal cieszyła się z nieszczęścia córki. Freddie prawie zabił biedną dziewczynę, sponiewierał wszystkich, lecz dla Jackie to była oznaka miłości.

Maggie zachciało się śmiać.

— Czy ty słyszysz, co bredzisz? On nie pobił Kim dlatego, że o nią dba, tylko dlatego, że to dla niego plama, jeśli ona jest ćpunką. Rusz głową, otwórz oczy i zobacz go takim, jakim naprawdę jest.

Jackie popatrzyła na siostrę. Nawet w dżinsach i koszulce wyglądała wspaniale, olśniewająco. Zawsze prezentowała się doskonale, jak reklama zdrowej kobiecości. Wcale jednak taka nie była, tylko uważała się za lepszą od innych.

— Jeśli jego córka jest ćpunką, Freddie musi zająć się tymi, którzy o tym wiedzą. Przyznanie się, że poniósł klęskę jako ojciec, jest jego porażką. To nie ma nic wspólnego z tobą, dziećmi czy miłością. Nie chodzi o ciebie, głupia krowo, tylko o niego. Zawsze chodzi o niego.

— Mylisz się, Maggie. Freddie ma niejedno za uszami, ale nas kocha.

— Traktuje cię jak śmiecia, kpi z twojego pijaństwa, bierze od ciebie to, co chce, a potem zostawia cię na długie tygodnie. A ty mu na to pozwalasz. Robisz to, bo z jakiegoś powodu uważasz go za wspaniałego mężczyznę, a on od samego początku systematycznie niszczył ciebie i dzieci.

Jackie pokręciła głową. Słowa Maggie za bardzo zbliżały się do prawdy, a ona nie mogła tego znieść. Ani dzisiaj, ani nigdy.

— Mylisz się, Maggie, on nas kocha. Kocha rodzinę.

Maggie wyjęła papierosa z paczki siostry i zapaliła.

291

— Rozejrzyj się wokół siebie, popatrz, jak żyjesz — odparła z sarkastycznym uśmiechem. — Twoja córka została ćpunką, bo ty jesteś uzależniona. Powiedziałaby ci to każda prowadząca jeden z tych durnych, niby-psychologicznych programików, które dzień w dzień oglądasz w telewizji. Kimberley miała świetną nauczycielkę i to ty nią byłaś. Jesteś urżnięta od lat, jesteś zasraną pijaczką.

Jackie bała się tych słów. Chciała tylko w spokoju się upić i zdrzemnąć przez parę godzin.

— Jak śmiesz mnie pouczać...

— Ośmielam się, bo ktoś wreszcie powinien ci powiedzieć, że to musi się skończyć! — odparła Maggie przez zaciśnięte zęby. — Mężczyzna, którego kochasz, nienawidzi cię, a ty jesteś zbyt tępa, żeby to zauważyć. Wiesz, że on zarabia mniej więcej tyle samo co Jimmy, a ty wciąż mieszkasz w domu komunalnym? Zastanów się, kochana. Na co on wydaje tę forsę? Bo przecież nie na ciebie, prawda?

Rozejrzała się po norze, w której mieszkała jej siostra.

— To jeden wielki syf. Popatrz na małego Freddiego. Jemu odbija i nikogo to nie obchodzi! Gdzie on teraz jest? Pewnie włóczy się po ulicach. A biedna Kim? Ćpała heroinę od nie wiadomo jak dawna, a ty nawet nie zauważyłaś. Wiedziałam, że coś jest z nią nie tak, próbowałam jej pomóc, ale ty nie zwróciłaś uwagi! Dzieci są dla ciebie niewidzialne, służą ci tylko do tego, żeby trzymać przy sobie Freddiego. Na ulicy stoi jego fura za osiemdziesiąt tysięcy funtów, a ty masz w łazience zepsuty od tygodni kibel. Nie uważasz, że to trochę dziwne? Czy nic nie dociera do twojego przesiąkniętego wódą mózgu?

Maggie zapaliła drugiego papierosa. Jackie pociągnęła kolejny łyk wódki z winem.

— Przestań, Maggie. Powiedz jeszcze jedno słowo i ci przyłożę.

Teraz Maggie się roześmiała.

— Nie jestem już dzieckiem, które boi się starszej siostry. Podnieś na mnie rękę, a przywalę ci tak, że się więcej nie podniesiesz.

Jackie wiedziała, że nie ma szans, i to powstrzymało ją od rzucenia się na siostrę. Atakowała tylko tych, o których wiedziała, że nie są w stanie jej oddać. Chyba że była pijana. Wtedy napadała na wszystkich, ale nawet wówczas liczyła na to, że w pewnym momencie przerwą rozróbę.

— Usiłuję ci pomóc, pokazać ci, jak jest naprawdę. Nawet Freddie wie, że masz problem, więc jeśli cię kocha, dlaczego dotąd nie spróbował ci jakoś pomóc? Wiem, że dziewczęta starały się z tobą rozmawiać, bo mówią mi, że się o ciebie martwią. Ja też próbuję, ale chyba tylko marnuję czas. Ale nadeszła chwila, żebyś zobaczyła pełny obraz. Twoje życie to ruina i musisz coś zrobić, zanim będzie za późno.

Jackie rozumiała, że siostra naprawdę chce jej pomóc, w odróżnieniu od większości ludzi, wśród których się obracała, a którzy ignorowali jej problemy i tylko wykorzystywali ją. Trudno jednak było jej się do tego przyznać, bo nikt nie chciałby mieć z nią do czynienia. Gdyby pozwoliła sobie pomyśleć, zobaczyłaby prawdziwą siebie i zrozumiała, czego może oczekiwać po swoim życiu.

— Idź do domu, Maggie. Nie daję rady.

Maggie westchnęła.

— Ani razu nie wspomniałaś o tym, że twoja córka bierze narkotyki, a twój syn włóczy się nie wiadomo gdzie. Zauważyłaś to, Jackie? Wspomniałaś o dzieciach tylko wtedy, gdy mówiłaś mi, że Freddie cię kocha. Zamierzasz w ogóle postarać się o jakąś pomoc dla niej? Zadbasz o leczenie czy jak zwykle zostawisz kłopot mnie?

Jackie milczała.

— Spójrz w lustro i powąchaj, jaki zapach panuje w domu, w którym mieszkasz z rodziną. Popatrz na podłogę, ściany, meble, i jeśli powiesz mi, że czujesz się w tym wszystkim dobrze, wycofam swoje słowa.

Jackie usiadła na taborecie i dokończyła drinka. Nalewając następnego, usłyszała, że Maggie wychodzi z domu.

◆ ◆ ◆

Jimmy pił piwo z Freddiem w swojej nowej sali do snookera. Maddie miała się zająć Jimmym juniorem. Jimmy pojechał po Freddiego i nie miał innego wyjścia, jak tylko zabrać go do siebie.

Wiedział, że Maggie nie będzie uszczęśliwiona, ale co innego mógł zrobić? Uważał, że Freddie postąpił słusznie, w podobnej sytuacji zachowałby się tak samo. Nie skrzywdziłby Kimberley, ale temperament Freddiego był powszechnie znany. Poza tym Freddiemu było przykro z powodu tego, co zrobił.

— Zajebista chata, Jimmy.

Gospodarz wzruszył ramionami.

— Wszystko jest względne. Mnie się tu podoba i Maggie też. Jej nawet bardzo.

— Przynajmniej się nią zajmuje. Nie tak jak Jackie, ona nie posprzątałaby, nawet gdyby jej życie od tego zależało.

Jimmy uśmiechnął się.

— Jackie nigdy nie miała nabożeństwa do odkurzacza.

Roześmiali się. Siedzieli i rozmawiali ze sobą pierwszy raz od dnia, w którym zginął Lenny. Udawali przyjaźń, ale od tamtego wydarzenia zawsze istniało między nimi napięcie. Dziś wieczorem wydawało się, że znów są na dobrej drodze.

— Kilka razy naprawdę próbowała, wiesz. Ale wóda... — Freddie po raz pierwszy wypowiadał się o żonie bez drwiny i złośliwości. — A teraz Kimberley wzięła się za heroinę. Ironia losu, co? Ja handluję nią od lat, a moja córka się od niej uzależniła.

Jimmy dolał piwa do szklanek.

— Daj spokój, każdemu mogło się to zdarzyć. Brązowy cukier dotarł pod każdą strzechę.

Freddie podniósł szklankę ze szlifowanego szkła.

— Dzięki nam i takim ja my! — zauważył sarkastycznie.

Znów się roześmiali.

— Jak się miewa mój mały?

Jimmy wyszczerzył zęby.

— Uwielbiam tego chłopaczka. Jest zajebiście bystry, ma dopiero trzy i pół roku, a już umie się podpisać.

Freddie skinął głową.

— Jaki ojciec, taki syn, co?

Freddie powiedział to ze śmiechem, lecz Jimmy jak zawsze w takich momentach czuł, że coś się kryje pod jego słowami. Nie umiał tego jednak zidentyfikować.

— Co chcesz przez to powiedzieć?

Freddie udał niewinność.

— Czepiasz się bez powodu. Powiedziałem tylko, że jest podobny do ojca, nie? Więc o co chodzi?

Jimmy się rozluźnił.

— Wybacz, ale czasem wydaje mi się, że robisz sobie jaja, a ty rzeczywiście robisz sobie jaja.

Freddie upił łyk, a potem odparł:

— Nie z ciebie, Jimmy.

Powiedział to z serca i Jimmy czuł się uspokojony.

— To uroczy dzieciak i jestem dla niego pełen podziwu. Prawdziwy mały Brahma. Jak się miewa Maggie?

Jimmy wzruszył ramionami.

— W porządku. Dlaczego pytasz?

— Bez powodu. Tylko wydaje mi się, że trzyma wszystkich na dystans. Mnie zawsze tak traktowała, ale Jackie uważa, że źle sobie radzi z macierzyństwem.

Jimmy miał ochotę parsknąć śmiechem.

— Przyganiał kocioł garnkowi, co? — dodał żartobliwie Freddie.

Jimmy uśmiechnął się.

— Maggie jest perfekcjonistką, to wszystko. Jeśli coś robi, to stara się to zrobić jak najlepiej.

— Gdybyś miał takiego syna jak ja, tobyś wiedział, co to znaczy zmartwienie. Ten mały skurwiel włóczy się po ulicach non stop i daje czadu. Pewnie go niedługo zwiną i wiesz co? Jak na mój gust, tak będzie lepiej dla nas wszystkich.

Jimmy był zaskoczony.

— Pozwoliłbyś zabrać go do poprawczaka? — spytał z niedowierzaniem.

Freddie odpowiedział mu najszczerzej jak umiał. Potrzebował wypowiedzieć te słowa.

— To musi zostać między nami, zgoda?

Jimmy skinął głową, zaintrygowany.

— W zeszłym tygodniu ktoś oskarżył go o napaść seksualną. Jedna dziewczynka powiedziała, że to on, ale później wycofała zarzut. Jackie nie chciała o niczym słyszeć. Mówiła, że tamta sama się prosiła, że to była tylko dziecięca zabawa, ale mnie się zdaje, że z nim jest coś bardzo nie w porządku. Parę miesięcy temu zabił psa sąsiadów. Założył mu na łeb torbę foliową i go udusił. Wiem, że to jego sprawka. Sąsiedzi za bardzo się bali, żeby oskarżyć go wprost, ale kiedy Jackie mi powiedziała, od razu zorientowałem się, że on to zrobił. W ten sam sposób załatwił królika syna Bugsy'ego.

Jimmy był zszokowany tym, co usłyszał.

— Skąd wiesz, że zabił tego królika?

Freddie pokręcił głową.

— Przyłapałem go na tym. Miał się nim opiekować, kiedy tamci wyjechali na wakacje. Wszedłem do pokoju, a królik leżał na jego kolanach z torebką na łbie.

— I co zrobiłeś?

Freddie otarł nerwowo usta, a potem cicho odparł:

— Spuściłem mu lanie, a potem kazałem trzymać buzię na kłódkę. Aż mi się niedobrze zrobiło, a znasz mnie i wiesz, że byle co nie wyprowadzi mnie z równowagi. Ale ten szczeniak jest pojebany. Jak tylko usłyszałem o psie, wiedziałem, że to nie był jego pierwszy wyczyn.

Jimmy skinął głową, choć jednocześnie myślał o tym, czy Freddie pamięta, że sam też traci panowanie nad sobą i spowodował przez to śmierć dwojga ludzi. O tylu było wiadomo. Ale Freddie żył wedle własnych reguł.

— Pamiętasz, jak rechotaliśmy w pubie, kiedy powiedziałem, że zaginął biały puszysty króliczek z czarnym ogonkiem i trzeba będzie dać ogłoszenie do gazety? Kupiłem drugiego i syn Bugsy'ego nie zauważył różnicy. Bugsy'emu powiedziałem, że tamten wykitował, ale on nie uwierzył, widziałem to po jego oczach.

Freddie pociągnął długi łyk.

— Ona ponosi za to winę — rzekł gniewnie. — Była narąbana przez cały czas ciąży, przecież wiesz. Myślę, że musiało się to na nim odbić. Kocham go, jest moim synem, ale jeśli czegoś się z nim nie zrobi, skończy w kryminale z wyrokiem bez szansy na zwolnienie warunkowe.

Freddie widział w więzieniu mężczyzn takich jak jego syn, miał z nimi do czynienia.

— Już teraz jest strasznym skurwysynem. A co będzie później, jak urośnie? Nawet ja nie dam sobie z nim rady, rozumiesz? Musi odejść, a Jackie, niech ją szlag, nie chce uwierzyć, że coś jest nie w porządku. Pozabijałby wszystkich domowników, a ona i tak dałaby mu alibi.

— Do jasnej cholery, Freddie, nie możesz pójść z nim prywatnie do lekarza?

Freddie roześmiał się cichym, smutnym głosem.

— Myślisz, że forsa zmieni diagnozę? Pracownica opieki społecznej stwierdziła, że ma „klasyczne objawy" osobowości psychopatycznej. To jej wyrażenie, a nie moje. Innymi słowy nie wie, co to moralność, wyrzuty sumienia, uczucia, emocje. A więc żeby ukryć swojego świra, naśladuje uczucia. Udaje emocje, których nie odczuwa. Tak jest napisane w książce.

Jimmy wiedział, że to prawda, i było mu żal Freddiego, bo mimo wszystkich wad, ten na swój sposób dbał o rodzinę. Mały Freddie trzymał ojca przy kobiecie, której się brzydził. Czasem jednak było to Freddiemu na rękę, gdyż Jackie znosiła wszystko, co jej robił.

Trudno mu było uwierzyć, że to jego krewny, człowiek, którego kiedyś podziwiał i kochał. Teraz z trudem zmuszał się, by z nim rozmawiać. Gdyby Freddie wiedział, do jakiego stopnia Ozzy przekazał mu władzę, nie zdzierżyłby tego. Freddie uważał się za twórcę ich imperium i Jimmy przyznawał mu rację. Freddie wolał jednak zapomnieć, że gdyby było pod jego pieczą, obaj w ciągu roku wylądowaliby na ulicy jako szeregowi dealerzy. Usunął Clancych i to otworzyło im drogę, lecz to on, Jimmy, doprowadził ich tu, gdzie są obecnie. Freddie powinien to zrozumieć i zaakceptować, a on tymczasem uważał, że go wykołowano. Tak zwykło się określać tę sytuację w języku ulicy. Za gotówkę kupował rzeczy, które potem się szybko niszczyły, i nie miał ani funta odłożonego na gorsze czasy.

A mimo to naprawdę wierzył, że to on mógłby rządzić organizacją, będącą odpowiednikiem dużej firmy. Prowadzili interesy z Europą, Afryką i Dalekim Wschodem. Działali wszędzie, gdzie istniały narkotyki albo przemyt. Freddie nie miał pojęcia o większości tych przedsięwzięć i gdyby te sprawy zostały w rękach Jimmy'ego, nigdy by się o tym nie dowiedział.

— Co z nim zrobisz?

Freddie wzruszył ramionami.

— Jeden diabeł zna odpowiedź na to pytanie, a on nie chce gadać.

◆ ◆ ◆

Ozzy ucieszył się na widok klawisza, któremu ufał i którego miał w kieszeni. Ruchem ręki wskazał mu miejsce na łóżku i kazał zawołać dwóch więźniów.

Klawisz skinął głową.

Po pięciu minutach do celi wtoczyli się młody Irlandczyk Derry i rosły Murzyn David.

— Czego sobie życzysz, Ozzy?

— Sprowadźcie lekarza — odparł z uśmiechem Ozzy. — Wczoraj wieczorem w czasie robienia pompek pękły mi żebra.

Tamci roześmiali się, tak jak oczekiwał, ale spełnili prośbę.

Ozzy wiedział, że okazując choć cień słabości, wydałby na siebie wyrok. Podał im powód, a oni sprowadzą łapiducha, którego dobrze znał i który od lat rozprowadzał kontrabandę wśród więźniów.

◆ ◆ ◆

Maggie weszła do sali z małym Jimmym w ramionach i uśmiechnęła się sztywno do mężczyzn.

— A ty nie powinieneś być w domu z żoną?

Freddie zauważył, że z upływem czasu stawała się wobec niego coraz bardziej zadziorna. Wiedział jednocześnie, że im mocniej ona mu dopieka, z tym większą ochotą on rujnuje jej życie. Czasem dawał jej spokój przez parę miesięcy, a później, gdy Jimmy był nieobecny albo gdy usłyszał, że Jimmy zajmuje się czymś, o czym on nic nie wie, zaczynał od nowa.

— Daj spokój, Maggie, chciałabyś wracać do domu, w którym jest Jackie? — Wyciągnął ręce w stronę dziecka. — Chodź do mnie, malutki. Synek swojego tatusia, podobny jak dwie krople wody.

Maggie prychnęła drwiąco.

— Idź do babci, skarbie — rzekła czule. — Mama chce porozmawiać z tatusiem.

Nawet jej głos, gdy odzywała się do dziecka, brzmiał nieszczerze, jak gdyby mówiła z przymusu.

— Przestań przymilać się do mojego syna, a zajmij się swoimi dziećmi. Wybierasz się do Kim? Złamałeś jej nogę, wiesz o tym? Freddie nie wiedział i mało go to obchodziło.

— To nie jest miejsce ani czas, Maggie — rzekł uspokajającym tonem Jimmy.

Gwałtownym ruchem odwróciła do niego głowę.

— A właśnie, że tak.

Freddie roześmiał się.

— Uważaj. Chyba nie chcesz kłótni, co?

Maggie podeszła do miejsca, w którym siedział. Pomieszczenie było przestronne, stały w nim stoły do snookera i bilardu. Był tam duży, dobrze zaopatrzony barek, a ściany wyłożono drewnianą boazerią. Jeden z siedzących mężczyzn był miłością jej życia, a drugi rakiem, który od dawna w niej rósł. Jej nienawiść nabrzmiała tak bardzo, że w każdej chwili mogła eksplodować. A mimo to bez względu na wszystko musiała go tolerować. Bo jeśli prawda wyszłaby na jaw, straciłaby wszystko, co było dla niej ważne.

Mężczyźni siedzieli spokojnie w dużych fotelach stojących po bokach ogromnego kominka, jak gdyby nie znali żadnych trosk. Tak ją to rozzłościło, że miała ochotę się na nich rzucić.

— Nie próbuj nas skłócić. Mój mąż mnie szanuje, a ja szanuję jego. Nie spodziewam się, że to zrozumiesz, bo traktujesz wszystkich w rodzinie jak śmieci. Tak przy okazji, Kim pójdzie na odwyk. Zajęłam się tym, więc nie musisz się martwić. Zresztą i tak nie przyszłoby ci to do głowy.

Wskazała na niego palcem i Freddie zobaczył emanującą z niej nienawiść.

— Moja siostra jest w strzępach, a ty musisz porozmawiać z nią o jej piciu, bo nie wiedzieć czemu ona uważa, że ci na niej zależy. Odłóż tę szklankę, zamów taksówkę i wypieprzaj z mojego domu.

— Pozwolisz jej tak do mnie mówić, Jimmy?

Jimmy wstał i przeciągnął się.

— Ona ma trochę racji. I tak muszę zacząć szykować się do pracy.

Freddie nie mógł uwierzyć własnym uszom. Jego zdaniem za taki wybuch powinna dostać w łeb tak, że popamiętałaby na całe życie. Ona tymczasem stała i dalej wskazywała palcem na jego twarz.

— Jeśli masz coś do powiedzenia mojemu mężowi na mój temat, powiedz to teraz. Teraz, słyszysz? No, proszę.

Po jej oczach Freddie widział, że przegrał tę bitwę. Maggie była gotowa wszystko ujawnić.

Postanowił wycofać się tym razem i odłożyć amunicję na później. Odstawił szklankę i wyszedł bez słowa.

Gdy frontowe drzwi trzasnęły, Maggie odwróciła się do męża.

— Dziękuję.

— Podobało mi się, że mu się postawiłaś. On uważał, że powinienem ci przyłożyć. Ale to neandertalczyk, nie myśli tego, co mówi.

— Nie mogę go więcej znosić, Jimmy, nie po tym, co teraz zrobił. Biedna Kim i ta cholerna Jackie...

— Rozumiem. Ograniczę wizyty do minimum, zgoda?

Maggie uśmiechnęła się. Jimmy przygarnął ją do siebie, a ona przywarła do niego i rozluźniła ciało.

Przy śniadaniu rozluźniła się nawet w obecności Jimmy'ego juniora, przytuliła go z autentycznym uczuciem. Jimmy poczuł się tak, jakby przekroczyli jakąś niewidzialną linię, ale nie miał pojęcia, dlaczego przyszło mu to do głowy.

Maddie, która została na śniadaniu, mrugnęła do Jimmy'ego, a on uświadomił sobie, że Freddie wyszedł, nie odezwawszy się nawet do matki.

Rozdział dwudziesty

Maggie i Roxanna śmiały się przy wybieraniu materiału na zasłony do sypialni Roxanny. Wreszcie brała ślub z Dickym i była w siódmym niebie.

— Ten jest śliczny. Masz wspaniały gust.

Maggie uśmiechnęła się. Wybrała delikatny szary jedwab, który będzie wyglądał olśniewająco na tle bladego różu. Tak właśnie Roxanna postanowiła pomalować ściany.

— Kiedy już wyjdziesz za mąż, będziesz musiała z tym długo wytrzymać, więc materiał powinien być nie tylko dobrej jakości, ale także trwały.

Udzielała dziewczynie rad, ale myślała o tym, że powinna była wyciągnąć na zakupy swoją pijaną siostrę.

Jackie i tak do niczego by się nie przydała, ale to było okropne, że wszystkie sprawy związane z weselem i nowym domem spadły na jej barki. Nie przeszkadzało jej to, ale wiedziała, że Roxanna chce, by rodzice też się zaangażowali. Przynajmniej matka, bo Roxanna nigdy nie była wielbicielką ojca.

Jimmy junior podbiegł do Maggie, a ta podniosła go z trudem i pocałowała w policzek. Miał cztery lata i był już całkiem sporym chłopcem.

— Widziałem klowna, mamusiu — oznajmił z podnieceniem.

Zobaczył go na plakacie na ścianie. Maggie spodziewała się, że poprosi, by poszła z nim do cyrku, a ona nie odmówi.

— To jest cyrk, mamusiu.

— Pójdziemy do niego!

Roześmiał się. Maggie pocałowała go jeszcze raz. Roxanna westchnęła z zadowoleniem. Od pewnego czasu Maggie wyglądała znacznie lepiej. Tak jakby zmieniła się z dnia na dzień; była szczęśliwsza, bardziej beztroska. Maggie zajmowała bardzo ważne miejsce w jej sercu, zaraz po jej chłopaku. Ale nastrój Maggie potrafił zmienić się w mgnieniu oka. Wystarczyło jedno niewłaściwe słowo i była gotowa się bić. Nie pasowało to do niej, wszyscy jednak przyzwyczaili się, że taka właśnie jest zmieniona, lepsza Maggie.

◆ ◆ ◆

— Zanim dostaniesz swoją działkę, musisz się rozmówić ze mną. Tak to się tutaj toczy i nie ma znaczenia, kim jesteś — rzekł gniewnym głosem Ozzy.

Mężczyzna, z którym rozmawiał, zamierzał się odgryźć. Rozejrzał się wokół i roztropnie zrezygnował.

Ozzy był jednak pod wrażeniem: ten młokos naprawdę myślał o tym, by walczyć. Bardzo mu się to spodobało.

— Myślałem, że to cię nie zainteresuje, kolego.

Ozzy roześmiał się i pokręcił głową, jak gdyby rozmawiał z największym durniem na świecie. Niewykluczone, że Carl Waters był największym durniem na świecie.

— Nie bierz mnie za cipę — odparł charakterystycznym dla siebie głębokim, poważnym głosem. — Wiem, że obracasz się w dobrym towarzystwie, ale oni są tam, a ty tutaj. Jeszcze jeden taki numer i znajdziesz się w szpitalu.

Carl skinął głową, ale instynktownie wyczuł, że Ozzy nie będzie się mścił. Ozzy był realistą i na jego miejscu pewnie spróbowałby tego samego.

— Wybacz, Ozzy. Masz rację, palant ze mnie. Chciałem tylko trochę zarobić, to wszystko. Jeden koleś był chętny, żeby mi zapłacić.

Ozzy wyszczerzył zęby.

— Znajdziesz swoje miejsce w fachu, nie dyskutuję z tym. Ale będziesz handlował w moim imieniu i dbał o to, żebym miał się czego napić. Nie jesteśmy tacy zacofani, chociaż w oczach przybysza wyglądamy jak społeczeństwo feudalne. Chłopak nie spodziewał się, że pójdzie mu aż tak dobrze. Kilka minut później wyszedł z celi w radosnym nastroju. Ozzy wsunął tabletkę pod język i zadumał się. Chłopak miał doskonałe zadatki, a podłożył się dla pary beznadziejnych frajerów. Carl odwalił robotę z dwoma tak zwanymi gangsterami. Gliny dopadły ich, kiedy szykowali się do zmiany samochodów, ciuchów i podziału forsy. Później każdy miał pójść swoją drogą. Ktoś musiał ich podkablować, bo w przeciwnym razie skąd gliny wiedziałyby, gdzie miał się odbyć podział? Wszystko było nagrane i biedny chłopak padł ofiarą.

Złapano go, a on nie wsypał wspólników i dostał osiemnastkę. Całą młodość spędzi w pierdlu, a starsi, sprytniejsi „gangsterzy" będą dalej robili swoje.

To była rażąca niesprawiedliwość, ale chłopak mógł przydać się Ozzy'emu. Był młody, chętny do roboty i umiał trzymać gębę na kłódkę.

Ozzy chorował. Od pewnego czasu brał lekarstwa na serce i nie miał pewności, jak długo jeszcze przetrzyma. Postanowił, że w czasie następnej wizyty Jimmy'ego poważnie z nim porozmawia. Miał coraz mniej wigoru, a w tym środowisku oznaczało to, że żyje się w darowanym czasie.

Jego siostra Patricia wciąż z uśmiechem na ustach się puszczała, między innymi z Freddiem Jacksonem. Ozzy nie miał już do niej pełnego zaufania. Z upływem lat coraz mniej przebierała wśród kochanków, co martwiło Ozzy'ego.

On zaś miał dużo forsy i poważny biznes, który wymagał pieczołowitości. Teraz, kiedy zachorował, sprawa stała się pilna. Ciężko pracował na swoją fortunę i sprawiało mu to frajdę. Wielu ludzi traci z oczu cel, kiedy osiągają sukces, opuszcza ich głód. A szacunek dla pieniędzy jest nieodzownym warunkiem bogactwa. Wydawanie nigdy nie było najmocniejszą stroną Ozzy'ego. Często leżał w nocy z otwartymi oczyma i planował. Chciał przekazać majątek komuś takiemu jak on, kto mądrze go wykorzysta, kto zrozumie, ile kosztowało jego zdobycie.

Musiał zrobić porządek w swoim domu, a im prędzej to uczyni, tym lepiej.

Odwrócił raptownie głowę w stronę przenośnego telewizora, w którym właśnie zaczynał się odcinek serialu *Emmerdale*. Ozzy lubił patrzeć na szerokie przestrzenie, które ukazywały się na początku. Żałował, że nigdy nie pofatygował się do Dales w Yorkshire, kiedy był na wolności. Doliny wyglądały olśniewająco pięknie. Teraz mógł je oglądać tylko na ekranie telewizora.

Dziewczyny też prezentowały się niezgorzej, nie było to więc stracone pół godziny.

Ozzy chętnie powiedziałby współobywatelom, że choć jeżdżą do Hiszpanii, Ameryki i po całym świecie, nie znają własnego kraju. Irytowało go to, gdyż po latach uświadomił sobie, jaka piękna i zielona jest to kraina. Gdyby dostał szansę, by robić coś na wolności, wybrałby podróżowanie po Anglii. Ludzie przybywają z różnych stron, by w niej zamieszkać. Anglia jest dla nich przystanią i miejscem, w którym mogą się wybić. Dopiero po latach spędzonych w kryminale Ozzy zrozumiał, czym się kierują. Tak jak w starym przysłowiu: nie doceniasz tego, co masz, dopóki tego nie stracisz.

Można było to powiedzieć o wszystkich ludziach, z którymi od lat miał do czynienia.

Ozzy zamierzał spisać testament i wiedział, że wywoła nim burzę. Mówi się trudno.

◆ ◆ ◆

— Gdzie on jest?

Jackie była przerażona i to jeszcze bardziej denerwowało jej męża.

— Nie wiem, Freddie.

— A powinnaś! Niby za co bierzesz ode mnie forsę? Nawet nie umiesz zająć się małym Freddiem. Wiesz, że ma zakaz wychodzenia z domu w nocy, więc gdzie się, do kurwy nędzy, podziewa?

W tej chwili Jackie była gotowa obedrzeć syna ze skóry za to, że spowodował tę kłótnię. Freddie dał mu szlaban na wychodzenie z domu w nocy i w odróżnieniu od poprzednich prób okiełznania syna trzymał się tego i sprawdzał, czy jest w domu. Jackie to odpowiadało, bo spędzał więcej czasu z nią zamiast z innymi kobietami. Jednocześnie było to wyczerpujące nerwowo, gdyż mały Freddie uważał, że jest już wystarczająco dorosły i doświadczony, by nie traktowano go jak dziecko. Jego ojciec nie był człowiekiem, z którym można sobie żartować. Wiele razy próbowała mu to wyjaśnić, ale on nie chciał słuchać. Nigdy jej nie słuchał i na tym polegał problem. Stali naprzeciw siebie niczym przeciwnicy na ringu, gdy drzwi frontowe otwarły się i stanął w nich mały Freddie, emanując całą swoją arogancją. Był ogromny i podobny do ojca jak dwie krople wody, lecz w odróżnieniu od Freddiego seniora, który w jego wieku był zwyczajnym narwańcem, sprawiał prawdziwe kłopoty. Tylko Freddie umiał nad nim zapanować. Jackie wiedziała o tym i cieszyła się, że ktoś potrafi utrzymać go w ryzach, ale z drugiej strony nie mogła ścierpieć, kiedy na niego krzyczano lub oskarżano o cokolwiek.

Mały Freddie stanął przed rodzicami i głośno odchrząknął. Była to wykalkulowana niegrzeczność.

Freddie spojrzał na syna i po raz setny zadawał sobie pytanie, dlaczego zawraca sobie nim głowę. Jednak chłopak nie był zwykłym łobuzem — był niebezpiecznym łobuzem. A on ponosił za niego odpowiedzialność. Skierował palec w stronę juniora.

— Gdzieś ty, kurwa, był?

— Ale przecież już wrócił! — rzekła Jackie, chcąc rozładować napięcie. — Mówiłam ci, że zaraz przyjdzie.

Freddie odepchnął ją i spojrzał na syna.

— Może mi powiesz, że nie znasz się na zegarku? — spytał gniewnie.

Mały Freddie patrzył na ojca i choć widział jego złość, nie było w nim ani odrobiny strachu. Freddie wiedział, że chłopak pozwala sobie na zbyt wiele, i był zdeterminowany, by przywołać go do porządku za wszelką cenę.

Pytania i odpowiedzi padały błyskawicznie i żadna ze stron nie okazywała najmniejszego wahania.

— Pytałem, gdzie, kurwa, byłeś?

— Wyszedłem.

— Dokąd?

305

Chłopiec wzruszył ramionami.

— Z kolegami.

— Mają jakieś imiona?

— A twoi?

Pięść Freddiego spadła na szczękę syna tak szybko, że ten nie zdążył się odsunąć ani zasłonić. Nie spodziewał się ciosu i zdziwił się jeszcze bardziej, gdy ojciec uderzył jeszcze raz, a potem zaczął go zajadle okładać.

Mały Freddie przeleciał przez cały pokój i wylądował na kanapie, a ojciec rzucił się na niego z wyrazem twarzy, którego Jackie nienawidziła. Zaczęła wrzeszczeć jak wariatka. Nikomu nie wolno krzywdzić jej dziecka.

— Zostaw go!

Freddie złapał ją za ramiona i wypchnął z pokoju, a potem zamknął drzwi. Następnie kontynuował przesłuchanie, jak gdyby nic się nie stało.

— Z jakimi kolegami?

Syn spoglądał na niego z nieukrywaną nienawiścią, ale Freddie miał to w nosie. Chciał wiedzieć, gdzie chłopak się włóczył.

— Byłeś w metrze?

Oczy chłopaka się rozszerzyły i Freddie wiedział, że jego podejrzenia są słuszne. Poczuł się strasznie.

— A więc byłeś?

Mały Freddie pokręcił głową. Miał łzy w oczach.

— Nie, tato, to nie ja, to oni...

Patrząc na syna, Freddie zastanawiał się, czy nie powinien wyświadczyć światu przysługi i zetrzeć go z powierzchni ziemi.

♦ ♦ ♦

— Gdzie on jest, Jimmy?

Jimmy wyciągnął błagalnie ręce.

— A skąd mam wiedzieć? Jestem jego starym, czy co?

Pozostali mężczyźni siedzący w sali na zapleczu pubu wyraźnie usłyszeli gniew w jego głosie. Glenford, który zawsze występował w roli rozjemcy, rzekł rozsądnie:

— Wyluzuj, to tylko zwykłe spotkanie.

Amos Beardsley był zmieszany, bo zdał sobie sprawę, że

przeholował. Wszyscy wiedzieli, że Freddie to czubek, ale naprawdę trzeba się bać Jimmy'ego. On nie musiał się wściekać, żeby komuś zaszkodzić, wystarczyło, że miał powód. To coś zupełnie innego. Dla niego przemoc była ostatnim środkiem, a ten, kto mu podpadł, już siedział po uszy w gównie.

Zaczął jako słup Ozzy'ego, lecz teraz był prawdziwym szefem i tak jak o wszystkich, którzy zarobili masę forsy, usłyszano o nim dopiero wtedy, gdy było za późno. Zasłaniał się nazwiskami innych, a sam nigdy nie dostał nawet mandatu za parkowanie.

— Można się tu czegoś napić? — zapytał jowialnie Glenford. Wszyscy odetchnęli z ulgą. Nawet Jimmy, który wiedział, do czego zmierza przyjaciel. — Chodź, Glen, przyniesiemy parę butelek.

Wyszli z sali. Znalazłszy się w pobliżu baru, Jimmy rzekł:
— Powinienem sflekować tego piździelca.

Glenford zamówił drinki i wyprowadził Jimmy'ego na zewnątrz, gdzic otoczyło ich chłodne wieczorne powietrze.

— Daj spokój, musisz teraz zrobić wszystko, żeby ograniczyć straty. Freddie ich przekręcił. Ty wiesz, ja wiem i on sam wie, ale co najważniejsze, oni też wiedzą. Teraz musisz im dać ich dolę. Zrób to z szacunkiem, a odpuszczą. A później złap Freddiego za kołnierz i odczytaj mu regulamin, tak żeby zrozumiał raz na zawsze.

Jimmy milczał. Spokojne, wypowiedziane powoli, z zachodnioindyjskim akcentem słowa Glenforda przenikały do jego mózgu.

— Mówię serio, Jimmy. Na moje zarobki też to wpłynęło, wiesz o tym, i moi chłopcy są wściekli. Łączą was więzy krwi, nie trzeba nam tego tłumaczyć, ale to nie zdarza się pierwszy raz. Oni zwracają się do ciebie, bo do Freddiego nic nie dociera. A teraz jeszcze ich olał i nawet nie pojawił się na spotkaniu. To są Afrykanie, gówno ich obchodzi, kim on jest i dla kogo pracuje. Nie zapomną tego. A oni zarabiają, i to dobrze. Nie są ciężarem jak niektórzy, których nie będę wymieniał po nazwisku.

Jimmy spojrzał na przyjaciela. Glenford był prawdziwym przyjacielem. Jimmy darzył go uczuciem i było ono odwzajemnione. W ich świecie takie przyjaźnie trafiały się rzadko.

— Co ja mam z nim zrobić, Glen? On uważa się za istotę z innego wymiaru, myśli, że sam ustala dla siebie prawo.

Glenford pokazał w uśmiechu zęby ze szczerbą na przedzie. Ten uśmiech przez całe życie zapewniał mu kobiety i ich seksualne względy. Odpowiedział przyjacielowi z całkowitą szczerością:

— I tak właśnie jest, Jimmy. Ty sam się do tego przyłożyłeś. Bronisz go bez względu na wszystko, co robi. A ja powiem ci teraz coś, czego nie chciałbyś usłyszeć. On miesza cię z błotem, nawet przede mną próbował to robić. Wiele razy, a przecież wie, że jesteśmy ze sobą blisko. Po pijaku wychodzi z niego zdradziecki skurwiel i musisz go szybko okiełznać, bo jeśli nie, stracisz szacunek dla samego siebie i innych.

Jimmy wiedział to wszystko od dawna, ale nie przyjmował do wiadomości. Chciał wierzyć, że Freddie żyje według tych samych reguł co on, lecz w głębi serca wiedział, że kuzyn nie jest do tego zdolny. Freddie uważał, że stoi ponad wszystkimi, także nad nim.

Powinien go ostro opieprzyć, i to jak najszybciej, lecz bał się. Nie bał się Freddiego, ale wiedział po prostu, że będzie to między nimi koniec.

◆ ◆ ◆

— Przestań, Freddie! Zabijesz go!

Jackie wpadła do pokoju i próbowała odciągnąć męża od syna.

— Ty mały skurwysynie! Ty piździelcu!

Freddie aż pluł ze złości. Jackie wiedziała, że sprawa jest poważna, bo w przeciwnym razie tak by się nie zachowywał.

Wcisnęła się między nich.

— Niby co on takiego zrobił?

Mówiła takim tonem, jakby była pewna, że nic się nie stało, a Freddie przesadza. A przecież nie wyzywałby syna od piździelców bez powodu! Wszystko na nic. Póki była tam matka, mały Freddie czuł, że ma szansę.

Freddie odepchnął ją szorstko, lecz nawet jemu zrobiło się żal kobiety, która broni dziecka, swojego marzenia. Snu, który nigdy się nie ziścił.

Mały Freddie jej nienawidził. Mały Freddie nienawidził wszystkich.

Jackie, zapijaczona kretynka, naprawdę wierzyła, że mały Freddie jest zwykłym łobuziakiem i wszystko, co robi, to dziecięca zabawa. A przecież powinno już do niej dotrzeć, że to nieprawda, że chłopak nie jest normalny. W jego głowie coś jest poprzestawiane.

— No powiedz mi, co twoim zdaniem on zrobił tym razem.

Jackie otwarcie stawiała się mężowi, ale słyszał strach w jej głosie. Podejrzewała, że jej syn popełnił coś strasznego, i przeraziło ją, że się o tym dowie. Później jak zwykle będzie udawać, że to wina wszystkich, ale nie małego Freddiego.

— Nigdy nie dajesz mu szansy! — wrzeszczała na cały głos. — Zawsze podejrzewasz, że coś zbroił. Był ze mną przez cały dzień. I co na to powiesz?

Freddie pokręcił głową. Zawsze tak robił, gdy słyszał brednie Jackie.

— Idź się napić. Przyniosłem butelkę dobrej wódki, żebyś nie przeszkadzała mi, kiedy raz na zawsze będę się rozprawiał z tym małym cwelem.

— Ale niby co on zrobił?

Freddie postanowił jej powiedzieć. Rzucił syna na podłogę, nawet na niego nie patrząc. Potem wyprowadził żonę do kuchni, a raczej do miejsca, które uchodziło w ich domu za kuchnię.

— Nalej sobie dużego drinka, Jackie — rzekł poważnie. — Będzie ci potrzebny.

Jackie usiadła na najbliższym stołku i rozpłakała się. Freddie nalał jej solidną porcję wódki.

— Gwałt i rozbój. To na początek, kochanie. Wychowaliśmy sobie syna, nie ma co.

Jackie energicznie kręciła głową. Zaprzeczała, by coś takiego mogło się zdarzyć w ich rodzinie. Szlochała głośno, z przerażeniem w głosie. Freddie wiedział, że mimo iż zaprzecza, uwierzy we wszystko, co jej powie.

— Nie, mylisz się, nasz synek nie mógł tego zrobić, nasze dziecko...

Freddie podniósł ją ze stołka.

— Ona miała osiemdziesiąt lat — wyszeptał jej do ucha

z taką nienawiścią, że Jackie znów się przestraszyła. — Została okradziona i zgwałcona. Nie jest to pierwszy raz, kiedy zrobił coś takiego. Poprzednio popełniłem błąd i puściłem mu to płazem. Załatwiłem to za niego, bo tak się robi, kiedy chodzi o dzieci. Ale nie tym razem, to pierdolony zboczeniec, a ja nie będę na to przymykał oka. I lepiej się zamknij, bo ja cię zamknę raz na zawsze. On jest dziką bestią i trzeba zrobić z nim porządek!

Jackie zawodziła. Była w strzępach, a przy tym bała się, że Freddie mówi prawdę.

— Mylisz się, on jest tylko małym dzieckiem!

Po raz pierwszy od lat Freddie poczuł coś do żony. Jej lojalność wobec syna zrobiła na nim wrażenie. Gdyby mały Freddie obrabował bank albo kogoś zabił, mąż stanąłby u jej boku i kłamał razem z nią. Ale w tym wypadku chodziło o coś innego, o coś nienaturalnego. Było to bestialstwo, takie rzeczy robią cwele, którzy siedzą w oddziałach dla szczególnie niebezpiecznych przestępców. Takie postępki przerażały go, gdyż nie mieściły się w sferze jego pojmowania. A jeśli ludzie dowiedzą się, że ten seksualny maniak jest krwią z jego krwi?

— To była pani Caldwell, koleżanka twojej matki! Oni ją okradli, zgwałcili, a potem podpalili bezdomnego, który próbował ratować tę biedną starą krowę! I co na to powiesz?!

Jackie wpadła w histerię.

— Freddie by czegoś takiego nie zrobił, on nie jest taki. Mój synek taki nie jest... Przecież by po niego przyjechali, policja już by tu była!

Freddie westchnął.

— O pani Caldwell dowiedziałem się od gliniarza. Tak się szczęśliwie składa, że go opłacamy. Zawiadomił mnie, a ja musiałem mu odpalić porządną działkę, żeby ten pierdolony cwel nie trafił do kryminału. Czy teraz mi uwierzysz? Spuściłem mu wpierdol, bo nie mogę znieść myśli, że on coś takiego zrobił. I że ludzie się dowiedzą. Nawet to do ciebie nie dociera?

Mały Freddie leżał na sofie w pokoju stołowym i słuchał

kłótni rodziców. Z doświadczenia wiedział, że po jakimś czasie o nim zapomną. Nabroił, ale mimo że ojciec mu groził, nie odeśle go nigdzie. Da szlaban, będzie pilnował i wprowadzi następną godzinę policyjną.

A potem wszystko przyschnie. Ten, który go spłodził, znajdzie sobie inne zajęcia, a matka będzie go wypuszczać i łgać w jego obronie jak zawsze.

W sumie mu się upiekło.

Jackie weszła do salonu i uścisnęła lekko swojego synka. Zrozumiała, o czym mówił mąż, ale bez względu na to, co mówił, ona nigdzie go nie odda. Bo chłopiec nie jest zły. Gdyby tylko Freddie umiał spojrzeć na niego tak jak ona. Był tylko dzieckiem, ale ponieważ wyrósł ponad swój wiek, ludzie uważali go za starszego i próbowali traktować jak dorosłego. A on jest tylko dzieckiem, Freddie jest dla niego zbyt surowy.

Wszyscy byli przeciwko nim, od samego początku Jackie opierała się przeciwko jakiejkolwiek pomocy. Freddie był dzieckiem, a ponieważ nazywał się Jackson, ludzie się go czepiali i odtrącali. Gliny i sądy go nienawidziły, pracownicy opieki społecznej patrzyli na nią jak na śmiecia! To oni są wszystkiemu winni. Freddie był jej ostatnim dzieckiem i ona nie pozwoli, żeby ktokolwiek mówił jej, że jest zły.

Miał złych kolegów, a ponieważ był duży, zapamiętywano go bardziej niż ich. Łatwo ulegał wpływom i tylko na tym polegała jego wina. A oni chcą go oddać do jakiejś parszywej placówki opiekuńczej, do poprawczaka. Nie dopuści do tego, póki starczy jej tchu. Będzie walczyła o dziecko, zatrzyma go w domu. Nikt go nie zabierze.

W gruncie rzeczy wiedziała, że to wszystko nieprawda, że nazwisko Jackson chroni chłopca, ale tylko w taki sposób umiała radzić sobie z problemami syna.

Była wdzięczna Freddiemu za to, że przyniósł wódkę, choć z drugiej strony pokazywało to, jak bardzo uległa nałogowi. Lecz tak jak zawsze wyrzuciła z głowy to co złe, otumaniła się wódką i zapomniała o wszystkim, co zakłócało jej spokój i samopoczucie.

Freddie wyszedł z domu, a ona się z tego ucieszyła. Przez tyle lat chciała, żeby był w domu, ale teraz jej nie zależało.

Mały Freddie siedział obok niej i przytulał się, nie potrzebowała nikogo więcej. Był jej życiem i nikt go jej nie odbierze. Upiwszy się na umór, raz po raz powtarzała to małemu Freddiemu.

◆ ◆ ◆

Maggie leżała na łóżku z synem. Jimmy spał w jej ramionach, a ona dziwiła się, że ma dla niego tyle miłości. Patrząc na niego, zastanawiała się, jak mogła pozwolić, by Freddie dyktował jej uczucia wobec kogoś tak cennego, kogoś, kto wyszedł z jej ciała. Był w połowie nią, a ona pozwoliła, by jej nienawiść do Freddiego weszła między nią a dziecko.

Jej dziecko.

Od dnia, w którym postawiła się Freddiemu, czuła się znacznie lepiej. Czuła, że odzyskała siłę. Tak uważała, choć to wyrażenie ją irytowało, zwłaszcza gdy słyszała je w telewizyjnych programach z ust idiotów, którzy nie mają najmniejszego pojęcia o problemach kobiet. Ona wiedziała, czym jest prawdziwa władza nad kimś. Bardzo długo żyła z tą świadomością dzień po dniu.

Freddie miał nad nią władzę, bo bała się, że powie żonie, co się stało, a Jackie obarczy ją winą. Jackie nigdy nie przyznałaby, że jej mąż jest zdolny do tego, by zgwałcić jej siostrę.

Właśnie reakcji Jackie bała się najbardziej.

Bała się również tego, że Freddie powie jej mężowi i wszystkim znajomym ludziom, że ona poszła z nim do łóżka, a ci uwierzą, że zrobiła to z wyboru. Teraz, po tak długim czasie rozumiała, że nikomu nawet nie przeszłoby przez myśl, że mogłaby go dotknąć.

Była szczęśliwa, w każdym razie szczęśliwsza niż kiedykolwiek od lat.

Widok Kimberley w szpitalu tamtej nocy i Jackie, pijanej i tchórzliwej, pozwolił Maggie zrozumieć własne lęki i problemy.

Powiedziała Jackie, że dałaby jej wycisk, i to też był ważny krok. Starsza siostra zawsze miała nad nią przewagę, dyktowała warunki, pomiatała nią i obrażała. A Maggie traktowała siostrę jak bóstwo, podczas gdy ta była pijaczką. Złośliwą, podstępną, zapijaczoną manipulatorką, do której z jakiegoś powodu zawsze żywiła silne i prawdziwe uczucie. I zakładała, że jest ono odwzajemnione. Teraz nie była już tego pewna. Wiedziała, że Jackie oczernia ją przed koleżankami i obgaduje nawet w gronie rodziny.

Jakiś czas temu Maggie uświadomiła sobie, że bez względu na to, co stanie się między nią a Jackie, nie utraci miłości siostrzenic. Przygarnęła je wiele lat temu, a one pokochały ją i jej potrzebowały. I zostaną z nią niezależnie od tego, czy ona będzie rozmawiać z Jackie, czy nie.

Powiedziała więc wreszcie siostrze, co o niej myśli, a po powrocie do domu zastała Freddiego w swoim domu. Znów próbował wedrzeć się do jej świadomości, a co gorsza, w jej prawdziwe życie z mężem.

Siedział sobie z jej mężczyzną jak gdyby nigdy nic i Maggie poczuła, że ma dość. Chciała, żeby powiedział Jimmy'emu, co się stało. Bardzo tego chciała. Dostawała już mdłości od tego, że chroni tych, którzy nie zasługują na jej ochronę i opiekę.

Nawet gdyby nigdy więcej nie ujrzała Jackie, miałaby to gdzieś. Po raz pierwszy od lat poczuła się wolna, nieskrępowana i obojętna wobec tych, którzy mogliby ją zranić, gdyby coś się wydało.

Do diabła z nimi wszystkimi, Jimmy'ego nie wyłączając. Właśnie świadomość, że nie dba o jego reakcję, sprawiła, że wszystko stało się łatwiejsze. Jimmy był tym, którego starała się chronić, a to właśnie on był najsilniejszy ze wszystkich.

Rzuciła Freddiemu wyzwanie, a on się wycofał. Tak odzyskała siłę.

Teraz była szczęśliwa. Kochała dziecko, zawsze je kochała — w każdym razie tę jego część, która była jej, ale przez Freddiego czuła się winna z powodu okoliczności jego poczęcia i trudno jej było patrzeć na Jimmy'ego w roli ojca. A ponieważ bardzo go kochała, bała się, że Freddie ujawni tajemnicę tylko po to, by zamącić. I dać jej nauczkę.

Lecz tego dnia odkryła, że obawia się Jimmy'ego, że się go boi. I wreszcie odkryła, że to on jest przyczyną jej stanu.

Nie wszystko wróciło do normy, ale Maggie starała się, by sprawy toczyły się swoim torem. Gdyby tylko Freddie zostawił ich w spokoju, ich życie byłoby o wiele lepsze. Co zrobiłyby bez Maggie jej siostrzenice? Freddie nawet nie interesował się ślubem Roxanny. Znalazła świetnego chłopaka z ich środowiska, a jego w ogóle to nie obchodziło. Jackie też miała córki w nosie. Kimberley uwolniła się od nałogu. Maggie pomogła jej znaleźć mieszkanie, lecz ani Jackie, ani Freddie nie pofatygowali się, żeby je zobaczyć, co bardzo dotknęło dziewczynę. Maggie wiedziała, jak Kimberley się czuje. Wiedziała, jak to jest, kiedy się kogoś zawodzi, ale tak naprawdę, oni zawiedli samych siebie, a Kim lepiej radziła sobie bez nich. To samo dotyczyło pozostałych córek. Nawet Dianna, która spotyka się z jednym gówniarzem, odejdzie, zanim się spostrzegą. Nie obchodziło to ani Jackie, ani Freddiego, ale kiedy Freddie dowie się, kim jest ten chłopak, rozpęta trzecią wojnę światową.

Dlaczego jeden człowiek ma tyle władzy? Czemu wszyscy ułatwiają mu życie, skoro on ich wykorzystuje? Jackie była dokładnie taka sama, zadufana w sobie bez granic.

Maggie powiedziała Jimmy'emu, że to on wypłaca pensje, nie Freddie, a mimo to mu się podlizuje. Wiedziała, że go to dotknęło, że było to prowokacyjne. Za kogo uważa się Freddie Jackson? — powtarzała. Kto dał mu prawo traktować w ten sposób ludzi, między innymi jej męża?

Spierali się o to poprzedniego dnia. Jimmy powiedział, że Freddie dalej kantuje na forsie. Jakby to była nowość. Po tylu latach wciąż zdzierał drobniaki z zakichanych dresiarzy.

— Sam dałeś mu władzę — zauważyła Maggie — i dopóki mu jej nie odbierzesz, zawsze będzie bruździł.

Teraz od niej zależało życie jego córek. Chciała im pomóc, bo je kochała. Wiedziała, że tak jak jej mały synek w połowie są z niego, a ich druga połowa nie ma nic wspólnego z Freddiem i jego życiem.

W dodatku mały Freddie był potworny i Maggie wiedziała, że żyje na kredyt. Pilnowała, żeby jej syn nigdy nie przebywał z nim długo i nigdy nie zostawał z nim sam na sam.

Gdyby to od niej zależało, bez chwili wahania zerwałaby z Freddiem i z Jackie. Po prostu nie byli warci nerwów. Jimmy junior otworzył oczy. Maggie uśmiechnęła się do niego. Pocałowała go w śliczną buzię, a potem zaczęła łaskotać. Po chwili malec piszczał ze śmiechu.

To było teraz jej życie, ten chłopiec, jej synek. Maggie postanowiła uczynić wszystko, by jego życie było najlepsze, jakie można sobie wymarzyć.

Rozdział dwudziesty pierwszy

— Mam zajebiście dużo na głowie, Jimmy.

To było jasne: Jimmy uważał, że Freddie robi sobie z niego jaja.

— Ty masz zajebiście dużo na głowie? — zapytał drwiąco. — Ja mam Amosa, Glenforda i całą bandę. To było jak Black and White Minstrel Show; to ty nazwałeś tak spotkanie, jeśli dobrze pamiętam, a nie ja. Zgadza się? Spotkanie, na którym powinieneś się gęsto tłumaczyć. Coś ci to, kurwa, mówi?

Wrogość i sarkazm Jimmy'ego były tak wyraźne, że Freddiemu odebrało mowę. Jimmy nigdy nie szydził, nigdy nie tracił panowania nad sobą, to była działka Freddiego. To on był czarną owcą, tym, z którym nie wiadomo, jak postępować. On, nie Jimmy. Jimmy był tym spokojnym, zakichanym mózgiem operacji. Tak w każdym razie wynikało z pogłosek.

— Dzięki tobie wyszedłem na fiuta. Ale na tym koniec, Freddie. Od tej pory możesz opierdalać się na własną rękę, mówię poważnie.

Jimmy zapalił papierosa i głęboko się zaciągnął.

— Ale gówno, czemu ludzie to kupują?! — Zgasił papierosa i znalazł na biurku inną paczkę. Pierwszy pochodził z przemytu z Chin. Wyglądały jak benson & hedges, były w takim samym opakowaniu i miały takie samo ostrzeżenie zdrowotne. Robiono je jednak w Chinach i sprzedawano w Anglii za ułamek ceny oryginału. Tytoń był tani, produkcja nie nastręczała żadnych trudności i sprzedawały się jak świeże bułeczki dzięki polityce Gordona Browna, który postanowił uczynić z palaczy elitę. Jimmy potrafił odróżnić dobrą fajkę od podróbek, których nie cierpiał.

Zapalił papierosa, nie przestając okazywać złości.

— Przyjrzałem się sprawie Amosa i innych i uważam, że mieli rację. Czemu mieliby się godzić na to, że z nich zdzierasz? Kim ty niby jesteś, że ci wolno? Kto dał ci prawo ich przekręcać, skoro oni zarabiają na życie tak samo jak my?

Freddie nie mógł wyjść ze zdumienia. Jimmy zawsze starał się szanować jego uczucia, choć on nie zawsze odpłacał mu tym samym.

— Mały Freddie wpakował się w tarapaty...

Jimmy machnął lekceważąco ręką.

— Nie pieprz. Będzie miał kłopoty przez całe życie: jaki ojciec, taki syn. Zostawiłeś mnie z tymi ludźmi, a ja musiałem sterczeć jak ten kutas. Mam tego dosyć, słyszysz? Tylko tyle dzieli nas od rozejścia się na dobre. — Pokazał palcami odległość dwóch centymetrów. — Ty pieprzony tani cwelu. Musiałem całować ich w tyłki z powodu dwudziestu kawałków! Orżnięto ich na dwadzieścia patoli, i to nie pierwszy raz, zgadza się? Jezu Chryste, Ozzy zna cię na wylot!

Freddie nigdy nie widział Jimmy'ego tak wkurzonego, tak otwarcie wyrażającego złość. On zawsze myślał, zanim coś powiedział, nawet kiedy był wściekły. Freddie wiedział, że to oznacza, że Jimmy jest gotów go za chwilę wywalić.

Patrzył, jak Jimmy krąży po gabinecie. Potężne ramiona i napięte ciało świadczyły o tym, że umie zadbać o swoje sprawy. I rzeczywiście tak było. Umiał także zająć się tymi, którzy go otaczali, i to była gorsza strona medalu.

Freddie wreszcie godził się z faktem, że Jimmy jest od niego lepszy, ale było za późno. Doprowadził Jimmy'ego do ostateczności i rozumiał, że teraz musi milczeć, pozwolić mu wyrzucić z siebie złość.

— Odpaliłem im działkę, niech cię o to głowa nie boli. Oddałem im kasę, postawiłem drinka. Kosztujesz mnie fortunę, a ja nie mogę pojąć, co się dzieje z twoją forsą! Nie masz nawet porządnych ciuchów. Wszystko idzie w diabły. Inkasujesz kupę

317

forsy i wszystko rozpieprzasz. Okradasz moich pracowników, którzy zarabiają ułamek tego co ty, więc chcę wiedzieć, co, do kurwy nędzy, dzieje się z tą kasą?!

Freddie nie odpowiedział, tylko wzruszył nonszalancko ramionami.

Jimmy westchnął. Tak zachowywał się starszy kuzyn, którego zawsze kochał i którego kiedyś czcił. Teraz widział przed sobą zwalistego typa z piwnym brzuchem, rozlazłego, który szybko się starzał. Nie potrafił zrozumieć, co dzieje się w jego głowie, co go kręci. A co najgorsze, przestało go to obchodzić.

Maggie miała rację. Dźwigał Freddiego na swoich barkach przez tyle lat z poczucia winy, lecz gdyby Ozzy chciał powierzyć Freddiemu interesy, zrobiłby to. On jednak tego nie uczynił: przekazał pieczę nad nimi Jimmy'emu i teraz należało w końcu dobitnie to powiedzieć. Freddiemu zdawało się, że został wyrolowany, ale to Ozzy zdecydował, że Jimmy będzie głównym rozgrywającym, więc to, co myślał Freddie, nie miało najmniejszego znaczenia.

Obaj żyli w świecie Ozzy'ego. To Ozzy zawsze pociągał za sznurki i to on dał Jimmy'emu najważniejsze atuty. Ozzy był numerem jeden i im prędzej Freddie to pojmie, tym prędzej będą mogli wrócić do normalnego życia.

Był kulą u nogi. Maggie miała rację jeszcze w jednym: Freddie był krewnym Jimmy'ego, lecz to nie dawało mu żadnych forów u Ozzy'ego.

Jimmy był tego świadomy, a wydarzenia ostatnich dni potwierdziły słowa żony. Teraz żałował, że już przed laty nie postawił sprawy jasno.

— Wypadasz z gry, Freddie, nie będziesz już niczym rządził. Od tej chwili dostajesz wypłatę i zajmujesz się ściąganiem forsy. Ze wszystkim innym możesz się pożegnać do czasu, aż pokażesz mi, że można ci ufać.

Freddiemu zdawało się, że nie dosłyszał.

— Że co? Ja mam zbierać?

Jimmy skinął głową i Freddie uświadomił sobie, jak daleko zaszedł jego mały kuzyn. To on został namaszczony. Wyglądał jak szef, miał poparcie Ozzy'ego i wszystkich jego współpracowników. Freddie wiedział, że Jimmy na to wszystko zasłużył, jednak ta świadomość wcale nie ułatwiała mu życia. Teraz na serio rozważał przydzielenie do ściągania Freddiego, jakby miał do czynienia z nikim, ze zwykłym dresiarzem. To było straszne, wręcz niewiarygodne. Ale od dawna się na to zanosiło. Gdyby sytuacja była odwrotna, Jimmy już dawno by wyleciał.

— Nie rób tego, Jimmy. Jeśli poniżysz mnie przed wszystkimi, między nami koniec.

Jimmy spojrzał mu w twarz. Zobaczył niepewność i nienawiść. Nagle znów zobaczył mężczyznę, którego przed laty tak bardzo podziwiał.

Nie mógł mu tego zrobić.

Wiedział, że powinien go wykluczyć, bo skłonność Freddiego do kłopotów pewnego dnia doprowadzi ich do upadku. Nie mógł jednak odebrać Freddiemu jedynej rzeczy, która sprawiała mu radość. Praca dla Ozzy'ego i przekonanie, że on i Jimmy są równi, czyniła jego życie znośnym, lecz jednocześnie go unieszczęśliwiała. On wie, musi wiedzieć, że nie jest prawdziwym wspólnikiem. Mimo wszystko, mimo tego, co się stało, Jimmy nie mógł zmusić się, by zniszczyć Freddiego. Kochał go, choć od tylu lat go nie lubił.

— Słuchaj uważnie, Freddie. Dam ci ostatnią, zasraną szansę, a jeśli jeszcze raz przyjdzie ci do głowy, żeby kogoś orżnąć, na przykład mnie, wylatujesz na zbity pysk. Słyszysz? Nie da się opowiedzieć, ile mi namąciłeś przez te wszystkie lata. Musiałem ugadywać Ozzy'ego, łgać i kłócić się z nim o ciebie. Uważasz mnie za uzurpatora, ale to Ozzy wybrał mnie na pośrednika. Ty straciłeś szansę wiele lat temu.

Freddie milczał i słuchał. Jimmy wiedział, że musi to powiedzieć teraz, gdy Freddie okazuje chęć, by go wysłuchać.

— Ozzy wie o wszystkim. Ma lepszą sieć informacyjną niż Bill Gates i papież razem wzięci, wszystko do niego dociera. Wie o dziwce, którą udusiłeś. Wie nawet o tym, że wychowywała twoje dziecko, choć ja mu o tym nie powiedziałem. Myślisz, że specjalnie cię pogrążyłem i odebrałem to, co ci się należało. Wiem, co o mnie wygadujesz w pubach i klubach, ludzie na wyścigi opowiadają mi, jak mieszasz mnie z błotem. Przełykałem to, bo jesteśmy rodziną. Ale to musi się skończyć.

Freddie westchnął ciężko, nadymając policzki jak dzieciak i wypuszczając głośno powietrze.

— No to mi się dostało, co?

Jimmy zdusił w sobie chęć, by trzasnąć go w pysk. Pokręcił powoli głową.

— Nie mogę tak dłużej, Freddie — rzekł z desperacją w głosie. — Od lat dźwigam cię na barkach. Ty myślisz inaczej, ale zapewniam cię, że taka jest prawda. Robiłem wszystko, żebyśmy byli równymi wspólnikami, ale to już nie jest możliwe. Nie można ci ufać. Od śmierci Lenny'ego przestałeś być wiarygodny. Twój brak opanowania i nieostrożność ściągną nam gliny na kark, jeśli nie będziesz uważał. Do tej pory miałeś szczęście, a ja musiałem wkroczyć parę razy, żebyś nie wpadł, ale twój ostatni numer mnie wykończył. Wystawiłeś mnie publicznie jak cipę. Ani telefonu, ani informacji, nic. Jak jeszcze raz weźmiesz choć jedną działkę, jak zaginie chociaż jeden funt, przysięgam na życie mojego dziecka, że załatwię cię własnymi rękami.

Freddie wstał i patrzył na Jimmy'ego. Jedyną rzeczą, która przemawiała na jego korzyść, było to, że wiedział, kiedy jest pokonany. Będzie czekał i obserwował, a kiedy nadejdzie właściwy czas, uderzy. Wiedział, że Jimmy ma prawo mówić to, co mówi. Miał świadomość, że jest zbędną ozdobą: tę informację Jimmy włoczył mu do głowy. Był zwykłym mięśniakiem uważającym się za wspólnika, lecz teraz poznał prawdę. Będzie trzymał głowę nisko, a tyłek wysoko, jak mawiali dokerzy. Znaczyło to, że będzie odwalał swoją robotę i nic ponadto. Jego matka mawiała zaś, że pan Bóg spłaca długi, nie używając banknotów.

◆ ◆ ◆

Dianna wyglądała zabójczo. Była drobną, szczupłą dziewczyną i miała jędrne piersi. Gęste brązowe włosy wieńczyły jej urodę i budziły zazdrość wszystkich kobiet.

W krótkiej czarnej sukience wyglądała na starszą i bardziej wyrafinowaną, a właśnie o to jej chodziło.

Była także bardzo ładna i wiedziała, jak się najkorzystniej pokazać. Zawdzięczała to Maggie, która zatrudniała siostrzenice, gdy pozwalał na to ich wiek lub gdy wyrzucano je ze szkoły. Czasem wątpiła, czy dałyby sobie bez niej radę. Zawsze pilnowała, żeby miały wszystkie potrzebne rzeczy, takie jak tampony czy dezodoranty, na które ich matka nie zamierzała marnować pieniędzy. Maggie wiedziała, jak ważne są takie sprawy dla młodych dziewcząt, zwłaszcza że Jackie nawet pasty do zębów nie uważała za rzecz nieodzowną. Maggie przynosiła ją, jak i te inne drobne i niezbędne rzeczy, dzięki którym mogły czuć się dobrze.

Dianna siedziała w pubie w Bow odstrzelona na zabój. Maggie tak powiedziała, rozśmieszając siostrzenicę. Czekała na mężczyznę, który oczarował ją tak, że nie mogła jeść, spać ani się skoncentrować. Bez przerwy o nim rozmyślała. Czuła się tak, jak gdyby przed jego pojawieniem się jej życie trwało w zawieszeniu. Dopiero kiedy go poznała, zrozumiała, w jakim celu przyszła na świat.

Wszystkie siostrzenice Maggie zostały wychowane na katoliczki. Ich matka dopilnowała, żeby otrzymały chrzest, przystąpiły do pierwszej komunii i bierzmowania. Dianna wiedziała, że stało się tak głównie za sprawą dziadków, lecz mimo to wciąż chodziła na mszę i wierzyła w Boga. Jednak dopiero Terry Baker sprawił, że zrozumiała sens i wagę sakramentów. Oraz miłość. Wreszcie pojęła, dlaczego miłość jest tak ważna. Przez całe życie patrzyła na małżeństwo rodziców. Matka po pijanemu powtarzała im, że kocha męża i że w oczach Boga stanowią jedność. Dianna jednak zawsze myślała, że Bóg się nimi nie interesuje, że nie są godni jego uwagi. Teraz nie była już tego pewna. Wiedziała, że jeśli wyjdzie za Terry'ego Bakera w Kościele katolickim, stanie się taka jak matka. Nic nie zmusi jej, by od niego odeszła.

Już zaczynała jej kiełkować myśl, że została wystawiona, gdy Terry wpadł do pubu, rozsiewając zapach testosteronu i drogiej wody po goleniu. Wystarczył jeden uśmiech i Dianna leżała u jego stóp.

♦ ♦ ♦

Jackie próbowała wzniecić w sobie choć odrobinę entuzjazmu z powodu ślubu córki, ale przychodziło jej to z trudem. Roxanna powtarzała w kółko to samo i Jackie miała ochotę wrzasnąć na nią, żeby zaczęła mówić do rzeczy. Jednak zmilczała. Obserwowała Maggie, która omawiała wszystko w najdrobniejszych szczegółach, i dziwiła się, że młodszą siostrę może to interesować.

Roxanna nie miała pojęcia o życiu. Każdy, kto jest przy zdrowych zmysłach i wie, jak wyglądali Jackie z Freddiem, zmykałby, gdzie pieprz rośnie. Ale jej córek to nie dotyczyło. Wydawało im się, że ich małżeństwa będą usłane różami, tak jak małżeństwo Maggie i Jimmy'ego.

Najbardziej wkurzało ją to, że za sprawą Maggie będzie musiała się odstawić i wybrać na ślub, czy jej się to podoba, czy nie. Wcale nie chciała oglądać ślubu córki, ale martwiła się o małego Freddiego. Roxanna zakazała mu wstępu, powiedziała, że nie będzie żadnych dzieci, nawet jej brata. Rzecz jasna, miała na myśli właśnie jego.

Wydała na świat podstępne, zdradzieckie suki. Wszystkie takie były, nawet Kimberley. Ta mała krowa nigdy nie zajrzała, żeby zobaczyć, jak się miewa rodzina. Gdyby nie Roxanna i Maggie, nie wiedziałaby nic. Kiedy już dzwoniła, gadała tylko o odwyku i swoim nowym życiu.

O co był ten cały hałas?

Roxanna już wyrwała się z rąk Jackie, Dianna za chwilę zrobi to samo. Po raz pierwszy od lat Jackie będzie miała własne życie.

Rozkoszowała się myślą, że zostanie sama z synem. Mały Freddie był taki sam jak ojciec, więc jeśli nie może mieć na stałe Freddiego, zadowoli się jego następcą. Mogą sobie mówić o nim, co chcą, a ona jest jego matką i zna go najlepiej. Kiedy córki odejdą z domu, poświęci mu cały swój czas. Właśnie tego potrzebował mały Freddie: żeby ktoś poświęcił mu życie.

Freddie senior próbuje mu pomóc, ona też się postara. Wspólnie uczynią z niego zwykłego szczęśliwego chłopca.

◆ ◆ ◆

Freddie był bardzo pijany, a poza tym wciąż nie mógł się otrząsnąć po tym, co zdarzyło się wcześniej. Jimmy też przyszedł, ale tylko z obowiązku, a nie dlatego, że chciał. To miał być publiczny pokaz jedności, nie tylko wobec siebie wzajem, lecz także tych, z którymi na co dzień współpracowali. Chodziło o zminimalizowanie strat, a Jimmy chciał również pokazać wspólnikowi, że mu wybacza.

Ale Freddiego gówno to obchodziło. On trzymał w tej chwili wszystkie karty w ręku i mógł w jednej chwili zniszczyć Jimmy'ego.

Freddie naprawdę się urżnął, lecz pamiętał, że nie wolno mu powiedzieć czegokolwiek, co ściągnęłoby na jego głowę gniew młodszego wspólnika. Po latach musiał wreszcie przyznać przed sobą, że Jimmy wszystko sobie zaklepał. A mimo to istniało coś, o czym Jimmy nie wiedział.

Uśmiechnął się na tę myśl. Gdyby się dowiedział, rozpętałby piekło, którego echa nie ucichłyby przez lata. Freddie czuł się o wiele lepiej, przypominając sobie, ile mógłby zepsuć, gdyby tylko zechciał.

To była kusząca perspektywa. Ale nie zrobi tego. Nie dzisiaj. Jeszcze trzeba poczekać. Potrzebował tej tajemnicy, gdyż świadomość, że może rozwalić na kawałki cały świat Jimmy'ego, uprzyjemniała mu życie.

A najgorsze, że choć Jimmy grał fair, tym razem wyjątkowo Freddie wystawił go ze słusznych powodów: z powodu syna, a nie dlatego, że nie chciało mu się przyjść na spotkanie.

Wiedział jednak, że to nie jest odpowiednia chwila, by powiedzieć Jimmy'emu o swoim synu. Żałował, że nie pozwolił zabrać go do poprawczaka, ale wiedział, że gdyby oskarżono go o tak straszną zbrodnię, Jackie by tego nie przeżyła. I prawdę powiedziawszy, on także.

Przez pewien czas bardzo się niepokoił, bo wydawało się, że nie uda mu się załatwić tej sprawy. Nie zamierzał jej załatwiać, ale więzy krwi mają swoją siłę. Jimmy także to dzisiaj zademonstrował.

— Napijmy się jeszcze, Freddie.

Jimmy był taki zadowolony z siebie i taki nudny, że Freddie miał ochotę rozwalić mu kufel na gębie. Ale zamiast tego uśmiechnął się.

— Ja stawiam. Teraz moja kolejka, stary.

◆ ◆ ◆

— Idź już do domu, proszę cię.

Mały Freddie uśmiechnął się do babci. Potrafił być równie czarujący jak ojciec, ale Maddie nie dała się nabrać.

— Chciałem tylko porozmawiać. Opowiedz mi o dziadku.

Maddie popatrzyła na chłopca, którego uwielbiała jako dziecko, ale który — z czego szybko zdała sobie sprawę — miał zaburzenia. Był taki jak ojciec, jak Freddie. Kiedyś uznałaby to za szczyt szczęścia, teraz jednak traktowała to jako defekt. Patrzyła na chłopca jak na bombę z opóźnionym zapłonem. Jego ojciec był światłem jej życia, ale to się zmieniło. Wiedziała o nim za dużo i pewnego dnia wszystko mu powie.

Do tej chwili będzie starała się, żeby jej życie i życie ludzi, którzy ją otaczali, było znośne. Lecz ten chłopiec, to wyrośnięte dziecko, przerażał ją. Był taki sam jak Freddie w jego wieku, a wtedy ona chuchała na niego tak samo jak Jackie chucha na swojego syna. Widziała w małym Freddiem coś, czego nigdy w nim nie było. Wymyśliła sobie syna, stworzyła go w swojej głowie, uczyniła takim, jakim chciała, żeby był. A teraz ona musi za to płacić.

— Babciu, pozwól mi trochę zostać, proszę.

Mały Freddie patrzył błagalnie na babkę. Pewnego dnia oszuka tym spojrzeniem wielu ludzi. Teraz manipulował nią, wykorzystując urodę, by dostać to, czego chciał.

— Idź do domu, powiedziałam.

— Babciu, proszę. Chcę tylko z tobą posiedzieć.

— A ja chcę, żebyś poszedł do domu.

Powiedziała to stanowczym tonem, który uprzytomnił Freddiemu, że nic nie zyska. W domu nie spuszczano z niego oka, a u babki miał odrobinę luzu. Poza tym naprawdę chciał dowiedzieć się czegoś o dziadku. Chciał posłuchać o jego samobójstwie, życiu i sławie zabijaki. Słyszał o tym od innych, ale babka była najlepszym źródłem. Mogła powiedzieć mu wszystko, co chciał wiedzieć.

— Idź już, dziecko, i zostaw mnie w spokoju.

Freddie nie zdołał zapanować nad złością i rąbnął ją w klatkę piersiową.

— Ty pierdolona stara zdziro! Kto by chciał siedzieć z taką staruchą?!

Maddie westchnęła i odparła, nie podnosząc głosu:

— Odejdź i daj mi spokój, bo zadzwonię do ojca.

Groźba interwencji ojca zrobiła swoje. Mały Freddie wyszedł.

♦ ♦ ♦

Lena i Joe zaśmiewali się z psikusów małego Jimmy'ego. Maggie zostawiła go u nich, bo musiała pracować do późna w salonie w Leigh-on-Sea.

Babcia kochała Jimmy'ego. Wszyscy go kochali, bo był uroczy.

— Tak się martwiłam o moją małą córeczkę. Teraz kiedy patrzę na nich razem, czuję się tak, jakbym wygrała na loterii.

— Wiem, skarbie. Zawsze mówiłem, że wszystko ułoży się samo we właściwym czasie.

Lena skinęła głową.

— Chcesz jeszcze herbaty?

— Czemu nie? — odparł z uśmiechem Joe. — I zrób czekolady mojemu małemu koledze, on za nią przepada.

Dziadek posadził Jimmy'ego na kolanach. Lena westchnęła z ulgą.

Postawiła czajnik na kuchence, przygotowała kubki i zrobiła wnukowi czekoladę. Wiedziała, że uwielbia czekoladę, wszak spędzał u niej pół życia. Maggie długo trzymała go na dystans i zostawiała pod byle pozorem, więc babcia znała wnuka lepiej niż ktokolwiek.

Często przychodziło jej do głowy, że zachowanie Maggie jest nienaturalne. Przez lata nie traktowała syna we właściwy sposób. Spełniała wszystkie obowiązki, lecz robiła to tak, jakby nie był naprawdę jej dzieckiem, jak gdyby należał do kogoś innego, a ona musiała się nim zajmować. Jak gdyby był dla niej kimś obcym. Tylko w ten sposób Lena potrafiła sobie wytłumaczyć jej zachowanie.

Teraz jednak Maggie znów była sobą i Lena dziękowała Bogu za każdy dzień życia. W końcu stała się prawdziwą matką i dziecko miało się doskonale.

Rozległo się pukanie do drzwi. Lena otworzyła i zobaczyła małego Freddiego.

— Cześć, kolego. A co ty tutaj robisz?

Freddie posłał słodki uśmiech, którym czarował jak na zawołanie.

— Chciałem cię tylko zobaczyć, babciu. Mogę wejść?

Otworzyła szeroko drzwi, a Freddie błyskawicznie prześliznął się obok niej.

Lena złapała go za kurtkę i odwróciła twarzą do siebie.

— Spróbuj którejś ze swoich sztuczek, a rozwalę ci łeb. Zrozumiano?

Freddie spojrzał jej w oczy.

— Jasne.

Tych dwoje rozumiało się doskonale.

♦ ♦ ♦

— Uważasz, że Freddie dobrze to przyjął?

Jimmy wzruszył ramionami.

— Nie wiem, ale dałem mu ostrzeżenie. Jest na okresie próbnym i nawet on to rozumie.

Glenford skinął głową.

— To niebezpieczny skurwiel.

— Wiem, stary, wygłaszasz kazanie nawróconemu. Już się go nie boję. Bałem się go kiedyś, jak byłem młody. To przeszłość i on o tym wie. Nie mogłem mu tylko wbić do łba, że zrobił coś strasznego. On nadal uważa, że nic wielkiego się nie stało.

Twarz Glenforda wyrażała zatroskanie.

— Będziesz tego żałował. Położyłeś sobie żmiję na piersi, a ona ukąsi cię przy pierwszej okazji. Freddie nie jest taki jak inni ludzie, on widzi świat tylko swoimi oczami. Celem jego następnego ataku nienawiści będziesz ty. Ale chyba sam już się tego domyśliłeś?

Jimmy westchnął.

— Co mogłem zrobić? Gdybym go usunął, nigdy by mi nie odpuścił. Nie umiałem mu tego zrobić. I nie chciałem. Musiałem mu tylko uświadomić, co jest grane.

Glenford złapał go za rękę i rzekł poważnie:

— On jest twoją nemezis, Jimmy. Każdy ją ma, a ty możesz się uważać za szczęściarza, bo znasz jej adres.

Roześmiali się, ale żadnemu nie było naprawdę do śmiechu.

♦ ♦ ♦

326

Marzenie Jackie się spełniało. Mąż wracał co wieczór do domu, ale jej to wcale nie cieszyło. Wprost przeciwnie: nienawidziła tego. Wchodził, robiąc z tego wielkie halo i oczekując wszelkich względów. A jeśli małego Freddiego nie było, wychodził go szukać.

Było to gorsze niż areszt domowy. Wypominał jej każdego drinka i oglądał w telewizji to, co chciał. Jackie miała swoją listę programów, ale teraz musiała mu robić kanapki, zamawiać ryby z frytkami albo chińszczyznę i przynosić piwo z lodówki.

Mały Freddie musiał się dobrze spisywać, a ona musiała się tłumaczyć z tego, że chce wyjść do sklepu po butelkę. Zachowywał się tak, że ktoś mógłby pomyśleć, że brakuje im pieniędzy. Tymczasem miał forsę, a ona czasem wręcz chciała, żeby poszedł w diabły do którejś z kochanek. Wszystko było lepsze od tego, co robił teraz.

Obserwował ją, czuła na sobie jego spojrzenie.

Zaczęła się kąpać co dzień, tylko po to, by przestał ją dręczyć. Gdyby ktoś tego posłuchał, doszedłby do wniosku, że wychował się w pałacu Buckingham. Jednak Jackie wiedziała, kto jest temu winny — Maggie. Jej siostra miała kręćka na punkcie czystości. Człowiek i tak się nie obrobi, choćby sprzątał do końca życia, po co więc poświęcać temu życie?

— Gdzie dzisiaj byłeś?

Mały Freddie spojrzał na ojca.

— Zajrzałem do babci Leny i dziadka Joego.

Freddie senior wypił połowę piwa z puszki, po czym rzekł cicho:

— Nie pozwoliłem ci wyjść.

— Ja mu pozwoliłam — wtrąciła Jackie. — I co teraz powiesz? Ma w ogóle nie wychodzić z domu?

Freddie spojrzał na żonę. Była jeszcze bardziej popaprana, niż podejrzewał.

— Zamknij się. Rozmawiam z katryniarzem, nie z jego małpą.

Mały Freddie musiał zatkać usta rękami, żeby nie parsknąć śmiechem.

Jackie była pijana, miała dość męża i jego ciągłej obecności.

— Śmiać mi się z ciebie chce, Freddie Jacksonie. Przychodzisz, miotasz się jak dziki i myślisz, że wszyscy będą skakać tak, jak im zagrasz.

Freddie westchnął. Właśnie taką Jackie znał i kochał.

— Co się stało? Dlaczego zacząłeś przychodzić do domu? Chcesz zasłużyć na tytuł ojca roku? Wpadłeś w tarapaty?

Jackie nieświadomie trafiła w samo sedno. Wyczuła, że jedyną rzeczą, która może zapędzić męża do domu, są kłopoty.

— Nie dotarło do ciebie ani jedno moje słowo. Nasze zasrane dziecko siedzi po uszy w bagnie. Wydaje ci się, że to ministrant, że ktoś go do czegoś namawia, jacyś mądrzejsi koledzy. A ja ci mówię, że tak nie jest, że wszystko nabroił na własną rękę. Ten piździelec ma wszystko w małym palcu, spokojna głowa. Poza tym mógłbym zauważyć, że przez cały czas naszego małżeństwa próbowałaś utrzymać mnie w domu, a teraz, kiedy chcę coś zrobić z naszego syna, ty się czepiasz. To brzmi jak żart, ale mnie wcale nie jest do śmiechu. Lepiej się uspokój, zasznuruj jadaczkę i okaż mi trochę szacunku, bo ci dokopię.

Mały Freddie przyjrzał się obojgu rodzicom i stwierdził, że matka musi mieć rację — stary ma kłopoty.

Bo co innego mogłoby go skłonić do siedzenia w tym bajzlu?

Rozdział dwudziesty drugi

Jimmy wszedł do sali odwiedzin i po raz kolejny odwrócił kieszenie, czekając na rewizję. Ozzy obserwował go z dumą. Był przystojnym facetem i prezentował się imponująco. Większość mężczyzn mogła o tym tylko pomarzyć. Kroczył z całkowitą swobodą, co było nie lada wyczynem w miejscu pełnym zbrodniarzy.

Ozzy wiedział, że to on dał mu tę pewność siebie i napawało go to dumą. Jimmy był dla niego synem, którego nie miał, i właśnie tak o nim myślał. Był porządnym człowiekiem, przyzwoitym, lecz przede wszystkim był człowiekiem, któremu można było w stu procentach zaufać.

Obserwując go, Ozzy zauważył, że więźniowie mimowolnie traktują go jak swego, choć Jimmy nie odsiedział ani sekundy. Po latach wizyt czuł się w obrębie murów swobodnie jak w domu.

Ozzy modlił się, żeby Jimmy przychodził do więzienia tylko jako gość, bo nigdy nie pogodziłby się z więzienną egzystencją. Freddie byłby wniebowzięty, gdyby znów tu trafił. Był głupi i tylko bystrość Jimmy'ego sprawiła, że tak długo przebywał na wolności.

Freddie Jackson był niewdzięcznym piździelcem. Ozzy wiedział, że Jimmy ma z nim kłopoty, lecz był także pewien, że sobie poradzi. Gniewało go jednak, że po wyjściu Freddie się skundlił. W kryminale był dobrze traktowany i zdobył mir. Dawał sobie radę i niczego ani nikogo się nie bał.

Ozzy nie rozumiał więc, dlaczego zszedł na psy. Wiedział natomiast, że Freddie miesza Jimmy'ego z błotem na każdym kroku i przy każdej okazji, i nie zamierzał dłużej tego tolerować. Obsmarowując Jimmy'ego, Freddie obsmarowywał również jego, Ozzy'ego, gdyż Jimmy był jego przedstawicielem. Wiedział także o lepkich palcach Freddiego i nie był tym zachwycony. Okradał swoich, a na to jest szlaban.

Ozzy uśmiechał się do Jimmy'ego swobodnym uśmiechem człowieka, który nie ma nic złego na myśli.

Wstał i długo się ściskali. Przed poznaniem Jimmy'ego Ozzy nigdy nikogo nie ściskał i wydawało mu się, jakby znał tego chłopaka lepiej, niż on sam.

— W porządku, Ozzy?

Ozzy uśmiechnął się. Usiedli.

— Doskonale. A u ciebie?

Zawsze w ten sposób się witali. To było takie trochę zwyczajne i nudnawe, ale mówili z głębi serca.

— Zajebiście, Ozzy, wszystko gra jak szafa!

Roześmiali się.

Jeden z więźniów podał im herbatę i ciastka. Po zjedzeniu i wypiciu mogli przejść do sedna sprawy.

◆ ◆ ◆

— Co, do jasnej cholery, porobiło się z małym Freddiem? — spytała Lena szorstkim, lecz jowialnym tonem, zaparzając kolejny dzbanek herbaty. Jej córka popijała coca-colę z puszki, w której oprócz coli była wódka. Piła tak przez cały dzień i było to już po niej widać.

Jackie była zachwycona słowami matki. Pociągnęła następny łyk i odparła pijackim głosem:

— To mój synek. Kocham go jak diabli.

Słowa ledwie wydobywały się z jej ust. Lena zamknęła oczy. Po pijanemu Jackie wszystkich kochała, lecz koło południa wszyscy byli gnojami i palantami, nie wyłączając jej męża.

— Od kiedy mój Freddie się za niego wziął, jest całkiem innym chłopcem!

Lena uśmiechnęła się najpogodniej jak umiała.

— Sama to widzę! Ostatnio często do nas przychodzi, a jeśli

mały Jimmy tu jest, bawi się z nim i pomaga mu. Jakby ktoś zrobił mu transplantację osobowości.

Jackie omal nie pękła z pijackiej dumy.

— Teraz, kiedy dziewczęta się powyprowadzały, można mu poświęcić więcej uwagi. Poza tym zaczyna się uczyć wyrażać uczucia, które ma...

— To wspaniale. — Lena już żałowała, że zapytała córkę o Freddiego, bo ta plotła jak pracownica opieki społecznej. Wiedziała z doświadczenia, że Jackie potrafi tak godzinami, a ona nie była w nastroju, by jej słuchać. — A ty jak się miewasz?

Lena przerwała córce w pół zdania, ale Jackie przełknęła zniewagę. Gdyby na jej miejscu siedziała Maggie i mówiła inteligentnie, matka smakowałaby każde słowo. Freddie miał rację: pomiatali nią.

— Jak tam przygotowania do ślubu? — zapytała Lena, próbując zmienić tor rozmowy.

— W porządku. To dopiero w przyszłym roku, więc nie wiem, dlaczego one ciągle o tym ględzą.

Lena ugryzła się w język, żeby nie powiedzieć tego, co jej się nasunęło. Znów zmieniła temat.

— A jak się miewa duży Freddie?

— Świetnie. Czemu mnie o niego pytasz?

W głosie Jackie słychać było podejrzliwość i gniew, który zawsze czaił się tuż pod powierzchnią.

— Do cholery, Jackie, ja tylko próbuję rozmawiać. Ale z tobą to niemożliwe. Wyluzuj się i pogadajmy.

Jackie była do głębi urażona i nie ukrywała tego.

— Ciężki przypadek z ciebie, wiesz?! — zawołała Lena. — Zawsze wyjeżdżasz ze swoją żakichaną godnością, we wszystkim widzisz zniewagę. Niech mnie diabli, jeśli wiem, po co w ogóle fatygujesz się, żeby tu przychodzić.

Jackie zachciało się płakać. Zawsze było tak samo: starała się zwyczajnie rozmawiać i być miła, a matka za każdym razem na nią naskakiwała. Maggie była złotą dziewczyną, królewną w tym domu, jej syn był ulubieńcem, książątkiem, dla innych dzieci zostały dalsze miejsca. To bolało, czasem nawet bardzo.

Lena zobaczyła łzy w oczach córki i jak zwykle poczuła wyrzuty sumienia, że na nią nakrzyczała, lecz z Jackie rozmawiało się tak samo jak z Holendrem z Pakistanu. Graniczyło to z niemożliwością. Gdyby nie była zawsze pijana, może dałoby się z nią porozmawiać. Może na chwilę by się odprężyła i przestała nad sobą litować. Nałóg i głupstwa Jackie niepokoiły Lenę. Widziała, jakie spustoszenie wódka czyni w jej mózgu, ale nie przychodził jej do głowy sposób, by temu zaradzić.

◆ ◆ ◆

Patricia poważnie się martwiła, a Freddie wcale nie poprawiał jej nastroju. W gruncie rzeczy zaczynał działać jej na nerwy. Była gotowa krzyczeć, jeśli nie przestanie truć o tym, jak Jimmy nim pomiata.

— Czy dotarło do ciebie chociaż jedno moje słowo?

Freddie skinął głową.

— Jasne, że tak.

— W takim razie co twoim zdaniem powinnam zrobić?

Freddie był w kropce, bo już od dawna nie słuchał tego, co mówi Pat. Przyglądał się jednej z nowych dziewczyn przez otwarte drzwi. Miała wszystko, co lubił.

— A co powinnaś zrobić twoim zdaniem?

Na szczęście lata doświadczenia z Jackie pozwoliły mu zręcznie wybrnąć z sytuacji. Przestał słuchać żony jeszcze przed miesiącem miodowym.

— Mój brat zażyczył sobie, żebym uaktualniła księgi i przekazała je Jimmy'emu — odparła cicho Patricia głosem podszytym złością. — A ty mnie pytasz, co powinnam zrobić?

Freddie zamilkł.

— To zabawne, że ględzisz o Jimmym godzinami, a kiedy ja o nim wspominam, nawet tego nie rejestrujesz. Mam oddać mu księgi moich dochodów i nie wolno mi nawet mruknąć.

Patricia zamknęła drzwi, gdyż ona także zauważyła nową. Nie doczeka się od Freddiego poważnej odpowiedzi, jeśli coś będzie go rozpraszać. Znała go za dobrze. Gdyby nie był taki dobry w łóżku, kazałaby go powiesić.

— Czy Jimmy coś ci mówił? Dlaczego brat ni stąd, ni

zowąd każe mi oddać księgi komuś, kto w gruncie rzeczy jest obcym człowiekiem i skoro to ja sama prowadziłam domy od lat?

Freddie czuł się tak, jakby za chwilę jego głowa miała eksplodować.

— A tobie mówił coś, kiedy go ostatnio widziałaś?

Patricia pokręciła głową, zadowolona, że Freddie wreszcie zaczął jej słuchać.

— Nie pisnął ani słowa. Było tak samo jak zawsze. Powiedziałam, że wszystko idzie dobrze, on okazał zadowolenie i po prostu gadaliśmy.

Patricia nie dodała, że nakablowała, na kogo tylko się dało, nie wyłączając Freddiego. To właśnie od niej Ozzy usłyszał, że Freddie podebrał kupę forsy. Pat umiała zdobywać punkty u brata.

Freddie spojrzał jej w oczy.

— Bierzesz coś na lewo? — zapytał ostrożnie.

— Jak śmiesz?! To ty rżniesz wszystkich na kasie, nie ja.

Freddie machnął rękami, żeby się zamknęła. Jej gwałtowna reakcja powiedziała mu, że trafił w sedno.

— Gówno mnie obchodzi, co robisz, głupia krowo. Próbuję ci pomóc. Jeśli przekręcasz Ozzy'ego, to ci tego nie przepuści i nie ma znaczenia, że jesteś jego siostrą. Nienawidzi każdego, kto podbiera mu to, co uważa za swoje. Właśnie dlatego tak dobrze rozumie się z Jimmym. On też ścigałby cię z powodu zasranego funta.

Freddie spojrzał na Pat, sprawdzając, czy go słucha.

— Pamiętam, jak w kryminale jeden frajer załatwił sobie LSD. Niektórzy za murami uwielbiają brązowy cukier albo kwas, bo dzięki temu wyrok prędzej im upływa. Każdy chce, żeby czas szybciej płynął, a jak to zrobisz, to już twoja sprawa. Ten gość miał więcej, niż pokazywał. Wołał forsę za swoje luksusy. Dla Ozzy'ego to były drobniaki, po prostu nic. Ale skapował się i liczył każdą sprzedaną działkę. Po cichu, oczywiście. A kiedy zauważył, że tamten chowa coś dla siebie, wściekł się. Nawet mnie postraszył, chociaż byłem jego gorylem. Dostał tę forsę. Było to jakieś czterdzieści funtów, może nawet nie.

Freddie pokręcił ze zdziwieniem głową.

— Pamiętam, jak zapytałem: „I to wszystko z powodu czterdziestu funtów?". Wtedy on na mnie naskoczył: „Czterdzieści funtów to czterdzieści funtów, które do mnie nie trafiły". To był obłęd. Wszyscy mu przytaknęli, a mnie się zdawało, że czterdzieści funtów nie jest warte takiego hałasu. Prawie zabił tego kolesia. Wszyscy trafiliśmy do karceru, a Ozzy był zły, że nie rozumiem zasady. Raz po raz powtarzał mi, że szło o tę zasadę.

Freddie uniósł ręce w geście zdumienia.

— Czterdzieści funtów było dla niego jak czterdzieści patoli. Chyba teraz już rozumiesz, dlaczego pytam, czy byłaś z nim całkowicie szczera, jeśli chodzi o zyski z domów. Wiem, że Ozzy cię kocha, ale wiem też, że nie pozwoli się rżnąć nikomu, nawet tobie. Jimmy nigdy by mu nie powiedział, że coś uszczknąłem, ale Ozzy nigdy by mi czegoś takiego nie wybaczył.

Patricia słuchała go z rosnącym lękiem. Znała Ozzy'ego lepiej niż ktokolwiek inny, ale przez ostatnie lata rzeczywiście sobie folgowała. Bo czemu nie? I tak przecież nie wyjdzie z pierdla, więc po co mu forsa?

Gromadził fortunę i nigdy nie wyda ani pensa. Pat zaczęła nagradzać siebie ponad miarę, bo czuła, że na to zasługuje. Po pewnym czasie robiła to już regularnie.

A teraz obleciał ją strach. Wiedziała, że Ozzy nie zrobi jej fizycznej krzywdy, ale wiedziała również, że może odciąć ją od interesu bez mrugnięcia okiem. Z pieniędzmi czy bez, kochała brata i zawsze będzie go kochać.

Usiadła za biurkiem i po raz pierwszy Freddie ujrzał ją słabą. Przypomniało mu to, że choć Ozzy siedzi, to i tak pociąga za sznurki. Zawsze tak było. Freddie parę razy umoczył, a Jimmy na pewno musiał wygładzać sprawę u Ozzy'ego. Nagle uświadomił sobie, ile miał szczęścia. Podobnie jak Pat uważał, że Ozzy jest usadzony na dobre, i nie brał pod uwagę, że nawet za kratkami Ozzy nie myśli o niczym innym niż o zarabianiu forsy.

♦ ♦ ♦

— Mogę zostawić dzisiaj u ciebie Jimmy'ego, mamo?

Lena się uśmiechnęła.

— Ależ oczywiście. Wychodzisz gdzieś, kochanie?

— Jimmy chce mnie zabrać na kolację, właśnie dzwonił — odparła z uśmiechem Maggie. — Wraca z wyspy Wight i jest w świetnym humorze.

— Zostaw u mnie dziecko i baw się dobrze. Niech zostanie na noc, dawno u mnie nie spał.

— Jasne. Podrzucę go wieczorem.

— Zrobić ci kanapkę albo coś do jedzenia?

— Nie, dzięki. Jackie była u ciebie?

Lena westchnęła.

— Nawet nie zaczynajmy o niej mówić. Była narąbana jak nieboskie stworzenie od samego rana. Jest moją córką, kocham ją, ale mówię ci, to bardzo ciężki przypadek.

Siedziały z Maggie w kuchni przy małym stoliku.

— Chodzi teraz z puszką od coli, do której nalewa wódki — powiedziała konspiracyjnym szeptem Lena, choć w pobliżu nikogo nie było. — Sądzi, że nikt o tym nie wie, że nikt się nie skapował i wszyscy myślą, że popija colę. Naprawdę się o nią martwię, ale co można poradzić?

Maggie zawsze się smuciła na myśl o siostrze i o tym, co zrobiła ze swoim życiem.

— Wszyscy próbowaliśmy, mamo, ale dopóki ona sama nie zechce zwrócić się o pomoc, tylko tracimy czas.

— Dobrze chociaż, że Freddie przychodzi do domu. To prawdziwy cud, czego dokonał z tym małym gnojkiem. Zagląda do mnie i zachowuje się tak, że byś go nie rozpoznała. Ja jednak myślę, że on ma nie po kolei w głowie. Nie można mu ufać. Ja w każdym razie tak uważam.

Maggie spojrzała na matkę i zobaczyła, jak bardzo się posunęła przez ostatnie lata. Było jej przykro, że widzi ją postarzałą, choć wiedziała, że to musiało nastąpić. Ale matka zawsze wydawała jej się taka silna, dzięki niej zawsze czuła się bezpieczna i kochana. Teraz Lena zaczynała wyglądać staro i było to przerażające, gdyż kiedyś i ona, Maggie, będzie taka sama.

Skończyła już trzydziestkę i choć wyglądała dobrze, nie sposób walczyć z wiekiem. Nawet po dziesięciu liftingach twarzy i operacjach całego ciała można wyglądać młodziej, ale i tak będzie się miało pięćdziesiątkę, sześćdziesiątkę albo jeszcze więcej. Młody wygląd nie czyni człowieka młodszym. Czas płynie, a im człowiek jest starszy, tym szybciej czas zaczyna płynąć.

— Myślisz, że warto porozmawiać z Freddiem o Jackie?

Maggie wzruszyła ramionami.

— Ja nigdy z nim nie rozmawiam, jeśli nie muszę. W końcu to przez niego Jackie pije.

— To prawda, ale boję się, że pewnego dnia odbiorę telefon i usłyszę, że Jackie nie żyje. Ona robi się żółta. Wiem, że to z powodu wątroby, jestem tego pewna.

Maggie widziała troskę i lęk wyryte na twarzy matki. Poczuła pieczenie pod powiekami.

— Kocham cię, mamo.

Lena machnęła na córkę ręką i roześmiała się. Maggie wiedziała jednak, że jej słowa sprawiły jej radość. W ich rodzinie nie ściskano się i nie przytulano. Ale Maggie chciała, żeby matka wiedziała o jej uczuciu.

Kochała ją zawsze i niezmiennie.

♦ ♦ ♦

Freddie postanowił wreszcie wykonać pracę, którą miał w planie. Potrzebował czasu na zastanowienie, gdyż zachowanie Pat nim wstrząsnęło. Miał przeczucie, że Jimmy wie o wszystkim. Miał również przeczucie, że Jimmy odziedziczy domy oraz całą resztę.

Kipiała w nim wściekłość. Jimmy'emu miało się dostać wszystko, a bez niego, Freddiego, nawet nie wiedziałby o tym, że istnieje ktoś taki jak Ozzy. To zaś oznaczało, że Jimmy jest mu winien kawałek tego tortu, który odziedziczy po Ozzym.

Czuł się głęboko skrzywdzony. On zbierał pieniądze, uganiał się po pubach, klubach i barach, rozwiązując problemy, a gdzie w tym czasie był Jimmy? Siedział za biurkiem i zbijał bąki.

Wpadł do klubu w Brixton, zalegającego z tygodniową opłatą, i zobaczył przy barze Glenforda Prentissa. Ten zamachał do Freddiego ręką. Freddie zmusił się do uśmiechu.

— Jak leci? Widzę, że wszystko w porządku.

Glenford wyszczerzył zęby.

— U mnie zawsze w porządku. A u ciebie?

Freddie wzruszył nonszalancko ramionami.

— Świetnie, tym bardziej że cię widzę. Napijesz się?

Obsłużono ich momentalnie. Freddie wychylił jednym haustem dużą whisky. Od razu podano mu drugą.

— Tego ci było trzeba, co? — rzekł Glenford, sącząc drinka. Pił guinnessa i rozkoszował się nim.

— A tobie by nie było, gdybyś znalazł się na moim miejscu? — spytał z irytacją Freddie.

Glenford nie odpowiedział. Nie zamierzał angażować się w rozmowę, która toczyła się wokół obgadywania Jimmy'ego i pracy.

— Widziałeś Jimmy'ego?

Glenford skinął głową.

— Jasne, to mój przyjaciel.

Nie o taką odpowiedź chodziło Freddiemu.

Milczał, popijając szkocką i marszcząc czoło.

Freddie i Jimmy byli do siebie bardzo podobni, a jednocześnie całkiem inni. Freddie wyglądał dobrze jak na swój wiek, lecz z jego twarzy emanowała złość, tak charakterystyczna dla białych. To dziwne, ale po świecie snuje się mnóstwo białych mężczyzn z niezadowoleniem wypisanym na twarzach. Trudno w to uwierzyć, ale tak jest.

Freddie tak właśnie wyglądał. Był rosłym facetem i to go ratowało. Wciąż był przystojny, nadal podobał się kobietom. Glenford widział go w akcji i musiał uchylić przed nim kapelusza. Jednak usposobienie Freddiego było takie, że bez względu na to, co zdobędzie, nigdy nie będzie szczęśliwy.

Szkoda, bo większość mężczyzn mogła tylko pomarzyć o takim potencjale.

Freddie właśnie wodził oczami za dziewczyną stojącą przy końcu baru. Była rasy mieszanej, tuż po dwudziestce. Glenford zamierzał wcześniej rzucić na nią trochę swojego czaru. Tymczasem obserwował z podziwem, jak wyraz twarzy Freddiego zmienia się z posępnego w radosny i beztroski. Widok ładnej spódniczki działa tak na mężczyznę, a Freddie był szczęśliwy tylko wówczas, gdy kogoś lub coś podbijał.

Na widok tej uśmiechniętej twarzy, słysząc żartobliwy głos

Freddiego, nikt by nie uwierzył, że ten sam facet wkroczył przed dziesięcioma minutami do baru, nabuzowany gniewem i gotów do walki. To był prawdziwy cud, a dziewczyna miała prawo poczuć się zadowolona z siebie.

Glenford przez chwilę rozważał, czy powiedzieć jej, co ją czeka. Że Freddie ją poderwie, zaciągnie do łóżka i będzie się nią bawił, dopóki się nie znudzi. Ona jednak już szła w ich stronę z szerokim uśmiechem, kołysząc zalotnie biodrami. Glenford stwierdził, że musi wszystko poznać na własnej skórze.

Popijał więc swoje piwo, jednym uchem słuchając tokowania Freddiego.

◆ ◆ ◆

— Och, Jimmy. Jaki on piękny.

Maggie spoglądała z zachwytem na złotego roleksa, podarunek od męża. Od jakiegoś czasu o takim marzyła, a teraz go dostała i była uradowana.

Zdjęła z nadgarstka zegarek cartier, wrzuciła go do torebki i pozwoliła Jimmy'emu założyć sobie nowy.

— Z jakiej to okazji, powiedz.

Jimmy wzruszył ramionami, pocałował ją czule i znów zdziwił się, że żona się od niego nie odsuwa.

— Z tej, że cię kocham i nigdy nie przestanę.

Powiedział to tak szczerze, że zachciało jej się płakać.

Jimmy junior wbiegł do pokoju, śmiejąc się wesoło.

— Widziałem, jak się całujecie! — zawołał zawstydzony. Rodzice się roześmiali.

Jimmy podniósł go bez wysiłku i posadził sobie na ramieniu.

— No chodź, mój mały człowieczku. Jedziemy do babci.

Zeszli we trójkę po schodach. Ich śmiech rozlegał się w całym domu. Jimmy był szczęśliwy, że rany w jego rodzinie się zagoiły. Chciało mu się płakać z radości. Chwycił żonę w talii, wciąż niosąc malca.

— Jeden poszedł kosić trawę... — zaintonował.

Była to ulubiona piosenka jego syna. Wychodząc z domu, wciąż śpiewali. Śmiech małego Jimmy'ego rozbrzmiewał głośno. Uroczo chichotał, a do tego miał świetne poczucie humoru.

Jimmy czuł, że los mu pobłogosławił. Jego życie było doskonałe, rodzina także. Czego więcej może pragnąć mężczyzna?

♦ ♦ ♦

— Dasz sobie z nimi radę, Joe? Zajrzę na chwilę do Sylvie. Joe skinął głową, nie spuszczając wzroku z ekranu telewizora, podobnie jak starszy wnuk. Mały Freddie przyszedł po podwieczorku i aż do wieczora bawił się grzecznie z kuzynem.

— Możesz iść i niczym się nie przejmować.

Lena narzuciła gruby sweter na ramiona i wyszła z mieszkania. Sylvie była wesołą kobietą, a Lena miała dość Joego i telewizji. Mały Jimmy przestał istnieć dla świata, a Freddie siedział u boku dziadka niczym aniołek. Dotąd nigdy nie przyszłoby jej do głowy, by użyć tego określenia w odniesieniu do niego. Ona tymczasem wypije herbatę i poplotkuje z przyjaciółką.

W czasie przerwy w programie mały Freddie wstał.

— Mogę wyjść do łazienki, dziadku?

— Jasne, że możesz, mały ćwoku.

Joe uśmiechnął się. Kto by pomyślał, że mały Freddie kiedykolwiek zapyta, czy może wyjść do toalety?

Gdy Jackie przyszła po syna godzinę później, wciąż siedział przed telewizorem. Była pijana i wojowniczo nastawiona.

Lena weszła do domu tuż po córce. Już za progiem słyszała jej wrzaskliwy głos. Miała nadzieję, że nie obudziła Jimmy'ego.

Jackie była nieprzytomnie pijana, ale resztka świadomości mówiła jej, że nie powinna przekrzykiwać się z matką w jej domu. Nie mogła jednak się powstrzymać. Freddie oznajmił jej bez ogródek, że Jimmy i Maggie dostali jego posadę, że jej siostra wraz z całą rodziną spiskują przeciwko niemu, a ona jest zapijaczoną dziwką.

Wiedziała, że jest na nią zły za pijaństwo i że wyładowuje na niej swoją złość, a mimo to zamierzała kogoś zmusić, żeby jej wysłuchał.

— Ucisz się, Jackie. Dziecko śpi.

Jackie spojrzała na matkę rozbieganymi oczami i teatralnym szeptem powiedziała:

— O kurwa, nie wolno budzić dzidziusia Maggie, tak? Moich dzieci nigdy do siebie nie brałaś, prawda?

Lena westchnęła.

— Twoje córki były u mnie ciągle, nie pamiętasz? Przez jakiś czas właściwie u mnie mieszkały. A teraz albo się uspokój, albo spieprzaj do domu. Nie mam dzisiaj nastroju, żeby cię wysłuchiwać.

Jackie wyglądała okropnie. Miała skołtunione włosy, bo spała przez całe popołudnie, a jej makijaż rozmazał się na całej twarzy. Była ubrana jak uciekinier z wojny i chciała się kłócić.

Lena i Joe nie zamierzali jej na to pozwolić.

Joe spojrzał znacząco na swoją kurtkę, a Lena skinęła głową. Postanowił odprowadzić Jackie do domu. Jutro córka nie będzie niczego pamiętać, ale teraz Lena musi ją jakoś uspokoić.

Mały Freddie stał i przyglądał się matce. Lena po raz pierwszy odczuła dla niego coś w rodzaju litości. Nic dziwnego, że jest taki jaki jest, skoro jego matką jest ta żałosna kreatura, a ojcem palant taki jak Freddie.

— Oboje jesteście gówno warci, ty i stary — warknęła Jackie, podstawiając Lenie pod nos brudny palec.

— Przestań, Jackie. Dlaczego się tak zachowujesz?

Lena próbowała odprowadzić córkę do drzwi, ale ta słaniała się na nogach.

Mały Freddie usiłował pomóc matce stać prosto, lecz go odepchnęła.

— Chcecie się mnie pozbyć, tak? Nie chcecie tutaj ani mnie, ani mojego dziecka, w ogóle was nie obchodzimy. Ważna jest tylko Maggie, tak? Mogę policzyć na palcach jednej ręki, ile razy u mnie byliście, a ja przychodzę codziennie, żeby was zobaczyć. Ale koniec, możecie się odpierdolić. Mój Freddie miał rację, wszyscy macie mnie gdzieś.

Jackie się rozkręciła. Obłąkańczo gestykulowała, a Lena obserwowała ją z litością i odrazą. Nic dziwnego, że córki nie wracają do domu, że unikają matki jak zarazy. W tej chwili Lena współczuła nawet Freddiemu, bo życie z Jackie musiało być bardzo trudne.

Z twarzą wykrzywioną nienawiścią Jackie zbliżała się do

drzwi, prowadzona przez matkę. Joseph, ubrany, już tam na nią czekał. Na jego widok gruchnęła śmiechem.

— O, widzę, że wytoczyliśmy najcięższe działa! Tatuś odprowadzi córcię do domu? Bylebym tylko z wami nie została, pieprzone świry.

Mały Freddie podtrzymywał matkę, pomagając jej wyjść. Lena wreszcie mogła zamknąć drzwi. Wiedziała, że sąsiedzi usłyszeli jej wrzaski i pomstowania. Była zła i smutna. Usiadła przy stole w kuchni i oparła głowę na dłoniach w geście rozpaczy. Takie sceny zdarzały się coraz częściej. Coś należało zrobić, bo inaczej ta dziewczyna przedwcześnie wpędzi się do grobu.

Nie ma się co dziwić, że jej synowi odbija. Czy zaznał w życiu czegokolwiek dobrego i stałego? Nagle Lena przypomniała sobie Freddiego w wieku półtora roku. Jackie, podpita jak zwykle, mówiła do dziecka: „No, Fred, dzwoń do tatusia".

Freddie wziął słuchawkę i powtarzał w kółko: „Tutas, tutas".

Malec nie umiał jeszcze powiedzieć „kutas", ale mimo to Jackie zwijała się ze śmiechu.

„Niech Bóg ma w opiece to dziecko — rzekł kiedyś Joseph — bo z takimi rodzicami nie ma żadnych szans".

I nie pomylił się.

Rozdział dwudziesty trzeci

— Nigdy w życiu nie czułam się szczęśliwsza.

Maggie, całkowicie rozluźniona, leżała w ramionach męża. Jimmy czuł się tak, jakby dostał drugą szansę na szczęście. W ciągu ostatnich dwóch lat stała się znowu dziewczyną, którą znał i której zawsze potrzebował.

Wczorajszy wieczór był jednym z najbardziej owocnych w jego życiu. Maggie oddała mu się z taką mocą, że aż go to zdumiało. Wszelki ból i dystans między nimi zniknął. To był nowy początek ich małżeństwa, które nawet w swoim najgorszym okresie było lepsze, niż mógł sobie wymarzyć.

Pocałował ją delikatnie w usta. Maggie przytuliła się do niego. Od dawna nie czuła się taka szczęśliwa i spokojna. Chciała, żeby to uczucie trwało jak najdłużej.

Jimmy trzymał w ramionach drobne ciało żony i dziwił się zmianie, która w niej zaszła. To, co dręczyło ją po urodzeniu małego Jimmy'ego, wreszcie ustąpiło, i znów była szczęśliwą, roześmianą dziewczyną, z którą się ożenił. Cudownie było czuć dotyk jej delikatnej skóry i zapach perfum.

Inaczej niż Freddie, a nawet Glenford, Jimmy nigdy nie stawiał panienek na pierwszym miejscu i nigdy nie chciał nikogo prócz Maggie. Wykonał kilka skoków w bok, ale niemal natychmiast ich żałował. Żadna kobieta nie dawała mu tego co Maggie. Mały Jimmy był uwieńczeniem ich szczęścia, całym ich światem. Zamierzali dać mu wszystko, czego sami nie mieli.

— A więc Ozzy przekazuje ci wszystkie swoje interesy?

Jimmy znów pocałował żonę.

— Na to wygląda. Właściwie nie daje mi ich, tylko przekazuje kierownictwo, choć Freddie nigdy w to nie uwierzy. Mam po prostu prowadzić je w jego imieniu. Tak jak pozostałe.

— On musi ci naprawdę ufać.

Jimmy uśmiechnął się.

— Taką mam nadzieję, skarbie. Nigdy go nie zawiodłem. Na Jimmym można było zawsze polegać, nikt nie mógł powiedzieć o nim złego słowa. Matka Maggie mawiała, że jest rzetelny jak poczta.

— Jaki on jest?

— Kto, Ozzy?

— A o kim mówimy, ty kmiotku?

Jimmy wzruszył ramionami i śmiejąc się, przytulił ją jeszcze mocniej. Wiedziała, że tak zareaguje.

— Już ci mówiłem. On jest... inny niż wszyscy. Jest panem samego siebie, będąc przy nim, czujesz, że jesteś w towarzystwie kogoś bardzo ważnego.

Maggie słyszała dumę w głosie męża i przyszło jej na myśl, że to właśnie ów podziw sprawiał, że Ozzy tak bardzo go ceni.

— Ozzy patrzy na ciebie tak jak ja i widzi przystojnego, mądrego i dobrego człowieka.

Jimmy parsknął śmiechem.

— Wydaje mi się, że zwraca uwagę na coś innego, ale wierzę ci na słowo.

Roześmiali się oboje. Jimmy rzadko okazywał jej swoją zadziorność, lecz Maggie cieszyła się, że potrafi być również taki. Wiedziała, że ją ma, słyszała o niektórych jego wyczynach. W razie potrzeby umiał sięgnąć do przemocy. Był gotów użyć swojej siły fizycznej, ale robił to tylko wtedy, gdy wszystkie inne środki zawiodły. Nie był mściwy i Maggie także pod tym względem mogła się uważać za szczęściarę. Był jednak liczącym się gangsterem i musiała żyć w jego blasku bez względu na to, czy miała na to ochotę. Jimmy niejeden raz pozbywał się wrogów i godziła się z tym. Musiał tak postępować, Ozzy oczekiwał tego i za to mu płacił.

Wychowana na peryferiach półświatka, rozumiała, że jest to

tylko środek do osiągnięcia celu. Dzięki temu mieli za co żyć, dzięki temu mogli czuć się bezpieczni. W końcu Jimmy wybrał taką profesję, a nie inną.

Ale kiedy przychodził do domu, był Jimmym, jej Jimmym, mężem i ojcem. Kochała go i nic, co robił, nie mogło zmienić jej uczuć.

Był także lubiany, nie tylko przez przyjaciół, lecz przez wszystkich, z którymi się stykał. Z wyjątkiem Freddiego, rzecz jasna. Szybko wyrzuciła Freddiego z myśli, już nie było tam dla niego miejsca. Zbyt długo ciążył nad nimi jak zły duch. Maggie postanowiła, że nigdy więcej nie pozwoli mu ranić siebie i swojej rodziny.

Za długo trwało, nim dotarła do niej prawda zawarta w powiedzeniu matki: „Ludzie mogą ci zrobić tylko to, na co im pozwolisz". Ileż to razy słyszała od niej te słowa?

Dopóki pozwoliła Freddiemu decydować o swoim szczęściu, dopóty nie miała na nie szans. W końca stawiła mu czoło, przestraszyła go, że prawda wyjdzie na jaw, i doznała z tego powodu niemal euforycznego szczęścia.

Bo przecież mały Jimmy mimo wszystko był jej dzieckiem. Jej i Jimmy'ego. Ubóstwiali go i bez względu na wszystko nikt nie mógł im tego szczęścia odebrać.

Maggie zerknęła na zegarek. Dochodziło wpół do dziewiątej. Zaspali po raz pierwszy od lat i było to bardzo przyjemne. Ale tęskniła już za synem. Jimmy zaczął przychodzić do nich z samego rana, żeby się trochę poprzytulać. Dopiero potem wszyscy wstawali i jedli razem śniadanie.

Bez dziecka czuła się trochę dziwnie, lecz mimo to ziewnęła z zadowoleniem. Powinna się ruszyć i pojechać po Jimmy'ego. Jednak duży Jimmy trzymał rękę na jej piersi, a to znaczyło, że spędzi w łóżku jeszcze trochę czasu.

◆ ◆ ◆

— Coś ty powiedziała?

Roxanna westchnęła i powtórzyła:

— Jestem w ciąży, mamo.

Jackie miała jak zwykle zaczerwienione oczy. Roxanna wyrzucała sobie, że w ogóle wstąpiła do tego domu w drodze

344

do pracy, skoro kobieta, którą nazywała matką, zaczynała funkcjonować dopiero po trzeciej po południu.

— Trzeba przyspieszyć ślub, to właśnie chcę ci powiedzieć. Jackie ziewnęła i wśród sterty pustych paczek zalegających blat kuchenny znalazła papierosa.

— No to dzięki — prychnęła sarkastycznie. — Ta wiadomość na pewno poprawi mi sen.

Roxanna zamknęła oczy, poirytowana. Nie usłyszała od matki gratulacji ani dobrego słowa.

Freddie, człapiąc, schodził po schodach. Córka uśmiechnęła się do niego z przymusem.

— A więc Dicky szturcha moją córkę, tak? — rzucił zmęczonym głosem.

Roxanna poczuła się urażona. Jej własna matka w ogóle nie interesowała się jej życiem. Ale czy kiedykolwiek interesowało ja coś poza piciem i tym palantem, który jak twierdzi, jest jej ojcem.

— I co z tego?

Freddie wyjął papierosa z rąk żony i zaciągnął się głęboko.

— Zawsze masz, kurwa, gotową odpowiedź. A gdybym poczuł się dotknięty i mu dokopał? Co byś wtedy zrobiła?

Roxanna pokręciła głową i Freddie uzmysłowił sobie, jak piękna jest jego córka. Na szczęście przypominała Maggie, a nie grubą zdzirę, która właśnie pożerała kawałek wczorajszej pizzy. Freddie na swój ułomny sposób był dumny z Roxanny. Wziąwszy pod uwagę, w jakim domu wzrastała, należało ją uznać za prawdziwy diament.

— Hej, Fred, właśnie uświadomiłam sobie, że zostaniesz, kurwa, dziadkiem!

Śmiech Jackie zamienił się w charczący kaszel. Musiała splunąć do zlewu. Roxannie, której dokuczały poranne mdłości, zebrało się na wymioty.

Machnęła na matkę ręką.

— Zachowujesz się jak bydlę, mamo.

— No właśnie! Wychowałaś się w tym chlewie! — zawołał Freddie ze śmiechem. Jackie i Roxanna zdziwiły się, gdy przelotnie uścisnął córkę. Ucieszył się, że będzie miała dziecko i że tak dobrze sobie radziła. Nagle stało się to dla niego ważne.

Był z niej dumny. Ludzie ją chwalili, a Freddie cieszył się, że tak jej się powiodło w młodym wieku. Wiedział dobrze, w jakich warunkach się wychowała, uważał więc za sukces, że nie sprawiła sobie dotąd dwojga dzieci lub nawet trojga, tak jak wiele jej rówieśniczek. Freddie mógł coś o tym powiedzieć, bo przeleciał połowę z nich.

Mogła trafić na kogoś znacznie gorszego niż młody Dicky. Chłopak zawsze szanował Freddiego i był grzeczny. Ale jeśli kiedykolwiek sponiewiera Roxannę, teść pokaże mu jego miejsce.

Freddie wszedł do salonu, wyjął z kurtki zwitek banknotów i odliczył pięćset funtów. Wrócił do kuchni i prawie nieśmiałym głosem rzekł:

— Otwórz konto dla dziecka, niech coś ma na dobry początek. Maggie i Jimmy tak zrobili i mały jest teraz wart kupę forsy.

Jackie i Roxanna spoglądały na mężczyznę, który zawsze dawał im potwornie w kość, aż zapomniały, że można go w ogóle lubić. Otworzyły szeroko oczy i usta.

Roxanna widziała zmieszanie w oczach ojca i czuła, że jej twarz ma podobny wyraz. Tego ranka mogła się spodziewać wielu rzeczy, ale nie czegoś takiego.

— Tato, kurwa, dzięki.

Była bliska łez, a do Freddiego po raz pierwszy od wielu lat dotarło, ile można osiągnąć za pomocą niewielkiego dobrego uczynku.

Roxanna uścisnęła go. Freddie poczuł, że córka pachnie czystością i szczęściem. Poczuł też miłość dziecka, której jak dotąd nigdy nie zauważał.

Dobra dziewczyna była z Roxanny. Nagle zrozumiał, że wszystkie córki takie są. Nawet Kimberley, a zwłaszcza jego ulubienica Dianna.

Dlaczego wcześniej tego nie doceniał?

◆ ◆ ◆

— Na pewno wciąż śpi jak zabity! — zawołał Joe. Lena uśmiechnęła się. Dziadek ubóstwiał wnuka, a ten odwzajemniał to uczucie i godzinami potrafił słuchać jego ględzenia.

— Idź go obudzić, ty stary ośle. Przecież wiesz, jak lubi swoje śniadanko.

— Przygotowałaś mu gotowane jajko i żołnierzyki?

Lena odwróciła się i na chwilę przerwała krojenie kanapek na małe kosteczki.

— No pewnie. Zrobiłby awanturę, gdyby na niego nie czekały!

Joe roześmiał się razem z żoną. Byli szczęśliwi, a ich wnuk miał w tym największą zasługę. Depresja poporodowa Maggie sprawiła, że przypadła im ważna rola w jego młodziutkim życiu. Sprawiało im to ogromną radość.

— Przyprowadź go, Joe, a ja zaparzę herbatę. Nasz maluszek lubi napić się herbaty z samego rana.

Joseph popędził, żeby obudzić wnuka. Pozwoliłaby Jimmy'emu jeszcze spać, ale uwielbiał oglądać rano kreskówki.

♦ ♦ ♦

Mały Freddie siedział z ojcem i jadł płatki. A właściwie nie jadł, tylko pakował je do ust niczym mały dzikus. Był za bardzo zajęty oglądaniem Power Rangersów na kanale Sky. Jackie udawała, że pije herbatę. Freddie wiedział, że to sherry, bo jej zapach roznosił się po całym mieszkaniu, które przypominało śmietnik. Z popielniczek wysypywały się niedopałki, zasłony były jak zawsze do połowy zaciągnięte, zewsząd wyzierało wrażenie rozkładu. Freddie wydał fortunę na tę chatę, a ona wciąż wyglądała jak siedlisko bezdomnych.

Na ekranie pojawiła się reklama z uroczą rodziną. Miała zachęcać do zaciągnięcia kredytu. Śliczne dzieci siedziały z rodzicami przy stole, zajadając tosty z dżemem i uśmiechając się. Freddie patrzył na te obrazki i choć wiedział, że to polowanie na frajerów, myślał tylko o tym, że właśnie tak każdego ranka zachowują się Maggie i Jimmy.

Jimmy junior je pewnie jajko z tostem lub owoce, a rodzice piją herbatę. Jimmy senior czyta przy tym gazetę, którą rano przynosi pod drzwi jakiś uśmiechnięty chłopak.

Freddie spojrzał na otoczenie i nagle ucieszył się, że Roxanna wyrwała się z tego chlewu. Widział jej mieszkanie: było czyste, schludne i urządzone tak, że zapierało dech.

Roxanna godzinami przeglądała katalogi tylko po to, by znaleźć odpowiednią poduszkę albo zasłonę. Wiedział, że gdyby nie Maggie, nigdy nie miałaby o tym pojęcia. Nie przyszłoby jej do głowy, że ludzie tacy jak oni mają takie samo prawo jak każdy, żeby mieć ładny dom i porządne życie.

Jackie nie dbała o nic prócz gorzały, męża i może jeszcze małego Freddiego i to w tej kolejności. Pedantyzm Maggie wkurzał jednak Freddiego nie mniej niż uwielbienie jego córek dla niej. Uważał, że ona i Jimmy przeżywają jego życie, i to właśnie budziło w nim rozgoryczenie.

— Jedz jak należy, zamknij tę gębę!

Mały Freddie patrzył przez dłuższą chwilę na ojca, a potem spełnił polecenie.

Jackie wciąż siedziała na kanapie w brudnym szlafroku, paląc papierosa i popijając sherry z wyszczerbionego białego kubka.

Freddie musiał wytężyć całą siłę woli, żeby nie poderwać się i nie rąbnąć jej w twarz.

◆ ◆ ◆

Joe patrzył na wnuczka i łzy spływały mu po twarzy. Nie mógł uwierzyć, że to się dzieje naprawdę, zdawało mu się, że przyśnił mu się koszmar. Serce dudniło mu w piersi, był pewien, że koszmar skończy się lada chwila. Pragnął, żeby się skończył i żeby ta scena została wymazana z jego pamięci.

Ciężko oddychał. Przez chwilę myślał, że to dziecko tak dyszy, ale wiedział, że dziecko już dawno przestało oddychać.

Ściągnąwszy kołdrę, zobaczył jego buzię i było to najstraszniejsze przeżycie, jakiego kiedykolwiek doświadczył.

Małe drobne ciałko spoczywało w nienaturalnej pozie. Ich ukochany wnuczek leżał martwy przez całą noc, a oni spali w sąsiednim pokoju. Nie przyszli go utulić, bo miał bardzo lekki sen. Jackie zrobiła wieczorem awanturę, więc postanowili dać mu spokój. A on nie żył.

Joe wszedł na palcach do pokoju, zobaczył nieruchome wybrzuszenie pod kołdrą i zamknął za sobą drzwi. Wnuczek był światłem jego życia i powodem, dla którego Lena wstawała rano z łóżka.

Czemu nie zajrzał do niego wieczorem? Dlaczego nie sprawdził, czy wszystko w porządku?

Joe przyciskał ręce do piersi tak mocno, że zabolały go palce.

— Pospieszcie się, jajko stygnie! Co wy tam robicie? Głos Leny dał mu impuls, by się poruszyć. Głos szczęśliwej Leny, kobiety, którą tyle razy zranił i bez której nie mógłby żyć. Myśl, że jego żona ujrzałaby ten widok, wyrwała go z bezruchu.

Wyszedł z pokoju i zamknął za sobą drzwi.

Lena stała w holu. Zobaczyła łzy na twarzy męża.

— Co się stało? Gdzie jest moje maleństwo? — zapytała wysokim chrapliwym głosem. Była przestraszona. — No co, ty stary durniu? Gdzie jest mój wnusio?

Joe czuł emanujący od niej lęk, słyszał go w jej głosie.

— Przepuść mnie, muszę zobaczyć...

Joe złapał ją i nie puszczał. Siłowali się. Nie mógł wpuścić jej do pokoju, bo ten widok by ją zabił.

Lena patrzyła mu w oczy, a on trzymał ją za ręce. Pokój zamienił się w grobowiec, w którym spoczywały zwłoki ich ukochanego wnuczka.

— Joe, ja się boję. Przestań, pozwól mi zobaczyć małego, proszę cię... Proszę...

Lena płakała, była bliska histerii, a Joe wciąż milczał. Błagała go, żeby ją uspokoił, żeby powiedział, że nic się nie stało. Ale on nie mógł tego uczynić.

Jak można powiedzieć coś tak strasznego ukochanej osobie? Jak, do jasnej cholery, zacząć?

◆ ◆ ◆

Freddie siedział koło Jimmy'ego i patrzył, jak ten przeżywa swój ból. To było straszne, widzieć skrajną rozpacz innego mężczyzny. Freddie odczuwał stratę tak samo jak kuzyn, ale nie mógł mu o tym powiedzieć.

Jeszcze niedawno siedzieli razem w samochodzie, a Jimmy nabijał się z niego, że zostanie dziadkiem. Śmiali się tak jak kiedyś. Potem zadzwonił telefon, Jimmy zahamował gwałtownie, upuścił komórkę i się rozpłakał.

— Co się stało?

Przez sekundę Freddie łudził się, że to Ozzy umarł, że zniknął z powierzchni ziemi, ale to nie wprawiłoby Jimmy'ego w taką rozpacz. Musiało chodzić o Maggie. Pomyślał, że rozwaliła auto, tego pieprzonego merca, którym jeździła. Albo że przynajmniej miała wypadek.

Omal nie zemdlał, gdy po chwili długiej jak wieczność Jimmy odwrócił się do niego i powiedział:

— Mój mały Jimmy zmarł wczoraj w nocy.

Potem zaczął szlochać głośno i z bólem, waląc pięściami w kierownicę. Płakał i płakał, a Freddie siedział obok niego, zszokowany, zachodząc w głowę, co mogło spowodować niespodziewaną śmierć uroczego chłopczyka.

Freddie wykorzystał go, by zniszczyć jego matkę. A teraz ten chłopczyk, kochany mały Jimmy, który się promiennie uśmiechał i wszystkich rozweselał, nie żył.

Świat, ten cholerny świat oszalał.

◆ ◆ ◆

Lenę i Joego dręczyło poczucie winy i w miarę jak sala w szpitalu zapełniała się kolejnymi członkami rodziny, odczuwali swoją winę coraz dotkliwiej. Jimmy umarł, będąc pod ich opieką, kiedy spali w sąsiednim pokoju. Jak sobie z tym poradzą, czy jeszcze kiedykolwiek zdołają zasnąć? Czy kiedykolwiek przeżyją jeszcze szczęśliwy dzień, skoro wnuczka nie będzie przy nich?

Może zdołaliby mu pomóc, może by żył, gdyby do niego zajrzeli?

Maggie nie powiedziała ani jednego słowa. Roxanna trzymała ją za rękę i próbowała pocieszyć.

Dianna płakała razem z Kimberley. Obie kręciły głowami, nie mogąc uwierzyć w to, co się stało.

Jackie stała na zewnątrz i paliła papierosa. W całym szpitalu palenie było zabronione, ale ona jak zawsze stawiała swoje potrzeby na pierwszym miejscu. Patrzyła, jak toczy się świat, i od czasu do czasu pociągała łyk wódki z butelki, którą miała w torebce.

Do sali dla odwiedzających weszła pielęgniarka.

— Przynieść państwu jeszcze herbaty?

Lena skinęła głową. Filiżanka herbaty w dłoni to coś, czym można się zająć, pretekst do tego, żeby się ruszyć. Wiedziała, że Jimmy jedzie do szpitala. Nie chciała się spotkać z nim ani z jego rodzicami.

Rodzice Jimmy'ego. Jak zwykle wszyscy o nich zapomnieli. Jimmy należał teraz bardziej do rodziny żony, niż do swojej. Od śmierci Freddiego seniora nikt ich prawie nie widywał, a Jimmy najmniej.

— Czy ktoś zadzwonił do krewnych Jimmy'ego?

Nikt nie odpowiedział.

Lena westchnęła. I tak się wkrótce dowiedzą. Po co łamać im serca wcześniej niż to konieczne?

♦ ♦ ♦

Freddie i Jimmy wchodzili właśnie do szpitala, gdy Jackie zawołała męża. Ścisnął Jimmy'ego za rękę i podszedł do niej.

Odeszła z nim od ruchliwego wejścia do sekcji A i E i zapaliła papierosa. Freddie widział, że jest nawalona, lecz wyjątkowo nie zwracał na to uwagi. Wciąż był w szoku.

To był jego syn, nie Jimmy'ego. A teraz nie żył. Ta myśl przez lata krążyła w jego głowie, ale dopiero przed kilkoma minutami zmieniła się w rzeczywistość.

Jackie płakała. Naprawdę szlochała, a on nie miał jej tego za złe.

— Czy to nie jest straszne, Freddie? Mamy szczęście. Nasz mały Freddie to gnojek, ale co by było, gdyby umarł?

Jackie szlochała z żalu. Freddie wiedział, co czuje, więc odruchowo przygarnął ją do siebie. Nawet on rozumiał, że tym razem ma powód, by płakać. Przytulali się do siebie po raz pierwszy od lat.

— Biedna Maggie sama wygląda jak trup. To jest straszne, co ona przeżywa! Jak można z czymś takim żyć!

— Wiadomo już, jak to się stało?

Jackie spojrzała na męża i odparła chrapliwym głosem:

— A ty jeszcze nie wiesz?

Freddie pokręcił głową.

— Nie. Powiedz.

— Wciągnął sobie na głowę torebkę foliową i udusił się.

◆ ◆ ◆

Po wejściu do szpitala Glenford podszedł prosto do Jimmy'ego. Przycisnął go do siebie, a Jimmy wybuchnął płaczem. Dziwnie wyglądali: drobny mężczyzna przytulał dużego mężczyznę. Potężne ramiona Jimmy'ego trzęsły się, co sprawiało, że widok był jeszcze bardziej groteskowy.

Glenford też płakał. Maggie patrzyła na nich i zazdrościła im tej bliskości. Jimmy zasługiwał na pocieszenie, bo w odróżnieniu od niej nie miał nic na sumieniu w związku ze zmarłym dzieckiem.

Tak samo jak pozostali obecni. Ale ją zżerało poczucie winy, kiedy patrzyła na drobne bezbronne ciało dziecka. Mały Jimmy już nigdy nie otworzy oczu, nie uśmiechnie się i nie przytuli do niej. To było nie do zniesienia.

Z trudem tolerowała syna, gdyż przechowywała w piersi sekret ciężki jak ołów. Teraz wszystko się skończyło, a ona, zamiast ulgi, o której marzyła przez całe lata, czuła głęboką i bolesną nienawiść do samej siebie.

Jej biedni rodzice postarzeli się w ciągu kilku godzin. Matka ściskała w dłoniach przemoczone chusteczki i skakała wzrokiem po sali, czekając, aż ktoś oskarży ją o to, co się stało. Maggie wiedziała, że biedna kobieta się obwinia.

Ona, która obdarzała małego Jimmy'ego miłością, gdy jego matka nie była do tego zdolna. Która krzyczała na nią, zarzucała jej, że zachowuje się nienaturalnie, i starała się uczynić jego życie znośnym, wiedząc, że matka nie potrafi się nim zaopiekować.

A Jackie gada w kółko o tym, że Roxanna będzie miała dziecko i że Bóg zamknął jedne drzwi, by otworzyć inne. Durna zapijaczona krowa miała czwórkę dzieci i nie dbała o żadne z nich. Tak jak wszyscy pijacy, myślała tylko o sobie i swoich zachciankach. W jej życiu liczyła się tylko ona i Freddie. Przez całe lata starała się zyskać miłość mężczyzny, który nią pogardzał.

Freddie zniszczył ją i jej siostrę i rozkoszował się tym niczym smakosz.

Maggie zastanawiała się, czy odczuł stratę chłopca, którego wykorzystał jako oręż przeciwko niej. Czy czuł wyrzuty sumienia z powodu tych lat, w czasie których ją zadręczał. Życzyła mu, by drań nie zaznał ani jednego szczęśliwego dnia, żeby wszystkie jego dzieci umarły, a on patrzył na ich martwe ciała, których nigdy więcej nie będzie mógł dotknąć.

Gdzie on właściwie jest? Nie było go w szpitalu, co właściwie nie powinno nikogo dziwić. Pragnęła go zabić, wydrapać mu oczy, odpłacić za to, że z jego winy nie umiała kochać własnego dziecka.

Dziecka, które straciła. Nigdy nie zdoła mu wynagrodzić pierwszych lat życia, kiedy nawet karmienie go było dla niej udręką. Kochała go, ale jednak napawał ją lękiem. Bała się tego, co może się stać, gdy wyjdzie na jaw prawda o jego poczęciu.

Teraz wykrzyczałaby to na cały świat i z lekkim sercem przyjęła konsekwencje, gdyby tylko z nią był.

Jimmy ukląkł przed nią, a ona położyła głowę na jego ramieniu i wreszcie zapłakała naprawdę. A kiedy zaczęła, nie mogła przestać. Słyszała swój krzyk, który brzmiał tak, jakby krzyczał ktoś inny. Jak gdyby ktoś zawładnął jej ciałem, bo przecież taki krzyk nie mógł wydobywać się z niej.

Lekarz wbił igłę w jej rękę, a ona była mu wdzięczna i prosiła Boga, żeby nie pozwolił jej obudzić się z zapomnienia.

Dlaczego jej mały synek założył sobie torebkę na głowę? Czemu miałby zrobić coś takiego? Co go do tego skłoniło?

To były jej ostatnie świadome myśli.

◆ ◆ ◆

Jimmy i Glenford siedzieli w ciemnej sali i patrzyli na delikatnie falującą pierś Maggie. Jego żona emanowała takim spokojem, że aż jej zazdrościł.

Długo trzymał w ramionach swojego małego syna i całował jego czółko. Glenford siedział z nim, nie mogąc pogodzić się z tragedią, która spadła na przyjaciela i jego rodzinę.

Nie próbował nic mówić. Siedział obok Jimmy'ego i milczał. Tylko to mógł zrobić — być obok człowieka, którego od piętnastu lat kochał i szanował jak brata. Jedno pytanie nie dawało mu spokoju: dlaczego Freddie wyszedł ze szpitala i dotąd nie wrócił?

Był gotów iść o zakład, że tym razem Freddie Jackson zachowa się, jak należy. I przegrałby.

Jimmy potrzebował go teraz bardziej niż kiedykolwiek w życiu. Nawet egoistyczny śmieć taki jak Freddie powinien choć tyle rozumieć. A Jimmy nawet o niego nie zapytał, jak gdyby wiedział, że kuzyna nie ma. Jak gdyby spodziewał się, że ten się nie zjawi. Było to dziwne.

Był to smutny i straszliwy dzień. Glenford modlił się do Boga, żeby nie było dane mu doświadczyć czegoś podobnego.

◆ ◆ ◆

Mały Freddie siedział przed konsolą do gier, kiedy otwarły się drzwi. Niczego nie usłyszał, był za bardzo zajęty odstrzeliwaniem postaci na ekranie telewizora.

Było fajnie, bo miał całą chatę dla siebie. Jak zwykle nie pofatygował się, żeby pójść do szkoły. Był znów zawieszony, zajrzał więc do kolegów w podobnej sytuacji i z satysfakcją obwieścił im nowinę. A potem wrócił do domu i od razu zasiadł do gry.

Smród dywanu go wnerwiał, ale przyzwyczaił się do niego. Od czasu do czasu tylko marszczył nos z powodu odoru wydobywającego się z przepełnionej popielniczki stojącej tuż obok. Przygotował sobie miskę cukierków i szklankę soku pomarańczowego, który obficie wzbogacił wódką z zapasów matki. Kupowała ją teraz na skrzynki od gościa, który raz w miesiącu robił skok do Calais po gorzałę i fajki.

Freddie był wesoły, rozluźniony i zadowolony z siebie.

W drodze powrotnej do domu zwinął parę rzeczy z pobliskiego sklepu. Ekspedient był nowy, a mały Freddie zawsze zachowywał się wobec niego grzecznie i uprzejmie. Nie przypuszczał, że uśmiechnięty chłopak bezczelnie go okrada.

Ludzie to tylko głupie znaczki na ekranie. Ojciec zawsze tak mówił i miał rację. Nigdy nie spodziewają się, że ktoś może być zły, myślą, że jesteś taki sam jak oni: miły, życzliwy i rozmowny. Chcą, żebyś troszczył się o nich, ich uczucia i zasrane nudne życie.

Ale kto chciałby żyć tak jak oni? Kto przez całe życie chciałby być frajerem? Strach to pożyteczne narzędzie, Freddie zauważał to niemal na każdym kroku w ciągu swego krótkiego życia. Ojciec rządził wszystkimi wokół za pomocą strachu. To groźna broń. Wszyscy w szkole szybko się o tym przekonali. Mały Freddie postarał się o to i daleko zaszedł.

Zabierał im wszystko, co chciał, a oni chętnie oddawali.

Był synem swojego ojca i napawało go to dumą, ale tylko dlatego, że podziwiał go za to, jak wszystkich wykorzystuje. I za to, że dzięki jego nazwisku uchodziły mu na sucho prawie wszystkie brudne sprawki.

Mały Freddie podniósł głowę i zobaczył ojca stojącego w drzwiach. Spojrzał mu w oczy i zrozumiał, że ma kłopoty.

Rozdział dwudziesty czwarty

Jimmy kazał Glenfordowi iść do domu, ale ten ani myślał tego zrobić. Czekał przed salą, w której Jimmy siedział obok żony i próbował uporządkować w głowie wydarzenia. Czuł się tak, jakby stał na straży i pilnował Jimmy'ego. Nie wiedział, skąd to poczucie się bierze ani przed czym ma strzec przyjaciela. Nagle poczuł, że musi zaopiekować się Jimmym. Istniało coś, o czym nikomu nie mówił. Glenford był pewien, że to, co Jimmy ukrywa, jest jak potężny ładunek wybuchowy, który w razie eksplozji wstrząśnie całym ich światem. Lecz jeśli Jimmy zechce go zdetonować, Glenford będzie przy nim stał.

Na tym polega przyjaźń i szacunek. Nic więcej nie mógł mu dać w tej strasznej chwili. Jeśli Jimmy będzie kogoś potrzebował, może liczyć na niego.

Czuł ból przyjaciela i żałował, że nie może chociaż na chwilę mu w nim ulżyć.

Wyszedł i wsiadł na moment do samochodu. Zadzwonił do wszystkich znajomych, powiadamiając ich o tragedii Jimmy'ego. Potem wciągnął pospiesznie jedną działkę i wrócił do szpitala.

Kochał Jimmy'ego, lecz aż do tej chwili nie zdawał sobie sprawy, jak silne jest jego przywiązanie. To było coś w rodzaju objawienia. Wiedział, że kocha Jimmy'ego Jacksona bardziej niż krewnych, bardziej nawet niż członków swojej rodziny. Jimmy znaczył dla niego więcej niż ktokolwiek na świecie.

Kochał tego faceta, dlaczego nie? Jimmy zawsze był, kiedy Glenford go potrzebował. I vice versa.

Glenford nie mógł go zostawić. Nie wiedział dlaczego, ale tej nocy nie mógł zostawić go samego. To byłoby nieludzkie i nierozsądne. Jeżeli Jimmy zacznie szaleć, on nie pozwoli mu popełnić głupstwa. Glenford wiedział, że nadejdzie chwila, kiedy Jimmy zacznie odchodzić od zmysłów, a wtedy on będzie gotów.

Było ciemno, gdy Freddie wszedł do szpitala. Glenford, który nigdy nie należał do jego wielbicieli, spojrzał na niego, zszokowany. Freddie miał włosy w nieładzie, a z jego poszarzałej twarzy emanował ból nie tyle fizyczny, co emocjonalny.

Płakał, było to widać na pierwszy rzut oka. Wyglądał na zdruzgotanego i to zaskoczyło Glenforda.

— Wszystko u ciebie w porządku? — zapytał cicho, wstając.

Freddie usiadł obok niego i oparł głowę na dłoniach.

— Nie, raczej nie, Glenford. Jak on się czuje?

Glenford przesunął ręką po twarzy.

— A ty jak byś się czuł na jego miejscu? Chłop jest całkowicie i dokumentnie rozbity. Jego życie się skończyło. Nigdy nie widziałem go w takim stanie. Stoi na krawędzi.

Freddie wiedział, że to prawda.

— Mówił coś?

— O chłopcu? Właściwie nie. Chyba jest w szoku... — Glenford westchnął. — Wydaje mi się, że coś ukrywa. Tak jakby odjechał. Wiesz, o czym mówię?

— Dokładnie wiem, o czym mówisz.

Była to dziwna odpowiedź. Coś tam nie grało i Glenford nie mógł się pozbyć myśli, że Freddiego i Jimmy'ego łączą jakieś nieznane nikomu sprawy.

— A jak się czuje Maggie?

Glenford uśmiechnął się ze smutkiem.

— Dostała środek uspokajający i nie obudzi się do rana. A ja jej zazdroszczę, bo śmierć tego dziecka była jak bomba, która między nimi eksplodowała. Wiesz co? Nie chciałbym być którymś z nich za żadne pieniądze. Ojciec i matka Maggie nie mogą uwierzyć, że chłopiec mógł zrobić coś takiego. Wezwali policję, ale myślę, że gliny zakwalifikują to jako tragiczny wypadek. Bo co innego to mogło być?

Glenford westchnął ciężko.

— Dlaczego małe dziecko zrobiło sobie coś takiego? Bawił się, dzieciaki lubią takie niebezpieczne zabawy. Jak to dzieci, robią czasem coś bez sensu. — Głos uwiązł mu w gardle, więc odkaszlnął chrapliwie. — Torebka przywarła mu do buzi. Ja pierdolę, trudno żyć, jeśli zobaczyło się taki widok. Zajebiście ciężka sytuacja dla rodziców.

— Co zrobiły gliny? — spytał Freddie najbardziej naturalnym głosem, na jaki zdołał się zdobyć.

Glenford wzruszył ramionami.

— Kto wie, co się dzieje w ich łbach? Ale widać było, że też jest im przykro. Wypadek, okropny wypadek.

Freddie milczał. Nie wiedział, co powiedzieć.

Wszedł do sali, w której Jimmy siedział obok pogrążonej we śnie żony, i zamknął za sobą drzwi.

♦ ♦ ♦

Jackie od lat nie była taka pijana. Nie chciała być trzeźwa. Córki piły razem z nią, topiąc w wódce świadomość tego, co stało się z dzieckiem. Wreszcie zrozumieją jej stosunek do życia.

Paul i Liselle podawali im drinki. Rzadko się zdarzało, by ta grupa piła w pubie, ale sytuacja była wyjątkowa. Freddie nieczęsto wpuszczał Jackie do bastionu swojej męskości, a jeśli już, to na krótko. Ale dziś wieczorem Jackie nie zamierzała wychodzić.

Biedny Jimmy, biedna Maggie. Liselle i Paul byli zdruzgotani tragiczną wiadomością, podawali więc trunek za darmo.

Liselle miała w pamięci wszystkie krótkie wizyty Jimmy'ego z synem. Chwalił się nim i Liselle rozumiała to. Był takim dumnym ojcem i zabierał chłopca ze sobą, kiedy tylko mógł.

Ubóstwiał go, a o stanie biednej Maggie wiedzieli wszyscy. Zachowywała się szorstko po urodzeniu dziecka i długo trwało, zanim stanęła z powrotem na nogi. Jimmy bez wahania wziął na swoje barki ciężar opieki nad dzieckiem. A gdy znów stali się szczęśliwą rodziną, spadło na nich nieszczęście. To było potworne. Liselle bardzo ich żałowała, stanowili uroczą parę.

Myśl o śmierci biednego dziecka dla każdego była trudna do zniesienia. Lokal pogrążył się w żałobnej ciszy, którą tylko Jackie zakłócała ględzeniem.

Liselle nigdy nie pałała do niej sympatią. Czuła do niej odrazę, za to uwielbiała Maggie. Jackie zaś od lat była przekonana, że między Liselle i Freddiem coś się dzieje. Biedna Jackie myślała tak o większości kobiet, to jednak nie zmieniało faktu, że Liselle była na nią zła.

Paula bardzo to bawiło. Świetnie, myślała Liselle, ale była o krok od tego, żeby przyłożyć Jackie. Mały Jimmy nie żył, a ona wykorzystywała tragedię jako powód do awanturowania się. Liselle miała tego dość.

Córki Jackie natomiast były urocze. Robiły wszystko, by utrzymać matkę w ryzach, ta jednak nie dawała za wygraną.

Lokal był prywatnym drink-barem, czymś w rodzaju zamkniętego pubu. Przychodzili do niego specyficzni klienci i to właśnie stanowiło o jego atrakcyjności. Patrząc na Jackie i słuchając jej chrapliwego głosu, Liselle rozumiała, że Freddie, bynajmniej nie anioł, potrzebował ucieczki od tej pijanej krowy. Usiłowała wszcząć awanturę po dwudziestu latach, mimo że Liselle nie dotknęłaby Freddiego Jacksona nawet patykiem!

Jackie nie płaciła za drinki i Liselle nie miała nic przeciwko temu. Ale Jackie zachowywała się tak, jakby jej się to należało, jak gdyby to był jej prywatny folwark. Liselle też popijała, co nie zdarzało się jej często, i była gotowa do walki. Ona też potrzebowała odreagować, zrzucić to i owo z piersi.

Paul obserwował, jak Liselle patrzy na Jackie, i czuł narastające napięcie. Nagle do sali weszła Patricia O'Malley i mógł odetchnąć z ulgą.

Jeśli ma dojść do rozróby, to niech Jackie bije się z Pat, a nie z jego starą. Jackie musiała się z kimś pobić prędzej czy później i tylko nie było wiadomo, z kim będzie się biła.

◆ ◆ ◆

Roxanna zauważyła wejście Patricii i miała nadzieję, że matka zdoła się opanować. Wiedziała o romansie ojca z Pat, tak jak wszyscy. Pat była miłą kobietą i zawsze życzliwie odnosiła się do niej i jej sióstr.

Roxanna rozumiała, co pociąga ojca w tej kobiecie i co ona w nim widzi. Patricia była pewna siebie, zdecydowana i niezależna. Musiało to ojcu zawrócić w głowie. Wiedziała również, że właśnie dlatego jej pragnął. Pat pod wieloma względami była jak mężczyzna, wykorzystywała ich tak samo, jak większość facetów wykorzystuje kobiety. Roxanna życzyła jej w tym powodzenia. Podziwiała Pat za jej styl życia. Matka zabiłaby ją za to, lecz zawsze, gdy widziała Patricię — a zdarzało się to często, bo przychodzili razem do pubu w weekendy — podziwiała ją. Roxanna z początku miała opory przed rozmową, ale potem okazało się, że Pat jest taka swobodna i zabawna, że zapomniała o żalach matki. Wiedziała również, że jest w stanie dać ojcu to, czego jej matka nigdy nie mogła mu dać. Była to rzecz bardzo zwyczajna i codzienna: normalność.

Jako jedyna kobieta umiała go traktować tak, jak on traktował każdą kobietę, którą napotkał, i uchodziło mu to na sucho. Dlatego ją szanował. Patricia nie pozwalała sobie dmuchać w kaszę i wyglądała wspaniale na swój wiek.

Roxanna darzyła ją podziwem.

Ciekawiło ją, jak matka poradzi sobie przy spotkaniu ze swoją największą rywalką. Ona jednak była kompletnie zalana. Roxanna po raz pierwszy zrozumiała, dlaczego ojciec tylko wpada do domu i bawi się poza nim.

Popijając tonik, obserwowała małe scenki, które się przed nią rozgrywały. Jackie prawie zapomniała o śmierci małego Jimmy'ego, piła dlatego, że było co pić, zażyła koki z tego samego powodu. Roxanna widziała ją w takim stanie tyle razy, że nawet już się nie złościła.

Jej dziecko dostanie od niej o wiele więcej. Będzie się nim zajmować tak, jak Maggie i Jimmy zajmowali się swoim synkiem. Pogłaskała się po brzuchu i wyobraziła sobie, że rodzi dziecko, a później je traci. Jak powiedziała babcia w szpitalu, nie w tej kolejności powinno się to dziać. Nigdy nie powinno się grzebać swojego dziecka. To one powinny grzebać rodziców.

Pat przywitała się z obecnymi. Miała nadzieję, że zobaczy Freddiego, ale zamiast niego była jego żona, która jak zawsze przy takich okazjach posłała jej długie spojrzenie.

Miała to w nosie.

Ale lubiła jej córki. Dobre z nich były dziewczyny, mimo że wydała je na świat brudna zdzira z niedomytymi nogami i nalanym cielskiem. Znała jednak swoje miejsce, powiedziała więc, najżyczliwiej jak umiała:

— Jak się masz, Jackie. To straszne, co się stało. Żal mi obojga. — Naprawdę tak myślała. — Biedna Maggie musi być zdruzgotana.

Jackie spoglądała na rywalkę. Córki uśmiechały się do niej, a Paul i Liselle skakali wokół niej. Potem przypomniała sobie, że to siostra Ozzy'ego i że nigdy nią nie pomiatała tak jak niektórymi z dziwek jej męża. Miała dzisiaj ochotę z kimś zadrzeć, ale wiedziała, że gdyby rzuciła się na Pat, to ją wywalono by za drzwi. Wyjątkowo przyjemnie siedziało jej się z córkami, a Roxanna przyniosła jej kolejną dużą wódkę.

— Biedna Maggie ma złamane serce — odparła ze smutkiem. — Możesz sobie wyobrazić, co czuje.

Najwyraźniej Jackie zamierzała być miła. W końcu co by zyskała dzisiaj przez rozróbę? Freddiego nie było, a w głębi serca lubiła Pat.

Wszyscy westchnęli z ulgą, Pat również.

— Wiadomo, jak to się stało?

Roxanna wzruszyła ramionami.

— Dzieci robią różne rzeczy, ale nigdy nie dowiemy się, dlaczego mały naciągnął sobie na głowę foliową torbę.

Jackie jej przytaknęła.

— Dzieciakom się zdaje, że to zabawa. W tym wieku nie wiedzą, co to niebezpieczeństwo. Ale każda rodzina przeżywa ciężko takie wydarzenie.

Wszyscy mądrze kiwali głowami. Córki Jackie spoglądały na siebie ukradkiem, ciesząc się, że matce nie odbiło. Na razie.

◆ ◆ ◆

— W porządku, Jimmy?

Freddie wiedział, że już nigdy nic nie będzie w porządku. Chciał coś powiedzieć na początek.

Jimmy skinął głową. Postarzał się w ciągu ostatnich kilku godzin. Freddie był gotów iść o zakład, że rano jego włosy nie były tak siwe jak teraz. Obaj mieli czarne włosy, które wcześnie zrobiły się szpakowate, ale były gęste, więc wyglądały dobrze. Jakimś sposobem dodawały im męskości.

W tej chwili byli do siebie bardziej podobni niż kiedykolwiek, głównie za sprawą żałoby, która ich tłoczyła. Mieli wspólną tajemnicę. Teraz musieli postanowić, jak dalej postąpić.

— Przykro mi, Jimmy. Przysięgam ci, stary, że jest mi przykro.

Jimmy milczał.

— Powiedz coś, proszę cię.

Freddie naprawdę go błagał. Nigdy przedtem mu się to nie zdarzyło.

Jimmy westchnął i odwrócił się do niego.

— Nie mogę ci powiedzieć tego, co chcesz usłyszeć — odparł po dłuższej chwili bezdźwięcznym głosem. — Wybacz, ale nie mogę. Kiedyś opowiadałeś mi o nim i pożałowałem cię. Ale to nie jest królik ani pies sąsiada, choć tamto też było wstrętne. Zginęło moje dziecko. Nie mogę tego przepuścić. Przykro mi, kolego, ale nie mogę.

— Załatwię to, Jim, przysięgam.

Często używali tego słowa. Zawsze coś załatwiali. To była ich robota, tak zarabiali na życie. Ale nie można załatwić śmierci dziecka. Dziecka, które zginęło z ręki innego dziecka.

Jednak mały Freddie nigdy nie był dzieckiem. Był bestią, obłąkańcem. Do tej pory Jimmy się tym w gruncie rzeczy nie przejmował, bo niby dlaczego? To był syn Freddiego. Czemu miałby przypuszczać, że w taki sposób wkroczy w życie jego rodziny?

Chłopiec zachowywał się jak chodząca bomba zegarowa, a teraz było za późno, żeby cokolwiek zrobić.

— Co zamierzasz?

Freddie milczał. Wyglądał zupełnie inaczej, jak gdyby całe jego życie było przygotowaniem do tej chwili. Kto wie, może właśnie tak jest, pomyślał Jimmy.

— Wkrótce zniknie, przyrzekam. On zniknie.

Jimmy roześmiał się niewyraźnie.

— Zniknie? W jaki sposób? Będzie martwy? Powiedz.

Freddie znów zamilkł. Usiłował zebrać myśli, ale nie było to łatwe. Żałował, że wciągnął aż tyle proszku. Była to dziewiątka, najlepszy towar, jaki można zdobyć, a on pochłaniał go jak odkurzacz, jakby za chwilę miało go zabraknąć.

— On nie panuje nad sobą, już taki jest.

Jimmy puścił rękę żony, która opadła na łóżko bezwładnie. Złapał Freddiego za kark i mocnym ruchem przyciągnął do siebie tak, że patrzyli sobie prosto w oczy.

— Wychowałeś bestię — wycedził przez zaciśnięte zęby. — Ktoś musiał w końcu zapłacić za jego świństwa, wiedziałeś o tym. Siedząc tutaj, przypomniałem sobie, jak uczyłeś go przeklinać i bić się. Dopiero teraz dotarło do mnie, co mu zrobiłeś. Ten chłopak nigdy nie miał szansy, ty i Jackie się o to postaraliście. Śmiałeś się, kiedy rzucał się na siostry, pozwalałeś mu siedzieć przez całą noc i oglądać krwawe filmy. Sam go stworzyłeś i nagle okazało się, że Freddie urósł i to już przestało być zabawne. Miał kłopoty w szkole, w sądzie, a ty nie szukałeś dla niego pomocy. Zostawiłeś go, a teraz on zabił moje dziecko, wiesz o tym.

Jimmy odrzucił od siebie Freddiego, jak gdyby nie chciał go więcej dotykać. Jak gdyby bał się zabrudzenia.

— Nie wiemy tego na pewno.

Freddie desperacko chciał się w tym wszystkim połapać, chciał znaleźć jakieś inne rozwiązanie.

Jimmy pokręcił głową.

— Mojemu małemu nigdy nie przyszłoby do głowy, żeby wciągnąć sobie torebkę na głowę. Po co miałby to robić? A torebka była zawiązana. Policjanci widzieli, że jest zawiązana pod brodą. Oni wrócą, Freddie, wiesz o tym. Joe mi o tym powiedział, bo sam ją zerwał, żeby Lena nie zobaczyła. Przywarła do jego buzi. Musiało to trwać długo, Freddie. To było przemyślane morderstwo. Mój Jimmy nie umiał zawiązać sznurówek, więc jak mógł zawiązać sobie torebkę na szyi, co? Dlaczego ten piździelec to zrobił, Freddie? Powiedz mi dlaczego?

Jimmy znów był bliski płaczu. Był zrozpaczony i wściekły i z trudem starał się trzymać emocje na wodzy.

Freddie pokręcił głową.

— Nie wiem, Jimmy, naprawdę nie wiem.

— Masz niejedno na sumieniu. Stephanie. Lenny. Przepuszczałem ci za każdym razem i taki jest skutek. Ty i on jesteście jak dwie krople wody, nikt was nie obchodzi. Tylko z powodu Maggie nie krzyczę, jaka jest prawda, bo ona nie poradziłaby sobie ze świadomością, co się naprawdę stało. Ja też nie wiem, czy dam sobie radę. W tej chwili wiem tylko tyle, że Maggie nie może się dowiedzieć, że siłą włożono jej małemu synkowi torebkę foliową na głowę. To by ją zabiło. Nawet ja sobie z tym nie radzę, Freddie. W mojej głowie wciąż pojawiają się obrazy. Mój mały Jimmy mu zaufał, chciał być posłuszny, bał się go. Ale ostrzegam cię. Jeśli kiedykolwiek zobaczę twojego chłopaka, przekona się, co znaczy strach, bo nie będę odpowiadał za to, co robię.

Freddie płakał cicho i ocierał łzy, ale Jimmy mu nie współczuł.

— Załatwiłem to, Jimmy, przysięgam ci, że to załatwiłem.

Jimmy'emu znów zachciało się śmiać, ale nie znalazł w sobie śmiechu i wątpił, czy jeszcze kiedykolwiek znajdzie. Tej sprawy nie da się załatwić.

— Odejdź, Freddie. Nie chcę cię więcej widzieć.

Freddie nic nie powiedział, tylko wstał i wyszedł z sali. Jimmy nie podniósł głowy.

To był koniec życia dla niego i jego żony. Kiedyś znów zaczną zachowywać się normalnie, bo tak trzeba. Zawsze tak się dzieje po tragedii, ale na nic więcej nie będzie ich stać. Będą utrzymywać pozory, ale nie będą żyć.

♦ ♦ ♦

Dianna się bała. Wciąż widywała się ze swoim niebezpiecznym chłopakiem, a on wciąż ją kantował. Wymknęła się, żeby się z nim spotkać, a on nie przyszedł.

Stała w ciemności na ulicy i była pewna, że on się nie zjawi. Nie był to pierwszy raz. Wiedziała, że powinna być z rodziną w pubie, tam teraz było jej miejsce. Zdarzyła się tragedia i ona powinna siedzieć z siostrami i matką, a nie czekać na faceta, który traktował ją jak szmatę. Terry Baker był jak narkotyk. Potrzebowała go, pragnęła go, bez niego czuła się nic niewarta.

Czekała od ponad godziny i miała dość. Teraz chciała wrócić do rodziny, do ciepłego pubu i dzielić smutek najbliższych. Nie powinna była w ogóle wychodzić.

Ruszyła wolno z powrotem. Miała na nogach szpilki i bolały ją nogi. Zbliżała się już do pubu, kiedy podjechał Terry. Postanowiła go zignorować. Czuła, że ma prawo zmusić go, żeby to on za nią gonił. Weszła do środka z wysoko uniesioną głową. Stopy bolały ją potwornie.

Terry Baker wkroczył za nią i był to największy błąd, jaki w życiu popełnił.

◆ ◆ ◆

Roxanna i Kimberley rozmawiały o ciąży. Kim była w życzliwy sposób trochę zazdrosna. Zazdrościła siostrze jej życia. Dicky był prawdziwym skarbem i każdy, kto miał odrobinę rozumu, widział, że ubóstwia Roxannę. Kim nikogo nie miała. Starała się zachować czystość i zapewnić sobie utrzymanie. Cała rodzina jej w tym kibicowała.

Śmierć małego Jimmy'ego sprawiła, że wszyscy musieli zastanowić się nad swoim życiem. Dziewczęta rozmawiały o dziecku Roxanny, bo nie mogły dłużej roztrząsać tragedii. Było to zbyt dręczące. Wyobrażały sobie, co będzie czuła Maggie, kiedy obudzi się rano. Dianna weszła do pubu i jej siostry trąciły się porozumiewawczo. Wiedziały, że kogoś ma, ale nie mogły się od niej niczego dowiedzieć.

Jackie, kompletnie zalana, zawołała wesoło:

— Hej, Di, gdzie się podziewałaś?

Dianna uśmiechnęła się i podeszła do matki. Zauważyła, że Patricia też nie żałowała sobic drinków.

— Wyszłam zaczerpnąć powietrza, mamo.

Jackie parsknęła śmiechem, który irytował jej córki.

— Tak to dzisiaj nazywają, Pat? Ja też parę razy wychodziłam na powietrze. Tak samo ty, Freddie i wszyscy inni wychodzą przez całą noc!

Wrzeszczała jak wariatka, Dianna miała ochotę ją udusić. Jackie zwracała się do Patricii, jak gdyby wszystkie były podlotkami. Roxanna na pewno usłyszała, co Jackie sugerowała, i musiało ją to dotknąć.

Pat roześmiała się z Jackie, choć żart wcale jej nie rozbawił. Nie miała ochoty słuchać tych bzdur, ale musiała zostać. Chciała zobaczyć Freddiego, wiedzieć, co się z nim dzieje. Tym razem naprawdę go potrzebowała i czuła się z tym osobliwie.

— Cześć, Terry! — rzuciła przyjaźnie Jackie.

Terry Baker podszedł do baru i rzekł jowialnie:

— Jackie Summers? Czy mnie oczy nie mylą?

Od dawna nikt nie zwrócił się do Jackie, używając jej panieńskiego nazwiska. Z przyjemnością je usłyszała. Jackie Summers.

Zdawało się, że od tego czasu minęło całe życie.

— Terry Baker! Jak rany. — Spojrzała na córki, jak gdyby chciała się nimi pochwalić. Teraz, kiedy nie miała ich już na głowie, sprawiało jej przyjemność, że wszyscy zauważają ich urodę. Wiedziała, że nie ma w tym jej zasługi, ale to jej nie przeszkadzało.

— Dziewczęta, oto mój pierwszy chłopak. Chodziliśmy razem do podstawówki, umówiłam się z nim, żeby wzbudzić zazdrość taty.

Rozległ się śmiech. Dianna marzyła o tym, żeby wszyscy padli martwi, żeby zniknęli. Jackie była już mocno wcięta, podobnie jak Terry. Tak jak jej matce, po wciągnięciu kilku linijek odbijało mu: nie myślał, co mówi ani do kogo to mówi.

— Ładne dziewczyny, Jackie. Ty też w swoim czasie byłaś laską.

Jackie zignorowała sugestię, że jest mocno zniszczona, i zamówiła drinki. Lubiła Terry'ego, a ponieważ spędził dłuższy czas w odosobnieniu za napad z bronią w ręku, mogła mu wybaczyć takie uwagi. Piętnaście lat w towarzystwie zgrai sobie podobnych facetów i prawej ręki tak działa na człowieka. Nikt nie musiał jej tego tłumaczyć.

Dianna zarumieniła się i była pewna, że wszyscy w pubie znają jej tajemnicę. Marzyła tylko o tym, żeby podłoga rozstąpiła się i pochłonęła ją.

— Co cię tutaj sprowadza?

Terry wzruszył ramionami.

— To samo, co ciebie, Jackie. Chciałem się napić.

Jackie uśmiechnęła się.

— Siedzimy tu już trochę...

— Domyśliłem się — wpadł jej w słowo Terry. — Jesteś nawalona jak stodoła.

Terry parsknął śmiechem ze swojego żartu, ale nikt się nie przyłączył.

Jackie wciąż nie załapała, jaka gra się toczy, lecz Paul i Liselle spoglądali na siebie kątem oka. Lada chwila spodziewali się awantury.

— Słyszałeś, co się stało?

— Co takiego? — Terry udawał, że zamienia się w słuch. Teatralnie wyciągnął ręce w stronę Jackie.

Patricia i córki Jackie błyskawicznie go rozpracowały. Terry był straszliwie naćpany, szukał zwady i wybrał sobie Jackie na kozła ofiarnego. Drwił z niej, a to oznaczało, że prosi się o kłopoty.

Jackie nie zorientowała się jednak, że jest obiektem kpiny. Nawet nie przyszło jej to do głowy.

— Biedny Jimmy Jackson stracił dzisiaj syna.

Terry ściągnął brwi, jak gdyby cały ciężar świata spadł na jego barki.

— Gdzie dokładnie go stracił? Zgubił go w publicznej toalecie czy w amazońskiej dżungli? A może gdzieś mu się zapodział?

Terry spoglądał Jackie prosto w twarz i uśmiechał się szyderczo, czekając na jej odpowiedź.

Do mózgu Jackie wreszcie dotarła myśl, że dawny kumpel się z niej nabija. Dotknęło ją to i zdenerwowało. Zrobił z niej idiotkę, a ona się nie zorientowała, choć wszyscy inni widzieli to jak na dłoni.

Dicky przyglądał się uważnie tej scenie. Jackie wiedziała, że tylko czeka, by wkroczyć do akcji. Ale Terry był jej starym kolegą, czemu zachciało mu się publicznie tak z niej szydzić? Wiedział, kim jest jej mąż. Szyderstwo ze śmierci dziecka nie mogło zostać wybaczone przez nikogo, kto to usłyszał, a na pewno nie przez Freddiego i Jimmy'ego, jeśli się dowiedzą. A dowiedzą się na pewno.

Jackie poczuła, że ktoś łagodnie odwraca ją od Terry'ego.

— Dopij drinka i spieprzaj stąd, koleś. Powinieneś nauczyć się szacunku.

Dicky był wściekły i nie zamierzał tolerować takiego zachowania, zwłaszcza ze strony fajansiarza, którym był Terry Baker.

Terry skierował na niego wzrok.

— Zmusisz mnie do tego? — spytał z groźbą w głosie.

Dianna zamarła ze strachu. Nie rozumiała, dlaczego Terry się tak zachowuje, dlaczego prowokuje burdę. Była bliska omdlenia.

— Z przyjemnością, koleś. Chcesz zawieruchy, to będziesz ją miał.

Dicky był gotów do bójki.

Jackie odwróciła się.

— Przestań, Terry. Co z tobą? O co ci chodzi?

Terry spojrzał na nią z głęboką odrazą i zapytał głośno:

— Kim ty jesteś, Jackie? Kim ty, kurwa, jesteś, żeby mnie pytać, co ze mną?

Skierował na nią palec, a Jackie nie zamierzała mu przepuścić tego, że sobie z niej zakpił i potraktował, jakby była nikim.

Zamierzyła się do ciosu, lecz w tej samej chwili Patricia złapała ją za rękę, a Dicky rzucił się do walki jak buldog.

Paul już wcześniej zdążył uprzątnąć szklanki z baru. Przeskoczył go, chwycił kij baseballowy i z całej siły rąbnął nim Terry'ego w łeb. Dicky wyrwał mu kij i rozpętało się piekło.

Tancerka erotyczna, przyjaciółka Jackie, Pat Fletcher zwana Pat Słupniczką, też usłyszała parę zjadliwych uwag od Terry'ego, a że była ostra, przyłączyła się do bójki. Chciała kopnąć intruza, ale niestety trafiła w głowę Dicky'ego. Zgrabne nogi były jej najcenniejszym atutem, toteż mężczyźni błyskawicznie odwrócili głowę w jej stronę.

Mąż Pat, Harry Fletcher, handlarz z Romford dobrze sobie radził. Był dumny z tego, że nikogo się nie boi. Jedyną osobą, która budziła w nim coś w rodzaju lęku, była matka Pat, znana powszechnie jako Babcia Donna. Harry skoczył, by odciągnąć żonę od zamieszania, ale młody dryblas, niejaki Richie Smith, ryknął:

— Nie przeszkadzaj jej, Harry. Poradzi sobie lepiej od ciebie. Nawet Dicky roześmiał się, widząc, jak Richie pomaga Harry'emu uspokoić żonkę. Potem odwrócił się do Terry'ego Bakera. Zapowiadało się na to, że Terry dostanie takie cięgi, jakich nigdy nie dostał. I nikt z obecnych, nawet Dianna, nie zamierzał kiwnąć palcem w jego obronie.

Rozdział dwudziesty piąty

Terry leżał na brudnej podłodze, zakrwawiony i zmasakrowany. Dianna podeszła do niego, choć rozum jej to odradzał. Chciała przyklęknąć obok i jakoś mu pomóc, lecz Roxanna odciągnęła ją szorstko.

— Zostaw go, do cholery. To kukła. — Powiedziała to takim tonem, jakby uważała, że siostrze odebrało rozum.

— Spójrz, on ledwo zipie.

— I dobrze mu tak.

Głos Roxanny nie zdradzał ani śladu współczucia. Dianna pomyślała, że choć siostra mówi, że nienawidzi ojca, jest do niego bardziej podobna, niż jej się zdaje.

W gruncie rzeczy Dianną powodowało w tej chwili poczucie lojalności i nic poza tym.

Słyszała jęk Terry'ego, wiedziała, że musi go potwornie boleć, i nie wiedziała, jak mu pomóc. A przecież to przez nią do tego doszło. Terry powiedział jej kiedyś, że jej ojciec go nienawidzi, że kiedyś wykorzystał go do swoich celów. Gdyby na niego poczekała przed pubem, gdyby nie odeszła, nic by się nie wydarzyło. Wiedziała, że Terry nigdy jej nie wybaczy i nie można mieć mu tego za złe.

Jego ręka zwisała bezwładnie, złamana w łokciu. Zmasakrowali go tak, że do końca życia nie będzie w stanie pracować. Był cały zakrwawiony. Przeżyje, ale kiedy Freddie o wszystkim usłyszy, nie przepuści mu.

Terry chyba postradał zmysły, skoro myślał, że może bezkarnie pomiatać rodziną Freddiego. Jackie Jackson słynęła jako pijaczka, lekomanka i świruska, tak mogły mówić sobie jej przyjaciółki w bezpiecznym zaciszu swoich domów. Ale była żoną Freddiego Jacksona, nawet jeśli ten wytrzymywał z nią tylko z powodu syna. Była nietykalna dla każdego, kto cenił życie, życie swoich rodzin i pozycję.

Terry'emu musiało odbić. Ludzie opowiadali o nim różne historie. W końcu plotkowanie to istota rozmowy. Nie nazywało się to jednak plotkowaniem. Mężczyźni dawali sobie cynk, mrugali do siebie okiem. Mówili o faktach, nie paplali jak baby.

Dicky trząsł się z gniewu i podniecenia, które wywołuje drżenie w ciele, zwłaszcza kiedy odnosi się niekwestionowane zwycięstwo. Wychylił brandy, którą podał mu Paul, i poczuł na ramieniu przyjazny uścisk. Paul dawał mu znak, że to, co zrobił, było słuszne.

Spojrzał na Roxannę i stwierdził, że sprawił swojej pięknej kobiecie niewypowiedzianą przyjemność. On usiłował ochłonąć, a ona promieniała z dumy.

Ocalił honor jej matki, a w każdym razie jego resztkę. Nieważne, co córka o niej myślała: nikt spoza najściślejszego rodzinnego grona nie usłyszy od niej złego słowa o Jackie. W końcu była jej matką, a w ich kręgu to usprawiedliwiało wszystko.

Dicky rozumiał ten sposób myślenia i stał po stronie Jackie. Jego matka przez większość życia była prostytutką, a Dicky ją szanował. Nie podobało mu się to, czym się zajmowała, ale ją rozumiał. Cierpienie, którego doznał jako dziecko z powodu jej intratnej profesji, opłaciło się obojgu. Chłopcy, z którymi się bawił, przezywali ją, a on bił się w jej obronie. Przygotowało go to do życia, które teraz prowadził. Umiał się bić i radził sobie z silniejszymi od siebie, bo przez całe życie nie robił nic innego.

Walczyć lub zginąć, tylko taki miał wybór. Najpierw bił się z powodu matki, a później dla siebie i po to, by zyskać mir wśród kolegów. Ojciec albo siedział, albo uganiał się za kobietami. Matka robiła wszystko, żeby dzieci miały co jeść i w co się ubrać, i nikt nie ważył się powiedzieć o niej złego słowa.

Drzwi pubu zostały zamknięte i nikt nie miał wstępu do środka, zwłaszcza gliny. Rozumiało się samo przez się, że nikt nie widział ani nie słyszał tego, co się stało.

Później Terry zostanie odwieziony pod jakiś szpital i porzucony, ale tymczasem niech leży i rozmyśla o tym, jaki z niego piździelec. Wszyscy obecni byli tego zdania.

Roxanna odciągnęła Diannę na bok.

— Co się z tobą dzieje? Ten palant mieszał naszą matkę z błotem, a ty chcesz mu pomagać?

Nie mogła zrozumieć siostry i najchętniej też by jej przyłożyła. Wszystkie wychowały się w tym samym domu, znały zasady, więc dlaczego Dianna chce pomagać temu palantowi? Roxanna była bystrą dziewczyną i po chwili odgadła powód.

— On jest tym tajemniczym facetem? Twoim chłopakiem, z którym się kryłaś? Nic dziwnego, że nie chciałaś, żeby stary się o nim dowiedział. A więc to Terry Baker.

Dianna skinęła głową.

— Tata go nienawidzi.

Dianna była bliska płaczu.

— Tata wszystkich nienawidzi.

Powiedziała to jak nadąsane dziecko.

— Ma powód, żeby go nienawidzić, i wiesz o tym. Mimo swoich wad stary o nas dba na swój sposób. Terry poszedł siedzieć za napad z bronią w ręku, ale zanim go zamknęli, narobił staremu masę kłopotów. Będzie lepiej, jeśli to zapamiętasz.

Terry Baker zapisał się w historii jako jeden z niewielu ludzi, którzy wykołowali Freddiego Jacksona i uszło im to na sucho. Upiekło mu się dzięki temu, że gliny dopadły go w czasie napadu na bank NetWest w Silvertown. Nikt nie wiedział, jak do tego doszło. Wiadomo tylko, że Freddie szukał go na parę dni przed wpadką. Wyrok ocalił Terry'emu życie.

Baker był przystojnym mężczyzną i lubił zadawać szyku. Poza tym jak mało kto zasługiwał na miano palanta. W okolicy zasłynął z tego, że dokonywał włamań całkowicie pozbawionych sensu, ze strzelbą w dłoni i z dwoma pomagierami, równie naiwnymi jak on. Terry Baker miał kaleką osobowość, a właściwie to nie miał jej wcale.

Potrafił kłócić się o jednego funta, a kiedy był podpity lub naćpany, robił się ponury i agresywny. Zdawało mu się również, że da radę każdemu. Potrafił różne rzeczy, lecz nie był wojownikiem. Umiał posługiwać się bronią, ale walka na pięści nie należała do jego mocnych stron, choć wyobrażał sobie, że jest inaczej. Kobiety jednak go uwielbiały. Wiedział, za który sznurek pociągnąć, a jego przystojna twarz dobrze maskowała najwyższą pogardę, którą żywił dla płci przeciwnej. Diannę uważał za coś w rodzaju zabawki. Nadarzyła się okazja, by posuwać córkę najgorszego wroga. Czego więcej mógł chcieć ktoś taki jak on?

♦ ♦ ♦

— Tato, proszę cię...

Freddie westchnął i zatrzymał samochód. Spojrzawszy na syna, bez zdziwienia skonstatował, że nie żywi do niego żadnych uczuć. Kiedyś mały Freddie wywoływał w nim wiele emocji: złość, miłość, żal. Nawet on okazał się podatny na dziecięcy urok, pragnienie opieki. Ale słabość Freddiego Jacksona miała swoje granice.

Uczynił w życiu wiele zła, skrzywdził małego Freddiego i Maggie, lecz nie był w stanie wpłynąć na to, co robił jego syn.

Mały Freddie go przerażał. Będąc dzieckiem, nieświadomie odebrał ojcu syna, którego ten potajemnie kochał.

Jimmy był dla niego ideałem dziecka. Był także atutową kartą w wojnie, którą Freddie wywołał i którą wciąż toczył. Za każdym razem, gdy Jimmy zrobił jakiś nowy interes i jeszcze bardziej powiększył swoją siłę, Freddie mógł się pocieszać, że mimo wszystko przewaga leży po jego stronie, że wie coś, o czym rywal nie wie. Potrzebował tego poczucia władzy.

A później stało się coś, co wydawało mu się niemożliwe. Długo się opierał, ale w końcu musiał się z tym pogodzić.

Jimmy junior stał się dla niego ważny, osłabiając w ten sposób pozycję Freddiego. Jego drugi syn, mały Freddie, jakoś to wyczuł. Nie spodobało mu się to, więc postąpił tak samo, jak postąpiłby jego ojciec: postanowił zmienić niekorzystną dla siebie sytuację.

Freddie częściowo rozumiał jego punkt widzenia, ale go nie

zaakceptował. Mały Freddie był o wiele za młody, żeby usuwać niewygodnych dla siebie ludzi. Coś takiego nawet nie powinno mu przyjść do głowy.

Wyobrażał sobie, jak mały Jimmy nie może złapać tchu, jak się dusi. Świadomość, że inne dziecko spowodowało takie cierpienie, była trudna do zaakceptowania. Rozpaczliwie próbował jakoś ułożyć to w głowie. Na swój osobliwy sposób kochał małego Freddiego i wiedział, że syn też go kocha. Udowodnił to postępowaniem.

Wiedział również, że chłopiec jest jak tykająca bomba zegarowa. Pewnego dnia stanie się dla niego zagrożeniem, a następną ofiarą mogło być dziecko Roxanny.

W samochodzie powiedział małemu Freddiemu, że wie, co zrobił, i że zamierza oddać go do poprawczaka. Nie policji — to byłoby za dużo nawet dla Freddiego Jacksona — ale pod fachową opiekę. I zostawi tam na dobre.

Kiedy jednak zatrzymał samochód i zmusił się, by spojrzeć w oczy chłopca, stracił przekonanie. To dziecko trzymało go w domu, którego nienawidził, z kobietą, której nie chciał od czasów odsiadki w więzieniu. Ona zepsuła dziecko, za które odpowiadała i któremu powinna zapewnić opiekę. Jackie miała wiele na sumieniu, a on powinien to jakoś naprawić, wyprostować.

Właśnie ten prosty fakt powstrzymał go teraz w działaniu. Freddie wiedział, jak to jest być niechcianym. Jego ojcu nigdy naprawdę na nim nie zależało, rozumiał więc strach syna, że ktoś inny może być dla niego ważniejszy. Że może zagarnąć tę odrobinę miłości i czułości, którą dostawał, gdy ojciec miał taką zachciankę.

Freddie doskonale zdawał sobie sprawę ze swoich mankamentów. Chciał odsunąć jak najdalej od siebie syna i tę noc, czuł się jednak odpowiedzialny za małego Freddiego.

Wiedział, że powinien spełnić obietnicę, ale okazało się, że łatwiej ją złożyć, niż spełnić. Mały Freddie był jego synem, krwią z jego krwi. W tej chwili nie miał już pewności, czy zdoła go porzucić.

Nie chodziło jednak tylko o wyraz jego twarzy i widoczny na niej strach. Czuł przerażenie chłopca. Mały Freddie był jego jedynym synem, a on rozumiał, jak to jest być niechcianym i ignorowanym, czymś w rodzaju krępującego obowiązku. Matka Freddiego również wykorzystała go jako jedyne spoiwo swojego małżeństwa. Podobnie jak Jackie, Maddie wiedziała, że jego ojciec by zniknął. Freddie musiał zrobić to, co konieczne, i w końcu to zrobił. Był przy ojcu od początku do końca jego bezsensownego i chaotycznego życia.

Tak więc teraz, gdy minął gniew, nie był już pewien, czy zdoła oddać dziecko w obce ręce.

Miał zobowiązania wobec jedynego syna. Powinien stać przy nim, jakoś oswoić to, co się stało, i zrobić wszystko, by się więcej nie powtórzyło.

Do tej pory chciał umyć ręce i ukarać go za jego postępek, miał w sobie determinację, by to uczynić. Ale na widok głębokiego poruszenia dziecka stracił pewność. Mały Jimmy odszedł, a ten chłopiec został.

Zadzwonił telefon. Przeklinając pod nosem, odebrał połączenie.

◆ ◆ ◆

Lena i Joe wrócili do szpitala, bo nie wiedzieli, co ze sobą począć. Mieli poczucie odpowiedzialności i winy za śmierć dziecka. Ich córka nie umiała poradzić sobie z żalem, postanowili więc być przy niej bez względu na wszystko.

Zwłaszcza Joe odczuwał ciężar nieszczęścia. Ból był tak dotkliwy, że Joe nie wiedział, czy zdoła przeżyć. Nie chodziło jedynie o to, że chłopiec zmarł, lecz o świadomość, że wbrew temu, co wszyscy myśleli, mały Jimmy nie zginął przez przypadek.

Powinien był powiedzieć o tym natychmiast, gdy tylko zrozumiał prawdę. Mały Freddie, ten wściekły gówniarz, zabił, a jego ofiara okazała się najukochańszą i najważniejszą osobą w życiu dziadków.

Poczucie lojalności Joego sprawiło, że mimo wszystko nie był pewien, czy powinien publicznie ujawnić prawdę. Mały Freddie też był z jego krwi. Poza tym Joe martwił się, jak zareaguje Jackie.

W głębi duszy martwił się, że Freddie zna prawdę, ale

jeszcze bardziej niepokoił się tym, że Maggie ją pozna. Gdyby ta straszna prawda wyszła na jaw, rodzina w jednej chwili ległaby w gruzach.

Joe wiedział także, a raczej domyślał się, że Jimmy wie o wiele więcej, niż zdradza. Siedział więc z żoną i zięciem przy łóżku córki, która — był tego pewien — nigdy nie dojdzie do siebie po tej tragedii.

♦ ♦ ♦

Jackie wciągnęła nosem kokę. Gorzki biały proszek dotarł aż do gardła. Sprawił, że się zakrztusiła, ale pochyliła głowę i pociągnęła nosem jeszcze raz, żeby kop miał pełną siłę. Potem spojrzała na brudne lusterko zdobiące ścianę publicznej toalety i po raz pierwszy od lat zobaczyła siebie taką, jaką widzieli ją inni ludzie.

Miała pożółkłą skórę, jeszcze nie tak, jak osoba chora na żółtaczkę, ale prawie. Jej matka nazywała taką cerę „ziemistą".

Jej włosy były przerzedzone i tłuste, oczy zapadnięte i zaczerwienione, a ciało zbolałe i opuchnięte. Czekała kiedyś na ukochanego Freddiego i tęskniła za nim, lecz kiedy już wyszedł z więzienia, okazało się, że wygląda młodo i zdrowo jak nigdy.

Właśnie wtedy Jackie zapragnęła się napić.

Bała się, że jest uzależniona, lecz tak jak wielu alkoholików ignorowała problem, dopóki nie zaczął jej doskwierać na dobre. Co mogła zrobić? Wódka sprawiała, że dni były znośne, a w nocy mogła zasypiać.

Freddie jej nie chciał, bo wolał Pat i młode dziewczęta, z którymi Jackie nie mogła konkurować. Było to już poza jej zasięgiem. Po urodzeniu Kimberley jej brzuch zwiotczał i powstały rozstępy. Pojawiły się nawet na kolanach i ramionach. Resztka pewności siebie, którą miała, opuściła ją tak jak mąż.

Nikt nie udzielił jej porady, którą słyszą obecnie kobiety: używaj płynu, nie przybieraj na wadze. Powiedziano jej, że je za dwie! W klubie młodych matek nikt nie oczekiwał, że będzie wyglądała jak królowa piękności, nikt nie instruował, jak zapobiec zrujnowaniu ciała. W kolorowych magazynach nie szukało się tego rodzaju wskazówek. Jackie kupowała wyłącznie „True Crime", czasem „Woman's Own". W tych czasach liczyły się przepisy potraw, a Jackie dopiero poniewczasie dowiedziała się o zdrowym żywieniu.

Już pierwsze dziecko ją zniszczyło, a żyjąc z Freddiem, wiedziała aż za dobrze, że młode wiedźmy ustawiają się w kolejce, by uczepić się ramienia takiego złoczyńcy jak on. Freddie, podobnie jak większość jemu podobnych, potrzebował aprobaty siks, lubił się z nimi pokazywać. Ojciec Jackie był taki sam, choć rzecz jasna należał do niższej ligi. Freddie złamał jej serce i nigdy się z tego nie otrząsnęła. Tak więc odstawienie butelki nie wchodziło w grę. Po paru drinkach Jackie mogła udawać, że życie jest wspaniałe, umiała sobie wmówić, że mąż ją kocha. A gdy z rana wychyliła kilka kieliszków, ręce przestawały jej drżeć i mogła zapalić papierosa.

Wszyscy ją potępiali, z taką łatwością rozprawiali o jej problemie alkoholowym. Zwłaszcza córki, które nadal były niewinne i wciąż wierzyły, że po ślubie żyje się długo i szczęśliwic. Ale nauczą się, tak jak wszystkie kobiety. Życie odciska na nich swoje piętno znacznie szybciej niż na mężczyznach.

Jackie piła, gdyż bez podpórki, którą stanowił alkohol, życie i wszystko, co się z nim wiąże, napawało ją bezgranicznym lękiem. Pomagał jej zasypiać, gdy Freddie siedział, gdy samotność była nie do zniesienia. Parę drinków rozjaśniało jej dni, gdy presja bycia samą z trzema córkami stawała się zbyt wielka, a pragnienie bliskości męża prawie ją zabijało.

Kiedy mężczyzna dostaje wyrok więzienia, sędzia, prokuratorzy i adwokaci, wszyscy uczestnicy procesu nie zdają sobie sprawy, że wraz z nim zostaje skazana cała rodzina. Drań trafia za kratki, i słusznie, bo złamał prawo. Społeczeństwo może spać spokojnie, ale co z matkami, żonami i dziećmi, które zostają za murami więzienia i które opłakują kochanego mężczyznę tak, jakby zniknął na resztę życia, mimo że nie umarł? Co z ich uczuciem? Człowiek oskarżony w sądzie często staje się obcy w oczach rodziny, a czasem nadgorliwi funkcjonariusze prokuratury przedstawiają go gorzej, niż na to zasługuje. Dzieci nie myślą o tym, że sprawiedliwości stało się zadość, tylko tęsknią za tatą, którego kochały, który odwzajemniał ich miłość i zawsze otaczał je opieką, patrzył, jak stawiają pierwsze kroki, i siedział przy łóżeczku, gdy były chore. I kochał bez względu na wszystko.

Nikt nie zastanawia się nad losem kobiet takich jak Jackie. Jej życie w jednej chwili legło w gruzach. Gdy przysięgli wydali werdykt i odebrali jej Freddiego, Jackie miała na utrzymaniu dwie małe córki, a trzecią nosiła w brzuchu. Została sama, bez środków do życia. Urodziła i płakała, bo dziecko przez wiele miesięcy nie mogło zobaczyć ojca i wcale go nie znało. Tak więc alkohol był dla niej jedyną ucieczką przed bólem i jedynym środkiem nasennym.

Kiedy Freddie wyszedł, nawyk pochłonął ją całkowicie i nawet obecność męża nie mogła go powstrzymać.

Jackie spojrzała w brudne, porysowane lusterko i zobaczyła to, co widział Freddie. Terry Baker odsłonił przed nią prawdę o jej życiu. Powiedział, że jest nikim, że jest pośmiewiskiem.

Podeptał ją w obecności prawie wszystkich znajomych i nie miało znaczenia, że młody Dicky stanął w jej obronie. Cios został zadany.

Jackie wprawnie przygotowała następną porcję narkotyku. Potrzebowała dzisiaj całkowitego zapomnienia i była zdeterminowana, by je osiągnąć. Jeśli ma wyjść i stanąć przed wszystkimi, musi dodać sobie kurażu. Może jest pijaczką, lekomanką i narkomanką, ale jeśli wciągnie parę działek proszku i wypije kilka drinków, będzie mogła się śmiać tak, jak nie zdołałaby się śmiać na trzeźwo.

Oby nigdy więcej nie zaznała trzeźwości, bo tylko alkohol powstrzymywał ją przed skoczeniem z najbliższego mostu. Problem alkoholowy? Takiego wała. Niech sobie gadają i szepczą pod nosem, ona ma to gdzieś.

◆ ◆ ◆

— Tato, wracajmy do domu.

Freddie pokręcił głową. Jechali w kierunku klubu Paula i Liselle. Przed chwilą Freddie odebrał telefon i usłyszał, że jeden z miejscowych łobuzów awanturuje się. Roxanna zadzwoniła, żeby mu o tym powiedzieć. Dodała, że są to ci sami cwaniacy co zwykle, ale woli, żeby ojciec sam ocenił sytuację. Freddie był zły. Lubił Paula i Liselle i nie chciał, żeby jakiś menel im bruździł. Paru okolicznych obiboków próbowało, ale srodze się zawiedli. Nie było to więc nadzwyczajne wydarzenie, lecz Freddie osobiście nie interweniował w takich sprawach. Zwykle zadzwoniłby i zlecił robotę któremuś z pracowników. Freddie był dobry w zlecaniu zadań, ale tym razem postanowił załatwić wszystko sam, choćby po to, by okazać chęć do pracy. Pub był Ozzy'ego, należało więc pilnować, żeby klientów dziewczyn nie spotykały żadne nieprzyjemności. Mieli prawo pić w spokojnym miejscu. Poza tym Freddie chciał odwlec decyzję w sprawie syna.

— Muszę załatwić jedną sprawę — rzekł, nie patrząc na niego. — Siedź cicho i daj mi się skupić na kółku.

Mały Freddie po raz pierwszy w życiu nie był pewien, co nastąpi dalej. Nie miał żadnych wyrzutów sumienia, nie był do tego zdolny, ale bał się ojca, bo tym razem wiedział, że ten może go oddać do poprawczaka. Pracownica opieki społecznej truła o tym od dawna. Wystarczyłoby jedno słowo ojca i za małym Freddiem zamknęłyby się drzwi, bez szans na złagodzenie wyroku ze względu na wiek. Tylko dzięki matce groza nie przekroczyła progu domu, dlatego Freddie podlizywał się jej na wszelkie sposoby.

Ojciec, mimo że pojawiał się i znikał z życia syna wedle własnego widzimisię, przejrzał potomka na wylot. Przez chwilę mały Freddie był przekonany, że za moment trafi do krainy psychiatrów i psychologów. Teraz dostrzegł promyk nadziei i nie zamierzał tracić go z oczu.

Boleśnie przekonywał się, że musi wszystkich udobruchać, a zwłaszcza ojca, a czasy, gdy mógł mówić i robić, co mu się żywnie podoba, dawno minęły. Musiał się przyczaić i czekać, aż będzie mógł bezpiecznie spełniać zachcianki. Był też niewystarczająco przebiegły, więc wiedział, że nawet wówczas będzie potrzebował ochrony rodziny.

Od chwili gdy zaczął rozumieć, co się wokół niego dzieje, wiedział, albo raczej czuł, że jest inny. Nie żywił żadnych uczuć dla nikogo i niczego. Myślał, że ojciec jest do niego podobny, ale teraz nie był już tego pewien.

Jimmy junior złościł go od dłuższego czasu i mały Freddie postanowił się go pozbyć. Ojciec go rozczarował, bo przecież starał się go tylko naśladować. Nie chciał, by duży Freddie dowiedział się prawdy, i nie spodziewał się, że akurat on zrobi z tego taką aferę.

Teraz chodziło wyłącznie o ograniczenie szkód. Tak nazywały to rządy państw, popełniwszy jakieś straszliwe głupstwo. Freddie miał świadomość, że palnął wielkie głupstwo, psując sobie nad wyraz spokojne i wygodne życie.

Ograniczenie szkód było więc bez wątpienia jego pierwszym obowiązkiem.

♦ ♦ ♦

Freddie wszedł do baru i zobaczył, że jego córki otaczają matkę jak ochronny kokon. Po tym, co zrobił jego syn, z przyjemnością skonstatował, że dobre z nich dziewczyny. Dotyczyło to nawet Kimberley, która ostatnio dała mu się mocno we znaki. Opiekowały się Jackie i był to niesłychanie budujący widok. Freddie przeczuwał, że matka będzie ich potrzebowała, gotów był się o to założyć.

Od progu zauważył, że dzieje się coś niedobrego, i miał rację. Paul wykonał ruch głową i Freddie spojrzał w tamtą stronę. To, co ujrzał, pieczętowało dziwne wydarzenia ostatnich dni.

Terry Baker, jego niegdysiejszy kumpel, a później największy wróg, leżał na podłodze koło tylnych drzwi, w kałuży krwi.

Paul i Dicky go tam zawlekli. Miał czekać, aż ktoś postanowi zawieźć go do szpitala po drodze do domu. Niektórzy ze stałych klientów zastanawiali się głośno, czy wyrzucić go na dworcu, czyli w miejscu najbardziej do tego odpowiednim. Na widok Freddiego Jacksona stwierdzili, że nie muszą sobie dłużej łamać głowy. Wiedzieli, że Freddie wszystkim się zajmie, mogli zatem wrócić do tego, co najważniejsze, czyli picia i pogawędek.

Nie żałowano sobie koki, a tragedia, która spadła na Jimmy'ego, była świetnym tematem do rozmów.

Freddie wziął drinka od Liselle i ruszył w stronę rodziny. Po raz pierwszy od lat nie wypatrywał nieznanych młodych dziewczyn. Spostrzegł, że Jackie jest przygaszona, i domyślił się, że to, co zdarzyło się z Terrym Bakerem, miało z nią jakiś związek.

Spojrzał na córki i zauważył, jak bardzo są teraz atrakcyjne. Nawet Kimberley, kiedyś tęga, miała szczupłą sylwetkę i ładną twarz w kształcie serca, taką jak siostry.

W zwięzłych słowach opowiedziano mu, co się wydarzyło, a on zaskoczył wszystkich, ściskając dłoń Dicky'ego, dziękując mu i zostawiając Terry'ego w spokoju tam, gdzie leżał. Zaledwie skinął głową Pat i wszyscy wiedzieli, że musiało ją to zezłościć. Później nawet na nią nie spojrzał, miał ważniejsze rzeczy na głowie.

Terry był nieprzytomny i miało tak pozostać do czasu, gdy ktoś nie zabierze go z baru.

— Palant. Nic ci nie jest, Jackie?

Jackie spojrzała na męża, ze zdziwienia nie mogąc wydobyć słowa. Jego głos wyrażał autentyczną troskę. Dicky także się zdziwił i widział, że Roxanna jest w siódmym niebie dlatego, że ojciec mu podziękował.

Freddie dopił drinka i w tej samej chwili mały Freddie zapukał do drzwi, by go wpuszczono. Ojciec nie mógł temu zapobiec. Jackie, wciąż przepełniona żalem nad sobą i zbolała po obelgach, mocno uściskała syna. On zaś bodaj po raz pierwszy w życiu się z tego ucieszył.

Siostry zaczęły wokół niego skakać, uradowane, że tak grzecznie się zachowuje, a on czarował je wdziękiem i uśmiechem.

Freddie uważnie obserwował zachowanie syna w otoczeniu rodziny i stwierdził, że chłopak ma trochę rozsądku i wie, że bardzo będzie potrzebował przyjaciół.

Rozdział dwudziesty szósty

Maggie prawie nie odezwała się do nikogo słowem od chwili, gdy obudziła się w szpitalu. Miała głowę ciężką od środków uspokajających i czuła się cała odrętwiała. Następnego dnia rano opuściła szpital w towarzystwie męża. Dostała receptę na tabletki, które miały sprawić, że niczego nie będzie odczuwać zbyt intensywnie. Od tej pory poruszała się jak automat. Była blada i krucha. Jej uroda nie ucierpiała, lecz z twarzy znikła cała radość. Wyglądała na wykończoną i miała smutne oczy. Zachowywała się prawie normalnie, poza tym, że prawie w ogóle się nie odzywała.

Była doskonale uczesana i nienagannie ubrana. Nawet ugotowała obiad dla Jimmy'ego, tak jak zawsze.

Jimmy patrzył, jak żona parzy kawę, a potem kładzie na stole tacę z ciastkami i chusteczką. Wokół uwijali się pracownicy firmy cateringowej. Maggie wiedziała o ich obecności, mimo że w żaden sposób nie dała tego po sobie poznać. Jimmy z ulgą zobaczył, że ubrała się na czarno. Bał się, że będzie musiał nakłaniać ją do pójścia na pogrzeb.

Nalała kawy do białej porcelanowej filiżanki i otarła brzeg dzbanka, zanim odstawiła go na miejsce. Zastawa wyglądała jak małe dzieło sztuki. Jimmy nie miał ochoty na to patrzeć.

Maggie zawsze miała dar sprawiania, że wszystko wyglądało elegancko i stylowo. Ich domy — nawet ten pierwszy, który był jak klatka dla królików — przypominały ilustracje z kolorowych magazynów. Obecny dom, dom z marzeń Jimmy'ego, w którym wreszcie zabrzmiał dziecięcy śmiech, nagle zamienił się w mauzoleum.

Jimmy nie mógł się zmusić, by wejść do pokoju syna. Wiedział, że Maggie tam weszła, słyszał w nocy jej płacz. Była to jej jedyna reakcja na śmierć dziecka. Ale kiedy tam wszedł, odepchnęła go. Chciała być sama ze swoim żalem.

Nie potrafił jednak tego znieść. Wiedział, że nie jest jeszcze gotów na widok dziecięcych zabawek, pantofelków i parowozów, które z taką starannością namalował na ścianach.

Wczoraj wszedł do olbrzymiej nowoczesnej kuchni, wziął do ręki miseczkę z wizerunkiem Tomka Ciuchci, rozpłakał się i długo nie mógł przestać.

Kiedy skończy się ten ból?

Może dzisiaj, po pogrzebie, zdoła jakoś ułożyć sobie w głowie to, co się stało.

W salonie ustawiano stoły. Później zjawią się na nich obrusy z białego adamaszku i pierwszorzędne potrawy. Tylko tyle mógł zrobić, by nadać pożegnaniu syna właściwą oprawę.

Jimmy pragnął tylko, żeby żałobnicy, którzy zapełnią dom, jak najprędzej wyszli i żeby mógł w spokoju oddać się żałobie.

◆ ◆ ◆

Freddie, już ubrany na pogrzeb, pił z Paulem drinka w pubie. Nawet Paul zauważył, że Jimmy ignoruje wspólnika. Resztka sympatii, jaką okazywał, ulotniła się. Jimmy traktował go jak powietrze, jak pierwszego lepszego menela.

Nie odpowiadał na jego telefony, nie kontaktował się w sprawie roboty. Paul przekazywał Freddiemu polecenia, stał się kimś w rodzaju pośrednika. Jimmy wiedział, że Paul orientuje się w sytuacji.

Freddie, który znów myślał po staremu, gotował się w środku. Starał się być miły i co mu z tego przyszło? Traktowano go jak popychadło i nie zamierzał tego znosić. Śmierć małego Jimmy'ego była strasznym nieszczęściem, ale jego syn nie pójdzie z tego powodu na zmarnowanie. Freddie pilnował, żeby chłopak brał tabletki, nie zamierzał mu tym razem odpuszczać, lecz bez względu na to, co stało się tamtego wieczoru w domu dziadków, Jimmy powinien szanować wspólnika.

Powróciła dawna wrogość. Freddie był na siebie zły, że pozwolił sobie na słabość, którą Jimmy wykorzystał. To była dla niego nauczka. Niemal porzucił syna. Za co? Dla kogo? Dla faceta, którego wyciągnął z rynsztoka, a który potem wśliznął się niczym wąż w łaski Ozzy'ego i odebrał Freddiemu to, co mu się słusznie należało.

Poza tym dostrzegł zmianę, jaka zaszła w jego synu. Mały Freddie zarzekał się, że nie miał nic wspólnego z tym, co się stało, a Joe sam przyznał w rozmowie z Freddiem, że nie widział, jak Freddie wchodzi tego wieczoru do pokoju dziecka. Nie mieli więc pewności, mogli tylko przypuszczać, że mały Freddie zabił kuzyna. Z winy Jimmy'ego Freddie nie spojrzał na sprawę trzeźwym wzrokiem.

Mały Jimmy mógł sam zawiązać sobie torebkę na szyi. Był bystry, a Jimmy zawziął się na syna Freddiego, zrzucając na niego winę za swoje błędy. Nie powinni byli zostawiać małego z Leną i Joem. Starzy ludzie nie potrafią upilnować takiego żywego malca.

Freddie wziął syna pod swoje skrzydła i uważał teraz, że chłopca spotkała duża krzywda. Jest tylko dzieckiem, bierze tabletki poprawiające nastrój i zachowuje się zupełnie inaczej.

Jimmy jest pogrążony w żałobie, to fakt, ale swoim postępowaniem wcale nie ułatwia sprawy. Zachowuje się, jakby był kimś wyjątkowym, lepszym od kuzyna. Rozkazuje Freddiemu niczym żółtodziobowi.

To była niewyobrażalna obraza. Freddie Jackson, mistrz przekręcania historii na swoją korzyść i przekonywania samego siebie, że to jego wersja zdarzeń jest prawdziwa, znów pałał żądzą zemsty.

◆ ◆ ◆

Jackie miała na sobie czarną spódnicę i sweter od Roxanny, która przyszła rano do matki, żeby ułożyć jej włosy. Nakładając makijaż, Jackie spoglądała za okno. W ten zimny i pochmurny dzień mieli pochować małe dziecko. Wydawało jej się niewiarygodne, że tak tragiczne wydarzenie spadło na ich rodzinę.

Maggie musi być szczególnie trudno dlatego, że przez trzy lata nie okazywała dziecku zainteresowania. Poczucie winy musi dręczyć ją niczym rak.

Freddie kategorycznie zabronił małemu Freddiemu iść na pogrzeb, zarządził mu areszt domowy. Jackie widziała, że śmierć małego kuzyna bardzo dotknęła chłopca, który zmienił się nie do poznania. Był grzeczny, miły i tak usłużny, że stało się to prawie nie do wytrzymania. Ktoś mógłby pomyśleć, że zamieniono mu osobowość.

Duży Freddie także dostrzegł przemianę syna. Jackie po cichu trzymała za nich kciuki.

Po strasznych wydarzeniach ostatnich dni Freddie sprawiał wrażenie, że cieszy się nie tylko z tego, iż jego syn żyje i ma się dobrze, lecz także dlatego, że stara się zmienić swoje zachowanie. Był teraz wzorowym synem i nawet pracownicy opieki społecznej wyrażali zdziwienie. Freddie codziennie pilnował, żeby syn łykał tabletki o wyznaczonej porze. Jackie nigdy się to nie udawało, ale ojcu nie sprawiało to większej trudności.

Ale Freddie prawie nie kontaktował się z biednym Jimmym i z Maggie, co niepokoiło Jackie. Wprawdzie Maggie nie chciała, żeby ktokolwiek ich odwiedzał, lecz Jackie spodziewała się, że Freddie będzie wspierał Jimmy'ego. On tymczasem zostawił kuzyna z jego żałobą.

Jackie próbowała z nim o tym rozmawiać, ale się wściekł. Z jego zachowania zrozumiała tylko tyle, że on także żałuje chłopca. Freddie zawsze rozpływał się nad tym dzieckiem, a ją to złościło, bo swoich dzieci nie rozpieszczał. Maggie również to denerwowało: marszczyła czoło, kiedy Freddie podnosił jej syna i podrzucał go w powietrze. Mały Jimmy piszczał ze śmiechu i był szczęśliwy, że jest w centrum zainteresowania. Ich syn siedział, obserwując przedstawienie z typowym dla siebie stoicyzmem, pewnie marząc o tym, żeby ojciec i jemu okazał tyle uczucia i zainteresowania.

Jackie musiała przyznać, że mały Jimmy był uroczym dzieckiem. Nie pamiętała o niewygodnych faktach: że oskarżała siostrę o to, że niszczy syna, dziadków, że faworyzują Jimmy'ego kosztem małego Freddiego i że przy każdej okazji wytykała małemu Jimmy'emu błędy.

Teraz była ideałem siostry — a przynajmniej usiłowała być — lecz nawet w tych strasznych chwilach Maggie nie chciała jej widzieć. To bolało.

Oficjalnie mówiono, że Maggie nikogo nie wpuszcza do domu, ale Jackie wiedziała, że jej córki tam chodzą, a zwłaszcza Roxanna, która utrzymywała z ciotką bliższe kontakty niż z matką. Jackie stłumiła gniew i złe myśli, połknęła kilka tabletek valium, popijając szklanką wódki, a następnie spryskała się perfumami Giorgio i wsunęła na nogi stare zamszowe pantofle. Jej stopy wylewały się nad krawędziami, lecz po paru minutach buty układały się i były wygodne.

Niania Jackie mawiała: postaraj się o dobre łóżko i dobre buty, bo jeśli nie jesteś w pierwszym, to masz na sobie to drugie. Święte słowa.

Wiele razy powtarzała także, że nie należy pić, by zapomnieć, bo nikt nie zapomina gaf pijaka. Jackie nieraz przekonała się, że to prawda.

◆ ◆ ◆

Maggie spoglądała na małą białą trumnę i myślała o Bogu, który najpierw dał jej dziecko w tak strasznych okolicznościach, a potem je odebrał. W kościele było zimno. Nagle uświadomiła sobie, że wszyscy na nią patrzą, jak gdyby czekali, co zrobi.

A ona chciała tylko umrzeć. Jak jej mały Jimmy da sobie radę sam? Ale z drugiej strony bardzo długo był sam, bo matka go zostawiała.

Ból znowu na nią spadł. Nadchodził falami niczym lodowaty wiatr, drętwiały od niego kości i sztywniała szczęka. Dławiła ją zimna świadomość, że jej syn nie żyje, oraz straszliwe podejrzenie, że to, co w tej chwili czuje, nigdy nie zniknie, że może być tylko gorzej.

Nagle poczuła się tak, jakby unosiła się w powietrzu, jakby zawisła nad tłumem śpiewającym na cały głos.

Poczuła, że Jimmy łapie ją za rękę i ściska. Powstrzymała się, by nie wyrwać mu dłoni. Chciała wykrzyczeć całą trującą nienawiść, która w niej narastała.

Zauważyła, że Freddie nie płacze. Jackie zawodziła głośno. Maggie zebrało się na mdłości. Siedzieli w ławce naprzeciwko.

Glenford zajął miejsce obok Jimmy'ego i niektórzy zastanawiali się, dlaczego tak jest.

Roxanna, siedząca obok ojca w dwuczęściowym czarnym kostiumie, który musiał kosztować niewielką fortunę, także płakała, lecz jej łzy były dla Maggie ważne. Były czyste i słone. Nawet płakać umiała w schludny, elegancki sposób. Delikatnie osuszała twarz śnieżnobiałą chusteczką, nieświadomie oszczędzając makijaż.

Dicky, ukochany Roxanny, siedział po jej prawej stronie. Miał ładny profil i w ogóle był przystojny. Spłodzą ładne dziecko. Maggie im zazdrościła. Nie było w tym zawiści, lecz melancholia. Zazdrościła im uczucia i tego, że wszystko jest dla nich nowe. Kiedyś ona i Jimmy czuli to samo i wierzyli, że ich życie będzie otaczał czar. Że nic złego im się nie przydarzy, że różnią się od wszystkich ludzi i że miłość przyniesie im samo szczęście.

Życie ma taki zwyczaj, że każdemu daje kopa w twarz. Maggie modliła się, żeby dwoje młodych kochanków długo się o tym nie przekonało.

Jimmy drżał z żalu. Siedział obok żony ze spuszczoną głową i zgarbionymi ramionami. Jego ból był tak dotkliwy, że niemal go czuła.

Sama nie czuła nic, chciała tylko, żeby to się skończyło.

Z tyłu słyszała szloch matki i niezręczne słowa pocieszenia ojca, szeptane w ciszy panującej w kościele. Za późno i nadaremnie.

Znów miała ochotę wyć, ale stłumiła ją w sobie, zmusiła się, by obserwować ludzi. To odrywało ją od własnych uczuć.

Jackie prawie leżała w ławce. Jej grube nogi były skrzyżowane, czarna spódnica podjechała za kolana, odsłaniając nabrzmiałe naczynia krwionośne i mlecznobiałe łydki. Maggie miała ochotę się śmiać. Chciała wstać i zapytać głośno tych ludzi, dlaczego przyszli. Większość z nich ledwie spojrzała na małego Jimmy'ego. Wielu chciało okazać przyjaźń, kilku — szacunek dla jej męża, swojego pracodawcy. Było też paru takich, którzy będą się przechwalać, że byli na pogrzebie jej syna. Dla nich było to wydarzenie, którego nie wolno przegapić.

Jimmy zawsze umiał sobie z nimi radzić. To Freddie nie

potrafił trzymać ich na dystans jak należałoby. Cieszył się z ich obecności i fałszywej aprobaty.

Pastor czytał Ewangelię. Już niebawem Maggie będzie mogła wyjść, uciec od ludzi, którzy uważają, że uścisk dłoni i pocałunek w policzek wszystko naprawi.

◆ ◆ ◆

Był wczesny wieczór, większość gości już wyszła. W domu zostali tylko członkowie rodziny i paru przyjaciół.

Jimmy cieszył się, że tylu ludzi przejęło się losem jego syna, znało go i chciało okazać mu szacunek. Przyszli nawet właściciele żłobka i młode dziewczęta, które tam pracowały.

Maggie przesiedziała całą stypę, nie roniąc ani jednej łzy i nie wypowiadając ani słowa.

Nie przyjmowała kondolencji i nawet jej stare przyjaciółki poczuły się zlekceważone. Nie oddzwaniała ani nie dziękowała za żałobne kartki. Uważała, że koleżanki udają współczucie, a w gruncie rzeczy wyrażają strach przed śmiercią.

Msza była piękna, a kobiety płakały z głębi serca. Pogrzeb dziecka to straszne przeżycie, nikt tego nie chce, ale lepiej, że w trumnie leżało czyjeś dziecko, a nie ich własne.

Freddie dużo pił, podobnie zresztą jak większość obecnych. Nawet Jimmy nie wylewał za kołnierz, ale co można robić w taki dzień? Chciał się znieczulić, to wszystko.

Rodzice nie wiedzieli, co ze sobą począć, a on czuł, że jest od nich bardzo daleko. Lena i Joe byli zdruzgotani. Joe wlewał w siebie whisky, byleby tylko przeżyć jakoś ten dzień. Lena postarzała się w ciągu kilku dni, Jimmy patrzył na nią z żalem.

Po południu powiedziała mu coś bardzo prawdziwego, mianowicie że po takiej tragedii człowiek uświadamia sobie, co w życiu jest naprawdę ważne. Doświadczywszy jej, a później spojrzawszy wstecz na wydarzenia, które kiedyś wydawały się istotne, człowiek nagle dostrzega, jak niewiele w gruncie rzeczy znaczy.

Coś takiego pokazuje, że życie to tylko szereg zdarzeń, nad którymi w istocie nie ma się żadnej kontroli. Ludzie tylko ulegają takiemu złudzeniu.

Jimmy przytaknął i pomyślał, że kocha Lenę Summers. Urocza była z niej kobieta i miał szczęście, że jest jego teściową. Spojrzał na biednego Dicky'ego, na którego głowę niebawem zwali się Jackie. Co za przerażająca perspektywa. Przyjrzał się Jackie. Piła bez przerwy i bardzo dużo. Właściwie powinna już leżeć pod stołem, nieprzytomna. Jackie była jak nienasycona bestia i w porównaniu z innymi wciąż wydawała się trzeźwa.

Mały Freddie wciąż krążył, jak gdyby nic się nie stało. Werdykt w sprawie śmierci Jimmy'ego był pomyłką. „Tragiczny wypadek, moje serce jest pełne współczucia dla rodziców i rodziny". Takie były dokładne słowa tego starego kretyna, koronera sądowego.

Jimmy do pewnego stopnia rozumiał, że Freddie chce chronić swojego potomka. Wiedział, że Freddie zamierzał ukarać syna, ale okazało się, że więzy krwi są zbyt silne.

Jimmy już ich nie odczuwał, nie żywił żadnych uczuć do człowieka, którego niegdyś ubóstwiał i któremu przez wiele lat dawał zatrudnienie. Patrzył, jak pod okiem ojca mały Freddie zamienia się w zwierzę. Nikt się nie odzywał, bo Freddie był świrusem, który gniewem i nienawiścią trzymał wszystkich w szachu.

Budził lęk wśród najtwardszych oprychów z ich światka, był czubkiem, wariatem, ciężkim przypadkiem. Za pomocą groźnej reputacji wypracował respekt u innych, ale Jimmy się go nie bał. Przejrzał go dawno temu na wylot.

Freddie był po prostu głupi, przepychał się przez życie i dostawał wolną rękę, bo był użyteczny dla Ozzy'ego. Lecz prawdziwym szacunkiem Ozzy darzył Jimmy'ego. To jemu ufał, to jego wybrał do prowadzenia interesów. A teraz powierzał mu swoje najczarniejsze sekrety.

Jimmy oszczędzał Freddiego, gdyż łączyło ich pokrewieństwo, ich żony były siostrami. Kiedyś podziwiał Freddiego, wzorował się na nim. Ale znosił go zbyt długo i to się skończyło. Jutro Freddie dostanie rozkaz wymarszu, bez słowa ostrzeżenia.

Dowie się, jaką siłą dysponuje młodszy wspólnik. Postanowił, że Freddie musi ponieść karę za śmierć jego syna. Nie ujdzie mu to na sucho. A kiedy z nim skończy, Freddie nie znajdzie pracy nawet jako stróż.

Jimmy chciał zmieść go i jego syna z powierzchni ziemi. Nigdy dotąd nie doświadczył pragnienia zemsty. Poznał ją po śmierci dziecka, a zawładnęła nim, gdy koroner orzekł, że to był wypadek.

Świadomość, że Joe coś podejrzewa, przynosiła pewną ulgę. To nie wypadek odebrał mu syna i wiedział, że kiedy pogrzeb się skończy, ból ustąpi i Jimmy będzie mógł znów funkcjonować, postara się, żeby Freddie Jackson junior nigdy więcej nikogo nie skrzywdził.

◆ ◆ ◆

Kimberley patrzyła na gawędzące siostry i czuła się osamotniona. Wzięła szklankę z sokiem i wyszła do ogrodu. Było zimno, ale ona dobrze się ubrała.

Uwielbiała ten dom i czuła pustkę, którą mały Jimmy po sobie zostawił. Nie mogła uwierzyć, że nigdy więcej nie będzie biegał po trawniku i pływał w basenie.

Znów zachciało jej się płakać. Był uroczym malcem, Maggie i Jimmy go uwielbiali. Miał wszystko, czego dziecko mogło zapragnąć, i zginął. To przekraczało ludzkie pojęcie.

W domu bez dziecka panowała przytłaczająca cisza. Kimberley postanowiła wyjść do ogrodu i letniego domku. Zbudowano go z żółtych cegieł odzyskanych ze starych budynków. Zrobione przez stolarza okna pasowały do całości.

Już miała wejść do środka, gdy usłyszała głos Maggie. Zatrzymała się przy oknie i słuchała.

◆ ◆ ◆

— Nie odejdę, Maggie.

Drań odzyskał władzę i Maggie wiedziała, że nigdy więcej nie da jej spokoju, nie pozwoli zapomnieć o tym, co się stało. Zamknęła mocno oczy, wierząc wbrew wszystkiemu, że kiedy je otworzy, Freddie zniknie.

— Odejdź ode mnie.

Mówiła niskim głosem, w którym słychać było gotujący się gniew.

— Czemu nie chcesz mi odpowiedzieć?

Maggie znów zamknęła oczy. Ten mężczyzna przez swoją nienawiść i zazdrość, przez swoje groźby zabrał jej kilka lat życia i pierwsze lata życia jej syna. Nawet teraz usiłował nią manipulować. Wciąż wykorzystywał nienawiść, by ją gnębić i narzucać swoją wolę, nawet po tym, co się dzisiaj stało. To byłoby śmieszne, gdyby nie było straszne.

Nie zamierzała mu odpowiadać, chciała tylko, żeby sobie poszedł. Wymknęła się, żeby zostać sama i zebrać myśli.

— Jimmy był moim synem. Przyznaj teraz, że to prawda.

Freddie czuł się dotknięty. Chciał usłyszeć, że Jimmy był jego synem. Pogarda Maggie odbierała mu współczucie.

— Odejdź.

Jej głos nabrał siły, powiedziała to głośniej, niż zamierzała.

— Powiedz to, Maggie.

— Odpieprz się. Zgwałciłeś mnie, a teraz, po pogrzebie mojego dziecka, próbujesz mnie dręczyć. Czy nie możesz mi dać spokoju nawet w takiej chwili, po jego śmierci? Chcę wreszcie odetchnąć po tylu latach, bo dziecko, które wykorzystywałeś, by mnie szantażować, odeszło. Znowu próbujesz mnie złamać?

Freddie kręcił głową.

— Odejdź, bo zawołam męża i powiem mu, co mi zrobiłeś.

Kimberley usłyszała szuranie stóp i schowała się za domkiem. Po chwili wyjrzała i zobaczyła Maggie kroczącą chwiejnie po trawniku w stronę domu. Ojciec Kimberley wciąż był w letnim domku, a kiedy wychodził kwadrans później, ze zdumieniem zobaczyła łzy na jego twarzy.

♦ ♦ ♦

Jackie słuchała, jak jej rodzice opowiadają o czasach swojej młodości. Zawsze tak było, kiedy spotykali się na pogrzebach i weselach. Każde rodzinne spotkanie kończyło się tym, że rodzice snuli opowieści o minionych czasach i o tym, co zdarzyło się dawno zmarłym krewnym.

Rozparła się wygodnie na największej kanapie w salonie Maggie, na tle kremowych ścian. Kanapa była bardzo miękka, a Jackie siedziała w otoczeniu córek. Było bardzo miło, a ona zapomniała, że to stypa.

Lena opowiadała o swojej babce, która paliła fajkę i nigdy nie opuszczała mszy. Dziadek bił ją prawie codziennie, a ona poszła za nim kilka tygodni po jego pogrzebie.

— Głupia krowa, jak mogła kochać kogoś, kto ją codziennie lał? Powinna zrobić imprezę, kiedy w końcu wykorkował! — powiedziała ze złością Roxanna. Wszyscy się roześmiali.

Freddie, który siedział na podłodze przed kominkiem, głośno parsknął śmiechem.

Jimmy spoglądał na niego długo, słuchając irytującego, sarkastycznego śmiechu.

Widząc, że Jimmy mu się przygląda, Freddie rzekł przyjaźnie:

— Przy okazji. Nie martw się, jutro zajmę się podziałem zysków.

Jimmy wiedział, że próbuje w ten sposób załagodzić sytuację. Nic z tego.

Wpuścił Freddiego i jego krewnych do domu tylko dlatego, że obecność jego córek uspokajała Maggie. Siedziała teraz z matką, ściskając ją mocno za rękę. Szukała pocieszenia, ale go nie znajdzie.

— Nie ma potrzeby, wszystko już załatwione.

Joe usłyszał tę krótką wymianę zdań i spojrzał na twarz Jimmy'ego. Gniew nadał jej prawie demoniczny wyraz.

Spoglądał na Freddiego z bezgraniczną pogardą. Joe spodziewał się, że jego rosły zięć zerwie się i rzuci Jimmy'emu do gardła.

Jednak Freddie nie zareagował. Joe odgadł, że wkrótce nastąpi starcie, i nie miał wątpliwości, kto wyjdzie z niego zwycięsko.

Rozdział dwudziesty siódmy

— Chcę go usunąć, Ozzy, i to jak najprędzej.

Ozzy skinął głową, zapominając, że Jimmy go nie widzi, bo rozmawiają przez telefon. Zawsze mu się podobało, że jego młody protegowany mówi wprost. Cieszył się także, że Freddie zniknie mu z pola widzenia. Gdyby to od niego zależało, posłałby go do diabła dawno temu.

Po śmierci syna Jimmy wyraźnie się zmienił. Stał się twardszy i łatwiej było go rozzłościć. Tego pewnie należało oczekiwać.

Kiedy w skrzydle rozeszła się wieść, że Jimmy Jackson stracił syna w tragicznych okolicznościach, Ozzy widział reakcję więźniów mających rodziny, zwłaszcza tych młodszych. Wtedy lepiej zrozumiał żal Jimmy'ego. Nie mając dzieci, mógł sobie tylko wyobrażać, jak to jest stracić potomka.

Jimmy, jak często bywa w takich sytuacjach, skupił się na pracy. Wszystko obracało się wokół niej. W ten sposób odsuwał od siebie ból. Ozzy widywał w więzieniu ludzi, którzy po takim wydarzeniu nie umieli się podnieść.

Z relacji Jimmy'ego wynikało, że Maggie sobie nie radzi, a Jimmy nie potrafi złagodzić jej żalu. To po prostu niemożliwe. Kobiety stanowią inny gatunek, dzieci rosną w ich ciałach, więc pewnie odczuwają stratę mocniej niż ojcowie. Choć w gazetach i telewizji podawano przykłady takich, które nie żywią żadnych uczuć wobec potomstwa, a Maggie z początku nie zaakceptowała syna.

Ozzy westchnął w duchu. Żal mu było Jimmy'ego, martwił się o niego, ale dostrzegał też pewną okazję, która się nadarzała. Zamierzał przeprowadzić remanent swoich biznesów, zaczynając od pozbycia się balastu.

— Droga wolna, Jimmy. Zrób to, co już dawno należało zrobić.

◆ ◆ ◆

— Wszystko w porządku, młody? — Freddie zwolnił, irytując jadących za nim kierowców, i zamachał do syna przez odsuniętą szybę.

Mały Freddie uśmiechnął się i odpowiedział na gest. Ojciec zatrąbił, mijając syna i jego dwóch kolegów, którzy szli do szkoły.

Freddie się uśmiechnął. Miał rację, chłopak jest w porządku. Żył w napięciu, tak samo jak jego stary, to wszystko. Kwestia temperamentu. Sam też miał temperament, o czym boleśnie przekonywali się ci, którzy zaleźli mu za skórę. Syn odziedziczył to po nim, nie mógł więc być zły.

Smutek i szok minęły i teraz jego uwaga skupiła się na Jimmym. Jest draniem i niech ma się na baczności.

Freddie lawirował między samochodami, przeklinając i wygrażając mniej wprawnym kierowcom, którzy ważyli się wyjechać na drogę o tak wczesnej porze. Jechał do nowego biura Jimmy'ego w specjalnie do tego celu postawionym bloku w Barking. Jimmy pracował teraz wyłącznie tam. Siedziba wyglądała naprawdę reprezentacyjnie.

Freddie był zniesmaczony. Jimmy wykorzystywał biurowiec jako przykrywkę dla nielegalnych interesów, a Freddie opowiadał wszystkim, że zmierza prostą drogą do katastrofy. Gliny i bez tego robią naloty na domy, na meliny — po co samemu pchać się na afisz?

Ale Jimmy prowadził stamtąd legalne interesy, o pozostałych prawie się tam nie wspominało. Nie istniał żaden materialny dowód, który łączyłby pracowników z nielegalnymi i nieopodatkowanymi dochodami. Jimmy szedł z duchem czasu, a Freddie ugrzązł w mentalnym skansenie.

Freddie był wściekły, bo od tygodnia Jimmy się z nim nie skontaktował, a potem przysłał wiadomość, że czeka na niego w biurze. Dobrze więc, załatwią to raz na zawsze. Ten pojedynek zapowiadał się od dawna. Freddie był na niego przygotowany i postara się, żeby nic nie stanęło mu na przeszkodzie.

♦ ♦ ♦

— Maggie źle się czuje, mamo. Martwię się o nią.

Roxanna siedziała na łóżku i namawiała matkę do wypicia herbaty i zjedzenia tostu. Córki umówiły się, że będą na zmianę wyciągać ją z łóżka i karmić. Jej potęgujący się alkoholizm napawał je coraz większą troską.

— Nic jej nie będzie. Odczep się i daj mi pospać!

Roxanna westchnęła.

— Wyobraź sobie, że to któreś z nas umarło. Jak byś się czuła?

— W tej chwili byłabym wniebowzięta. A teraz odpieprz się i daj mi spokój.

Kimberley, która stała na schodach, dziwiła się, jak można nie mieć współczucia dla siostry, gdy ta straciła dziecko.

— Usiądź, mamo — nie dawała za wygraną Roxanna. — Zjedz ten tost.

Jackie była naprawdę zła. Z początku podobało jej się, że córki tak się nią zajmują. Ale teraz zaczynało ją to wkurzać. Przychodziły dzień w dzień jak trzy cholerne wiedźmy, podczas gdy ona marzyła tylko o tym, by się zdrzemnąć.

Kimberley weszła do sypialni, odsunęła Roxannę i ściągnęła kołdrę z półnagiej matki.

— Odbiło wam, do kurwy nędzy?! — wrzasnęła Jackie. — Zostawcie mnie w spokoju!

Roxanna z trudem powstrzymała śmiech. Potem spojrzała uważnie na matkę, która znów przytyła w ciągu kilku ostatnich miesięcy, i odechciało jej się śmiać.

Nogi Jackie były pokryte siniakami i zadrapaniami. Nerki odmawiały jej posłuszeństwa, co z kolei powodowało swędzącą wysypkę. Roxanna wiedziała o tym, bo wraz z siostrami znalazła taką informację w Internecie. Rozumiały, co dzieje się z matką, i usiłowały jej pomóc, zanim będzie za późno. Ich matka stanowiła kliniczny przypadek alkoholiczki, a one nie chciały, żeby zapiła się na śmierć.

Roxanna rozejrzała się po pokoju. Panował w nim wszechobecny brud. Posłanie było nim przeżarte, dywan upstrzony plamami od kawy i śladami po papierosach, w powietrzu unosiła się woń potu i starych perfum. Najsmutniejsze było jednak to, że wszystko to razem wyglądało i tak bardziej świeżo niż kobieta siedząca pośrodku.

Jackie naciągnęła na siebie kołdrę, lecz nie było już mowy o dalszym spaniu. Wyraziła swój gniew serią obelg pod adresem córek.

Zapaliła papierosa.

— No i o co chodzi? — spytała sarkastycznie podwyższonym głosem.

Dała się w nim słyszeć pogarda dla dobrych chęci córek.

— Roxanna będzie miała dziecko, więc zrobiła się z niej chodząca mądrość, tak? Gówno wiesz, tyle ci powiem.

— Wie tyle, ile ty nigdy nie wiedziałaś, mamo.

Jackie spojrzała z uśmiechem na Kimberley.

— Proszę, ćpunka też się odezwała. Podzielisz się ze mną swoim bogatym doświadczeniem życiowym? No, dawaj. Strzel sobie w żyłę, wtedy przynajmniej chodziłaś uśmiechnięta.

Roxanna ruszyła w stronę drzwi. Miała dość.

— Spójrz na siebie, mamo, popatrz na to, co cię otacza — rzekła cicho Kimberley. — Wszystko tutaj cuchnie, ty także. Upijasz się do nieprzytomności, żeby tego nie widzieć i nie czuć. Ale musisz chociaż spróbować sobie pomóc, bo inaczej zniszczysz nie tylko siebie.

Jackie roześmiała się nieprzyjemnie, odgarniając włosy z twarzy.

— Ja przynajmniej mam jakieś życie, a ty? Ani faceta, ani niczego. Kto cię zechce po twoich wyczynach? No powiedz.

— Chyba nie słyszysz, co mówisz, mamo. Nie potrzebuję mężczyzny, żeby czuć się pełnowartościowym człowiekiem...

Jackie parsknęła śmiechem.

— Idź i daj sobie w żyłę, naćpaj się, gówno mnie to obchodzi. Tylko zejdź mi z oczu!

Roxanna i Kimberley popatrzyły na matkę. Wyraz ich twarzy powiedział Jackie więcej niż jakiekolwiek słowa.

396

— Nie masz mężczyzny, mamo, nie masz nawet naszego ojca — stwierdziła z odrazą Kimberley. — On się tobą brzydzi, wiesz? Bez przerwy lata za innymi...

Roxanna skierowała siostrę w stronę drzwi, chcąc zapobiec awanturze.

— Daj jej spokój, Kim, tylko tracisz czas...

Jackie znów się roześmiała.

— „Daj jej spokój, Kim" — powiedziała, przedrzeźniając córkę. — Idźcie do Maggie, ona lubi takie gadki. Od niej to podłapałyście... Mamuśka się znalazła. Przez parę lat nie mogła spojrzeć na to biedne dziecko. Zaniedbywała je...

Kimberley roześmiała się pogardliwie.

— I ty mówisz o zaniedbywaniu! Masz czelność, mamo. Mały Freddie miał wiecznie zaczerwieniony tyłek, bo nie chciało ci się zmienić mu pieluchy, a dostawał porządnie jeść tylko wtedy, kiedy my przygotowałyśmy mu posiłek!

Jackie wiedziała, że Kimberley powiedziała prawdę, i jeszcze bardziej ją to rozzłościło.

— Zawsze się nim opiekowałam. Jestem taka, jaka jestem, ale zawsze go kochałam! Maggie miała wszystko: dom, samochód, a nawet zakichanego psa! Nie miała tylko dziecka, a kiedy w końcu się urodziło, nie wiedziała, co z nim zrobić! Odbija jej teraz, bo wie dobrze, że nie miała czasu dla tego chłopca. Ma poczucie winy i słusznie, bo wcale jej nie obchodził.

— Nawet wasz ojciec miał dla niego więcej czasu niż ona! — krzyczała Jackie. — A ona nie mogła znieść, że go dotyka! Bawił się z tym biednym dzieciakiem, a ona patrzyła z wykrzywioną gębą. Jakbyśmy byli dla niej nikim. Nienawidziła, jak Freddie zbliżał się do małego, a sama nawet go nie dotykała. Biedne dziecko było zaniedbywane, nawet moja matka to mówiła. Mój Freddie uwielbiał tego chłopczyka, a jej nie odpowiadało, że za nim szaleje!

— Dlaczego twoim zdaniem się tak zachowywała, mamo? Tak dużo wiesz, to powiedz, dlaczego nie lubiła, kiedy nasz ojciec bierze go na ręce?

Roxanna usłyszała głos siostry i od razu odgadła, że za chwilę coś się stanie.

— Zamknij buzię, Kim. Idziemy.

Jackie aż podskoczyła na łóżku. Chciała usłyszeć, co córka ma do powiedzenia.

— Ty się nie wtrącaj. No powiedz, do czego pijesz, Kim. Wyrzuć to z siebie. Freddie uwielbiał małego Jimmy'ego, dzięki niemu to dziecko miało dobre wspomnienia...

— To było jego dziecko, ty głupia krowo!

Oszołomionej Jackie przez chwilę zdawało się, że się przesłyszała.

— Coś ty powiedziała?

— Ojciec zgwałcił Maggie!

◆ ◆ ◆

Maggie czuła się źle. Tabletki, które podsuwała jej matka, nie łagodziły bólu.

— Zostaw mnie, mamo, proszę cię. Daj mi spokój i idź już do domu.

Najdziwniejsze było to, że czuła się lepiej, kiedy była sama. Nikt nie chciał w to uwierzyć. Wtedy mogła zebrać myśli, udawać, że wszystko jest w porządku. Mogła się odprężyć i trochę odpocząć. Mogła zapomnieć o tym, co się stało.

Zapomnieć o okolicznościach poczęcia syna i pamiętać go jako chłopczyka, którego kochała. Pozwoliłaby Freddiemu Jacksonowi gwałcić się codziennie, gdyby za tę cenę mogła odzyskać dziecko. Był dzieckiem gwałtu, przyszedł na świat w wyniku czynu podłego i odrażającego, a mimo to nauczyła się go kochać. Był niewinny, ale przyczynił się do tego, że jej życie zamieniło się w koszmar. Później nadał temu życiu sens i dał jej małżeństwu impuls, którego potrzebowało, by przetrwać. Jimmy go kochał, a to sprawiło, że i Maggie go pokochała.

Teraz wolała swoje towarzystwo od jakiegokolwiek innego. Dawało jej luksus udawania, że syn wciąż żyje i jest blisko. W samotności życie mogło być takie, jakiego chciała.

Samotność była dobra.

Lena nie mogła już tego znieść. Wszystkie jej wysiłki trafiały w próżnię. Maggie postanowiła zostać sama. Nie można było do niej dotrzeć, więc matka tylko traciła czas.

Jednak poczucie winy, które w sobie nosiła, przygniatało ją. Chciała pomagać córce, potrzebowała tego.

Gdyby tego wieczoru do niego zajrzeli, sprawdzili, czy śpi, mały Jimmy wciąż by żył.

Lena nigdy więcej nie zazna szczęścia, jak więc mogła się spodziewać, że z córką będzie inaczej? Maggie umierała w środku. To nie rzucało się w oczy, było znacznie bardziej subtelne. Z jej oczu z każdym dniem wyzierał większy smutek i było to przerażające, gdyż patrząc na nią, wiedziało się, że ma rację. Ból i żal były na miejscu, były wszystkim, co jej pozostało.

Bez nich nie czuła nic.

♦ ♦ ♦

— Jesteś tego pewien, Jimmy? — spytał sceptycznie Glenford. Wiedział o tym, że istnieje niezgoda między Jacksonami, lecz teraz gniew Jimmy'ego przybrał niezwykłe natężenie.

— Całkowicie. Freddie wylatuje bez prawa powrotu.

Glenford miał wątpliwości.

— Zrobi się straszna zadyma, wiesz o tym. Nie możesz tak po prostu wywalić Freddiego! On się wścieknie, będzie chciał cię zabić.

Glenford zaczął mówić ze swoim ciężkim jamajskim akcentem, lecz Jimmy doskonale go rozumiał.

— Niech spróbuje — odparł z uśmiechem. — Może stanąć na głowie, gówno mnie to obchodzi.

Glenford był zaskoczony, ale nie bardzo. To zapowiadało się od dawna, lecz nie spodziewał się, że nastąpi akurat teraz i w sposób tak gwałtowny. Freddie musiał robić niesłychane machlojki z kasą, żeby tak usposobić Jimmy'ego. Musiał kraść na potęgę.

Jimmy był porządnym facetem, zawsze szukał w ludziach dobrego, a w razie problemów starał się znaleźć najlepsze, pokojowe rozwiązanie.

Wyglądało na to, że nie tym razem.

Glenford musiał jednak zakwestionować logikę decyzji Jimmy'ego. Freddie błyskawicznie zbierał kasę. Dawał ludziom dziesięć godzin i nigdy się nie spóźniali, płacili w terminie.

399

Robił swoje, mówił, co trzeba, i zarabiał pieniądze. Nie był najbystrzejszym pracownikiem, ale wiedział, jak za pomocą strachu wycisnąć forsę od najgorszych lewusów. Był świrem, a takich warto trzymać właśnie z tego powodu. — Przemyśl to, Jimmy. Jeśli to zrobisz, on nigdy nie spocznie. Dostanie szału. Kto inny da mu robotę? Jesteś wszystkim, co ma. — Glenford próbował powiedzieć Jimmy'emu, że postępuje lekkomyślnie. — Freddie jest dla ciebie o wiele bardziej pożyteczny, jeśli panuje między wami zgoda. Niech będzie mięśniakiem, ale niech pracuje, nie wyrzucaj go na amen. Nigdy się z tym nie pogodzi, nigdy o tym nie zapomni.

Glenford bał się reakcji Freddiego, gdyż ten przeżył całe życie na krawędzi. Rozróby stanowiły jego mocną stronę, prowokował je dla zabawy. Z największą przyjemnością rozszerzyłby krąg swoich wrogów.

— Ale mnie właśnie o to chodzi, Glenford. Nie chcę, żeby pogodził się z odejściem, ma je odczuć, i to jak najmocniej. Chcę skończyć z nim raz na zawsze, chcę się go pozbyć, wymazać jego nazwisko z planu emerytalnego i z pamięci. Nie ma prawa do niczego, na co liczył. Freddie Jackson jest skończony i im prędzej to zrozumie, tym lepiej. Znosiłem go długo, ale teraz musi zacząć sam na siebie zarabiać, tak jak my wszyscy.

Glenford prychnął drwiąco.

— Mówisz tak, jakby to było coś osobistego. Co on takiego zrobił, przeleciał twoją żonę?

Jimmy nie odpowiedział, a Glenford zaczął się zastanawiać, co z tego wszystkiego wyniknie. Życie to długi szereg nieuniknionych wydarzeń — tak mawiał jego ojciec, a on do tej pory nie rozumiał, co to miało znaczyć. Ale ojciec wiedział, co mówi.

Był przystojnym Jamajczykiem, nazywał się Wendell Prentiss. Przybył do Wielkiej Brytanii w latach pięćdziesiątych, za cały dobytek mając rastafariański kapelusz i poczucie humoru. Miał cały zastęp dzieci poza małżeństwem, z wieloma białymi kobietami, lecz jego żona niestety wydała na świat tylko jednego syna, Glenforda. Wendell zawsze się z nim spierał, powtarzał, że ma się jedno życie i od ciebie zależy, co z nim zrobisz.

„Rzecz jasna — mówił Wendell ze swoim jamajskim akcentem i uśmiechem na twarzy — zawsze zdarzają się kosztowne niespodzianki i trzeba je brać w rachubę, mentalnie i finansowo. Śmierci, narodziny, a często i długie wyroki więzienia dla chłopców z Jamajki, gdyż brytyjska policja nie przepada za naszą rasą. Zbyt wielu nas tu ściągnęło. Zawsze pamiętaj, synu — rzekł z godnością, popijając biały rum przy stole w kuchni — że rzeczy kosztują pieniądze, czas i wiele myślenia. Ale poza tym — dodał ze śmiechem — życie należy do ciebie, możesz je zmarnować lub zrobić z niego najlepszy użytek".

Głębokim głosem o ciemnym zabarwieniu, nadając słowom dramatyczny rys, Wendell mówił, że Jebb Avenue w Brixton może być dla ciebie ulicą, na której robisz zakupy, albo miejscem, w którym ustawiasz się w kolejce, by odwiedzić kolegów lub kogoś z rodziny. W więzieniu, zwanym Funky Brixton, biali chłopcy po długiej odsiadce degradowali się do pozycji czarnuchów.

Obaj się śmiali, kiedy ojciec w ten sposób filozofował. Glenford jednak wiedział, że to wszystko prawda.

Wendell zmarł przed dziesięcioma laty w przekonaniu, że jest księciem, chodzącym symbolem Etiopii. Do końca życia palił trawkę, która w istocie uniemożliwiła mu spełnienie marzeń. Zawsze był zbyt naćpany, żeby uczynić coś konstruktywnego.

„Życie jest tym, co z niego zrobisz — powtarzał każdego dnia, głośno i poważnie. — Masz czystą kartkę papieru i tylko od ciebie zależy, co na niej napiszesz. Czy będzie to dobre, czy złe, wszystko zależy od ciebie".

Glenford zawsze trzymał się rad ojca i dobrze na tym wyszedł. Ojciec nauczył go, że czasem trzeba ranić ludzi, być okrutnym, żeby być dobrym. Ale Jimmy Jackson był inny. Zawsze starał się ułatwiać innym życie. Ciężar odpowiedzialności zawsze spoczywał na nim.

Glenford miał niewielu prawdziwych przyjaciół. Podobnie jak ojciec, bardzo starannie ich sobie dobierał. Przyjacielem nazywał kogoś, komu ufał tak jak członkom rodziny. A w istocie nawet bardziej. Jimmy był prawdziwym przyjacielem, Freddiego tylko traktował jak przyjaciela. Różnica była subtelna, ale istniała.

Freddie był krewnym Jimmy'ego, a w ich światku każdy członek rodziny, nawet ostatni palant, dostawał kawałek tortu. To było oczywiste, choć trzeba było być za to wdzięcznym. Ci, którzy dostawali swój kawałek za darmo, uważali się za szczęściarzy, że ktoś bliski ma dość oleju w głowie, żeby zarobić, i jeszcze dzieli się z innymi.

A teraz Jimmy zagroził, że odbierze Freddiemu jego udział, że go odsunie. Decyzja należała do Jimmy'ego, a Freddie był niebezpiecznym draniem, i Glenford wiedział, że ma swoje prawa i słusznie uważa, iż praca mu się należy.

Wiedział również — wywnioskował to z rozmów z Jimmym — że Freddie zepsuł wszystkie kontakty i że to Jimmy, wbrew przekonaniu Freddiego, jest lepszy, i to pod wieloma względami.

Starli się już kiedyś i nie pociągnęło to za sobą żadnych konsekwencji. Całe miasto wzięło ich na języki, zwłaszcza po śmierci Stephanie. Była to najpilniej strzeżona tajemnica Londynu. Ale Jimmy zawsze przyjmował Freddiego z powrotem. Wciąż mógł to zrobić i Glenford miał nadzieję, że tak się stanie.

Nienawidził Freddiego, ale miał świadomość, że jest o wiele lepiej, kiedy mają go na widoku i kiedy Freddie zachowuje się jak przyjaciel, niż gdyby zniknął z pola widzenia i gdzieś na uboczu knuł zemstę na Jimmym.

Glenford wiedział, że Jimmy ma powody, ale gdyby się tak stało, Freddie dostałby małpiego rozumu.

♦ ♦ ♦

Roxannie zebrało się na mdłości i nie wiedziała, czy to z powodu ciąży, czy z powodu rewelacji, którą obwieściła siostra. Nawet jej ojciec chyba nie był zdolny do czegoś takiego. Niemożliwe, żeby zgwałcił Maggie.

Maggie jest silna, na pewno by mu się oparła, powstrzymałaby go albo wykrzyczała prawdę całemu światu.

Czy aby na pewno?

Roxanna czuła, że ze względu na siostrę Maggie nie mogłaby oskarżyć jej ojca. Milczałaby również z powodu swojej matki i Jimmy'ego. Nie wolno mu było czegoś takiego powiedzieć.

Maggie znała męża i wiedziała, że zabiłby, gdyby powziął choćby podejrzenie, że coś takiego się stało.

Kimberley na pewno się pomyliła, coś musiała pokręcić. A jeśli ojciec rzeczywiście zgwałcił Maggie, to czy mały Jimmy był jego dzieckiem, a więc ich bratem? Jeden kontakt seksualny, i od razu dziecko — to niedorzeczność. Roxanna wiedziała, że ma przyrodnich braci i siostry, słyszała rozmaite plotki, ale nigdy nie miała ochoty ich poznać. Bo właściwie po co? Jimmy junior nie mógł być synem ich ojca. To nieprawda, to niemożliwe. Maggie by do tego nie dopuściła, nie pozwoliłaby mu zbliżyć się do siebie.

Ciocia Maggie była dla Roxanny i jej sióstr kimś w rodzaju zastępczej matki, zawsze miała dla nich czas i dawała schronienie, kiedy życie stawało się zbyt burzliwe. Kiedy Jackie, ich pożal się Boże prawdziwa matka, wywoływała awantury w Boże Narodzenie i Nowy Rok, uciekały do Maggie.

Czy ojciec naprawdę ją zgwałcił? Czy to możliwe, że jest zdolny do takiej podłości?

Najgorsze było to, że w głębi serca Roxanna czuła, że Kimberley powiedziała prawdę. Nawet jej matka, największa wielbicielka ojca i jedyna osoba na świecie, której naprawdę na nim zależało, też to wiedziała. Tak jakby przeczuwała, że pewnego dnia o czymś takim usłyszy. Wyglądała tak, jakby powiedziano jej coś, o czym od dawna wie. Była prawie zadowolona, bo wreszcie dowiedziała się prawdy i zrozumiała coś, co od dawna ją gryzło.

Roxanna jednak nie mogła uwierzyć, a raczej nie chciała uwierzyć. To było zbyt trudne. Nie chciała wiedzieć, że Maggie, którą kochała, padła ofiarą jej ojca.

Tymczasem Jackie Jackson znalazła ostatni fragment układanki, którą od lat usiłowała ułożyć. Patrząc, jak Freddie rozpływa się nad małym Jimmym, przeczuwała, że coś jest na rzeczy, że coś się kryje pod jego czułością i uśmiechami. Nigdy nie zwracał większej uwagi na swoje dzieci, więc Jackie była zazdrosna, że w taki sposób traktuje chłopca.

„Jimmy junior" — to określenie brzmiało teraz dla niej jak kpina. Freddie i Jimmy byli jednak do siebie bardzo podobni. Roxanna wyglądała jak sklonowana Maggie. Jackie wiedziała, że jej mąż zawsze miał słabość do młodszej siostry. Co pomyślałby Jimmy, zwłaszcza teraz, gdy chłopiec nie żyje? Musieli ze sobą romansować, i tyle. Maggie zawsze lubiła mieć to, co chciała, i tak samo postąpiła z Freddiem. Ale żeby ją zgwałcił? Według Kimberley, Maggie powiedziała to jasno w rozmowie z nim, kiedy po pogrzebie próbował ją nakłonić, by przyznała, że mały Jimmy był jego synem. Jackie wiedziała, że Freddie jest do czegoś takiego zdolny. Czy naprawdę wziął Maggie siłą?

Freddie miał powodzenie u kobiet, może to ona przystawiała się do niego. Kiedy ma ochotę, potrafi być czarujący. Jackie pamiętała, jak opowiadał jej o siostrze, że zrobiła to czy tamto. Z zazdrości prawie odchodziła od zmysłów. Był bardzo zadowolony, kiedy urodziła syna.

Po długim czasie zaszła w ciążę i Jackie też się z tego cieszyła. Ciężarna Maggie przestała być zagrożeniem, a teraz Kimberley mówi, że syn Maggie, biedny mały Jimmy, był dzieckiem męża Jackie.

Ale już go nie ma, Bogu dzięki. Tylko tego jej teraz brakowało, żywego dowodu zdrady Freddiego, i to dokonanej w rodzinie.

Podły drań.

Zgwałcił ją? Akurat. Kobiety same się za nim uganiały, nie potrzebował żadnej brać siłą. Jeśli cała ta historia jest prawdziwa, to Maggie musiała się o to prosić.

Plecie o gwałcie na wypadek, gdyby Jimmy się dowiedział. Jemu by się nie wytłumaczyła. Tak jak wszyscy, uważał Maggie za przyzwoitą dziewczynę, a teraz ona pokazała, jaka jest naprawdę.

Nie była pierwszą, którą przeleciał, ani ostatnią. Jackie widziała, jak odprawia z kwitkiem lepsze od jej siostry. Postanowiła nie odkrywać kart. Dopóki Jimmy się nie dowie, będzie trzymać język za zębami.

W gruncie rzeczy nie chciała, żeby sprawa wyszła na jaw. Maggie była zbyt blisko jej domu i była za ładna, żeby Jackie narażała się na porównania z nią. Wiedziała, że większość ludzi nie obwiniałaby Freddiego za to, że zbłądził z młodszą, o wiele atrakcyjniejszą siostrą.

Pamiętała jego słowa o tym, że ożenił się z niewłaściwą

siostrą, że powinien był poczekać kilka lat na Maggie. Powtarzał je wiele razy.

Kimberley słuchała matki, która opowiadała o tym, że Maggie zawsze miała to, czego zapragnęła, że była ulubienicą rodziców, ale zamiast gniewu czuła tylko głęboką litość dla kobiety, która wydała ją na świat.

Jackie już orzekła, że to biedna Maggie ponosi winę za to, co się stało, a ojciec jak zwykle jest niewinny. Maggie kusiła go i w końcu jej się udało. Jackie kłamała, ale już wierzyła w swoje kłamstwo.

Kimberley zrozumiała, że powiedziała coś, co będzie dręczyć rodzinę przez lata.

Matka już osądziła i skazała biedną Maggie. Kimberley palnęła głupstwo, za które kochana ciocia Maggie będzie jeszcze bardziej cierpiała.

Rozdział dwudziesty ósmy

Jimmy nie czuł strachu, ale był zdenerwowany. Wiedział, że Freddie nie przyjmie ze spokojem wiadomości o tym, że zostaje wyrzucony z interesu.

Wysłał mu wiadomość, żeby przyjechał, i odpowiednio nastawił się na to spotkanie. Freddie był nieprzewidywalny. Jimmy wiele razy widział, jak postępuje z tymi, którzy jego zdaniem mu się narazili. A często rozprawiał się z tymi, którzy nie byli mu już potrzebni.

Poczuje się dotknięty ze względu na to, że łączą ich więzy krwi. Poza tym uważał, że Jimmy przywłaszcza sobie coś, co słusznie należało się właśnie jemu. Jimmy w gruncie rzeczy wyrzucał go ze świata, który Freddie zawsze uważał za swój. Nie czuł przed tym najmniejszego oporu, a wprost przeciwnie: sprawiało mu to przyjemność.

Wiele razy dawał mu okazję odkupienia popełnianych głupstw, ale Freddie, jak to Freddie, odrzucał je z pogardą. Za chwilę dowie się, że stoi na najniższym szczeblu hierarchii i że to nie on dyktuje warunki w tej grze.

Jimmy od dawna trzymał nerwy na wodzy, ale to, co zrobił wredny synalek Freddiego, przechyliło szalę. Jimmy nie mógł powiedzieć Maggie ani nikomu innemu prawdy o tym, co się stało, ale Freddie wiedział, co go czeka. Nie dotrzymał umowy, więc wylatuje.

Nie tylko z interesu, ale z obiegu. Jimmy nie chciał go

więcej oglądać. Jeśli to oznacza, że będzie musiał usunąć go z powierzchni ziemi, trudno. Teraz żałował, że nie usunął go wcześniej.

Jak Freddie sobie z tym poradzi, to już jego sprawa, ale ten, kto go zatrudni, nie będzie mógł prowadzić interesów z Jimmym i jego pracownikami. Postara się, żeby wszyscy o tym wiedzieli. Freddie zostanie pariasem i oprócz niego tylko Jimmy będzie wiedział dlaczego. Musi zrozumieć, że jego sprawki nigdy więcej nie będą mu uchodziły na sucho.

Jimmy powinien był to zrobić już wtedy, gdy Freddie załatwił Lenny'ego, ale postanowił mu darować. Teraz lojalność związana z pokrewieństwem przestała go obejmować, więc do diabła z nim i jego szczeniakiem. Freddie junior wrodził się w ojca bez dwóch zdań, był takim samym szaleńcem jak on. Jimmy postanowił, że teraz ojciec ma go trzymać jak najdalej od rodziny, bo jeśli jeszcze raz go zobaczy, bez zastanowienia się z nim rozprawi.

Tylko Maggie powstrzymywała go przed tym, żeby załatwić obu na dobre. Spadło na nią dość cierpienia i lepiej, żeby nie dowiedziała się, jak naprawdę zginął jej syn. Jimmy będzie ją ochraniał, póki żyje.

Maggie nie może poznać prawdy.

Freddie jest skończony w ich świecie i to będzie dla niego wystarczająca kara, bo jechał na swojej dawnej opinii. Jeśli po usłyszeniu złej wieści spróbuje pokazać Jimmy'emu siłę swoich mięśni, przekona się, z kim zadziera.

Jimmy nie mógł się już doczekać. Aż drżał z podniecenia, w jego żyłach krążyła adrenalina. Freddiego czeka największy szok w życiu, a Jimmy chciał jak najprędzej zakończyć tę grę, którą narzucono mu wbrew jego woli. Nigdy nie chciał ranić czyichś uczuć.

Rodzinna lojalność to jedna wielka bzdura. Kto przy zdrowych zmysłach chciałby być spokrewniony z tym dwojgiem dwulicowych, podstępnych kłamczuchów? Jimmy znosił ich przez długie lata, ratował pożyczkami, rozwiązywał ich problemy. Był dla nich jak kasa zapomogowa.

Ale z tym koniec. Niech smażą się we własnym sosie, a pomocy niech szukają u swoich tak zwanych przyjaciół.

Umieli tylko brać z zawodową wprawą i odebrali mu to, co było dla niego najcenniejsze. Tego Jimmy nigdy im nie wybaczy, a co ważniejsze, nigdy o tym nie zapomni.

Chciał to zrobić dla małego Jimmy'ego i dla spokoju umysłu. Tak jak kiedyś Freddie Jackson, był wściekły i ta wściekłość miała mu pomóc przetrwać najgorszy czas.

◆ ◆ ◆

Jackie patrzyła na najstarszą córkę, lecz jej nie widziała. Dostrzegała to, co ignorowała przez wiele lat. Nawet kiedy była młoda, Freddie pragnął jej siostry. Obserwował ją i myślał o niej, pożądał jej.

Myśli te nie odzwierciedlały się na jej twarzy. Kimberley widziała tylko, że matka jest w stanie szoku.

Roxanna też była zaszokowana. Prawie zemdlała, gdy matka zasugerowała, że Maggie uwiodła ojca.

— Sama nie wierzysz w to, co mówisz, mamo. Maggie nie dopuściłaby go do siebie na odległość kija.

W podtekście tych słów kryła się sugestia, że żadna kobieta przy zdrowych zmysłach nie chciałaby mieć nic wspólnego z mężem Jackie, a jej ojcem.

Jackie gwałtownie odwróciła głowę w stronę urodziwej córki, którą w tej chwili z przyjemnością by udusiła. Prawda dobijała się do jej mózgu, ale Jackie nie umiała przyznać głośno, że to Freddie pragnął jej siostry. W istocie Freddie pragnął każdej kobiety, która znalazła się w pobliżu i nadawała się do łóżka. Przez wiele lat musiała to zbywać śmiechem, nie miała innego wyjścia. W ten sposób ratowała twarz. Zwłaszcza kiedy dowiadywała się o tym, że zdradza ją z koleżankami i sąsiadkami, kiedy widziała, że spoglądają na nią młode dziewczyny w pubie i widzą jej braki. Znosiła świadomość, że znają bardzo dobrze jej mężczyznę, a niektóre urodziły mu dzieci.

Wytrzymywała to, gdyż nie umiała wyobrazić sobie życia bez niego w tle, niezależnie od tego, jak ją traktował. W pewnym sensie Freddie trwał przy niej. Była jedyną kobietą, z którą żył, choć w sposób, który był szorstki i nierzadko poniżający.

Jackie zamierzała pozostać żoną Freddiego Jacksona aż do śmierci. To zapewniało jej jedyne względy, jakich kiedykolwiek doświadczyła, a także poziom zamożności, dzięki któremu mogła pić i ćpać bez umiaru.

Po awanturze z Terrym Bakerem jej pewność siebie, której nigdy nie miała w nadmiarze, sięgnęła dna. Kolejnego upokorzenia nie była w stanie znieść. Freddie był dla niej wszystkim, sprawiał, że mogła czuć się pełnowartościową kobietą. Od pierwszej chwili z nim poczuła, że jest kimś: była dziewczyną Freddiego, jego kobietą, a później jego żoną. Pieniądze odgrywały drugorzędną rolę. Kochała go całą swoją istotą i jeśli Maggie myśli, że to zmieni, dowie się, jak bardzo się myli.

Przez całe życie uganiał się za obcymi kobietami, a Jackie się na to godziła. Z tym jednak nie mogła się pogodzić. Wiedziała, że powinna milczeć. Nawet tego chciała, bo świadomość, że ktoś się dowie, nasuwała jej myśli samobójcze. Ale wiedziała również, że nie zdoła zachować tej sprawy w tajemnicy. Po paru drinkach palnie słowo przy kimś albo, co gorsza, zacznie robić wyrzuty Freddiemu. Wtedy on wykorzystałby sytuację przeciwko niej i byłoby jeszcze gorzej.

Musiała zaatakować pierwsza, ogłosić tajemnicę światu, wpędzić Maggie w tarapaty. Lepiej niż ktokolwiek wiedziała, jak grać skrzywdzoną żonę — miała w tym lata praktyki.

Maggie straciła dziecko, ale do diabła z tym, zdradziła siostrę. I niech nie chrzani o tym, że Freddie ją zgwałcił. Prawda za chwilę wyjdzie na jaw.

Jackie podjęła decyzję.

♦ ♦ ♦

Freddie postanowił zajrzeć po drodze do pubu. Stał przcz chwilę przed wejściem i spoglądał na swoje królestwo. Stwierdził, że Jimmy może równie dobrze przyjechać do niego, więc wszedł do środka i zamówił dużą szkocką.

Paul i Liselle przyjęli go z takim ożywieniem, na jakie potrafili się zdobyć. Paul od razu napełnił opróżnioną szklankę. Spojrzeli na siebie i uśmiechnęli się. Paul jak zwykle czuł wrogość bijącą od Freddiego, ale tym razem była ona podszyta groźbą, która zwykle nie wybijała się na pierwszy plan.

— Masz jakieś wiadomości od Ozzy'ego?

Paul wzruszył ramionami jak zawsze, gdy słyszał to pytanie.

— Napisał mi parę słów. On mi się nie zwierza, przecież o tym wiesz.

Powiedział to monotonnym głosem, który ucinał dalsze pytania i świadczył, że wypowiadający wie więcej, ale nie zamierza dzielić się swoją wiedzą.

Paul wiedział, że irytuje w ten sposób Freddiego, choć ten nie spodziewał się innej odpowiedzi. Jednak dzisiaj był wkurzony dużo bardziej, toteż Paul zbliżył się do strzelby, którą trzymał pod barem. Broń pełniła głównie funkcję odstraszającą, ale w razie potrzeby był gotów jej użyć.

— I nie masz dla mnie, kurwa, nowych wieści od Jimmy'ego? W końcu wiesz o wiele więcej ode mnie. Jimmy, ten piździelec, mówi ci więcej niż mnie.

Freddie powiedział to zjadliwie, ale Paul tylko się uśmiechnął.

— Nikt nic mi o tobie nie mówił ani nie przekazywał żadnych informacji, ale jak tylko coś usłyszę, ty pierwszy się dowiesz.

Paul obserwował Freddiego, trzymając rękę w okolicy strzelby.

Freddie od dłuższego czasu do czegoś się szykował. Paul słusznie się domyślał, że jest wkurzony. Wszyscy widzieli, że jest przeczołgiwany, ale to był jego problem. Był jak wielki nadęty balon, który wkrótce pęknie.

Nawet śmierć małego Jimmy'ego nie sprawiła, żeby złagodniał. Freddie zachowywał się jeszcze gorzej, jeśli to w ogóle możliwe.

Biedny Jimmy był zdruzgotany, jak należało oczekiwać. Stracił jedyne dziecko, upragnione i ukochane, ale wydawało się, że to Freddie postarzał się od tego czasu. Było wcześnie, a Freddie pił bez umiaru i na pewno zamierzał usiąść za kierownicą. Patrząc na niego, Paul zastanawiał się, co tym razem tak go wzburzyło.

Paul wiedział, że Freddie swoim zwyczajem wciąż oszukuje na kasie. Często opowiadał obszernie o swoich dobrych pomysłach, ale zaraz o nich zapominał.

Widywał już Freddiego szukającego zwady i cieszył się, że teraz nie kieruje na niego swojej złości. Wiedział jednak, że to w każdej chwili może się zmienić. Freddie Jackson mógł obrócić się przeciwko każdemu bez powodu i nikt nie był bezpieczny, póki Freddie znajdował się w pobliżu.

◆ ◆ ◆

Glenford i Jimmy zjedli po kilka kanapek i wypili parę piw w barze Ship and Shovel. Był to typowy posiłek ludzi ich profesji.

Rozumieli się bez słów. Glenford wiedział, że musi towarzyszyć przyjacielowi. Jimmy wziął na siebie bardzo trudne zadanie. Rozumiał je lepiej od Glenforda, gdyż miał bliższy kontakt z przeciwnikiem.

Jimmy'ego przepełniał gniew, ale był elastyczny i jak zawsze interpretował wątpliwości na korzyść Freddiego. Freddie nigdy nie puści płazem afrontu, który go spotka, i będzie walczył na całego. A walka to jedyna rzecz, w której Freddie był dobry. Glenford bał się, że przyjaciel popełnił największy błąd, jaki można popełnić: nie docenił przeciwnika. Albo jeszcze gorzej: założył, że przeciwnik ma cechy, które on sam posiada, to znaczy jest o wiele przyzwoitszy niż w rzeczywistości.

Jimmy zawsze postępował jak porządny człowiek, a Freddie mówił jedno, lecz robił coś innego. Taka była natura tej bestii. W rosłym i nadmiernie silnym cielsku Freddiego nie było ani krzty uczciwości. Co do tego Glenford nie miał najmniejszych wątpliwości. Ale Jimmy nie zamierzał wycofywać się ze swojej decyzji. Glenford obawiał się jednak, że w ostatniej chwili jego łagodność sprawi, że daruje Freddiemu i wystawi się na atak.

◆ ◆ ◆

— Mamo, co ty pieprzysz... — Kimberley właśnie uświadomiła sobie, jaką lawinę uruchomiła, i przeraziła się.

Jackie się ubierała. Zapomniała o tym, że chce jej się spać. Miała niebezpieczną misję do spełnienia. Jeśli zajdzie taka konieczność, z zimną krwią zamorduje siostrę.

— Przestań, mamo, posłuchaj mnie. Słyszałam ich rozmowę na pogrzebie małego. Tata nawet wtedy się z nią drażnił, okazywał nienawiść, mimo że przed chwilą pochowała swoje dziecko...

— Serce mi krwawi z żalu nad tą pindą. Chyba chciałaś powiedzieć, że pochowali swoje dziecko?

— Mamo, Maggie nigdy by cię rozmyślnie nie skrzywdziła. Jak myślisz, dlaczego przez tyle lat trzymała to w tajemnicy?

— Gdybyś ty chodziła do łóżka z moim starym, to też byś się tym nie chwaliła. Jimmy też nie będzie zachwycony, kiedy o wszystkim usłyszy, nie przyszło ci to do głowy? Zawsze chciała mieć to, co należało do mnie, od samego początku mi zazdrościła! Miałam to, czego pragnęła!

Kim głośno się roześmiała.

— Chyba nie masz na myśli mojego ojca? Odbiło ci, mamo? A nawet gdyby przyszło jej to do głowy, nie zrobiłaby ci tego. Ona cię kocha, mimo że traktujesz ją jak śmieć.

Jackie westchnęła.

— Ona już nie żyje, przyjmij to do swojej zatwardziałej pustej łepetyny — oznajmiła przyjaznym, lecz nabrzmiałym groźbą tonem. — Pieprzyła się z moim starym, miała z nim dziecko — sama to powiedziałaś — i nie chrzań mi głupot o jakimś gwałcie. Skręcę jej kark i tobie też, jeśli nie przestaniesz się wtrącać.

Kimberley była przerażona.

— Mamo, zastanów się. Gdyby było tak, jak mówisz, to czemu kazałaby mu się od siebie odczepić? Czemu by go odprawiła?

Jackie znów westchnęła. Córka doskonale wpisywała się w jej kampanię nienawiści. Nikt nie będzie oskarżał jej męża o gwałt. Freddie był jej ukochanym, a Maggie go pragnęła dlatego, że należał do niej, a ona zazdrościła. Jackie zdawało się, że każdy, z kim miała zatarg, zazdrości jej. Naprawdę uważała, że jest kimś innym. Powodem tej zazdrości był jej dom, jej mąż, jej życie. Jackie nigdy nie przyszło do głowy, że to jej własna zawiść przysparza jej problemów.

Była przeświadczona, że Freddie został oszukany, wciągnięty w pułapkę przez *femme fatale*, kobietę, która przed poznaniem Jimmy'ego była dziewicą, i która nie wpuściłaby Freddiego do domu nawet w czasie bombardowania. Zrobili dziecko — cóż, choć raz poczuje to, co czuła Jackie, gdy patrzyła, jak młodszej siostrze wszystko się w życiu udaje, jak coraz więcej osiąga!

Jackie była starszą siostrą, to jej należały się salony i wielkie domy. Jej, a nie małej Maggie, którą Jackie wykorzystywała, kiedy tak jej pasowało, i która nagle, z dnia na dzień, stała się najbogatsza w rodzinie.

Niech sobie nie myśli, że przechytrzy starszą siostrę.

Freddie żartował, że Jimmy strzela ślepakami, i być może miał rację. Nie mieli dzieci po małym Jimmym, ale nie dlatego, że nie próbowali. Maggie rozpaczliwie tego pragnęła i często o tym mówiła.

Okazało się, że Jackie opłakała śmierć bękarta swojego męża i nie zamierzała przejść nad tym do porządku. Mały Jimmy, niech go szlag, stał się oczkiem w głowie Freddiego, który poświęcał mu więcej uwagi niż swoim dzieciom i Jackie nie zamierzała tego Maggie darować. W jej pojęciu była to najwyższa zdrada. Nic dziwnego, że nie chciała się opiekować bachorem. Tak działa poczucie winy, a nawet jej matka stwierdziła, że jej zachowanie jest nienaturalne.

— Mamo, zastanów się, co chcesz zrobić. Ojciec zgwałcił Maggie. Jimmy go zabije, bo jej uwierzy... Tak samo jak ja i inni...

Jackie nie mogła nie dostrzec prawdy zawartej w tych słowach, ale jak zawsze ją odrzuciła.

— O co ci chodzi? Mam ci dać parę działek proszku na uspokojenie? A może wolisz, żebym ci przywaliła i raz na zawsze starła z gęby tę żałosną minę? Ta szmata podkradała mi męża, a jest moją zakichaną siostrą. Już nie żyje i ciebie spotka to samo, jeśli nie zejdziesz mi z drogi.

Z uśmiechem zaczęła wciągać ubranie na swoje otyłe ciało.

— No, decyduj się, skarbie.

Roxanna spoglądała na nią z poczuciem nadchodzącej klęski. To było jak kilka dni przed początkiem okresu, gdy wszystko ma nieprzyjemny smak, a zwykłe „dzień dobry" może zabrzmieć jak deklaracja wojny.

Rozumiała, że jeśli słowa Kimberley są prawdziwe, Maggie została zgwałcona przez jej ojca. Nie mogło być inaczej. Maggie prędzej poszłyby do łóżka z bezdomnym niż z Freddiem Jacksonem, i było to całkowicie zrozumiałe. Ona na jej miejscu czułaby się tak samo. Ale jak wpłynie to na losy jej i Dicky'ego? Co się stanie, jeśli szambo eksploduje od głośnego wrzasku matki?

Nie chciała, by matka Dicky'ego i reszta jego rodziny dowiedziała się o tym koszmarze, to przekraczało normy nawet takiej zgrai jak Jacksonowie. Martwiła się o swoją opinię, ale dyskusja na argumenty z Jackie byłaby teraz ciskaniem grochem o ścianę.

Kimberley otworzyła puszkę pełną robaków, brudnych i złośliwych, które lada chwila wyskoczą z ust Jackie.

Ona się ubierała, a Kimberley nadal usiłowała ją przekonać, że biedna Maggie była ofiarą. Roxanna miała świadomość, że w tej sytuacji nie można było zrobić nic gorszego. Gdyby ojciec wziął siekierę i wymordował wszystkich sąsiadów w obecności ekipy telewizyjnej, matka wmówiłaby sobie, że to nieprawda, albo że sąsiedzi zrobili coś, co usprawiedliwia jego postępek.

Teraz miała ochotę skręcić siostrze kark.

Myślała o tym, że trzeba czym prędzej ostrzec Maggie, i zastanawiała się, jaka będzie jej reakcja. Nagle uświadomiła sobie, że kochany wujek Jimmy stanowi nie mniejszą siłę niż jej ojciec. A właściwie większą i lepiej ustosunkowaną. Dicky wprost uwielbiał Jimmy'ego, był nim zafascynowany.

Wiedziała, że to, co się stanie, rozwali rodzinę, i żałowała, że Kimberley wetknęła nos tam, gdzie nie powinna. Podobnie jak matka, wolała zamieść brudy pod dywan i udawać, że wszystko jest w najlepszym porządku.

Chciało jej się płakać. Wszystko legnie w gruzach i nic nie będzie już takie samo. Ale najbardziej niepokoiła ją kwestia lojalności, bo gdyby przyszło jej wybierać, matka i ojciec nie mieliby żadnych szans.

♦ ♦ ♦

Paul trzy razy odbierał telefon i za każdym razem dzwonił Glenford. Pytał, czy Freddie wciąż siedzi w pubie, i w jakim jest stanie.

— Tak na pierwsze pytanie, na drugie: w nie najlepszym.

Odgadywał, że coś się kroi, i bał się, że stanie się to w obecności jego i żony. Kazał Liselle iść do mieszkania na zapleczu i nie wychylać się bez względu na to, co usłyszy.

414

Freddie się rozkręcił i wydawało się, że zło pulsuje tuż pod powierzchnią jego przystojnej twarzy. Godzinę wcześniej, kiedy Freddie zbierał się do wyjścia, do lokalu weszła jakaś dziewczyna. Miała dwadzieścia kilka lat, długie włosy i krzywy uśmiech. Nosiła spódnicę tak krótką, że było to aż niewiarygodne. Co gorsza, była siostrzenicą Liselle. Spojrzała raz na Freddiego i narodziła się miłość.

Dlaczego kobiety tak lgnęły do Freddiego Jacksona? Im gorzej je traktował, tym bardziej go pożądały. Dziewczyna roztaczała zapach perfum i miętowej gumy do żucia. Miała modne markowe ciuchy i odsłaniała brzuch, który jednak nie był płaski, jak się jej zdawało.

Była całkowicie w typie Freddiego. Obracała się w tym światku na tyle długo, żeby znać zasady gry, lecz była młoda i na jej twarzy nie było jeszcze śladu goryczy emanującej z twarzy Jackie i jej koleżanek. Freddie chwilowo zapomniał o Jimmym. Roznosiła go energia, tryskał dowcipem, oczarowując Melanie Connors.

Ona też była zabawna, wygadana, świetnie wyglądała i była już doświadczona, ale jeszcze nie pojęła, że seks nie jest narzędziem przetargowym większości kobiet.

Freddiego bawiły jej dowcipne riposty świadczące o pewności siebie i wierze w swoją urodę. Mogło to się jednak zmienić w mgnieniu oka, gdyby powiedziała coś, co uznałby za uwłaczające lub wyzywające.

Nie peszyła się tym, że Freddie mógłby być jej ojcem. Uważała, że jest zabójczo przystojny ze swoimi ciemnymi włosami i niebieskimi oczami. Zauważyła również, że ma sporo kasy, a to skłoniłoby jej matkę, żeby szeroko otworzyła przed nim drzwi. Poza tym instynktownie przeczuwała, że jest wyposażony przez naturę niczym koń. W sumie dzień zapowiadał się obiecująco.

Paul tymczasem patrzył na rozwój sytuacji z przerażeniem. Wiedział, że Freddie ma nerwy napięte do granic, a biedna Melanie jeszcze nie znała jego wybuchów. Była krewną jego żony, więc w pewnym momencie będzie musiał wkroczyć i nie budziło to jego zachwytu.

W tej chwili jednak Freddie zachowywał się jak policyjny pies w wytwórni narkotyków, był wniebowzięty. Polował na babki tak, jak myśliwi polują na leśną zwierzynę. Hamował się, obserwował każdy jej ruch i zamierzał utrącić smarkulę. Jeśli jest dobra w swoim fachu, da jej drugą szansę, a jeśli nie, błyskawicznie o niej zapomni i znajdzie inną, z większymi cyckami i bardziej zdeterminowaną, by zapuścić się na nieznane terytorium.

Lubił polowanie, ubóstwiał zdobywać dziewczyny. Kiedy tylko osiągnął cel, puszczał je w niepamięć.

◆ ◆ ◆

Dianna była zdruzgotana.

— Och, zamknij się wreszcie! — krzyknęły z gniewem obie siostry.

Maggie spojrzała na trzy dziewczyny, które kochała całym sercem, potem odwróciła się do siostry i powiedziała cicho:

— Nie pleć głupstw, Jackie. Kimberley się przesłyszała, to wszystko.

Kimberley uchwyciła się koła ratunkowego, które jej rzucono.

— Właśnie, sama nie wiedziałam, o czym mówię. Kłóciłyśmy się, po prostu chciałam ci dopiec.

— Ty podła zdziro, ty ćpunko! Wiesz, jak było, a ja nie jestem głupia!

Maggie nie łudziła się, jak zareagują osoby najbardziej zainteresowane, ale przestało ją to obchodzić. Nic nie mogło jej już zranić i nie była pewna, czy zdoła utrzymać pokój z siostrą. Jeśli dojdzie do starcia, zetrze Jackie na proch.

Zmusiła się jednak do łagodnego tonu.

— Napij się, Jackie. Kawa, wódka, wybieraj.

Jackie zrozumiała, że ma szansę uratować twarz i powstrzymać ten obłęd, lecz spokój Maggie okazał się kroplą, która przelała czarę.

Wiedziała bez cienia wątpliwości, że ta dziewczyna — bo Maggie wciąż wyglądała jak dziewczyna — padła ofiarą gwałtu, nie mogła pozwolić, żeby ten fakt wydostał się poza krąg najbliższych.

— Ty proponujesz mi wódkę? Może sama powinnaś się napić, skoro szydło wyszło z worka?

Maggie spojrzała na otyłą twarz siostry. Kiedyś Jackie była dla niej wszystkim, prawdziwą ostoją. Jackie odwzajemniała to przywiązanie, nic nie mogło się obejść bez udziału Maggie.

Ona zaś miała świadomość, że prawdziwym powodem tego stanu rzeczy była samotność, ale również to, że zajmowała się dziećmi Jackie.

W gruncie rzeczy to ona wychowała dziewczynki i uczyniła to z największą przyjemnością. Nie tak jak żałosna postać stojąca teraz przed nią, dla której były tylko pretekstem do pobierania zapomogi i łańcuchem wiążącym ich ojca z domem.

Maggie bawiła się z nimi, kąpała je i sprzątała mieszkanie, słuchając jednocześnie, jak Jackie miesza z błotem koleżanki i każdego, o kogo była zazdrosna. A ponieważ wszyscy budzili jej zazdrość, tyrady stawały się bardzo irytujące. Umiała to robić w taki sposób, że nie od razu było jasne, jaki jest cel jej wywodów.

W wieku czternastu lat Maggie przestała chcieć być taka jak siostra i mocno postanowiła, że jej życie będzie zupełnie inne. Że będzie na siebie zarabiać i o siebie dbać, i nigdy nic uzależni się od swojego mężczyzny tak jak siostra.

Największym przerażeniem napawała Jackie myśl, że może zostać bez mężczyzny, którego tak bardzo kochała i który zrobił z niej tłustą, niechlujną babę, bo właśnie taką się stała. Stanowiła chodzący dowód na to, że miłość nie jest cudownym uczuciem, jak to wyobrażają sobie młode dziewczęta. Ten, którego kochała, zgwałcił jej młodszą siostrę, a Jackie wciąż znajdowała w sobie siłę, żeby się oszukiwać, bowiem wszystko zawsze kręciło się wokół niej samej, nikt inny się nie liczył.

— Czy mały Jimmy był synem Freddiego? Muszę to wiedzieć.

Ten banał wygłoszony tonem urażonej cnoty zabrzmiał jak kwestia z kiepskiej sztuki. W gruncie rzeczy Jackie zawsze była tchórzem i po raz kolejny to pokazywała. Rzucała się do walki tylko wówczas, gdy wiedziała, że ktoś wkroczy i ją powstrzyma.

Maggie roześmiała się, ale był to wymuszony śmiech. Tak śmieje się ktoś, kto ma dość świata. Ona miała także dość kobiety, która przed nią stała.

— Gdybyś uważała, że w tym, co mówisz, jest krztyna prawdy, już tarzałybyśmy się po podłodze.

— I w tym się, kurwa, nie mylisz.

— Ale się nie tarzamy, prawda? — spytała sarkastycznie Maggie.

Jackie musiała przyznać, że jej siostra to siła, z którą trzeba się liczyć.

— Mamy jeszcze na to czas, moja pani. — Wskazała niedomytym palcem na siostrę i powiedziała głosem pełnym urazy: — Zawsze wodziłaś oczami za moim Freddiem i zawsze dostawałaś to, czego ci się zachciało. Rodzice zawsze woleli ciebie! A teraz chcesz mi odebrać jedyne, co mam!

— Co ty pleciesz, mamo?! Dla nas to wielkie szczęście, że jest ktoś taki jak Maggie, dla ciebie też!

Dianna od razu zreflektowała się, że nie powinna była tego mówić. Kimberley przepchnęła się obok Roxanny i podeszła do matki.

— Chciałam cię podkręcić, mamo. Posłuchaj mnie, proszę.

Jackie miała ochotę wyjść i dać sobie z tym wszystkim spokój. Wiedziała jednak, że ta sprawa będzie ją gryzła, postanowiła więc rozwiązać ją raz na zawsze, bez względu na koszty.

— Albo idź do domu i wytrzeźwiej, Jackie, albo rozmawiaj ze mną normalnie.

W głosie Maggie pojawiła się twarda nuta, której Jackie nigdy przedtem nie słyszała. To było wręcz lekceważenie.

— Skręcę ci kark, ty pieprzona pizdo!

Maggie znów westchnęła.

— Czy tylko na to cię stać? Przezywać mnie akurat tym słowem, którego najbardziej nie cierpię? Właśnie przyszło mi do głowy, że ono świetnie pasuje do ciebie, siostrzyczko. Straciłam dziecko, a ty przychodzisz do mojego domu i wy-krzykujesz niestworzone rzeczy, bo zdaje ci się, że zagus-towałam w śmieciu, za którego wyszłaś. Zastanów się nad sobą. Posłuchaj, co mówisz, ty pijana tłusta zdziro!

Machnęła na Jackie ręką i odwróciła się do dziewcząt, które stały blisko siebie, zaszokowane.

— Zabierzcie ją do domu. Niech jej więcej nie widzę!

Wrogość unosząca się między siostrami była prawie namacalna.

— Zajebię cię. Pożałujesz tego.

Maggie odwróciła się do siostry i skierowała na nią palec.

— Spróbuj mnie dotknąć, a rozsmaruję cię po ścianie — odpowiedziała cicho i wyraźnie, głosem pełnym groźby. — Jestem do tego zdolna. Nie boję się ciebie, od kiedy skończyłam podstawówkę. Jesteś tłustą, spuchniętą, pyskatą babą i na tym polega twój problem. Dobrze o tym wiesz i ta świadomość cię wykańcza.

Pokręciła głową.

— Pochowałam dziecko, a ty mimo to przychodzisz do mnie z czymś takim? Jeśli ktoś miałby dzisiaj kogoś zabić, to raczej ja, a nie kto inny. I pamiętaj, że gdybyś ośmieliła się wyjechać z tym do Jimmy'ego, to ty i Freddie jesteście skończeni, osobiście tego dopilnuję. Nie jesteś tu mile widziana. Znosiłam cię przez lata, ale dłużej nie zamierzam. A teraz wynoś się, zanim naprawdę mnie poniesie.

Rozdział dwudziesty dziewiąty

— Powiedz mi, Jimmy, co jest naprawdę grane. Nerwy mi od tego, kurwa, pękają — spytał ze śmiechem Glenford. Jimmy wiedział, że pytanie jest poważne.

— Już ci mówiłem, nie będę go dłużej znosił. Mam go powyżej uszu. Trochę późno, co? Inny wywaliłby go na zbity pysk lata temu. Ale on jest z rodziny, więc przełykałem wszystko. Koniec opowieści.

— Raczej początek.

Jimmy wzruszył ramionami i Glenford zrozumiał, że więcej od niego nie wyciągnie.

— On nadal ma bzika na punkcie seksu?

— Wszystko na to wskazuje — odparł Jimmy. — Taki już jest. Pamiętam, że kiedy go wypuścili, zaliczał wszystko, co się rusza.

Glenford roześmiał się głośno, jego nowe złote zęby zalśniły w blasku popołudniowego słońca.

— To jego hobby. Obce babki trzymają go przy życiu. — Glenford rozsiadł się na wygodnej skórzanej kanapie w biurze Jimmy'ego. — O co właściwie chodzi, stary? Jesteś zły, podminowany, wyczuwam twój gniew. Chcę ci tylko pomóc, jesteś moim najlepszym przyjacielem, wiesz o tym. I myślę, że jest duża szansa, że ja z kolei jestem twoim przyjacielem.

Jimmy skinął głową.

Glenford potrząsnął ciężkimi dredami, wyjął niedopałek

skręta z kamiennej popielniczki i zapalił. Zaciągnąwszy się mocno, podjął:

— To ma związek z małym Jimmym. Niesłusznie przyczepiłeś się do Freddiego. Tak jakbyś go obwiniał.

Jimmy kochał Glenforda jak brata i nie zdziwił się, że ten tak łatwo go rozpracował. Nie mógł jednak powiedzieć głośno, co wciąż kołatało się w jego głowie.

Syn Freddiego zabił jego dziecko, jego chłopczyka, jego krew.

◆ ◆ ◆

Freddie naćpał się na wesoło. Dziewczyna miała sporą działkę proszku, który w połączeniu z whisky wprawił go w doskonały humor.

Melanie zdawało się, że jest bardzo wyrafinowana: wciągała narkotyk bardzo głośno i dramatycznie gestykulując, tak aby wszyscy wiedzieli, że zażywa kokę.

Freddie nie miał serca, by powiedzieć jej, że nierówno formuje linijki. Koło południa wziął trochę towaru od kumpla i dał Melanie. Wiedział, że za chwilę dziewczyna poszybuje wyżej niż prom kosmiczny.

Jej oczy już błyszczały i musiał przyznać, że laski tuż przed odjazdem mają w sobie pewien czar. Ta mała naprawdę wierzyła, że zna się na towarze i na swoim rzemiośle.

Była rozczulająco niezdarna, była przy nim jak dziecko. Ale takie właśnie Freddie lubił.

Za kilka minut zacznie pleść, będzie mówić o wszystkim. Była jagnięciem, a takie jagniątka proszą się o to, żeby jc zarżnąć. To będzie dla niej życiowa lekcja. Freddie miał tylko nadzieję, że smarkula doceni swoje szczęście, mimo iż zainteresował się nią tylko dlatego, że przez kilka godzin nie miał co robić, bo czekał na Jimmy'ego.

Nakłonił ją do wypicia kolejnego drinka. Przyjęła go, tak jak się spodziewał, bo w ustach miała sucho jak zakonnica pod stanikiem. Dolna część jej twarzy zdrętwiała. Przechyliła się i omal nie upadła. Złapał ją w ramiona i mocno przycisnął. Poczuła się bezpieczna, poczuła, że ktoś się nią opiekuje.

— Spokojnie, dziewczyno. Wszystko w porządku?

Freddie był jowialny i grzeczny. Poczuł pod bluzką jej bardzo śmiały biustonosz. Z jej uśmiechu odgadł, że miętoszono go więcej razy, niż umiała zliczyć. Miał ochotę na miękkie cycki, a im większe, tym lepiej.

Sądząc po brzuchu, który przestała wciągać, zwykle piła piwo.

Zapracowała sobie na małą lekcję, a Freddie był w idealnym nastroju, żeby rozpocząć edukację.

Paul niepokoił się o siostrzenicę żony. Nie miał wątpliwości, że to na niego spadnie wina, jeśli jej się coś stanie.

— Zostaw ją, Freddie. Chodź, Melanie, idziemy do Liselle.

Melanie odgarnęła z twarzy długie kosmyki rzadkich włosów.

— Odwal się, Paul, skończyłam już osiemnaście lat — odparła wojowniczo.

Jej wrogość udzieliła się Freddiemu.

— Co cię to właściwie obchodzi, Paul?

— Ona jest siostrzenicą Liselle.

— Poważnie?! — ryknął na biedną dziewczynę Freddie.

Skinęła głową i oboje parsknęli śmiechem.

Paul wiedział, że nie ma szans, ale podjął jeszcze jedną próbę. Wiedział, że stali klienci złożą Liselle dokładną relację z tego, co się stało.

— Odbija ci. No, rusz się.

Freddie odepchnął ręce Paula od dziewczyny, omal jej nie przewracając.

— Odpieprz się, kutasie. Ze mną jest jej dobrze.

Paul westchnął.

— Daj spokój, Freddie. Jak byś się czuł, gdyby to była twoja córka? Liselle da jej wycisk, wiesz o tym.

Paul mówił trzeźwo i rozsądnie, ale to nie docierało do Freddiego, który rozumiał tylko tyle, że po południu nie będzie miał kogo przelecieć.

— Odpierdol się, Paul, mówię poważnie.

Freddie wyprostował się nagle i obnażył zęby.

— Weź telefon i zadzwoń do Ozzy'ego albo do Jimmy'ego, który mu włazi w tyłek i donosi na mnie. Powiedz im, co robiłem przez cały dzień i że uważam ich za piździelców. No dalej, dzwoń, na co czekasz.

Goście pubu zamilkli, słuchając wyzwisk Freddiego. Paul

zdawał sobie sprawę, że w ciągu kilku godzin wszyscy w okolicy będą wiedzieli, co się stało. Freddie powinien się nauczyć trzymać gębę na kłódkę. Ostatnio zdarzało się to często. Złościło go również to, że Freddie perorował po to, by zaimponować smarkuli.

Melanie wrodziła się w matkę, poznała dorosłość kilka lat przed czasem. Paul powinien dać jej takiego kopa, żeby wyleciała przez drzwi i pofrunęła aż do parku. Ale on tylko kręcił smutno głową, słuchając piskliwego śmiechu dziewczyny, który stopniowo przeszedł w kaszel palacza.

Miała osiemnaście lat i trzy miesiące. Słuchała Freddiego Jacksona jak wyroczni i patrzyła na niego jak na najlepszy prezent gwiazdkowy.

Do diabła z nią, niech pozna cenę swoich błędów. Paul miał tego dosyć. Jeśli Liselle zostanie w mieszkaniu, nic mu nie grozi. Jeśli nie, to niech sama sprząta ten burdel.

♦ ♦ ♦

Jackie siedziała sama w domu i jak zwykle popijała wódkę z winem. Zdawało jej się, że da Maggie nauczkę raz na zawsze, a skończyło się tak, że wyszła razem z córkami z jej domu, pełna wstydu, który rósł z każdą chwilą.

Powinna była pokazać córkom, jak się postępuje z kobietą, która oskarża ojca o gwałt, one tymczasem w to uwierzyły. Jej własne dzieci tak nisko go ceniły, a Jackie wiedziała, że o niej mają jeszcze gorsze zdanie.

Właśnie to tak bardzo ją bolało. W ciągu paru godzin jej świat się zawalił i Jackie wiedziała, że już nigdy nie będzie taki sam. Matka i ojciec będą zdruzgotani, kiedy się dowiedzą, zwłaszcza teraz, po śmierci dziecka. Jackie wiedziała już w głębi serca, że to Freddie był ojcem małego Jimmy'ego.

Jeśli Maggie powtórzy wszystko mężowi, rozpęta się wojna. Maggie zaprzeczyła, ale jej siostra wiedziała, że kłamie. Maggie usiłowała ratować siebie i swoją rodzinę i do pewnego stopnia Jackie ją rozumiała. Ale kiedy patrzyła na nienagannie uczesane włosy siostry i jej piękny dom, nie umiała powstrzymać zazdrości.

Wiedziała, że siostra walczy z bólem po śmierci dziecka,

a mimo to nie umiała znaleźć w sobie współczucia. W jej pojęciu znów jej się poszczęściło: dziecko zmarło i znów była wolnym ptakiem.

Jackie dużo by dała, żeby uwolnić się od balastu. Zwłaszcza od córek, które doprowadzały ją do obłędu pyskowaniem i nieustannym obgadywaniem po kątach.

Opróżniła w dwóch trzecich butelkę wódki i wciąż nie czuła się nawet podchmielona. Trwało to coraz dłużej. Jackie była codziennie podpita, ale nie pijana. Zamiast przyjemności czuła ogromną złość. Gniew bulgotał w niej na myśl o tym, jak upokorzyła się u Maggie, czuła, że powinna zrobić coś spektakularnego, aby zmazać złe wrażenie.

Gwałt! Maggie chyba coś się pomyliło, jeśli myślała, że ktoś kupi tę starą bajeczkę. Jackie przepełniała nienawiść. Nie mogła pozwolić sobie na to, by uwierzyć w tak straszny postępek męża. Stwierdziła, że to największa bzdura, jaką kiedykolwiek słyszała. Nie dopuści, żeby tej zdzirze uszło to na sucho.

Dopiła drinka i nalała sobie następnego do większej szklanki. Nabrała ochoty na zemstę i wiedziała już nawet, jak jej dokonać.

Jimmy'emu trzeba wrzucić bombę do portek i Jackie postanowiła się tym zająć. Maggie dwa razy ugryzie się w język, zanim jeszcze raz rzuci takie oskarżenie.

Jackie wyczuwała już oznaki utraty kontroli nad sobą, wiedziała, że za chwilę opuszczą ją resztki racjonalności.

Wszyscy byli jej wrogami, nawet drań mąż, a zwłaszcza ta chuda zdzira, która ośmielała się nazywać siebie jej siostrą.

◆ ◆ ◆

— Freddie wyzywa cię od piździelców na wszystkie strony — mówił przez telefon Paul do Jimmy'ego. — Wszyscy starają się nie zwracać na niego uwagi, ale powinieneś przyjechać i zrobić z nim porządek.

— Zacznij po cichu opróżniać lokal — polecił Jimmy. Paul westchnął.

— Mam go dosyć — szepnął gniewnie. — Liselle się wściekła, chodzi jak rottweiler pokąsany przez osy. Myśli, że to przeze mnie odbiło jej siostrzenicy. Freddie wykrzykuje, że ty i ja wchodzimy Ozzy'emu w tyłek. A skoro o nim mowa, to Ozzy nie będzie zachwycony, kiedy o tym wszystkim usłyszy.

W głosie Paula brzmiał niepokój. Freddie nie był łatwym przeciwnikiem i choć Paul trzymał broń pod ladą, wolał, żeby to Jimmy zajął się usunięciem Freddiego.

— Stara baba z ciebie, Paul — westchnął Jimmy. — Weź się w garść. Rób, co mówię, usuń gości z pubu. Resztę zostaw mnie. Potrzebuję samochodu, ma być cisza i spokój. Kapujesz?

Paul milczał. Jimmy wiedział, że wreszcie zrozumiał powagę sytuacji.

— Kiedy przyjadę, masz spieprzać i nie chcę cię widzieć aż do rana, jasne?

Paul kiwał głową, kompletnie skołowany.

— Dobra.

Rano powiedział, że szykuje się wojna, ale nie traktował tego dosłownie.

— Telefon do przyjaciela?! — wrzasnął z baru Freddie. — Powiedz mu, że czekam na jego ruch.

Melanie ryczała ze śmiechu, co jeszcze bardziej wkurzało Paula. Wiedział, że Jimmy też wszystko słyszał. Poczuł się jak uczniak przyłapany na sypaniu kolegów. Właśnie o to chodziło Freddiemu.

— Nie zwracaj na niego uwagi, Paul. Po prostu zabierz się stamtąd i już.

Połączenie zostało skończone, Paul patrzył na słuchawkę, jakby widział ją pierwszy raz w życiu. Odkładając ją, zobaczył żonę stojącą na szczycie schodów.

— Pakuj się — rzekł. — Wychodzimy.

— Co będzie z Melanie? — spytała z przerażeniem Liselle.

Paul przesadnie teatralnym gestem wzruszył ramionami.

— A co może być?

◆ ◆ ◆

Maggie była sama i zwykle od czasu śmierci dziecka delektowała się spokojem i ciszą. Polubiła samotność. Czuła się wtedy dobrze, bo mogła udawać, że syn żyje i za chwilę wbiegnie roześmiany do pokoju, a za nim wejdzie Jimmy.

Niestety Jimmy wchodził sam, a ona coraz bardziej się od niego oddalała.

Cały ten stracony czas, wszystkie te lata, kiedy nie była w stanie dotknąć dziecka bez poczucia obrzydzenia, Freddie drażnił ją spojrzeniami i uśmieszkami — jak zdołała to wytrzymać?

Czasem zastanawiała się, jak była w stanie sobie z tym radzić. Teraz zniosłaby wszystko, byleby wrócił.

Niebawem Jackie uniesie się wysoko jak wielki balon. Poznała ciemną tajemnicę i nie zawaha się użyć jej przeciwko siostrze.

Maggie czasami nienawidziła jej i nigdy więcej nie chciała jej widzieć, ale z drugiej strony, wciąż chciała chronić kobietę, która z radością zniszczałaby jej życie.

Czekała cierpliwie na powrót męża.

♦ ♦ ♦

— To sprawa między mną a Freddiem.

Glenford westchnął prawie tak samo jak Paul przed kilkoma minutami.

— Zgódź się, żebym z tobą pojechał.

Jimmy pokręcił głową.

— Nie, muszę załatwić dużo spraw. Jedź do domu, stary. Przykleiłeś się do mnie jak gówno do buta.

— Czy to jest tak poważne, jak wygląda? — spytał cicho Glenford. Miał głęboki głos o ciemnej barwie. I ciepły, jeśli osoba, do której się zwracał, nie zdenerwowała go, bo wtedy słyszało się w nim śmiertelną groźbę. Rozmówca wiedział, że jego dni są policzone, jeśli nie zrobi dokładnie tego, o co prosi Glenford.

Właśnie taka determinacja — którą Jimmy też miał — uczyniła z nich przyjaciół.

— Pamiętasz, jak Freddie próbował mnie kiedyś orżnąć na trawce?

Jimmy skinął głową.

— Od razu wiedziałem, że tobie można zaufać, a Freddie to gnojek. Szczęśliwy gnojek, bo siedział z Ozzym, który zobaczył w nim robola i go wykorzystał. Ale bez ciebie Freddie nie przetrwałby miesiąca, i wiesz, co jest najgorsze?

Jimmy tym razem pokręcił głową.

— On też zdaje sobie z tego sprawę i właśnie dlatego ten dzień nadszedł.

Jimmy wyszczerzył zęby w uśmiechu.

— Nigdy mu niczego nie żałowałem, dzieliłem się pół na pół, i teraz też będę musiał go wykupić. Wiesz, ile zgarnęliśmy? Fortunę, i to niejedną. A on obstawia zakłady za trzydzieści tysięcy, kupuje jakieś zasrane bryki, które zajeżdża i porzuca. Nawet nie chce mu się ich ubezpieczać. Auto za sześćdziesiąt tysięcy kawałków, a jemu nie chce się go ubezpieczyć. Zarabia tyle kasy i ledwo wiąże koniec z końcem. Już nie będzie pół na pół. Od dawna nie jest i Freddie nie miał pretensji. Dostaje dwadzieścia procent, bo nie mogłem patrzeć, jak puszcza tę forsę. Zresztą i tak nie on ją zarabiał, tylko ja. Ja ruszam głową, a on straszy frajerów. To, że Freddie nie kwestionował swoich zarobków, świadczy, ile wie o interesach. Nie ma pojęcia, jaka jest nasza działka. Nie ma pojęcia o niczym, co się dzieje.

Glenford wysłuchał uważnie, a potem powiedział:

— Tyle lat ze sobą pracujecie i dopiero teraz to powiedziałeś. Sprawa jest naprawdę poważna, mam rację?

Jimmy uśmiechnął się.

— Nie, po prostu długo leżała nierozwiązana.

Wskoczył do samochodu i ostro ruszył. Glenford odprowadził go wzrokiem, zastanawiając się, jak to możliwe, że taki wyluzowany wyrusza do jaskini lwa. Freddie był świrem, nieobliczalnym draniem, i nigdy nie dało się przewidzieć, co zrobi za chwilę.

Glenford miał nadzieję, że w czasie konfrontacji Jimmy będzie o tym pamiętał.

Zakonotował sobie w pamięci, żeby popytać kumpli — może oni rzucą jakieś światło na to, co zaszło między kuzynami? Nie żywił jednak wielkiej nadziei. Freddie mieszał Jimmy'ego z błotem przy każdej okazji, ale Jimmy dobrze o tym wiedział, więc niemożliwe, by akurat teraz zaczęło go to uwierać.

Musiało pójść o coś znacznie poważniejszego.

♦ ♦ ♦

— Jackie, urżnęłaś się jak jasny gwint! — zawołała z gniewem Lena. Jackie była zadowolona z efektu, jaki wywołała.

Joseph pokręcił głową w stronę Maddie, która wpadła jak co tydzień na pogaduszki i zakupy. Trudno było uwierzyć, że te kobiety poróżniły się kiedyś z powodu ślubu dzieci. Teraz były najlepszymi przyjaciółkami.

Joseph uniósł brwi, a Maddie ściągnęła usta. Trzeźwą Jackie trudno było znieść, ale pijana była koszmarem. Wydawało się, że rośnie wraz z ilością wypitego alkoholu. Była potężną kobietą, lecz wódka w jakiś sposób jeszcze ją powiększała. Maddie miała świadomość, że to głupie. Wrażenie brało się wyłącznie z tego, że zawiana Jackie była niezdarna i o wszystko zawadzała.

Wtoczywszy się do kuchni, dostrzegła teściową i zapytała głośno:

— Słyszeliście?

Joseph westchnął poirytowany. Jackie nawet pijana widziała, jakie spustoszenie zrobiła śmierć dziecka w jej rodzicach. Postarzeli się, a zwykle nienagannie czysty dom sprawiał wrażenie niechlujnego i zaniedbanego.

— Co mieliśmy słyszeć? — odpowiedział pytaniem zirytowany Joe. To z kolei rozzłościło jego córkę.

— O waszej ukochanej córeczce Maggie.

Nikt się nie odezwał i Jackie zachciało się wyć. Nawet nie przyszło im do głowy, że ich cudowna Maggie mogłaby zrobić coś złego.

— Daj spokój biednej Maggie, ma dosyć na głowie.

Matka mówiła o córce z bezgranicznym uwielbieniem. Jackie nie wytrzymała i wrzasnęła z grymasem na twarzy:

— Jej się roi, że mój Freddie ją zgwałcił.

Uwaga wszystkich obecnych skierowała się w jej stronę. Patrzyli na nią z bezgraniczną pogardą.

— I zdaje się jej, tak w każdym razie powiedziała Kimberley, że mały Jimmy był synem Freddiego, a nie waszego zasranego lalusia Jimmy'ego.

— Wynoś się, Jackie — rzekł twardym głosem ojciec. Chwycił ją za włosy i zawlókł do drzwi. Otworzył je i z całej siły wyrzucił ją do małego holu.

— Spieprzaj stąd i żebym cię więcej nie widział.

Jackie nie wiedziała, co się stało, dopóki drzwi się nie

zatrzasnęły, a ona nie pozbierała się z podłogi. Głos ojca był zdecydowany i ostateczny, Jackie zrozumiała, że jeśli miała jakieś szanse, to właśnie je straciła. Uklękła i zapłakała, jak od lat jej się nie zdarzyło.

♦ ♦ ♦

Melanie zauważyła, że została w pubie sama z Freddiem. Wujek Paul postawił na barze butelkę scotcha, Freddie dolewał alkoholu do szklanek w ogromnych ilościach. Narkotyk sprawił, że odjechała jak jeszcze nigdy. Z jakiegoś powodu poczuła się nieswojo w opustoszałym lokalu.

Zrzuciła to na karb koki. Znała już wcześniej to uczucie, ale ten towar od Freddiego był naprawdę nieziemskiej jakości. Po każdym wciągnięciu robiła się coraz śmielsza, była gotowa zrzucić z siebie ubranie i pójść na całość, do czego zachęcał ją Freddie. Gdyby nie obecność ciotki na górze, nie zdołałaby oprzeć się pokusie.

Właśnie o tym marzyła: być z kimś takim jak Freddie, żyć tak, by każdy dzień był jak święto, w każdą noc się bawić, szaleć, ubierać i rozbierać dla swojego faceta.

Żadnej pracy, żadnych zarobków, tylko niekończący się bal.

Wiedziała, że jeśli dobrze to rozegra, może wylądować tuż obok Freddiego Jacksona. Nie była głupia, wiedziała, że jest żonaty, a jego żona ma źle w głowie. Ale pokonaniem tej przeszkody zajmie się, kiedy przed nią stanie.

Chciała być tylko jego dziewczyną. Był o wiele za stary, żeby myśleć o wyjściu za niego, był dla niej dinozaurem.

Gratulowała sobie świetnej zdobyczy, kiedy do pubu wszedł sobowtór Freddiego, a właściwie jego znacznie młodsza i przystojniejsza wersja.

Freddie, który raczył Melanie opowieściami o swoich więziennych wyczynach, nagle uświadomił sobie, że w pubie jest pusto i cicho.

Nawet szafa grająca zamilkła.

— O kurwa, któż to przyszedł?

Jimmy uśmiechnął się.

— Nawaliłeś się. Gdzie byłeś rano? Czekałem na ciebie.

Jimmy mówił grzecznie, prawie żartobliwym tonem, ale

Melanie wychwyciła niuanse tej rozmowy i ogarnęło ją przerażenie. Mężczyźni byli podobni, lecz młodszy z nich miał postawę i pewność siebie kogoś ważnego. Freddie wyglądał przy nim jak ubogi krewny. Melanie wyczuła, że Freddie czuje to samo.

Młodszy mężczyzna był ubrany w eleganckie spodnie i koszulę i nosił drogi złoty zegarek. Jego włosy były dobrze ostrzyżone, a paznokcie wypielęgnowane. Mówił modulowanym głosem jak ktoś dobrze wykształcony i przywykły do tego, że się go słucha.

Freddie wyglądał przy nim jak potargany, otyły oldboy. Miał małe oczka i ukradkowe spojrzenie podrzędnego opryszka. Melanie, która znajdowała się w stanie podwyższonej świadomości, uzmysłowiła sobie, że w gruncie rzeczy nie jest tak cennym łupem, jak jej się wydawało. Był nim ten, który właśnie się zjawił.

Uśmiechnęła się, kiedy przed nią stanął.

— Spieprzaj stąd — rzekł zimnym głosem Jimmy. Zrobił to z premedytacją.

Melanie spojrzała odruchowo na Freddiego, szukając u niego ratunku w obliczu niegrzeczności przybysza. Freddie wyszczerzył zęby, a ona dostrzegła nieprzyjemny błysk w jego oczach, ziemistą skórę i zaczerwienione policzki świadczące o tym, że jest pijakiem.

Uniosła brwi i czekała, co Freddie powie.

— Słyszałaś, Mel. Spieprzaj — rzucił nonszalancko, nie odrywając spojrzenia od tamtego.

Zaszokowało ją, że odezwał się do niej w tak grubiański sposób. Jeszcze kilka minut temu była gotowa się przed nim rozebrać i zrobić wszystko, czego zapragnie. Myślała nawet o tym, żeby się z nim związać.

A teraz on ją odpychał, nie oglądając się na nic. Widziała także, że pozwala temu drugiemu traktować ją jak byle co.

Freddie zaczął się głośno śmiać. Wyraz twarzy Melanie rozbawił go do żywego. Po wejściu Jimmy'ego poczuł nagły przypływ adrenaliny.

— No, maleńka, nogi w ruch. Ważniak przemówił i wszyscy muszą robić, co każe. Prawda, Jimmy?

Powiedział to cichym głosem, niczym uczeń do nauczyciela. Później podał Melanie drinka i odprowadził łagodnie do stolika przy witrażowym oknie. Kiedy usiadła, powiedział:

— Zaczekaj tutaj, to nie potrwa długo.

Jimmy spoglądał na mężczyznę, którego przed laty podziwiał, i zachodził w głowę, co się z nim stało. Nie miał już dla niego ani krzty szacunku. Freddie chciał wciągnąć tę dziewczynę w ich spór, w ich sprawy, bo niczego nie umiał zrobić bez obecności widowni.

Jimmy podszedł do nich, ujął ją pod ramię i odprowadził do drzwi, za którymi znajdowało się zaplecze.

— Zmywaj się, skarbie.

Odwróciwszy się, zobaczył, że Freddie nalewa sobie whisky. Był zalany, i to ostro.

— A więc przyszedłeś? — Freddie uważał to za bardzo zabawne. Jimmy ponownie uświadomił sobie, jak mało ma dla niego szacunku. — Wiedziałem, że w końcu się do mnie pofatygujesz. — Powiedział to z satysfakcją w głosie, jak gdyby odniósł jakiś triumf.

Jimmy milczał przez kilka sekund, a potem rzekł poważnie:

— Wypadasz z gry, Freddie. — Z przyjemnością ujrzał wyraz całkowitego zdumienia na jego twarzy.

— Co chcesz przez to powiedzieć?

Jimmy uśmiechnął się szeroko.

— Chcę powiedzieć, że wypadasz. — Powtórzył to słowo bardzo wyraźnie, sylaba po sylabie, jak gdyby zwracał się do małego dziecka lub głuchego.

Freddie przez chwilę nie pojmował.

— Z czego wypadam?

Freddie mówił takim głosem, jakby był pensjonariuszem wariatkowa, nafaszerowanym środkami uspokajającymi. Brzmiało w nim zdumienie, jakby to, co usłyszał, przechodziło ludzkie pojęcie.

Jimmy roześmiał się głośno.

— Wypadasz na zbity pysk — powiedział dobitnie. — Jesteś skończony i im prędzej dotrze to do twojego zakutego łba, tym lepiej.

Rozdział trzydziesty

Mały Freddie był w szkole. Bycie idealnym dzieckiem zaczynało go już męczyć, wiedział jednak, że musi zachowywać się jak posłuszny syn, by nie podpaść ojcu. Rozglądając się po klasie i kolegach, zastanawiał się, jak to możliwe, że ludzie nie umierają z nudów.

Miał świadomość, że jeśli nie będzie utrzymywał pozorów, trafi do poprawczaka. Ojciec był o krok od tego, żeby go tam oddać i mały Freddie musiał mu nawciskać kitu, przekonując, iż Jimmy zginął przypadkowo w czasie zabawy. Żaden z nich w to nie wierzył, lecz słowa padły i ojciec mógł je wykorzystać na swój sposób.

Najgorsze było to, że Freddie miał dość tej komedii. Trudno jest być miłym i grzecznym przez cały czas.

Wyobrażał sobie, że ma całkowitą władzę nad wszystkimi, którzy go otaczają. Byli dla niego robaczkami na ekranie, niczym więcej. Te ich „proszę" i „dziękuję", cała ta zasrana grzeczność. Miał dość siły, żeby dopiąć swego, kiedy chciał, lubił manipulować ludźmi i sprawiała mu przyjemność reputacja chuligana.

Strach przed przemocą znaczy tyle co sama przemoc, nauczył się tego od ojca. Kiedy był sam, lubił sobie przypominać różne rzeczy i snuć fantazje na temat tych, z którymi się stykał.

Codziennie spoglądał w lusterko i widział, że jest ładnym chłopcem. Był wysoki jak na swój wiek i odziedziczył sylwetkę ojca, choć ten wyraźnie zaczynał tyć. Młody Freddie uważał, że różni się od wszystkich. Miał kolegów, ale to oni byli jego kolegami, a nie odwrotnie. Przewodził im, a oni się go bali. Mir otaczający ojca załatwiał mu na co dzień wiele spraw.

Nie miał uczuć, a gdy matka kolegi zmarła przed kilkoma tygodniami na raka, nie rozumiał głębokiego żalu chłopca. Umarła i żaden płacz jej nie ożywi. O co właściwie chodzi? Była starą, głupią zdzirą, która wiecznie zrzędziła.

Freddie, choć miał niewiele lat, zdążył wykombinować, że musi przynajmniej udawać ludzkie uczucia. Tak się dla niego szczęśliwie złożyło, że telenowele wypełniły tę lukę w jego edukacji. W jego mniemaniu były krynicami mądrości.

Zobaczył, jak odreagowywać emocje, a dzięki serialowi *EastEnders* z radością dowiedział się, że we wschodnim Londynie biciem i awanturami można osiągnąć cel.

Wiedział również, że dzięki przystojnej twarzy najgorsze draństwa uchodzą mu płazem. Ładni ludzie są traktowani lepiej od brzydkich. Ojciec zawsze to powtarzał i naprawdę tak było.

◆ ◆ ◆

— Idź do domu, Jackie, i więcej się tu nic pokazuj.

Jackie wpadła w histerię i Lena, w której odezwała się matczyna wyrozumiałość, chciała iść i ją pocieszyć. Joe jednak po raz pierwszy od lat ostro się temu sprzeciwił.

— Jeśli ją wpuścisz, przysięgam na grób tego dziecka, że wyjdę z tego domu i nigdy nie wrócę. Problemów Jackie mam po dziurki w nosie.

Lena wiedziała, że nie żartuje, bo wrzeszczał i rzucał się po małym mieszkanku. Lena i Maddie spojrzały na siebie konspiracyjnie i wzruszyły ramionami.

— Mam dość jej widoku i tego parszywego szczeniaka, którego wychowała. Kiedy chodziła z nim w ciąży, była albo urżnięta, albo naćpana. Straciła z tego powodu jedno dziecko i szkoda, że nie stało się to z nim, bo ten gnojek to zaraza. Nie chcę, żeby się do mnie zbliżał i to samo dotyczy tego pajaca, którego wzięła sobie na kark. Freddie Jackson to śmieć. Jimmy chce go wyrzucić, dzisiaj to zrobi, moim zdaniem o wiele za późno.

Spojrzał na żonę i przez zaciśnięte zęby wycedził:

— To ostateczne zerwanie. Nie było czegoś takiego od czasów braci Kray. Freddie będzie wyrzutkiem, trędowatym, nikt nawet nie poda mu ręki. Kumple będą musieli go ignorować, bo inaczej stracą robotę. Ten piździelec jest skończony, i szkoda, że dopiero teraz.

Lena jeszcze nigdy nie widziała go tak wściekłego, a w swoim czasie przecież dał jej porządnie w kość. W jej pamięci wszystko to zapisało się jako dzikie awantury. W rzeczywistości Joe, bijąc ją, zagłuszał poczucie winy wynikające z tego, że przepuszczał każdy grosz na pierwszą lepszą, którą poderwał w knajpie. W tych czasach wszystkie kobiety dostawały w skórę od mężów, zwłaszcza jeśli zrzędziły. A Lena sama musiała przyznać, że była w tym wyjątkowo dobra: potrafiła truć godzinami, jeśli naszła ją ochota.

Teraz nie pozwoliłaby, żeby ktoś ją uderzył, zwłaszcza mąż. Kiedyś było inaczej i przyjmowała razy tak samo jak jej matka. Były głupie, myślały, że zazdrosny mężczyzna to mężczyzna kochający, a mąż, który sobie wypił, nie odpowiada za swoje czyny. I że one, to znaczy kobiety, popełniały jakiś błąd, bo inaczej mężowie wracaliby do domu na czas.

Ale te nienawistne okrzyki stanowiły nowość, Joe nigdy się tak nie zachowywał. Jeśli Freddie naprawdę poszedł w odstawkę, ich córka będzie musiała spakować manatki i się wyprowadzić. Nie mieli innego wyjścia, byliby społecznymi wyrzutkami, i nawet rodzina by ich unikała. Mimo że od lat sześćdziesiątych nie było takiej sytuacji, wiadomo, że wykluczenie musi być respektowane. Stanowiło odpowiednik więzienia w świecie przestępczym, z tą różnicą, że za murami można liczyć na odwiedziny. Lena czuła się okropnie, bo ulżyło jej, że nie będzie widywać córki. Jackie dała jej się bardzo we znaki, a ona była już na to za stara.

Joseph znów zaczął się pieklić. Lena widziała na jego pomarszczonej twarzy absolutną nienawiść do zięcia.

— Freddiemu Jacksonowi zdaje się, że może robić ze wszystkimi, co mu się podoba. A ta stara tłusta krowa, która była na tyle głupia, żeby za niego wyjść, wrzeszczy o gwałcie. Ta rzeka świństw musi się raz na zawsze skończyć. Jeśli o mnie chodzi, to już są wykopani. Nie wolno im przekraczać zasranego progu tego domu. Nawet jeśli ten palant zjawi się tu z miotaczem ognia, i tak każę mu wypierdalać!

Joseph aż pluł ze złości i Lena wiedziała, że ma w głowie coś strasznego. Myślała, że to z powodu śmierci wnuka, ale teraz zastanawiała się, co mąż wie. Jeśli Jimmy mu się zwierzył, to czy wynikną z tego jakieś kłopoty? Zaczęła się poważnie martwić. Postawiła czajnik na gazie, żeby zaparzyć herbatę. Nie dlatego, że miała na nią ochotę, lecz po to, by zająć czymś ręce.

Wciąż słyszała płacz Jackie i pomyślała słusznie, że dobiega także do uszu sąsiadów. Córka i jej mąż przysporzyli jej mnóstwo zgryzoty. Cieszyła się, że dostaną kopa, choć rzecz jasna nie mogła tego przyznać.

Pani Faraday, sąsiadka z parteru, żyjąca bogobojnie protestantka z żylakami na nogach, wrzasnęła:

— Coś okropnego, zaraz zadzwonię na policję. Upiłaś się, kobieto. Idź do domu i zostaw w spokoju biedną matkę.

Lena zamknęła oczy. Nie znosiła pani Faraday, która zawsze nosiła kardigan i patrzyła z góry na wszystkich, bo byli katolikami, Irlandczykami, mieszańcami tych i tych, albo Szkotami. Lubiła Walijczyków, jak się zdaje, chyba dlatego, że uczęszczali do właściwego kościoła. Z drugiej jednak strony po spotkaniu z panią Faraday żaden świadek Jehowy nigdy nie zapukał do drzwi w tym bloku, więc była na swój sposób pożyteczna.

Lena przez trzydzieści lat starała się sprawiać wrażenie porządnej kobiety na pani Faraday oraz dwóch innych lokatorkach komunalnego bloku, które zachowywały się tak, jakby mieszkały w pałacu Kensington. Za sprawą swojego męża i Jackie była jednak w tej konfrontacji skazana na porażkę. Teraz przeżywała żałobę, a głos pani Faraday przywołał wspomnienia dawnych upokorzeń. Nagle macierzyńskie uczucia opuściły Lenę, która otworzyła drzwi i wyskoczyła na zewnątrz. Chwyciła córkę za ubranie, podniosła, sprowadziła po schodach i wypchnęła na chodnik.

— Idź do domu i wytrzeźwiej, pijana krowo. I więcej nie wracaj, napsułaś nam dość krwi jak na jeden dzień.

Była z siebie zadowolona, że nie wzmocniła wypowiedzi szeregiem epitetów, co zwykle robiła.

— W samą porę — skomentowała pani Faraday, która obserwowała zajście z progu drzwi.

— Zamknij się, ty stara wścibska torbo — rzuciła wyczerpana nerwowo Lena.

♦ ♦ ♦

— Jak myślisz, mamie nic nie będzie?

Dianna wzruszyła ramionami.

— A kogo to obchodzi? Szczerze mówiąc, mam jej dość. Wysadź mnie pod szpitalem.

— Mam nadzieję, że nie idziesz odwiedzić Terry'ego — rzekła z westchnieniem Kimberley.

— Nie twoja sprawa. Zapytaj Roxannę, czy mogę u niej zostać dzisiaj na noc. Zdaje mi się, że w domu będzie dzisiaj wojna.

— Czyli nic nowego.

Córki Jackie unikały rozmowy o Maggie i oskarżeniu, które padło na ojca. Był to dla nich zbyt trudny temat, za bardzo wykraczający poza ich znajomość świata i jego problemów. Postanowiły więc zostawić sprawę dorosłym i zobaczyć, co z tego wyniknie. Z doświadczenia wiedziały, że w ich domu jest to najlepszy tryb postępowania.

Bały się jednak tego, co nastąpi później.

Jimmy i ich ojciec byli twardymi mężczyznami i świetnie sobie radzili. Musiało dojść do starcia, bo Jimmy już dawno prześcignął swojego mistrza, wszyscy o tym wiedzieli.

♦ ♦ ♦

Maddie słuchała w milczeniu, jak biedny Joseph daje upust złości. Wiedziała, że dobrze mu to zrobi. Wyglądał okropnie.

Kiedy wstała, żeby nalać wrzątku do czajnika z herbatą, przypomniał sobie, że to matka Freddiego.

— Przykro mi, kochana Maddie, do ciebie nic nie mam, ale jego nienawidzę — powiedział z żalem. — Człowiek ten psuje ludziom krew wszędzie, gdzie się pojawi.

Maddie westchnęła i dotykając jak zawsze nieskazitelnie ufryzowanych włosów, odparła smutno:

— Moje uczucia względem niego są dokładnie takie same. Lena omal nie spadła z krzesła. Maddie mówiła o swoim synu głosem ociekającym nienawiścią. O Freddiem, swoim najukochańszym niegdyś synu.

Lena wstała i zamknęła wszystkie drzwi i okna. Jackie znów zaczęła płakać, tym razem na ulicy, ale nic nie wskórała. Matka nie zamierzała do niej wyjść. Po każdym wybuchu jechała do jej domu albo zabierała z pubu, bo kiedy Jackie była pijana, pamiętała tylko numer telefonu matki. Czasem znów Lena ściągała córkę z ulicy po kolejnej awanturze. Teraz jednak powiedziała: dość.

Maddie nalała sobie herbaty i usiadła przy stole.

— Freddie zabił swojego ojca.

Lena i Joseph spoglądali na schludną kobietę siedzącą tuż obok i zastanawiali się, czy słuch ich nie zawodzi.

Maddie skinęła głową, jak gdyby chciała potwierdzić swoje słowa.

— Nigdy nie był już taki sam po tym, jak Freddie go pobił. Właśnie taki jest mój Freddie, potrafi każdego wykończyć. Wysysa z człowicka pewność siebie i całe życie i zanim się spostrzeżesz, robisz się bezradny jak dziecko.

Zapaliła papierosa i piła herbatę z manierą wielkiej damy, której wyjątkowo szczupłe kobiety nie muszą się uczyć.

— Szczerze powiedziawszy, nie wykluczam, że mój syn podciął ojcu żyły — ciągnęła cichym głosem. — Koroner powiedział, żeby mnie pocieszyć, że mój mąż miał we krwi dawkę alkoholu pięciokrotnie przekraczającą normę dozwoloną dla kierowcy. Ale ja wiem, że za wszystkim stoi Freddie, a on wie, że ja wiem. To, co się tam wtedy stało, zdarzyło się tylko dlatego, że Freddie tego chciał i do tego doprowadził.

Maddie uśmiechnęła się nieznacznie do przyjaciół, a Lena zadała sobie w myślach pytanie, od jak dawna ta biedaczka pragnęła zrzucić z piersi tę mroczną rodzinną tajemnicę.

◆ ◆ ◆

— Nie możesz mnie, kurwa, wywalić. Co powie Ozzy? — Freddie nie mógł pojąć tego, co się dzieje. Spodziewał się awantury, wyobraził sobie nawet, że zdoła jakoś załatwić tego skurczybyka Jimmy'ego.

Miał jednak świadomość, że gdyby to uczynił, gdyby z jakiegoś powodu wyrzucił Jimmy'ego z interesu, jego dni na tym świecie byłyby policzone. Jimmy miał zbyt wielu przyjaciół, prawdziwych przyjaciół, którym zapewniał dobre utrzymanie. Freddie również dobrze zarabiał dzięki niemu.

Na pewno nie spodziewał się usłyszeć, że wylatuje z pracy i z firmy, że nie będzie już ani forsy, ani lasek, ani porządnego mordobicia, kiedy przyjdzie mu na to ochota. Ale jeśli Jimmy myśli, że wykopie go na amen, to grubo się myli. Freddie nie zamierzał do tego dopuścić.

Jimmy wzruszył nonszalancko ramionami.

— Ozzy wszystko mi przekazał. Kiedy umrze, a mam nadzieję, że pożyje długo, firma będzie należała do mnie. Można powiedzieć, że jestem Ozzym i wszyscy odpowiadają przede mną. Dotyczyło to także ciebie, ale już nie dotyczy. Jeśli chcesz wiedzieć, Ozzy całkowicie mnie w tym popiera.

Źrenice Freddiego rozszerzyły się. Jimmy musiał przyznać, że Freddie błyskawicznie dochodzi do siebie.

— Jesteś skończony w tym rewirze i im szybciej to do ciebie dotrze, tym lepiej. Jeśli ktoś cię przyjmie, nie będę z nim więcej prowadził interesów, a inni pójdą w moje ślady. To proste. Nikt niczego nie robi bez mojej wyraźnej zgody, pamiętaj o tym. Mam udziały we wszystkim: w kradzieżach, narkotykach, klubach, pubach, nawet przyczepy z hamburgerami należą pośrednio albo bezpośrednio do mnie. Wysiudałem cię już dawno, a teraz wylatujesz na zbity pysk. Ty i ten bydlak, którego spłodziliście ze swoją zapijaczoną żoną, już dla mnie nie istniejecie. Możesz tylko pozbierać manatki, wynieść się i zacząć gdzie indziej.

Wziął z blatu komórkę i kluczyki i ruszył do wyjścia.

Freddie złapał go za rękaw koszuli.

— Nie możesz mi tego zrobić.

Jimmy agresywnym ruchem uwolnił rękę.

— Właśnie to zrobiłem. Miałeś szansę i spieprzyłeś ją tak jak wszystko, czego się tknąłeś. — Wzruszył ramionami i uśmiechnął się. — Pa, pa.

Freddie spodziewał się wielu rzeczy, ale nie tego, że zostanie wyrzucony. Miał być nikim i wszystko stracić. Będzie musiał się wynieść i zniknąć, bo inaczej zabije go wstyd. Nikt nawet nie powie mu „cześć", jeśli Jimmy go wyrzuci. Ze strachu niemal zbierało mu się na mdłości.

Musi zachować trzeźwość umysłu i dotrzeć do Jimmy'ego, który przecież kiedyś go kochał. Potworność tego, co się stało, spadła na niego niczym młot pneumatyczny. Po raz pierwszy od lat czuł strach.

— On jest moim synem, nie zapominaj o tym. Załatwiłem dla niego pomoc, bierze lekarstwa... To była zabawa, która zakończyła się w tragiczny sposób.

Jimmy spojrzał w jego twarz, tak podobną do swojej.

— Jego trzeba zamknąć — odparł. — Jeśli stąd nie znikniesz, powiem paru wybranym ludziom, jak naprawdę było. Joseph wie, zawsze mówił, że mały Freddie jest o krok od więzienia. Jeśli go zobaczę, zabiję. Jest jeszcze dzieckiem, ale jest też wielkim niebezpiecznym gnojem, ma zniknąć razem z tobą i tym babsztylem, z którym się ożeniłeś. Nigdy więcej nie chcę zobaczyć ciebie, tego pomyleńca twojego synalka i kretynki, którą nazywasz żoną.

Freddie spróbował wzbudzić sympatię wspólnika. Nie chciał być wyrzucony i nie chciał, żeby jego syn trafił do zakładu. Siedział w więzieniu, wiedział więc, jak to smakuje.

— Nie będziesz mi, kurwa, mówił, co mam robić ze swoim dzieckiem. Jest młody. Wyrośnięty, przyznaję, ale urodził się upośledzony. Jackie zawsze była narąbana, kiedy z nim chodziła, przecież wiesz. Właśnie dlatego jest taki, jaki jest... Teraz bierze tabletki i zachowuje się całkiem inaczej.

Po raz pierwszy od lat Jimmy usłyszał prawdziwe emocje w głosie Freddiego. Uśmiechnął się.

— Chyba nie wierzysz, że wciśniesz mi ten stek bzdur? Mam ci darować i udzielić ostrzeżenia tak jak po tym, co zrobiłeś z biedną Stephanie i z tym Żydem Lennym? Jesteś bestią i spłodziłeś bestię. Żyjesz jak zwierzę w tej brudnej norze, którą nazywasz domem. Jesteś na zawsze naznaczony. Nikt cię nie dotknie nawet przez chusteczkę. Wiadomość już poszła w świat. Jesteś skończony, a jeśli ci się zdaje, że możesz dalej robić numery pod moim nosem, to jesteś jeszcze głupszy, niż myślałem.

Jimmy nalał sobie whisky, napił się, a potem rzekł cicho, bez pasji i bez cienia satysfakcji:

— Wiesz, co jest najzabawniejsze, Freddie? Nikt cię nie bronił, nikt nawet nie zapytał, co zrobiłeś, żeby zasłużyć na taką karę. Od lat nikt nie dostał kopa, ale nikt się nie zainteresował, dlaczego ciebie to spotyka. Wszyscy poczuli ulgę i ja to rozumiem, bo ja też ją czuję. Nie będziesz mi dłużej wisiał na szyi jak kamień młyński. Dałem jasno do zrozumienia, że masz być traktowany jak wyrzutek, i wszyscy się ucieszyli, od Glenforda po braci Black.

Jego słowa straszliwie zabolały Freddiego. Jimmy spodziewał się, że zareaguje gwałtowną agresją, i przygotował się na nią, biorąc ze sobą małą siekierę. Ale Freddie gorączkowo myślał, jak uchronić się przed wykopaniem, jeśli zapowiedź Jimmy'ego okaże się prawdą.

Jimmy odbierał mu możliwość zarobkowania. To był bardzo poważny krok w ich środowisku, w którym wypłacano sobie rekompensatę nawet wówczas, gdy ktoś przypadkowo wkroczył na terytorium należące do kogoś innego albo puszczał w obieg towar na nie swoim terenie. W tym światku twoja reputacja była tak dobra jak reputacja firmy, dla której pracowałeś, z którą utrzymywałeś stosunki albo którą wynajmowałeś. Freddie nie myślał już, żeby zabić Jimmy'ego, gdyż po jego śmierci nie miałby się u kogo zaczepić. Zarabiali mnóstwo kasy i pewnie z Jimmy'ego po prostu znowu wyszło sknerstwo. Reszta była dorabianiem ideologii do faktów.

Kiedyś Jimmy obliczył, że w ciągu piętnastu lat wspólnik wydał ponad pół miliona na dom, a mimo to wciąż był on jednym z najgorszych w okolicy. Nawet nie wykupił go od magistratu, tylko nadal płacił czynsz i z nim zalegał. Byłoby to śmieszne, gdyby nie było żałosne.

Mężczyzna, którego przez tyle lat podziwiał jako młody chłopak, był tylko wytworem wyobraźni. Jego dawny idol stał się nikim i Jimmy nie miał dlań ani odrobiny współczucia.

Freddie gapił się na niego. Zaczęło do niego docierać, jakie będą konsekwencje tego, co się stanie.

— Chcesz mi to zrobić.

Freddie powiedział to bez groźby w głosie. Nie było to pytanie, tylko stwierdzenie faktu.

Jimmy bez słowa skinął głową.

Freddie wreszcie pojął, że wspólnik jest gotów to uczynić,

a właściwie już to uczynił. Miał nieprzyjemne wrażenie, że różni ludzie już w tej chwili rozmawiają o jego upadku. Spojrzał na siebie i Jimmy'ego w lustrze wiszącym za barem. Mieli równe siły. Kiedy jednak przyjrzał się dokładniej, zauważył, że Jimmy, młodszy i lepiej zbudowany, już na starcie wygląda jak zwycięzca tej konfrontacji.

Po raz pierwszy zobaczył, jaki mógł być — a raczej, jaki powinien być.

Jimmy wyglądał jak szef i tak się zachowywał.

— Wydałeś mojego chłopaka? Podkablowałeś go?

Zadał to pytanie oskarżycielskim tonem pełnym pogardy, jakiego używa się w rozmowie ze szpiclem.

Jimmy nie odpowiedział. Wyraz jego twarzy powiedział Freddiemu, co myśli o tym zarzucie. Jimmy nie zamierzał uwiarygodniać go odpowiedzią.

Ale mógł podkablować. Freddie wiedział, że mógł pójść na policję i wszystko powiedzieć i że gliny by go nagrodziły. Zanotował sobie tę myśl do wykorzystania w przyszłości.

Stał długo z zaciśniętymi ogromnymi pięściami, naładowany gniewem. Powoli docierało do niego, w jakim znalazł się położeniu.

— Nie odejdę grzecznie, Jimmy. Prędzej cię zabiję, niż pozwolę ci to zrobić. To byłoby upokorzenie. Wszystko, co masz, zawdzięczasz mnie, ty śmieciu!

Uderzył się pięścią w klatkę piersiową.

— To ja siedziałem w kryminale i wszystko ustawiłem. To ja musiałem wysłuchiwać w kółko pieprzenia tego starego piździelca o dawnych czasach, a później wciągnąłem ciebie, bo cię kochałem. A teraz odbierasz mi to, co mi się należy. Ale pamiętaj, że to ja stworzyłem fundamenty wszystkiego, co teraz mamy, dobrze o tym wiesz. Chcę rekompensaty, bo beze mnie dalej obrabiałbyś samochody i sprzedawał proszek na boku.

Jimmy napełnił szklankę whisky. Ta rozmowa zaczęła mu niemal sprawiać przyjemność.

— Bez ciebie, Freddie, będę mógł opłakiwać mojego syna w spokoju, nie zastanawiając się, czy ten twój gnojek nie kręci się gdzieś w pobliżu. Będę mógł zarabiać na życie, nie martwiąc się, w jakie gówno mnie wpakujesz swoją niewyparzoną gębą.

Nie będę musiał słuchać twojego pieprzenia, karmić i poić twojej obrzydliwej żony. Wiem, co o mnie opowiadałeś, ty zdradziecki piździelcu. O wszystkim się dowiaduję, i wiesz co? Nie spodziewałem się tego po tobie, ale w głębi duszy zawsze wiedziałem, że jesteś dwulicowym, zawistnym, niekompetentnym gnojem. To ty jesteś nikim beze mnie, a nie odwrotnie.

Freddie wiedział, że jest pokonany, ale nie chciało to dotrzeć do jego mózgu. Życie, które wiódł do tej pory, skończyło się. Od teraz Jimmy zacznie go ignorować, a skoro nikt nie zna prawdziwej przyczyny, wszyscy będą podejrzewać najgorsze: że jest kablem, cwelem, pedofilem, albo że okradł wspólnika.

Nagle uświadomił sobie z przerażającą jasnością, że musi zabić Jimmy'ego choćby po to, żeby lepiej się poczuć i żeby zapewnić synowi bezpieczeństwo w przyszłości. Mały Freddie nie był spełnieniem jego marzeń, ale mimo to był jego potomkiem i należało się o niego zatroszczyć.

Podjął jeszcze jedną próbę, by przemówić do lepszej strony charakteru Jimmy'ego. Gdyby się udało, wróciłby do interesu i siedział cicho, dopóki sprawa by nie przyschła. A jeśli nie, wyciągnie swoją forsę od tego obesrańca, którego kiedyś uważał za krewnego.

— To była straszna tragedia, ale Freddie jest moim synem. Nie możesz tego zrozumieć?

Powiedział to złamanym głosem. Jimmy pomyślał, że były wspólnik minął się z powołaniem i powinien był zostać aktorem.

— Jest moim dzieckiem i ma przed sobą całe życie. To mój syn.

Jimmy chwycił go mocno za klapy marynarki, uświadamiając mu, jak silnym jest mężczyzną. Pchnął Freddiego na bar i rzekł:

— A mały Jimmy był moim synem i już nie żyje. Ty też nie żyjesz. Równie dobrze mógłbyś wąchać kwiatki od dołu, bo już nadałem wszystkim, żeby cię ignorowali. I wierz mi, Freddie, zastosują się.

Freddie wiedział, że to prawda. Wciąż usilnie kombinował, jak wyjść z tej katastrofy bez szwanku. Uśmiechnął się, wyprostował i odsunął. Wygładzając pedantycznie ubranie, zapytał drwiąco:

— Jesteś pewny, że Jimmy był twoim synem? W końcu on już nie żyje.

Powiedział to ze śmiechem, a Jimmy'ego ścisnęło w żołądku. Freddie wziął szklankę i uniósł, jakby wznosząc toast.

— Mam nadzieję, że nie żyje, bo przecież zasadziliśmy go w ziemi.

Freddie głośno się śmiał, uważał, że powiedział świetny żart. Jimmy wpatrywał się w tego, którego kochał i nienawidził przez tyle lat, i nagle uświadomił sobie, że to właśnie jest prawdziwy Freddie, że zawsze taki był. I wydał na świat drugiego takiego samego: egoistycznego, brutalnego łotra. Raptem myśl, że zniszczy jego życie, ucieszyła go. Będzie obserwował to z przyjemnością ze swojego bezpiecznego, otoczonego wysokim płotem domu. Im bardziej Freddie się pogrążał, tym lepiej czuł się Jimmy. Nie mogło mu to wyrównać straty, ale przynajmniej łagodziło ból.

Freddie ryczał ze śmiechu.

— Wypuść mnie, tato, tu jest tak ciemno!

Naśladował głos zmarłego dziecka, a Jimmy'ego ściskał żal.

— Nic nie jest dla ciebie za niskie, co?

— Trafiłeś w dziesiątkę i radzę ci zapamiętać to na przyszłość. Ale tato, dobre słowo, co, Jimmy? Tato, pomóż, tu jest ciemno, mokro i pełno robaków.

Powtarzał „tato" pod nosem, a potem spytał wesoło:

— Tylko który z nas powinien iść go ratować? Baby gadają między sobą, a wy jakoś nie zrobiliście drugiego dzieciaka? Trochę to podejrzane, co? Ja mam czwórkę z samą Jackie. Nie liczę tych „na boku", jak by powiedział twój kumpel Glenford. Jesteś pewny, że nie strzelasz ślepakami?

Jego radość była prawie demoniczna. To gadanie naprawdę sprawiało mu radochę.

— Pamiętasz, jak obwieściłeś światu, że Maggie nareszcie dołączyła do klubu przyszłych matek? Zapytałem cię wtedy, jeśli mnie pamięć nie myli: „Czy aby na pewno nikt ci nie pomagał?".

Wyszczerzył zęby w uśmiechu. Mścił się i było to wspaniałe uczucie.

— Jak myślisz, dlaczego Maggie, wielbicielka domowego ogniska, odrzuciła małego? Nie uważasz, że z powodu ojca? Zdawało ci się, że masz mnie na posyłki, a ja posuwałem twoją starą.

Freddie ryczał jeszcze głośniej, jakby opowiadał najśmieszniejszy żart.

— Ty piździelcu! Moja Maggie nie tknęłaby cię kijem od szczotki. Ale wolno ci pomarzyć!

Freddie przestał się śmiać, bo wiedział, że ma Jimmy'ego na muszce.

— Zapytaj ją o naszą sekretną schadzkę — rzekł poważnie, lecz ze zjadliwym uśmieszkiem, który tak doskonale opanował. — Było to w waszą rocznicę. Ty lizałeś tyłki Blackom w Szkocji, a ja wylizywałem twoją żoneczkę. Fajne ma cycki twoja Maggie, pełne i pulchne, takie jakie lubię.

Na twarzy Freddiego wylądowała ciężka butelka whisky i rozsypała się na drobne kawałki. Siła ciosu zwaliła go na kolana. Nie miał nawet czasu zareagować. Jimmy uderzył tak nagle dlatego, że był rozwścieczony do żywego, uderzył z całą siłą.

Dźgał Freddiego ostrym kawałkiem szkła, aż poczuł na rękach ciepłą krew z tętnicy. Mimo to nie przestał uderzać.

Otoczył go obłok krwi, jej woń była obezwładniająca.

Jimmy był przepełniony gniewem, uderzał go nawet, kiedy Freddie przestał się ruszać i nie można było rozpoznać rysów twarzy. Tak bardzo chciał zadawać mu ból, że poczuł żal, zobaczywszy, że wróg nie żyje. Śmierć przyszła po niego za szybko. Jimmy pocieszał się tylko tym, że była krwawa.

Posoka zalała bar i wszystko wokół, nawet sufit. Brudny stary dywan z wyblakłym niebiesko-złotym wzorem, leżący tam od lat sześćdziesiątych, przesiąkł lepką czerwoną krwią.

Jimmy od lat nie czuł się taki lekki.

Przestał równie nagle, jak zaczął. Piskliwy wrzask Melanie wyrwał go z zapamiętania. Dziewczyna widziała wszystko od początku do końca.

Zalany krwią kuzyna Jimmy wreszcie zrozumiał potęgę gniewu i nienawiści. Na kilka chwil przeistoczył się we Freddiego Jacksona.

Rozdział trzydziesty pierwszy

Maggie od kilku godzin siedziała na posterunku policji. Gliniarze byli dla niej bardzo mili, co jakiś czas podawano herbatę i kawę.

Po pięciu godzinach pozwolono jej wreszcie zobaczyć się z mężem.

Idąc w stronę sali odwiedzin, czuła w środku chłód. Policjant uśmiechnął się, otwierając drzwi. Odgłos ich zamykania sprawił, że podskoczyła.

Jimmy stał przy stoliku z krzesłami. Całe pomieszczenie było najeżone kamerami. Maggie była bardzo spięta, poczuła zapach kawy, którą jej mąż pił przed paroma minutami.

Wyglądał dobrze, co trochę ją zaskoczyło. Wydawał się jednak starszy, lecz zarazem jeszcze przystojniejszy.

To obce środowisko budziło w Maggie lęk. A Jimmy po raz pierwszy sprawiał wrażenie bezbronnego.

Spoglądał na nią przez kilka długich sekund.

— Przykro mi, skarbie.

Maggie zdobyła się na uśmiech, podeszła i wtuliła się w jego ramiona.

— Oskarżyli cię?

Poczuła, że pokręcił głową. Serce zabiło jej mocniej w piersi. Przez chwilę zdawało jej się, że zemdleje, lecz po chwili wrażenie minęło.

— Nic nie mają. Nie martw się, kochanie, po czterdziestu ośmiu godzinach albo postawią mi zarzuty, albo puszczą wolno.

Patrzył jej w oczy i Maggie przestraszyła się, że nie wytrzyma jego spojrzenia. Poczucie winy przygniatało ją tak mocno, że czuła niemal fizyczny ból. Właśnie tego bała się przez długie lata: że Jimmy odkryje, co się jej stało.

Gdy tylko go zobaczyła, miała pewność, że wie już, co Freddie jej zrobił. Tylko to mogło doprowadzić do takiej masakry. Gdyby chciał zabić Freddiego z innego powodu, zrobiłby to bez fanfar.

To, że trzymał ją w ramionach, świadczyło, że wciąż ją kocha, że z nią jest.

— Co się stało, Jimmy? — spytała cicho.

Spojrzał jej jeszcze raz w oczy i pocałował delikatnie w usta. Pocałunek omal nie doprowadził jej do płaczu.

— Pamiętaj, że mały Jimmy był moim synem. Ja o tym wiem i ty wiesz.

Uśmiechnęła się smutno.

— Ja wiem o tym najlepiej.

— On próbował nas złamać, ale się nie daliśmy. Nie był wart splunięcia, ani on, ani żadne jego słowo.

Maggie przytuliła się mocniej, wiedząc, że jej mąż zabił człowieka, którego kochał kiedyś najbardziej na świecie.

Żałowała tylko tego, że nie powiedziała mu dawno temu. Jej milczenie zniszczyło wszystkim życie, a ona pragnęła jedynie spokoju. Chciała chronić najbliższych ludzi przed wrogiem. Miała nadzieję, że teraz już smaży się w piekle.

♦ ♦ ♦

Jackie spoglądała na zwłoki męża i nie płakała. Nalegała, żeby go zobaczyć, mimo iż ostrzegano ją, że nie wygląda dobrze. Miał poważne rany na głowie i szyi. Proponowano, by jej ojciec zidentyfikował ciało. Ona mogłaby zachować go w pamięci takim, jakim był.

Omal nie parsknęła śmiechem. Miała ochotę zapytać tych miłych ludzi: „To znaczy jakim? Brudnym, pijanym i naćpanym, z młodą wywłoką u ramienia?".

Nie powiedziała tego jednak. Wiedziała, że jest obiektem współczucia i nie zamierzała tego psuć. Ojciec zachowywał się bardzo ładnie i Jackie nie chciała wyprowadzać z równowagi jego ani nikogo innego.

Ale widok ciała Freddiego nie doprowadził jej do łez ani do konwulsji, tak jak się spodziewała, tylko ją otrzeźwił. Patrząc na straszliwe rany, które mu zadano, czuła jedynie dziwny spokój.

Spoglądała na niego i widziała, że naprawdę nie żyje. Ogarnęło ją osobliwe uniesienie. Nagle poczuła się tak, jakby całe jej życie do tej pory pędziło jak szalone, niosąc ją do tej chwili.

Miała przedziwne poczucie, że coś wygrała.

Od pierwszej chwili, gdy go pocałowała, Jackie wiedziała instynktownie, że pewnego dnia będzie patrzeć na jego martwe ciało. Że ognisty temperament doprowadzi go do upadku i że szczęście kiedyś go opuści.

Zawsze myślała, że Freddie zadrze z człowiekiem o mocniejszej woli i charakterze, albo trafi na kogoś przerażonego, kto będzie trzymał w ręku obrzyn.

Nigdy nawet przez myśl jej nie przeszło, że zabójcą Freddiego okaże się Jimmy.

Jackie miała również przekonanie, że kiedy Freddie ją opuści, będzie zgubiona. Ale nie była. Zadziwiła samą siebie, bo patrząc na jego pozbawione życia ciało, odczuwała tylko głęboką i nieprzemijającą euforię.

Czuła się wolna.

Zawsze mówiła koleżankom, że byłoby jej łatwiej, gdyby Freddie zginął, niż gdyby opuścił ją dla innej. Żartowała, że z jego śmiercią łatwiej dałaby sobie radę niż z tym drugim.

Póki żył i oddychał, nie mogła znieść myśli, że zwiąże się z inną kobietą. Teraz nie żył i żadnej już nie zaliczy, a ona była prawie szczęśliwa, bo zmarł jako jej mąż. To zaś oznaczało, że była wdową po nim. Wszystkie kobiety, za którymi Freddie się uganiał i którym zrobił dzieci, już się dla niej w tej chwili nie liczyły, bo kiedy umierał, ona w świetle prawa była jego żoną. Teraz nie będzie już musiała myśleć, gdzie jest, ani zastanawiać się, co robi.

O sprawie z Maggie można byłoby zapomnieć, matka i ojciec przyjęliby ją z powrotem do rodziny. Uważałaby na to, co robi, i byłaby dla wszystkich miła. Sama była do niczego, potrzebowała rodziny, a zwłaszcza Maggie, która spała na forsie, a do tego umiała przebaczać.

Te myśli sprawiły Jackie dużą przyjemność.

Freddie w końcu by ją zostawił, zawsze o tym wiedziała. Jej życie było podłe, bo każdego dnia zadawała sobie pytanie, czy właśnie dzisiaj jej mąż pozna miłość swojego życia.

Kiedyś musiałoby się to stać. Dożyłby wieku, w którym trzeba się potwierdzić, i zapragnąłby młodej laski u boku, dzięki której sam znów mógłby się poczuć młody. Mnóstwo ich gnieździ się w komunalnych mieszkaniach. Taka rzuciłaby się w jego ramiona, bo on potrzebowałby jej wystrzałowego ciała, a ona łaknęłaby sławy w przestępczym światku. Freddie znalazłby sobie tę dziewczynę, wiedziały o tym wszystkie kobiety pokroju Jackie.

Kiedyś ona była jego dziewczyną, dawno temu, ale czworo dzieci i życie u boku Freddiego sprawiły, że postarzała się przed czasem. Nawet gdyby o siebie dbała i fundowała sobie wszystkie zabiegi, gdyby walczyła z wiekiem wszelkimi dostępnymi środkami, młodość i tak by zatriumfowała, bo w tym światku zawsze triumfuje.

Tego bała się najbardziej. Bez Freddiego byłaby nikim, lecz jako wdowa po nim może posługiwać się jego nazwiskiem i cieszyć szacunkiem ze względu na jego reputację.

Znała sześćdziesięciolatków, którzy mieli dzieci młodsze od swoich wnuków i żony młodsze od córek. Widziała też pierwsze żony odsuwane na bok niczym opakowania ze starymi płatkami śniadaniowymi. Kobiety te urodziły im dzieci, chodziły na wizyty w więzieniach w całym kraju, łgały policji, czasem pod przysięgą. Potem nagle pojawiała się młoda, chuda smarkula z fałszywą opalenizną, bez rozstępów, w eleganckim staniku. Miała inteligencję na poziomie niedorozwiniętej małpy, ale to się nie liczyło.

Pierwsza żona z trudem wiązała koniec z końcem w ciężkich chwilach, gdy dzieci były małe, pożyczała pieniądze od krewnych i traciła młodość, broniąc męża przed każdym, kto mówił, że to nicpoń. Kiedy nadchodził czas, by mogła skorzystać z tego, co mąż zarobił, nagle była bezceremonialnie rzucana i traktowana tak, jakby nigdy nie istniała.

Starsze dzieci albo akceptowały dziewczynę ojca, wiedząc, że zostanie z nim na stałe — te, które były chwilowymi zdobyczami, znały swoje miejsce i nie pokazywały się, kiedy kochanek był z rodziną — albo biorąc stronę matki, przestawały się do niego odzywać i narażały się na życie pełne bólu i zdrady.

To było straszne spoglądać w oczy tych kobiet, kiedy spotykało się je w sklepie albo na ślubach ich dzieci. Widziało się ból i otępienie, a co najgorsze, widziało się, jak ludzie je traktują. Były zaledwie tolerowane. Jackie widziała upokorzenie w ich oczach, gdy na uroczystości pojawił się mąż z nową żoną, która zawsze się upijała i robiła sceny, bo nawet porzuconą żonę uważała za zagrożenie dla siebie.

Z przyjemnością zauważała, że taka dziewczyna, odebrawszy żonie męża, musiała żyć ze świadomością, że ją także może to spotkać. A na ich korzyść nie przemawiały wspólnie przeżyte lata.

Ból na twarzach tych kobiet, spoglądających na mężczyzn, których wciąż kochały, w towarzystwie nowych lepszych modeli, zawsze był widoczny, bez względu na to, jak dzielną robiły minę. Te kobiety, tak samo jak Jackie, w końcu uświadamiały sobie, że obdarzyły miłością i poświęciły życie dla mężczyzny, który nie ma najmniejszego pojęcia, co przeszły, i cienia poczucia winy z powodu tego, że zniszczył ich życie.

Przez długie lata przerażała ją myśl, że Freddie rzuci ją jak niedopałek papierosa albo zużytą prezerwatywę.

Teraz zagrożenie znikło. Wraz z nim prysły zmartwienia i Jackie poczuła się tak, jakby zrzuciła z ramion ogromny ciężar.

Cieszyła się, że parszywy drań nie żyje, bo teraz mogła go kochać w spokoju.

♦ ♦ ♦

Kimberley, jej siostry i Dicky stali przed posterunkiem policji i palili papierosy. Chłopak był bardzo przygaszony.

449

Dziewczęta przyniosły ciotce posiłek. Przyjęła go z wdzięcznością, a one ucieszyły się, że traktuje je tak samo jak przedtem.

Świadomość, że ojciec nie żyje, jeszcze do nich naprawdę nie dotarła. Wciąż próbowały nie myśleć o tym, że to Jimmy go zabił.

One także zostały przesłuchane i wszystkie mówiły to samo: że nie mają najmniejszego pojęcia, co mogło się stać. Nic więcej nie powiedziały.

— Biedny tata.

Głos Dianny zabrzmiał tak smutno, że Kimberley uścisnęła młodszą siostrę.

— Tak, biedny tata.

Spojrzały na siebie z Roxanną. Dicky wiedział, że nie będą długo opłakiwać straty.

— Wracajmy do mamy. Glenford podjechał czarną taksówką.

Dicky podszedł do niego i podali sobie ręce.

— Wszystkim się zająłem. Odwieź dziewczyny do domu.

Dicky skinął głową.

— Przyjechała prawniczka. Ale ta baba jest pyskata. Nawet tutaj słychać, jak ich opieprza.

Glenford uśmiechnął się.

— Tak, nieźle sobie radzi. Szukali mnie wszędzie, więc zgłoszę się sam, żeby to mieć z głowy. Od kumpla wiem, że ściągają wszystkich znanych współpracowników Freddiego.

Glenford niedbale rzucił skręta na chodnik i rzekł ze śmiechem:

— Może nie będę wchodził z tym do środka, co?

Dicky parsknął śmiechem. Czuł się wspaniale, biorąc udział w czymś tak ważnym. Wiedział, że będzie to rzutowało na jego pozycję w przyszłości. Wszyscy będą patrzeć i oceniać, jak się spisał.

Podobnie jak większość ludzi, nigdy nie był wielbicielem Freddiego Jacksona. Musiał się z nim spotykać, bo kochał jego piękną córkę.

Ona zaś była poruszona, lecz niezaskoczona, gdy dowiedziała się, że ojca znaleziono w Epping Forest nagiego, pobitego i częściowo spalonego. Ciało jeszcze dymiło, kiedy jakiś facet potknął się o nie, wracając do auta. Stało tam kilka samochodów, pary uprawiały seks na tylnych siedzeniach. Można by rzec, że trudno o lepszą oprawę dla odejścia Freddiego.

♦ ♦ ♦

Melanie nie mogła przestać płakać, a Liselle, mimo że kochała siostrzenicę, miała ochotę dać jej w twarz.

Smarkula znalazła się w centrum awantury na własne życzenie. Gdyby nie uganiała się za oprychami, nie zobaczyłaby z bliska morderstwa. Była miłą dziewczyną, miała dobry charakter, ale nadawała się wyłącznie na kochankę kryminalisty. Miała za dużą buzię i za dużo ciała tu i ówdzie, żeby móc liczyć na inny los.

Liselle miała tylko nadzieję, że będzie to dla niej nauczka, która pozwoli lepiej zrozumieć, w jakim świecie postanowiła żyć. Trzeba mieć pewne cechy, żeby przetrwać w tym środowisku, wiedziała to z własnego doświadczenia. Kobieta musiała rozumieć mężczyzn i sposób ich postępowania, a także motywy, jakie nimi kierowały. Jeśli nie wyrosła w ich świecie i nie znała niepisanych praw, nie miała dla nich żadnej wartości. Musiała całkowicie zaakceptować ich sposób życia, bez względu na to, co robili. Pogodzić się, że spadną na nich rozmaite oskarżenia, i troszczyć się jedynie o to, by się z nich wywinęli. Nic więcej się nie liczyło.

Trzeba również było umieć trzymać język za zębami i nigdy, w żadnych okolicznościach nie opowiadać nikomu, nawet krewnym i przyjaciołom, o tym, co robi mąż.

Było to dobre życie, jeśli się wiedziało, jak grać w tę grę. Liselle robiła to przez wiele szczęśliwych lat życia z Paulem i niczego nie chciałaby zmieniać.

Melanie zobaczyła z bliska, co może się zdarzyć, jeśli człowiek znajdzie się w niewłaściwym czasie z niewłaściwą osobą. Miała więc szansę przemyśleć, czego naprawdę pragnie od życia.

Paul westchnął.

— Dość tego, Melanie, posłuchaj mnie — rzekł do roztrzęsionej dziewczyny.

451

Liselle podeszła i z całej siły ją spoliczkowała.

— Przestań się, kurwa, mazać, i słuchaj, co ci mówimy. Zdajesz sobie sprawę, w jakie gówno wdepnęłaś?

Melanie spoglądała na ciotkę przerażonym wzrokiem. Szloch ucichł.

— Jimmy Jackson to zły człowiek. Założę się o każde pieniądze, że jest najgorszym draniem w Londynie. Jesteś siostrzenicą Liselle, ale jego to nie wzruszy, jeśli piśniesz choć słówko o tym, co zobaczyłaś w pubie. To nie są żarty, Melanie. Musisz zapomnieć o wszystkim, co się stało. Niczego nie było. Jeszcze dzisiaj wyjedziesz z Liselle na długą wycieczkę do Hiszpanii i wykorzystasz ten czas, żeby opróżnić swój zakichany móżdżek. Ale ostrzegam cię, jeśli kiedykolwiek choć zająkniesz się o tym, co widziałaś i słyszałaś...

Paul nie musiał kończyć zdania, gdyż przerażenie w dużych niebieskich oczach Melanie świadczyło, że będzie milczała. Mógł tylko mieć nadzieję, że nie zapomni strachu, który teraz czuła, bo znalazła się w bardzo niebezpiecznym położeniu. Tylko to, że była krewną Liselle, uchroniło ją przed najgorszym.

Jimmy nie musiał Paula o nic prosić. Zadaniem Paula było sprzątanie w takich sytuacjach. Za to go hojnie opłacano, i w normalnych okolicznościach wynająłby kogoś, kto uciszyłby dziewczynę.

Liselle, niech ją Bóg błogosławi, patrzyła na jego robotę bardzo tolerancyjnie, wiedział jednak, że zaprotestowałaby, gdyby jej siostrzenica miała trafić na listę zaginionych.

Dziewczyna dostała cenną lekcję. Taką w każdym razie Paul miał nadzieję. Liselle będzie kontynuowała naukę przez kilka następnych tygodni, podkreślając, co może grozić, jeśli rzuci nieostrożną uwagę albo palnie coś po pijanemu.

Było późno i Paul czuł się zmęczony. Miał za sobą długi dzień.

♦ ♦ ♦

Lena siedziała z Jackie w domu tej drugiej. Jackie mówiła prawie rozsądnie. Dziewczęta szykowały w kuchni kanapki i parzyły herbatę, jednocześnie próbując ułożyć sobie w głowach wydarzenia ostatnich kilku dni. Rozumiały, że wszelkie refleksje muszą zachować dla siebie. Tak było dla wszystkich lepiej.

Było bardzo wcześnie, dopiero dniało. Jackie już zdążyła się upić, ale upiła się na wesoło.

— Powiedz prawdę. Rozmawiałaś z Jimmym o tym, co wiesz?

Jackie spojrzała na kobietę, którą kochała, ale zawsze czuła się przez nią traktowana jak ta gorsza córka.

— Niby o czym? — spytała z przyganą w głosie.

Lena przymknęła oczy.

— Posłuchaj mnie uważnie, Jackie. Ty i dziewczęta musicie zapomnieć o tym, czego się dowiedziałyście, rozumiesz?

Jackie westchnęła ciężko i osunęła się na krzesło. Jej obfite piersi opadły na brzuch.

Lena wiedziała, że córka wygląda staro jak na swój wiek, to nie było nic nowego. Jednocześnie wydawała się spokojniejsza.

— Nie martw się, mamo. Nie będę sprawiać kłopotów, przyrzekam.

Ta odpowiedź zaskoczyła Lenę i na jej twarzy pokazało się zdziwienie.

— Wiem, że on to zrobił. Wiem, że nie miał w tym sobie równych, ale nie sprawiło mi to różnicy. Kochałam go.

Lena złapała córkę za rękę i mocno uścisnęła.

— Wiem, że go kochałaś, skarbie. — Nie dodała: „Bóg jeden wie, dlaczego", choć to właśnie pomyślała.

— Freddie nie żyje, a ja czuję się lekko, jak gdyby spadł ze mnie wielki ciężar. Czy to trzyma się kupy? Nie cieszę się, że zginął, ale nie jest mi przykro.

Lena rozumiała to lepiej, niż się córce zdawało.

— W wiadomościach telewizyjnych podali, że to były porachunki gangsterskie. Freddie wyglądał okropnie. Ten, kto to zrobił, zajebiście się postarał.

Lena westchnęła, słysząc, co wygaduje jej córka, ale nie puściła jej dłoni.

— Będzie mi go brakowało, ale czuję się dziwnie, mamo. Jestem prawie szczęśliwa, tak nie powinno być, ale nic nie mogę na to poradzić. Czuję się tak, jakbym wreszcie mogła się wyluzować. Dzisiaj do mnie dotarło, że nigdy nie byłam na luzie, a teraz po prostu taka jestem. Czy to trzyma się kupy?

Lena skinęła głową i uścisnęła córkę.

— To dlatego, że byłaś nim tak otumaniona. Twoja miłość przypominała zaślepienie, i wiesz co? Czasem cię obserwowałam i bolało mnie serce, bo wiedziałam, że cierpisz przez swoje uczucie. Miłość powinna człowieka uszczęśliwiać, a twoja miłość do Freddiego nigdy nie dawała ci szczęścia. Teraz możesz czuć się spokojna, bo po raz pierwszy, od kiedy wyszedł z kicia, wiesz dokładnie, gdzie się znajduje.

Lena znów przytuliła córkę.

— Nie chcę być hipokrytką. Nigdy go nie lubiłam, wiesz o tym, ale z całego serca ci współczuję. Zawsze możesz na mnie liczyć i na tatę też. Kłócimy się często gęsto, ale jesteśmy rodziną, prawda?

Jackie uśmiechnęła się smutno.

— Ciekawe, czy wypuścili już Jimmy'ego.

— Jak tylko coś się stanie, będziemy wiedziały, nie ma obawy.

Mały Freddie obserwował matkę i babkę i dziwił się, że w tym domu tak łatwo eksplodują emocje. Śmierć ojca nie zrobiła na nim żadnego wrażenia, ale postanowił wykorzystać tę okoliczność do granic możliwości. Będzie też musiał siedzieć cicho w obecności dziadka. Miał wrażenie, że staruszek zna go na wylot, a to wywoływało u Freddiego nerwowość i obawę. Te dwa stany emocjonalne były mu dotąd obce.

Wiedział, że dziadek go przejrzał, a że był dość sprytny, zachowywał najwyższą ostrożność. Właśnie ostrożność była jego nowym hasłem.

Weszły siostry i narobiły wokół niego mnóstwo zamieszania, karmiąc go kanapkami i pojąc dietetyczną colą. A on, robiąc zmartwioną minę stosownie do sytuacji, zdołał obejrzeć w spokoju swój ulubiony film na wideo.

♦ ♦ ♦

Jimmy wyszedł spod prysznica i ruszył w stronę ogromnej sypialni. Ten pokój był kiedyś dla niego źródłem największej radości, a cały dom uosabiał wszystko, czego Jimmy pragnął od życia. Teraz był zwyczajnym domem, tak jak wszystkie inne.

Dom to nie tylko cegły i cement, to także ludzie, którzy w nim mieszkają.

Maggie siedziała na ogromnym łożu. Wydawała się taka drobna i krucha. Kochał każdą kostkę w jej ciele, bardziej teraz niż kiedykolwiek.

Podała mu szklankę brandy.

— Jak przyjemnie było zmyć z siebie zapach posterunku — rzekł wesoło Jimmy. — Strasznie tam śmierdzi.

Maggie nie odpowiedziała. Usiadł koło niej na łóżku i łapiąc poufale za nogę, zapytał:

— Co, nie gadamy ze sobą?

Maggie uklękła i przesunęła rękami po włosach.

— Przestań, Jimmy, musimy porozmawiać o tym, co się stało. Wiem, że zabiłeś Freddiego, zrozumiałam to od razu, jak tylko usłyszałam, że nie żyje. A teraz udajesz, że wszystko jest normalnie. Ale nie jest. Nie możesz przeżyć reszty życia, zachowując się tak, jakby nic się nie stało. Myślisz, że w ten sposób nie będziesz musiał się z tym zmierzyć. Ale to się nie uda. Muszę to z siebie wyrzucić raz na zawsze.

Jimmy wstał i podszedł do okna. Będzie ładny dzień, pomyślał. Zawsze najbardziej lubił wczesny ranek.

— On mnie zgwałcił, Jimmy. Musisz spojrzeć na mnie i powiedzieć, że nie będziesz miał mi za złe, że ci nie powiedziałam.

Jimmy nie odwrócił się, a Maggie poczuła, że znów robi jej się niedobrze. Nie mogła tak dłużej. Wolałaby, żeby ją zostawił, niż żeby udawał, że wszystko jest między nimi w porządku. Tajemnice omal nie zniszczyły jej i rodziny, nie zamierzała żyć z nimi dalej.

— Kto ci o tym powiedział? Jackie?

Jimmy odwrócił się do niej.

— Ona wiedziała, a ja nie? — spytał gniewnie.

Maggie pokręciła głową.

— Dowiedziała się przypadkowo parę dni temu. Kimberley podsłuchała, jak Freddie nęka mnie po pogrzebie Jimmy'ego, i powiedziała matce. Wygadała się w złości, nie chciała mi zaszkodzić. Czy to Jackie ci powiedziała? Muszę to wiedzieć.

Jimmy pokręcił głową. Zimne kropelki wody spadły na jego

obnażone ramiona. Nigdy nie pragnęła nikogo innego, a teraz nikogo innego już nie miała.

— On cię nękał po pogrzebie?

Maggie pokiwała głową.

— Bałam się tego, co zrobisz, kiedy się dowiesz. I bałam się reakcji Jackie. Wiesz, jaka była o niego zazdrosna, odbiłoby jej i narobiłaby kłopotu całej rodzinie. Chciałam tylko spokoju. Robiłam to, co wydawało mi się najlepsze dla wszystkich...

Jimmy zawiązał ręcznik, który miał na biodrach, i bez słowa wyszedł z sypialni.

Maggie usłyszała kroki bosych stóp na schodach. Położyła się na łóżku, które tak długo z nim dzieliła. Nie mogła nawet zapłakać.

Jimmy otworzył w kuchni lodówkę i wyjął piwo. Znów był zły. Myśl, że Freddie dotykał jego żony, była straszna, ale świadomość, że później szantażował ją z tego powodu, była jeszcze gorsza. Przez tyle lat pracował z Freddiem, pomagał mu, pił z nim, przyjmował go w swoim domu, a on śmiał się z niego, bo ta kretynka pragnęła spokoju!

A teraz chce wszystko z siebie wyrzucić... Gdyby wiedziała, co naprawdę stało się z jej synem. Nie zniósłby tego, więc oszczędzi jej wiedzy na ten temat. Analizowanie wszystkiego, rozbieranie na części każdego zdania to jej specjalność, nie jego.

Nie chciał z nią o tym rozmawiać. Czemu Maggie nie chce pojąć, że on nie chce roztrząsać tego, co się stało, że to dla niego za wiele?

Kiedy się coś powie, to już zostaje, a pewnych rzeczy lepiej jest nie mówić. Nie znaczyło to, że Jimmy o nią nie dba ani że nie rozumie. Po prostu czuł się lepiej, kiedy mógł wszystko przetrawić w swoim czasie i tempie.

Nie mógł patrzeć teraz na nią tak jak przedtem. Zepsuła samą siebie w jego oczach, powinna była się tego domyślić. Jest jego żoną, powinna wiedzieć, że lepiej dać mu spokój. Było mu jej żal, i to bardzo, ale teraz czuł tylko gniew i złość.

Jak tylko Freddie powiedział mu o ich tak zwanej sekretnej schadzce, od razu odgadł, że wziął ją siłą, bo inaczej nie zdołałby się do niej zbliżyć. Ale zabił go za insynuację, że mały Jimmy był jego dzieckiem. Uwierzył mu. Nie miało to znaczenia, kochał chłopca i nic nie mogło tego zmienić — ale nie mógł znieść myśli, że Maggie znosiła przez lata taką udrękę, jego przygadywanie i roześmianą gębę. Wbiegł na górę. Maggie aż podskoczyła, kiedy wpadł do sypialni. Chwycił ją gwałtownie za ramiona.

— Przez ciebie ten skurwiel śmiał się ze mnie! — krzyknął jej w twarz. — Drwił sobie ze mnie, a ja nic nie wiedziałem. Nie miałem pojęcia, że robi sobie ze mnie jaja, ty głupia krowo! Pchnął Maggie, która upadła przerażona na łóżko. Jimmy wciągnął na siebie ubranie.

— Nie robiłaś tego dla mnie, robiłaś to dla tej zdziry, swojej siostrzyczki. Załatwiłem go, mówię ci to i możesz mi wierzyć. I świetnie się z tym czuję. Wiedziałem, że mógł cię wziąć tylko siłą, nie miałem wątpliwości. Ale wiedz, że wspólnie mnie wykończyliście. Tyle czasu wiedziałaś, co kryje się za jego słowami, i nie przyszło ci do głowy powiedzieć mi, co jest grane. Czuję się jak ostatni frajer, a ty traktowałaś mnie jak największego frajera. Powinnaś podzielić się ze mną swoją wielką tajemnicą choćby po to, żebym wiedział, kiedy Freddie robi sobie ze mnie jaja.

Maggie siedziała i kręciła bezradnie głową. Wiedziała, że Jimmy ujawnia to, co naprawdę czuje.

Jimmy był dobry w dochowywaniu sekretów, dlatego tak świetnie mu szło w jego profesji. Na posterunku dał jej jasno do zrozumienia, że wie o wszystkim i że nie chce o tym więcej rozmawiać. Jeśli się o czymś nie rozmawia, to tak, jakby się nigdy nie stało. Tak brzmiała jego maksyma.

Maggie powiedziała na głos, co się stało, i trafiło ją to rykoszetem. Teraz żałowała swoich słów.

Zobaczyła sytuację z punktu widzenia Jimmy'ego. W jednej chwili przypomniał sobie wszystko, co Freddie mówił, jego półsłówka, zaczepki, i umieścił je we właściwym kontekście. Był mężczyzną pełnym godności i pewności siebie i teraz będzie go to gryzło i bolało. Trzymała zdarzenie w tajemnicy i omal nie zniszczyła rodziny. Teraz niepotrzebnie wyrzuciła to z siebie i zrujnowała życie sobie i Jimmy'emu.

Spojrzał na płaczącą żonę i miał ochotę ją udusić. Jeszcze nigdy nie był na nią taki wściekły.

— Tylko Jackie cię obchodziła, wszystko się wokół niej kręciło. Musiałem ją znosić w każde święta, w każdy wolny dzień. O nią się najbardziej troszczyłaś i dlatego jestem taki wkurwiony. Nie umiem mierzyć się z prawdą tak jak ty. Wolę schować głowę w piasek. Powinnaś była dać mi spokój, nie stawiać mnie pod ścianą. Chciałaś wszystko wyrzucić na wierzch, no i masz. Mam nadzieję, że teraz jesteś, kurwa, zadowolona. Wreszcie dowiedziałaś się, co naprawdę myślę.

Wyszedł i po chwili Maggie usłyszała pisk opon samochodu na podjeździe.

Rozdział trzydziesty drugi

Jimmy obudził się z uczuciem, że ktoś trzyma w ustach jego członek, i westchnął ze zniecierpliwieniem. Nie miał sumienia mówić dziewczynie, że to tylko poranna erekcja. Starała się, ale członek miękł nieubłaganie. Dziewczyna podniosła głowę.

— Następnym razem pójdzie lepiej — rzekł z uśmiechem. Wyszczerzyła zęby i zeskoczyła z łóżka. Obserwował ją leniwym wzrokiem, kiedy zbierała rzeczy i wymknęła się z pokoju.

To jest w prostytutkach najlepsze: pragną tylko tego, czego ty pragniesz, ani mniej, ani więcej. Żadnych konwersacji ani trucia o rodzinie i problemach życia codziennego.

Mimo to Jimmy czuł się podle i to zirytowało go jeszcze bardziej. Chodził do łóżka z każdą, wspomagając się alkoholem, a ostatnio coraz częściej viagrą.

Ziewnął i uświadomił sobie, że czuje swój zapach. Wyskoczył z łóżka, ubrał się i zszedł na dół.

Patricia pokręciła głową, jakby był niegrzecznym chłopcem.

— Mam nadzieję, że jej zapłaciłeś. Te biedne dziwki nie pracują za friko.

Jimmy posłał jej leniwy, denerwujący uśmiech.

— Co z tobą, Pat? To mój przybytek. One wszystkie do mnie należą w taki czy inny sposób.

Nie myślał tak, chciał tylko rozzłościć Patricię.

— Wybierasz się na pogrzeb Freddiego?

Pokręcił nonszalancko głową.

— Nie, a ty?

Wyszedł, zadowolony, że udało mu się ją podkręcić. Czym prędzej pojechał do Glenforda, żeby wziąć prysznic.

◆ ◆ ◆

Jackie z córkami były w kościele. Mały Freddie został na zewnątrz. Matka wiedziała, że pali jednego papierosa za drugim. Ciało Freddiego zostało wydane, a sprawę morderstwa zaliczono do nierozwiązanych. Mało kto zjawił się na pogrzebie. Matka Jackie miała przyjść, matka Freddiego — nie. Nikogo to nie zdziwiło. Ojciec Jackie też się nie wybierał, nie przyniesiono żadnych wieńców. Jackie to nie zasmuciło, tylko zezłościło. Niewielka różnica, ale jednak.

Kiedy ten dzień się skończy, będzie mogła zacząć nowe życie. Tak sobie mówiła. Tylko to pozwalało jej przetrwać noce. Zmierzyła wzrokiem córki. Piękne dziewczyny, była z nich dumna. Do tej pory nigdy nie zawracała sobie nimi głowy, ale teraz widywała je ciągle, wiedziała, co robią i co myślą.

Nad domem nie unosił się już cień Freddiego i Jackie rozkoszowała się poczuciem, że jest wolna od miłości.

Jutro zajrzy do Maggie, zobaczy, jak się miewa. Siostra nie zamierzała przyjść na pogrzeb, ale powiedziała, że jeśli Jackie tego chce, to się pofatyguje. Sprawiła jej tym przyjemność. Jackie zapewniła ją jednak, że wystarczy jej obecność córek.

Chciała, żeby ceremonia jak najprędzej się zaczęła. Marzyła o drinku i miała mnóstwo do zrobienia. To był najważniejszy dzień w jej życiu. Tak czuła, choć nie była pewna, czy członkowie rodziny by się z tym zgodzili. Jeszcze nigdy nie chowała męża. Ten był pierwszy na jej koncie.

Pastor spoglądał w notatki i Jackie miała nadzieję, że nie pomyli imion. W końcu nie miał okazji poznać nieboszczyka.

◆ ◆ ◆

Glenford wychodził z domu, kiedy zobaczył auto Jimmy'ego mknące ulicą. Wrócił więc i nastawił wodę. Miał czas na wypicie kawy, to była dobra strona ich profesji. Nie musieli żyć z zegarkiem w ręku tak jak większość ludzi. Sami decydowali o godzinach pracy. Była to jedna z najlepszych rzeczy w życiu.

Jimmy wkroczył do małej kuchni i jego sylwetka wypełniła prawie całe pomieszczenie.

— W porządku, Glenford? — zawołał z uśmiechem. — Wiesz, że Freddie idzie dzisiaj do piachu?

— Nie, nic o tym nie wiem. Kto ci powiedział?

— Brzydka Patricia. Nie wybiera się na pogrzeb.

Jimmy ziewnął głośno, wyjął skręta z popielniczki i zaciągnął się głęboko.

— Ale jestem wykończony. Muszę się dzisiaj wziąć w garść. Jutro jadę do Ozzy'ego, przedtem trzeba zrobić porządek z tym i owym.

— Wyglądasz parszywie.

Jimmy wyszczerzył zęby.

— I tak się czuję, ale nic to.

— Rozmawiałeś już z Maggie?

Jimmy spojrzał na przyjaciela i wzruszył ramionami.

— Nie mam jej nic do powiedzenia.

— To już dwa miesiące, Jimmy. Nie wiem, o coście się pożarli, ale jeśli to potrwa dłużej, nie będzie powrotu. Im dłużej takie sprawy leżą, tym cięższe się stają.

— Prawisz kazania do nawróconego, stary. Pozwól mi wypić kawę i wyjarać skręta, zanim położę się na leżance u psychiatry. Choć wolałbym, żeby to była jakaś fajna laska, wtedy poleżelibyśmy razem!

Glenford roześmiał się mimo woli.

— Byłeś już w pubie? Prawie skończyli. Paul mówi, że knajpa wygląda aż za ładnie jak na taką klientelę. Nas to też dotyczy.

Teraz Jimmy się roześmiał. Posiedzieli jeszcze kilka minut, a potem Glenford się wyniósł. Wtedy przestał się śmiać.

◆ ◆ ◆

— Zrobić coś jeszcze, pani Jackson?

Lily Small pracowała w domu Maggie od pięciu lat. Dobrze się rozumiały. Przychodziła pięć razy w tygodniu i sprzątała dom od góry do dołu. Już dawno odgadła, że pan Jackson opuścił żonę.

Pani Jackson robiła dobrą minę do złej gry, lecz Lily widziała, że schudła jak za dotknięciem czarodziejskiej różdżki, a na jej twarzy pojawiły się zmarszczki. Utrata dziecka, małego uroczego synka, była dla niej ciężkim przeżyciem, może nie wytrzymali napięcia. Mogła to zrozumieć. Nawet ona nie mogła sobie z tym poradzić, więc jeden Bóg wie, co musiała czuć ta biedaczka.

Pozwoliłaby sobie uciąć rękę, żeby się dowiedzieć, co zrobił pan Jackson — jeśli w ogóle coś zrobił — ale nie sposób było wyciągnąć cokolwiek od gospodyni. Nie chciała puścić pary z ust.

— Mogę wyprasować koszule pana Jacksona?

Maggie uśmiechnęła się. Musiała przyznać Lily punkty za wytrwałość. Przy niej największa telewizyjna plotkara wydałaby się niemową. Kiedyś tuż przed tym, jak obrobiła do suchej nitki najbliższą rodzinę i sąsiadów, których Maggie nie znała i nie chciała znać, wypięła swoją bujną pierś, zaciągnęła się nieodłącznym papierosem i wypowiedziała słowa, które sprawiły, że Maggie i Jimmy skręcali się później ze śmiechu:

— Wiecie państwo, ja nie lubię plotkować, ale...

Teraz usiłowała wydobyć od pracodawczyni choćby strzęp informacji. Powtarzała pytania, unosząc brwi i zaciągając się papierosem tkwiącym w pomalowanych na pomarańczowo ustach.

— No więc jak? Mam wyprasować panu Jacksonowi te koszule? Wiem, jakie lubi...

— Jak chcesz, Lily.

Maggie wiedziała, że irytuje ciekawską kobietę, ale chodziło o zasadę. Jej życie było jej życiem i nie miała najmniejszego zamiaru plotkować o nim z kimkolwiek, a zwłaszcza z Lily. Nawet matka Maggie zaprzestała prób wybadania sytuacji, Lily nie miała więc żadnych szans.

Teraz Maggie rozumiała sposób myślenia Jimmy'ego. Jeśli się o czymś nikomu nie powiedziało, sprawa nie istnieje. Jeśli wróci, nikt nic nie będzie wiedział i będą mogli normalnie żyć dalej. Miał rację, czasem najlepiej nie mówić pewnych rzeczy. Wtedy jakoś łatwiej z nimi wytrzymać.

Nalała sobie herbaty do filiżanki i poszła do oranżerii. Miała mnóstwo papierkowej roboty do zrobienia, pora była odpowiednia. Salony zarabiały dobrze, nawet świetnie, lecz nie ucieszyło jej to tak jak zwykle. Nie odczuwała już cichej dumy, nic jej w gruncie rzeczy nie interesowało. Każdy dzień bez Jimmy'ego sprawiał, że powoli wewnętrznie umierała.

Nie miała od niego żadnej wiadomości, sama też nie próbowała nawiązać kontaktu. Pieniędzy przybywało na koncie normalnym trybem, lecz samotność coraz bardziej dawała jej się we znaki. Nawet kiedy była bardzo przemęczona, po wejściu do łóżka bez końca przeżywała od nowa dwa dni w życiu.

Śmierć syna i miażdżący ból, który na nią wtedy spadł, i odejście Jimmy'ego.

Wyobrażała sobie, jak powinna była to rozegrać. Teraz wiedziała, że gdyby podtrzymywała pozory tak jak przedtem, mąż nadal by z nią był. Oboje opłakiwali syna, powinna poczekać do czasu, gdy wzmocnią się emocjonalnie. Gdy będą mogli wejść bez płaczu do jego pokoiku.

Po raz pierwszy w życiu zrozumiała zazdrość o inne kobiety, którą odczuwała jej siostra. Dręczyła się wyobrażaniem sobie, że Jimmy kocha się z inną. Że kocha jakąś inną kobietę, tak jak kiedyś ją kochał.

Nie mogła jeść, nie mogła spać, nie mogła odpoczywać. I sama była sobie winna.

♦ ♦ ♦

— Zjedz coś, mamo.

Kimberley spoglądała na matkę z czołem zmarszczonym troską. Jackie polubiła ten wyraz jej twarzy. Kimberley była dobrą dziewczyną, a ona nie stanęła na wysokości zadania jako matka. Ta myśl dręczyła ją ostatnio, starała się więc być miła dla córek.

Od śmierci Freddiego córki były jak prawdziwe sanitariuszki, troskliwie zajmowały się Jackie i młodszym bratem. Jackie podziwiała je za dobroć i poświęcenie.

W głębi serca wiedziała, że to pod wpływem Maggie jej córki są takie, jednak nie napawało jej to gniewem i zawiścią tak jak dotąd. Nie czuła już, że jest z kimś porównywana, nie czuła presji, że trzeba dobrze wypaść.

Podjęła właściwe decyzje i była zadowolona, że wreszcie zaczęła kierować swoim życiem.

— Msza była wspaniała, prawda, mamo?

— Tak, i wy też byłyście wspaniałe.

Jackie z przyjemnością patrzyła na śliczną buzię Dianny. Nawet Kimberley nigdy nie wyglądała tak ładnie. Roxanna robiła się przyjemnie zaokrąglona, ale dbała o siebie, żeby nie przytyć za bardzo. Za nic nie chciałaby usłyszeć, jak mężczyzna jej marzeń, ojciec jej dziecka, woła: „O w mordę, wyglądasz jak wyjęta z horroru!". Wszystkie prezentowały się jak gwiazdy. Jackie żałowała teraz, że przed laty nie posłuchała rad Maggie, która proponowała jej zabiegi upiększające i wyszczuplające. Ale te propozycje brzmiały też jak krytyka, więc się nie zgodziła. Na złość siostrze odmroziła sobie uszy i oczywiście za to zapłaciła! Chciało jej się śmiać z własnych myśli, ale wiedziała, że nie wypada jej tego robić.

Kiedy ten dzień dobiegnie końca, będzie mogła naprawdę się wyspać. To będzie taki sen, jaki pamiętała z dzieciństwa. Jackie nie miała co do tego wątpliwości. Właśnie tego potrzebowała i była pewna, że taki sen doskonale jej zrobi. W snach Freddie powracał do niej i znów byli razem, byli szczęśliwi. Ona była szczupła i nie piła, a on nie widział świata poza nią.

Właśnie dlatego pragnęła spać. Potrzebowała tych snów, by rany się zabliźniły.

Uśmiechnęła się do syna, a ten skinął jej głową i wyszedł z domu. Zatęskni za ojcem. Tak bardzo go kochał, a jej wcale. Jackie miała bolesną świadomość, że syn nigdy jej nie lubił, a ona, mówiąc szczerze, też za nim nie przepadała.

◆ ◆ ◆

Freddie Jackson junior szedł do domu kolegi, kiedy zobaczył na chodniku naprzeciwko dwóch chłopców z sąsiedztwa. Nienawidził Martina Collinsa. Martin miał jedenaście lat i był mały jak na swój wiek, ale cieszył się powszechną sympatią. Jego brat Justin opiekował się nim. Freddie chciał się przekonać, ile jest gotów dla niego zrobić.

Przeszedł na drugą stronę i zrównał się z nimi. Martin Collins spojrzał na niego z obawą.

— W porządku?

Martin skinął niepewnie głową.

— Tak, a u ciebie?

Freddie wyszczerzył zęby w uśmiechu.

— Macie forsę?

Justin zrobił się nerwowy. Był starszy od Freddiego, ale nie dorównywał mu wzrostem i agresywnością.

Martin pokręcił głową.

— Nie mamy forsy.

Freddie popatrzył na niego przez dłuższą chwilę, a potem wyciągnął długi nóż z cienkim ostrzem. Z przyjemnością zobaczył, że chłopcy cofają się z przerażeniem. Justin przesunął brata za siebie. Freddie się roześmiał.

— Pilnujesz maminsynka, co?

— Daj mu spokój, Jackson. Czep się kogoś w swoim wieku.

— A jak nie, to co zrobisz?

Samochody przemykały obok, w powietrzu unosiła się woń paliwa.

Jakiś starszy mężczyzna obserwował tę scenę z okna. Właśnie zastanawiał się, czy wezwać policję, kiedy wyższy z chłopców, Freddie Jackson, którego ojciec został parę dni wcześniej zamordowany, dźgnął jednego z braci w serce.

Martin krzyczał z przerażenia, kiedy jego brat runął na brudny chodnik, trzymając się za pierś. Freddie Jackson patrzył zafascynowany na tryskającą krew. Potem spojrzał na Martina i rzekł cicho:

— A teraz dawaj forsę.

Martin wręczył mu dwa funty i pięćdziesiąt centów, które matka dała im na gazetę i papierosy.

Freddie Jackson odszedł, a od strony wiaduktu dało się słyszeć wycie syren.

Justin Collins zmarł dziesięć minut później w karetce.

♦ ♦ ♦

— Na pewno dobrze się czujesz, mamo?

Jackie zmusiła się do uśmiechu i zdołała powstrzymać się, by nie wrzasnąć na córki. Wiedziała, że chcą dobrze, ale mogłyby ją czasem zostawić samą.

— Chcę tylko położyć się i zdrzemnąć, to wszystko. Jestem wykończona, to były ciężkie miesiące. Wasz ojciec był, jaki był, ale kochałam go najbardziej na świecie. Pozwólcie mi poleżeć samej i o nim pomyśleć.

Dziewczęta skinęły głowami, a później po kolei ucałowały matkę na dobranoc, mimo że była dopiero trzecia po południu.

Na dole zobaczyły babcię rozmawiającą przez komórkę i bardzo je to rozbawiło. Uciszyła je gestem i wyszła do holu, żeby dokończyć rozmowę.

— Ale to śmieszne.

Siostry znów się roześmiały.

— Coś jest z nią nie tak — westchnęła Kimberley. — Jest prawie miła.

Roxanna się uśmiechnęła.

— Wiem, że u mamy to niepokojący objaw, ale czasem dobrze człowiekowi robi, kiedy jest miły. Jakie to dziwne pomyśleć, że dzisiaj pochowałyśmy tatę, nie sądzicie?

Nalała sobie wody mineralnej. Siostry piły białe wino. Siedziały na dużej zniszczonej kanapie i rozglądały się po pokoju, który dzięki ich wysiłkowi lśnił czystością.

Dianna znów się rozpłakała.

— Och, przestań, głupia mała krowo.

Kimberley przytuliła siostrę, a ta powiedziała przez łzy:

— Taka straszna śmierć. Ciągle myślę o tym, jak go zamordowano...

Roxanna pokręciła głową.

— Mówiłyśmy ci, żebyś nie czytała gazet ani nie oglądała wiadomości. Nie możesz przejmować się tym, jak zginął. Wiemy dobrze, że nie był aniołkiem. W tym biznesie to jest ryzyko zawodowe, musisz się z nim pogodzić, bo inaczej nigdy się nie uspokoisz.

Od chwili gdy Roxanna usłyszała o tym, co ojciec zrobił biednej Maggie, wszelkie jej uczucia względem niego prysły. Nie chciała jednak pogłębiać żalu siostry przypominaniem o tym.

— Kto mógłby zabić w ten sposób naszego tatę? Czemu policja nie szuka sprawcy?

Roxanna i Kimberley wymieniły spojrzenia nad głową Dianny. Domyślały się czegoś, ale wolały zachować to dla siebie. Śmierć ojca je poruszyła, rzecz jasna, lecz w odróżnieniu od Dianny były realistkami i dziwiły się, dlaczego zginął dopiero teraz. Freddie Jackson miał więcej wrogów niż Vlad Drakula i przy każdej okazji ich prowokował. Dianna była taka sama jak matka. Widziała w ludziach tylko to, co chciała widzieć. Dotyczyło to zwłaszcza ojca, który, musiały to przyznać, po powrocie z więzienia kochał ją najbardziej.

Kim i Roxanna zobaczyły, jaki jest naprawdę, i ucieszyły się, że nie powstały między nimi żadne więzy emocjonalne. Stwierdziły, że jest podłym draniem, który niszczy każdego, z kim się zetknie.

Cieszyły się, że wzięli go diabli. Teraz wreszcie będą miały spokój.

♦ ♦ ♦

Jimmy jechał w ślimaczym tempie i myślał o rozmowie, którą odbył z Leną przed dwoma godzinami. Po raz pierwszy od opuszczenia żony rozmawiał z kimś z rodziny i w pierwszej chwili czuł się bardzo nieswojo, bo jako dziecko praktycznie mieszkał w domu Leny. Źle postąpił, zrywając także z nią i Josephem. Bardzo ich cenił, a oni odwzajemniali to uczucie.

Lena w żaden sposób nie nawiązała do sedna sprawy, lecz jej telefon dał mu do myślenia. Wiedział, że miała rację, każąc mu obiecać, że nie powie Maggie o tej rozmowie. Maggie była do niego podobna, duma nie pozwoliłaby jej docenić tego gestu, choćby wynikał z najlepszej woli.

Zjechał z autostrady M 25 i skierował się w stronę domu. Był nieco podenerwowany. Czuł się dziwnie, ale stwierdził, że Glenford miał rację: im dłużej to trwa, tym trudniejsze się staje.

Wstydził się, że tak długo się nie odzywał, w końcu Maggie była jego żoną. Po tygodniu gniewnego milczenia, gdy ona też się nie odzywała, zrobił to, co robi większość mężczyzn. Zaczął pielęgnować swój gniew, karmić go. Po upływie miesiąca nie potrafił znaleźć wymówki, żeby do niej zadzwonić, i w końcu wmówił sobie, że równie dobrze to ona może zadzwonić do niego. Wiedział jednak, że to on odszedł, a między nimi oznaczało to, że to on powinien nawiązać kontakt.

Gdyby Lena nie zadzwoniła, nigdy nie wykonałby pierwszego ruchu. A jeśli miała rację, żałowałby tego do końca życia.

Kiedy się z nią spotka, kiedy ją zobaczy, będzie wiedział, czy może żyć z nią w spokoju i szczęściu. Równie dobrze może się okazać, że jest to niemożliwe. Gdyby nie był w stanie wyrzucić z głowy obrazów, które go dręczyły, ich związek byłby raz na zawsze skończony.

Wjechał na parking pubu. Musiał przemyśleć to, co zamierza zrobić. Potrzebował drinka, żeby nabrać odwagi.

◆ ◆ ◆

Pukanie do drzwi było głośne i niespodziewane. Nawet w dniu pogrzebu ojca nikt nie przyszedł, by złożyć kondolencje. Dziewczęta miały dość rozumu, by się temu nie dziwić.

Roxanna myślała, że to mały Freddie wraca od kolegi. Otworzyła szeroko drzwi i zobaczyła dwoje policjantów w mundurach i dwóch tajniaków. Policjantów w cywilnych ubraniach ojciec nazywał zawsze glinami. Roxanna przypomniała sobie jego słowa i zachciało jej się śmiać. Natychmiast ujawniła się jej naturalna wrogość wobec policji.

— Jeśli szukacie ojca, to się spóźniliście — rzekła sarkastycznie. — Pochowaliśmy go przed paroma godzinami.

Wyższy z tajniaków wystąpił i machnął szybko odznaką. Zrobił to tak szybko, że Roxanna nie odróżniłaby jej od biletu metra.

— Jestem detektyw Michael Murray, szukam Freddiego Jacksona, zgadza się, ale tym razem juniora.

— Weźcie sobie wolne i dajcie nam spokój chociaż w czasie żałoby — odparła z irytacją Roxanna.

— Czy brat jest w domu, panno Jackson?

Murray zaczynał działać Roxannie na nerwy.

— Co on takiego zrobił? Przez większość dnia był na pogrzebie ojca, więc ma chyba żelazne alibi.

Roxanna mocno się zezłościła. Musieli przyjść akurat dzisiaj... Nagle zobaczyła trzy samochody zaparkowane nieopodal na ulicy, pełne mundurowych.

— Co jest grane? To tylko dzieciak, a nie terrorysta. Nie mówcie mi, że okradł bank. No słucham, o co go oskarżacie?

— Jest poszukiwany w związku ze śmiertelnym zranieniem nożem, do którego doszło dziś po południu koło schroniska Roundhouse.

Z policyjnego żargonu trudno było wywnioskować, o co właściwie chodzi, ale dwa słowa wybijały się na pierwszy plan.

— Śmiertelne zranienie?

Powiedziała to z niedowierzaniem w głosie. Policjantce stojącej za Murrayem zrobiło się żal ładnej dziewczyny, która przed kilkoma godzinami pochowała ojca.

— Współczujemy pani, ale to konieczne, żebyśmy jak najszybciej ustalili miejsce pobytu brata. Mamy nakaz przeszukania lokalu.

Murray spojrzał na kobietę z nieukrywaną wrogością. Jej łagodny ton i przyjazne nastawienie były wysoce niestosowne w kontaktach z tą rodziną. Już cieszył się na myśl, że niebawem ta panienka pozna osobiście Jackie Jackson. To będzie przyjemny widok.

Bywało już tak, że Jackie stała w progu z kijem baseballowym. Nawet najtwardsi funkcjonariusze wzbraniali się przed interwencjami w tym domu, a mieli za sobą doświadczenia z Upton Park. Woleli stanąć oko w oko z bandą rozwrzeszczanych kiboli West Ham United niż z Jackie Jackson po paru drinkach.

Mieli jednak nakaz, więc Murray wszedł do środka, w każdej chwili spodziewając się ujrzeć wariatkę, tym razem w żałobie, dzierżącą w dłoniach jakiś oręż. Ku miłemu zaskoczeniu zobaczył Lenę Summers, którą znał z czasów służby w mundurze, oraz dwie córki Jacksonów.

— Gdzie Jackie?

Murray nie musiał już wygłaszać oficjalnych formułek. Chodziło o poważną sprawę, chciał więc znać odpowiedź, by przedsięwziąć odpowiednie kroki.

— Śpi na górze — odparła Lena, patrząc, jak mieszkanie wypełnia się mundurami. Przyszły jej na myśl słowa męża na temat małego Freddiego. Joe zapowiedział, że chłopak kiedyś kogoś zabije, i teraz Lena nie miała wątpliwości, że przepowiednia właśnie się sprawdziła. Gliny nie zjawiały się tak błyskawicznie, w takiej sile i z nakazem w rękach, jeśli nie miały przynajmniej naocznego świadka.

Biedna Jackie. Akurat w taki dzień.

— Idź obudzić mamę, Kimberley. Za chwilę policja zacznie przewracać dom do góry nogami w poszukiwaniu Freddiego albo narzędzia zbrodni. Biedaczka, jeszcze to musiało na nią dzisiaj spaść.

Murray wyszczerzył zęby.

— Myślę, że nasze panie mogą się tym zająć. Główna sypialnia to trzecie drzwi po lewej stronie.

Roxanna uśmiechnęła się do młodej funkcjonariuszki, która ruszyła schodami na górę. Tak samo jak Murray i pozostali starsi policjanci była ciekawa reakcji matki na tę nieoczekiwaną wizytę stróżów prawa.

I nie zawiedli się. Dziewczyna krzyknęła głośno, a Murray przestał się śmiać dopiero wtedy, gdy wychyliła się przez poręcz i zwymiotowała na niego.

◆ ◆ ◆

Lily wniosła czajnik z kawą bezkofeinową i kanapkę. Maggie uśmiechnęła się i usiadła w swoim fotelu, rozciągając zbolałe mięśnie. Lily jak zwykle usadowiła się naprzeciwko, gotowa zdać jej relację z życia wszystkich, których doskonale znała, mimo że nigdy nie zamieniła z nimi słowa.

Papierkowa robota była ostatnio najprzyjemniejszym zajęciem Maggie. Tylko ona pozwalała jej oderwać się od trosk. Opóźniała paplaninę Lily, pracowicie układając arkusze w równy stos.

Zadzwonił telefon, podniosła więc słuchawkę.

— Halo — rzekła zmęczonym głosem.

Lily ze zdumieniem zobaczyła, jak kilka sekund później pracodawczyni wypuszcza słuchawkę z rąk, a potem opiera się na fotelu, kołysze w przód i w tył, a z jej gardła wydobywa się okropne wycie. Wieczorem Lily opowiedziała rodzinie, że był to absolutnie nieziemski głos. Z przerażeniem patrzyła na reakcję gospodyni na złą wiadomość, bo to musiała być bardzo zła wiadomość. Biedna pani Jackson otrzymała zbyt wiele takich w ciągu ostatnich miesięcy.

Po kilku minutach zobaczyła z ulgą, że do domu wchodzi pan Jackson i podbiega do żony. Później Lily dramatycznym tonem zrelacjonowała najbliższym, że pani Jackson uchwyciła się go tak mocno, jakby jej życie od tego zależało. Lily tego nie wiedziała, lecz było to trafne i bardzo prawdziwe określenie.

♦ ♦ ♦

Roxanna usilnie starała się nie zwymiotować. Dicky ściskał ją, jednocześnie prowadząc samochód. Jechali do Maggie. Dianna i Kimberley jechały na tylnym siedzeniu z biedną Leną. Matka nigdy nie powinna oglądać widoku córki leżącej na łóżku z podciętymi żyłami i z foliową torebką na głowie.

Co jest z tymi torebkami? Najpierw mały Jimmy, a teraz ona. Dicky miał już tego trochę dość. Przy Jacksonach nawet Hiob zasługiwał na miano szczęściarza. Roxanna była w ciąży, a on pracował dla Jimmy'ego, jej ulubionego wujka, który był przy okazji najważniejszym człowiekiem w okolicy. Dicky zaczynał jednak dochodzić do wniosku, że wisi nad nimi jakieś fatum. Miał wątpliwości, czy dobrze zrobił, wiążąc się z nimi tak ściśle. Nie mógł jednak zostawić teraz Roxanny, która chodziła z dzieckiem w brzuchu.

Kochał ją bardzo, ale to wszystko trochę go przerażało, choć uważał się za twardziela, który umie poradzić sobie z każdą przeciwnością losu. Życie tymczasem zafundowało mu prawdziwy ostrzał, a on najchętniej usunąłby się z linii ognia.

Z radością zobaczył na podjeździe samochód Jimmy'ego. Dobrze chociaż, że będzie miał wsparcie drugiego faceta. A przy okazji zarobi parę punktów, więc dzień nie będzie w całości stracony.

Żal mu było biednej Leny, która w ogóle nie zareagowała. Dicky miał nadzieję, że stary Joe zjawi się czym prędzej, bo jego żona jakoś dziwnie wyglądała. Tego by jeszcze tylko brakowało, żeby padła trupem.

To był bezwzględnie najgorszy dzień w życiu Dicky'ego. Do tej pory nie doświadczył osobliwej specyfiki życia rodzinnego Jacksonów. Będzie się miał na baczności.

Maggie płakała, kiedy doprowadził Roxannę do drzwi. Trzymała się go kurczowo i odkleiła się tylko po to, by paść w ramiona ciotki. Dicky mógł wreszcie zapalić spokojnie papierosa i rozmasować zbolałą szyję. To wszystko przechodzi ludzkie pojęcie, powtarzał sobie raz po raz.

Epilog

Ozzy był rad, że wczorajsza wizyta przebiegła tak pomyślnie, gdyż jego czas prawie dobiegł końca. Gdyby zaproponowano mu zwolnienie warunkowe ze względu na stan zdrowia, znów by kogoś zabił, byleby tylko nie wyjść. Było to dziwne. Polubił życie za murem. Wiedział, że jest w nim jakieś pęknięcie, coś jest nie tak, jak być powinno.

Ale nadchodził jego termin i Ozzy był szczęśliwy. Przyjemnie spędził te lata w zamknięciu, w otoczeniu innych więźniów. Zarobił fortunę, odsiadując karę w więzieniu Jej Królewskiej Wysokości, i sprawiło mu to wielką frajdę.

Lubił królową. Młodsi więźniowie wieszali na niej psy, bo ścigano ich i skazywano w jej imieniu. Ozzy zauważał, że królowa jest tylko figurantką i nie ma z tym wszystkim żadnego związku. Tę robotę wykonywali za nią fajansiarze z policji i sądów. Przypominał innym więźniom, że powinni ją szanować za to, że z nimi wygrała, w przeciwnym razie nie trafiliby do kryminału. Gdyby ruszali głowami, nie daliby się w ogóle złapać.

Ozzy widział to jako współczesną wojnę, oni przeciwko nam. Do „onych" zaliczał wszystkich, którzy stali na straży prawa, podczas gdy on usiłował zarobić, łamiąc je.

Nawet Ozzy rozumiał, że drobnych kanciarzy trzeba pakować do pudła. A mordercy to już prawdziwa skaza na obliczu społeczeństwa. Siebie i sobie podobnych uważał jednak za biznesmenów, którymi w istocie byli.

Znów zobaczył szczęśliwego Jimmy'ego i za to oddałby chętnie ostatnie dni życia. Rodzina Jacksonów została zdziesiątkowana. Źródłem wszystkich problemów był jeden człowiek, Freddie Jackson. Ozzy czuł się odpowiedzialny za kłopoty, których Freddie przysporzył ludziom. To za jego sprawą Freddie zaczął marzyć o wielkiej forsie i on także stopniowo go usunął, wprowadzając na jego miejsce Jimmy'ego.

Nieumyślnie sprowokował wiele zła i teraz tego żałował. Jednak Jimmy wyglądał świetnie i był szczęśliwy. Za to z kolei Ozzy czuł się wdzięczny losowi.

Nigdy nie chciał mieć rodziny, nawet siostra Patricia działała mu na nerwy, ale Jimmy dotknął jakiejś struny w jego duszy. Wiedział, że Jimmy nigdy nie wziął sobie ani pensa na lewo, bo dopilnował, żeby księgi były po cichu kontrolowane. W głębi serca wiedział, że Jimmy nie uszczknąłby niczego, co do niego nie należało, ale nikogo nie można być pewnym w stu procentach. Teraz miał już pewność, że Jimmy jest absolutnie uczciwy, choć zweryfikowanie tego potrwało długie lata.

Ta świadomość cieszyła go. Kiedy Ozzy w końcu zrzuci z siebie śmiertelną powłokę, Jimmy Jackson będzie bardzo bogatym człowiekiem. Zasłużył na każdego funta, który mu przypadnie.

Ozzy w pewnym sensie wypłacał mu rekompensatę, gdyż zapewniając Jimmy'emu wysoką pozycję w ich światku, niechcący przysporzył mu potężnego wroga, tym groźniejszego, że połączonego z nim więzami krwi. Krewni, o czym Ozzy dobrze wiedział, mogą być bardziej podstępni i mściwi niż każdy inny przeciwnik, który się nadarza. Ich siła bierze się z tego, że doskonale znają przeciwnika, a wiedza, jak to mówią, to potęga. I nie ma powodu, by im nie ufać. Potem okazuje się, że jest za późno, bo omotali ofiarę pętami, których nie sposób zerwać.

Ozzy siedział w celi i gratulował sobie, że był na tyle mądry, by świat zewnętrzny zostawić za sobą. Za murem nie musiał się z niczym mierzyć, jeśli nie miał na to ochoty. Włączył mały telewizor. Dawali właśnie *Richarda i Jude*, a on lubił patrzeć na ich utarczki. Odrobina kontaktu ze światem, którą zapewniał stary czarno-biały telewizor, sprawiała mu wielką przyjemność.

Miał jeszcze tylko jedną rzecz do zrobienia, zaaranżował wszystko przed paroma tygodniami. Dziś wieczorem wyda polecenie, kiedy oswojony klawisz jak zwykle przyniesie mu komórkę, żeby Ozzy mógł w spokoju wykonać konieczne telefony. Przyniesie mu także butelkę whisky Glenfiddich, tak jak co kilka dni. To była dla niego prawdziwa uczta na koniec dnia: whisky z odrobiną gorącej wody i dużą ilością cukru.

Nie mógł powiedzieć Jimmy'emu o swoim ostatnim zarządzeniu, będzie lepiej, jeśli chłopak nigdy się o nim nie dowie. Było jednak warte więcej niż wszystkie pieniądze świata, bo dzięki niemu Jimmy będzie lepiej spał w nocy. A on, Ozzy, będzie miał świadomość, że zrobił wszystko, by spłacić dług wdzięczności wobec Jimmy'ego Jacksona, nowego króla londyńskiego podziemia.

◆ ◆ ◆

Glenford Prentiss palił nieodłącznego skręta i uśmiechał się do młodej tancerki o skórze koloru kawy z dużym biustem i bardzo drogim uśmiechem.

Zadzwonił telefon i Glenford zmarszczył czoło.

— Cześć Ozzy.

Dziewczyna usłyszała szacunek w jego głosie i przypomniała sobie, że każdy jest przed kimś odpowiedzialny.

— Jasne, że wszystko jest załatwione. Chłopak dzisiaj się wymeldowuje.

Libby, bo takie imię wybrała sobie dziewczyna, patrzyła, jak Glenford wyłącza telefon i z westchnieniem odkłada na stół. Potem w rekordowym czasie dopił drinka i spytał:

— Na czym to stanęliśmy?

Libby była dość bystra, więc zauważyła, że jego myśli są gdzie indziej.

— W porządku, Glenford?

Wzruszył ramionami.

— Jasne, dziewczyno.

Uśmiechnęła się, a Glenford odpowiedział takim samym uśmiechem. Już dawno nie czuł się taki szczęśliwy.

◆ ◆ ◆

Maggie śmiała się, naprawdę się śmiała. Lena i Joe też uśmiechnęli się do siebie.

— Uroczy facet z tego Jimmy'ego, co?

— Super. Lena, do ciężkiej cholery, nalej wreszcie tej herbaty, bo gwiazdka nas przy niej zastanie.

Lena uśmiechnęła się szeroko. Spędzali teraz dużo czasu u Maggie, podobnie jak córki Jackie. Jimmy'emu to nie przeszkadzało, choć czasem wolał pewnie mieć żonę tylko dla siebie. Jego życzenie spełni się prędzej, niż się spodziewa.

Dziewczęta stopniowo godziły się z tym, co się stało. Były silniejsze, niż myślały. Pożegnalny list Jackie wcale im nie pomógł. Napisała po prostu, nie zwracając się do nikogo w szczególności:

Przepraszam, ale nie umiem bez niego żyć.
Bądźcie szczęśliwi, wszyscy.

List był krótki, wyrażał całą istotę sprawy i biła z niego przeraźliwa samotność. Czytając go, Lena miała ochotę umrzeć. Jej biedna córka nawet w chwili śmierci nie wyrwała się z uścisku mężczyzny, który niszczył ją systematycznie tak długo, aż zapomniała, jak można być szczęśliwą i żyć własnym życiem.

Lena modliła się każdego dnia, żeby Jackie odnalazła wreszcie spokój.

— Już są. Odśwież herbatę, jest starsza ode mnie.

Joe kochał Maggie i Jimmy'ego, lecz kiedy weszli do przestronnej oranżerii i podali mu dziecko, jego twarz rozświetliła się jak bożonarodzeniowa choinka.

To dziecko było ich cudem. Rodzina zbliżyła się do siebie dzięki jego narodzinom i jego kuzyna.

Roxanna urodziła bowiem syna kilka miesięcy wcześniej i dzieci były do siebie podobne jak dwie krople wody. Obaj chłopcy byli silni i mieli ciemne włosy. Czasem po twarzy Leny przebiegał cień, gdyż wyglądali jak podobizny Freddiego i Jimmy'ego.

Ale ci dwaj będą inni. Jimmy postara się, żeby dobrze ich wychowano. Dicky był wściekły, że Roxanna postanowiła dać małemu panieńskie nazwisko, więc obaj malcy byli Jacksonami. Stwierdziła, że w tej chwili ślub nie wchodzi w rachubę, wolała poczekać, aż jej życie wróci na właściwe tory. Pismaki sobie używały, a oni musieli cierpieć upokorzenia, bo co dzień opisywano ich życie. Otrzymali piętno klanu kryminalistów, prasa rynsztokowa nie cofała się przed żadnym epitetem, byleby tylko zwiększyć nakład.

Patrząc na dwóch małych Josephów, Lena wiedziała, że nic nie sprawiło jej mężowi takiej przyjemności jak fakt, że chłopcy dostali jego imię.

— Dziewczęta też przyjdą?

Maggie pokręciła głową.

— Nie, idą się zabawić, i bardzo słusznie. Co sądzisz o ich domu, mamo?

Lena uśmiechnęła się do córki i poważnym tonem odparła:

— Jest piękny i bardzo im się podoba. Oboje jesteście wspaniali.

Jimmy wzruszył ramionami.

— Co można poradzić, one należą do rodziny.

Joseph skinął głową.

— Tylko tyle z niej zostało, prawda?

Przytulił wnuka. Modlił się, żeby chłopiec nie odziedziczył niczego po Freddiem Jacksonie.

Rodzina to błogosławieństwo, ale i przekleństwo. Joseph wiedział to lepiej niż ktokolwiek na świecie.

Rano odebrał telefon z więzienia, w którym siedział jego drugi wnuk, mały Freddie. Zawiadomiono go, że chłopak powiesił się w nocy. Josepha zalała fala radości. Wciąż nienawidził syna Freddiego i wieść o jego śmierci niezmiernie go uradowała. Jeszcze jeden obłąkaniec zniknął z tego świata.

Podzieli się tą wiadomością ze wszystkimi w odpowiednim czasie. Na razie niech cieszą się w blasku letniego słońca.

◆ ◆ ◆

Maggie leżała na szezlongu i karmiła dziecko piersią. Była to jej ulubiona pora dnia. Czuła się szczęśliwa. Bóg postanowił dać jej syna i nic nie zmąci jej radości.

Nigdy nie zapomni małego Jimmy'ego, ale Joseph okazał się

jej kołem ratunkowym. Uchwyciła się go jak samego życia, aż wreszcie strach ustąpił. Freddie i trucizna, którą sączył, odeszli w przeszłość. Zawładnął zbyt wieloma ludzkimi istnieniami, nadszedł czas, by położyć temu kres.

Maggie wciąż wyglądała młodo i wiedziała o tym. Jej ciało nie było już tak doskonałe, ale nie dbała o to. Jimmy czuł to samo. Brał ją z taką samą namiętnością, jak na początku ich wspólnej drogi.

Często myślała o Jackie. Tęskniła za nią, lecz wiedziała, że jej córki zawsze będą przy niej stały tak, jak ona kiedyś stała przy nich.

Dziwny był ten powrót do normalności. Upłynęło tyle czasu, że zapomniała, że można myśleć tak jak zwyczajni ludzie.

Po prostu być.

Była znów szczęśliwa, a jej szczęście opierało się na prawdzie. Jimmy słusznie powiedział kiedyś, dawno temu, że niektórych rzeczy lepiej jest nie mówić. Maggie stała się gorącą zwolenniczką tej maksymy.

Pocałowała małego Josepha, osuszając piersi. Jego zapach sprawiał jej ogromną radość. Była szczęśliwa, naprawdę szczęśliwa, i nikt nie odbierze jej tego szczęścia.

Jimmy mógł patrzeć na nich bez końca. Codziennie przyglądał się, jak Maggie karmi Josepha. Dla niego był to najpiękniejszy widok na świecie. Dostali drugą szansę i zrobią co w ich mocy, by ją wykorzystać.

Freddie Jackson w taki czy inny sposób zepsuł życie wszystkim w rodzinie. Ale on leżał już w grobie, a rany przez niego zadane powoli się goiły.

Jimmy czuł, że wszystko układa się inaczej. Nawet córki Freddiego dochodziły do siebie po spustoszeniu, które zostawił im w spadku. Coraz bardziej się do siebie zbliżały i szykowały się do wyfrunięcia z gniazda, które Jimmy urządził im wspólnie z Maggie.

Osiągnął bardzo dużo, pracował dla siebie i rodziny, walczył o dobre życie. Teraz jego obowiązkiem było niedopuszczenie, by Freddie Jackson w jakikolwiek sposób popsuł mu to szczęście.

Jeśli Freddie pozostawił coś po sobie w spadku, to było nim

przekonanie, że trzeba zrobić wszystko, by zbliżyć do siebie rodzinę. Ozzy zawsze powtarzał Jimmy'emu, że należy szukać tego co pozytywne, wtedy życie jest o wiele łatwiejsze do zniesienia. Klan Jacksonów znów urósł w siłę, a z czasem wzmocnią go nowi rekruci. Roxanna już zaczęła werbować dziewczyny.

Imperium Jacksonów będzie trwać, Jimmy postanowił, że przekaże je synowi. Bo jeśli nie, to po jaką cholerę zawracać sobie głowę?

Twarz Jimmy'ego rozjaśnił uśmiech. Patrzył na swoją śliczną żonę i pławił się w szczęściu, bo jako Jackson przekonał się boleśnie, że nigdy nie wiadomo, jak długo potrwa.

Polecamy powieści Martiny Cole

UKŁAD

Nick Leary doszedł do swojej fortuny i pozycji ciężką pracą i walką, nie rezygnując z najbardziej brudnych metod, by zdobyć pieniądze. Pieniądze, które jego piękna, lecz zaniedbywana uczuciowo i seksualnie żona nieustannie trwoni. W obronie rodziny, reputacji i prywatności nie zawaha się przed zabiciem kijem bejsbolowym młodego chłopca, który nocą włamuje się do jego domu. Obrona konieczna, dalszego śledztwa nie będzie. Czy rzeczywiście? Ojciec zabitego, Tyrell Hatcher, wierzy, że Sonny nie mógł sam zaplanować napadu i rozpoczyna własne dochodzenie. Jaką rolę we włamaniu odegrała uzależniona od heroiny matka Sonny'ego, Judy? Tyrell prosi o pomoc przyjaciół, braci Clarke, gangsterów, którzy trzymają w garści cały Londyn. Dzięki nim dowie się o zmarłym synu rzeczy, których nigdy by nie podejrzewał...

ROZGRYWKA MAURY

Maura Ryan i jej bracia rządzą londyńskim podziemiem. Choć Maura usunęła w cień, nadal budzi strach i respekt w najbardziej bezwzględnych przestępcach. Śmierć ukochanego męża, byłego gliny, zmusza ją do powrotu na scenę. Kolejne zdarzenia i niewytłumaczalne morderstwa wskazują na perfidnie utkaną intrygę, mającą na celu zniszczenie autorytetu Ryanów w kryminalnym światku. Kim są przeciwnicy bez twarzy? Czy należy do nich gangster, który właśnie uciekł z więzienia? Prowadząc inteligentną rozgrywkę, Maura krok po kroku pokonuje piętrzące się trudności, eliminuje wrogów, ujawnia nici intrygi.